소설학사전

한용환 韓龍煥

동국대학교 대학원 국어국문학과를 졸업했다. 1970년 『현대문학』에 『빠블로프의 개』를 발표하며 작품 활동을 시작했다. 작품집으로 『조철씨의 어떤 행복한 아침』 『또다른 나라』 『햇빛과 비애』, 저서로 『한국 소설론의 반성』 『소설의 이론』, 역서로 『이야기와 담론 : 영화와 소설의 서사구조』 『서사란 무엇인가』 등이 있다. 1985년 제4회 소설문학 작품상을 받았다. 부산여자대학교와 동국대학교 교수를 역임하였으며 현재 동국대학교 명예교수이다.

소설학사전

초판 인쇄 · 2016년 3월 18일
초판 발행 · 2016년 3월 28일

지은이 · 한용환
펴낸이 · 한봉숙
펴낸곳 · 푸른사상사

편집 · 지순이, 김선도 | 교정 · 김수란
등록 · 1999년 7월 8일 제2-2876호
주소 · 서울시 중구 충무로 29(초동) 아시아미디어타워 502호
대표전화 · 02) 2268-8706~7 | 팩시밀리 · 02) 2268-8708
이메일 · prun21c@hanmail.net
홈페이지 · http://www.prun21c.com

ISBN 979-11-308-0608-2 03800
값 45,000원

이 도서의 국립중앙도서관 출판예정도서목록(CIP)은 서지정보유통지원시스템 홈페이지(http://seoji.nl.go.kr)와 국가자료공동목록시스템(http://www.nl.go.kr/kolisnet)에서 이용하실 수 있습니다.(CIP제어번호 : CIP2016003128)

소설학사전

한용환

Encyclopedia of Poetics of Fiction

일 러 두 기

1 외국어의 표기는 현행 외래어 표기법에 따랐다.
2 항목은 가나다순으로 배치하였고, 인명 · 용어 · 작품 및 논저명 찾아보기를 따로 수록하였다.
3 다른 항목에서 풀이하거나 보조 설명을 할 때, 본문에서 고딕체로 강조하여 지시하거나 (**가속**과 **감속**을 보라)와 같이 지시하였다.
   예) 표현 대상으로서의 소재를 보통 **제재**라고 하며……
   ……일치를 부정하고 있다(**초점화**를 보라).
4 장편소설과 저서명은 『 』, 단편소설과 중편소설과 논문 및 기타 소제목은 「 」, 영화나 회화 등의 작품은 〈 〉로 표시하였다.

책머리에

이 책은 소설의 비평 및 이론적 논의에 필수적으로 동원되는 용어와 개념들을 체계적으로 설명하기 위해 씌어졌다. '설명하기 위해'라고 말했지만, 엄밀하게 보자면 이것들은 '설명'이 아니다. 이 책에서 모든 용어와 쟁점들은 단순히 설명의 대상으로 다루어지지 않았다. 이 설명들은 하나의 소논문의 형식을 지향하고 있다는 사실을 독자들은 확인할 수 있을 것이다.

『소설학사전』이 이와 같은 방식을 취하는 것은 용어와 쟁점들에 대한 보다 심도 있고 체계 있는 이해와 정보를 제공하기 위해서일 것은 두말이 필요치 않다. 고유한 우리 문화와 문학의 전통 속에서 용어와 쟁점들을 발굴하기 위해 노력한 점도 강조해두고 싶다.

『소설학사전』의 재출간에 즈음해서 저자는 책과 관련된 몇 가지 문제에 대해 재고해볼 기회를 가졌다. 우선 『소설학사전』이라는 표제를 바꾸는 문제에 대해 심사숙고해보았다.

초판 당시에도 제목에 대해서는 고민이 많았으며 '소설학사전' 역시 망설임 없이 선택되었던 제목은 아니다. 무엇보다도 '소설학'은 관용화된 개념이 아닐뿐더러 그 어감은 저자 자신의 귀에도 생경스러웠다. 그러나 다음과 같은 사유들이 저자로 하여금 그 제목을 고집하게 만들었다. 첫째로, 표제에 쓰인 '소설학'이 Poetics of Fiction, 즉 '소설의 시학'의 줄임말로 받아들여지기를 기대했다. 둘째로, 그 제목이 소설의 강력한 사회 문화적 영향력을 부각시킬 수 있으리라 기대했다.

그때까지만 해도 '소설의 죽음'에 관한 소문은 단지 소문에 불과했고 소설은 여전히 인문학의 중추적 역할을 충실히 수행하고 있었다. 그러나 소설과 문학을 둘러싼 사회 문화적 환경에는 급격한 변화의 바람이 몰아쳤고 시장에서의 소설의 소외 현상은 차츰 두드러지기 시작했다. 그리고 이러한 현실은 '소설학사전'이라는 제목에 대해 재고하기를 요구하는 근거 있는 이유들을 제공한다. 이 책이 단지 소설의 문제만을 논의하고 있지 않다는 사실은 그러한 명분을 좀 더 강화해 준다. 사실 소설은 다양한 내러티브의 한 가지 하위 유형에 지나지 않는다. 이 다양한 내러티브의 상위 유형은 두말할 필요도 없이 '서사'이다. 따라서 소설을 대상 삼는 모든 담론은 서사학적 담론에 귀속될 것은 물론이다. 그런 점에서 '소설학사전(Encyclopedia of Poetics of Fiction)'이란 제목을 '서사학사전(Encyclopedia of Poetics of Narrative)'으로 바꾸는 것이 이 책의 소임을 좀 더 분명히 드러내는 일이 될 수도 있을 것이다.

그럼에도 불구하고 저자와 편집자는 '소설학사전'이라는 원래의 제목을 고수하기로 결정했다. 『소설학사전』의 초판이 나온 것은 1992년의 일이고 그간 한 차례 증보판이 나오기도 했다. 헤아려보면 24년 전의 일이니 적잖은 세월이라고 하지 않을 수 없다. '소설학사전'이 비록 만족스런 표제가 아닐지라도 이만한 세월을 버텨낸 책의 표제를 소홀하게 다룬다면 그것은 이 책에 대한 도리가 아님은 물론 그간 이 책을 아껴준 독자들에게도 예의를 잃는 일이 될 터이다.

끝으로 이 책의 재출간을 결정해준 푸른사상사 한봉숙 대표님과 수고한 편집부 가족들에게 감사의 말을 전한다.

2016년 2월

한용환

초판 서문

이 책은 제목이 자명하게 밝히고 있듯이 소설의 비평 및 이론적 논의에 필수적으로 동원되는 용어와 개념들을 체계 있게 설명하기 위해 씌어졌다. '소설비평 용어사전', 또는 '소설이론 용어사전' 등의 제목을 고려해보았지만, 그것들은 비평과 이론을 아울러 포괄하기에는 불완전한 제목이라는 판단 때문에 배제되었다. 다소간은 생소하게 느껴질는지도 모르는『소설학(Poetics of fiction) 사전』이라는 제목은, 따라서 소설의 이론 및 비평 사전이라는 뜻으로 받아들여지기를 기대한다.

이 책을 집필하면서 고수하고자 했던 몇 가지 원칙은 다음과 같다.

1) 가능하면 두루 용어들을 다룬다. 무엇보다도 우리의 고유한 서사문학의 전통 속에서 용어들을 발굴하고 발견해낸다.
2) 설명이 문학작품의 구체적인 현실로부터 유리되지 않도록 한다. 그러기 위해서 우리의 문학작품과 타국의 문학작품에서 고루 사례를 제시한다.
3) 정보는 공유하지만 정보를 제시하고 해석하는 데서는 자유롭고도 자립적인 입장을 가진다.
4) 사전적인 설명보다는 표제 용어들에 대한 하나의 소논문의 형식을 지향함으로써 이 책이 용어들을 중심으로 한 이론서의 수준에 도달할 수 있도록 한다.

이러한 원칙들은 이상적으로 추구된 목표이므로 현실적으로 달성된 목표는 물론 아니다. 독자들의 비판과 질책에 겸허하게 귀기울여 앞으로 보완해나가도록 노력할 작정이다.

이 책은 동국대학교 국문과 대학원의 젊은 연구자들이 도움에 힘입어 이루어졌다. 적잖은 분량의 원고를 도맡아 정서하고 교정을 보아준 정세영, 자료의 수집과 정리에 노고를 아끼지 않은 고재석, 이창식, 이중재, 송희복, 장영우, 김춘식, 집필을 도와준 황종연, 김기주, 박혜경, 윤재웅, 유임하, 이명우 등이 그들이다. 이 자리를 빌어 감사의 뜻을 밝힌다. 조언을 주고 창의(創意)를 빌어준 임성운 교수에게도 아울러 감사한다.

1992년 6월

한용환

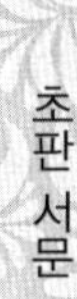

증보판 서문

1992년에 초판이 간행된 이 책은 그사이 독자들로부터 기대 이상의 격려를 얻었다.

비판적 조언을 주신 분들도 없지 않았다. 그분들은 주로 이 책의 제목에 불만을 표시했다. 충분히 공감을 하면서도 제목을 바꿀 수 없는 사정은 초판의 서문에 밝혀둔 바 있다. 이 책의 제목과 친숙해진 독자들의 입장을 고려한 측면도 없지 않다.

증보판에 추가한 것은 초판이 누락했거나 그사이 서사학이 개발한 새로운 이론적 개념들이다. 후기구조주의와 포스트모더니즘의 주요한 쟁점들도 함께 다루었다. 그리고 초판에서와 마찬가지로 순전히 필자 자신에 의해 고안된 개념도 없지 않다는 사실도 아울러 밝혀둔다. 서사적 권력 같은 항목이 그런 예이다.

증보판을 기획하고 간행하는 것은 그간의 독자의 격려에 보답하기 위해서이다.

1999년 2월

한용환

차례

소설학사전

Encyclopedia of Poetics of Fiction

가독성(readability)과 **가해성**(legibility)

이 두 용어가 서로 다른 개념을 가지고 변질적으로 사용되는 배경에는 현대 시학 연구의 두드러진 특성 두 가지, 즉 서사 텍스트의 본질 및 그 서사성(narrativity)을 좀 더 과학적으로 분석하고 설명하고자 하는 경향과 그러한 분석은 텍스트 수용의 주체인 독자의 텍스트 해독 과정과 밀접하게 관련되어야만 한다는 인식이 반영되어 있다.

가독성은 전통적으로 특정 서사 텍스트에 대한 독자의 판단 결과를 나타내는 데 가장 많이 선택되어온 표현, 즉 '읽을 만한 책이거나 혹은 그렇지 않은 책'이라는 관습적 평가를 용어화한 것이다. '읽힐 수 있는 성질'이라는 단어의 뜻 그대로 이것은 특정 텍스트 내에서 읽을 만한 가치를 지니고 있거나 효용성 있는 독서를 뒷받침해줄 만한 모든 요소들—서사적 재미, 현실적 유용성, 심미적 가치 등등의 요소—에 대한 독자의 총체적 판단 결과를 함축한다. 그러나 '읽을 만하다, 그렇지 않다'라는 독자의 텍스트적 특성에 대한 판단은 독자 개인의 취미나 관심, 지적 수준, 텍스트 생산자와의 문화적 코드의 일치 문제 등 다양한 요소들이 개입되기 때문에 궁극적으로는 매우 주관적인 것이 될 수밖에 없고, 따라서 읽기 대상으로서의 텍스트의 특성을 드러내는 데는 일정한 한계를 지닐 수밖에 없다. 이를테면 특정 텍스트에 대한 한 독자의 '재미가 없다'라는 판단은 그 텍스트가 지닌 인식적 · 심미적 지평이 협소하다는 사실을 의미하기도 하지만 이와는 반대로 그 텍스트가 수록하고 있는 풍부한 규약이나 그것의 해독에 필요한 해석적 관례에 관한 독자의 지식이 부족하기 때문이기도 하다. 이러한 이유들로 인해서 '가독성'은 한마디로 그 객관적 측정이 사실상 불가능하다. 이런 난관을 극복하고 텍스트의 개별적 특성을 해독의 측면에서 좀더 객관적으로 설명하기 위해 만들어진 용어가 '가해성'이다.

가해성은 텍스트 정보가 해독될 수 있는 정도를 나타내는 개념이고 좀 더 구체적으로 말하자면 특정 텍스트의 의미를 파악하기 위해 그 텍스트에 가해져야 하는 조작(operation)의 횟수, 즉 그 텍스트의 해독을 위해 어떤 독자에게도 필수적으로 요구되는 관례나 규약의 수를 지칭하는 개념이며, 따라서 어느 정도까지는 객관적 측정이 가능하다.

다른 모든 요소가 동일하거나 유사하다면 서사 정보가 풍부한 텍스트가 그렇지 않은 것보다 가해성이 낮아지리라는 것은 재론의 여지가 없다. 정보를 처리하고 배열해야 하는 조작의 횟수가 늘어나기 때문이다. 그러나 가해성의 정도가 단지 서사 정보의 양과 관련되는 것만은 아니다. 다음의 예문을 보자.

① 이것이 허구하게 깔려 있는 Ready-made 人生.

② 이것이 허구하게 깔려 있는 기성품 인생.

③ 그늘 속에서의 온도가 섭씨 40도였다. '참! 날씨 한번 시원하군.' 하고 그가 비꼬는 어조로 말했다.

④ 그늘 속에서의 온도가 섭씨 40도였다. '참! 날씨 한번 덥

군.' 하고 그가 가식 없는 어조로 말했다.

⑤ 그 남자와 여자는 결혼했다. 그 결과 불행해졌다. 그 여자를 만나기 전에 그는 행복했었다.

⑥ 그 남자는 행복했었다. 그러다가 그 여자와 결혼했다. 그리고 그 결과 불행해졌다.

— 제랄드 프랭스, 『서사학』, 최상규 역, 문학과지성사, 1988.

①은 ②보다 가해성이 낮은데 그 이유는 ①을 이해하자면 두 가지 언어 규약에 관한 지식이 필요하기 때문이다. 또 ③이 ④보다 가해성이 낮은 이유는 '그'의 발언의 궁극적인 의미를 이해하기 위해서 ④보다 더 많은 조작이 필요하기 때문이다. ⑤와 ⑥의 관계도 마찬가지여서 시간 진행이 순차적인 ⑥보다 시간 순서의 정리가 필요한 ⑤의 가해성이 더 낮아진다.

사실 이런 예 이외에도 텍스트의 가해성 정도를 결정짓는 텍스트적 자질들은 너무나 많고 다양하기 때문에 엄밀한 의미에서 텍스트 전체의 가해성 정도를 완전하게 정리, 판단하기란 거의 불가능한 일이라 할 수 있다. 일반적인 차원에서 볼 때 아이러니적 텍스트, 비유적인 텍스트, 암시적인 텍스트, 필수적인 서사 정보가 생략되어 있거나 불충분하게 제공되는 텍스트는 그 반대되는 성향을 지닌 텍스트들보다 가해성이 감소하며 또한 현대 서사 텍스트의 두드러진 특성들인 잦은 시간 변조, 빈번한 공간 이동, 시점의 혼란 등도 가해성을 감소시키는 요인들이다. 반대로 주어진 텍스트 안에서 정보의 처리와 축적을 용이하게 하는 모든 요소들, 예를 들자면 작중인물의 동기를 밝혀주거나 그의 행위의 도덕적 가치를 평가해주는 작가적 논평이나 설명 같은 요소들은 그 텍스트의 가해성을 증대시킨다.

가독성과 가해성은 긴밀한 상관관계를 가지지 않는 용어라는 점을 유의해야 할 것이다. 이를테면 가해성이 아주 높은 텍스트라 할지라도 가독성은 매우 낮을 수 있고, 그 반대의 경우도 얼마든지 가능하다. 예를 들면 지나치게 명시적이거나 단순한 텍스트는 독서의 흥미와 재미가 감소하기 때문에 가독성의 증대에는 기여하지 못한다. 반대로 지나치게 애매하거나 수습하기 힘들 정도의 풍부한 서사 정보를 쏟아내는 텍스트도 가독성이 낮아질 것이라는 점은 의심의 여지가 없다.

일정 수준 이상의 가독성을 유지하고 있다고 간주되는 대부분의 서사물들 — 모두가 다 그런 것은 아니지만 — 은 고도의 가해성과 고도의 난해성 사이에서 아슬아슬한 균형을 맞추고 있다. 예를 들자면 모리스 르블랑이나 코난 도일의 작품과 같은 고전적 탐정소설에서 특정 사건의 해석적 측면에서의 복잡성은 작가의 최종적인 논평에 의해 중화되며 인물 구성의 단순성은 그들이 벌이는 복잡한 행동 양상에 의해 상쇄된다.

가독성이나 가해성이 그 자체만으로는 특정 텍스트의 문학적 가치를 설명하는 데 그다지 유용한 개념이 아니라는 점도 아울러 주의할 필요가 있을 것이다.

A텍스트가 B텍스트보다 가해성이 높다라는 발언이 반드시 A가 B보다 더 가치 있는 텍스트라거나 혹은 A가 B보다 못한 텍스트라는 사실을 의미하지는 않는다. 가독성 역시 마찬가지이다. 왜냐하면 하나의 텍스트가 유발하는 흥미와 그것이 제공하는 재미가 그 텍스트의 문학적 가치를 측정하는 진정한 척도가 되어준다고 주장할 수 있는 절대적 근거가 없기 때문이다.

요컨대 이 두 용어는 — 특히 가해성은 — 텍스트의 가치를 설명하기 위해 만들어진 용어라기보다는 텍스트의 서사성과, 독해 대상으로서의 텍스트의 '특성'을 좀 더 객관적으로 설명하기 위해 만들어지고 활용되는 용어라고 할 수 있다.

가속과 감속

소설 텍스트 속의 서술의 시간을 조정하는 속도의 두 가지 양상. 일반적으로 소설 텍스트 속의 시간에 대한 논의는 이야기 자체의 시간과 그것이 서술되는 시간, 또는 두 시간 사이의 관계 양상에 대한 **지속**(duration)의 개념 등으로 이루어지는데, 가속과 감속은 이러한 시간의 관계 양상을 재는 척도로서 유용하게 쓰이고 있다. 가속이란 이야기-시간 자체를 스피디하게 서술하기 위하여 특정 부분을 요약하거나 생략하는 경우를 말하며, 감속이란 세부 묘사나 사건의 강조 등을 통하여 서술의 속도를 줄이는 경우를 말한다(**장면과 요약**, **생략**, **연장**, **휴지** 등을 보라).

이효석의 「들」은 가속적 서술과 감속적 서술이 적절히 배합되어 시간의 속도 변화의 교체가 독자에게 어떻게 영향을 미치는가를 잘 보여준다.

> ① 꽃다지, 질경이, 냉이, 딸장이, 민들레, 솔구장이, 쇠민장이, 길오장이, 달래, 무릇, 시금치, 씀바귀, 돌나물, 비름, 능쟁이.
>
> 들은 온통 초록 전에 덮여 한 조각의 흙빛도 찾아볼 수 없다. 초록의 바다. 초록은 흙빛보다 찬란하고 눈빛보다 복잡하다. 눈이 보얗게 깔렸을 때에는 흰빛과 능금나무의 자줏빛과 그림자의 옥색빛 밖에는 없어 단순하게 옷 벗은 여인의 나체와 같던 것이—봄은 옷 입고 치장한 여인이다.

> ② 학교를 퇴학 맞고 처음으로 도회를 쫓겨내려 왔을 때에 첫걸음으로 찾은 곳은 일가집도 아니요 동무집도 아니요 실로 이들이었다. 강가의 사시나무가 제대로 있고 보들숲 둔덕의 잔디가 헐리지 않았으며 과수원의 모습이 그대로 남은 것

을 보았을 때의 기쁨이란 형언할 수 없이 큰 것이었다. 고향을 그리워하는 마음이란 곧 산천을 사랑하고 벌판을 반가워하는 심정이 아닐까. 이런 자연의 풍물을 내놓고야 고향의 그림자가 어디에 알뜰히 남아 있는가. 헐리어가는 초가지붕에 남아 있단 말인가. 고향을 꾸미는 것은 사람이면서도 그리운 것은 더 많이 들과 시냇물이다.

①은 이 소설의 서두 부분으로서 서정적 분위기를 환기시키는 정경 묘사이다. 묘사가 주를 이루기 때문에 이야기 자체보다 서술에 더 많은 시간이 할애되어 연장된 감속의 경우이다. 이러한 시간의 감속은 이 소설 전체에 걸쳐 진행되고 있는데 대개는 들과 자연미에 대한 화자의 예찬으로 이루어져 있다. 따라서 이야기-사건의 시간적 진행보다는 분위기와 배경을 묘사하는 서술의 시간이 텍스트를 더 많이 지배하는 결과를 초래한다. 서정소설의 기본적인 특질 중의 하나인 연장 서술은 이 소설의 경우 시적 분위기를 고조시키면서 독자들의 심미감을 부추기지만 그 심미감은 속도의 적절한 교체에 의하여 보다 증폭되는 특징이 있는 것처럼 보인다.

②는 주인공이 들에 오게 된 동기와 그동안의 시간의 흐름을 요약하여 속도감 있게 처리한 가속적 서술의 대표적인 경우이다. 「들」에는 이러한 가속적 서술이 감속적 서술의 사이사이에 끼어 있어서 사건적 재미와 분위기적 재미를 적절히 교체시키는 기능을 하고 있다. 따라서 시간의 리듬이 재미의 리듬을 만들어내는 중요한 요소로 작용하는 본보기라 할 수 있겠다.

가전(假傳)

의인소설을 보라.

가족사 소설

한 가족의 흥망성쇠의 내력을 다룬 소설. 한 가족의 상황이나 운명을 역사적 시간의 지속과 변화의 차원에 놓고 그린다는 점에서 가족사 소설은 단순히 가족 구성원 사이에 발생하는 문제들을 취급한 소설류와는 구별된다. 가족 구성원 간의 갈등과 대립이 가족사 소설의 중요한 요소가 되는 것은 사실이지만, 가족사 소설은 가족 내의 개인보다는 가족이라는 사회집단의 동태를 중시하며, 더욱이 누대에 걸친 가족의 역사를 추적한다는 변별적 특징을 가진다. 따라서 가족사 소설은 기본적으로 **연대기 소설**의 형태를 취한다.

일반적으로 근대소설은 개인이 바로 사고와 행동의 자율적 주체라는 신념 아래 개인의 경험적 진실을 탐구하려는 노력의 과정에서 발생되고 정착되었다는 것을 감안할 때 가족사 소설이라는 형태가 존재한다는 것은 대단히 흥미로운 사실이 아닐 수 없다. 가족이라는 집단적 삶의 테두리를 강조하는 서사 형식은 분명히 전근대적 문학 관습의 잔영이다. 서양의 경우 가족사 소설의 연원을 중세 아이슬란드와 스칸디나비아의 민속 설화에서 찾을 수 있고, 한국의 경우 가족사 소설의 전통적 형태로서 무수히 많은 가문사(家門史) 계열의 서사물이 존재한다는 것은 이런 점에서 시사하는 바가 크다. 가족의 연대기라는 서사 형식은 인간과 세계의 이해에 있어서 개인의 특수한 경험보다는 집단의 보편적 경험이 보다 본질적이라고 여겼던 전근대적 세계관과 무관한 것이 아니다.

가족사 소설은 가족의 역사적 삶을 주목한다 하더라도, 개인을 단순히 가족 집단의 경험을 대표하는 몰개성적 존재로 취급하는 것은 물론 아니다. 가족사 소설에서 가족이라는 범주는 어디까지나 인간 현실의 역사적 · 사회적 차원을 돋보이게 하는 장치일 따름이다. 이것은 서양 가족사 소설의 전범으로 평가되는 골즈워디의 『포사이트 가의 이야기』, 토마스 만의 『부덴브로크 가의 사람들』, 마르탱 뒤 가르의

『티보 가의 사람들』 등을 보면 명백히 확인된다. 특히 토마스 만의 작품은 부덴브로크 가문이 몰락해가는 과정을 추적하면서 근면한 노동의 실제 생활과 정신적 관조의 평화 사이의 균열을 체험하도록 되어 있는 부르주아적 삶의 운명을 상업 자본주의에서 산업 자본주의로의 전환이라는 사회적 변화와의 관련 속에서 부각시키고 있다. 이처럼 가족사 소설에서 가계의 선형적(線型的) 전개를 존중하는 서술 방법은 작중인물들의 개체적 · 사회적 경험을 거시적으로 조망하면서 역사적 형식을 부여하는 효과를 발휘한다.

한국의 경우, 가족사 소설은 1930년대에 이르러 정립을 보았다. 가족의 연대기라는 형식 자체는 조선시대에 이미 성행했지만, 그것이 역사적 · 사회적 현실을 재현하는 문학 형식으로 향상된 것은 염상섭의 『삼대』(1931), 채만식의 『태평천하』(1938), 김남천의 『대하』(1939) 등의 작품을 통해서이다. 염상섭의 작품은 3대에 걸친 조씨 가의 인물들을 통해서 세대 간의 대립과 그것의 배후에 놓여 있는 이념적 갈등과 타락한 욕망의 문제를 조명하면서 식민지 한국 사회의 한 축도를 제시하고 있다. 최근의 가족사 소설로서는 박경리의 『토지』가 단연 특출한 작품이다. 평사리 양반 지주 최씨 일가의 삶을 4대에 걸쳐 서술하고 있는 『토지』는 한말 이후의 고난과 투쟁의 역사 속에 부침하는 무수한 유형의 인물들의 삶을 묘사하는 가운데 근대 한국의 장대하고 입체적인 연대기를 만들어내고 있다.

간접 제시

한 편의 서사물이 제시하는 정보가 독자에게 전달되는 방식은 크게 두 가지로 나뉜다. 작가의 시각과 판단을 통해 정보가 소개되는 방식과 작가의 개입의 흔적을 지우고 '객관적으로', '비개성적으로', '극적으로' 제시함으로써 독자가 스스로 정보를 눈치채게끔 하는 방식이 그것이다. 간접 제시는 이 중 후자의 서술 기법을 가리킨다. 전통 비평은 흔히 이 기법을 인물의 제시와 한정적으로 관련시켜 설명해왔지만, 간접 제시는 서사적 정보들이 화자의 개입을 거치지 않은 채 독자에게 직접적으로 전달되는 객관적인 서술이라는 점에서 보여주기(showing)와 유사하거나 동일한 기법으로 간주됨이 옳다.

플로베르 이후의 사실주의 문학은 이런 간접 제시의 방법을 폭넓게 활용하는 경향을 보여왔으며, 이것을 서사 기술의 하나로 이론적으로 확고하게 정립한 사람은 헨리 제임스이다. 그는 등장인물의 행위(action)를 보고하기보다 이것을 직접적으로 보여주는 방식을 채택했으며 이것을 '제시하기 방법(rendering method)'이라 불렀다. 또한 그가 사용한 서사 기법 중 '장면적 방법(scenic method)'이라는 것도 이와 유사하다. 장편소설에서 일어나는 여러 사건들을 서술적 설명(narrative exposition)으로 요약하지 않고 일어나는 모습 그대로를 보여주면서, 드라마의 장면들과 비슷한, 설명을 요하지 않는 연속되는 장면들로 스토리를 구성하는 방식이 그것이다. 자연히 이런 방식이 사용된 작품에는 마치 연극의 무대에서처럼 세부적인 이미지와 행동과 사건이 직접적으로 문장 위에서 재현되고, 특히 인물들의 직접적 대화를 통한 서사 진행이 두드러진다. 이런 이유로 인해 간접 제시는 '극적 방법(dramatic method)'이라 불리기도 한다.

이런 기법들의 바탕에는 작가가 더 이상 문학의 절대적 주체가 아니라는 인식, 예술의 중심은 사상이나 주제가 아니라 그것을 형상화하는 과정에 있다는 형식주의적 문학관, 문학작품은 그것을 산출해낸 작가가 아니라, 보다 다수이며 산업사회의 궁극적 문학 소비자인 독자에게 귀속된다는 사회론적 인식들이 깔려 있다. 이런 연유로 인해 간접 제시의 기법은 20세기의 문학작품들에 절대적이고도 광범위한 영향을 미쳤다. 20세기의 서사물들은 명백하게 이 방식을 그 표현 수단으로 선호하는 경향을 보이고 있으며, 전통적으로 사용되어왔던 직접 제시의 방법—작자의 해설, 논평 등등을 가급적 회피하고자 하고, 심지어는 그런 방식이 사용된 문학을 열등한 것으로 취급하는 경향이 있다. 형용사의 구사마저 배제한 헤밍웨이의 작품들은 이러한 기법이 극단적으로 추구된 결과의 좋은 보기이다.

이런 문학적 흐름과 경향에 대한 반대의 견해도 존재한다. 완전히 가치중립적이고 객관적인 서술과 제시라는 것은 불가능하기 때문이다. 객관적으로 보이는 행동과 외양의 묘사라 할지라도 그런 표현 대상, 그런 어휘의 선택이라는 작가의 주관성이 궁극적으로 개입되게 마련이다(선택된 재료들이 일정한 통일성을 형성하는 것을 목표로 하지 않는 현대의 극히 실험적인 작품들을 제외하고). 그래서 서사 이론가인 웨인 부스(Wayne C. Booth)는 '설명'이나 '해설'이 열등한 서사 방식이라고 보는 견해는 '잘못된 것'이라고 반박한다. 그것들이 열등한가 아닌가는 작품 전체의 효과적 표현 수단으로 기능했느냐의 여부와 관련되어 있다고 그는 주장한다.

갈등(conflict)

문학(서사문학)은 곧 플롯이라는 아리스토텔레스의 주장 이래로, 이야기를 얽어 짜는 행위가 서사문학의 본질이라는 생각이 크게 변하지 않고 있다. 등장인물들과 그들에 의한 연쇄적인 행위들이 무의미하게 나열되거나 단순히 일상 삶의 습관적인 반복을 재현하는 수준에서 그친다면, 문학은 독자를 사로잡기 어렵게 될 것이다. 즉 이야기 문학이란 우선 재미있어야 하고 그렇게 되기 위해서는 독자들을 사로잡을 수 있는 얼크러진 이야기-플롯을 필요로 하게 마련이다. 갈등이란, 이야기의 무의미한 나열과 습관적인 반복에서 벗어나 이야기를 재미있게 얼크러지게 하는 주요한 요인의 하나이다. 『로미오와 줄리엣』이 재미있게 읽히는 이유 중의 하나는 적대적인 가문의 두 남녀가 집안의 반대를 무릅쓰고 사랑하게 된다는 사건의 갈등적인 국면에서 찾을 수 있고, 마찬가지로 『백경』 속의 흥미진진한 사건의 진전이 독자를 사로잡을 수 있는 까닭은 주인공과 대자연 사이의 투쟁이라는 갈등 관계가 흥미를 유발하기 때문이다. 표제 용어는 플롯상의 이러한 대립과 투쟁 관계를 가리키는 개념이다.

갈등은 인물 상호 간(주인공과 적대자, 부수 인물들 사이) 또는 인물과 환경(운명) 사이에서 일어나기도 하고(외적 갈등), 인물 내부에서 일어나기도 한다(내적 갈등). 햄릿과 클로디어스 왕 사이의 관계는 주인공(protagonist)과 적대자(antagonist) 사이의 갈등을 대표적으로 드러내주며, 윤흥길의 「장마」에서의 이야기의 전개는 부수 인물들(할머니와 외할머니) 사이의 갈등 관계에 주로 의존하고, 『오이디푸스 왕』은 주인공과 운명과의 갈등을 비극적으로 형상화한 사례로 꼽을 수 있으며, 『백경』이나 『노인과 바다』 등은 자아와 그를 둘러싼 자연환경과의 대립을 그리고 있다는 점에서 모두 외적 갈등의 좋은 보기들이다. 이와 달리 내적 갈등은 최인훈의 『광장』이나 선우휘의 「불꽃」에서처럼 주인공의 내부에서 일어나는 상반된 욕구나 대립된 가치들의 충돌에서 발생한다. 그러나 하나의 이야기가 단일한 갈등 구조에만 의존하는 것이 아니라는 사실에 대해서는 부연이 필요치 않다. 내적 갈등과 외적 갈등이 복합될 수도 있고(『카라마조프 가의 형제들』), 또 한편으로 갈등을 주도적으로 다루지 않을 수도 있기 때문이다.

갈등은 인물의 성격을 드러내고 세계관과 가치관의 대립 양상을 드러내는 데 주요한 역할을 수행한다. 또한 갈등은 인물들 사이의 대립, 자아와 세계와의 상충, 인물 내부의 양가감정이나 가치관의 충돌을 통하여 플롯에서의 긴장감을 유발하기도 한다. 더 넓게 보아서, 갈등의 기능을 플롯 자체를 지배하는 요소의 하나로 이해할 수도 있다. 일반적으로 구분되는 플롯의 단계—발단, 전개, 위기, 절정, 결말이란 곧 갈등을 내재하고 있는 사건의 전개와 발전 및 해소의 단계에 다름 아니기 때문이다. 갈등은 플롯을 지탱하는 요소이자 원리가 되면서, 인물 구성(성격 구성(characterization)) 및 세계관이나 가치관의 대립을 형상화하는 데에 결정적인 기여를 한다.

감상소설(sentimental novel)

지나친 감정을 서술상에 드러내 보이는, 또는 보다 좋은 의미에서 다정다감한 연민과 동정의 감정에 지나치게 빠져드는 태도를 지니고 있는 소설.

대체적으로 서구에서는 감수성의 시대라 일컬어지는 18세기, 곧 낭만주의 말기의 소설이 주로 이런 부류에 해당된다. 보통 감수성의 소설이라고도 불리는데 이때의 **감수성**은 부정적인 의미를 띠고 있는 것으로 지성, 감성, 정서의 통일성을 상실한 채 통속적 취미에 봉사하는 일종의 '감정 과장'에 의해 비애, 눈물, 탄식, 절망, 애상 등의 감정에 끌리기 쉽다는 뜻을 내포한다.

그러나 통어된 감정인가 과잉된 감정인가를 판단하는 일은 개개인의 주관이나 문화적 관습에 좌우되므로, 특정 시대의 일반 독자들에게는 인간 정서의 합리적이며 적절한 표현으로 받아들여졌던 것도 후세의 독자들에게는 감상적으로 보일 수 있다. 근대 우리나라의 감상소설은 조선시대에 엄격한 유교적 윤리와 가부장적 권위에 대한 반발, 낭만주의를 포함한 서구 문화의 영향으로 인해 생겨났으며 연민 등 감상의 형태를 띤 정서적 반응 자체가 사회적 미덕으로 취급받던 시대의 산물이라고 할 수 있다. 이런 도덕적인 맥락 속에서 '감수성의 소설' 혹은 '감상소설'은 작중인물이 슬픔이나 아름다움이나 숭고함에 접하여 나타내는 강한 반응에 역점을 두며, 자비심이 많은 지식인 계급의 주인공들과 여주인공들을 상투적으로 등장시킨다. 그들은 숭고한 감정의 소유자로 제시되며 미리 조작된 해피엔딩에 앞서 관객의 눈물을 짜내기 위한 각본상의 시련을 받는다. 이러한 특징은 이광수의『유정』과 심훈의『상록수』등 계몽소설들에서 잘 나타나는데 전형적인 도덕적 선인인 영신, 동혁, 최석, 정임 등의 인물은 이러한 감상소설의 대표적인 주인공 유형이라고 할 수 있다.

오늘날의 독자들에게 개화기 신파극, 감상소설 등은 종종 우스꽝스럽다는 느낌을 불러일으킬 것이다. 또한 당시 작가들의 작품에 자주 나오는 이별 장면—특히 주인공의 실연—과 같이 옛날에는 자주 쓰였던 연민의 정을 일으키는 에피소드들에 대하여 현대의 독자들은 눈물 대신 조소로 반응하기도 한다. 그러나 감상성과 비감상성 간의 구별은 환기된 감정의 강도나 종류에 의존하는 것이 아니다. 양자의 구별은 플롯상의 개연성을 가지고 설득력 있게 제시되느냐 그렇지 못하느냐의 문제와 관련되어 있다. 슬픔의 정서나 풍부한 감정이 작품 내적 필연성에 의해 적절히 구사되었다면, 부정적으로 평가되거나 비난받을 하등의 이유가 없다.

우리 소설에 있어서 감상적 경향은 시에 있어서만큼 두드러지진 않지만 대부분의 신소설과 근대소설, 그리고 현대의 통속 멜로물을 포함하는 대중 서사물에 여전히 광범위하게 나타난다. 특히 박계주의『순애보』와 이광수의『사랑』, 그리고 개화기 신파극인『장한몽』등에서 이러한 점이 두드러지며 흔히 자연주의 계통의 소설이라고 불리는「감자」, 그리고「벙어리 삼룡이」등에서도 상투적인 결말부와 스토리 전개에서는 여전히 감상성이 극복되지 못하고 있다.「감자」의 경우를 예로 들면 마지막 부분의 다음과 같은 서술은 복녀의 생활과 죽음을 자연주의적 냉담함으로 가장한 감상적인 결말 처리라고 할 수 있겠다.

> 복녀의 송장은 사흘이 지나도록 무덤으로 못 갔다. 왕 서방은 몇 번을 복녀의 남편을 찾아갔다. 복녀의 남편도 때때

로 왕 서방을 찾아갔다. 둘의 사이에는 무슨 교섭하는 일이 있었다.

사흘이 지났다.

밤중 복녀의 시체는 왕 서방의 집에서 남편의 집으로 옮겼다. 그리고 시체에는 세 사람이 둘러앉았다. 한 사람은 복녀의 남편, 한 사람은 왕 서방, 또 한 사람은 어떤 한방 의사— 왕 서방은 말없이 돈주머니를 꺼내어 십 원 지폐 석 장을 복녀의 남편에게 주었다. 한방 의사의 손에도 십 원짜리 두 장이 갔다.

이튿날 복녀는 뇌일혈로 죽었다는 한방의의 진단으로 공동묘지로 실려갔다.

위의 소설 전체의 줄거리와 인물 유형이 자연주의 소설의 한 일면을 보여주고 있는 것은 사실이다. 그러나 과장된 냉소 또한 감상의 한 변형이라고 볼 때 위의 냉담한 묘사가 애초에 의도하고 있는 긴장감 자체는 오히려 내적으로 작가의 과장된 감정의 개입을 숨긴 결과이며 위 대목에서 시체를 앞에 둔 흥정에서도 '사흘이 지나도록 무덤에 못 갔다'든가 '돈을 주고받음'과 같은 극단적인 묘사는 작가가 특정의 윤리관을 앞세워 독자의 동정을 호소하는 감상 문학의 모습을 그대로 보여주는 것이라고 하겠다.

우리의 소설사를 살펴볼 때 1920년대와 30년대는 당시의 어두운 시대 상황과 세기말적인 암울한 서구 사조들의 영향, 그리고 과거의 전통적인 유교 사상과 윤리 의식 등의 해체로 인한 감수성의 분열이 두드러지며 거기에서 오는 혼란이 이러한 감상소설을 유행시키는 결과를 낳았다고 볼 수 있을 것이다.

감수성(感受性, sensibility)

감성이라고도 하며 이성에 대립되는 개념으로 인간 의식의 정서적 성향을 가리킨다. 이 말이 문학의 용어로 쓰이기 시작한 것은 18세기 초 영국에서이며 처음에는 사랑, 동정심, 연민 등 부드러운 감정을 잘 느낄 수 있는 성격을 뜻하다가 그 후 아름다움에 대해 민감한 반응을 보이는 성격을 뜻하게 되었다. 그러나 근대의 비평가들은 감수성을 감각, 사고 및 감정에 있어서 경험에 반응하는 작가의 특징적 능력을 가리키는 데 주로 사용한다.

일반적으로 '감수성의 시대'로 불리는 18세기의 서구는 분열된, 혹은 과잉된 감수성의 문학이 주를 이루었던 시대라고 볼 수 있다. 그 배경은 전대인 17세기에 덕을 행하는 유일한 동기로서 이성과 비정서적인 의지를 강조했던 스토아 철학과, 인간은 태어날 때부터 이기적이며 이익과 권력 및 지위에 대한 욕망이 모든 인간 행동의 원천이라는 토머스 홉스의 이론에 반발하면서 나온 도덕론에서 찾을 수 있다.

18세기에 들어와 자비심은 인간의 선천적인 정조이며, 도덕적 경험의 핵심은 동정과 감수성, 즉 타인의 고락에 아주 민감한 즉각적인 반응이라는 관념이 유행했다. 다시 말해 감수성이라는 말에는 자연이나 예술의 미와 숭고에 대한 강렬한 정서적 반응이라는 뜻이 숨겨져 있으며, 감수성을 지닌 인간이란 타인에 의해 자비롭고 교양 있는 인간이라는 의미로 통용되었다. 따라서 타인의 슬픔에 대한 동정은 자신의 슬픔과는 달리 그 자체로서 기분 좋은 정서라는 것이 대중 도덕의 상식이었고 감수성이 지나치게 숭배되어 문학은 '슬픔의 사치', '기분 좋은 슬픔' 등 감수성의 분열에서 나타나는 감상의 경향으로 흐르게 되었다. 결국 18세기에는 감수성이라는 말로 칭찬되었던 것도 지금은 우스꽝스러운 감상주의가 되고 마는 것이다.

앨런 테이트는 감수성에 대하여 "감수성은 좌절한다. 자연 속에서 그것의 영원한 활력을 공급받지 못하기 때문이다. 적극적인 추상 작용이 구체적 사물들의 풍성한 모습을 대치하여버린다. 이리하여 이성은 감정에서 분리되며 마찬가지로 도덕감에서도 분리된다"고 하여 분열된 감수성은 내용이 없는 분리된 감정만 남겨놓든지 지성과 의지의 과다만을 남겨놓아 사람들을 구체적 사물의 형상으로부터 단절시켜버린다고 말한다. 즉 문학은 오직 인간의 전 인식이 통일된 감수 체계 아래에서만 경험을 구체화시킬 수 있으며 살아 있는 생생한 작품을 산출할 수 있다고 할 때, 통일된 감수성은 곧 인식으로서의 문학, 경험으로서의 문학의 전제 조건이라고 할 수 있다.

소설에 있어서 이러한 감수성을 스스럼없이 드러내고 있는 작가로는 김승옥, 윤후명, 조세희 등을 들 수 있으며 그 외의 작가들에게 있어서도 감수성은 그들의 독특한 소설 세계를 이루는 데 상당한 연관이 있다고 할 수 있다. 사실 한 작가에게 있어 감수성의 고갈은 곧 창작력의 소멸 내지 소재의 한계 등으로 직결되며 쉽사리 상투성으로 떨어지는 주원인이 된다. 감수성은 작가의 세계관의 변화 추세에 맞춰 그때그때의 시각을 형성시키는 힘이며 궁극적으로는 작가의 의식을 뒷받침하는 가장 커다란 예술적 동인이라고 할 수 있다. 김승옥의 「다산성(多産性)」에서 임의로 뽑은 다음과 같은 구절에서도 작가의 감수성은 잘 나타나고 있다.

> 검붉은 색깔은 분명히 미각을 자극한다. 미각을 가진 것은 고등 동물이다. 고등동물고등동물고등동물…… 고등동물이란 말을 입속에서 짓씹고 있으려니까 그 말의 의미는 마치 이빨에 의해서 잘게 부서진 살코기처럼 목구멍 속으로 넘어가 버리고 그 말의 자음과 모음만이 질긴 껍질처럼 혓바닥 위에 생소하게 남아 있었다. 유리로 된 진열장 속에서 고기 덩어리들은 흐느적거리며 서로서로 기대고 있었다.
>
> 달구지를 끌고 가는, 배 언저리에 오물이 말라서 조개껍질

처럼 붙어 있는 황소와 푸줏간의 진열장 속에 널려 있는 고기를 연결시켜 생각한다는 것은 힘든 일이다.

일반적으로 작가의 감수성은 일상화된 감각의 틀을 깨고 자동화된 의식을 일깨우는 힘이 있다고 여겨진다. 이런 감수성은 모든 예술 행위에 있어서의 **낯설게 하기**의 한 원천이 되기도 하는데 특히 범상하지 않은 작가의 감수성은 위에서 보여지듯이 검붉은 색깔에서 미각, 고등동물, 그리고 이빨에 씹히는 살코기에 이르는 연상을 거쳐 푸줏간의 고기 덩어리와 '오물이 조개껍질처럼 붙은 황소'를 연결시켜 생각하게 함으로써 독특한 소설적인 묘사를 가능하게 하는 것이다.

개화기 소설

개화기 소설은 일반적으로 서구 열강의 침략과 그에 따라 개항이 시작되는 1870년대부터 이광수가 『매일신보』에 『무정』을 발표하는 1917년에 이르는 시기 사이에 산출된 소설들을 통칭한다. 말하자면 개화기 소설은 고소설과 근대소설의 과도기적 형태로서, 그 본질적 요인에 따른 장르적 개념이라기보다는 '개화기'라는 하나의 시대 단위에 따라 설정된 개념이다. 개화기 소설이 '한국 근대화의 한 과정을 반영'하면서 소설 형식의 변화를 보여준다는 일반적 견해는 제국주의 열강에 의한 식민지화의 위기에 직면하여, 보수와 진보의 갈등 속에서 이루어진 한국 사회의 자기 변혁의 양상들이 개화기 소설에 투영되어 있기 때문이다.

개화기 소설은 주로 당시의 신문들을 통해 발표되었는데 『황성신문』 『대한매일신보』 『제국신문』 『대한일보』 『조양보』, 지방 신문으로 『경남일보』 등이 그 대표적인 매체였다. 이러한 매체를 바탕으로 개화기 소설은 당시 사회가 직면한 여러 사회적 문제들, 곧 문명개화, 자주 자강 등의 내용을 다루었으며, 고소설에서 근대소설로 이행해가기 전의 과도기적인 양식적 특질을 보여준다.

개화기 소설은 유형에 따라 ① 토론문답체 소설, ② 몽유록계 소설, ③ 역사전기 소설, ④ 풍자우화 소설, ⑤ 신소설, ⑥ 번안소설, ⑦ 신단공안(新斷公案) 소설 등과 같은 하위 분류가 가능하다. ① 토론문답체 소설은 「소경과 앉은방이 문답」(1905), 「거부오해(車夫誤解)」(1906), 「향로방문의생(鄕老訪問醫生)이라」 등과 같이 문답 형식으로 된 작품군이다. ② 몽유록계 소설은 고소설의 몽유록 형식을 차용한 신채호의 「꿈하늘」, 유원표의 『몽견제갈량』, 안국선의 『금수회의록』과 같은 작품군이다. ③ 역사전기 소설은 「을지문덕전」 「비스마룩구 청화(淸話)」 「의대리국 아마치전」 등과 같이 국내외의 역사적 위인들의 전기를 작품으로 구성하여 애국 사상을 고취하고 있다(**역사전기 문학**을 보라). ④ 풍자우화 소설은 대개 의인화된 동물들을 등장시켜 당대 사회를 희화화하거나 날카롭게 비판하고 있는 작품군으로 『금수회의록』, 「만국대회록」 등이 여기에 해당한다. ⑤ 신소설은 이인직의 『혈의 누』 이후 계몽의식과 자유사상을 고취하는 작품들로서 대부분의 작품들이 여기에 해당된다. 이 신소설은 특히 이광수의 『무정』이 발표되는 1910년대 후반부터 급속하게 통속화되면서 쇠퇴하지만 1950~60년대까지 독자들에게 향유되면서 존속하였다. ⑥ 번안소설로는 조중환(趙重桓)의 『장한몽』이 가장 유명한데, 이 작품이 오자키 고요(尾崎紅葉)의 『금색야차(金色夜叉)』의 번안물이라는 점은 주지의 사실이다. 구연학의 『설중매』, 이상협의 『해왕성』 『재봉춘』 『정부원(貞婦怨)』, 조중환의 『쌍옥루』 『불여귀』 등도 일본과 구미 소설의 번안물이다. ⑦ 신단공안 소설은 작자 미상의 재판소설이라고 할 수 있으며, 그 형태가 옴니버스식의 연작 형식으로서 재판 사건과 일화를 서술 방식으로 재현하고 있다. 이것은 『황성신문』에 주로 연재되었다.

개화기 소설의 특징으로는 대개 미신이나 구습에 대한 배격과 사회

개혁적인 시각, 강한 정치성을 바탕으로 하여 풍자 의식과 비판적인 관점을 드러낸다는 점 등이 있다. 구성상으로는 고소설의 평면적 구성과 서술 방식의 순차적 구조, 인물 유형의 고정성 등의 요소를 여전히 보여주고 있으며 표현상으로는 '말하기(telling)'가 '보여주기(showing)'로 바뀌는 과도기적 현상을 보인다. 개화기 소설의 문체적 특성은 연설체, 대화체, 문답체 등으로 나타나고 있는데, 특히 구어체적 산문 양식이 시도된다는 점에서 전대 소설의 서술 양식과 변별된다. 또한 플롯에 의한 사건 전개보다는 인물의 견해가 토론이나 연설, 대화, 문답 등의 형태로 드러나는 것이 특징이다. 그러나 문체적으로 완전한 한글 전용은 이루지 못하고 한문과 한글 혼용체 형식을 취하고 있다.

객관화 · 주관화

'객관화'는 한 작품의 내부에서 작가가 모든 소설 내적 요소를 자신의 직접적인 개입 없이 간접적으로 보여주고 제시하려 하는 태도를 지칭하며, '주관화'는 그와 대응되는 의미, 즉 작가가 작품 속에서 자기 자신의 경험을 직접적으로 표현하거나 자기의 개인적 기질, 판단, 가치관 및 감정을 투사하는 태도를 지칭한다. 서술의 방법이나 종류로 볼 때 **간접 제시**, **묘사**, **대화** 등은 객관화의 결과들이며 **예비 서술**, **논평** 등은 주관화의 산물들이다. 대립적 의미로 설명되고 있기는 하지만, 이 두 특징 중 어느 하나만이 절대적으로 한 작품 속에 실현되는 것은 아니며 항상 그것은 상대적인 정도의 문제이다.

모든 문학작품은 궁극적으로는 작가의 해석이나 감정, 판단 등등을 내포하고 있으며 완전히 작가와 유리된 객관적 표현물일 수 없고, 반대로 완전한 주관적 태도하에서만 서술될 수도 없기 때문이다. 소설 또는 서사문학의 역사에서 볼 때 플로베르 시대 이후의 작품들은 객관화의 특징이 강하며 그 이전의 서사물들은 주관화의 요소가 두드러진다. 객관화된 태도가 현대의 서사물에서 선호되는 이유는 서사 소통에서의 거리를 냉정하게 유지시켜주기 때문이다. 즉 객관화된 서사물에서는 작가의 개입이 배제됨으로써 독자들은 텍스트 내의 허구적 환상에 빠져들기가 좀 더 용이해진다. 텍스트 내에 실현된 서술을 어떻게든 독자들에게 생동감 있게 제시하려 하는 현대의 서사물은 객관화의 방법을 선호하는 것이다.

거리(distance)

서사 소통의 여러 단계에서, 각 소통 주체 사이의 밀착된 정도(degree)를 가리키는 용어이다. 이때 이 용어의 의미는 물리적인 것이 아니라 얼마나 잘 이해하고 공감하고(sympathetic) 있느냐 하는, 혹은 그 반대로 얼마나 냉정한 태도를 견지하고 있느냐 하는 다분히 추상적이고 관념적인 것으로 받아들여진다. 엄밀하게 말해 거리는 **내포작가–화자–수화자–내포독자**로 이어지는 서사 소통의 모든 단계에서 발생할 수 있는 것이지만 일반적으로는 작가–화자–독자를 중심으로 고찰되며, 여기에 서사 내용의 주체이자 핵심적 기능이라는 의미에서 '등장인물'이 거리 발생의 한 요소로 추가된다.

전통 시학에서 거리의 문제는 이야기 전달자의 위치, 즉 '시점'과의 깊은 관련하에서 전개되어왔다. 브룩스(C. Brooks)와 워런(R. P. Warren)은『소설의 이해 *Understanding Fiction*』에서 거리의 문제와 관련하여 작가, 등장인물–독자 간의 거리가 1인칭 시점에서 가장 짧아지고 관찰자 시점에서는 멀어지며 전지적 시점에서는 작가가 어떤 태도를 취하느냐에 따라 다양하게 달라진다고 설명하고 있다. 즉 "내가 뤼브롱 산에서 양을 치고 있을 때의 이야기입니다"라는 문장으로 시작되는 알퐁스 도데의「별」같은 작품은 서술자(=화자)와 등장인물이 동일화되고 작가의 내면 심리를 목동의 내부에 투영하기가 용이하기 때문에 서사적 거리가 좁혀지고 헤밍웨이의 「살인자들 Killers」 같은 작품은 냉정하고 객관적으로, 작중인물의 심리에 작가가 개입하는 바 없이 서술되고 있기 때문에 거리가 멀어진다는 것이다.

그러나 텍스트 안에 실현되는 서술이 항상 미묘한 시점상의 혼란을 가지고 있고, 더욱이 전통적 '시점' 개념 자체를 부정하며 텍스트 안에서 서술되는 내용의 '인식 주체'와 '서술 주체'를 구분하고자 하는 현대의 구조시학적 개념에 비추어 볼 때, 전통 시학의 이와 같은 일괄적 거리 설정은 그 엄밀성을 옹호받기 어려운 것으로 보인다(**초점, 초점화**를 보라). 가령 다음과 같은 예문에서

> ① 그는 하늘을 올려다보았다.
> ② 별똥이 떨어지고 있었다.
> ③ 어머니의 얼굴이 떠올랐다.

①은 3인칭 시점의 서술이지만 ②와 ③에서는 그것이 모호하게 나타나며 '그'라는 인물의 눈에 비친 것을 그 '자신'이 서술하고 있는 1인칭 시점일 가능성도 있다. 혹은 작중인물인 그가 관찰한 내용을 (이때 그는 초점화자가 된다) 다른 극화되지 않은 화자가 보고하는 것일 수도 있다. 그리고 그 어느 경우이냐에 따라 서술되는 내용 및 등장인물과 독자 간에 거리감의 차이가 발생한다.

일반적으로 작가와 등장인물 간의 거리가 지나치게 밀착해 있을 때, 즉 고전소설에서 흔히 보이는 것처럼 '가련하도다. 길동이여'와 같은 서술들이 자주 사용됨으로써 그 작품은 감상적이 되기 쉬우며 예술적 효과도 손상을 입게 된다고 알려져 있다. 그러나 이런 일반적 통념과는 달리, 거리감의 단축이 반드시 한 작품의 심미적 효과를 저해하는 것은 아니라는 점이 유의되어야 한다. 능력 있는 작가들은 작품

이 지닌 개성 및 효과의 획득을 위해 다양한 소통 관계들 간의 거리를 신축성 있게 조절한다. 즉 독자가 등장인물의 감정이나 태도를 똑같이 공유할 필요가 있을 때에는 그 인물의 시점 속으로 독자를 끌고 들어가 소설적 세계를 독자들이 생생하게 체험하도록 하며 반대로 비판적 시각을 유지해야 할 때에는 허구적 세계로부터 독자를 유리시켜 일정한 거리를 유지하도록 하는 것이다.

이런 점은 독자에게도 마찬가지로 해당되는 것으로 고급 독자는 텍스트가 요구하는 허구적 환상에 자진해서 빠져들기도 하고 혹은 비판적 시각과 냉정한 거리를 견지하기도 함으로써 스스로 능동적인 거리의 조절을 통해 독서 행위를 수행한다. 특히 현대소설에 있어서는 '말하기'보다 '보여주기'의 수법이 두드러지고, 작가는 자신이 개입하는 것보다 일련의 상황을 보여주고 제시하는 쪽의 서술 방법을 더 선호하기 때문에, 수동적으로 화자의 말에 귀를 기울이는 것이 아니라 화자와 동등한 위치에 서서 일련의 상황을 해석하고 거리를 알맞게 조절하는 독자의 적극적인 기능이 더욱 중요하게 되었다.

거울 텍스트(mirror text)

에드거 앨런 포의 「어셔 가의 몰락」에서 화자 '나'는 창백한 어셔를 의자에 앉혀놓고 큰 소리로 랜슬롯 캐닝의 『미친 언약』을 읽기 시작한다. 주인공인 선한 용사 이설레드가 은자(隱者)의 집 문을 뜯고 들어갈 때 '메마르고 공허한 울음소리'가 들려오는데 바로 그 대목에서 '나'는 그와 비슷한 소리를 듣는다. 또 이설레드의 철퇴를 맞은 용이 죽어가면서 '끔찍하고 거칠고 귀를 찢는 듯한 비명'을 내지르는 부분에서는 용의 비명이 그럴 것이라고 상상한 것과 같은 비명 소리가 또 들려온다. 용사가 용을 물리침으로써 얻게 된 방패가 그의 발 앞 은으로 된 마루에 큰 소리를 내며 떨어지는 부분을 읽자 화자는 다시 금속성 소리를 듣게 된다. 그리고 이어지는 어셔의 절규. 어셔는 모든 것을 알고 있었고, 그의 말은 그대로 실현된다. 어셔가 화자와 함께 관에 넣었던 매들린은 숨이 붙어 있었던 것이다. 그녀는 다시 살아나 참혹한 모습으로 문을 열고 들어서서는 어셔에게 안기듯 쓰러진다. 어셔는 매들린을 안은 채 마룻바닥에서 숨을 거둔다. 화자는 도망을 치고 어셔 가는 무너지고 만다.

여기서 어셔 가의 마지막 자손인 친구 어셔의 죽음을 보고 도망을 치는 행위자인 화자는 자신에게 제시된 기호, 즉『미친 언약』과의 일치, 매들린의 기괴한 출현과 어셔의 죽음이라는 기호를 올바르게 해석함으로써 생명을 구한다. 크게 소리 내어 읽는 삽입 텍스트에는 이미 몰락이 제시된다. 여기서 방패의 '떨어짐(fall)'이라는 단어와 '집'이라는 개념은 서로 다른 의미를 갖고 있는데 그때의 '몰락'이란 집이 폐허로 되면서 점점 무너져가는 과정을 말할 뿐 아니라 가족 관계의 파국을 함께 의미한다. 그래서 마지막 후손의 죽음으로 어셔 가가 몰락할 때 성도 무너지게 되는 것이다. 증인으로서의 '나'는 이를 정확하게 파악한다. 두 가지 의미를 신중하게 간파할 수 있는 통찰력을 갖고 있기 때문에 화자는 삽입 텍스트를 앞으로 무슨 일이 일어날 것인가 감지할 수 있는 거울로 삼아 기초 텍스트를 해석할 수 있게 되는 것이다. 바로 그렇게 함으로써 자신이 살아남을 수 있었다. 그는 도망치고, 도망치는 그 뒤로 성이 무너지는 것을 본다. 그래서 그는 증인이 되며 그가 겪은 신기한 이야기를 진술할 수 있었던 것이다.

네덜란드의 서사학자 미케 발은 그의 저서『서사란 무엇인가 *Narratology*』(한용환 · 강덕화 역, 문예출판사)에서「어셔 가의 몰락」을 인용하면서 여기에 삽입된 랜슬롯 캐닝의『미친 언약』 부분을 '거울 텍스트'라고 지칭한다. 이것은 기초 파불라와 유사한 스토리를 지니면서 기초 파불라의 기호로 볼 수 있는 삽입 텍스트를 가리키는 개념이다.

그런데 두 텍스트가 공존하는 상황에서 유사성은 늘 관심거리가 된다. 두 텍스트의 유사성을 과도하게 강조할 경우 해석상 오류가 일어날 위험이 높다. 만약 두 가지의 텍스트가 완벽하게 닮았다고 한다면 독자는 동일한 두 텍스트를 읽는 것이고, 삽입 텍스트는 기초 텍스트의 인용에 지나지 않는다. 하지만 그렇게 유사할 수 없다는 것이 발의 견해이다. 유사성은 단지 텍스트의 한 부분이나 특정한 양상에서만 발견되기 때문이다.

거울 텍스트는 서스펜스와 밀접한 관련을 가지고 기능한다. '기호'로서의 삽입 텍스트, 즉 거울 텍스트가 서두에 나올 때, 독자는 거울 텍스트의 해석을 통해 기초 파불라의 결말을 예견할 수 있다. 삽입 텍스트는 거울 텍스트로 해석되고 결말이 밝혀지면 독자는 추상화의 과정을 통해 두 텍스트의 부분적 유사성을 포착할 수 있다. 하지만 그 유사성은 결말이 밝혀진 후에 파악되는 경우도 있다. 서스펜스를 지속시키기 위해서라면 두 텍스트의 유사성을 은폐해야 할 것이다. 따라서 이 경우 서스펜스는 유지되지만 거울 텍스트의 효과는 기대할 수 없게 된다. 이와 정반대의 경우도 있는데 삽입 텍스트의 파불라가 기호 파불라와 유사하다는 것을 은폐하지 않을 때 서스펜스를 희생시키는 대신 삽입 텍스트를 온전하게 보존하는 효과를 낸다. 그렇다고 해서 서스펜스가 완전히 사라지는 것은 아니다. 독자와 인물이 서로 모르고 있는 유형의 서스펜스에서 또 다른 유형의 서스펜스로 발전하기 때문이다. 독자가 이미 알고 있는 파불라를 인물이 알지 못할 때 '어떻게 끝이 나는가'라는 의문 대신에 '인물은 언제 알게 될 것인가'라는 의문이 생기게 된다. 물론 기초 텍스트의 결말을 위해 작가가 거울 텍스트에 보다 많은 의미를 부가할 때, 서스펜스에 관한 의문은 보다 희박해진다. 바로 그때부터 파불라의 경로는 익숙해지고, 거울 텍스트의 기능은 더 이상 예견적이지 않으며 회상적이 된다. 또한 거울 텍스트가 기초 텍스트를 단순하게 반복하는 경우 거울 텍스트에 독자의 흥미를 이끌어낼 수 없게 된다. 그것은 단지 반복으로 '의미를 강화'하는 기능만

할 뿐이다. 거울 텍스트는 어떻게 텍스트를 읽어야 하는가에 관한 제안을 포함한 삽입 스토리를 사용하는 방향을 가리키는 역할을 한다.

행위자 스스로 거울 텍스트를 기호로 해석할 수 있다는 것은 **파불라**의 결과에 영향을 줄 수 있으며, 자신의 의지로 운명을 선택할 수 있음을 의미한다. 그래서 거울 텍스트는 이런 이유들로 관심거리가 된다. 두 텍스트의 의미를 간파하는 것은 분명 문학작품을 읽는 방식에 속한다. 요컨대 의미의 이중성을 지니는 삽입 텍스트는 텍스트의 한 부분을 구성하면서 문학 텍스트의 의미의 중층화에 기여한다. 「어셔 가의 몰락」에서 행위자-증인이 삽입 텍스트의 이중적 의미에 대한 올바른 해석이 삶과 죽음을 가르는 문제이듯이, 기초 텍스트와 삽입 텍스트의 관계를 이중적으로 해석하는 것이 문학에서도 같은 의미를 지닌다.

건달소설(picaresque novel)

건달, 좀 더 정확하게는 재미있는 무뢰한을 뜻하는 스페인어 피카로(picaro)에서 유래한 소설 양식의 개념. 이 양식은 주로 건달의 자서전적 이야기를 다루며, 기사들의 환상적인 로맨스나 상류층의 이상주의적 문학에 맞서는 하류층 문학, 또는 기존의 관습에 대한 반동의 형태를 지니는 문학으로서의 특징을 가진다. 주로 하층 계급에 속하는 인물이 주인공이 되어, 비정하고 부도덕한 현실사회에 맞서 재치 있는 임기응변과 심각하지 않은 탈선을 범하는 일종의 사회적 모험담의 성격이 짙다. 사실주의적 양식, 에피소드적 구조, 풍자적 성격을 강하게 풍기며, 장편소설의 주요한 전신으로도 알려져 있다. 기사도의 이상을 추구하는 광기에 찬 건달의 이야기를 다룬 세르반테스의 『돈 키호테』는 이 점에서 좋은 보기가 되며, 대니얼 디포의 『몰 플랜더스』, 필딩의 『톰 존스』, 마크 트웨인의 『톰 소여의 모험』 등에서도 이 양식의 흔적을 찾아볼 수 있다.

걸작

하나의 문학작품을 가리켜 걸작이라고 말하는 것은, 그 문학작품에 대한 최고 최대의 비평적 찬사가 된다. 걸작이라는 말이 뜻하는 바가 무엇인지는 자명하다. 그것은 말이 지시하는 그대로 뛰어나게 잘 씌어진 문학작품을 가리킨다.

그러나 걸작은 어떠한 조건들이 충족된 결과인지, 걸작을 판별하는 비평의 객관적 준거가 무엇인지를 밝히기는 쉽지 않다. 그것이 독자의 독서 행위를 가장 만족스럽고 유익하게 해주는 문학작품을 가리킨다고 말할 수는 있겠다. 따라서 『악령』을 읽는 일이 문학에 거는 기대를 더 바랄 수 없이 충족시켰다면, 그것을 읽은 독자가 도스토옙스키의 소설을 걸작이라고 판단하는 데에는 아무런 잘못이 없다. 그러나 그의 판단이 객관적인 것이라고 말하기는 어렵다. 다시 말하자면 『악령』이 모든 문학 독자의 기대를 예외 없이 만족스럽게 충족시켜주는 소설인지는 의심스럽다. 경우에 따라서는 그 소설의 화자는 너무나 수다스럽고 에피소드들은 장황하고 산만스럽게 배열되고 있으며 서술은 진정으로 흥미 있는 인물(스타브로긴)과 화제를 비켜 나가고 있다고 판단하는 독자도 있을 수 있다. 그렇게 생각하는 독자에게라면 도스토옙스키의 소설을 읽는 일은 고역일 것이 분명하다.

걸작이라는 평가는 보다 보편적인 객관성을 얻고 있는 문학작품의 경우에 있어서조차도 예외적인 판단이 가능하다. 이러한 사실이 시사하는 바가 무엇인지는 분명하다. 즉 문학작품의 가치와 유익성을 판별하는 일은 본질적으로 주관적인 것이라는 사실을 시사한다.

비평은 준거와 원칙을 선택함으로써 이러한 판단의 주관성을 극복하고자 한다. 따라서 비평은 어떤 문학작품이 독자에게 가장 유익하고 가치 있는 문학작품인지를 객관적으로 변호해낼 수 있다. 그러나 선택한다는 행위가 암시하듯이 그 객관성은 비평이 차용하고 있는 원칙과 기준에 비추어서 얻어지는 객관성일 뿐이다. 당연한 일이겠지만 상이한 원칙과 기준이 적용될 때 그 객관성은 또다시 주관성으로 떨어지고 만다.

이렇게 살피게 되면 걸작은 이론적인 개념은 아니라는 사실이 드러난다. 걸작은 주관적이고 심정적이며 무엇보다도 독자의 열렬한 정서적 호응에 의해 소산되는 개념에 지나지 않는다. 그러나 흥미 있고 의미 있는 경험이 흥미 있고 의미 있게 담론화되지 못할 때 어떠한 문학작품도 독자의 주관적인 호응을 이끌어낼 수 없다는 사실을 감안한다면 걸작이라는 개념이 어떠한 문학작품들을 포괄하는 개념인지는 그런대로 분명하다고 말해도 좋겠다.

다시 말하자면 걸작이란 흥미 있고 의미 있는 경험을 바탕으로 해서 뛰어나게 잘 씌어진 나머지 독자를 압도하는 문학작품을 가리킨다.

결말

전통적 플롯 개념으로 한 편의 서사물을 설명할 때 그 마지막 단계에 해당한다. 끝(ending), 종결(close), 데뉴망(denouement) 등의 유사한 용어가 사용되기도 한다.

아리스토텔레스는『시학』6장에서 "전체는 시작과 중간과 끝을 가지고 있다. 시작은 스스로 다른 것을 뒤따를 필요가 없는 것으로, 그 시작으로부터 자연스럽게 다른 것이 되거나 생겨난다. 끝은 반대로, 스스로 다른 것으로부터 되어지거나 생겨나면서도, 필연적으로 아니면 보편적으로 그로부터는 더 이상 아무것도 생겨나지 않는 단계이다"라고 말한 바 있는데, 그것은 더 이상의 서사적 진행이 불가능하거나 불필요한 지점이 '결말'이라는 의미를 내포한다. 츠베탕 토도로프(Tzvetan Todorov)의 개념으로는 한 서사물의 플롯이 '평형–비평형–평형'의 단계를 거칠 때 뒤의 평형 상태가 '결말'에 해당된다. 그러므로 결말 부분에서는 앞부분에서 지속되어왔던 갈등이 해소되고 긴장을 발생시키는 더 이상의 문제들이 제기되지 않는다.

전통 시학자들이 조명하는 이야기의 차원에서 볼 때 이것은 등장인물의 운명이 확인되는 순간(성공하거나 실패하거나, 그가 자신의 궁극적 위치를 깨닫거나, 독자가 그의 정체와 운명을 눈치채거나)이며 작품 전체의 의미가 해명되고 제시되는 지점이다. 이때의 안정과 갈등 해소는 물론 확정적이고 영원한 것은 아니며 작품 내에서 설정된 임의적인 것이다(예를 들면 한 남자가 열렬한 구애 끝에 여자의 사랑을 획득하는 것으로 끝나는 작품일 때 그러한 결말이 반드시 두 남녀가 영원토록 행복하게 살았다는 것을 의미하지는 않는다).

일반적으로 결말은 팽팽한 플롯 구조를 지니고 있는 단편소설에서 분명하게 드러나며 작품이 지닌 중심 의미를 효과적으로 부각시키는 기능을 수행한다. 장편소설에서는 이런 기능들이 다소 느슨해지거나 그 앞의 단계와 변별적으로 인식되지 않는 경우가 많다. 단편에서(혹은 드물게 장편에서) 결말 제시는 돌발적, 상징적, 암시적, 명시적인 경우 등 매우 다양하다. 때로는 적나라한 풍자와 차가운 아이러니가 동원되기도 한다.

어떤 방법을 채택하든지 간에 한 작품의 성공적 결말은 그 작품이 지닌 의미를 효과적으로 드러나게 함으로써 독자에게 선명한 하나의 '인상'을 남겨준다. 결말은 작품 자체의 '가치'를 깨닫게 하는 결정적 계기 중의 하나이고 이것에 의해 독자들의 태도의 변화, 즉 세계관의 변화나 그 지평의 확대가 이루어진다. 결말이 이런 기능을 효과적으로 수행하지 못할 때, 독자는 작품 자체에 대한 선명한 인식을 유지하지 못하고 문학적 흥미를 잃어버리는 경우가 많다. 작가들은 이런 효과의 극대화를 위해 아주 정교하고 길게 확장된 결말 구조를 사용하거나 혹은 순간적으로 짧게 끝나버리는 인상적 결말 등의 다양한 변화를 구사한다.

계몽소설

계몽소설이란 계몽주의 사상을 바탕으로 하거나 그것의 전파를 위해 씌어진 소설을 가리킨다. 본래 계몽주의는 문예사조적 개념보다 포괄적인 개념으로, 루소와 볼테르, 디드로 등에 의해 17세기 서구에서 발전하여 18세기에 그 절정에 이른 지적 문화적 운동을 지칭하는 용어이다. 그러나 이 용어는 우리 문학사 속에서 발견되는 특수한 이야기의 유형을 한정적으로 지칭하는 개념으로 보편화되었다.

계몽주의 사상, 혹은 계몽주의적 정신의 공통된 특징은 현실과 인생의 문제를 해결하고 본질적 규범을 확립하는 데 있어 인간 이성(reason)의 절대적 존중, 과학적이고 합리적인 세계관의 모색, 인간을 억압해온 여러 조건들—잘못된 전통과 관습, 미신과 편견—의 타파를 통해 인간이 가진 천부적 권리의 회복 등으로 요약될 수 있다. 영국의 계몽주의적 전통은 경험적 사실들에서 진리를 구하고자 하는 베이컨에서 출발하여 로크를 거쳐 윌리엄 고드윈에 이르러 정착된다. 프랑스의 계몽주의는 데카르트에서 출발하여 볼테르와 루소를 거쳐 디드로를 중심으로 한 '백과사전파'에 의해 완성되며, 독일의 계몽주의는 라이프니츠에서 시작하여 흔히 계몽주의의 최고의 산물이라 지칭되는 이마누엘 칸트의 『비판철학』에서 절정을 형성한다. 칸트는 1874년에 그의 유명한 논문 「계몽주의란 무엇인가」에서 '인류 스스로 만들어낸 미성년 상태로부터 인류를 해방시키려는 노력'이며 '다른 사람의 도움을 받지 않고 자기 오성(悟性)을 사용하려는 결의와 용기'라고 계몽주의를 정의한 바 있다.

조선 사회의 구조적 모순을 해결하기 위해 고심하던 개화기의 지식인들에게 서구의 계몽주의는 유익한 사상적 원천이 되었고, 유교 사회의 전근대성을 대치할 수 있는 대안으로 받아들여졌다. 계몽주의 소설의 개척자인 이광수의 작품에는 미신 타파, 자유결혼(개인의 인권 존중을 바탕으로 한다), 과학적 학문의 존중 같은 계몽주의적 흔적이 여실히 드러난다. 그의 문학은 근본적으로 교훈주의적, 도덕주의적이며 공리적 실효론을 바탕으로 삼고 있다. 이광수는 자신의 문학적 목적이 "문장과 교육으로 동포를 깨우치자는 것이었다"라고 하면서 문학은 "인생을 지금 있는 인생보다 더 굳세고 더 아름답고 더 착하게 하는 예술, 사람과 사람이 더욱 사랑하고, 이기(利己)를 떠나 동포를 위하여 몸을 바치도록 인생을 높고 깊게 흔들어놓는 예술이라야 할 것이다"라고 주장한다.

이광수의 이러한 진술 속에는 한국적 계몽주의의 특징과 그것을 기반으로 한 계몽주의 소설의 본질이 드러나 있다. 계몽소설들에는 예외 없이 인류애적 이상과 민족 구원의 사명감에 부풀어 있는 젊은이(대학을 갓 졸업한)들이 등장하며, 그들은 농촌을 자신들의 숭고한 이념을 실현하기 위한 무대로 삼아 소득 증대 운동, 과학적 영농, 문맹 타파를 위한 간이학교 개설 들의 활동을 정열적으로 펼친다. 계몽소설에서 민중 교화 현장이 주로 농촌으로 설정된 것은 당대의 사회에서 농촌이 모순의 중심에 놓였던 까닭도 있지만, 다른 한편으로는 브나로드 운동(19세기 말 제정 러시아에서 지식인 및 청년 귀족층을 중심으로 일어난 농촌 부활 운동)에 문학적으로 동참한다는 것과도 연관이 있다.

그러나 한국문학의 계몽주의는 식민지의 정치 · 사회 · 역사적 상황에 정면으로 대응하기보다는 윤리와 풍습의 문제로 도피함으로써 문학의 역사적 책무를 외면했다는 비판을 면하지 못하게 되었다. 또한 목적의식의 지나친 강조로 인물이나 사건이 제대로 형상화되지 못한 미학적 결함도 발견된다. 우리의 농촌과 농민을 깨우침의 대상으로 간주하고 그들의 현실적 어려움이 식민지 사회의 구조적 모순에서 기인하는 것이 아니라 단순히 그들의 무지와 빈곤 때문이라고 보는 시각 역시 계몽주의 소설이 안고 있는 한계를 보여준다.

고도소설(孤島小說, desert island fiction)

'비문명화된' 외딴섬이 이야기와 행위의 배경으로 설정되는 소설의 유형을 가리킨다. 이러한 소설은 그 섬이 '실제' 세계 밖에 놓여 있으며 이상적이고 손상되지 않은 원시적인 이미지를 가지고 있다는 이유 때문에 특별한 매력을 지닌다. 이러한 작품은 대부분의 사람들이 지닌 모험과 탐험의 본능에 호소한다. 대니얼 디포의 『로빈슨 크루소』는 이러한 소설 유형의 고전에 속하며, 그 외에 스티븐슨의 『보물섬』이나 『십오 소년 표류기』 등이 있다. 고도소설의 변형된 형태로서 환상적인 모험을 추구하는 것이 아닌, 작가의 세계관의 은유적 표출의 한 방법으로 외딴섬을 소설적 배경으로 삼은 작품으로는 윌리엄 골딩의 『파리대왕』, 미셸 투르니에의 『방드르디, 태평양의 끝』 등이 있다.

고딕 소설(gothic novel, gothic romance)

18세기 말과 19세기 초에 매우 유행했던 소설 양식으로 그 후 허구적 서사 장르에 상당한 영향을 미쳤다. 대부분의 고딕 소설들은 오싹하고 소름 끼치는 공포와 미스터리의 이야기들을 담고 있다. 그 소설들의 두드러진 특징은 지금은 전통적인 것이 되어버렸지만 초자연적이었던 '유령의 집'과 같은 소도구들이다. 고딕 소설들은 대개 비밀 통로와 지하감방, 구불구불한 계단 등이 있는 중세의 성을 배경으로 무시무시한 파멸의 분위기, 삐걱거리는 유령의 소리와 유령이 나올 듯한 돌발적인 사건들로 이루어져 있다. 이러한 소설 양식의 영향은 특히 「어셔 가의 몰락」을 비롯한 에드거 앨런 포의 작품들이나 브론테 자매의 작품에서 찾아볼 수 있다.

현대소설에 미친 고딕 소설의 영향은 문명인의 정돈된 정신의 표면 밑에 깔린 비합리적인 영역, 사악한 충동, 악몽 같은 공포의 영역을 열어놓았다는 데 있다. 따라서 고딕이라는 용어는 중세적 배경을 가지고 있지 않더라도 어둠이나 공포의 분위기를 자아내거나 섬뜩하고 무시무시한 인간의 이상 심리 상태를 다룬 소설 유형에까지 광범위하게 적용된다. 이러한 소설 유형의 대표적인 작품으로는 이 장르의 확립에 가장 커다란 영향을 미친 호레이스 월폴의 『오트란토 성』을 비롯하여 앤 래드클리프의 『우돌포의 미스터리 *Mystery of Udolpo*』, 메리 셸리의 『프랑켄슈타인』 등이 있으며, 디킨스의 『황폐한 집 *Bleak House*』 등의 작품에도 고딕적 요소가 풍부하게 활용되어 있다.

고백소설(confessional novel)

화자가 자기 자신의 경험을 회상한다는 서술적 형식을 가지는 소설, 또는 자전적인 체험의 직접적인 토로라는 서술적 유형을 가지는 소설 일반을 지칭한다. 보편적으로 지적이고 분석적이며 내향적 경향을 그 특징으로 갖는다. 노스럽 프라이는 『비평의 해부』에서 고백은 아나토미, 로망스, 소설과 더불어 산문 픽션(prose fiction)의 네 가지 유형 중의 한 가지이며, 이러한 유형의 원형적 보기로서 성 아우구스티누스의 『고백록』과 루소의 『고백록』을 들고 있다. 그러나 이 용어는 극화된 고백, 즉 1인칭 주인공 시점의 모든 소설까지를 포괄하는 개념으로 일반화되었다. 성 아우구스티누스와 루소의 고백이 자전적 고백이라면, 작가에 의해 씌어진 1인칭 주인공 시점의 소설은 극적 고백이다.

그렇다면 자전적 고백과 극적 고백의 경계는 무엇인가? 이러한 질문에는 쉽게 대답하기 어렵다. 작가들은 때로 이런저런 장치를 동원하거나 기타의 방법으로, 고백의 주인공이 작가 자신이거나 특정한 개인임을 주장한다. 이광수의 『나/소년편』은 서문을 통해 화자 겸 주인공인 도경이 작가 자신임을 천명하고 있고, 정비석의 『고원』의 경우에서는 어떤 실재 인물의 노트를 다만 문장이나 조금 손질하여 소개한다는 형식을 취하고 있다. 이런 경우 독자는 작가의 주장을 믿을 수도 있고 믿지 않을 수도 있다. 정반대의 경우도 있다. 작가 자신이 직접 연루된 경험을 진술하고 있으면서도 그것이 순수하게 꾸며진 허구임을 주장하는 것이 그런 경우이다. 이런 경우에도 독자는 작가의 주장을 신뢰할 수도 있고 신뢰하지 않을 수도 있다.

요컨대 독자가 그것을 자전적 고백인지 극적 고백인지 판별할 수 있는 객관적 기준은 없다고 보는 게 옳다. 그리고 그것을 판별하는 것은 중요한 일도 아니다. 자전적이냐 극적이냐 하는 것이 고백의 기록적 가치를 좌우하지는 않기 때문이다. 고백과 유사한 개념을 가진 것으로 연대기(chronicle), 회상소설(memoir novel), '나' 소설(I novel) 등의 용어가 있다. 이 모든 소설들은 화자 '나'가 자신의 이야기를 독자에게 들려준다는 점에서는 동일한 서술적 형식들이다.

고전소설(古典小說)

시기를 기준으로 문학을 가름하는 것이 문학작품 자체가 지닌 본질과는 별 관련이 없는 일임에도 불구하고, 갑오경장이라는 역사적 사건을 시점으로 그 이전과 이후의 소설을 구분해 지칭하는 '고전소설', '현대소설'이라는 용어가 우리의 문학에 대한 논의에서 폭넓게 사용되고 있다. 이런 사정은 우리의 다양한 문화 및 문학작품들이 이 시기를 거치면서 엄청나게 그 모습이 달라지는 현상에서 비롯된 것이다. 전통의 단절이라든가 이식 문화론 같은 논란거리를 함축하고 있음에도 불구하고 갑오경장 이전의 소설 작품들은 그 발생과 유통, 형식과 내용의 다양한 면에서 그 이후의 소설, 흔히 '현대소설'이라 불리는 작품들과 뚜렷이 구별되는 특징을 보여주고 있고, '고전소설', '고대소설', '고소설' 등등의 용어가 사용되는 것도 이런 의미의 맥락에서이다.

사용자에 따라 조금씩 차이가 있긴 하지만 일반적으로 이 용어는 15세기 말 김시습이 쓴『금오신화』로부터 20세기 초 신소설이 출현하기 이전까지의 소설 작품을 지칭한다. 비슷한 시기나 그 이전 시대부터 존재해왔던 몇몇의 서사문학 장르들은 본격적인 '소설'의 요건을 갖추지 못하고 있다는 점에서, 즉 '무가'나 '서사민요' 같은 장르들은 기록문학의 성격이 약하고 '패관잡기'나 '가전체 문학'들은 '허구'를 '창작'한다는 의식이 부족하다는 면에서 '고전소설'의 범주에서 제외된다. 고전소설 작품은 수천 편에 달하는 것으로 추정되고 있으며 그 목록은 현재 계속 발견되어 늘어나고 있다. 같은 작품이라 할지라도 많은 이본(異本)이 존재하며 그 이본들의 차이가 너무 심해 독립본으로 인정해야 할 작품도 많은 것이 또한 고전소설의 특징이다. 이 작품들의 대부분은 작가와 창작 연대가 밝혀져 있지 않은데 그것은 소설이라는 장르가 조선시대의 문학 체계에서 주변적 위치에 놓여 있던 사정과 무관하지 않다.

고전소설의 창작에서 가장 핵심적인 역할을 수행한 것은 문자를 향유하고 있었던 양반 계층, 특히 그중에서도 몰락한 양반 계층이었다. 『금오신화』를 쓴 김시습, 『홍길동전』의 허균, 「양반전」「허생전」의 박지원은 그 대표적 인물들이며 이들은 사회로부터 소외된 삶의 '흥미와 여흥'을 위해, 혹은 기존의 사회제도나 관습을 비판하고 이로부터 벗어나보고자 하는 의식의 표출을 위해 '소설'이라는 장르를 이용했다. 또 다른 고전소설의 형성 경로 중 하나는 고대에서부터 축적되어 온 설화, 민담 등의 구비 서사문학이 일정한 시기에 와서 기록되면서—이 시기에 대한 엄밀한 추정은 불가능하며 대개 훈민정음 창제 이후로 짐작된다—소설 작품으로서의 형태를 갖추는 것이다. 『춘향전』 『심청전』 등의 판소리계 소설이 그 예에 해당한다.

보급의 측면에서 볼 때 이 작품들은 전기수, 세책가, 방각본 출판 등에 의해 계승되거나 광범위하게 유포되었다. 초기의 독자들은 몰락양반 계층과 양반 부녀자들이었지만 시간이 지나면서 평민 계층에까지 독자층이 확대되었고 이 현상은 국문소설의 발달 및 보급과 불가분의 관계에 있다.

한문, 국문이라는 표기 문자의 상이함과 관련 없이 고전소설 작품들은 모두 그 서사적 구조나 내용 및 표현에서 현대소설과 구별되는 몇 가지 뚜렷한 특징을 보여준다. 지금까지 연구 결과에 의해 밝혀진 사항들을 지적하자면 대부분의 등장인물이 성격의 변화가 없는 평면적 인물로 선과 악의 한 극단에 귀속되는 유형적 인물이라는 점, 이야기의 전개 과정이 시간적 순차에 따르고 있어 구성상의 입체성이 결여되어 있다는 점, 서사의 초점이 한 인물의 일생이나 그의 역경에 집중된다는 점, 해피엔딩의 상투적 결말 구조를 가지고 있으며 그런 결말을 통해 권선징악적 가치관을 드러낸다는 점, 언어 표현에 관습적 수사가 많이 동원된다는 점, 초자연적이고 신비스러운 세계와 그런 세계에서의 사건이 경험적 세계와 공존한다는 점 등등이 있다. 그러나 이런 공통점을 보유하고 있다 하더라도 '고전소설'이라는 용어 자체가 포괄하고 있는 범주가 무한히 넓고 구체적인 작품이 지니고 있는 변별성을 드러내기에는 미흡한 용어이기 때문에 연구자들은 다양한 하위 개념을 발전시켜왔다.

전기소설, 몽자류 소설, 몽유록계 소설, 군담소설, 판소리계 소설 등등의 용어는 모두 내용이나 구조상의, 혹은 명칭이나 전승 방법상의 어떤 공통된 특징을 가지고 고전소설 작품 일부를 분류하면서 생겨난 것이다. 시기별로 고전소설을 분류할 때에는 ① 15세기에 창작된 『금오신화』와 16세기의 『홍길동전』을 중심으로 한 시기 — 허구를 '창작'한다는 의식의 확립과 함께 국문소설의 발생기, ② 17세기 소설로 『구운몽』과 『창선감의록』 『숙향전』 『유충렬전』을 중심으로 한 시기 — 민족의식의 개입 및 아류 작품의 양산기, ③ 18, 19세기 소설로 연암 소설, 판소리계 소설 및 『천수석』 『보은기우록』을 중심으로 한 시기 — 평민 의식과 사회 개혁 의식의 집중적 표현기의 셋으로 나누어보는 것이 일반적이다. 이 중 ③의 시기에 해당하는 작품들에 대한 연구가 최근에 와서 집중적이고 활발하게 이루어지고 있다. 이 시기의 작품들이 지니고 있는 근대 지향적 성격이 현대소설의 형성 과정과도 적잖은 관련이 있으며 연구자들은 그를 통해 우리의 소설사에 있어 전통의 계승과 변형이라는 핵심적인 문제가 밝혀질 수 있으리라고 기대하고 있는 것이다.

골계(comic)

보통 '우스꽝스러움'이라고 번역되는 골계는 웃음을 자아내는 문학의 모든 요소에 폭넓게 적용되는 말이며, 그 하위 범주로 기지(wit), 풍자(satire), 반어(irony), 해학(humor) 등을 거느리면서 주로 숭고(sublimeness, 미학자에 따라서는 비장)와 대립하는 미적 범주로 이해된다.

골계는 크게 객관적 골계와 주관적 골계로 나누어진다. 객관적 골계는 웃음거리가 되는 대상 그 자체의 성질이나 형상에 의지하는 골계, 다시 말해 대상을 우습게 만들려는 작가의 계산된 배려가 그리 크게 작용하지 않는 웃음이라는 뜻에서의 골계이다. 그것은 우스꽝스러운 외모라든가 판단 착오에 의한 실수 또는 이러한 행동을 범하기 쉬운 인물의 성격 자체에서 비롯된다. 예를 들자면 양복 정장에 고무신을 신은 모습이라든가 급히 뛰어가다가 돌부리에 넘어지는 모습들은 골계적 요소이다. 따라서 문학보다는 연행 예술 장르에서 더 돋보이는 웃음의 장치이다.

이에 비해 주관적 골계는 작가의 치밀한 계산에 의한 웃음의 장치이다. 따라서 작가의 적극적 개입이 없을 경우 조금도 우습지 않거나 오히려 눈물을 흘릴 수도 있는 소재도 주관적 골계에서는 웃음을 줄 수 있다(예컨대 김유정의 소설에서 주인공들의 참상은 사실주의적 소설에서라면 슬픔과 분노의 대상이겠지만 김유정의 미적 조작에 의해 독자는 씁쓸한 웃음을 띤 채 소설을 읽게 된다). 주관적 골계는 객관적 골계에 비해 훨씬 복잡한 미적 범주인 만큼 작가의 고도의 통제 능력이 없다면 작품의 파탄을 가져오게 할 위험이 크지만, 한편 복잡다단한 모순 덩어리로서의 인간 존재의 모습을 효과적으로 그려낼 수 있는 문학적 장치이기도 하다(**기지와 유머**, **풍자**를 보라).

한국문학에 나타난 골계의 범주 규정은 대부분 서양 미학 이론의 차용에 의존하는 것인데, 『한국사상대계 1』에서 조동일은 한국문학 작품을 살피면서 나름의 방법으로 비장, 골계, 숭고, 우아 등 네 가지 미적 범주를 설정하고 있다. 봉산탈춤 대사에서 양반과 말뚝이의 대립을 보기로 들면서 그는 '있어야 할 것(양반의 세계관, 즉 말뚝이는 양반에게 복종해야 한다는 규범)'과 '있는 것(말뚝이의 세계관, 즉 양반에 대한 항거)'이 융합되지 않은 채 대립하는 속에서 골계가 발생한다고 보았다. 특히 조선조 후기 평면 예술의 장르들(가면극, 인형극, 판소리, 소설 등)을 골계의 대표적 장르로 손꼽으면서 '사나운 골계(풍자)'와 '부드러운 골계(해학)'로, 또 노장적 불교적 깨달음을 향한 '세계관적 골계'와 경화된 규범을 파괴하려는 '실천적 골계'로 다시 골계를 세분했다.

미적 범주란 문학에서 장르 개념보다도 더 폭넓은 근원적 구조 원리이다. 따라서 개별 작품의 세부 구조를 어느 정도 추상화시키지 않고서는 체계화하기 힘들다. 그러나 추상화 과정을 통해 얻어진 미적 범주는 개별 작품에 적절히 적용되는 것으로 판정될 때 비로소 타당성을 얻는다. 미적 범주 이론은 어디까지나 구체적 작품과의 끊임없는 대화 속에서만 정비될 수 있을 것이다. 더구나 골계란 한국문학 전반의 핵심을 이루면서, 또 외국의 골계와는 많은 차이가 있으므로 이런 미적 범주에 대해서 우리 나름의 충실한 이론을 수립하려는 노력이 요망된다.

공간(space) · 공간성(spatiality)

일반적으로 소설 속에서 어떤 사건이 일어나거나 정황이 진술될 때에는 구체적인 시간과 물리적인 공간이 필요하게 마련이다. 이러한 구체적 · 물리적 시공성을 보통은 배경이라고 한다. 따라서 시간과 공간은 소설의 배경을 이루는 주요한 요소가 된다. 물론 이때의 배경은 심리적 측면을 배제한 것이다. 시간과 마찬가지로 공간도 또한 구체적이고 물리적인 장소만을 의미하지 않는다. 소설 속의 사건이나 정황 등은 반드시 과학적으로 실증이 가능한 물리적 토대 위에서 이루어지지는 않는다. 내레이터나 등장인물의 의식 속에서도 이런 것들은 구축된다. 공간이 가지는 이러한 특성 때문에 보통은 공간성이라는 대체 용어가 선호되는 편이다. 공간성의 개념 속에는 물리적 배경으로서의 구체적이고 명시적인 장소의 뜻뿐만 아니라 이야기 자체의 공간, 심리적 공간 등 의식이 지속되고 있는 필드(field)의 뜻이 포함되어 있다.

공간 또는 공간성은 시간과 무관하게 논의될 수 없다. 토마스 만이 『마의 산』에서 '공간은 사건을 묘사하는 힘을 갖고 있으며 또한 산출한다'라고 말한 것은 이런 점에서 시사적이다. 레싱(Gotthold Lessing)이 『라오콘 *Laokoon*』에서 예술을 시간예술(연속성과 불가역성을 본질로 하는 문학, 음악)과 공간예술(동시성과 가역성을 본질로 하는 회화, 조각, 건축)로 나눈 것은 두 예술 사이의 영향 관계, 나아가 문학 자체에 내재된 시공성의 상호 관련을 간과한 것으로 여겨진다. 그륀바움(Adolf Grünbaum)이 "과거의 구조는 객체의 공간적 배열로 암시된다"라고 했듯이, 시간예술은 자체적인 실현과 확장, 발전을 위하여 공간예술의 특성인 동시성과 가역성을 사용하고 있다. 가령 평면적 인물이나 입체적 인물과 같은 인물 구성은 조각의 부조와 소조의 관계와 맞물리며, 또 구에서 절, 문, 단락으로 진행되는 서술 양상은 건축의 구성 방식에서 유추된다. 말하자면 시간적 요소만이 문학 특히 소설의 절대적 본질이 될 수 없다는 뜻이다.

J. A. 케스트너가 소설의 공간성이란 '잠재적이며 가상적인 형태로 인식되는 공간 요인'이며, 소설의 공간적 동인(spatial agent)은 '2차적 가상(secondary illusion)'이라고 말한 것은 이러한 한계를 극복한 대안이라 생각된다. 그는 소설에서 공간은 첫째, 텍스트 내에서 작용하는 2차 가상으로, 둘째, 점 · 선 · 면 · 거리 등의 기하학적 특성을 통해, 셋째, 공간예술과의 관계 속에서 기능하며, 넷째, 해석 행위에 영향을 미친다고 말하고 있다. 말하자면 '2차적 가상'을 허상(the virtual)과 실상(the actual)을 인식론적으로 지양한, 곧 명목적 용어가 아닌 평가적 용어로 사용하면서 가상 혹은 허구를 예술의 본질적 동인으로 보고 있는 셈이다. 그러므로 2차적 가상은 시간예술과 공간예술에서 모두 적용되는 개념으로 확장된다.

사실, 소설에서 공간이 단순히 실제적인 사건이 일어나는 경험적이고 구체적인 세계만이 아니라 인물의 내면적이고 심리적인 공간도 아울러 포괄한다는 것은 주지하는 바와 같다. 소설 속에서 공간은 시간과 결합하여 하나의 독자적인 소우주를 이루면서 단순히 작품의 배경으로만 기능하지 않고 오히려 인물의 성격을 구체화하기도 하고 성격에 리얼리티를 부여하는 동기가 된다. 공간의 이동을 통해 독자들은 상상력을 촉발하기도 하며 여러 공간의 체계적인 답사를 통해 작품의 주제를 파악하기도 하는 것이다. 그러므로 소설에서의 공간은 거시적인 세계일 수도 있고, 심리적이고 지엽적이며 미시적인 세계일 수도 있다. 물론 공간적 요인도 지역과 시대에 따라서 변별적인 특성을 달리한다.

가령 김만중의『구운몽』과 같은 고대소설에서는 주로 천상과 현세를 넘나드는 범우주적 공간이 주를 이루는 데 반하여, 서구의 로망스의 경우는 모험과 동경에 가득 찬 몽환적 공간이 많은 편이다. 세르반테스의『돈 키호테』에서 돈 키호테나 산초 판사가 만나는 흥미로운 길의 공간, 그리고 허먼 멜빌(Herman Melville)의 『백경』이 펼쳐 보이는 투쟁의 현장으로서의 바다의 공간은 이미 작중인물들이 행동하는 길과 바다라는 물리적 자질이나 요인을 넘어선, 심리적으로 투사된 탐색의 내면적 공간이다.

그러나 현대소설에 들어오면서 소설에서의 공간은 다양한 모습으로 변모하기 시작한다. 모험에 가득 찬 광역적 공간을 배경으로 삼는 소설이 없는 것은 아니지만, 현대 작가들은 어느 특정 지역이나 장소와 같은 좁은 세계에서 일어나는 폐쇄된 공간에 더 많은 관심을 기울인다. '방'이나 '집'과 같은 좁고 닫힌 공간이 작중인물들의 심리적 세계를 환기시킬 수 있는 객관적 상관물 또는 상징적 공간으로 선호되는 것이다.

로브그리예(Robbe-Grillet)의 『질투』나 이상의 「날개」는 이런 경향을 잘 보여준다. 『질투』에서는 언제나 화자의 시선이 테라스의 한구석이나 난간 뜰 주변에 심어놓은 바나나 나무에 고정되어 있는데, 이것은 끝없이 맴돌고 갇혀 있는 밀폐된 심리적 상황을 극적으로 부각시키기 위한 공간 설정이며, 「날개」의 '33번지'의 어느 방, 특히 해가 잘 들지 않는 방은 식민지 현실에 절망하고 있는 지식인의 소외와 좌절의 내면 의식을 암유(暗喩)하는 공간이다.

카뮈의 『페스트』에서 '비둘기도 나무도 없는' 오랑은 현대인의 소외와 실존의 부조리와 무의미를 환기하는 절망적 공간이며, 김승옥의 「무진기행」에서의 '무진'도 그러하다. 빛의 상승적 이미지와 물의 하강적 이미지가 함께 공존함으로써 부유(浮遊)할 수밖에 없는 안개, 그리고 안개로 둘러싸인 무진이라는 암울한 공간은 작중인물 윤희중의 허무와 삶의 불확실성, 방황의 내면 심리를 대신하는 심리적 공간으로 기능하고 있는 것이다. 또 김문수의 「증묘」에서의 차단된 골목과 V자와 L자의 갈림길은 작중인물이 갖고 있는 내면적 비밀—숙부 살해와 근친상간—과 나아가 6 · 25에 의한 동족상잔의 콤플렉스를 환기 내지 상징하는 환유적 공간으로 우리에게 다가선다.

현대소설의 공간은 심리적 공간으로서의 기능이 강한데 이런 현상은 작가들이 더 이상 서사문학의 관습화된 시간 구조에 머물지 않고 오히려 이를 정지시키거나 아주 폐지하고 시간 대신에 공간을 지배적인 차원으로 삼는 공간적 형식(spatial form)을 선호하고 있는 경향과 무관하지 않다.

공상과학소설(science fiction)

과학적 사실을 바탕으로 하여 실현 불가능한 허구적 세계를 이야기 형식에 담는 것을 특징으로 하는 소설의 유형을 지칭하며 최근에는 약칭인 SF라는 말이 더 많이 사용되고 있다. 과학적인 사실과 인류 문명에 대한 비전을 결합시킨 것이 그 주된 내용을 이룬다. SF는 관습적인 문학적 전통에 비추어 본격문학의 범주에서 제외되어야 한다는 묵시적인 비평적 합의가 있어왔다. 즉 공상과학소설은 문학이 현실의 반영이어야 한다는 전통적인 관점에서 볼 때, '도저히 믿을 수 없는 허구적 세계' 혹은 '황당무계한 세계'로 통상 간주된다. 그러나 현대의 산문문학에 과학적 상상력이 풍부하게 개입된다는 것은 논의의 여지가 없는 사실이며, 이런 요소들이 소설적 재미를 확장시켰다는 점 또한 부정할 수 없다.

서구 문학의 전통에서 SF의 기원은 멀리 조너선 스위프트의 『걸리버 여행기』에서부터 구할 수 있으며, 메리 셸리의 『프랑켄슈타인』, H. G. 웰스의 『타임머신』 『우주전쟁』 『투명인간』 『모로 박사의 섬』, A. 헉슬리의 『멋진 신세계』, 쥘 베른의 『지구에서 달로』 등은 그 대표적인 성과이다. 이들 작품이 허황된 세계에 기반을 둔 허구의 극단을 제시한다는 견해도 있지만 그 허구적 세계는 현실과 환상 사이에서, 궁극적으로는 대립이 아닌 화해라는 인간 자신들이 가진 낙관적 꿈을 실현하려는 강력한 메시지라는 평가도 없지 않다.

근대 산업혁명 이후 고도의 산업 발달과 함께, 소설은 인간의 환경과 사회구조의 변혁을 경험하면서 발생하는 당면 과제들—예컨대 미래 사회에 대한 전망과 예측을 통해 인간 사회의 물신화에 대비하거나 혹은 극복해야 할—을 소재로 차용하기에 이른다. 이러한 소재들은 주로 인간 사회의 미래에 대한 낙관적이거나 비관적인 전망을 내리는 도구적 역할을 수행한다. 가령 쥘 베른의 『해저 2만 리』는 노틸러스 호의 심해 항해를 다루고 있다. 제2차 세계대전 이전에 씌어진 이 작품은 그 시대의 과학적 지식으로는 상상하기 힘들었던 핵 잠수함의 도래를 예견했다는 점에서 미래 사회에 대한 공상이 결코 허구 그 자체로만 끝나지 않음을 보여준다. 또한 그러한 점이 독자들에게는 강한 흥미를 부여한다. 과학 지식의 문학에로의 수용에서 창안되는 이 허구의 세계는 근본적으로는 동화적 세계와 연관되어 있으면서도 풍부한 재미를 아울러 갖추고 있다. 그러나 이 재미의 이면에는 미래 사회에서의 인간성의 위기를 경고하는 날카로운 문명 비판적 전망과 통찰이 감추어져 있는 경우가 많다. 웰스의 『타임머신』(1895), 『투명인간』(1897) 등은 그 대표적인 예이다. 이들 작품 가운데 『타임머신』은 시간의 장벽을 극복한 과학자가 먼 훗날의 인류의 모습을 보고 회의하는 내용으로 인류의 인간성 상실과 어두운 미래를 환상적인 이야기로 보여주고 있다.

공상과학소설의 장점은 그것이 허구적 세계의 확대와 독자의 공상적 기대를 충족시키는 데 그치지 않고 인류 사회가 지닌 병리학적 상황을 과학적 지식과 진단 방식을 통해 그려내는 데에 있다.

어떤 의미에서는 기술의 급진적인 발전과 그로 인해 파생되는 인간사회의 병리 현상에 대해서 독자의 주목을 요구하는 데 공상과학소설이 독자에 대한 기여의 몫이 있는지도 모른다. 공상과학소설은 현실 속에서 과학의 진보 혹은 그것이 영향을 주게 될 미래의 인간 사회와 그로 인한 개개인의 충격과 변화를 주도면밀하게 표현한다. 그러나 이러한 진단이 늘 인류의 미래에 대한 비관적 전망으로 끝나는 것은 아니며 기술과 과학에 대한 신뢰감 및 휴머니즘의 궁극적 승리를 표현하려 하고 있다는 점도 유의해야 할 것이다.

관습(convention)

문학 연구에서 관습이라는 용어는 매우 다양한 의미로 사용되고 있으며, 그것이 지시하는 대상 역시 대단히 광범위하다. 논자에 따라서 그것은 특정 시대의 문학에서 존중되거나 선호되는 글쓰기의 규칙, 혹은 관행들—예컨대 서양 고전주의 문학에서의 전원시(pastoral)나, 동양 전통 문학에서의 산수시(山水詩)—을 가리키기도 하고, 문학 생산과 수용의 조건을 이루는 주제, 형식, 수사 등에 관한 사회적 묵계 일체를 나타내기도 한다. 전자의 경우 관습은 전통(tradition)의 하위 개념에 속하는 셈이고, 후자의 경우에는 오늘날 문학적 규약(code)이라고 부르는 것과 동일하다.

문학 연구자들이 관습이라는 용어를 사용하는 방식은 일정치 않지만, 관습의 범주에 드는 문학적 주제, 형식, 수사 등의 일반적 속성에 관해서는 대체적인 합의가 이루어져 있는 것으로 보인다. 문학적 관습의 속성들은 대략 세 가지로 나누어 정리할 수 있다.

첫째는 반복성이다. 어떤 주제, 형식, 수사 등은 문학사를 통해서 원형 그대로 혹은 다소의 변형을 거치면서 반복적으로 나타난다고 믿어질 경우 관습으로 분류된다. 이러한 근거에서 보자면, 주제상의 관습은 일반적으로 모티프라고 불려지는 것에 해당하며, 형식상의 관습 가운데 대표적인 예는 역사상 존재해온 각종 장르들이다.

둘째의 속성은 집단성이다. 현재 확인 가능한 문학적 관습 중에는 애초에 작가 개인의 창안(invention)으로 이루어진 것이 상당수이지만, 그것은 당대와 후대의 작가들에 의해 모방되고, 그리하여 문학을 생산하고 수용하는 사회집단의 집단적 기억 속에 자리 잡음으로써 비로소 관습이 된다. "보다 넓게 생각하면, 관습이란 하나의 집단적 스타일이다. 새로운 운동은 개개인의 재능에 의해 촉진되는 반면, 관습의 매개체는 전통이다"라는 발언은 여기서 유의할 가치가 있다(Harry Levin, "Notes on Convention", *Refraction*, New York, 1966, p.57).

문학적 관습의 셋째 속성은 자연스러움(naturalness)이다. 모든 문학적 관습은 구전적 전통에서 유래한 것이든 작가 개인의 창안에서 비롯된 것이든 본질적으로 작위적인 것이다. 그러나 그 작위성은 문학적 관습에 익숙해져 있는 사람들에게는 좀체로 간파되지 않는다. 빅토리아 시대 소설의 작가나 독자들은 남성—전지적 서술자가 이야기를 하는 형식을 으레 당연한 것으로 생각했고, 조선시대 소설의 작가나 독자들은 권선징악 플롯의 '그럴듯함'에 대해 추호도 회의를 품지 않았다. 어떤 주제, 형식, 수사가 특정 문화 집단에서 자연스러운 것으로 받아들여지고 있다면, 그것은 주제, 형식, 수사가 하나의 관습으로 정착되었다는 증거이다.

이처럼 문학적 관습은 반복성, 집단성, 자연스러움이라는 일반적 속성을 띠면서 특정 문화 집단과 그 전통 내에서 문학 생산과 수용의 가능태들을 제약한다. 그러나 문학적 관습이 발휘하는 구속력은 결코 항구적인 것이 아니다. 동서양의 문학사는 한때 권위를 누리던, 혹은 인기가 있던 문학적 관습들이 역사적 · 사회적 변화에 의하여, 보다 정확하게 말하자면 이데올로기의 변화에 의하여 타격을 입고 붕괴해 버린 사례들을 무수히 보여준다. 문학적 관습은 그것의 기초가 되는, 인간 현실을 인식하고 재현하는 특정한 방식—이데올로기—이 더 이상 타당한 것으로 인정되지 않을 경우 그 자연스러움의 환영을 잃어버리게 된다. 그럴 경우 그것은 부정적인 의미에서의 관습, 즉 문학의 창조적 발전을 저해하는 낡은 규칙 혹은 규범으로 나타난다. 문학사에서 사조의 변천 혹은 교체가 일어나는 전환기에는 이처럼 재래의 문학적 관습들이 순전히 형식적인 것, 부자연스럽고 강제적인 것으로 판명되어 격렬한 도전에 직면하게 되는 현상을 목도하게 된다.

역사상 존재해온 많은 문학 형식 가운데서도 소설은 문학적 관습으로부터 가장 자유로운 것으로 간주되곤 한다. 이러한 통념은 소설에는 여타의 문학 형식에서 보는 바와 같은 정제된 규칙이 처음부터 결여되어 있으며, 오히려 다른 문학 형식들—예컨대 에세이, 편지, 연대기, 대화록 등—이 전용됨으로써 잡종적 성격이 두드러진다는 사실에 근거를 두고 있다. 소설의 비관습적 성격은 소설의 역사적 변천을 지배한 주요 원리 중의 하나인 **패러디**에 의해 보다 강화된다. 『돈키호테』 이래의 소설사에서 줄기차게 등장하는 패러디는 결국 소설이 하나의 관습적 형식으로 고착되기를 거부하는 소설 자체의 자의식의 표현과 다를 바가 없는 것이다. 이러한 형식상의 무정형성과 패러디의 애용은 흔히 소설이 있는 그대로의 현실에 직접적으로 접근하는 특권을 가지고 있다는 증표로 거론된다. 실제로 많은 소설가, 비평가들은 소설이 어떤 형식상의 법칙에도 구애받지 않기 때문에 현실을 왜곡 없이 적나라하게 재현하는 '투명한' 형식이라고 주장해왔다.

문학적 관습이 현실을 은폐하는 장막과 같은 것이라는 생각은 18세기 낭만주의 이래 기성의 문학적 관습의 타파를 겨냥한 온갖 시도들의 원점에 놓여 있는 것이지만, 일체의 관습적인 규칙과 규범에서 벗어난 현실 재현이란 실현 불가능한 환상이다. 한 편의 소설이 현실을 실감 있게 그려냈다는 인상—롤랑 바르트의 표현을 빌리면 '현실 효과(L'effet de reel)'를 창출하는 힘은 궁극적으로 문학적 관습에 의존하기 때문이다. 이를테면 로렌스 스턴의 『트리스트럼 섄디』와 같은 패러디 작품들은 기존의 소설적 재현의 장치들이 인위적인 구성물에 불과함을 보여주는 과정을 통해서 역설적으로 현실의 초언어적 현실성을 환기하며(Robert Alter, *Partial Magic: The Novel as a Self-Conscious*

Genre, California, 1975, pp.30~56), 19세기의 리얼리즘 소설들은 세심한 디테일을 축적하고 그 디테일에 인과성을 부여한다는 관습에 의하여 독자로 하여금 현실을 있는 그대로 보고 있다는 인상을 갖게 한다(Roman Jacobson, "On Realism in Art, Ladislav Matejka and Krtstyna Pomorska", ed, *Readings in Russian Poetics*, Ann Arbor, 1978).

작게는 소설, 크게는 문학 전반에서 관습적 규칙과 형식이 담당하는 역할은 비단 현실 효과의 창출에 한정되지 않는다. 구조주의 이후 최근의 문학 이론은 글쓰기를 작가 개인의 창조적인 활동으로 보는 낭만주의의 유산을 청산하면서 문학 생산과 수용의 조건을 이루는 관습의 요소들을 광범위하게 밝혀내고 있다. 문학 텍스트의 가해성(intelligibility)을 결정하는 규약들, 또는 공통의 문학적 규약에 참여함으로써 텍스트들이 빚어내는 조응과 연관의 형태들—상호 텍스트성(intertextuality)은 구조주의자들이 검출한 관습적 요소들의 대표적인 예이다. 그런가 하면 문학적 관습이 자연화(naturalize)시키는 주제, 형식, 수사, 기법에 있어서의 채택과 배제의 규칙들을 총체적인 사회 과정에 통합시켜 고찰하는 작업도 마르크스주의 비평의 일각에서 시도되고 있다. 한국문학 연구에서는 이른바 전통 단절론의 극복을 지향하는 일련의 논의들을 계기로 문학적 관습의 역할과 작용에 대한 관심이 증대되고 있다. 고소설과 신소설 사이에 존재하는 주제적 · 형식적 요소들의 공통성 또는 판소리계 소설과 근대소설의 내면적 연속성을 검토한 성과들은 한국문학의 관습에 대한 진전된 인식을 대표한다.

교육소설(educational novel)

젊은 남녀들을 바람직한 시민으로, 그리고 도덕적 · 지적으로 성숙한 성인으로 교육시킬 목적으로 18세기 말 유럽에서 발달된 장편소설의 한 양식이다. 루소의 『에밀』은 이러한 유의 소설의 가장 대표적인 예이며, 어떤 의미에서 이것은 성장소설(Bildungsroman)의 전범이다. 주로 청소년층을 대상으로 씌어지는 소년소설들을 이 범주에 포함시킬 수가 있는데, 그러한 소설들은 대개 불우한 소년 소녀가 고난과 역경을 이기고 바람직한 성인으로 성장해가는 과정을 담고 있다. 마크 트웨인의『허클베리 핀』이나『톰 소여의 모험』『왕자와 거지』, 요한나 슈피리의『하이디』, 버넷의『소공자』나『소공녀』 등의 작품들, 조흔파의『얄개전』, 김내성의『쌍무지개 뜨는 언덕』, 최인호의『우리들의 시대』, 오탁번의『달맞이꽃 피는 언덕』이 그러한 소설의 예들이다.

구상(構想)

한 편의 문학작품이 독자에게 선택되기까지에는 많은 절차와 과정을 거치지 않으면 안 된다. 작가로부터 완성된 원고를 건네받은 출판사는 그것을 편집하고 책으로 제작하여 서점에 진열한다. 특수한 경우를 제외한다면 이 과정에 작가의 직접적인 참여는 배제되어 있다. 그러나 작품이 배태되고 성숙되어 그 전모를 드러내기까지에도 마찬가지로 몇 가지의 과정과 단계를 거치게 된다. 이것은 말하자면 창작의 과정인데 두말할 필요도 없이 작가가 장악하고 있다. 물론 문학작품이 구체적으로 가시화되는 것은 작가의 집필이라는 행위에 의해서이다. 작가가 집필이라는 행위를 착수하기 전까지는, 작품은 이 세상 어디에도 존재할 수 없다. 다만 작품은 작가의 가슴속이나 머릿속 어딘가에, 또는 작가의 오른손의 잠재적인 가능성 속에 숨어 있을 뿐이다. 사랑의 우여곡절 끝에 하나의 생명이 잉태되듯이, 작가는 경험에 촉발되어 하나의 작품을 착상하게 된다. 이것이 작품이 존재하게 되는 근원적인 시초이지만, 이 시초는 말 그대로 시초에 불과하다. 이 시초는 모호하고 혼란스러우며 아무런 구체적인 형태도 가지지 않는다. 구체적인 형태를 가지기는커녕, 불투명한 하나의 인상에 지나지 않는다. 이것이 작품으로 성숙하고 집필이라는 행위에 의해 구체적으로 형태를 드러내기까지에는 얼마의 세월을 필요로 하는지조차도 기약할 수 없다. 『사반의 십자가』라는 작품은 세상에 모습을 드러내기까지 김동리라는 작가의 내부에서 20년을 기다려야 했고, 『음향과 분노』는 어느 날 문득 포크너의 상상의 눈에 비쳐든 하나의 장면—할머니의 장례식이 거행되는 장소가 창문을 통해 보이고 배나무 가지 위로 속옷이 흙투성이인 소녀의 엉덩이가 드러나 있는—으로부터 발전되었다. 하나의 의도가 작품의 구체성으로 자라나고, 하나의 장면이나 인상이 얽히고설킨 이야기 속에 자리 잡는 오래고 복잡한 과정 끝에 비로소 출산의 시기를 맞는다.

작품이 잉태되고 형태를 자리 잡아가는 이 기간 동안 작가는 극심한 번민에 시달린다. 그는 궁리하고 머리를 쥐어짜며 때로는 희망에 부풀고 또 때로는 절망에 사로잡히기도 한다. 이것은 말 그대로 신고(辛苦)의 기간이며 집필 과정은 이 소설 구상 과정에 견준다면 오히려 손쉬운 것이라고 할 수 있다. 물론 이 과정이 종종 집필의 과정과 겹치거나 병행하는 경우도 있기는 하다. 작품의 전모를 앞질러 계획하지 않은 채 손의 작업이 작품을 스스로 발전시키고 완성하도록 맡기는 방법으로 작품을 쓴다고 말하는 작가도 있기 때문이다. 다시 말하자면 작가가 작품의 전모를 완벽하게 짜지 않은 채 집필에 착수하고 집필을 진행시켜 나가면서 동시에 작품을 궁리하는 경우이다. 그러나 이것은 지극히 예외적인 경우이며 방대한 서사적 흐름을 조절하고 지배하지 않으면 안 되는 장편소설의 집필에서는 적용하기가 불가능한 방법이다.

일반적으로 구상이란 창작의 특정한 과정, 착상과 기필(起筆)의 절차 사이에 가로놓이는 과정을 가리킨다. 따라서 그것은 작가의 의도 속에다 작품의 전모를 그려 넣는 과정이고, 생각을 얽어 짠다는 그 말의 일상적인 뜻이 시사하는 바대로 태어날 작품의 구도를 완성시키는 작가의 작업을 지칭하는 말이다. 따라서 완전한 작품은 구상의 결과이고 태어난 작품은 작가의 숙련된 손에 의해 밖으로 끌어내어진 잠재된 작품—즉 구상이라고 말해도 무방하겠다.

구조(structure)

구조주의 언어학에서 정립된 이 용어는 인류학, 심리학, 문학 등 20세기 인문 사회과학의 여러 분야에서 폭넓게 사용되고 있다. 문학적인 의미로 '구조'는 하나의 문학작품을 구성하고 있는 다양한 내부 요소들이 맺고 있는 상호 관계 및 그것들의 '유기적 총합'을 지칭한다. 즉 한 문학작품의 전체와 부분은 떼려야 뗄 수 없는 긴밀한 관계에 있고, 한 부분이 지닌 진정한 의미는 다른 부분이나 전체와의 관계 아래에서만 파악될 수 있으며, 이 부분들을 감싸 안고 있는 전체—문학작품은 스스로 완결된 덩어리이자 자족적 존재라는 것이 구조라는 개념 아래에 깔려 있는 보편적인 인식이다. 아이들이 흔히 즐겨 하는 블록 쌓기 놀이에 비유한다면 그 블록의 재료 한 장 한 장은 그것들이 합쳐져 만들어낸 전체 형태가 무엇이냐에 따라 기차의 바퀴나 레일이 될 수도 있고 성채의 첨탑이나 계단이 될 수도 있다는 것이 구조의 개념이다. 즉 블록 한 장 한 장이 지닌 의미와 기능은 '기차'나 '성'과 같은 전체와의 관련 아래에서만 파악된다는 것이다. 만들어진 형태가 기차라면 기차라는 전체는 하나의 구조이며 기차를 구성하고 있는 무수한 블록들은 기차라는 구조의 구성 요소이다. 이때 그 구성 요소인 블록 하나하나의 상호간의 관계는 의미 있는 관계이며 그 관계는 전체 구조의 구성에 있어 각 블록이 맡고 있는 기능에 따라 정해진다. 여기서 유의해야 할 점은 각 블록에 기능과 의미를 부여하는 '전체'가 기차라는 구조뿐 아니라 바퀴나 레일과 같은 부분이 될 수도 있다는 사실이다. 문학작품의 경우에서 보자면 완성된 한 작품만이 전체가 아니라 소설의 한 단락, 희곡의 한 막, 시의 한 행도 하나의 전체로 간주될 수 있다. 이것들은 이들 나름대로의 부분을 가지고 있는 전체이자 더 큰 전체의 어느 한 부분으로 참여한다. 그러므로 하나의 문학작품은 유기적으로 얽힌 계층적 구조라 할 수 있다.

문학작품 속에 실현된 이야기가 시간적 순서에 따라 사건을 배열한 단순한 이야기가 아니라 그것을 효과적으로 전달하기 위해 어떤 '변형'이 가해진 이야기, 서로 긴밀한 내적 연관을 가지고 '얽혀 있는' 이야기라는 것은 아리스토텔레스 이래 거의 모든 문학 이론가들이 주장해온 것이다. 플롯, 형식, 표현 등의 용어는 모두 이런 개념 아래에서 도입된 것이다.

그러나 이런 전통 시학의 용어들이 주목하는 과정이 이야기의 '효과적' 전달을 위한 이야기의 변형 과정인 반면, '구조'라는 용어는 문학작품 자체를 외부의 어떤 요소와도 관련을 맺고 있지 않은 자율적이고도 자족적인 언어의 체계로 본다는 점이 커다란 차이점이다. '구조'의 개념을 가지고 문학을 바라볼 때 문학작품을 구성하고 있는 다양한 성분들은 그 고유한 특성들에 의해 식별될 수 있는 자립적인 성질들이 아니라 순전히 '관계에 의해 이루어진' 요소들이다. 즉 그 요소들의 개별성은 문학작품 자체, 작품이라는 체계 자체 내의 다른 요소들과의 차이(difference)와 대립(opposition)의 관계에 의해 부여된다. 문학작품 전체의 체계는 하나의 계층 조직으로 간주되며 연속되는 각층에서 낮은 층의 단위로 갈수록 점점 더 복잡한 결합들과 기능들이 조직된다. 그러므로 구조의 개념에 입각한 문학 연구는 이 단위 요소들이 가지고 있는 기능과 그것들이 통합되어 형성하는 '전체'가 무엇인가를 탐색하는 과정이 된다.

구조의 개념을 가지고 문학을 바라볼 경우 전통 비평이 그렇게 해왔던 것과 같은 내용 · 형식의 이분법적 인식을 벗어나 단일한 통일체로 작품을 대할 수 있다는 장점이 있다. 작게는 작품 자체가 지니고 있는 자율적인 미적 논리와 질서를 가려내는 작업에서부터 크게는 작품이 지니고 있는 '문학성'의 본질, 혹은 작품이 그 작품을 존재케 한 사회 · 문화적 제 규범과 맺고 있는 관계에까지 구조의 개념은 광범위한 문제들을 탐색하게 해준다. 문학이 어떤 외부 세계의 반영이거나 작가의 의도를 반영하는 표현물이 아닌 언어를 통해 구축된 독립적 존재라는 인식과 아울러 문학 자체의 '문학성'을 탐구하고 그것의 본질을 발견하게 해준다는 면에서 '구조'라는 용어는 현대 문학 연구의 유력한 도구이자 핵심적 개념으로 자리 잡고 있다.

구체화(concretization, concretion)

독서 과정을 텍스트의 구체화 과정이라고 한다. 독자는 왜 텍스트를 구체화해야 하는가. 현상학자 잉가르덴(Roman Ingarden)은 이 문제를 텍스트의 미결정성의 측면에서 설명한다. 하나의 예를 들어보자.

'버스가 산모퉁이를 돌아가다'라는 문장은 어떤 대상과 상황을 재현하고 있는 것처럼 보이지만 자세히 뜯어보면 거기에는 수없이 많은 틈들이 가로놓여 있다는 것을 발견하게 된다. 버스의 크기는 얼마나 되며, 그 색깔은 노랑인가 빨강인가, 또 거기에 몇 명의 승객이 타고 있는가, 그리고 산모퉁이의 산은 야산인가 큰 산인가, 그 산 옆으로는 강이 흐르고 있는가. 버스는 산모퉁이를 돌아 어디로 가고 있는가. 현재 서술자는 버스 안에 있는가, 밖에서 버스를 바라보고 있는 위치에 있는가—상상할 수 있는 이러한 모든 자질들은 예의 그 문장 가운데는 포함되어 있지 않다. 말하자면 그러한 자질들은 미확정인 채 틈으로 남아 있는 것이다. "버스가 산모퉁이를 돌아갈 때 나는 '무진(Mujin) 10km'라는 이정비(里程碑)를 보았다"라는 문장은 앞에서 미확정인 채로 남아 있던 몇 가지의 틈을 메워준다. 그 밖의 자질들은 여전히 미확정인 채로 남아 있다. 그리고 새로운 정보가 추가되면서 새로운 틈이 또 생기고 있다. 예를 들어 무진은 어떤 곳인가, 무진에는 무엇하러 가는가, 이번 무진 길은 초행인가 등. "그것은 옛날과 똑같은 모습으로 길가의 잡초 속에서 튀어나와 있었다. 내 뒷좌석에 앉아 있는 사람들 사이에서 다시 시작된 대화를 나는 들었다." "앞으로 10킬로 남았군요." "예, 한 30분 후에 도착할 겁니다." "그들은 농사 관계의 시찰원들인 듯했다. 아니 그렇지 않은지도 모른다." 여기에 오면 앞에서 틈으로 남아 있던 몇몇 사실들이 확정된다. 우선 초행이 아니라는 사실, 무진은 농업과 관련된 고장일지도 모른다는 사실 등이 그것이다.

글쓰기란 어떤 의미에서는 끝없이 틈을 메우는 작업이라 할 수 있다. 그러나 세목을 아무리 많이 열거하거나 전체적 암시를 통해서거나 간에 이론상으로 말해서 텍스트의 미확정적인 틈을 다 소거할 수는 없는 일이다. 모든 문학작품 또는 재현된 대상이나 국면은 무한히 많은 미결정성을 포함하고 있다고 할 수 있다.

현상학의 이론에 의하면, 모든 대상은 무한히 많은 결정 요소를 가지고 있는데, 어떠한 인식 행위도 어떤 특정한 대상의 모든 결정 요소를 다 고려에 넣을 수는 없다. 따라서 현실의 대상은 반드시 어떤 특정한 결정 요소를 가지고 있어야 하는 반면—현실의 대상은 색채가 주어지는 것이 아니라 그 자체가 색채를 가지고 있는 것이다—문학작품 속의 대상은 의미의 단위나 국면들로부터 지향적으로 투사되는 까닭에 어느 정도의 미확정성을 남겨놓고 있게 마련이다.

독서의 행위에는 텍스트 속에 나타난 미확정성 및 틈을 채우거나 도식화된 국면을 제거하는 일이 포함된다. 잉가르덴은 이러한 행위를 구체화(concretization)라고 부른다. 그는 구체화를 미결정을 채우기 위한 독자의 주도적 행위, 즉 '보완적 결정(complementing determination)'으로 본다. 이 행위는 무의식적으로 행해지는 경우가 많기는 하지만, 문학예술 작품을 이해하기 위한 필수적인 행위의 일부이다. 왜냐하면 구체화의 과정이 없다면 하나의 세계를 제시하고 있는 미적 작품은 도식적 구조로부터 형태를 나타내지 않기 때문이다. 한편 구체화의 과정을 통해 독자들은 스스로의 환상(fantasy)을 행사할 기회를 갖는다. 미결정의 틈을 채운다는 일은 창조성뿐만 아니라 기량과 명석성을 요구한다고 잉가르덴은 지적한다. 그런데 구체화는 개별 독자들의 활동인 만큼 다양한 면모로 드러날 수밖에 없다. 개인적인 경험이나 기분, 그 밖의 여러 가지 우발적인 조건들이 하나하나 구체화에 영향을 끼친다. 그러므로 설사 한 독자의 것일 경우에서조차도 두 번의 구체화는 결코 동일할 수가 없는 것이다(**기계적 반응**을 보라).

군담소설(軍談小說)

임진 · 병자 양란 이후 발생하여 조선조 후기에 유행했던 한글 소설의 한 유형으로서 군담, 즉 전쟁 이야기가 주된 줄거리가 되는 일련의 소설을 말한다. 서대석에 의하면 '군담소설'은 소재의 원천에 따라 '창작 군담', '역사 군담', '번역 및 번안 군담' 등으로 나뉜다. 허구적 주인공과 허구적 사건을 꾸며낸 작품(예컨대『박씨전』)을 창작 군담이라 하고, 역사에 실재한 역사적 인물의 활약상을 서술한 작품을 '역사 군담소설'(대표적인 예로『임경업전』), 중국 소설을 번역 혹은 번안한 작품들 중에 싸우는 이야기가 중심이 된 작품(『조웅전』『옥루몽』 등)을 '번역 군담소설' 혹은 '번안 군담소설'이라고 한다.

영웅소설은 인물의 특성과 관련된 용어이나 군담소설은 군담이라는 소재의 공통성에서 수립된 개념이다. 군담소설은 특히 임진왜란과 병자호란이라는 사회 전체에 충격을 초래한 전쟁이 작품 속으로 유입된 결과, 작품의 내용까지도 싸우는 이야기가 주를 이루는 작품군을 지칭한다. 이러한 점은 군담소설이 임진왜란과 병자호란 이후 고전소설의 두드러진 경향으로 나타나게 된 사실에서도 확인된다. 군담소설의 작품명이 최초로 나타나는 문헌은 정조 18년에 간행된 일본인 야마다 토운(山田土雲)의 『상서기문(象胥記聞)』으로, 여기에는 『장풍운전(張豊雲傳)』 『소대성전(蘇大成傳)』 『임장군충렬전(林將軍忠烈傳)』 『이백경전(李白慶傳)』 『삼국지(三國志)』 등이 거명되고 있다. 또한 조수삼(趙秀三, 1762~1849)의 『추재집(秋齋集)』 「전기수(傳記叟)」 조에는 『소대성전』 『설인귀전(薛仁貴傳)』 등의 작품명이 발견된다. 특히 이러한 군담소설들은 방각본으로 출판되고 있는데, 「금령전」 『현수문전』 『소대성전』 『장경전』 『조웅전』 『유충렬전』 「양풍운전」 『장풍운전』 등이 그러하다. 더욱이 이러한 작품들은 사장된 작품들의 발굴과 함께 1910년대 이후 활자본으로 간행돼 널리 읽히게 되었다.

군담소설에서는 대부분 플롯의 유사성이 두드러지는데, 이를테면 다음과 같다. 즉 주인공은 권문세가의 자제로서 부모의 극진한 치성으로 태어난다. 그는 난리나 간신의 참소 때문에 부모와 이별하면서 고난을 겪게 되나 도사의 구출로 비범한 능력을 습득하게 된다. 그때 국가는 전란으로 위기를 당하지만 주인공이 나타나 그의 비범한 능력으로 전란을 평정한다. 이후 그는 보상으로 높은 벼슬을 얻으며, 헤어진 가족과 재회하거나 집안을 일으키면서 부귀영화를 누리게 된다.

군담소설의 특징은 주인공이 '전쟁'을 통해 영웅적 활약을 드러내고 그와 같은 과정을 통해서 입신하게 되는 일대기적 구성에 있다. 군담소설의 작가들은 대부분 익명으로 조선 후기에 형성된 몰락 양반 또는 중인 계층으로 추측된다. 또한 소설을 인쇄하거나 대여하는 상업적 집단의 발달로 보아 부녀자, 평민 등 다양한 독자층이 형성되었던 것으로 여겨진다. 뿐만 아니라 강담사, **전기수** 등의 구연(口演) 집단이 있어서 이들에 의해 독자층이 보다 확대되었다(**영웅소설**을 보라).

권선징악(勸善懲惡)

조선조의 소설에서 공통적으로 찾아지는 두드러진 특성 중의 한 가지는 그것들이 유형화된 플롯 구조를 가지고 있다는 사실이다. 올바르고 선량한 인물은 온갖 시련과 난관에 봉착하지만 종내에는 행복에 도달한다는 플롯 구조이다. 이러한 이야기의 구조를 결과시킨 작의(作意)가 무엇인지는 자명하다. 그것은 악의 필멸을 드러내고 선의 궁극적인 승리를 보임으로써 읽거나 듣는 이의 도덕적 열정을 고무한다는 작의 — 이른바 권선징악이라는 문학적 이념 — 때문이다. 사회 · 문화적 맥락에서 보자면 '문에는 도가 담기지 않으면 안 된다(文以載道)'는 동양의 전통적인 문학관과 조선조를 지배했던 유교적 세계관이 전면적으로 수용된 결과라고 설명될 수 있겠다. 문학이 단순히 읽는 이를 즐겁게 할 뿐만 아니라 도덕적 효용까지 가진다고 해서 비난받아야 할 까닭은 없다. 문학의 최고 이상은 감미와 효용(dulce et utile)을 결합하는 데 있다고 호라티우스는 말한 바 있지만, 보기에 따라서는 우리의 조선조의 소설이야말로 그러한 이상을 내실 있게 실천하고 있다고 말할 수 있다.

선이 보상받고 행복에 이르는 이야기는, 악이 마각을 드러내거나 패배하는 이야기와 마찬가지로 읽는 이를 통쾌하게 만든다. 그러나 우리의 전대 소설은 수용자의 기대를 너무나 손쉽게 충족시킴으로써 도리어 그 기대를 배반하는 어리석음을 범하지는 않는다. 충신 유충렬이나 이순신은 간신배의 온갖 모함과 계략에 시달리고, 효녀 심청은 눈먼 아비를 홀로 남겨둔 채 스스로 인당수의 제물로 팔려가며, 열녀 춘향은 정절을 유린하려는 변 사또의 갖은 회유와 협박에도 굴하지 않은 끝에 목이 잘릴 위기에까지 내몰린다. 사악한 인물들에 둘러싸인 『장화홍련전』과 『콩쥐팥쥐전』의 그지없이 착하기만 한 인물들의 고난과 핍박도 좀처럼 끝날 기미가 보이지 않는다. 그리하여 수용자들은 애태우고 눈물도 지으면서 올바르고 선량한 작중인물들과 불운도 불행도 함께 견딘다. 그리고 시련과 역경을 이겨내고 그들이 동정했던 인물들이 드디어 보상받고 행복에 이르는 것을 목도하고는 선한 편에 돌아간 승리와 행복을 그들 자신의 승리와 행복으로 받아들이는 것이다.

조선조의 소설에 유형화되어 있는 주제적 양상—권선징악이라는 도덕적 이념은 넓게 보자면 문학에 수용된 일종의 교화주의(instruction)이다. 그리고 현대 한국 소설에서 교화적 문학의 전형적인 예로는 흔히 이광수의 소설들이 들어지곤 한다. 그러나 엄밀하게 말하자면 한국 소설의 교화주의적 전통은 이광수에게서 비롯된 것이 아닐뿐더러 그에게서 마감된 것도 아니다. 이광수 소설의 교화주의는 조선조 소설의 교화주의적 전통에 긴밀히 닿아 있고 그 전통은 오늘의 한국 소설에도 살아 숨 쉰다. 사회의 모순 구조를 드러내고 부정과 불의에 주목하게 함으로써 대중의 정치적 · 도덕적 자각을 이끌어내고자 하는 오늘의 한국 소설에 반영되고 있는 이념과 조선조 소설의 권선징악이라는 도덕적 이념은 그것들이 문학에 수용된 교화주의라는 점에서는 똑같은 것이다.

그리고 문학이 교화주의에 근거한다는 사실 자체는 비난받을 일도 비판받을 일도 아니다. 도리어 권장되어야 할 일일지도 모른다. 독자와 영합하기 위해 거짓된 보고조차도 주저하지 않는 부패한 문학들이 범람하는 오늘의 현실에서 흥미롭게 감화시키고 감화시키면서 흥미를 주는 문학은 좀 더 적극적으로 변호되어야 할 명분을 가진다. 그런 점에서 우리의 소설 문학은 의심할 바 없이 뜻있는 문학적 전통을 확립했다고 말할 수 있으며 그러한 전통의 토대를 확고히 마련한 것은 바로 조선조의 소설인 셈이다.

물론 뜻있는 도덕적 이념일지라도 그것이 상투화되고 유형화된 모습으로 문학에 자리 잡는 일은 경계되어 마땅하다. 선한 자가 불행에 빠지면 충격적인 일이기는 하지만 예술을 빈곤하게 만들며, 악이 징벌되어도 너무나 당연한 일이므로 똑같은 결과를 초래하게 된다는 아리스토텔레스의 말은 귀 기울여봄직한 것이다. 무엇보다도 모든 가치가 상대화되어버리고, 도덕의 절대적 규범이 와해되어버린 현대에서

선은 필승하고 악은 필멸한다는 소박한 교훈이 설득력을 얻으리라 기대하는 작가도 독자도 더 이상 존재하지 않게 되었다. 이런저런 사정으로 오늘에 이르러 도덕적 교화주의는 멜로드라마나 오락 영화, 아동용의 만화 등에서나 찾아볼 수 있을 뿐이다.

규약(code)

모든 인간의 의사소통 행위나 언어 행위는 그러한 행위를 수행하고 이해하는 사람들 모두가 공유하고 있는 공통의 약속에 의해 가능해지며 그것에 의해 제약을 받는다. 빨강 신호등을 보면 정지하거나 손뼉을 치면 동의의 의미로 받아들여지는 것이 그 한 예가 될 것이다. 상호 의사소통의 전제를 이루는 이러한 약속을 규약이라 부른다. 일정한 표지나 발화가 일정한 의미를 내포하는 기호적 차원뿐만 아니라 일부일처제의 결혼 제도라든가 시간이 되면 메카를 향해 무릎을 꿇는 종교 문화적 차원에 이르기까지 규약은 인간 삶의 모든 영역을 규제한다. 하나의 언어 텍스트 혹은 문학 텍스트가 수신자와 발신자(혹은 작가와 독자) 간의 매개물이라는 점을 감안할 때, 텍스트의 생산 및 수용이 포괄적이고도 광범위한 규약들의 영향 아래에서 이루어진다는 것은 의심할 여지가 없다. 그러므로 현대의 문학 연구자들은 텍스트의 생산과 해석을 지배하는 이런 규약들에 대해 새로운 관심을 기울이게 되었고, 특히 기호학자들은 이것을 주요한 연구 영역의 하나로 삼게 되었다. 로만 야콥슨의 의사소통 모델에 따르자면(**의사소통**을 보라) 이 연구는 작가와 독자가 텍스트를 이해하기 위해 가져야만 하는 공통의 회로에 대한 탐색 과정이 된다.

문학사적 맥락에서 규약의 문제에 대한 관심은 러시아 형식주의자들에 의해 최초로 제기되었다. 피상적으로 그들의 이론을 검토할 때 러시아 형식주의자들은 신비평가들과 많은 비평적 전제를 같이하는 것처럼 보이지만, 실제로 그들의 이론은 신비평의 입장처럼 텍스트 자체를 강조하기보다는 텍스트의 생산을 지배하는 규약들을 탐색하는 방향 쪽에 더욱 초점이 두어지고 있다. 주지되는 것처럼 블라디미르 프로프(Vladimir Propp)는 다양한 러시아 민담 속에 내재되어 있는 공통의 이야기 뼈대를 찾고 그것을 유형화하기 위해 노력했는데 결국 이것은 서사문학을 떠받치고 있는 규약에 대한 구조적 탐색이다(『민간설화의 형태론 *Morphology*』, 1928 참조).

기호학자와 구조주의자들로 이어진 러시아 형식주의의 문학적 사고가 가장 세련되고 정밀한 형태로 나타난 것은 롤랑 바르트를 통해서이다. 발자크의 중편소설 「사라진 Sarrasine」을 분석한 그의 저서 『S/Z』에서, 바르트는 이 작품의 서사 구조를 가장 작은 기능적 단위들(lexies)로 세밀하게 분석한 다음, 이 단위들 속에서 해석되며 독서를 이끌어가는 다섯 가지 종류의 규약 체계를 밝혀낸 바 있다.

첫째, 행위의 규약(proairetic code) — 이는 인물의 행위들을 서사적 시퀀스로 조직해주는 규약이다. 어떤 서사 텍스트든 그것들이 담고 있는 행위들은 규약화될 수 있다. 이러한 시도는 블라디미르 프로프에 의해 최초로 체계 있게 이루어졌는데, 그는 산재된 러시아 민담을 수집하고 분류한 후 그것들에서 공통된 이야기의 뼈대를 찾아내고 그 이야기의 골격들을 유형화했다. 토도로프의 기호법 또한 텍스트의 행위 규약을 추출하기 위한 과정에 해당된다. 『심청전』을 예로 든다면, 우리는 이 이야기로부터 '고난-희생-보상'이라는 플롯 유형을 찾아낼 수 있는데 이것이 바로 이 작품이 기대고 있는 행위의 규약이다.

둘째, 해석적 규약 혹은 수수께끼 규약(hermeneutic code) — 이는 독자들로 하여금 의문을 인지하도록 하거나, 그 수수께끼를 해결할 수 있도록 의미적 단위들을 배열시켜주는 규약이다. 심청이는 과연 인당수에 몸을 던질 것인가? 던진다면 그 후 심청이는 어떻게 될 것인가? 딸을 잃은 후 맞닥뜨리게 될 심 봉사의 운명은? 이러한 의문들은 『심청전』의 서사 구조를 형성하는 기본적인 동인이 된다. 특히 탐정 · 추리소설은 해석적 혹은 수수께끼의 규약이 담론 전체를 지배하는 전형적인 텍스트 유형이다.

셋째, 문화적 규약—텍스트를 해석할 때, 독자들이 현실의 경험으로부터 획득한 지식을 활용하도록 하는 규약이다. 동냥젖을 얻어 심청이를 키우는 심 봉사, 인당수에 처녀를 제물로 바치고자 하는 뱃사람들, 공양미 삼백 석을 바치면 아버지의 눈을 뜨게 할 수 있다는 스님의 말을 의심 없이 받아들이는 심청이의 태도 등은 『심청전』에 반영된 그 시대의 문화적 규약을 보여준다.

넷째, 함축적 혹은 내포적 규약(semic or connotative code)—텍스트의 의미적 성격을 형성하는 데 작용하는 것으로, 흔히 '주제'라 불리는 종류의 것이다. 예컨대 『심청전』에 담겨 있는 함축적 규약은 '효(孝)'가 될 것이다.

다섯째, 상징적 규약—특정한 사건이나 사물을 추상적이고 보편적인 개념과 연결시키는 기능을 한다. 구조주의적 혹은 후기구조주의적 기획으로 하여금 텍스트에 내재된 원형을 탐색하도록 해주는 규약인 셈이다. 심 봉사가 속한 어둠의 세계와 그가 갈망하는 밝은 세계의 대립, 희생적 행위로서의 인당수에로의 하강과 보상과 승리를 상징하는 연꽃으로의 상승, 죽음의 상징인 물, 심청이의 여성성과 용신의 남성성 등이 바로 『심청전』에서 작동하고 있는 상징적 규약들이다.

물론 이외에도 다양한 측면의 규약들이 검토될 수 있다. 텍스트가 지닌 문학적 가치의 면과 규약을 관련시킬 때, 자기 시대의 다양한 규약을 풍성하게 수록함과 아울러 텍스트 수신자가 미처 깨닫지 못했던 중요한 규약, 혹은 전혀 새롭게 느껴지는 어떤 규약을 전달해주는 텍스트가 훌륭한 작품이 될 것이다. 이런 면에서 바르트는 제임스 조이스의 『피네간의 경야』나 프랑스의 '누보로망' 같은 현대적인 서사물들을 가장 높이 평가한다. 왜냐하면 이 텍스트들은 독자들이 문학에 기대하고 있는 고전적 관례들과 규약들을 회피하거나 패러디화하거나 약화시켜서 문학이 실재 또는 현실을 반영하거나 모방한다는 우리의 환상을 깨뜨리기 때문이다.

그럴듯함(plausibility)

달변이기는 하지만 미덥지 않은 말솜씨가 있는 반면에 유창하지는 않지만 신뢰가 가는 말솜씨도 있다. 이러한 사실로 미루어보아 훌륭한 화술이란 말을 잘하는 능력을 가리킨다기보다는 설득력 있게 말하는 능력을 가리킨다고 보아야 옳을 듯싶다.

분명히 이야기하기의 최고의 이상은 이야기가 신뢰감과 설득력을 가지고 청자에게 전달될 수 있을 때 달성된다.

허구적인 이야기 하기, 곧 문학적 서사에서 이 문제는 특히 중요하다. 들려지는 내용이 허구라는 바로 그 사실 때문에 청자를 수긍시킬 수 없게 될 때 서사의 목적은 파탄하고 말 터이기 때문이다. 그런 점에서 사건들이 실감 있게 제시되어야 하는 것은 서사의 법칙이고 이야기를 신뢰할 수 있게 진술하는 것은 작가의 의무인 동시에 유보될 수 없는 능력이라고 말해도 좋겠다.

서사가 그럴듯하게 독자에게 비쳐지는 것은 작가의 이 같은 의무가 충실히 이행되고 작가의 이야기하기의 능력이 차질 없이 발휘된 결과이다. 사건들이 그럴듯하게 제시되고 있지 못하다면 독자들의 독서 충동을 자극하거나 지속시키기는 불가능해진다. 따라서 경험이 그럴듯하게 제시되고 있느냐 그렇지 않느냐 하는 문제에 서사의 성패는 결정적으로 좌우된다고 말해도 좋겠다.

경험의 재현이 타당하고 적법스러운 것을 요구하고 있다는 점에서는 그럴듯함의 개념은 개연성(probability)이라는 말과 무관치 않다. 다시 말하자면 두 용어의 기능은 똑같이 허구 이야기의 공간에 독자를 이끌어들이는 데 필수불가결한 것이다. 그러나 행위의 모방은 개연성을 가져야 된다고 말하는 아리스토텔레스에게 있어서 개연성은 모방의 대상을 지칭한다. 즉 모방의 이상은 행위 자체를 재현해내는 데 있지 않고 행위들을 지배하는 보편적 원리를 재현해내는 데 있다는 것이다. 반면에 신비평가들이 주로 문제 삼는 그럴듯함의 개념은 수사적 기능에 훨씬 가깝다.

신비평이 서사에 있어서 그럴듯함을 요구하는 것은 작가가 어떠한 경험을 담론화하고 있더라도 그것이 설득력 있고 신빙성 있게 이루어지지 않으면 서사의 성과가 기대될 수 없다고 판단하기 때문이다. 그런 점에서는 '그럴듯하다'는 말은 H. 제임스가 말하는 사실감의 환상(air(illusion) of reality)의 개념과 일맥상통한다.

그러나 이야기가 그럴듯해야(plausible) 된다는 주장은 이야기가 사실적(realistic)이어야 된다는 주장과 혼동되어서는 안 된다. 문학사를 빛내는 훌륭한 소설들이 독자를 감동시키는 까닭은 그 소설들이 사실적으로 씌어졌기 때문이 아니라 그럴듯하게 씌어졌기 때문이다. 사실적인 소설이란 특정한 문학적 세계관을 반영한 소설—곧 리얼리즘 소설을 가리킨다.

이렇게 살피게 되면 신비평이 문제 삼는 개념의 요체가 무엇인지 좀 더 분명하게 드러난다. 그럴듯함이라는 말은 소설이 진술하는 사건이 현실과 가지는 관련성을 판별하는 개념이 아니고 이야기의 서술이 그것 자체로 자족스러운가 아닌가를 판별하는 개념이다. 덧보태자면 심미적 진실성을 가지는 모든 서사는 그럴듯한 것이고 그러한 문맥 속에서 그럴듯함의 개념은 이해되어야 옳다.

그로테스크 리얼리즘(grotesque realism)

라블레에 관한 미하일 바흐친(1895~1975)의 문학 이론에서 나온 용어로, 카니발적 현상이 하나의 역동적인 소설 기법으로 수용된 문학 양식을 가리킨다. 원래 '그로테스크'라는 말이 예술 양식을 일컫는 용어로서 처음으로 사용되기 시작한 것은 15세기 말엽부터이다. 이 용어는 이탈리아에서 처음 발견된 고대 로마 시대의 장식품을 지칭하는 '그로테스카'라는 말에서 파생된 것으로서, 이 장식품에는 이제까지 보지 못한 기괴한 형상, 즉 식물과 동물, 인간이 마치 서로를 분만한 것과 같은 모양이 그려져 있었던 것이다. 또한 이탈리아의 케르크에서 발견된 로마시대의 진흙 토기에는 얼굴은 웃음으로 일그러지고 배는 아이를 임신하여 둥그렇게 부풀어 오른 노파의 형상이 그려져 있다. 그로테스크한 예술 기법은 이처럼 기존의 고정된 사물의 형태나 예술적 양식을 일그러뜨리거나 과장된 모습으로 부풀려 자유분방하고도 기상천외한 형태로 재창조해내는 것을 말한다.

그런데 바흐친에 따르면 문학상에서 이와 같은 그로테스크한 예술 기법을 가장 탁월하고도 생동감 있는 형태로 보여주고 있는 것이 라블레의 작품들이다. 특히 라블레의 작품에서 그로테스크한 예술 기법은 이른바 '물질적인 육체적 원칙', 즉 인간의 신체적 특성들에 대한 묘사와 밀접한 관련을 맺고 있는데, 바흐친은 그것을 ① 해부학적·생리학적 측면에서 본 인간 육체의 시리즈, ② 의복의 시리즈, ③ 음식의 시리즈, ④ 음주와 취태(醉態)의 시리즈, ⑤ 성(性)의 시리즈, ⑥ 죽음의 시리즈, ⑦ 배설의 시리즈의 일곱 유형으로 분류하고 있다. 라블레가 인간의 육체적 현상에 끊임없이 집착하고 그것을 그로테스크한 이미지로 과장하는 것은, 인간의 육체적 존재에 긍정적이고 생산적인 역동성을 부여함으로써, 금욕적이고 내세적인 중세의 이데올로기와 그와 같은 이데올로기의 그늘에서 중세의 실질적인 삶의 모습을 지배하고 있었던 추악하고 타락한 육체의 방종 사이에 놓여 있던 위선적인 괴리를 넘어서고자 하였기 때문이다. 따라서 바흐친은 "라블레의 소설에서 인체는 돌이킬 수 없는 인생의 흐름에 사로잡혀 있는 개개인의 육체가 아니라, 인류 전체의 육체, 태어나 살다가 이런저런 다양한 죽음을 거치고 다시 태어나는 비개인적인 육체이며, 그 구조와 그 삶의 모든 작용을 통해 드러나는 육체이다"라고 말한다.

라블레에게 있어 그로테스크한 기법은 세계에 대한 그릇된 전체상을 파괴하고 재정립하며, 사물과 관념 사이의 허위에 가득 찬 위계적 연결 관계를 분리시키고, 사물들을 그로부터 해방시켜 그들로 하여금 스스로의 타고난 본성에 맞는 자유로운 결합과 이상적인 생명성의 고양에 이를 수 있도록 해주기 위한 예술적 욕구에서 비롯된 것이다. 따라서 그로테스크한 예술 기법이 보여주는 사물들의 자유로운 결합이나 육체적 현상에 대한 과장된 묘사는 범상한 전통적 인식이나 관습화된 연상의 틀 안에서는 지극히 기괴해 보일 수밖에 없다.

라블레의 작품에서 인체에 대한 그로테스크한 묘사를 보여주는 좋은 예 중의 하나로 가르강튀아가 태어나는 대목을 들 수 있다. 가르강튀아의 모친은 순대를 너무 많이 먹어 직장의 탈수 현상을 일으키게 되고, 그 결과 심한 설사를 한다. 그 뒤에 이어지는 출산에 대한 묘사는 다음과 같다. "이 불행한 사건 덕분에 자궁이 느슨해졌다. 아이는 나팔관을 통해 정맥 속으로 뛰어오른 뒤에 이 정맥이 둘로 나뉘어지는 상박까지 횡경막을 건너 기어 올라갔다. 그 뒤에는 왼쪽으로 갈라진 정맥으로 하여 왼쪽 귀를 통해 기어 나왔다." 실상 라블레의 작품 도처에서 발견되는, 세밀한 해부학적 · 생리학적 묘사를 곁들인 이와 같은 기괴한 환상적 이미지는 민중 사회의 민속적 카니발의 전통과 밀접한 관련을 맺고 있으며, 그 기괴한 이미지들 속에는 고양된 생명력을 담고 있는, 우렁차고 기름진 '라블레적 웃음'이 내재해 있다.

라블레에게 있어 그로테스크한 이미지들은 중세 사회의 공적 이데올로기인 내세적 세계관에 의해 왜곡되고 고착화된 사물과 사물 사이의, 혹은 사물과 관념 사이의 관계를 살아 있는 역동적인 관계로 활성화함으로써 리얼리즘적인 예술적 성취에 이른다. 그로테스크적 리얼리즘의 바탕을 이루고 있는 것은 중세 사회의 수직적이고 금욕적인 세계관으로부터 인간의 육체적 삶을 해방시켜 총체적이고 균형 잡힌 삶을 위한 새로운 형식을 창조하는, 그럼으로써 정화(淨化)를 통한 참된 세계와 참된 인간의 회복에 이르려는 욕구인 것이다.

근대소설

근대소설의 개념은 근대사회의 출발과 관련을 가진다. 다시 말하자면 근대소설은 근대 시민사회가 추구한 자유와 평등과 개인주의의 산물이며, 각성한 시민계급의 성장이라는 역사적 문맥과 나란히 성장해 왔다.

영미 문학사는 흔히 새뮤얼 리처드슨의 『파멜라』(1740)에 근대소설의 특성이 최초로 나타난다고 기술한다. 리처드슨의 소설에 나타나 있다는 근대소설의 특성이란 주인물의 신분이 일개 하녀라는 사실, 소설의 언어가 작중인물의 그러한 신분에 걸맞은 평민의 언어에 기반을 두고 있다는 사실 등을 가리킬 것은 물론이다. 『파멜라』의 이 같은 특성은 분명히 우아한 귀족적 감수성과 지배계층의 언어의 토대 위에서 이루어진, 영웅이나 귀족 등 지배계층의 인물의 이야기인 고대나 중세의 서사문학과 근대의 서사문학을 확연하게 구별케 해준다. 다시 말하자면 근대소설에 반영되어 있는 근대 시민계급의 자아의식과 인간적 평등사상에 의해 근대소설의 근대적 특성은 두드러진다.

서사문학 발달의 단계를 통해 판단하자면 근대소설은 중세의 로망스를 대체한 새로운 서사 양식이라고 규정할 수 있다. 로망스를 대체하는 이 새로운 이야기의 양식을 노벨이라고 부르며, 노벨의 무엇보다도 두드러지는 변별성은 제재를 일상적 경험 공간에서 취한다는 점과 그것을 실감 있고 조리 있는 인과관계로 엮고 있다는 점에서 찾아진다.

이야기가 실감 있게 받아들여지기 위해서는 이야기가 사실과 현실에 근거해야 하며 인과관계란 경험을 유기적으로 배열함으로써 얻어질 수 있기 때문에 노벨은 긴밀한 얽어 짜기, 즉 플롯을 요구하게 된다. 노벨의 이 같은 특성과 규범들이 근대소설의 핵심적인 변별성을 이룰 것은 물론이다. 요컨대 근대소설은 재미는 있지만 더 이상 황당무계한 모험담이나 연애담을 추구하지 않는다. 그 대신 근대소설은 인간 경험의 현실적이고 구체적인 모습을 심미적으로 재현하고자 하며 인간의 참다운 면모를 있는 그대로 드러내려고 노력한다. 그런 점에서 근대소설의 이상적인 과제는 인간에 대한 탐구라고 말해도 좋겠다.

근대소설은 어떠한 방법에 의존해서 그러한 과제를 달성하고자 하는가.

근대소설은 생생히 살아 약동하는 개인적 인물을 그려낸다는 방법에 의해 그 같은 이상을 달성하고자 한다. 이정표가 됨직한 모든 주요한 근대소설에는 강력한 개성을 지닌 이상적인 인물이 그려지고 있다. 『돈 키호테』의 돈 키호테와 산초, 『적과 흑』의 줄리앙 소렐, 『카라마조프 가의 형제들』의 드미트리를 비롯한 여러 작중인물, 『폭풍의 언덕』의 히스클리프 등은 바로 그러한 인물들이다. 근대소설의 이 같은 양상에 주목한 나머지 소설이라는 문학의 형식이 '인생의 회화(W. H. Hudson)'나 '인생의 서사시(R. G. Mouiton)', 또는 '인물에 관해 꾸며 놓은 이야기(C. Brooks & R. P. Warren)' 등으로 정의되기도 한 것은 오히려 당연한 일처럼 보인다.

'소설은 실생활과 풍습과 그것이 씌어진 시대의 그림(C. Reeve)'이라는 것도 근대소설의 근대적인 특성에 부합되는 정의의 사례이고, '로망스에 등장하는 인물이 사회 역사적 문맥에서 보자면 진공 상태의 인물인 데 반해, 노벨에 등장하는 개인은 사회의 얼굴'이라고 N. 프라이가 말하는 '사회의 얼굴'로서의 작중인물이 나타나는 것도 근대소설에 이르러서이다. 따라서 근대소설을 지배하는 중심 원리는 로망스적인 특성의 반대 개념으로서의 리얼리즘이라고 말해도 무방하겠다. 현실적 삶의 현실감 있는 묘사에 충실했던 18세기 서구 문학의 이 같은 세계관은 19세기에 이르러 과학의 발전과 발견에 힘입어 좀 더 심화된다. 그러나 사실의 가치에 대한 지나친 경도와 맹신은 19세기 소설의 쇠퇴의 직접적인 원인이 되었다. 근대소설을 태동시키고 발전시킨 근대 시민정신이 추구했던 현실 존중의 이념 형태는 과학적 실증주의와 합리주의에 이르러 그 절정에 다다르지만, 과학적 합리주의적 세계관의 기계론적인 적용에 의해 인간을 완벽하게 해명할 수 있으리라는 기대에 대한 회의가 점차 확산되었기 때문이다.

한국 서사문학사에서 근대소설의 개념을 확정하는 문제는 여전히 쟁점으로 남아 있다. 학자에 따라서는 그것을 갑오경장 이후 이광수의 『무정』이 씌어지기까지의 사이에 생산된 소설 일반을 가리킨다고 주장하기도 하고, 더러는 조선조 중엽까지의 소설로 소급되어 근대소설의 발생 기점을 설정하는 게 옳다고도 말한다. 그러나 이러한 논의들과 주장들이 하나의 권위 있는 판단으로 자리 잡았다고 말하기는 주저스럽다. 당연하리라 믿지만 한국의 근대소설을 판단하는 문제는 한국의 현대소설을 판단하는 문제와 긴밀하게 맞물려 있다. 한국의 근대소설은 이광수의 『무정』의 출현으로 마감된다는 입장이 정설처럼 굳어졌지만, 『무정』에 반영되어 있는 세계 인식의 양상이나 인물의 양상이 과연 현대적인 것인지는 재고되어야 할 여지가 많다. 따라서 한국 소설 문학사를 근대와 현대로 명확하게 구분하기 위해서는 먼저 보다 객관적이고 합리적인 판단 기준의 모색이 선행되어야 할 것이다.

근친상간 모티프

프로이트는 『토템과 터부』라는 책에서 인류 문화사의 원초적이며 시원적인 사건에 대해 얘기하고 있다. 그것은 무리에 속한 모든 여자들을 혼자서 차지하고자 하는 욕심 많은 아비에 의해 추방당한 아들들이 힘을 합쳐 아비를 살해한 것이다. 그는 이것이 "모든 사회조직 · 도덕적 금제 · 종교 등을 시작케 한 잊을 수 없는 범죄 행위"이며 "그 이후로 인간을 영원히 불안케 만든 중대한 사건"이라는 것이다. 이러한 프로이트의 설명에 동감하든 않든 문학은 동서를 막론하고 이 태초의 사건을 반복적으로 문제 삼아왔다. 문학이 반복적으로 문제 삼아온 모태적 사건 중의 또 다른 한 가지가 근친상간 모티프이다. 프로이트는 인간을 '아비의 목을 비틀고 어미와 동침하고자 하는 존재'로 보고 있는 셈이지만, 부친 살해 충동과 근친상간 충동은 분명히 인간의 근원적인 심리 충동의 한 가지 양상이라는 점에서, 동서를 막론하고 문학이 이 주제에 지속적으로 흥미와 관심을 가져온 사정은 이해되고도 남는다.

널리 알려진 바와 같이, 그리스의 대표적인 비극 중의 하나인『오이디푸스 왕』은 **부친 살해 모티프**와 근친상간 모티프를 아울러 제재로 삼고 있는 고전적인 예로서, 두 모티프가 긴밀히 관련되고 있음을 보여준다. 말하자면 두 모티프 모두가 인간의 근원적 심리 충동의 정점과 극단을 제시하는 데 효과적으로 차용되고 있는 것이다. 어쩔 수 없는 운명의 힘에 의해 아버지를 죽이고 어머니와 결혼하게 된다는 끔찍스러운 이야기에서 볼 수 있는 것처럼,『오이디푸스 왕』속의 부친 살해 모티프와 근친상간 모티프는 자신의 욕망이나 의지와는 상관없이 진행되는 '저주받은 운명'에 의거하고 있지만, 결국은 인간의 근원 심리 속에 내재되어 있는 충동을 상징적으로 드러낸다고 볼 수 있다. 그러나 후대의 서사문학에서 두 모티프는 반드시 인간의 비극적 운명을 극단화하거나 고양시킴으로써 근원적 심리의 충동을 상징적으로 형상화하지는 않는다. 이를테면 그것들은 프로이트의 주장대로 인간의 보편적이며 근원적인 심리적 충동을 명시적으로 드러내는 데 기여하기도 한다.

근친상간 모티프는 그것이 서사물 속에서 부친 살해 모티프와 더불어 나타나거나 독자적으로 드러나거나 간에 상관없이, 근원적인 욕망 충족의 상징적 형상화(비극적 운명을 통한)와 명시적 형상화라는 두 갈래의 방향성을 결과적으로 가진다는 것은 분명하다. 그러나 이 모티프가 가지는 방향성은 때때로 텍스트 속에서 엄밀하게 분리되지 않은 채로 드러나는 편이다. 특정 텍스트 속에서 볼 수 있는 어머니와 아들, 아버지와 딸, 오빠와 누이동생 사이의 성관계는 순수하게 성적인 욕구나 충동의 측면에서 금기를 넘어서고자 하는 심리를 반영하는 데 국한되지 않는다. 대체로 등장인물들이 서로의 신원을 확인하지 못한 상태에서 사건이 발생하고 후에 자신들의 관계를 확인함으로써 회한스러운 비극적 운명에 빠지고 만다는 일종의 원죄 의식을 드러내고자 하는 의도가 이러한 성적인 심리의 표현과 함께 섞여 있기 때문이다.

토마스 만의『선택된 인간』이나 장용학의『원형의 전설』은 이 두 가지 문제를 함께 다루고 있는 대표적인 작품들이다. 오빠(뷔일리기스)와 여동생(지뷜라)이 결혼을 하고 그 사이에서 생긴 자식(그레고리우스)이 다시 어머니와 결혼을 하는『선택된 인간』이나 백정 자손의 남매(오택부(吳澤富)와 오기미(吳起美))의 상간(相姦)과 부녀(털보 영감과 윤희(倫姬))의 상간 등을 다루고 있는『원형의 전설』은 모두 인간의 원초적인 욕구와 그로 인해 야기되는 비극적 운명을 복합시키고 있다. 수많은 남자들과 성관계를 해온 어느 창녀가 어느 날 자신과 관계했던 한 남자가 오빠라는 사실을 알고 자살한다는 김성종의「어느 창녀의 죽음」은 '욕구'보다는 '운명' 쪽에 초점을 둔 경우라 할 수 있다. 즉 근친상간 모티프의 명시성보다는 상징성을 강조하는 경우이다. 이에 반하여 근친 금기에 대한 도덕적 갈등이 비교적 적은 일본 소설들이나 사드류의 호색문학에서는, 이 모티프를 금기 타파에 대한 인간의 원초적인 욕망과 심리를 공공연하게 부각시킴으로써 금기적 제재에서조차도 자유롭고자 하는 예술 정신의 관점에서 바라보는 성향이 강하다. 가와바타 야스나리(川端康成)의 『센바즈루(千羽鶴)』, 사드의 『소돔 120일』 등이 여기에 해당한다.

일반적으로 근친상간 모티프를 다루고 있는 서사 텍스트들은 치정이나 난혼 등 도덕적으로 금기시되는 제재를 다루고 있기 때문에 도덕적 혼란을 미화시킨다고 생각할 수 있다. 그러나 이야기의 심미적 구조화의 여부에 따라서는 인간의 비극적 운명이나 근원적인 심리, 문화의 원형 등에 대한 탐색을 효과적으로 드러냄으로써 오히려 도덕성과 예술성을 함께 고양시키는 이점을 가질 수도 있다. 윌리엄 포크너의 『압살롬! 압살롬!』, 마르케스의 『백 년 동안의 고독』 등으로 대표될 수 있는 이러한 성과는 '명작은 제재에 구애받지 않는다'는 것을 재확인시킨다.

기계적 반응(stock response)

『소설의 이해』의 지은이들(브룩스와 워런)은 이 용어를 '문학작품 속의 주제나 인물, 상황, 단어, 문장 등에 대한 독자들의 자동적이며 판에 박힌 반응'이라고 설명한다. 그러나 좀 더 넓게는 작가의 자기 작품에 대한 반응까지를 가리키는데 어느 쪽으로 사용되든 이 용어에는 부정적인 평가가 내포되어 있다. 우리말로는 '판에 박힌 반응', '무비판적인 반응' 등으로 옮겨질 수 있겠다.

하나의 문학작품 속에 존재하는 모든 요소는 그 작품의 내부에서 고유한 의미와 기능을 지니고 있으며, 독자들의 독서 행위는 그 자율적 체계 안의 고유성을 추적하고 이해해가는 과정이라야 하지만, 협소한 경험과 낡은 관습의 테두리 안에 갇혀 있는 독자들은 습관적이고 틀에 박힌 반응을 통해 그 추적의 끈을 놓쳐버리는 경우가 많다. 가령 '그녀는 눈부시게 아름다운 여자였다'라는 서술의 맥락에서 어떤 독자들은 작품 내에 구현된 그녀의 본래적 이미지보다 최근에 보았던 잡지의 표지 인물이나 영화 스타의 얼굴을 떠올리며 그녀의 이미지를 구축한다.

이런 상투적이고 습관적인 반응이 독자의 입장에서는 늘 새롭고 진정한 반응을 보이는 것보다 편하고 자연스럽다. 작품 자체의 의미에서 크게 어긋나지만 않는다면 기계적 반응(stock response)이 완전한 무반응(no response)보다 낫다. 사실 기계적 반응의 영역은 매우 광범위하며 또한 어느 정도까지는 필연적이다. 독자들이 주어진 작품 내의 모든 상황에서 적절한 반응을 하는 것은 매우 힘들며 한 개인의 경험과 기억은 그 개인에게 절대적 의미를 지니고 있게 마련이다. 그러므로 엄밀하게 말해 모든 독서 행위란 한 작품에 대한 기계적 반응에서 출발하여 그것을 수정해가는 과정에 다름 아니라고 말할 수 있다. 대부분의 독자는 작품을 읽는 초기 단계에서는 기계적 반응을 하게 되며 독서가 진행됨에 따라 자신의 반응 태도에 의문을 가지는 단계를 거쳐, 마침내 그것을 수정하게 된다. 이런 수정의 과정을 거치지 않고 기계적 반응이 끝까지 지속되는 경우, 작품 자체의 의미를 오해하거나 작품을 통한 인식 지평의 확대를 성취하지 못하는 것이라고 보아야 한다.

작가의 작품에 대한 태도에서도 기계적 반응은 수시로 발생한다. 부족한 경험과 충분하지 못한 정보를 가지고 문학적 성취를 시도하려는 재능 없는 작가는, 단순히 도식적이고 상투화된 표현에 머무르고 말게 되기 쉽다. 인물을 구체화시키는 문제를 예로 들어보자. 가령 우리의 전대 소설들이 인물을 부각시키는 유형화된 수법 — '얼굴이 백설 같고 정신이 추수(秋水) 같고 하나를 알면 열을 통하는' 식의 표현들은, 서사 구조의 분위기와 내용에 알맞은 인물을 형상화하고자 하는 노력을 기계적 반응으로 작가가 대처한 결과이다.

기계적 반응의 여러 양상에 대한 세밀한 분석은 I. A. 리처즈를 비롯한 신비평가들에 의해 주로 이루어졌으며 넓은 의미에서 보자면 이 용어는 수용미학(Rezeptionästhetik)이나 독자 반응 비평(reader-response criticism)에서 거론되는 '**기대지평**'과 상관관계를 갖고 있다.

기교 · 기법(technique)

재료는 솜씨에 의존해서 쓰임새를 얻는다. 숙련된 목공술은 나무를 유용한 가구로 만든다. 헝겊이 우아한 의상이 되기 위해서는 뛰어난 바느질 솜씨를 필요로 한다. 따라서 솜씨 곧 기교는 유용성을 창조하는 원천이라고 볼 수 있다.

이 원천은 기교라고도 불리고 기술이라고도 불린다. 넓은 뜻으로 솜씨를 가리킨다는 점에서 기교와 기술은 동일한 개념이다. 그러나 기교와 기술이라는 말의 관례적인 용법은 구분된다. 물질의 생산이나 과학적 원리의 응용에서는 흔히 기술이라는 말이 사용된다. 문학이나 예술의 창조와 관련해서는 기교라는 말이 쓰인다. 기교는 깨우쳐지는 것이고 습득되는 것이다. 숙련공이 그렇듯이 예술가도 반복적인 훈련의 과정을 통해서 기교에 도달한다.

그러나 기교는 노력의 소산만은 아니라고 할 수 있다. 즉 남다른 훈련에도 불구하고 무미건조한 예술밖에 생산해내지 못하는 경우가 있는 반면 훈련보다는 타고난 재능으로 뛰어난 예술을 창작해내는 경우도 있다. 따라서 예술가는 불굴의 노력과 타고난 재능에 힘입어 기교를 습득하고 발전시킨다고 보는 것이 옳겠다. 다른 예술의 경우와 마찬가지로 문학적 성취의 많은 부분도 기교에 의존한다. 소설의 경우를 예로 들면 기교는 담론화의 전 국면에 관여한다. 따라서 독창적인 기교가 적절히 구사되지 않고서 독창적인 문학작품은 기대되지 않는다.

기교 무용론자들도 없지 않다. 워즈워스가 특히 대표적인데, 그는 문학이 기교의 산물이 아니고 작가의 내부로부터의 자연스러우면서도 힘찬 흘러넘침의 결과라고 주장했다. 낭만주의자들의 이 같은 주장은 그러나 기교를 부정하는 것으로서보다는 기교가 빠져들 수도 있는 위험―작위성과 억지스러움을 경계하는 의미로 해석함이 옳을 듯싶다. 그렇게 이해한다면 워즈워스는 기교라는 말을 입 밖에 내지 않고도 기교의 본질을 가장 깊이 있게 통찰한 사람이 될 것이다.

자연스러워 보이지 않는 것은 기교가 아니며 가장 완벽한 기교는 드러나지 않는 기교이다. 그런 점에서 이상적 기교는 스스로를 숨기는 것이라고 할 수 있다.

기교를 문학의 본질적인 요소로 볼 것인가, 부수적이며 장식적인 요소로 볼 것인가 하는 문제는 문학 이론의 해묵은 쟁점이면서도 여전히 종식되지 않고 있는 시빗거리이다. 기교 옹호론자들은 기교는 단순히 표현의 전략일 뿐만 아니라 문학작품의 가치를 결정적으로 좌우하는 요인이라고 말한다. 가장 강력한 주장은 마크 쇼러에 의해 제기되었는데 그에 따르면 문학작품의 가치란 기교의 가치에 다름 아니라는 것이다. 「**발견으로서의 기법** Technique as Discovery」이라는 글을 통해 제기되는 쇼러의 이러한 주장은 특히 프루스트, 조이스, 포크너 등의 모더니즘 소설의 문학적 성과와 관련해서 판단하게 될 때 상당한 설득력을 가진다.

반면에 세계관과 이데올로기를 중시하는 현대의 리얼리스트들은 기교는 문학의 본질적인 가치를 창조하는 데 특별한 기여를 하지 않는 부수적인 요인에 지나지 않는다고 상반된 주장을 한다. 이러한 입장은 특히 루카치에 의해 대표되고 있는데 그는 서구 모더니즘 문학을 전반적으로 비판하는 자리에서 작가의 의도(이데올로기, 세계관)가 스타일을 결정하고 내용이 형식을 규정한다고 말함으로써 기교가 문학의 성과를 좌우하는 본질적 요소라는 주장을 강력하게 반박하고 있다.

결국 기법의 문제에 대한 비판과 변호의 상반된 논의는 형식과 내용의 논쟁과 같은 맥락에서 이루어지고 있다. 두 주장은 각기 설득력과 타당한 근거를 가지지만, 그러므로 두 주장은 동시에 불완전한 것이다. 배타적인 두 입장은 상호 보완되는 것이 바람직하다.

기능(function)과 정보소(informants)

기능이란 이야기의 줄거리가 전개되면서 의미를 형성해가는 인물의 행위를 정식화한 설명의 틀이다. 이를 프로프는 이야기 서술의 기본 단위로서 인식한다. 그런데 바르트는 프로프의 기능 개념을 핵단위(nuciel, 혹은 kernels)라고 하는데, 바르트의 설명틀 내에서의 이 핵단위 개념은 핵단위들을 연결해주는 보조 단위 개념을 전제한 것이다. 그리고 바르트는 징조나 정보를 나타내는 것을 지표 단위(indices)라고 따로 정식화한다. 말하자면 징조 단위는 소설에서 기능 단위를 위성(satellites)처럼 둘러싸고서 분위기를 조성하거나 이야기의 진전에 필요한 정보를 알려주기 위해 선택된 단위들을 가리킨다. 이 지표 단위는 장면을 구체적으로 만드는 '정보소(informants)'와 해독을 필요로 하는 자질들과 사실들인 '고유 지표(indices proper)'로 구성된다. 전자를 정보 단위라 하고 후자를 징조 단위라고 한다. 결국 기능은 핵단위/보조 단위와 정보 단위/징조 단위 등으로 구성되는 것이다. 하나의 예를 들어보자.

> 나는 몹시 흔들렸다. 내객을 보내고 들어온 아내가 잠든 나를 흔드는 것이다. 나는 눈을 번쩍 뜨고 아내의 얼굴을 쳐다보았다. 아내의 얼굴에는 웃음이 없다. 나는 좀 눈을 비비고 아내의 얼굴을 자세히 쳐다보았다. 노기가 눈초리에 떠서 얇은 입술이 바르르 떨린다. 좀처럼 이 노기가 풀리기는 어려울 것 같았다. 나는 그대로 눈을 감아버렸다. 벼락이 내리기를 기다리는 것이다. 그러나 쌔근 하는 숨소리가 나면서

> 푸시시 아내의 치맛자락 소리가 나고 장지가 여닫히며 아내는 아내 방으로 돌아갔다. 나는 다시 몸을 돌쳐 이불을 뒤집어쓰고는 개구리처럼 엎드리고 엎드려서 배가 고픈 가운데도 오늘 밤의 외출을 또 한 번 후회하였다.
>
> — 이상, 「날개」

이 이야기의 기능 단위들은 다음과 같다고 할 수 있을 것이다.

① 아내가 방으로 들어오다.
② 내가 눈을 뜨다.
③ 내가 눈을 감아버리다.
④ 아내가 방을 나가다.

아내를 중심으로 했을 때, 아내의 들어오기-나가기는 이야기의 전개에 있어서 핵심이 되는 단위들이며, 나의 눈 뜨기-눈 감기는 핵심 단위들을 연결해주는 보조 단위들이다. 물론 분석되지 않은 단위들 가운데, 아내의 입술 떨림이나 나의 이불 뒤집어쓰기 등도 부차적인 수준에서 보조 단위의 기능을 수행하고 있다. 그런데 '나'를 중심으로 했을 때는 단위의 내용이 역전된다. 이것은 각 기능들이 어느 점이 강조되느냐에 따라 서로 다른 방식으로 명명될 수 있다는 사실을 말해준다. 다음 지표 단위의 경우를 살펴보자. 나의 방, 장지문, 아내의 방 등은 나와 아내가 위아랫방으로 나뉘어 생활하는 이상한 부부라는 것을 알려주는 정보 단위이며, 내객, 아내의 노기, 쌔근 하는 숨소리, 나의 기다림, 후회 등은 해석을 요하는 징조 단위들이다.

이상 네 개의 단위가 단일한 효과를 내는 하나의 장면을 이룬다고 할 수 있다. 이것을 **시퀀스**(sequence, 요소 연쇄)라고 하는데, 이 연쇄와 연쇄들은 플롯이라는 서술 방법에 의해 전체 작품을 구성한다.

기대지평(erwartungshorizont)

수용미학이나 독자 반응 이론의 핵심적인 전제 중의 하나는 문학 텍스트에 대한 독자 혹은 수용자의 주체적인 참여가 문학 행위를 구성하는 중요한 부분이 된다는 것이다. 이들 이론에 따르면『닥터 지바고』나『태백산맥』은 단순한 문학 텍스트이며, 독자가 독서 과정 속에서 재구성하는『닥터 지바고』나『태백산맥』이 곧 문학작품이라는 것이다. 그러므로 작가의 창작물이 '텍스트'로부터 '작품'이 되기 위해서는 반드시 독자에 의해 수용되는 과정을 필요로 한다. 그리고 이러한 관점을 추종하게 되면 문학 행위란 작가가 주체가 되기보다는 독자가 주체가 되는 행위, 즉 독자 또는 수용자 중심의 행위라는 인식에 다다르게 된다. 문학 행위란 그리하여 ① 작가 → ② 텍스트 → ③ 독자 → ④ 작품의 네 단계로 구성되며, 텍스트를 받아들이는 독자들의 반응에 따라 '작품'은 다양한 모습을 가지게 된다.

기대지평이란 이러한 문학 행위의 세 번째 단계, 즉 독자(수용자)의 단계에서 설정된 개념이다. 간단히 말하자면 이것은 수용자가 지닌 텍스트에 대한 이해의 범주 및 한계를 가리킨다. 이를테면 수용자의 선험 · 경험 · 의식 · 습관 · 취향 · 기호 · 상식 · 교육 · 심미 규범 등등은 모두 기대지평을 구성하는 요소들이며, 텍스트를 이해하기 위한 수용자의 실제적인 전제 조건들인 셈이다.

텍스트에 대한 독자들의 기대지평이 충족될 때, '친숙한 지평'이 발생한다. 그러나 시대의 발전과 문학 환경의 변화에 따라 문학 텍스트는 새로운 모습으로 등장하며, 그때마다 독자들은 텍스트의 새로운 '지평'에 부딪히게 된다. 독자들의 '친숙한 지평'과 텍스트의 새로운 '지평' 사이의 이러한 충돌로 인하여 이른바 '지평의 전환(Horizontwandel)'이 생겨난다. 물론 이때의 '전환'은 새로운 '지평'이 수용된다는 것을 전제로 한 것이다. 이 점에 관해서 야우스(H. R. Jauß)는 이미 주어진 '기대지평'과 새로운 작품의 출현에서 생겨나는 거리감이 인식됨으로써, 즉 새로운 작품이 일단 독자의 내부에 이루어져 있는 경험을 부정하거나 의식화함으로써 '지평 전환'을 초래하게 되며, 이때의 거리감을 '심미적 차이(ästhetische Distanz)'라고 말한다.

장정일의 『아담이 눈뜰 때』와 같은 소설은 '지평 전환' 을 초래하는 대표적인 텍스트의 하나로 볼 수 있다. 이 작품은 이데올로기나 정치적 제약, 경제적 불평등의 문제 등을 집중적으로 다루어온 최근 20여 년간의 소설 텍스트의 '지평' 을 과감하게 깨뜨린다. 재수생인 '나' 의 사랑과 성 편력, '록' 에의 경도 등 대담한 풍속 묘사를 통하여 방황하는 섬세한 자아의 초상을 보여주는 이 새로운 소설에서 많은 독자들의 '기대지평' 은 여지없이 무너진다. 기존의 도덕적 권위에 친숙해져 있던 독자들의 '지평' 은 외설스럽기조차 한 대담하고 솔직한 성 묘사에서 심미적 혼란을 느끼거나, 방황하는 청춘의 모습으로부터 '심미적 차이' 를 느끼게 된다. 즉 『아담이 눈뜰 때』라는 텍스트의 '지평' 은 독자들에게 새로운 '지평 전환' 을 요구한다. 반대의 경우로도 설명할 수 있다. 즉 독자들의 새로운 '기대지평' 이 텍스트의 새로운 '지평' 을 요구할 수도 있다. 그러므로 '지평 전환' 은 텍스트와 독자 상호간에 작용한다.

기록소설(다큐멘터리, documentary novel)

신문 기사나 재판 기록 또는 공문서 등과 같이 기록된 자료들을 바탕으로 해서 씌어진 소설의 한 형태. 기록소설은 흔히 어떤 사건에 대한 정보나 사실을 전달하기 위해 씌어지는데, 발생한 현실의 경험으로부터 직접 취한 소재를 가능한 한 정확하게 기록하는 것을 그 특징으로 한다.

일반적으로 소설에서의 현실이 작가의 상상력에 의해 꾸며지고 재구성된 허구적인 것인 데 반해 기록소설에서의 현실은 실제적인 사건이나 경험을 충실하게 재현한 것이다. 따라서 기록소설에서 다루어지는 인물이나 사건은 작가가 창조한 것이 아니라 실제적인 삶으로부터 직접 추출한 인물이나 사건이 된다. 기록소설이 픽션이 아닌 논픽션의 성격을 띠게 되는 것은 바로 이러한 데에서 연유한다.

우리의 일상적인 삶의 과정에서 나타나는 경험이나 사건들 중에는 소설의 세계 속에서 접하는 것보다 더욱 극적이고 '소설적인' 것들이 수없이 많이 있을 수 있다. 또한 우리가 신문 기사나 방송 등의 매체를 통하여 접하는 수많은 사건들 중에는 소설 속의 등장인물의 삶보다 기이한 것들이 허다하다. 즉 실제적인 삶의 모습이나 경험을 충실하게 담고 있는 기록소설은 허구적인 소설이 가지기 어려운 박진감을 가질 수도 있고, 허구적 소설 세계가 보여주는 삶의 모습보다 훨씬 더 흥미 있는 이야깃거리로 독자에게 다가설 수도 있다. 현대에 들어서 기록소설이 널리 유행되는 까닭도 이 때문이라고 할 수 있다. 신문 기사나 재판 기록과 같은 자료들이 쉽게 잊히고 마는 데 비해 소설 속의 인물이나 사건은 오랫동안 인상에 남아 기억된다. 이것은 전자가 일회적이고 단편적인 데 비해 후자는 이를 종합하고 심미적으로 구조화하였기 때문이다.

그러나 현실에서 실제로 발생한 사건에 의거하는 기록소설은 그 시대의 관심사나 정열에 대한 작가의 관심을 강렬하게 전달해주는 효과를 얻을 수는 있지만 그 사건에 대한 전체적인 조망(perspective)을 놓치기 쉽다. 즉 어떤 사건에 대한 사실성과 신뢰감을 부여할 수는 있지만 사건 자체만을 고립적으로 기록함으로써 그 사건에 얽힌 원인과 결과, 배경 등 전체적인 시각이 결여되기 쉽다는 것이다. 그런 까닭으로 해서 기록소설은 기록의 대상이 되고 있는 사건에 대한 대중의 흥미와 관심이 지속되는 동안에만 독자에게 읽혀진다. 즉 대부분의 기록소설은 일부 역사가나 사회학자들의 요구와 관심을 제외하고는 그 시대가 지나면 쉽게 독자의 기억에서 잊혀져버리고 만다.

물론 기록성과 예술성의 양립이 불가능한 것은 아니다. 단지 기록소설은 사건의 사실성과 기록의 심미적 가치 중에서 전자를 선택하는 서술적 결과일 뿐이다. 넓게 보면 역사적 사건이나 인물을 제재로 삼는 소설과 사실주의 소설은 모두 기록소설의 범주에 들어올 수 있다. 자연주의 소설 역시 마찬가지다.

기지(wit)와 유머(humour)

위트와 유머는 우스운 것 또는 희극의 개념과 관련된다. 독자와 관객을 즐겁게 하거나 웃음을 자아내도록 고안된 문학의 한 요소로 이들은 대조를 이루는 한 쌍으로 붙어 다니는 것이 보통이다. 흔히 기지와 해학으로 옮기고 있으나 그것이 완전히 적절하다고 할 수는 없다. 이들은 상호 대비에 의하여 그 차이가 잘 드러난다.

기지는 본래 사람의 다섯 감각을 뜻하는 말로서 차차 '지능'이나 '창의력' 같은 정신 능력을 가리키게 되었고, 르네상스 시대에는 특히 타고난 우수한 두뇌를 뜻했다. 17세기에 이르러 기지는 문학적 창작의 재능, 그리고 특히 눈부시고 놀랍고 역설적인 비유를 발견할 수 있는 능력을 가리키는 데 사용되었다. 18세기 영국 비평사에서 언어 구사 능력과 재빠른 판단력, 기발한 이미지의 발견 능력 등을 높이 평가해서 기지를 문학의 본질적 요소로 본 것도 이와 무관하지 않다. 19세기에 와서는 우스운 말의 일종으로 간주되기 시작하여 오늘날에는 흔히 짧고 교묘하고 희극적인 놀라움을 일으키는 일종의 언어적 표현으로 그 의미가 보편화되었다.

유머는 중세 및 르네상스 시대의 생리학 용어로서 개개인의 기질과 관계되는 네 가지의 체액(요즘의 호르몬과 같은)을 뜻하였다. 그중 하나가 과다하면 그 사람의 기질의 한 가지가 비정상적으로 발달하여 괴팍한 사람이 된다고 보았다. 비정상적으로 우울한 기질의 사람은 흑담즙이 과다하게 분비되는 사람이었다. 이러한 괴팍한 기질의 사람을 희극에 의도적으로 등장시킨 극작가는 17세기 초 영국의 벤 존슨이었다. 그의 이 독특한 양식의 희극을 유머의 희극이라 하는데 이때에는 아직 유머가 우스운 것이라는 뜻을 갖지는 않았으나 괴팍한 기질이 불쾌하다든가 병적이라기보다는 우습고 재미있는 것이라는 통념이 생기기 시작하였다. 그러나 풍자나 조롱과는 달리 정답고도 동정적인 형태의 희극성을 가리키는 말로 유머란 말이 유행하기 시작한 것은 18세기에 이르러 산문문학이 발달하면서부터이다.

말하자면 기지는 일치한다고 믿어지는 사실에서 불일치를, 불일치한다고 믿어지는 사실들에서 일치점을 발견하는 예리한 판단력이고, 또 그 판단의 결과를 간결, 명확하고도 암시적인 문구(경구나 격언 등)나 정리된 말로 능숙히 표현하는 능력이라고 할 수 있다. 콜리지(S. T. Coleridge)가 기지를 가리켜 "서로서로 다른 사물 속에서 동일성을 발견할 때 발생한다"고 한 말은 시사적이다. 그러므로 기지가 없으면 불일치(incongruity)—규범에서의 일탈 또는 어울리지 않음—를 특징으로 하는 희극이 만들어지기 어렵다고 할 수 있다.

이에 비하면 유머는 이웃에 대하여 선의를 가지고 그 약점, 실수, 부족을 즐거운 마음으로 함께 시인하는 공감적인 태도이다. 유머는 기지가 갖는 신선하고 예리한 비판성이 없고, 불일치를 발견하되 비공격적이며 자신도 그런 불일치가 자행되는 사회의 일원임을 암시하는 일종의 뱃심 좋은 겸허와 아량을 보인다. 이를테면 그것은 세상과 더불어 세상을 웃는 태도이다. 유머가 성격적, 기질적이라면 기지는 지적이라고 할 수 있다. 따라서 유머는 태도, 동작, 표현, 말씨 등에 광범위하게 나타나지만 기지는 언어적 표현을 떠나서는 존재하지 않는다. 기지가 집약적이며 안으로 파고들며 빠르고 날카롭다면, 유머는 밖으로 확장되며 느리고 부드럽다고 하겠다. 기지가 기술이라면 유머는 자연인 셈이다.

아리스토텔레스는 희극을 '보통 사람보다 열등한 사람을 모방한 것'이라 정의하고, 희극은 어떤 결심이나 추악함을 모방하되 고통을 줄 정도의 것이 아닌 경우로 한정시키고 있다. 자기보다 못난 사람의 행위를 보고 웃는 것을 조소라고 한다. 프로이트는 사람들이 경쟁 관계에 있을 때 남의 실수나 부족에 대하여 쾌감을 느끼는 것을 외부 지향적 위트라고 하였다. 그것은 상대방에 대하여 악의를 지니고 있는 공격적인 웃음이다. 그러므로 아리스토텔레스나 프로이트가 말하는 종류의 희극성은 기지에 가까울 수 있어도 유머는 아니다.

유머는 유희 본능과 관계가 있다. 유희가 아닌 사실 그대로라면 기괴할 뿐 웃고 즐기지는 않는다. 유머는 청중의 습관적인 기대를 유희적으로 깨뜨릴 때 성립하는데 단지 기대만을 깨뜨리는 것이 아니라 동시에 기대하지 않았던 어떤 흥미나 욕구도 함께 충족시켜준다. 즉 낡은 기대에 어긋나면서 새로운 기대를 만들어내고 채워주는 것이다. 기지 역시 그러한 일을 어느 정도까지 한다고 할 수 있으나 그 재빠른 판단력, 기발함에 대하여 자연스럽고 즉각적인 웃음보다는 오히려 경이감을 자아낸다고 보는 편이 옳다. 그리하여 기지는 20세기에 들어와 심각성과 양립하지 못한다는 생각을 뒤엎고 오히려 심각성을 유희할 수 있었던 형이상학파 시인들에 의해 선호되었다.

기지와 유머는 단순히 희극 제작상의 기교라기보다는 작가의 인생관 내지 태도의 일단이라고 볼 수 있다. 능력 있는 작가의 경우에는 기지와 유머는 함께 결합해 있는 경우가 많다. 또한 유머는 유머대로 애상감과 적절히 화합할 수도 있다. 가령 『리어 왕』에서 광대의 우스개는 작품 전체의 비극성과 기이하게 어울리며, 『흥부전』에서 슬픈 처지에 놓인 흥부의 유머는 독특한 맛을 지니고 있다. 그리고 김유정의 소설에도 풍부한 유머가 담겨 있는데, 그는 궁핍과 고난에 가득 찬 현실을 그리면서도 독자로 하여금 연민과 애정에 찬 웃음을 머금게 한다. 그런가 하면 유머가 환상과 결합하여 『이상한 나라의 앨리스』와 같은 유례 없는 작품을 낳기도 한다. 참된 기지란 '때로 마음에 떠올랐다 하더라도 그보다 더 잘 표현된 바 없는 교묘하게 가장된 자연스러움'이라는 포프(Alexander Pope)의 말이나, 기지의 중요한 기능은 아이러니를 낳는 기능이라고 본 브룩스의 견해는 현대 작가들이 언제나 유념할 만한 것이다. 주어진 상황에 대해서 취할 수 있는 사물에 대한 모든 가능한 태도의 복수성을 인지하는 능력으로서의 기지는 작가들이 취해야 할 기법이기 이전에 갖추어야 할 인생에 대한 한 태도이기 때문이다.

ㄴ

낙원소설

현실 세계에 존재하지 않는 낙원의 존재 형태와 그곳에서 살고 싶어하는 인간의 욕망을 다룬 소설. 낙원은 무릉도원(동양), 유토피아(서양)로도 불리며 사전적 의미로는 '세상과 떨어진 걱정 없이 즐겁고 살기 좋은 곳, 또는 천국'을 가리킨다. 즉 낙원은 인간이 현실 세계의 고통과 억압으로부터 벗어나기 위해 만들어낸 가공적이고 상상적이며 이상적인 사회라 할 수 있다. 이러한 낙원에서 살고자 하는 인간의 욕망을 탐색해가는 소설이 낙원소설이다.

낙원의 세계를 지향하는 인간의 의식은 어느 시대, 어느 장소에서나 공통적으로 나타나는 인류 보편의 현상이다. 보다 나은 삶에 대한 동경과 갈구, 고난에 찬 현실에서 벗어나고자 하는 인간의 욕망이 있는 한, 인간의 의식 속에 낙원은 존재할 것이다. 우리 문학에서만이 아니라 동서양의 많은 문학들에서 낙원에의 동경과 이에 대한 탐색이 끝없이 나타나는 것은 바로 이러한 이유에서이다. 문학은 현실의 단순한 복제품이 아니라 현실 속에 있을 수 있는 일을 그리는 예술 형식이므로 낙원에서의 이상적인 삶에 대한 추구와 그것을 문학적으로 추적하는 일 또한 가능하다. 과학적이고 합리적이며 이성적인 사고가 중시되던 근대문학 이후에도 낙원소설이 계속적으로 씌어지고 또 읽혀지는 현상은 이러한 인간의 원초적인 낙원 원망 의식(樂園願望意識)에 기인한다.

우리 소설에서는 낙원의 공간이 주로 천상이나 섬 등으로 나타난다. 고대 영웅소설에서는 이야기의 처음과 끝을 천상이라는 이상적 공간으로 설정하곤 하였는데, 특히『구운몽』과 같은 작품은 천상에서 과오를 범하고 지상에 내려온 비범한 주인공이 지상의 환란을 극복하고 행복을 되찾은 다음 다시 천상으로 복귀한다는 패턴을 전형적으로 보여준다. 작품『구운몽』에서 천상 공간이 세세하게 묘사되지 않은 데 반해, 낙원 공간으로서의 섬은 대개 구체적 양상을 띤다.『홍길동전』에서 홍길동이 자신의 이상을 펴기 위해 찾아낸 '율도국'이나,「허생전」에서 허생이 도적들을 이끌고 찾아간 '섬'들은 한국 소설의 낙원 공간을 구체적으로 보여주는 사례이다.

경험적 현실에 대한 충실을 요구하는 리얼리즘은 낙원소설의 모태가 되는 유토피아적 상상력의 퇴조를 가져왔다. 일제시대의 소설 속에서 낙원의 모티프를 체계적으로 발전시킨 작업은 거의 없다고 해도 과언이 아니다. 최근의 소설에서도 과학적이고 합리적인 사고가 존중됨에 따라 낙원소설의 사례를 찾기란 흔치 않아졌으나, 이청준의「이어도」와 같은 작품에서는 죽음을 통해서만 다가갈 수 있는 상상 속의 이상 공간을 통해 나름의 낙원을 추적해가는 낙원소설의 한 전형을 잘 보여준다.

낭만주의 소설

다른 사조(思潮)적 개념들도 흔히 그렇지만, 특히 낭만주의는 그 개념의 정의와 범주 설정에 있어 혼란과 다양함의 정도를 극심하게 드러낸다. "낭만주의라는 용어를 정의 내리고자 하는 사람은 이미 많은 희생자들을 낸 바 있는 위태로운 작업에 착수하고 있는 셈이다"라는 에드윈 버검(Edwin Berry Burgum)의 경고가 말하고 있는 것처럼, 지금까지 시도된 무수히 많은 정의들 중 그 어느 것도 낭만주의라는 개념을 완전하게 설명하고 있다고 할 수 없다. 낭만주의를 특정 시대의 한 사조적 개념으로 보는 역사적 견해로부터 시대적 개념을 넘어선 범시대적 사조로서, 인간 정신의 한 경향을 대표하는 포괄적인 철학적 논의에 이르기까지 그와 같은 극심한 개념의 혼선은 낭만주의라는 용어에 내재된 의미의 복합성 및 다원성 때문이라고 할 수 있다. 원래 '낭만적'이라는 말은 매우 오래전부터 사용되던 용어로서, 상상적이거나 정서적인 성향을 호의적으로 지칭하는 말이었다. 이 말이 하나의 예술 용어로서 사용되기 시작한 것은 1797년 프리드리히 슐레겔이 쓴 한 논문에서였다. 이후 '낭만적'이라는 용어는 '독창성', '창조적', '천재' 등의 용어와 더불어 예술의 스타일뿐만 아니라 인간과 자연에 대한 전면적이고도 근본적인 태도의 변화를 내포하는 철학적 · 예술적 개념으로 자리 잡게 된다.

일반적으로 낭만주의는 고전주의에 대한 반동으로 일어났다고 말해지지만, 학자에 따라서는 낭만주의와 고전주의의 친화성을 지적하면서 오히려 낭만주의를 계몽주의에 대립시키기도 하며, 혹은 낭만주의의 반대편에 사실주의를 놓기도 한다. 그러나 낭만주의에 대한 다음과 같은 정의는 불완전한 대로나마 낭만주의에 대한 일반적인 이해의 수준을 드러내주는 것이라고 볼 수 있다. 즉 낭만주의는 상상력과 근대적인 개성 및 독창성을 중시하고, 현실적이고 유한한 세계보다는 이상화된 무한한 세계를 동경하며, 고전적인 형식의 균형과 조화보다는 내면의 갈등과 부조화에 대한 자각으로부터 출발한다. 따라서 자연과 예술, 지상과 천상, 죽음과 삶 속에 내재된 혼돈을 주목하는 문학과 예술의 경향 또는 세계관이라는 것이다. 낭만주의에 대한 이와 같은 정의는 궁극적으로 낭만주의가 17세기 신고전주의 시대를 지배하고 있던 이성에 대한 무한한 신뢰에 반기를 든 하나의 정신적 움직임이었다는 사실을 환기시킨다. 영국의 낭만주의를 대표하는 워즈워스가 그의 유명한 『서정적 담시집 *Lyrical Ballads*』(1798)의 「서문」에서 '감정의 자연스러운 방출'을 내세웠던 것이나, 독일의 낭만주의가 질풍노도(Strum und Drang)의 시대 속에서 이루어졌다는 것은 낭만주의의 반이성적 성격을 이해하는 데 좋은 시사가 된다. 낭만주의에 있어 중요한 것은 개인적인 경험을 어떤 거리낌도 없이 표현하는 예술가의 독창적이고 창조적인 재능이다. "독창적인 작품은 식물적 성격을 띠고 있다고 할 수 있다. 즉 그것은 천재라고 하는 생기 넘치는 뿌리로부터 자연발생적으로 자라난다"라는 에드워드 영(Edward Young)의 말은 낭만주의의 그와 같은 성격을 잘 드러낸다.

낭만주의 운동에서 중심적인 장르는 역시 시, 그중에서도 서정시라고 할 수 있다. 이야기 문학에 대한 낭만주의적 관심은 독일인들에 의해 가장 활발하게 전개되었다고 볼 수 있는데 슐레겔은 『시에 대한 옹호』(1800) 속에 포함되어 있는 「소설에 관한 편지」에서 로망(roman)이라는 말에 특별한 의미를 부여하고 있다. 로망을 낭만적(romantisch)이라는 말과 결부시키면서 그는 소설 문학이야말로 낭만주의의 형식이라고 주장하고 있는 것이다. 그러나 슐레겔이 사용했던 로망이라는 용어를 오늘날 우리가 사용하는 노벨(novel)의 개념으로 환치시키기는 어렵다. 오히려 그것은 산문과 시, 이야기, 혹은 서정적인 것과 극적인 것을 모두 포함하는 종합적인 장르 개념에 가까운 것이라고 할 수 있다. 특히 독일에서의 낭만주의적 소설 양식은 대체로 플롯이 빈약하고 인물들의 성격 묘사가 불확실하며, 음악적인 형식과 시적인 서정성을 짙게 보여준다. 따라서 뚜렷한 이야기 구조에 의해서가 아니라 감정의 흐름에 따라 이야기를 이끌어가는 경향이 두드러진다. 노발리스의 『푸른 꽃 *Heinrich von Ofterdingen*』(1802)의 경우에도 주인공 하인리히의 시인으로서의 성장과 더불어 외면적인 플롯은 점차 희미해지고, 이야기는 시적인 환상과 꿈의 세계로 빠져 들어가는 것이다.

낭만주의 소설의 또 다른 두드러진 특징은 고백적인 성격을 들 수 있다. 개인의 주관적이고 내면적인 감정을 중시하는 낭만주의가 서정시와 더불어 고백체 형식의 이야기들을 선호했다는 것은 지극히 자연스러운 현상일 것이다. 루소의 『고백록』을 비롯하여 드 퀸시의 『어느 영국인 아편중독자의 고백』, 샤토브리앙의 『아탈라』(1801)와 『르네』(1805), 뮈세의 『세기아(世紀兒)의 고백』(1836) 등이 그러한 형식을 보여주는 예들이다. 낭만주의 소설들 가운데는 역사소설적인 형태로 지나가버린 과거를 이상화시켜서 묘사하는 작품들이 있는데, 빅토르 위고의 『노트르담의 꼽추』(1831)나 루트비히 티크의 『프란츠 슈테른발트의 여행』(1789), 월터 스콧의 『웨이벌리』(1814) 등이 그에 속한다. 이외에 위고의 『레 미제라블』(1862), 스탕달의 『적과 흑』, 그리고 신문 연재소설인 외젠 쉬의 『파리의 비밀』(1842) 등이 낭만주의적 경향을 보여주는 소설로 알려져 있다. 영국의 작가들로는 프랜시스 버니, 호레이스 월폴, 앤 래드클리프 등이 있다. 한국에서는 1920년을 전후한 시기에 낭만주의 문예사조가 수입되면서, 『백조』를 중심으로 1920년대 초의 시단을 풍미하였다. 그러나 한국에서의 낭만주의는 피상적인 기법의 형태로 수용된 데다가, 상징주의나 유미주의 등과 뒤섞여 퇴폐적이고 허무주의적인 현실도피적 경향을 보여주었다. 한국에서 낭만주의는 주로 시 쪽에서 수용되었으며, 소설에서는 낭만주의가 뚜렷이 의식된 형태로 수용된 흔적을 발견하기 어렵다.

낯설게 하기(defamilarization)

낯설게 하기는 러시아 형식주의자들이 처음으로 사용한 용어로서 하나의 문학적 장치에 한정적으로 사용되기보다는 오히려 문학이나 예술 일반의 기법과 관련된 용어로 보는 편이 더 옳다. 일상화되어 있는 우리의 지각은 보통 자동적이며 습관화된 틀 속에 갇혀 있다. 특히 일상적 언어의 세계는 이런 자동화에 의해 애초의 신선함을 잃은 상태이며 자연히 일탈된 언어의 세계인 문학 언어와는 본질적으로 다를 수밖에 없는 것이다. 즉 지각의 자동화 속에서 영위되는 우리의 일상적 삶과 사물은 본래의 의미를 상실한 채 퇴색하는데, 예술은 바로 이러한 자동화된 일상적 인식의 틀을 깨고 낯설게 하여 사물에게 본래의 모습을 찾아주는 데 그 목적이 있다. 낯설게 하기란 그런 점에서 오히려 형식을 난해하게 하고 지각에 소요되는 시간을 연장시킴으로써 한 대상이 예술적임을 의식적으로 경험하게 하는 양식인 셈이다.

낯설게 하기는 브레히트의 '소격 효과'와도 유사하지만 단순한 기법 이상의 의미를 지닌 것으로 궁극적으로는 문학과 비문학, 예술과 예술 아닌 것의 경계를 구분하는 하나의 근거가 되기도 한다. 특히 바흐친에게 있어서 낯설게 하기란 삶의 총체성과 문학의 총체성을 연결하는 하나의 징검다리로서의 의미를 지니며 편지, 정치 연설, 상업적인 광고문 등 문학 외적 영역에 속하는 글들이 시대의 변천과 더불어 문학 내의 영역으로 들어오는 과정에 대한 설명의 근거를 제공하고 있다. 따라서 소설사 속에서의 이러한 낯설게 하기는 몽타주 기법, **콜라주 기법**, 근대에 나타난 입체적 인물이 독자에게 던진 충격 등 광범위한 영역에서 그 흔적을 나타내며 현대의 **누보로망**들이 끊임없이 독자의 기대지평을 좌절시키면서 새로운 형식을 창출하는 것과도 유사하다.

낯설게 하기의 속성은 문학 속에 내재되어 있는 것이라기보다는 작품과 독자 사이에서 나타나는 심리적 작용에 의해, 독자에게 형성된 자동화된 문학적 관습에 의한 '기대지평'의 좌절로 나타난다. 그러나

이 용어를 본격적으로 사용한 토마셰프스키는 『전쟁과 평화』에서 군사 회의를 바라보는 '농촌 소녀'와, 『콜스토머』라는 소설 속에서 말의 의인화된 심리묘사를 낯설게 하기 기법의 한 예로 들고 있다. 최인호의 『영가』에서 나이 어린 화자의 등장은 이와 유사한 경우에 해당된다. 이 소설 속에서 초점화자인 소년의 눈에 비친 할머니의 모습은 '늙은 귀신'이었다가, 소년의 등에 업혀 갈 때는 '새처럼 낭랑한 목소리'로 말하고, 드디어는 할아버지의 무덤 옆에서 '낮은 목소리로 노래부르'며 '꽃송이처럼 환히 생기에 차서' '정정하게 춤을 춘다'라고 묘사된다. 이러한 서술은 화자가 어린 시절의 자신을 초점화자로 사용하여 이야기 전체의 분위기를 신비적인 색채를 띤 설화적 공간으로 이끌어감으로써 얻어지는 낯설게 하기의 결과이고, 동시에 이러한 낯설게 하기는 독자로 하여금 '앙상하게 죽은 매화나무 가지에 갑자기 꽃이 피기 시작하였다'는 허황된 진술을 묵인하게 한다.

현대의 대표적 문학 양식인 소설 문학에 있어 두드러진 현상 중 하나가 형식적 정형에 대한 거부와 해체의 움직임이라고 한다면 낯설게 하기는 이러한 해체적 성향의 소설과 이론적으로 아주 밀접한 관계에 놓이게 된다. 우리의 소설사 속에서도 장정일의 소설집 『아담이 눈뜰 때』라든가 하일지의 『경마장 가는 길』 등 포스트모더니즘 논쟁의 초점이 되었던 몇몇 소설들을 이와 관련하여 꼽아볼 수 있다. 굳이 이런 소설들을 논하지 않더라도 최인훈의 「총독의 소리」 「서유기」 등 실험적 소설과 조세희의 옴니버스 연작소설 『난장이가 쏘아올린 작은 공』, 이인성의 『낯선 시간 속으로』 등을 이와 같은 낯설게 하기의 기법이 두드러지게 구사된 예로 제시할 수 있다.

그러나 최근의 포스트모더니즘 계통의 소설은 그 자체가 외국 문학에서 도입된 외적 형식의 모방에 치우친 감이 있다는 데 근본적인 문제점이 있다. 즉 현대의 타락한 세계를 표현하기 위해 스스로의 형식을 능동적으로 낯설게 일그러뜨린 노력의 대가가 아니라 그저 흉내 내기에 급급한 모습은 소설이 지닌 본래의 성격에 대한 진지한 성찰이 따르지 않은 성급한 유행으로 그칠 소지가 있으며, 오히려 소설의 형식뿐만 아니라 소설 그 자체마저 해체시키는 위기를 가져올 수도 있는 것이다.

내용(contents)과 형식(form)

문학 이론의 역사가 시작된 이래로 여전히 거론되고 있는 시빗거리 중의 하나는, 문학에서 우선하는 것이 내용이냐 아니면 형식이냐 하는 문제이다. 아무리 훌륭한 내용일지라도 훌륭한 형식에 담기지 않을 때 훌륭한 문학은 가능할 수 없다는 것이 형식 우선론자들의 일관된 주장이다. 나아가서 이들은 내용 자체는 가치를 가지지 않으며 내용이 가치를 얻게 되는 것은 형식이 그것을 가치 있게 만든 결과라고까지 말한다. 반면에 내용 중시론자들은 형식이야 제아무리 훌륭해도 내용이 충실하지 않고는 속 빈 강정에 다름 아니라고 맞선다. 특히 내용 중시론자들은 문학이 형식적 가치에만 집착할 경우 문학은 스스로를 장식과 유희에 떨어뜨리게 되리라고 강력하게 경고한다. 화해되거나 중재될 여지조차 보이지 않는 이들 주장들이 극단적으로 상충한다는 사실은 분명하다. 그러나 상충하고 반목하는 두 주장이 공유하고 있는 인식도 없지 않다. 그것은 문학이라는 전체는 형식이라는 용기(用器)에 내용이 담김으로써 이루어진다는 인식이다. 문학에 대한 이와 같은 이해의 방식에서라면 상반된 주장이 끝끝내 팽팽하게 맞설 수밖에 없는 것이다. 여기서 용기와 내용물로 대비시킨 문학의 형식과 내용을 문학 자체의 현실과 관련시키면 장르적 형식과 제재가 된다. 따라서 형식과 내용을 용기와 담기는 내용물로 대비시키는 것은 문제의 본질을 지나치게 단순화시키는 것이 된다. 예컨대 장르적 형식은 용기 또는 틀이라는 말로 간단히 대비되기엔 너무나 복잡한 개념이다. 하나의 변별적 장르가 성립하려면 너무나 많은 요건들이 충족되어야만 하기 때문이다. 내용 역시 마찬가지이다. 그것은 단순히 제재만을 가리키지 않는다. 제재를 바라보는 시각, 그것을 해석하는 관점, 작가의 대(對) 세계 태도 등을 아울러 포함한다. 그러나 이처럼 복잡한 문제를 단순화시키는 일이 불가능한 것은 아니다. 장르적 변별성이란 표현의 대상과 방법을 선택함으로써 확보되는 것이다. 가령 소설은 사건이라는 대상을 서술(narration)이라는 방법으로 제시함으로써 성립된다. 따라서 소설을 두고 말하자면 내용과 형식이라는 용어들은 이야기(사건들의 연쇄)와 담론(discourse)이라는 말로 자연스럽게 환원된다.

이야기와 담론은 서사물을 구성하는 이분법적인 국면임에는 분명하지만, 이분법적인 국면은 상호 역동적으로 관계를 맺음으로써 하나의 구조—분리할 수 없는 전체에 이른다는 인식은 이제 보편화되었다. 하르트만은 "베토벤의 소나타에서 형식과 내용을 어떻게 분리할 수 있겠는가?"라는 물음을 제기한 바 있지만, 서사학과 구조시학의 그간의 발전은 형식과 내용을 둘러싸고 반복되어온 논쟁이 부질없고 소모적인 시비임을 드러내준 것처럼 보인다. 그렇더라도 형식 대 내용 사이의 쟁점이 재연될 소지는 여전히 남는다. 그러나 더 이상 그것은 이론적인 쟁점은 아니다. 왜냐하면 그러한 쟁점은 필경 문학의 특정한 쓰임을 강조하기 위해 제기될 것이기 때문이다.

내적 독백(interior monologue)

독백을 보라.

내포독자

독자를 보라.

내포작가

작가를 보라.

논평(commentary)

화자가 자신의 견해를 명백하게 드러내 보이는 서술 행위, 혹은 화자가 어떤 의도를 가지고 제시하는 서술 행위를 일컫는 다소 모호하고 폭넓은 개념의 용어이다. 그래서 채트먼은 서술(narrating), 묘사(describing), 확인 설명(identifying)을 넘어서는 화자에 의한 모든 언술 행위를 논평이라 규정하고 있다. 논평의 주된 서사적 기능은 독자들에게 다른 방법으로는 그가 알기 힘든 여러 가지 사실들을 전달해주는 데 있으며, 따라서 이것은 한 작가가 독자들을 그가 원하는 방향으로 끌어들이기 위해 구사하는 서사적 책략의 중요한 방편으로 사용된다.

논평은 함축적인 경우와 명백한 경우가 있는데, 함축적인 논평은 화자가 있음에도 불구하고 내포작가와 내포독자 사이에 의사 전달이 이루어지는 경우를 말하며, 이때 서사는 아이러니적 성격을 띠게 된다. 명백한 논평은 해석(interpretation), 판단(judgement), 일반화(generalization), 자의식적 서술(self-conscious narration)의 네 가지 종류가 있다. '해석'은 이야기 요소의 요점, 적절성, 혹은 비중에 대한 공개적인 설명이며, '판단'은 도덕적이거나 혹은 여타 가치 판단에 관한 의견의 표현이고, '일반화'는 텍스트 밖의 어떤 사실을 텍스트 안으로 끌어들여 표현하는 것이다. 해석, 판단, 일반화가 이야기 차원에 대한 논평이라면 '자의식적 서술'은 담론 자체에 대한 논평이다.

농민소설

농민과 농촌의 문제를 소재로 하여 씌어진 소설. 그러나 농민소설은 전원적이고 향토적인 공간으로서의 농촌을 배경으로 하거나 단순히 농민을 주인공으로 설정한 **농촌소설**과는 달리, 당대의 농촌이 안고 있는 구조적인 모순이나 농민 의식의 성장 등을 다룬다는 점에서 그 특성이 두드러진다. 따라서 1930년대 농촌 계몽운동의 방편으로 또는 프롤레타리아 혁명의 일환으로서의 농민 해방을 목적으로 하여 씌어진 소설들, 1970년대 이후의 산업화 · 도시화의 과정에서 소외되고 황폐화된 농촌의 현실과 농민의 문제를 다룬 소설이 농민소설에 포함된다. 농민이 직접 농촌의 현실을 그린 작품만을 농민소설이라고 보아야 한다는 주장도 있지만 설득력이 없다.

농민소설은 농촌을 배경으로 하여 농민이 작품의 주인공이나 혹은 주요 인물로 등장하는 소설이기는 하지만 이것이 단순히 등장인물이나 소재에 의한 분류에 그치는 것은 아니다. 이보다는 오히려 농촌과 농민을 소재로 하여 그 시대의 가장 핵심적인 쟁점을 농민소설이 문제 삼고 있다고 보아야 할 것이다.

한국문학에 있어서 농민소설에 대한 논의는 1925년 발간된 『조선농민』에서 나타나기 시작한다. '농민의 인격적 해방'과 농촌의 참담한 경제적 상황을 극복하자는 목적으로 설립된 '조선농민사'의 문화 운동의 일환으로 창간된 이 잡지는 농촌문학 현상 모집과 농촌 단문(短文) 등을 통해서 농민문학을 농민 대중 속으로 확산시키게 된다. 비록 이 잡지에서 당대의 농촌 현실을 구체적으로 드러내 보여주는 작품이나 뛰어난 문학적 성과를 얻고 있는 작품들을 발견할 수는 없지만, 농민문학론을 주장함으로써 농촌의 문제에 대한 관심을 불러일으키고 농민소설에 대한 인식을 환기시켰다는 점에서 그 의의는 크다.

농민소설이 본격적으로 나타난 것은 1930년대라고 할 수 있다. 이 시기에 이르러 농촌 계몽운동을 목적으로 한 일련의 작품들과 프로문학 측의 농민소설이 집중적으로 씌어졌기 때문이다. 이들 작품은 민족운동 또는 독립운동의 일환으로 출발하였지만, 당대의 농촌을 바라보는 시각에 있어서는 현격한 차이를 보여주고 있다. 당시 『동아일보』가 벌이고 있던 브나로드 운동에 자극을 받아 씌어진 이광수의 『흙』, 심훈의 『상록수』 『영원한 미소』 등에 나타난 농촌은 극도의 궁핍과 무지와 비위생으로 가득한 곳이었다. 농촌의 궁핍한 현실은 농민의 무지와 게으름에서 기인하는바 이러한 농촌을 계몽하기 위해서는 지식인이 농민 속으로 뛰어들어 그들을 선도하고 계몽해야 한다는 것이다. 이러한 농촌에 대한 인식은 작품 속에서 농촌 생활환경의 개선과 소득 증대 사업, 문맹 퇴치 운동 등으로 구체화되어 나타난다. 하지만 이러한 시혜적이고 계몽적인 태도는 엘리트 의식으로 치닫게 되어 결국 농민의 의식과는 유리되는 결과를 초래하고 만다.

이기영을 중심으로 한 프로문학 측의 농민소설은 이광수류의 관념적이고 엘리트적이며 시혜적인 농촌 인식으로부터 벗어나 당대의 농촌 현실에 보다 가까이 접근하고 있다. 이기영의 『고향』과 조명희의 『낙동강』, 김남천의 『생일 전날』 등이 그 대표적 작품들인데, 이들은 당대 농촌의 구조적인 모순을 밝히려고 한 작품들이다. 이들 작품은 일제 식민지하의 농촌이 겪고 있는 황폐화와 급속한 계급 분화, 지주와 소작인의 대립, 그리고 이에 대한 농민들의 투쟁을 주된 테마로 설정하고 있다. 이들 작품은 당시 농촌의 황폐화가 일제 식민지 지배와 이에 기생하는 친일 지주에 기인하고 있다는 현실 인식에 토대하고 있는 것이다. 그러나 이들 프로문학 측의 농민소설은 프롤레타리아 혁명을 위한 농민들의 역할에 대한 지나친 강조와 사건 전개의 도식성 등 많은 문제점들을 극복하지 못하고 있다.

이렇듯 일제 식민지하에서 씌어진 두 계열의 농민소설은 농촌을 문제 삼고자 하는 관점이나 태도 자체를 민족운동의 일환으로서 인식한다는 점에서는 동일한 면모를 가지지만, 작품에 반영된 농촌의 현실과 농민의 실상에서는 많은 차이를 보여주고 있다. 아울러 당시의 농촌의 구조적인 모순을 총체적인 시각에서 작품화하지 못하고 있다는 점에서 공통적 약점을 가지고 있다. 즉 일제의 식민지 농촌 수탈 정책이나 독점자본의 침투하에서 우리 농촌이 처해 있던 구조적인 취약성 등에 대한 통찰력을 미처 갖추지 못하고 있는 것이다. 또한 이들 작품들이 작가의 주관과 주장을 지나치게 생경하게 드러냄으로써 문학적 가치를 손상시키고 있다는 점도 간과할 수 없는 사실이다.

8 · 15해방 직후 일시적으로 농민문학론이 주창되고, 토지개혁의 문제 등을 다룬 일련의 농민소설이 나타나지만, 해방의 감격과 혼란한 시대적 상황으로 인해 농촌의 실상을 구체적으로 그려내지는 못했다. 그러나 1960년대 후반 이후로 접어들면서 일제 식민지하에서의 농촌과는 달리 산업화 · 도시화의 과정에서 소외되고 황폐화된 농촌의 현실을 그린 일련의 농민소설이 나타나게 된다. 하근찬, 박경수, 이문구 등이 이 시기의 대표적인 농민소설 작가들로 이들은 산업화가 몰고 온 급격한 이농 현상과 농촌의 붕괴, 근대화의 혼란으로 인한 의식과 가치의 전도 현상 등을 날카롭게 포착하고 있다.

일제 식민지하부터 1970년대에 이르기까지, 어떤 문학적 경향에 휩쓸리지 않으면서도 농촌의 현실과 농민의 문제를 꾸준하게 다루어온 작가 김정한은 특히 주목됨직하다. 「사하촌」「모래톱 이야기」 등에서 그는 농촌이 직면한 현실과 붕괴되어가는 농촌을 꾸준히 지켜가는 농민의 모습을 냉철하게 그려 보여주고 있다. 요컨대 농민소설은 한국 근 · 현대 소설 문학사에서 주요한 하나의 흐름을 형성해왔으며 그 성과도 만만치 않다고 평가된다.

농촌소설

도시는 현대 문명의 온갖 병폐와 생존의 갈등이 분출되는 비인간적인 삶의 공간이며, 농촌은 미풍양속이 상존하는 인간적이고 목가적인 삶의 환경이라는 식의 생각은 더 이상 농촌과 농촌적 삶에 대한 현실적인 인식이라고 볼 수 없게 되었다. 농촌과 농촌적인 삶에 대한 그 같은 인식은 낭만적인 상상의 소산에 지나지 않는다. 물론 그동안 한국의 소설 문학사에서는 전통적으로 농촌을 이상적인 삶의 공간으로 묘사해왔다. 이효석에 있어서 농촌은 예외 없이 눈부시게 화사하고 풍요롭고 평화로운 곳이며, 오영수에 있어서는 비인간적이고 이기적인 도시 생활에서 좌절하고 패배한 선량한 작중인물들이 상처를 치유하기 위해 돌아가는 곳이다. 그러나 1960년대 이후의 한국 소설에서 서정적이며 낭만적인 삶의 공간으로서 농촌이 묘사되는 사례를 찾아보기는 어렵게 되었다. 엄밀히 보아 한국문학에서 농촌소설이라는 장르는 이제 소멸했다고 판단된다. 왜냐하면 농촌소설이란 서정적이며 목가적인 삶의 공간으로서의 농촌을 배경 삼아 '농자천하지대본(農者天下之大本)'이라는 중농주의적 세계관을 자족적으로 수락한 사람들의 소박하면서도 따뜻한 삶의 얽힘을 주된 이야기의 골격으로 삼는 소설을 지칭한다고 보기 때문이다. 이제 농촌을 배경 삼고 농촌의 삶을 문제 삼는 대부분의 소설들에게 부여되는 유형적 명칭은 농촌소설이 아니고 **농민소설**이어야 옳다.

농촌소설과 농민소설 사이의 이러한 구분은 엄정한 비평적 준거에 의한 분류이기보다는 다분히 편의적인 것으로 볼 수 있다. 그러나 농촌의 삶과 현실을 이야기의 주된 제재로 다루면서도 단순히 목가적이고 전원적이며 향토적인 공간으로서의 농촌을 다루는 소설들과, 당대 현실의 모순이 집약된 공간으로서의 농촌과 농민의 삶을 문제 삼는 소설들은 구별할 필요가 있다. 전자는 농촌소설이며 후자는 농민소설이라 할 수 있다. 그러나 순수한 의미에서의 농촌소설이나 농민소설로 명명할 수 있는 소설 작품은 흔치 않다. 양자는 그 장르상의 특성 중 상당 부분을 공유하기 때문이다. 그래서 어떤 경우, 이 두 개념을 유(類) 개념에 따라 분류하기보다는 농민문학 또는 농민소설의 유형 속에 농촌소설을 하위 개념으로 편입시켜 설명하기도 한다.

우리 문학에 있어서 농촌소설의 연원은, 일반 지식인들 사이에서 도시의 현실을 비관하고 농촌을 중시하는 기운이 농후해진 1935년 전후부터 발흥한 이른바 전원문학에서 찾을 수 있으며, 1970년대에 와서는 비평 용어로서 농촌문학 또는 농촌소설이라는 용어가 자주 쓰이게 되었다. 물론 이때의 농촌소설이란 현대 문명의 모순과 불합리가 집중적으로 드러나는 도시와 대비되는 자연적이고 향토적인 삶의 공간으로서의 농촌이 배경이 되는 소설을 지칭한다.

이무영의 「농부」 「오도령」 「제1과 제1장」, 박영준의 「모범경작생」 「일년」 「어머니」, 최인준의 「양돼지」 「황소」, 이근영의 「금송아지」 등이 1930년대의 대표적인 농촌소설들이며, 1970년대에 들어 방영웅의 『분례기』, 오유권의 「농지상환선」 등은 농촌소설의 요소가 강한 작품들로 주목받은 바 있다.

누보로망(nouveau roman)

일반적으로 누보로망이라는 용어는 1950년대부터 프랑스에서 발표되기 시작한 전위적인 소설들을 가리킨다. 구체적으로는 전통적인 소설의 기법과 관습을 파기하고 새로운 스타일을 창조하고자 했던 일군의 작가들—알랭 로브그리예, 미셸 뷔토르, 나탈리 사로트, 클로드 시몽, 장 리카르두 등의 소설을 가리킨다. 이러한 실험적 경향이 표면화된 것은 대략 1955년경부터였으며, 이때부터 누보로망이라는 용어가 널리 쓰이기 시작했다. 논자에 따라서는 앙티로망(**반소설**)이라는 말을 사용하기도 한다.

그러나 이들 일련의 작가들을 하나의 그룹 혹은 유파로 볼 수 있는가라는 문제에는 다소의 논란이 뒤따른다. 그것은 장 리카르두가 "이것은 하나의 그룹도 아니고 하나의 학파도 아니다. 거기에는 두목도 없고, 집단도 없고, 전문지도 없고, 공동선언도 없다"라고 말한 바처럼 이들이 스스로를 누보로망 작가라고 말한 적이 없으며 그들이 사용하는 기법 또한 제각기 다양하고 편차가 커서 하나의 경향으로 묶기가 곤란하기 때문이다.

이들 작가들을 하나의 유파로 묶을 수 있느냐 없느냐는 그들의 동질성을 어디에 두느냐에 달려 있다. 그들을 기법의 측면에서 같은 학파나 그룹으로 보기는 어렵지만 소설에 대한 태도나 문학 이론의 측면에서는 누보로망이라는 공통된 명칭을 사용하는 데 전혀 무리가 없다. 그렇다면 누보로망이라는 용어 밑에 포괄될 수 있는 태도나 이론이란 무엇일까? 우선 누보로망은 어떤 고정된 소설의 개념이나 이론을 내세우지 않는다. 그들은 문학을 하나의 제도 혹은 체계로 보며, 이러한 낡은 제도 혹은 관습에 익숙해진 독자들의 기대를 좌절시키는 데서 소설적인 효과를 얻을 수 있다고 생각한다. 그것은 전통적인 리얼리즘에 대한 새로운 도전으로서의 의미를 그 안에 내포하고 있다. 그들에게 있어서 소설이란 '여기, 지금'이라는 공간과 시간 축에 의한 작가 자신의 현실 파악을 떠나서는 생각될 수 없다. 곧 소설이란 인간과 세계와의 관계가 변함에 따라서 과거의 낡은 체계나 관습을 깨고 새로운 관습과 체계를 세우는 창조적 파괴의 과정인 것이다. 로브그리예의 다음과 같은 말도 그 같은 맥락에서 쉽게 이해될 수 있다. "작가는, 영원한 걸작이라는 것은 없고 오직 역사 속에 작품이 있다는 것을 앎으로써 작가 자신의 시대를 소유한다는 사실을 자부심을 갖고 받아들여야 한다." 다시 말해서 본질적 의미의 누보로망이란 존재하지 않고 오직 시간과 공간 속에서만 누보로망이 존재한다는 주장인 셈이다. 따라서 넓은 의미의 누보로망, 혹은 역사적인 전통으로서의 누보로망은 플로베르, 카프카, 조이스, 프루스트, 지드, 그리고 사르트르에게서도 찾을 수 있다. 즉 플로베르는 1860년대, 프루스트와 카프카는 1910년대에, 조이스와 지드는 1920년대에, 사르트르는 1930년대에 누보로망을 썼다는 것이다.

누보로망이 하나의 두드러진 특징으로 통합될 수 있는 학파나 그룹이 될 수 없다는 것은 당연한 귀결이다. 다만 '인간과 세계의 새로운 관계를 표현할 수 있는 새로운 소설 형식을 찾으려는 모든 작가군', 혹은 '일군의 작가군'에 의해 씌어진 소설들이라고 다소 막연하게 그 개념을 정의해볼 뿐이다. 그렇다면 누보로망을 특징짓는, '새로운 소설 형식', '새로운 관계'란 무엇인가?

20세기 소설 사조의 두드러진 경향은 자연주의 소설의 바탕을 이룬 과학 만능 사상이라든가 실증주의 철학에 대한 비판과 혐오라고 할 수 있다. 19세기의 작가들이 과학주의와 합리주의를 바탕으로 사물에서 사물로 끝나는 외부 세계의 리얼리티를 구현하는 데 이바지했다면, 20세기의 소설가들은 세계와 인간의 본질은 외부 세계에 있는 것이 아니라 내부 세계에 있는 것이며 단순한 현실의 재현으로서는 사물의 참된 모습을 제시할 수 없다고 주장한다. 즉 금세기의 사실주의는 그 개념상 현격한 변화를 거치게 된다. 그러나 과거의 자연주의나 사실주의의 방법을 숭배하지 않더라도 20세기의 작가들 역시 사회의 총체적 모습을 담으려는 욕구를 여전히 커다란 소망으로 갖고 있다. 누보로망 작가들에게서도 이런 경향은 마찬가지로 발견된다.

누보로망의 특징은 첫째로 언어 혹은 기호에 대한 관심과 활용이라는 측면, 둘째로 현상학적 인식 방법에 의한 사실주의의 추구를 들 수 있다. 전자의 대표적인 작가는 사로트로서 그녀는 소설 속에서 인물과 행위, 플롯을 제거하고 기호화된 언어적 묘사로 소설을 이끌어나간다. 즉 누보로망에서 문학이란 현실의 재현이 아니라 기호들로 이루어진 그물망을 엮는 것이다. 이때 기호라고 하는 것은 문자와 단어와 이미지를 의미한다. 단어란 사물을 존재케 하는 것이 아니라 지우는 것이며, 추상적인 관념만을 남겨놓는 것이다. 소설 속의 등장인물은 그런 점에서 실재의 인간과는 무관하며 작가의 관념 속에 담긴 하나의 기호일 뿐이다. 요컨대 누보로망 안에서 인물은 사라지고 모든 것은 기호화되며 따라서 리얼리즘은 현실의 '복사'가 아니라 새로운 형태의 생산을 의미하게 된다. 수사학의 비중이 더욱 커지고, 리얼리티는 단지 수사적인 효과로 나타날 뿐이다. 이러한 소설은 리카르두의 표현처럼 더 이상 '하나의 떠오른 이야기의 배열'일 수 없고 '배열에 관한 생각이 떠오른 뒤에 연역되어 나오는 이야기'가 된다. 두 번째 경우의 대표적인 작가로는 로브그리예를 꼽을 수 있다. 그는 모든 사물을 명백한 상태에 두고자 하며 시점을 한 인물에 고정시킴으로써 그 인물 앞에서 실제로 일어나는 것처럼 보이는 장면과 상상의 장면을 서로 뒤섞어 혼란시킨다. 이런 시점의 혼란은 사물을 개념화해서 바라보지 않으려는 방법의 하나이다. 사물을 개념화한다는 것은 이미 어떤 사회의 지배적 이데올로기에 의해서 사물의 본래의 속성을 왜곡하고 있다는 것을 의미한다. 곧 과거 소설에서의 인물의 행위와 인식은 어떤 체계에 물들어 관념화된 허위에 지나지 않으며 이미 진실일 수 없다. 과거의 사실주의는 그 한계가 이미 명확하게 드러났으며, 누보로망 작가들은 자신들의 현상학적 인식 방법을 가장 세밀한 사실주의라고 주장한다.

누보로망의 사실주의는 그들의 총체성 회복 욕구와 그 개념의 독특한 정의에서 두드러진다. 누보로망 작가들은 '현실 참여'를 중요하게 생각하지만 그들의 현실 참여는 일반적인 정치적 이념이 택하는 것과는 다른 방식을 추구한다. 그들에게 있어서의 기존의 정치와 관련된 총체성은 이미 허위일 뿐이며 새로운 억압 세력을 낳는 대상일 뿐이다. 따라서 누보로망의 현실 참여는 언어 자체의 문제로 환원되며 작가에게 있어서의 참여란 '정치적 성격을 갖는 대신 작가 자신의 현재적 문제들에 대해서 충만한 의식을 갖는 것이고, 그 문제의 중요성에 확신을 가지며, 그 문제를 문학 내부에서 해결하려는 의지 그 자체'이다. 과거의 문학이 언어의 속성에 대한 묵계의 관습을 통해 허위적 총체에 기여해온 만큼 누보로망의 참여는 이러한 관습 자체의 해체에 초점을 맞추고 있다. 누보로망 작가들에게 있어서 총체는 특정의 지배적 담론의 형태를 띠고 있지 않으며 단지 기존의 억압적 총체를 해체시킴으로써 그 실체가 드러나는 대상이다. 곧 그들이 추구하는 총체성은 자연 그 자체이며, 그런 맥락에서 로브그리예의 소설은 연속되는 지각을 '자연화(naturalization)'하는 데 상당한 노력을 들이고 있다. 결국 모든 문제는 소설의 새로운 형식의 발견으로 집약된다. 이처럼 누보로망이 문학에 대한 반성의 일환으로 출발된 만큼 '소설의 소설' 혹은 '반소설'이라는 다기한 명칭 또한 적절한 표현이라 하겠다. 특히 누보로망은 그것이 오늘날 소설이 자기소외에 접어드는 것을 거부하고 상품으로 전락하는 것을 방지하기 위해 문학의 영토를 영구히 보존하려는 노력의 하나라는 점에서 긍정적인 평가를 내릴 수 있다.

ㄷ

다성적 소설(polyphonic novel)과 **단성적 소설**(monologic novel)

도스토옙스키의 작품 세계를 분석한 바흐친의 『도스토옙스키 시학의 제 문제』란 책에서, 특히 톨스토이와 도스토옙스키의 작품 세계를 구별짓는 특성과 관련하여 사용된 용어이다. 이 용어는 바흐친이 밝히고 있는 것처럼 음악에서 사용되는 용어를 빌려온 것이다. 음악의 경우 다성악은 오직 하나의 멜로디에 의해 지배되는 단성악과는 달리 대위법에 의해 하나 이상의 독립된 멜로디가 화성적으로 결합된 음악 형태를 가리킨다. 물론 바흐친이 다성악이라는 음악 용어를 문학에 적용한 최초의 이론가는 아니다. 이 용어는 19세기 말엽과 20세기 초엽에 프랑스의 상징주의 시인들에 의해 처음으로 사용되었고, 로만 잉가르덴 역시 그의 저서인 『문학예술 작품』에서 이 용어를 사용한 바 있다. 그러나 이 개념을 문학 이론에 본격적으로 도입한 사람은 바로 바흐친이다. 바흐친에 의하면 모든 문학 장르 중에서 가장 비순수하고 잡종적인 특징을 지니고 있는 소설만이 다성성이 가장 충분히 발휘될 수 있는 유일한 문학 형태이다. 바흐친이 다른 어느 문학 형태보다도 소설을 가장 위대한 장르로 간주하는 이유도 여기에 있다.

다성적 문학의 계보에 들 만한 작가로 바흐친은 셰익스피어와 단테, 라블레, 세르반테스, 그리멜스하우젠 등을 꼽고 있지만, 이 계보의 진정한 완성자로서 소설이 지닌 다성적 특성을 가장 탁월하게 실현한 작가는 말할 것도 없이 도스토옙스키이다. 다성적 소설의 작중인물들은 작가의 의도에 따라 움직이는 자동인형들이 아니라 작가의 의도를 비판하거나 배반하기도 하는, 한 시대의 다양한 욕망의 목소리들을 들려주는 살아 있는 주체들로 등장한다. 특히 도스토옙스키의 경우, 그의 소설 속의 주인공들은 사상적으로 독립된 권위와 자주성을 지니고 있다. 즉 주인공은 완성되어가는 도스토옙스키의 예술적 시각의 대상이 아니라 독자적으로 권위 있는 사상적 개념의 소유자로 작품 속에 참여하고 있는 것이다. 바흐친은 다음과 같이 말하고 있다.

> 도스토옙스키 소설은 사실상 독립적이고 병합되지 않은 다양한 목소리들과 의식, 진실로 다성적인 매우 정당한 목소리들로 특징지어진다. 그의 작품에서 전개되는 것은 단일한 작가적 의도에 의해 조명되는, 단일한 객관적 세계 속에 존재하는 다양한 작중인물들, 그리고 그 속에서 전개되는 운명적인 사건들이 아니다. 오히려 동등한 권리와 제각기 자신의 세계를 지닌 다양한 의식들은 서로 결합되면서도 통일된 사건 속에 병합되지는 않는다. 도스토옙스키의 창조적 계획의 성격에서 볼 때 그의 주요 작중인물들은 작가적 언술의 객체에 해당될 뿐만 아니라 또한 그들 자체로서 의미 있는 언술의 주체에 해당된다. 따라서 어느 한 작중인물의 언술은 결코 어떤 방법으로도 성격 형성과 플롯 전개의 일반적 기능

에 의해서는 철저히 설명될 수 없으며, 또한 그것은 작가 자신의 이데올로기적 입장을 전달하는 매체로도 사용되지 않는다. 주인공의 의식은 타인의 의식으로 나타나 있으나, 동시에 그 의식은 대상화되어 있지 않고, 닫혀 있지 않고, 작가 의식의 단순한 객체가 되고 있지 않다. 이런 의미에서 도스토옙스키의 주인공 상(像)은 전통적 소설에 나오는 인습적인 객체적 주인공 상과는 다르다.

그러나 또다시 바흐친에 따르면, 그가 단성적 문학의 대표적인 예로 들고 있는 톨스토이의 세계는 독백적이다. 즉 톨스토이의 작품에서 주인공의 말은 그에 관한 작가의 말이라는 견고한 테두리 안에 갇혀 있는 것이다. 톨스토이의 세계에서 작가는 자신의 주인공들과 논쟁을 벌이는 것이 아니라 다만 그들에 관해 이야기를 할 뿐이다. 따라서 거기에는 오직 하나의 인식 주체만이 있을 뿐이며 그 이외의 모든 것은 다만 그것의 대상에 지나지 않는다. 따라서 톨스토이의 작품에는 도스토옙스키의 경우와는 달리 작가와 작중인물들 사이에 진정한 의미의 대화적 관계가 성립되지 않는다(바흐친은 단성적 문학의 작가로 톨스토이 이외에 투르게네프와 이반 곤차로프, 괴테 등을 들고 있다).

그에 비해 다성적 소설은 그 전체가 극히 대화적인 관계로 이루어져 있다. 도스토옙스키는 소설 전체를 하나의 '커다란 대화(great dialogue)'로 축조해놓았으며, 이러한 대화적 관계는 소설 구성의 모든 요소들 사이에 존재하는 것이다. 왜냐하면 대화적 관계는 텍스트 안에서 문장 구성적으로 나열된 대화에서 일어나는 단순한 응답보다 한결 광범위한 현상이기 때문이다. 문학의 다성성은 작품의 어느 한 요소에만 국한되는 것이 아니라 거의 모든 요소에 다 적용되는 것이다. 예컨대 그것은 작중인물과 밀접한 관련을 맺고 있는가 하면 또한 작품의 플롯과 구성, 주제나 이데올로기와도 긴밀하게 연결되어 있다. 뿐만 아니라 그것은 작품의 언어나 스타일의 문제에 있어서도 매우 중요한 의미를 지닌다. 이를테면 커다란 대화의 내부에서 대화적 상황은 소설의 낱말 하나하나 속으로 들어가 그것을 두 개의 목소리로 만들며, 또한 주인공들의 몸짓 하나하나 속으로 들어가 그것을 히스테릭하고 고통스러운 상태 속에 빠뜨린다. 도스토옙스키의 독특한 언어 표현 양식을 규정짓는 이와 같은 대화적 특성을 바흐친은 '축소 대화(micro dialogue)'라고 부른다.

단편소설(short story)

명칭 자체가 시사하듯이 짧은 분량의 허구 산문 이야기를 가리킨다. 짧다는 것은 장편소설이나 중편소설의 분량에 견주어서 그렇다는 뜻이다. 더러는 짧은 길이는 단편소설을 식별하는 유일한 척도가 될 수 없다는 주장도 제기되지만 길이가 짧다는 사실은 단편소설의 무엇보다도 분명한 장르적 변별성이다. 장편소설이나 중편소설처럼 긴 분량의 단편소설은 존재할 수 없다. 그러나 짧은 이야기가 모두 단편소설은 아니다. 예컨대 단편소설이 장르적 관습을 형성하기 이전부터 있어왔던 짧은 형식의 이야기—우화나 예화는 단편적인 길이를 가지고는 있지만 단편소설이라고 볼 수는 없다.

단편소설은『데카메론』등과 같은 틀-이야기(frame-story)로부터 발전해서 18, 19세기에 이르러 장르적 관습을 확립한 근대적인 허구 산문 이야기의 한 유형이라고 보는 것이 지배적인 견해이다. 흔히 이 장르가 확립되는 데 특별한 기여를 한 작가로 에드거 앨런 포가 꼽힌다. 그는 선구적인 단편소설의 이론가라고도 볼 수 있는데, 그에 따르면 단편소설이란 '반 시간에서 두 시간 사이에 단숨으로 읽혀질 수 있어야 하고 유일하거나 단일한 효과에 제한되어야 하며 모든 세부들이 그 효과에 종속되지 않으면 안 되는 것'이다. 포가 세운 단편소설의 이 같은 원칙과 관습은 O. 헨리, 모파상 등과 같은 19세기의 작가들에 의해 충실히 답습되고 있다는 사실이 쉽사리 확인된다. 이들 19세기의 작가들의 단편소설에서 사건은 기하학적인 구도와 짜임 속에 담기고, 서술의 초점은 사건의 극화를 위해 집중되고 있으며, 결말은 예외 없이 의외성, 곧 놀라움으로 맺어지고 있다. 요컨대 이들은 독자로부터 충격적인 반응을 이끌어내기 위해 이야기의 과정을 치밀하게 계획하고 그것을 계략적으로 서술하고 있는 것이다. 그들의 단편소설이 단일한 인상으로 부각되는 긴장된 구조를 획득하게 되는 것은 그들의 이 같은 서술적 전략이 거둔 성과라고 볼 수 있다.

20세기에 접어들면서 단편소설은 서서히 새로운 관습과 경향을 발전시키기 시작한다. 안톤 체호프의 경우에서 확인되는 바와 같이 새로이 형성되기 시작한 단편소설의 관습과 경향은 단편소설에서 너무나 두드러졌던 인공의 흔적을 지워낸다는 사실로 그 특징을 요약할 수 있다. 20세기의 단편소설 작가들은 더 이상 극적인 사건이나 작위적인 플롯, 그리고 충격적인 결말 처리 방식에 의존하려고 하지 않는다. 그들은 삶의 단편을 좀 더 자연스럽고 담담한 어조로 이야기의 구도 속에 담고자 한다. 캐서린 맨스필드와 셔우드 앤더슨 같은 영미의 작가나 황순원, 오영수, 서정인, 유재용, 오정희 같은 우리의 작가들도 그러한 예에 부합된다. 이들 작가의 단편소설에서 사건을 효과적으로 제시하는 원리—플롯이 빠져 있다고 볼 수는 없다. 그것이 표면에 두드러져 보이지 않는 것은 플롯이 제거된 탓이기보다는 이야기의 구조 속에 내면화된 결과이다. 플롯의 내면화의 경향은 분명히 19세기 작가들의 단편소설에 비해 20세기 작가들의 단편소설을 '산뜻하고 인상적인 사건의 정연한 결합'으로 보일 수 없게 만들었다. 그러나 현실의 인생살이가 산뜻하고 이상적인 사건들의 정연한 결합이 아니라면 그 인생의 이야기가 산뜻하고 정연한 모습으로 부각되는 것은 모순이거나 허위라고 보아야 한다.

담론(discourse)

언어학적 의미로는 한 문장(sentence)보다 더 큰 일련의 문장들을 가리키지만 시학에서는 서사 텍스트를 구성하는 데 동원된 언술의 총화, 혹은 서사 구조의 표현적 국면을 총칭하는 용어로 자리 잡았다. 텍스트로부터 추출되는 추상적 내용물인 서술된 사건, 곧 스토리(story)와 대립적으로 사용되는 개념이다. 좀 더 넓거나 좁은 의미로 사용되기도 하고 상이한 용어를 통해 제시되고는 있지만 하나의 서사 텍스트가, 표현 차원인 담론과 내용 차원인 스토리로 짜여진다는 것은 구조시학의 기본적인 인식이다.

구조시학은 담론과 스토리라는 이분법적 국면의 역동적인 관련성을 밝힘으로써 허구 서사물을 연구하는 입장에 다름 아니다.

이 두 개의 국면을 츠베탕 토도로프는 story/discourse로, 벤베니스트는 historie/discourse로, 제라르 주네트는 historie/récit로 구분하고 있으며 우리의 경우에는 이야기/담론, 이야기/담화, 이야기/이야기하기, 이야기/서술 등의 다양한 용어로 대응되고 있다.

이 용어가 예외적으로 사용되는 경우도 있다. 예컨대 웨인 부스는 'discourse'를 독자들에게 특수하게 전달되는 언술 행위—작중인물의 행위에 대한 화자의 평가, 해석, 판단 등을 가리키는 용어로 이해한다. 부스적인 개념으로는 '장면적'이거나 '극적'인 서술은 제외된다. S. 채트먼에게서 'discourse'는 좀 더 확장된 의미—내용이 소통되는 모든 수단이라는 뜻을 가진다. 그의 경우 '서사 담론(narrative discourse)'은 관례화된 담론의 의미에 근접한다.

하나의 언어 기호(sign)가 기표(記票, 시니피앙)와 기의(記意, 시니피에)의 두 국면을 가진다는 구조언어학의 견해는 story/discourse의 텍스트 이분법적 인식이 발전하게 된 결정적 원인이다. 즉 텍스트 내에 동원된 서술의 기의(記意)는 스토리이고 기표(記標)는 discourse라는 인식에서 이 용어는 발생한 것이다. 그러나 좀 더 거슬러 올라가자면 하나의 문학작품이 표현의 국면과 내용의 국면을 지닌다는 이분법적 인식은 아리스토텔레스 이래 전통 시학에서도 꾸준히 지속되어온 것이다. 세계에 대한 모방이 이야기의 줄거리(로고스)를 형성하고 다시 이것이 플롯을 형성하는 단위(미토스)를 낳는다는 아리스토텔레스의 발언은 바로 이러한 인식의 소산이다(그 영향 아래에서 discourse라는 개념이 발생했을 뿐, 용어 자체의 개념은 전혀 다른 것임이 유의되어야 한다. '플롯'은 이야기의 전달 자체를 생동감 있게 하기 위함과 동시에, 독자들에게 '왜?'라는 의문을 지속시키기 위한 '이야기의 변형'을 의미하지만 '담론'은 텍스트에 드러난 서술 그 자체, 어떤 이유가 되었던 '변형된 이야기' 그 자체를 의미한다).

러시아 형식주의자들은 이 인식을 **파불라**(경험 그 자체로서의 이야기)**와 수제**(표현 행위에 의해 구조화된 이야기)의 개념으로 발전시켰다. '수제'의 특징들이 텍스트를 드러내는 기법과 관련해서 문학 텍스트 표면에 속해 있는 것이라면 '파불라'는 일종의 심층 구조적 이야기를 의미하며, 그런 면에서 이 두 용어는 story/discourse의 개념과 거의 일치된 인식을 보여준다. 플롯의 기능이 현저히 약화되거나 혹은 소멸되었다고 하는 현대의 서사물에 대한 분석에서 이 용어는 종래에 사용되어왔던 '서술', '플롯', '표현' 등등의 용어를 누르고 점차 광범위한 지지를 얻어가고 있다.

대하소설(roman-fleuve)

장구한 시간의 흐름 속에서 이루어지는 인물들의 복잡한 삶의 양상을 형상화함으로써 사회의 변화 양상 및 인간 삶의 전체상을 포착하려는 방대한 분량의 소설. 그러나 대하소설은 단순히 길이가 긴 장편소설이나 장편을 모아 엮은 연작소설들과는 구분된다. 대하소설은 유장한 시간의 흐름 및 많은 인물들에 의해 복잡다단하게 얼크러지는 사건의 제시를 통해, 사회의 변화상과 인간 삶에 대한 총체적 조명에 그 초점을 맞추고 있기 때문이다. 발자크의 방대한 인간 관찰 기록인 『인간희극』이나 졸라의 연작 장편소설 『루공 마카르 총서』, 프루스트의 『잃어버린 시간을 찾아서』가 대하소설의 적절한 사례에서 제외되는 것은 이러한 이유 때문이다.

대하소설(大河小說)은 누대(累代)에 걸친 오랜 기간의 이야기를 다루기 때문에 대체로 서술상 완만한 속도를 가지면서 이야기의 서두에서부터 결말에 이르기까지 시간의 순차적 계기성에 의해 사건이 제시되는 기법적 특징을 가진다. 즉 이 장르는 명칭이 의미하는 바 그대로, 거대한 물줄기의 도도한 흐름에 비유되는 이야기 전개 방식으로서 완만한 서술 템포와 사건의 순차적 제시 등을 서술상의 특징으로 가지는 소설 양식인 셈이다.

이러한 개념에 적절한 대하소설로는, 열 권 분량으로 발표된 로맹 롤랑의 『장 크리스토프』, 마르탱 뒤 가르의 『티보 가의 사람들』, 톨스토이의 『전쟁과 평화』, 토마스 만의 『부덴브로크 가의 사람들』, 숄로호프의 『고요한 돈강』 등이 있고, 우리 소설에서는 박경리의 『토지』 등이 있다.

대화(dialogue)

전통 시학은 대화를 작중인물의 행위라는 측면에서 설명해왔다. 작중인물은 허구 서사물에서 행동하거나 생각하고 느끼거나 발화(utterance)함으로써 이야기의 구축에 참여하는데, 대화는 작중인물의 그러한 다양한 활동 중의 한 가지—발화 행위를 가리킨다는 것이다. 물론 이것은 작중인물이 다른 작중인물이나 더러는 자기 자신을 향해 수행하는 직접적인 말하기의 행위로서 텍스트상에서는 부호 속에 가둠으로써 여타의 언술 행위—서술이나 묘사와 분리되는 언술의 부분이다. 전통 시학의 대화에 관한 논의는 주로 작중인물의 발화 행위—대화가 하나의 허구 서사물에서 어떠한 기능을 담당하는가 하는 문제를 중심 삼아 이루어져왔다. 그 내용을 요약하자면 대화는 작중인물의 성격, 기질, 개성 등과 함께 여타의 주요한 서사적 정보를 제공해주고 작가의 주관적이고 설명적인 개입을 차단시키고 사건을 극화 · 장면화시킴으로써 이야기의 사실감을 높이는 역할을 한다는 것이다.

구조시학은 대화의 양상을 좀 더 세밀하게 분별해냄으로써 허구 서사물에 대한 객관적인 이해를 넓혀준다. 무엇보다도 구조시학은 대화 역시 담론화의 한 가지 양상으로 본다는 점에서 그것을 인물의 행위 영역에 종속시키는 전통 시학의 관점과 뚜렷이 대립한다. 이러한 관점은 대화를 담론 구조로부터 분리시켜 고립적인 현상으로 살피는 관점이 지니는 모순을 극복한 것이라고 보여진다. 여타의 언술 행위—묘사나 설명 행위와 마찬가지로 대화를 소설 텍스트의 담론 구조를 이루는 한 부분으로 보는 것은 대화에 대한 가장 객관적이며 합리적인 인식이다. 왜냐하면 대화는 작중인물에 의해 수행되는 발화 그 자체가 아니고 발화의 기록이기 때문이다. 이러한 관점에서 살피게 되면 허구 서사물에 도입되어 있는 대화의 양상은 좀 더 손쉽게 분별된다. 가장 넓게 보자면 모든 허구 서사물은 청자를 대상으로 하는 화자의 말하기—대화이다.

대화의 개념을 그처럼 확대하지 않고서도 담론의 전 국면이 청자를 향한 발화에 의해 지배되고 있는 허구 서사물의 유형을 상정하는 일이 어렵지 않다. 가령 청자와의 직접적인 소통의 경로가 차단된 상황을 전제하는 탓에 기록에 의존하는 대화의 방식, 즉 서간체 소설이 그 같은 유형이겠기 때문이다. 최서해의 「탈출기」에서 말하는 이와 말을 받는 이 사이의 물리적 거리가 소거된다면 그 소설의 담론의 전 국면은 대화의 부호 속에 가둘 수 있는 순수하면서 직접적인 작중인물의 발화 행위이다. 이와 유사하게 대화적 양상에 의해 주도적으로 지배되고 있는 허구 서사물의 사례는 많다. 내적 독백, 의식의 흐름의 제시 등도 특정한 청자를 전제하지 않는다는 차이점을 제외한다면 일종의 대화적 언술 행위이다. 이것들은 일종의 작중인물들의 자유 직접화법—즉 현재 시제로 발화되며, 1인칭 대명사의 언급이 없는 발화의 양상이라고 보아야 하기 때문이다.

그러나 대화의 개념은 인물과 인물 사이에 발생하는 화자에 의해 매개되지 않은 순수한 발화(담론의 표면에서 관례적으로 부호 속에 묶인다)라고 그 개념을 정리하는 것이 좋겠다. 모든 서사 이론가들 중에서 대화의 문제에 관한 가장 독창적이며 의미 있는 견해를 개발한 사람은 바흐친이다. 그는 대화의 개념을 매우 확장된 개념으로 사용하고는 있지만(**대화론**, **다성적 소설과 단성적 소설**을 보라) 작중인물의 순수한 발화의 문제들의 서사적 상황 속에서의 효과에 대해서도 세심한 인식을 보여주었다. S. 채트먼은 '대화 유형의 유효한 분류법을 개발한' 사례로 모리스 블랑쇼를 소개하고 있다. 그 세 가지 보기는 앙드레 말로, 헨리 제임스, 프란츠 카프카이다. 블랑쇼에 따르면 말로의 인물들은 역사의 위대한 이념적 목소리, 열렬하고 사색적이며 토론적인 목소리로 말한다. 반면에 헨리 제임스의 경우에서 인물들은 한가하게 담소하는 중에 갑작스럽게 예외적인 언급을 끼워 넣음으로써 상호간의 이해의 수준을 이끌어내는 방식으로 말하며, 카프카의 인물들은 인물들 상호간에 대화가 교환되기는 하지만 결코 소통이 이루어지지는 않는 말하기를 수행한다는 것이다.

대화론(dialogism)

미하일 바흐친의 이론을 총괄해서 부르는 명칭. 바흐친의 이론은 철학, 심리학, 언어학, 문학 등 다방면에 걸쳐 있을 뿐만 아니라 기존 학문의 유파들 속으로 편입시키는 것을 불가능케 하는 포괄성과 독창성을 지니고 있다. 바흐친 스스로 자기 이론을 대화론이라고 명명한 적은 없으나, 1980년대 구미에서 바흐친 선풍이 일면서 몇몇 연구자들이 사용하기 시작한 그 용어가 지금은 바흐친 이론의 변별적 체계를 지칭하는 관용어로 정착되어가는 추세이다. 바흐친이 동료인 파벨 메드베데프, 발렌틴 볼로시노프, 이반 카나예프 등과의 긴밀한 지적 유대 속에서 작업했고, 그의 주요 저작 중의 일부는 동료와의 공저 형식으로 출간되었다는 사정을 감안하여, 대화론이라는 용어는 바흐친 개인만이 아닌 '바흐친 학파'의 이론을 통칭하는 것으로 쓰이기도 한다.

대화론이라는 말 자체가 시사하듯이, 대화의 개념은 바흐친의 이론에서 중심적 위치를 차지한다. 일상 언어에서 대화는 두 사람이 서로 이야기를 주고받는 행위를 가리키지만, 그러한 일반적 의미는 그것이 바흐친의 사상 속에서 갖는 특별한 의의를 모호하게 만들 우려가 있다. 바흐친에게 대화가 중요한 것은 그것이 언어는 물론 삶의 모든 양식들을 지배하는 거대한 원리의 전형적 표현이기 때문이다. 그 원리가 무엇인가를 이해하려면 대화가 나타내는 '관계'의 특성을 파악하는 것이 필수적이다.

바흐친에 있어서 대화는 일차적으로 주체들 사이의 사회적 상호작용을 의미한다. 대화 속에서 '나'와 '남'은 각자의 고립된 개별성의 영역에서 벗어나 상호 소통과 조정의 역동적 관계를 형성한다. 대화를 구성하는 발화들은 주체들의 공유하는 세계를 전제로 하는 사회적 행위이며, 바흐친이 강조하는 언어의 살아 있는 실재이다. 그러나 바흐친에 따르면, 대화적 관계는 사회적 상호작용에 한정되지 않는다. 그것의 보다 중요한 의의는 '차이 있는 것들의 동시적 현존(simultaneity)'에 있다. 대화에 참여하는 사람들은 서로 다른 사람들이며 대화 중에 교환되는 발화들은 서로 다른 발화들이다. 동일한 사람, 동일한 발화라는 조건하에서는 대화의 상황이 생겨나지 않는다. 이렇게 대화는 차이들을 매개로 성립하며, 또한 그것들을 결합시킨다. 따라서 대화적 관계는 '이것이냐 저것이냐'라는 상호 배타적 관계가 아니라 '이것도 저것도 모두'라는 상호 포용적 관계이다(Michael Holoquist, *Dialogism: Bakhtin and his world*, London, 1991, p.41).

'동시적 현존'을 원리로 하는 대화적 관계의 이념은 바흐친이 제공한 갖가지 중요한 이론적 통찰 중에서도 가장 빛나는 부분이자, 그의 대화론이 보유하고 있는 풍부한 시사성과 설득력의 원천을 이룬다. 그가 고안하거나 다듬은 주요 용어들, 이를테면 그의 도스토옙스키 연구에 나오는 '다성성(polyphony)', 소설적 담론의 역사와 유형에 관한 논의에서 부각되는 '이어성(heteroglossia)' 등은 동시적 현존의 범주를 연구 대상과의 관련 속에서 특수화시킨 것에 해당한다. 다성성은 서로 다른 다수의 관점, 의식, 목소리가 공존하는 상태를, 이어성은 시대, 계층, 지역 등에 따라 다양하게 분화된 언어가 드러내는 모순과 갈등의 상태를 가리키지만, 그것들은 모두 차이 있는 것들의 동시적 현존이라는 범주에 포괄되는 현상이다.

바흐친에 있어서 대화적 관계는 인간의 삶의 모든 양식화된 표현들 속에서 발견되지만, 그것을 가장 극명하게 예시하는 것은 '소설적' 담론이다. 대화적 관계의 모형을 보여주는 것은 언어이며 언어의 대화적 본질을 가장 풍부하게 구현한 것은 소설이기 때문이다. 그러나 바흐친이 말하는 소설적 담론은 반드시 소설의 담론만을 가리키는 것은 아니다. 그는 서로 다른 민족어들 혹은 언어 공동체들 사이의 대립을 명확히 노출시키는 언표, 연기, 글쓰기의 형태라면 어느 것이나 소설적 담론에 포함된다고 보고 있다. 소설적 담론의 특징을 이루는 갈등은 대체로 두 가지 국면에서 생겨난다고 한다. 그 하나는 어떤 문학 작품의 언어와 주류를 이루는 문학적 스타일 내지는 일상 언어의 양식 사이에 존재하는 묵시적인 대립이며, 다른 하나는 서로 다른 작중 인물들의 담론들 사이에 혹은 작중인물과 작가의 담론들 사이에 존재하는 명시적인 대립이다. 소설사에 관한 에세이에서 바흐친은 소설적 담론의 기원을 소크라테스의 대화록, 민속문학과 함께 희극적, 풍자적, 패러디적 성향의 극과 시에서 구하고 있다.

도시소설

도시는 농촌과 함께 이제까지 인간 사회가 만들어낸 가장 특징적이고 복합적인 생활환경이면서 동시에 인간 경험의 범위와 성격을 규정하는 지리적 · 문화적 공간을 이루고 있다. 그런 만큼 소설에서 다루어지는 인물 · 사건 · 정황의 배경에 도시가 등장하는 것은 극히 자연스러운 일이다. 소설에서 도시라는 삶의 공간이 드러나는 방식은 물론 일정하지 않다. 경우에 따라서는 정체를 알아보기 힘든 익명의 건물과 거리의 형태를 취할 수도 있고 인물과 사건을 압도하는 생생한 구체성과 육중한 질량감을 가질 수도 있다. 어느 경우든 도시에서 영위되는 삶의 양태들은 인간 경험의 깊이와 넓이를 실감 있게 드러내고자 하는 소설에서 아주 요긴하고 효과적인 소재가 된다. 도시가 단순히 주거와 활동의 물질적 공간에 그치지 않고 무엇인가 인간 경험의 본질적이고 내밀한 부분에 연결되어 있다고 믿어지는 시대의 소설에서는 더욱더 그러하다. 사실, 산업화와 도시화를 특징으로 하는 근대사회의 역동적 변화가 삶에 가져온 희망과 환멸, 충족과 결핍에 대하여 특출한 통찰을 보여준 근대소설의 걸작들에서 도시는 종종 인간의 운명에 깊숙이 개입하는 자극과 충격의 불가시적 세계로 나타난다. 발자크의 파리, 디킨스의 런던, 도스토옙스키의 페테르스부르크는 바로 그런 도시들이다.

도시소설이라는 용어는 특정 소재, 주제, 배경에 분류의 근거를 두는 소설 유형론의 언어들 — 연애소설, 전쟁소설, 해양소설 등 — 이 대체로 그러하듯이 다분히 편의적인 명칭이며, 따라서 개념적 엄밀성이 희박하다. 논자에 따라서 그 용어는 도시 생활의 단면을 취급한 일체의 소설을 가리키기도 하고, 도시 혹은 도시 풍속의 묘사를 목표로 하는 소설들을 지칭하기도 한다. 어떻게 보면, 도시소설이라는 용어를 가지고 하나의 변별적인 소설 유형을 표시한다는 것이 애초부터 불가능한 일인지도 모른다. 도시가 가장 보편적이고 현실적인 생활공간으로 경험되는 시대에는 당대의 현실을 문제 삼는 소설치고 어떤 형태로든 도시의 존재를 환기하지 않는 소설, 도시 생활의 편린을 보여주지 않는 소설은 극히 드물기 때문이다. 서양 소설에 있어서의 도시 문제에 대한 연구에 중요한 이론적 모델을 제공한 것으로 정평이 있는 도널드 팽거(Donald Fanger)의 『도스토옙스키와 낭만적 리얼리즘 *Dostoyevsky and Romantic Realism*』(1967)에서 도시소설이라는 말이 한 번도 등장하지 않는 것은 이런 점에서 시사적이다.

그러나 도시가 현대소설의 소재 또는 배경으로 다루어지는 현상이 상례화되어 있다고 할지라도, 도시와 도시적 삶의 양태에 대하여 유달리 각별한 관심을 기울인 소설들이 존재한다는 것은 유념할 만한 사실이다. 그런 종류의 소설에서는 도시 경험(urban experience)을 재현하는 가운데 도시 특유의 생활양식에서 인간 현실의 축도(縮圖)를 발견하려는 노력이 두드러지게 나타난다. 그처럼 도시 경험의 재현이 지배적인 동기를 이루고 있는 소설들은 도시를 단순히 인물 · 사건의 물질적 배경으로 취급하는 소설들과는 구별해서 이해할 필요가 있고, 그런 점에서 도시소설이라는 용어의 유용성을 인정할 수 있다. 실제로, 그 용어를 적극적으로 사용하고 있는 영미권의 몇몇 학자들은 도시 경험이 현대사회에서의 개체적 · 사회적 삶의 성격을 결정한다는 믿음을 전제로 도시의 현상과 풍속을 탐구하는 소설에 국한시켜 도시소설의 범위를 설정하는 경향이 있다.

이러한 경향을 보여주는 대표적인 예로 블랑슈 겔판트(Blanche H. Gelfant)의 『미국 도시소설 *The American City Novel*』(1954)을 손꼽을 수 있다. 겔판트는 사회학자들이 보통 '도시성(Urbanity)'이라고 부르는, 도시 생활의 전형적 특징들—예컨대 인간의 고립과 소외, 공동체의 붕괴, 전통적 규범의 소멸, 아이덴티티의 위기 등—을 반영하는 소설을 도시소설이라고 규정하고 있다. 그러면서 그녀는 도시소설을 다시 세 가지 형태로 나누어 설명한다. 첫째는 주인공에 의해 발견되고 체험되는 도시를 묘사하는 '초상(portrait)'형, 둘째는 주인공 없이 도시 자체를 하나의 개성으로 묘사하는 '총람(synoptic)'형, 셋째는 어떤 특정한 도시 구역에 초점을 맞추고 그 구역 특유의 생활양식을 묘사하는 '생태학(ecological)'형이다. 겔판트는 초상형의 예로 드라이저의 『시스터 캐리』를, 총람형의 예로 더스 패서스의 『맨해튼 역』을, 생태학형의 예로는 제임스 패럴의 『분노의 나날』을 들고 있다.

도시소설을 하나의 변별적인 소설 유형으로 상정하는 것이 가능한가 여부의 문제와는 별도로, 도시의 형성과 발전이 인간에게 의미하는 바를 심문하고 해석하는 작업이 소설사의 중요한 흐름을 이루고 있다는 사실은 그것 자체로서 음미할 가치가 있다. 도시라는 인위적 환경이 문학 텍스트와 마찬가지로 해독을 요하는 기호, 비유, 상징의 체계라는 것은 오늘날의 진전된 도시 연구의 기본 전제가 되어 있지만 도시라는 텍스트의 해독에 있어서 실은 소설만큼 개척적이고 창조적인 역할을 해온 것도 드물다. 윌리엄 샤프와 레오나드 월록의 논의에 따르면(William Sharpe and Leonard Wallock eds from 'Great Town' to 'Nonplace Urban Realism': Reading the Modern City, *Visions of the Modern City*, Baltimore, 1987) 서양에 있어서 근대 도시는 세 단계의 발전을 거쳐왔는데 소설은 그 각각의 단계에 상응하는 도시 해독의 방법을 산출해온 것으로 나타난다.

19세기 초반부터 시작되는 근대 도시의 첫 번째 단계는 전례 없는 인구 팽창과 산업 자본주의의 대두에 그 특징이 있다. 농촌 인구의 도시 집중과 새로운 계급 관계의 성립은 19세기 도시의 기초를 마련한다. 농촌 사회에서 도시 사회로의 급격한 전이가 두드러진 이 단계의 도시는 디킨스에게서 중요한 소설적 등가물을 얻는다. 『돔비와 아들 *Dombey and Son*』『리틀 도릿 *Little Dorrit*』 등의 작품에서 디킨스는 도시화의 강력한 구심력이 초래한 사회 토대와 의식에 있어서의 혁명적 변화들을 포착하고 재현하는 고전적 방법을 제시한 것으로 평가된다. 소설에 있어서 도시가 관찰과 해석이 가능한 의미 체계라는 이미지를 획득한 것은 디킨스류의 리얼리즘에서부터라고 해도 무방하다.

근대 서양의 도시는 19세기 중반에 두 번째 단계에 들어서서 20세기 초반에 이르면 완연히 새로운 성격을 보여준다. 인종, 계급, 재산의 차이에 기초한 인구 분리가 도시 편성의 원리로 작용하여 빈민층이 거주하는 중심 도시와 부유층이 거주하는 외곽 지구의 성립을 보게 되는 것이다. 특히 이 두 번째 단계에서는 도시에 의해 형성된 삶이 일반화되고 이에 따라 현대적 생활이란 도시 생활을, 현대적 의식이란 도시적 의식을 뜻하게 된다. 모더니즘은 바로 이러한 도시적 의식의 광역적 확산을 반영하는 문학 · 예술상의 조류라고 말할 수 있다. 모더니즘 소설에서 도시와 도시가 인간 의식에 미치는 영향은 심리학적이고 내면화된 풍경의 형태로 처리된다. "행동의 세력들이 내면화되어, 어떤 의미에서 도시는 더 이상 존재하지 않고 도시를 걷는 사람만이 있을 뿐이다"라고 레이먼드 윌리엄스가 『율리시스』를 언급하면서 했던 논평은 도시를 해독하고 재현하는 모더니즘적 방법의 요체를 적시한 것으로 보인다(Raymond Williams, *The Country and the City*, New York, 1973, p.235).

도시 발전의 세 번째 단계는 불과 수십 년 전에 시작되어 오늘날까지 지속되고 있는데, 그 두드러진 특징은 '탈중심화'라는 말로 요약된다. 현재 서양의 도시는 단지 장소뿐만 아니라 그곳에서의 생활을 변모시켜온 상품, 서비스, 관계들을 포함하는 것으로 확장되고 있다. 도시의 기본 기능들이 중심 도시에서 처음에는 교외로 그다음에는 보다 넓은 탈중심화된 '도시장(都市場, urban field)'으로 이전됨에 따라 도시는 갈수록 구체적인 지역의 개념에서 멀어지게 된다. 이러한 도시 발전의 새로운 단계에 대응되는 도시 재현의 소설적 방식의 예는 솔 벨로나 토머스 핀천의 작품들에서 구할 수 있다. 솔 벨로의 경우 『오기 마치의 모험』의 시카고, 『허조그』의 뉴욕은 과거에 성립된 일관성 있는 도시상(都市像)을 근본적으로 파괴한, 의미로부터 무너져내려 혼돈에 빠진 상태이며, 토머스 핀천의 경우 『브이』의 뉴욕, 『제49호 품목의 경매』의 로스앤젤레스는 간교한 허구, 역사에 의해 무효화된 해석적 범주들의 조합으로 나타난다(앞에서 언급한 샤프와 월록의 편저에 실린 스티븐 마커스(Stephen Marcus)의 논문, Reading the Illegible: Some Modern Representations of Urban Experience 참조).

한국 소설에도 도시와 도시 생활의 양식에 대한 탐구는 진작부터 중요한 관심사가 되어왔다. 그러한 탐구의 초기 사례는 이효석과 박태원의 소설에서 찾아볼 수 있다. 이효석의 「도시와 유령」(1929), 「마작철학」(1930), 「깨뜨려지는 홍등」(1930), 「천사와 산문시」(1930), 「인간산문」(1936), 「장미 병들다」(1938) 등은 가난, 범죄, 매춘으로 얼룩진 도시의 타락한 생태를 폭로하고 있고, 박태원의 『천변풍경』(1938)은 천변 주민들의 일상에 대한 선명하고 다각적인 묘사를 보여주고 있다. 박태원의 다른 작품 「소설가 구보씨의 일일」(1934)은 실직한 지식인 구보를 목적 없이 거리를 배회하는 **산책자**(flâneur)로 내세워 도시 경험의 내면적 처리를 시도하고 있다. 도시 현실에 대한 소설적 대응은 한국사회의 도시화가 본격적으로 이루어지는 1960년대 이후에 와서 새로운 강세를 띠게 된다. 우선 도시 생활의 양상에 주목한 작품들이 부쩍 늘어나고 이에 병행하여 도시를 인식하고 재현하는 진지한 관심을 기울인 소설 가운데 도시에 들어온 외지인들의 환멸과 전락을 다룬 작품들(황석영의 「장사의 꿈」, 박완서의 「엄마의 말뚝」, 이동하의 「장난감 도시」 등), 도시 빈민 지대 혹은 도시 변두리 지역의 뿌리 뽑힌 삶을 다룬 작품들(윤흥길의 「아홉 켤레의 구두로 남은 사내」, 조세희의 『난장이가 쏘아올린 작은 공』, 박영한의 『왕룽 일가』 등), 도시인이 겪는 소외 · 분열 · 억압의 심리적 증후들을 취급한 작품들(최인호의 「타인의 방(房)」, 이동하의 「홍소(哄笑)」, 서영은의 「유리의 방(房)」 등)이 돋보인다. 이재선은 『현대한국소설사 1945~1990』(1990)에서 1960년대 이후의 도시소설을 여섯 가지 유형('도시 입성형 경험소설', '유기되는 도시 노인들의 삶', '생태학적 도시소설', '분열형 도시소설', '이미지로서의 도시와 일탈 행위', '총괄형-도시성 인식의 확대')으로 나누어 폭넓게 설명하고 있어 참고가 된다.

독백(soliloquy)

독백은 한 사람의 등장인물이 무대 위에서 혼자 이야기하는 형식의 뜻을 가진 희곡의 개념으로서 심리의 제시 및 상황 설명이나 해설의 역할을 한다. 독백은 현대소설 기법에서도 빈번하게 사용되며, 그 하나의 예로 내적 독백(interior monologue)을 들 수 있다. 내적 독백의 방식이 가장 조직적으로 처음 나타난 것은 에두아르 뒤자르댕의 『월계수는 베어지다』이며, 그런 방식은 조이스의 작품에 그의 가장 내밀한 생각, 무의식과 가장 가까우며 일체의 논리적 조직 이전의 것인, 이제 막 태어나고 있는 중인 생각을 최소한의 통사론적 요소로 제한한 직접적인 문장들에 의해서 표현된 것으로 나타난다.

스콜스와 켈로그는 내적 독백을 '어떤 화자도 끼어들지 않은, 한 인물의 무언의 사고들의 직접적이고 즉각적인 표현'으로 정의하며, 그 표준적 자질들을 다음과 같이 예시하고 있다.

① 작중인물의 자기 언급은, 만약에 있다면, 1인칭이다.
② 현재의 담론 순간은 이야기 순간과 같다.

③ 언어, 즉 사투리, 말투, 단어, 그리고 문장의 선택은 화자가 어느 곳에서 끼어들든지 인물의 성격을 증명할 수 있다.

④ 인물의 성격에 있어 어떤 것에 대한 암시는 곧 인물 자신의 생각 안에서 단지 필요로 하는 설명과 함께 만들어진다.

⑤ 수화자(受話者)의 무지, 혹은 설명적인 필요에 대한 복종 없이, 생각하는 사람 이외에는 가정된 독자(청중)는 없다.

이와 비슷한 용어로 '의식의 흐름'이 있는데, 처음에는 동의어로 취급되다가 후에 다양한 차이점들이 추출되게 되었다. 내적 독백이 '인식, 인물의 마음속에 이미 말로써 표현된 사고의 묘사, 자신에게 소리 없이 말하는 직접적인 묘사에 제한'되는 반면, **의식의 흐름**은 '말로 표현된 사고, 즉 내적 독백뿐만 아니라, 인물의 마음에 의해 생겨났으나 말로 형성되지 않은, 그러나 화자에 의한 내적 분석의 산물은 아닌 감각 인상들까지 포함'하는 일종의 자유연상이다. 즉 의식의 흐름이란 생각이나 느낌들을 의식의 표면을 스치는 그대로 기술하는 것이다.

독자(reader)

독자는 씌어진 언어적 **텍스트**의 수신자(addressee)이다. 독서가 그 대상 텍스트에 의존하는 것이 분명한 만큼이나 그 텍스트를 읽고 있는 독자에 의해 좌우된다는 것 또한 분명하다. 일반적인 의미에서 독서란 하나의 텍스트와 하나의 독자를 전제로 하는 양자간의 상호작용이며, 텍스트가 독자를 형성하는 것과 마찬가지로 독자는 텍스트의 의미를 만들어내는 데 참여한다. 따라서 텍스트와 독자는 상호 규정적이다.

독자는 텍스트를 읽어나가는 과정에서 텍스트가 제공하는 의미의 불확정성에 대한 가능한 하나의 해답을 찾아내기 위해 자신의 언어

지식과 텍스트 내에서 제공되는 정보들뿐만 아니라 자신의 논리적 사고의 숙련도나 해석적 관례와의 친숙성, 그리고 세계에 대한 광범위한 지식 체계에 의존해야만 한다. 텍스트와 독자의 상호 규정성은 본질적으로 그 둘 사이를 매개하고 있는 다양한 사회적 · 문화적 · 언어적 관습과 규약 체계들에 의존해 있는 것이다. 하나의 텍스트의 생산과 수용이 이루어지는 것은 그 사회가 가지고 있는 보편화된 관습과 규약들 안에서이며, 그 관습 체계는 궁극적으로 개인이 전개하거나 반응할 수 있는 인식의 유형들을 결정하고 통제한다. 따라서 독자는 독서를 함에 있어서 자기가 가지고 있는 여러 가지 지식과 해석 능력을 구사해야 하며, 그러한 능력은 보편적인 관습이나 규약—롤랑 바르트는 이것을 해석학적 규약(hermeneutic code)이라고 부른다—, 체계에 대한 습득(그러한 습득의 정도에 따라 독서의 폭과 깊이가 달라지게 된다)을 전제로 하는 것이다. 그러나 독자는 독서의 과정을 통해서 이미 자신이 가지고 있던 관습화된 지식의 일부를 수정하기도 한다. 독자는 독서를 통해서 기존의 관습에 수동적으로 굴복하는 단계를 넘어 세계에 대한 새로운 이해에 이름으로써 자신이 지니고 있던 관습의 인식적 태도를 확장해나가기도 하는 것이다.

그러나 어떤 텍스트의 독서 내용은 독자에 따라 무수히 다양한 편차를 지니는 것이며, 동일한 독자라 할지라도 상황이 달라지면 동일한 텍스트를 다르게 읽을 수 있다. 따라서 엄밀한 의미에서 완전히 동일한 유형의 독서란 있을 수 없다. 이상적 독자, 현실적 독자, 유능한 독자, 경험 많은 독자, 유식한 독자, 일급 독자, 케케묵은 독자 등으로 독자들의 유형이 분류되는 것은 독자의 지식이나 독서 목적, 관심 영역, 심리적 상황 등에 따라 동일한 텍스트가 무수히 다른 형태로 수용될 수 있다는 사실을 말해주는 것이다.

텍스트 수용에 대한 이론적인 논의는 텍스트의 생산을 둘러싼 전통적인 논의나, 혹은 텍스트를 자립된 완결 구조로 다루면서, 텍스트를 하나의 단일한 해석적 영역으로 환원시키는, 그럼으로써 텍스트 수용의 가변성을 도외시했던 논의들에 비해 그 역사가 비교적 짧은 편이다. 그 대표적인 예로 영미의 신비평가들이나 폴 리쾨르에 의해 '이미 구성이 끝나 고정되고 폐쇄된, 따라서 죽어 있는 자료 위에서 작업하는' 것으로 비판되었던 프랑스 구조시학자들은, 정도의 차이는 있을망정 대체로 텍스트를 자율적 대상으로 다루면서, 독자를 단지 텍스트 내의 정보를 피동적으로 받아들이는 부차적인 위치로 밀어냈다. 그 후 독일의 수용미학을 만들어낸 새로운 연구자들, 이를테면 후설의 이론을 독서 행위 이론에 끌어들여 독서 현상학 이론을 만들어낸 로만 잉가르덴이나 볼프강 이저, H. R. 야우스 등은 텍스트와 독자 간의 교호적 관계와 텍스트 해석의 가변성을 중시한다. 뿐만 아니라 메시지의 수신자, 즉 독자의 문제는 가장 중요한 몇몇 기호학 이론들(퍼스나 모리스, 야콥슨 등)에서 중심적인 문제로 다루어진다. 특히 독일 수용미학의 이론적 기초를 다진 야우스는 텍스트의 수용 과정을 '지평의 융합'이라는 개념으로 설명한다. 즉 새로운 작품을 수용한다는 것은 기대지평의 관점에서 보면 수용자에게 이미 친숙한 지평이 새로운 작품이 지닌 지평에 부딪혀 변형되어 재구성된다는 말이며, 이 두 지평 간의 거리에서 지평의 변환이 이루어진다. 따라서 작품을 이해한다는 것은 수많은 지평을 융합하는 과정이 된다.

독일의 수용미학이 미국의 독자 반응 비평에 영향을 미친 것은 주로 볼프강 이저의 이론을 통해서였다. 특히 이저는 "하나의 텍스트는 읽혀질 때 비로소 생명을 갖게 된다. 따라서 하나의 텍스트가 정밀히 고찰되려면 독자의 눈을 통해서 연구되어야 한다"라고 말하면서 해석 과정에 대한 현상학적 분석을 발전시키고 그것을 많은 작품들에 대한 분석에 적용시켰다. 이저의 이론 가운데 특히 미국인들의 관심을 끈 것은 **내포독자**와 텍스트상의 틈, 혹은 불확정성의 요소들에 관한 것이었다. 이저에 의하면 내포독자는 텍스트에 의해 미리 조직된, 따라서 텍스트 자체가 어떤 유형의 반응을 유발하도록 구조적으로 한정시켜 주는 독자이다. 또한 독서는 독자가 텍스트 내의 무수한 틈들을 창조적으로 메워가는 과정으로서, 그것을 이저는 예기, 좌절, 회고, 재구성이 전개되는 과정으로 설명한다. 미국의 독자 반응 이론은 독일의 수용미학처럼 집단적인 학파의 이론을 가리키는 명칭이 아니라, 각자 독립된 이론가들의 작업을 지칭하기 위해 사후에 부여된 명칭이다. 조너선 컬러, 스탠리 피시나 노먼 홀런드 등은 모두 미국의 독자 반응 비평의 주요한 이론가들이지만 그들의 이론은 서로 구별되는 특성을 가지고 있다. 이를테면 조너선 컬러는 문학 텍스트의 인지 가능성과 독자의 독서 수행 능력 사이의 상관성을 강조하는 반면, 노먼 홀런드는 정신분석학의 개념들을 통해서 텍스트에 대한 독자의 반응을 설명하고 있으며, 스탠리 피시는 해석의 공통체라는 개념을 통해서 독서 행위를 가능하게 하는 해석적 코드의 사회적 공유의 문제에 주목한다.

돌발사(happening)

행위(행동)와 함께 사건을 구성하는 요소의 하나.

행위나 돌발사가 다 함께 상태의 변화를 가져오는 특징을 지니지만 돌발사는 특별히 등장인물이나, 혹은 초점이 맞추어진 다른 사물적 요소가 서사적 객체가 되는 술어 형태를 수반하는 경우를 말한다. 예를 들면 '폭풍이 그를 표류시켰다' 같은 것이 그것이다. 따라서 이런 경우의 서사적 주체는 반드시 등장인물일 필요가 없으며 다른 사물적 요소들이 그 자리를 대체할 수 있다. '폭풍이 그를 표류시켰다'는 이야기의 논리는 '그는 돛을 내리려고 애를 썼다. 그러나 돛대가 부러지면서 배가 거대한 파도에 휩쓸리는 것을 그는 느꼈다'를 투사할 수 있다. 여기서의 그는 물론 표면적 · 명시적인 단계에서 보자면 일련의 행위들의 주체인 셈이지만, 이야기의 더 깊은 단계에서 그는 영향을 준 사람이 아니라 받은 사람이 된다. 따라서 돌발사는, 이야기의 정확한 언어적 발현 양상보다는 이야기의 논리를 더 중요시하는 서사에 관한 일반 이론의 주요 개념 중의 하나이다. 그것은 사건의 전개 중에 예기치 않게 갑작스럽게 발생하여 사건의 상태를 변화시킨다는 의미가 아닌, 오히려 사건이 진행되고 있는 이야기 자체의 논리, 표면적 단계와 심층적 단계의 분별을 중시하는 서사 양상의 개념에 가깝다. 소설을 위시한 서사학 일반에서 돌발사가 주요 개념으로 다루어지는 것은 이런 이유 때문이다.

> 태풍의 격동이 가장 심한 동안, 피쿼드호의 턱뼈로 만든 키자루에 있었던 키잡이는 그 경련적인 격동으로 말미암아 몇 번이고 갑판에 비틀비틀 내동댕이쳐지고 말았다.
>
> — 멜빌, 『백경』

이 인용문은 하나의 사건을 예시한다. 그러나 이러한 이야기의 일련의 진행을 행위라고 규정하기는 어렵다. 행위가 — 그 행위가 플롯화될 경우 — '행위 주체(등장인물)에 의해 야기된, 혹은 행위 객체(등장인물)에게 미친 상태의 변화'를 뜻한다고 한다면, 이 인용문은 행위가 아닌 사건, 즉 돌발사이다.

여기서의 등장인물 키잡이는 서사의 객체가 되며, 그 이유는 광란하는 폭풍의 위력을 서사의 주체로 드러내려는 서사적 방략 때문이다. 이야기의 논리는 '키 자루를 잡고 있던 키잡이가 나가떨어졌다'는 상태의 변화를 중시하는 데 있는 것이 아니라, '태풍의 격동이 그를 내동댕이쳐버렸다'라는 상태의 변화를 강조하는 데 있는 것이다. 따라서 돌발사란, 등장인물 혹은 그에 준하는 행위 주체들이 야기시키는 상태의 변화가 아닌, 그들이 피동적 객체가 되는 상태의 변화를 의미한다. 이런 점에서 보자면, 모든 사건이나 사건적 요소들은 행위로 구성되지 않으면 돌발사의 형태로 드러나는 것이 분명해진다.

일반적으로 돌발사는 사건을 구성하는 데 있어서 행위만큼 빈발하지 않는다. 돌발사는 이따금씩 나타나서는 행위의 서사에 익숙해져 있던 독자들의 의식을 일깨워준다. 그것은 소설책을 넘기는 데 지루해하는 독자들의 오른손에게 잊혀져 있는 왼손의 신선한 존재를 알려주는 것과도 같다. 말하자면 돌발사의 적절한 구사는 행위에 의해서만 사건이 이루어지는 서사 방식에 전환을 줌으로써, 사건의 깊은 의미와 이야기의 논리를 신선한 방식으로 전달하는 기교의 하나라고 하겠다.

동기부여(motivation)

한 편의 이야기가 보다 그럴듯하고 흥미진진하게 보이도록 하기 위해서 이야기의 요소들, 보다 좁은 의미로는 작품의 주제를 결정하는 데 기여하는 모티프들의 도입을 정당화하는 방식을 가리킨다. 즉 동기부여는 모티프들에 내적 통일성을 부여하는 과정으로, 지나간 사건들과 잇달아 일어나는 사건들을 합리적 연결의 토대 위에서 그럴듯하게 만드는 결합 방식을 의미한다.

대체로 동기부여는 독자로 하여금 서사의 흐름을 자연스럽고 재미있게 느끼도록 하는 기능을 담당한다. 따라서 이야기의 주요 흐름이 적절히 동기부여된 작품에서, 독자는 주어진 인물이나 상황 속에서 잇달아 이어지는 행위들을 이야기 흐름의 자연스러운 결과라고 인식하게 된다. 체호프가 "만약 소설의 서두에 벽에 걸려 있는 총이 묘사된다면, 그 총은 이후에 꼭 발사되고야 만다"고 말한 것은, 바로 동기부여의 기능을 잘 설명한 예이다.

오랑우탄이 저지른 끔찍한 살인 사건을 다루고 있는 에드거 앨런 포의 「모르그 가의 살인」에는 보르네오 종(種) 누런 갈색의 큰 오랑우탄이 마침내 모녀 살해의 범인으로 밝혀지기까지 여러 차례의 동기부여가 이루어지고 있다. 송두리째 뽑힌 것처럼 보이는 두세 뭉치의 회색 머리카락, 건물 뒤쪽에 내팽개쳐진 목 잘린 노파의 시체, 굴뚝 속에서 발견된, 머리를 곤두박힌 아가씨의 시체, 그녀의 목에 깊이 패어 있는 손톱자국 등 사건 현장에서 확인된 이러한 참상의 양상은 그것을 도저히 인간적인 소행의 결과라고 보기 어렵게 만든다. 부연하자면 살인자가 인간이 아닐 수도 있는 가능성을 열기 위한 동기부여인 셈이다. 그리하여 참혹한 사건이 억센 팔뚝을 가진 오랑우탄에 의해 저질러졌다는 예상치 못했던 사실이 밝혀지는 결말이 정당성과 개연성을 얻게 되는 것이다.

여러 증인들의 증언 또한 마찬가지이다. 당시 사건 현장에서 들려온 알아들을 수 없는 괴성은 증인들에 따라 스페인어, 이탈리아어, 프랑스어, 독일어 등 각기 다르게 진술된다. 이렇게 주장하는 증인들은 물론 그 나라의 언어를 모르며, 모르기 때문에 단지 추정만 할 뿐이다. 결국 이와 같은 진술은 오랑우탄의 날카롭고 찢어지는 듯한 포효에 대한 잘못된 해석을 암시하는 것이며, 나중에 밝혀진 범인의 신원에 대한 동기부여를 하는 것이다.

동기부여란 이와 같이 사건과 모티프들에 논리성과 일관성을 부여함으로써 하나의 이야기가 유기적으로 구조화되는 데 결정적으로 기여한다.

동반자 문학

1920년대에 사회주의 이념을 표방하고 나선 카프(KAPF)는, 식민지 상황의 극복과 사회주의 국가의 건설을 위한 정치적 실천의 일환으로 문학 운동을 전개한다. 동반자 문학은 이 같은 운동에 직접적으로, 그리고 조직의 일원으로 참여하지는 않았으나 사회주의 문학의 대의에는 동조하는 문학을 가리킨다.

동반자 문학이라는 명칭은 본래 1920년대 초반 러시아의 문학적 상황에서 산출된 것이다. 예세닌, 톨스토이 등과 같은 작가들은 러시아의 혁명적 환경 속에서 자신들의 계급적 · 문학적 조건들이 이질적이긴 하나, 선택적으로 사회주의적 세계 건설과 혁명 문학에 참여할 뜻을 밝힌다. 즉 그들은 인텔리겐치아로서 혁명의 시대적 필연성에는 공감하였으나, 사회주의라는 사상과는 무관한 위치에 있었다. 그들은 긍정적인 의미에서 혁명의 동반자, 즉 동반자 작가(파프도키)라는 명칭을 얻게 된다. 더욱이 동반자 문학은 사회주의에 동조하는 일군의 유럽 작가들에 의해 세계 문학의 흐름으로 대두하게 된다. 프랑스의 작가 앙리 바르뷔스의 소설『클라르테(광명)』(1918)가 출판된 후 동반자 작가들의 활동은 집단적 성격을 띠게 되는데 이것이 바로 '클라르테 운동'이다. 이 같은 흐름에 가담한 인물들은 로맹 롤랑, 아나톨 프랑스, 조르주 브란데스, 엘렌 케이, 업턴 싱클레어, H. G. 웰스 등이다. 이것은 일본을 거쳐 우리 문학의 신경향파 성립에도 영향을 미친다(김기진,「클라르테 운동의 세계화」,『개벽』39, 1923. 9 참조).

우리 문학에서 동반자 문학에 대한 관심은 1929년 이후에 나타나기 시작하며, 이때 카프로부터 공식적인 인정을 받은 작가는 이효석과 유진오였다. 이들은 출신 성분과 개인 사정으로 인해 프로문학 운동에 직접 가담하지는 않았으나 카프의 활동 방침에 긴밀하게 협조하는 관계에 있었다. 본격적으로 동반자 문학이 논의되는 것은 1933년 카프 내의 논쟁에서부터이다. 채만식과 이갑기의 논쟁으로 발단이 된 동반자 작가 문제는 신고송, 안함광, 임화, 백철 등의 내부 논쟁과 자아비판을 통해서 종파주의적 과오라는 평가로 일단락되며, 이후 김기진에 의해 구체적인 정리가 이루어진다(김기진,「조선문학의 현재 수준」,『신동아』27호, 1934. 1. 참조). 그는 당대 한국문학을 유파별로 국수주의, 봉건적 인도주의, 소시민적 자유주의, 절충적 계급 협조주의, 계급주의 등으로 정리하고 계급주의 안에 동반자적 경향파를 따로 구분지어놓고 있다. 여기에는 유진오, 장혁주, 이효석, 이무영, 채만식, 조벽암, 유치진, 안함광, 안덕근, 엄흥섭, 홍효민, 박화성, 한인택, 최정희, 김해강, 이흡, 조용만 등이 포함되어 있다. 그러나 이러한 분류는 카프의 공식적인 입장 표명이라기보다는 김기진 개인의 분류라고 할 수 있다.

작품으로는 이효석의 「노령근해(露領近海)」 「상륙(上陸)」 「북국통신(北國通信)」 등이 있으나 사회주의적 세계관의 반영은 미흡하다. 유진오의 「여직공」(1931)은 한 여자 직공의 각성과 사회 운동에 대한 의지를 담고 있는 작품으로 카프로부터 주목을 받은 바 있다. 박화성은 카프와는 관련이 없지만 「추석전야」가 여직공의 생활을 주제로 한 신경향파 소설의 계열에 드는 작품으로 동반자 문학의 범주에 포함된다. 그녀는 이후 「하수도공사」 「비탈」 『북국의 정열』 등과 같은 경향성 짙은 작품을 발표하였다. 이외에도 강경애의 「소금」 『인간문제』 등과 같은 작품도 동반자적 소설에 포함되는 경향성을 지니고 있다.

이와 같이 동반자 문학은, 사회주의적 이념을 지향하지 않으면서도 자발적이며 제한적이긴 하나 사회 운동과 인물의 각성을 제재로 삼아 프로문학의 이념과 공동의 보조를 취한 것이 주된 특성이다.

드러난 화자

오늘날 고도로 세분화된 일련의 서사 이론들은 텍스트 내부의 서사 수행자, 즉 화자를 다양한 방식으로 고찰하고 있다. 화자의 진술의 신빙성의 정도(**믿을 수 있는 화자**, **믿을 수 없는 화자**를 보라)나 혹은 화자와 작가(또는 **내포작가**)와의 일치와 불일치성, 텍스트 내부에 드러나는 목소리와 숨은 목소리의 정도(**숨은 화자**를 보라) 등에 따라서 화자의 개념은 다양하게 이해되고 있는 실정이다. 드러난 화자는 말 그대로 텍스트 속에서 그 존재가 분명히 인식되는 서술의 주체이다. 이러한 서술의 형태로 이루어진 것에는 복합적 묘사, 시간의 요약, 논평 등이 있다.

복합적 묘사에서는 서술 중에서 드러난 화자가 가장 미약하게 인식되는데 이는 묘사가 등장인물의 행동을 통해서만 나타나기 때문이다. 따라서 화자는 상대적으로 축소되고 단지 하나의 대상의 여러 국면에 대한 언어적 세부 묘사 그 자체로 화자가 묘사를 '의도하고 있음'을 나타내거나, 등장인물을 고의로 모호하게 언급하여 오히려 드러난 화자를 내포하고 있음을 암시하는 형태를 취한다. 즉 하나의 묘사 속에서 인위적인 흔적을 발견하는 것 자체가 화자의 존재를 환기시킨다고 보는 것이다. 반면 요약이나 논평은 화자의 존재를 좀 더 선명히 부각시키는 서술의 형태이다. 이야기-시간보다 담론-시간이 짧은 요약에서는 본질적으로 여러 개의 사건 중에서 취사선택을 거친 몇 개의 사건만이 화자의 이야기를 통해 전달되며, 논평은 화자가 스스로 드러낸 자신의 발화를 통해서 핍진성을 획득해내려는 시도라고 볼 수 있다. 특히 논평은 직접적인 것이기 때문에 명백한 자기 언급이 결핍된 어떠한 특징들보다도 더욱 분명하게 화자의 목소리를 드러나게 해준다.

논평 중에서도 함축적 논평에서는 믿을 수 없는 화자를 등장시켜, 화자가 있는데도 내포작가와 내포독자 사이에 의사 전달이 이루어지게 하며 화자의 설명은 내포독자의 추측과 일치하지 않는다. 즉 담론은 이야기를 방해한다. 주요섭의 「사랑 손님과 어머니」, 김유정의 「동백꽃」 「봄봄」 등은 어린아이, 순진한 청년 등의 믿을 수 없는 화자를 등장시킴으로써 이러한 함축적 논평을 사용하고 있는 작품의 사례라고 할 수 있다.

디에게시스(diegesis)

플라톤에 의해서 논의된, 인간 행위를 재현하는 근본적인 두 방식 중의 하나. 서술의 유형을 분별하는 주요 개념의 하나로서 **미메시스**(mimesis)와 구별된다. 『국가론』에서 플라톤이 구분하고 있는 바에 의하면 디에게시스는 '시인 자신이 발언자이고 그 이외의 사람은 이야기하고 있는 듯한 눈치를 보이지 않으려는 말하기'이고 미메시스란 '이야기하고 있는 시인이 이야기를 하는 것은 자신이 아니라는 환상을 만들어내고자 하는 말하기'이다. 서술 방식의 이러한 고전적 구별은 현대 서사 이론의 **말하기**(telling)**와 보여주기**(showing)의 개념에 그대로 대응된다. 즉 디에게시스란 작가의 전지전능한 권위를 전제로 해서 작중인물과 독자들에게 절대적인 영향력을 행사하는 말하기(telling) 기법의 고전적 원형인 것이며, 미메시스란 화자라고 불리는 누군가에 의해서 중재되는 서술 유형의 일종인 보여주기(showing) 기법의 개념에 상응하는 것이다.

이들 두 방식은 때때로 직접 서술과 간접 서술, 요약과 장면, 개입적 서술과 비개입적 서술 등으로 대비되기도 하며 P. 헤르나디의 입장에 따르자면 작가적 표현과 주제적 표현(디에게시스), 인물상호적 재현과 극적 재현(미메시스) 등으로 변별되는 특성을 가진다.

딱지본

딱지본은 1923년부터 신문관(新文館)에서 주로 문고본으로 발행된, 값이 싼 소설책들을 말한다. 이 시기에 와서 고소설은 19세기 말에 도입된 근대적 인쇄 기술에 의해 납활자 인쇄물의 문고본인 딱지본, 즉 육전소설로 널리 보급된다. 납 활자를 사용한 조판 인쇄는 공정이 매우 빠르고 비용이 저렴하게 들었기 때문에 18, 19세기에 유통되었던 고소설의 **방각본** 출판과 세책업(貰冊業)에 비해 현저하게 신속하면서도 폭넓은 소설의 보급 · 유통을 이루어지게 하였다. 특히 1900년대부터 전국적인 교통의 편의, 상업 유통의 발달, 그리고 독서층의 급격한 증가에 힘입어 소설의 시장성도 뚜렷하게 확대되었다. 이러한 시대적 조건을 바탕으로 종래의 방각본 소설 작품들이 활자본으로 전환된 것이 육전소설 혹은 딱지본 소설이다.

판형은 주로 B6판의 소형이고, 값이 싸서 '6전'으로도 부담 없이 구입할 수 있고 휴대용으로 볼 수 있다는 특징이 있다. 최초의 문고본인 '십전총서'가 2종 발행으로 그친 데 반하여 '륙전쇼셜'은 대략 10여 종의 책을 발간함으로써 최초의 본격적인 문고본이 되었다. 발행된 목록을 보면, 75쪽 분량의 『남훈태평가』를 비롯하여 『홍길동젼』 『심청젼』 『흥부젼』 『산셜긔』(상 · 하) 『져마무젼』 『사시냠졍긔』(상 · 하) 『뎐우치젼』 등이 있다. 따라서 간행된 육전소설류에는 『옥루몽』처럼 분량이 방대하여 사본으로만 읽혀오다가 새로이 활자화된 것, 『심청젼』처럼 고소설을 새롭게 윤색한 것, 그리고 『혈의 누』와 같은 신소설 일부 등 여러 종류가 섞여 있다.

ㄹ

랑그(langue)와 파롤(parole)

소쉬르의 언어학이 현대의 인문 · 사회과학에 끼친 영향에 대해서 말하는 것은 새삼스러운 일이다. 특히 문학 이론의 분야에 끼친 영향이 그러하다. 단순히 지대한 영향을 미쳤다고 말하는 것으로는 부족하다. 소쉬르는 현대 문학 이론의 원천이자 기원이기 때문이다.

현대의 문학 이론은 그로부터 체계를 공급받았을 뿐만 아니라 그의 '입장' 조차도 고스란히 물려받았다. 시학의 주제는 문학 텍스트 그 자체이기보다는 그것들의 문학성(literariness)이라는 러시아 형식주의의 주장이나 해석(interpretation)과 기술(description)을 거부하는 프랑스 구조주의의 입장은 언어 연구의 중점을 개인어(parole)가 아닌 언어의 체계(langue)에 둔 소쉬르의 입장과 정확히 일치한다. 이 같은 소쉬르의 입장에 조응해서 말하자면 문학 이론은 "문학적 본질에 관한 연구이다. 그것은 개별적인 특정한 문학작품에 대한 기술이나 평가와는 아무런 관련도 없다. 또한 문학 이론이란 비평이 아니고 비평의 소여이고 문학적 대상들과 그 요소들(elements)의 본질에 관한 연구이다. 그리고 르네 웰렉과 오스틴 워런이 말한 것처럼 그것은 일종의 방법들의 유기체(organon of methods)인 셈이다."(S. 채트먼, 『이야기와 담론』)

소쉬르 언어학의 골격이자 핵심인 랑그와 파롤은 언어의 두 가지 존재 양상을 식별하는 개념이다. 그에 의하면 언어는 두 가지 양태—제도로서의 언어와 실천된 언어가 있다. 제도로서의 언어란 언어의 생산과 소통을 규제하는 체계(system) 또는 규약(code)으로서의 언어를 가리킨다. 이것이 바로 랑그라고 불리는 언어의 존재 양상인데 골격(scheme) 또는 능력(competence)이라는 말로도 흔히 대응된다. 이 체계와 규약이 실천적으로 작동된 결과가 개인적 발화이거나 개인적 언어 행위이다.

문학의 생산 역시 문학적 제도나 규약의 엄격한 통제하에 이루어진다. 그리고 소쉬르에게 있어서 언어학의 연구 대상이 개인어가 아닌 언어적 체계였듯이 시학의 주제 역시 개별적인 문학작품들을 관통하는 문학의 보편적 원리와 체계이다.

현대 서사학, 특히 프랑스 구조주의 서사학은 거의 전적으로 소쉬르의 언어학에 의존해서 성립하고 발전해왔다. 프랑스 구조주의 서사학이 개발한 가장 생산적이고 독창적인 이론은 바로 서사구조론인데 이것은 소쉬르의 쌍을 이루는 또 다른 주요한 개념인 기표와 기의를 그대로 차용한 이론이다. 즉 프랑스 구조주의는 모든 서사물은 스토리와 담론이라는 이분법적 국면을 가진다고 보는데 스토리는 기의로부터, 그리고 담론은 기표로부터 도출된 개념이다. 기표와 기의는 소쉬르가 모든 언어가 가지는 상이한 국면을 분별하기 위해 고안한 개념이다. 기표는 언어의 기호적이며 형식적인 측면을 가리킨다. 반면에 기의는 기표의 내용과 지시성을 가리키는 개념이다.

소쉬르는 '언어는 기표와 기의의 결합의 산물'이라고 보았다. 마찬가지의 방식으로 프랑스 구조주의 서사학은 모든 서사물은 스토리라는 내용적인 측면과 그 내용의 기호적인 측면인 담론이라는 측면을 가지며 그 상이한 두 국면이 불가분의 관계로 결합된 것이 서사적 구조라고 설명한다.

이러한 사실과 사정들을 두루 감안한다면 현대의 서사학이란 문학 연구에서의 언어학의 도입과 적용이라고 요약해도 무방할 것이며 이 언어학은 바로 소쉬르의 구조언어학을 가리킬 것임은 부연이 필요치 않다.

로망스(romance)

서구 서사문학의 본질과 그 역사적 발전 과정을 해명하는 데 있어 이 용어는 결정적인 비중과 의미를 차지한다. 현재의 문학 논의에서 이 용어가 반복적으로 거론의 대상이 되는 것은 이런 면에서 연유한 바가 크다고 할 수 있다. 우선적으로 이 용어가 가진 무게의 핵심은 고대의 서사문학이 근대의 소설(novel)로 이행해오는 데 징검다리 역할을 한 이야기의 양식이라는 점에 있다.

애초에 로망스는 라틴어에 대한 방언이었던 '로만스'어로 씌어진 이야기를 일컫는 말이었는데, 그 내용이 대체로 기사(騎士)들의 황당무계한 무용담이나 연애담을 다룬, '기이하고 가공적이면서 모험적인' 성격을 강하게 지닌 것이었다. 서사문학의 발달 과정에서 로망스는 통상 서사시(epic) 이후에 나타나서 소설 양식의 등장과 더불어 쇠퇴한 것으로 알려져 있으나 노스럽 프라이는 로망스를 특정한 시대의 특정한 내용을 가진 문학 양식을 지칭하는 개념에서 문학의 보다 본질적인 국면을 다루는 장르의 개념으로 발전시키고 있다. 그의 『비평의 해부』에서 가장 잘 알려진 산문 픽션(소설, 로망스, 아나토미, 고백)의 이론에 의하면, 로망스란 일반적인 의미의 소설(이런 경우의 소설은 사실주의 전통에 매우 가까이 다가가 있다)과 구별되는 독립된 픽션의 한 형식이다. 즉 로망스란 '경험적 세계를 문제 삼는 소설과 대립되는 개념' 혹은 '인간 심리의 원형을 다루는 산문 픽션의 한 유형' 등으로 정의되는 것이다.

로망스는 12세기에서 15세기까지의 기간 동안에 크게 번성했는데, 이 당시 씌어진 로망스의 중심 소재는 영국의 전설적 왕이었던 아서왕과 그의 기사들, 프랑크 족의 왕이었던 샤를마뉴 대왕과 그의 기사들 및 그리스와 로마의 영웅들에 관한 전설이었다. 이러한 전설들을 소재로 한 로망스에서 인물들은 대개 사실적인 형태로서보다는 인간 심리의 어떤 원형을 대변하는 양식화된 인물로서 묘사된다. 그러나 르네상스 시대를 거쳐 자본주의 사회로 접어들면서 로망스 문학은 점차 조소 거리로 전락해갔으며, 세르반테스의 『돈 키호테』는 로망스에 나오는 기사를 흉내 내는 주인공의 우스꽝스러운 모습을 통해 로망스 문학을 패러디화함으로써 로망스의 쇠퇴와 근대소설 양식의 등장을 예고한 대표적인 작품으로 알려져 있다.

통시적인 맥락에서 볼 때 로망스는 특정 시기에 생산된 작품들에 한정되어 있으나, 프라이의 관점을 도입하면 로망스는 시대적인 제한성을 넘어서 인간 내면의 감추어진 원초적인 열정과 욕망을 그린 에밀리 브론테의 『폭풍의 언덕』, 멜빌의 『백경』 등의 낭만주의적 작품들, 원형적인 성격 묘사와 종교적 경험에 대한 혁명적 자세를 보여주는 『천로역정』 등의 작품으로까지 확대될 수 있다.

로스트 제너레이션(lost generation)

제1차 세계대전 직후 파리에서 지적인 망명자로서, 혹은 방랑하는 문학적 보헤미안으로서 청년기를 보낸 일군의 미국 출신의 작가들—헤밍웨이, 피츠제럴드, 포크너, 더스 패서스 등을 가리킨다. 유럽의 자유주의적 전통을 수호한다는 명분 아래 참전했던 작가 지망 청년들은, 전쟁을 체험하게 되는 모든 젊은 세대들과 마찬가지로, 좌절과 허무만을 안게 된다. 그리고 삶의 방향과 목표성을 상실한 채 술과 여자에 탐닉하며 찰나적 현재에 몸을 맡기는 그들의 전후적 삶의 모습을 작품에 그대로 재현해낸다. 1926년에 간행된 즉시 전후(戰後) 미국 최고의 소설로 평가받은 헤밍웨이의 『해는 다시 떠오른다』에는 상처받고 뿌리 뽑힌 전후 세대들의 삶의 모습이 생생히 그려져 있다. "당신은 국적 상실자군요. …… 토양과의 접촉을 잃어버렸어요. (중략) 가짜의 유럽적 기준이 당신을 망쳐버렸어요. 당신이 하는 일은 죽도록 술을 마시는 것뿐이지요. 그리고 섹스에 사로잡혀 있어요. 당신은 당신의 모든 시간을 일을 하면서 보내는 게 아니라 말을 하는 걸로 보내요. 알겠어요? 당신은 종일을 카페 주변이나 서성거리고 있어요." 이 소설의 작중인물 중의 하나인 빌이 이 소설의 주인공 제이크 반스에게 하는 말 속엔 바로 '상실의 세대' 작가들 자신의 방황하는 삶의 모습이 담겨 있다.

전후 세대의 찰나주의적 삶의 모습을 그려낸 피츠제럴드의 『위대한 개츠비』와 귀환한 부상병이 마침내는 죽음에 이르기까지의 참담한 삶의 궤적을 추적하고 있는 포크너의 『병사의 보수』, 그리고 전쟁의 상흔의 여러 유형을 보여주는 더스 패서스의 『3인의 병사』 등도 '상실의 세대'에 속하는 작가들의 문학적 성향을 집중적으로 반영하고 있는 작품의 예들이다. 그러나 한때 유행되었던 '앵그리 영맨'이나 '비트 제너레이션' 등과 함께 '로스트 제너레이션'이라는 말이 비평적 화제로 회자되게 된 까닭은, 거트루드 스타인에 의해 "당신들 모두는 상실의 세대로군요"라는 상징적인 말로 요약된, 청년 작가 시절 이들이 공유했던 삶의 방식과 문학적 성향에서보다는, 이들의 눈부신 면면이 스스로 말하고 있듯이 이들이 후일 미국 문학과 세계 문학에서 차지하게 되는 작가적 중요성에서 찾아진다. 이들 '상실의 세대'는 두 사람의 노벨상 수상자를 배출했을 뿐만 아니라, 19세기 후반에 수립된 미국 소설의 위대한 전통을 명실상부하게 20세기에 계승한 현대의 미국 문학을 대표하는 작가들이기 때문이다.

리얼리즘

사실주의를 보라.

말하기(telling)와 보여주기(showing)

공연 서사물은 이야기의 모든 자질을 무대 위에 재현함으로써 관객이 직접 보거나 듣게 된다. 중재를 필요로 하지 않는 직접적인 소통인 셈이다. 그러나 언어 서사물-소설에서는 사정이 판이하다. 엄밀하게 말해서 언어 서사물이 독자에게 직접 보여주거나 들려줄 수 있는 것은 아무것도 없다. 소설은 모든 이야기의 자질들을 말-문장으로 재현할 수 있을 뿐이다. 다시 말하자면 언어 서사물의 독자는 공연 서사물의 관객이 직접 보거나 들을 수 있는 것을 단지 글로 읽게 되는 것이다. 그렇기 때문에 소설이 독자에게 서사적 정보를 제공하는 방식은 본질적으로 제한되어 있다고 하겠다. 그러나 작가는 서술적 방책을 활용함으로 이야기의 자질들을 눈에 보이듯이 제시할 수 있다. 다음의 두 인용을 보자.

① 그러나 배에서 내리는 손님은 제 발로 걸어 내리는 건강

한 남정네 두 사람뿐이다. 둘은 배를 내려 부두 위로 올라서자 곧장 바람을 안고 남씨에게로 다가온다. 남씨가 재빨리 세워둔 차에 시동을 걸자 바바리를 걸친 앞선 사내가 꾸부정히 허리를 굽히며 차 문을 열고 칼칼하게 입을 연다. "날씨 한번 고약스럽군. 남성훈 벌써 왔다가 떴나?" 사내는 그 말엔 대꾸 없이 힐끗 등 뒤에 선 청년 쪽을 돌아본다. 청년은 주먹만 한 방울이 달린 회색 털모자를 눈썹 위에까지 눌러 썼고, 배꼽 밑으로 맞잡은 두 손에는 코우트를 반으로 접어 걸치고 있다. 사내의 눈길을 받은 청년은 허리를 깊이 굽혀 느릿느릿 차에 오른다.

— 홍성원, 『삼인행(三人行)』

② 단지는 구석 방에서 아주머니와 함께 잠을 잤지만, 병국이는 길 건너 양주장 객실에서 혼자 잠을 잤다. 장차 맺어질 사이여서 더욱 내외를 시키느라 각각 다른 지붕 아래서 잠을 재우는 것이었지만 단지와 병국이는 장차 부부가 될 사이가 아니라 진짜 오누이 같았다. 서로 마주 대하고서도 어색하거나 조심스런 구석이라곤 한 군데도 없었다. 너나, 애재, 단지야 병국아, 서로 부르면서 거침없이 이것저것 지껄여대기도 했고, 틈이 날 때면 때리고 뒤쫓고 하면서 스스럼없이 장난질을 하다가 어머니한테 야단을 맞고는 조용해지곤 했다.

— 유재용, 「두고 온 사람」

두 인용에서 그 서술들의 방책과 효과가 각기 다르다는 사실이 쉽게 감지될 수 있을 것이다. ②에서 독자가 직접 보거나 들을 수 있는 것은 아무것도 없다. 화자 혼자서 모든 서사적 정보와 시각을 장악하고서 독자들을 철저하게 서사 대상의 현장으로부터 소외시키고 있는 결과일 것은 물론이다. 반면에 ①은 화자가 보고 들은 바를 그대로 독자도 보고 들을 수 있도록 재현하고 있다. 이처럼 대비되는 서술의 양상이 말하기와 보여주기이다. 말하기와 보여주기라는 변별적인 서술의 유형은 직접 서술과 간접 서술, 평면적 서술과 입체적 서술, 개입적 서술과 비개입적 서술, 요약과 장면, 설명과 제시 등의 용어로 대응되기도 한다.

말하기는 '소설가가 사용하는 가장 뚜렷한 인공적 기법 중의 하나로서 작중인물의 정신과 마음의 신빙성 있는 개관을 얻어내기 위해 행동의 심층에까지 들어간다는 술책'이라고 웨인 부스가 설명하고 있는 바와 같이 작가가 서사적 정보들을 권위적으로 지배하고자 하는 서술적 기법이다.

반면에 보여주기는 가능한 한 서술의 표면에서 인공의 흔적을 지우고 화자가 그림을 그리듯이 또는 배우가 무대 위에서 연기를 보여주듯이 독자가 스스로 이야기의 추이를 뒤쫓을 수 있도록 배려하고자 하는 서술의 전략이다. 그러나 두 서술의 방책 중 어느 쪽이 다른 쪽에 비해 더욱 능률적이고 효과적인 것인지를 판별하기는 간단치 않다.

현대에 들어 작가들이 보여주기의 서술 방책을 더욱 선호하는 경향을 보인다는 사실의 지적 자체는 잘못된 것이 아니다. 이러한 경향은 특히 헨리 제임스에 의해 주도되었으며, 퍼시 러벅은 『소설의 기법 *The Craft of Fiction*』에서 그러한 입장을 하나의 이론적 체계로 만든 바 있다. 그의 이론적 주장의 요체는 사건을 극화해야 한다는 것으로 요약할 수 있겠다. 그의 이론적 주장은 어느 면 정당해 보인다. 스토리와 인물이 작가에 의해 일방적으로 해석되고 평가된 채 제시되어서는 독서의 과정에서 독자가 발휘할 창조적인 역할은 박탈되고 만다. 독자가 자력으로 스토리를 발견하고 이야기의 공간에 능동적으로 참여할 수 있기 위해서는 작가는 서술의 표면에서 물러서고 이야기를 객관적으로 제시하지 않으면 안 된다. 그러나 러벅은 그의 신념에 지나치게 집착한 나머지 그의 이론적 편견을 하나의 권위적인 도그마로 만들고 말았다. 그리하여 그의 근거 없는 주장과 편견이 광범위하게 확산된 나머지 보여주기의 기법은 현대소설의 우위성을 입증하는 하나의 단서가 되었고 현대소설의 가장 인상적인 요소라고도 인식되었으며 순수한 예술적 형식과 비예술적 형식을 구분하는 척도인 것처럼도 간주되는 경향을 보였다.

그러나 보여주기의 기법이 가지는 장점 못지않게 말하기의 기법이 가지는 장점 역시 간과할 수 없다. 말하기는 독자의 반응을 능률적으로 통어할 수 있을 뿐만 아니라 장황한 사건을 요약함으로써 서술의 속도를 조절할 수도 있다. 언어 서사물은 그림이나 연극과는 달리 사건이나 인물을 순수하게 객관적으로 모방할 수 없으며 단지 의미화할 수 있을 뿐이라는 제라르 주네트의 주장은 극화의 기법을 우월시하는 입장에 대한 효과적인 이론적 반박으로 귀 기울여봄직하다.

요컨대 보여주기와 말하기의 변별성은 우열에 있는 것이 아니고 그 전략적 목적에 의해 분별되는 서술의 두 가지 양상이라고 보아야 옳다.

매재(媒材)

소재를 보라.

메타소설(metafiction)

20세기 소설에 나타난 주요 특징 가운데 하나는 소설이라는 문학 형식에 대한 반성적 의식, 소설을 쓴다는 행위 자체에 대한 반성적 의식이 극히 첨예화되었다는 점이다. 더군다나 그러한 문학적 자의식은 소설 텍스트의 바깥에 존재하는 작가의 심리적 과정에 그치지 않고 텍스트의 주제, 혹은 중요한 주제적 요소가 되는 경향을 보여준다. 자의식적 경향이 강한 소설에 있어서 일차적인 관심사는 소설의 형식을 빌려 무엇인가를 재현하는 것이 아니라 소설의 인공품(artifact)적 성격을 드러내는 것, 소설 제작의 과정 자체를 노출시키는 것이다. 거기에서 소설을 쓰는 일과 소설에 관해서 사고하는 일, 소설 텍스트를 만드는 일과 소설 이론의 문제들을 탐색하는 일은 불가분의 관계에 있다. 메타소설은 이처럼 소설 창작의 실제를 통하여 소설의 이론을 탐구하는 자의식적 경향의 소설들을 가리키는 용어이다. 언어를 대상으로 하여 그 규칙과 체계를 기술하는 언어를 메타 언어라고 부르는 것과 동일한 근거에서 소설 자체의 형식적 조건과 관습을 반성하고 탐색하는 소설을 메타소설이라고 부른다.

메타소설의 기본적 특성을 이루는 문학적 자의식의 발단은 18세기의 소설가 로렌스 스턴의 장편소설 『트리스트럼 섄디』(1760)에까지 거슬러 올라간다. 더욱이 20세기 전반의 모더니즘에 이르면 문학적 자의식의 충일한 표현들을 무수히 발견하게 된다. 그러나 메타소설 이론가들은 대체로 메타소설을 포스트모더니즘 소설의 일종으로 간주하는 추세이다. 모더니즘 문학에 있어서의 자의식은 텍스트의 미학적 구성에 대한 관심을 기본으로 하며, 텍스트 자체의 인위적 토대를 계획적으로 노출시키는 데까지는 나아가지 않는다고 본다. 예를 들면 퍼트리샤 워는 제임스 조이스의 『율리시스』조차도 '언어와 현실 사이의 미심쩍은 관계를 체계적으로 정립하는, 명백하게 자기지시적인 목소리(self-referential voice)'를 지닌 소설은 아니라고 말하고 있다(Patricia Waugh, *Metafiction*, London, 1984). 모더니즘 소설과 메타소설을 문학적 자의식의 측면에서 얼마나 명확하게 준별할 수 있는가는 논란의 여지가 많은 문제이지만, 소설 형식이 '현실'을 담은 투명한 용기가 아니라 의식적으로 만들어진 인공품임을 주목케 하는 작업이 포스트모더니즘 작가들에 의해 집요하게 시도되고 있는 것은 사실이다. 메타소설과 관련하여 자주 거론되는 작가들은 뮤리엘 스파크

(Muriel Spark), 존 파울즈(John Fowles), 존 바스(John Barth), 토머스 핀천(Thomas Pynchon), 로버트 쿠버(Robert Coover), 블라디미르 나보코프(Vladimir Nabokov), 호르헤 루이스 보르헤스(Jorge Luis Borg-es), 훌리오 코르타사르(Julio Cortázar), 이탈로 칼비노(Italo Calvino) 등이다.

메타소설이 추구하는, 소설 창작과 비평의 동시적 실천에 있어서 가장 흔히 활용되는 문학적 장치는 **패러디**이다. 패러디는 케케묵은 관습들을 파괴하고 새로운 창조적 가능성을 확보하기 위한 전략으로서 소설사 전체를 통하여 중요한 기능을 해왔지만, 메타소설이 드러내는 소설 형식 자체에 대한 비판적 거리의 감각 역시 패러디에 크게 의존한다. 메타소설은 일반적으로 패러디의 비평적 기능을 통하여 소설 관습들의 역사적 일시성을 폭로하면서, 그 관습들에 익숙해진 독자들의 기대를 흔들어놓고 소설이라는 장르의 원천적 불확정성을 확인시킨다. 예를 들면 존 파울즈의 『프랑스 중위의 여자』는 빅토리아 시대풍의 리얼리즘 소설과 역사적 로망스의 형식을 차용하면서 과거의 담론과 현재의 담론의 중첩이 빚어내는 교란의 효과를 탐색하고 있다. 메타소설이 차용하는 문학적 관습에는 대중문학의 형식들도 포함된다. 탐정소설, 스릴러물, 공상과학소설, 서부극 들은 그 두드러진 예다. 메타소설에 있어서 이러한 대중문학 형식의 차용은 패러디의 효과를 겨냥한 것은 아니지만, '진지한 소설'의 낡은 관습을 해체하는 데 일정한 기여를 하고 있다.

메타소설 작가들이 시도하는 각종 서사적 실험의 배경에는 허구와 현실 사이에 존재하는 문제적 관계를 명백히 함으로써 현대소설이 직면한 '고갈의 위기'를 극복하려는 의도가 깔려 있다. 허구와 현실의 관계를 파악하는 메타소설 작가들의 입장이 반드시 동질적인 것은 아니지만, 그 양자를 별개의 존재론적 층위로 보는 구분법을 제시하는 일이 그들의 주된 관심사인 것만은 분명하다. 많은 메타소설 작가들은 소설에 재현되어 있다고 믿어지는 현실이란 언어적 구성물에 지나지 않음을 명시적으로 보여주면서, 나아가 허구와 현실이 호환(互換) 가능한 것임을 입증하고자 한다. 보르헤스, 존 파울즈, 로버트 쿠버와 같은 메타소설 작가 중에서도 비교적 급진적인 편에 속하는 사람들은 허구가 제시하는 상상적 세계가 일상 현실만큼 현실적이고 의식 속에 존재한다는 것을 강조한다. 이처럼 허구와 현실의 구별을 유보하는 태도는, 보르헤스의 단편소설이나 미셸 투르니에의 「동방박사」가 전형적으로 예시하는 바 환상적 세계로의 탐험이 메타소설의 높은 비중을 차지하는 이유가 된다. 이런 점에서 보면 메타소설은 허구의 의의를 극대화시켜 거기에서 일상적 현실을 넘어선 '가능한 세계'를 찾고자 하는 상상적 모험의 문학이라고 해도 무방할 것이다.

멜로드라마(melodrama)

폭력을 동반하는 격렬한 행동이나 과잉된 정서, 또는 감상적인 요소들에 의해 지배되고 있는 서사물 일반을 지칭하는 용어이다. 유형화된 인물과 사건의 극적인 전개에 의존한다는 특징도 멜로드라마의 두드러지는 특성으로 지적된다. 멜로드라마가 그러한 요소나 장치들을 도입하는 것은 물론 독자나 청자를 손쉽게 이끌어 들이기 위해서이다.

본래 'Melos'는 노래라는 뜻을 지니고 있는 그리스어이며, 그래서 '멜로드라마'는 음악적 기능이 강화된 연극, 특히 19세기 초 런던에서 여러 장면의 정서적 분위기를 강화시키기 위해 음악 반주를 곁들여 상연된 극을 지칭하는 용어였다. 현대에 사용되는 '멜로드라마'란 용어는 이 시기의 드라마들이 지녔던 성격에서 기인하는 것이다. 당시 영국에서는 합법적 '정통' 연극은 드루어리 레인과 코번트 가든의 두 극장에서만 허용되었으며 그러한 정통극을 공연하는 극장은 '왕립극장' 혹은 '칙허극장(勅許劇場, Legitimate Theater)'이라 불리었고 1843년에 이 원칙이 깨어졌다. 다른 극장에서는 음악 오락물만 공연하도록 허가하였기 때문에 자연히 이 음악 오락물, 즉 멜로드라마는 정통극에 비해 오락적 · 통속적 성격과 아울러 청중의 순간적인 흥미를 위해 정서를 과잉되게 표현하는 특징을 지니게 되었다.

멜로드라마와 비극의 관계는 소극(笑劇)과 희극의 관계와 같다. 즉 인물과 플롯의 개연성이 소실되고 격렬한 순간적 효과 및 정서적 기회주의가 그 자리를 대신한다. 플롯은 사악한 계략과 예기치 못한 극적인 행동을 중심으로 진행된다. 등장하는 인물들은 악한이거나 선인이다. 남녀의 주인공은 예외 없이 선량하고 순결한 인물이며 여기에 전형적 악한이 대립한다. 현대의 서사물들, 특히 대중적 호소력이 강한 오락물들은 모두 멜로드라마의 요소를 지니고 있다. 서부 영화나 TV 드라마의 전형적 인물 설정, 즉 좋은 인물(good guy)과 나쁜 인물(bad guy)의 대립은 이 멜로드라마적 인물이 현대적으로 변형된 한 예이다.

폭력적이고 센세이셔널한 행동이나 감정 과잉의 표현 그 자체가 멜로드라마를 구성하는 것은 아니라는 사실이 유념될 법하다. 이런 요소들이 논리를 갖추고 있고 필연적인 것으로 부각될 때 더 이상 그것은 멜로드라마가 아니다. 멜로드라마적 현상의 가장 두드러지는 특징은 우연의 남용과 감정의 과장, 그리고 상투적인 비유의 사용이라고 요약할 수 있겠다.

모델소설

현실에 실재하는 특정한 인물이나 사건들을 허구적 기술 속에서 재현, 구성해내는 소설의 종류를 가리킨다. 현실의 재현이라는 점 때문에 관점에 따라서는 모든 소설이 일종의 모델소설이라는 주장도 성립할 법하지만, 엄격한 의미에서의 모델소설이란 재현이라는 추상적 논리가 실증 가능한 사실에 유사하게 근접해가는 허구적 산문 양식을 일컫는다. 유사한 서사 양식으로 **기록소설**과 **사소설**을 꼽을 수 있는데 기록소설은 실제 일어난 사건의 전말을 가능한 한 '있는 그대로' 기술하기 때문에 역사로서의 특징과 문학으로서의 특징을 공유하며, 사소설에서는 대체로 작가 자신의 개인적인 체험이 작가 화자에 의해 진술된다. 이러한 분류의 준거는 그 경계가 다소간은 애매하고 임의적이며 언어에 의한 현실의 완벽한 재현이란 사실상 불가능하기 때문에 대체로는 재현의 정도에 따라 개념을 규정하고 구분한다. 이런 점에서 작가의 개입의 정도, 거리 유지의 문제, 허구적 상상의 교묘한 배합, 재현된 인물이나 상황의 현실성 등등의 문제가 개념 규정의 주요한 척도로 채용된다.

실제로 있을 수 있는 개연성의 세계가 아닌 실제 세계 그 자체를 재현, 전사(轉寫)하는 인상을 준다는 점에서 세 유형은 동일한 이야기의 양식이지만 기록소설은 허구적 상상을 최대한 배제한다는 점에서 나머지 둘과 구분되고, 사소설은 작중인물이 작가 또는 그 주변인물이라는 점에서 모델소설의 하위 부류로 볼 수 있다.

모델소설은 실제 인물이나 사건을 차용해오기 때문에 사회소설로서의 특징을 강하게 나타낸다는 사실도 주목할 만하다. 즉 모델소설은 실제의 '있는 그대로'의 표본을 통하여 당대의 사회상을 반영한다. 이런 점에서 표본의 재현 그 자체—작중인물이 실제의 누구라든가, 작중 상황이 어떤 실화를 토대로 한 것이라든가 하는 논의는 중요하지 않으며, 당대의 보편적인 사회상의 반영이라는 재현의 사회사적 의의가 부각된다.

우리 문학 중에서 모델소설의 대표적인 사례는 염상섭의 「해바라기」와 이상의 「지주회시」를 꼽을 수 있다. 「해바라기」는 한국 최초의 여류화가로 알려진 나혜석을 모델로 하여 씌어진 작품으로서(염상섭의 증언에 의하면 이 소설은 나혜석의 승낙을 받고 쓴 것으로 되어 있

다) 신여성 나혜석의 예술적 체험과 자유분방한 연애 및 결혼 과정을 세밀한 심리묘사를 통하여 보여주고 있는 대표적 모델소설이며, 「지주회시」는 작중인물 '오(吳)'로 묘사되고 있는 이상의 그림 친구이자 동갑내기인 군산 출신의 문종혁에 대한 라이벌 의식과 비판적 시선이 담담한 어조로 나다니는 경우로 알려져 있다.

모티프(motif, motive)

어원상으로는 운동의 근원적인 원인, 예술에서는 창작이나 표현의 기본적인 동기를 의미하지만, 문학에 국한하여 통용되는 일반적인 의미는 문학 텍스트에 자주 반복되어 나타나는 특정한 요소—가장 작은 서사적 단위, 낱말, 문구, 사건, 기법, 공식—를 가리킨다.

러시아 형식주의자들이나 구조주의자들, 그리고 신화-원형 이론을 다루는 이론가들은 문학의 특수한 독창성을 입증하면서 유사성을 보여주는 본질적인 방법들을 찾기 위해 주제적 단위(thematic unit)에 대한 기술을 모티프 연구에 바친 바 있다. 가장 작은 구문론적 단위에 몰두한 토마셰프스키는, 단순하고 더 이상 나누어질 수 없는 단위에 대한 욕망 때문에 모티프를 절(clause)과 일치시킨다('각각의 절은 그 자체의 모티프를 지니고 있다.' 즉 그것은 '주체적 제재의 가장 작은 요소'가 되는 것이다). 예컨대 '그는 주먹을 불끈 쥐었다', '이가 쑤셨다' 같은 절은 그 자체가 하나의 모티프로 간주된다. 한편 그는 모티프들을 분류하면서 술어를 최초로 세분화한 바 있는데, 이것이 바로 상황을 바꿀 수 있는 모티프인 동적 모티프와 상황을 바꿀 수 없는 모티프인 정적 모티프이다. 또 한편으로 **시퀀스**(sequence)를 포함하는 절(clause)에 의해 작용하는 역할(role)에 따른 분류가 가능한데, 결합 모티프(bound motifs, 생략할 수 없는 모티프, 스토리를 다시 이야기할 때 빼버리게 되면 사건의 연결을 혼란시키는 요소들)와 자유 모티프(free motifs, 생략할 수 있는 모티프, 스토리를 다시 이야기할 때 빼버려도 서사체의 일관성을 깨뜨리지 않는, 즉 사건들의 전체적 인과의 연대기적 과정을 혼란시키지 않는 요소들)가 그것이다. 토도로프의 이러한 분류는 바르트에 의해 재작업되면서 기능(function)과 지표(indices)의 개념으로 발전한다. 즉 바르트는 결합 모티프를 기능으로, 자유 모티프들을 지표로 부른다. 그리고 그는 기능을 다시 ① 핵(noyau, 서사체 또는 그것의 단편들의 행위적 요체들을 구성하는 것, 채트먼의 **핵사건**(kernels)의 개념)과 ② 촉매작용(cataltses, 핵사건이 뼈대를 형성하는 서사체 공간을 채우는 나머지 것들, 채트먼의 **주변사건**(satellites)의 개념)으로 구분하고, 지표를 ① '인격적 특성이나 감정이나 분위기', ② '시간과 공간의 어떤 요소들을 동일시하거나 정확하게 가리키기 위해 사용된 정보의 조각들'로 분류한다.

그럼에도 불구하고 모티프에 대한 논의는 아직까지도 그리 정교하지 못한 편이다. 서사학적 관점이 이루어낸 이러한 성과에 따르면, 대체로 모티프는 텍스트에 나타난 단어와 일치할 수도 있고 단어의 부분(의미, 의미론적 자질)과도 상응할 수 있으며, 통합체(syntagma) 또는 문장과도 상응하는 것으로 이해될 수 있다.

서사 구조의 조직적인 분석에 의하지 않고서도 모티프를 이해하는 손쉬운 방법 중의 하나는 소재와 구별하는 것이다. 예컨대 모티프는 개별적이고 구체적으로 규정된 사물이나 사건의 성격을 가지는 소재와는 달리 애증, 복수, 한탄, 연민, 민족애 등과 같이 추상적인 성격을 가질 수도 있고, 소재 그 자체처럼 구체적일 수도 있다. 이때의 구체성은 물론 문학의 관습에서 오래도록 되풀이되어온 소재의 성격을 뜻한다. 신데렐라의 신발 모티프는 후자의 경우이고, 부친 살해 · 근친상간 · 변신 모티프 등은 전자의 경우이다. 구체성과 추상성을 불문하고 모티프의 본질을 이루고 있는 것은 물론 '반복'과 '되풀이'이다. 그러므로 하나의 모티프는 여러 소재들에 공통적으로 나타날 수 있고, 반대로 하나의 소재 속에 여러 개의 모티프가 나타날 수도 있다.

모티프에 대한 논의 중 주요한 것으로 주제(theme)와의 변별적 특질에 관한 것이 남아 있다. 주제는 모티프와는 달리 문학 전체에 있어서까지 제시될 수 있는 의미론적 범주를 가리키는 것으로 말해질 수 있으며, 모티프는 주제를 형성하는 데 직접 참여할 수도 있고 그렇지 않은 경우도 있다는 특징을 가진다. 주제 형성에 직접적으로 참여하는 모티프를 보통은 음악 용어를 빌려와 라이트모티프(leitmotif, 중심 모티프)라 한다.

이범선의 단편「오발탄」에 나오는 '가자!' 모티프는 일종의 라이트모티프에 속한다. 주인공 송철호의 어머니의 삶의 정황과 심리 충동을 상징적으로 드러내주는 이 짧은 독백은 텍스트에 수없이 반복되어 이 작품의 주제에 결정적으로 작용하게 된다. 해방과 한국동란 이후의 남한 사회에서 비참하게 살아가는 월남민들의 삶의 현실을 극적으로 재현하고 있는 이 소설의 '가자!' 모티프야말로 주제 형성에 가장 강력한 요소로 기능하고 있다. 그것은 이 모티프가 정신이상자가 되어버린 어머니의 처절한 절규이며, 고향과 상실한 삶의 회복을 꿈꾸는, 그리하여 지금, 이곳에서의 삶이 아수라의 삶인 것을 역설적으로 부각시키는 작가의 목소리이자 작의의 반영에 다름 아니기 때문이다.

또 한편으로 원형 심상, 상징, 물질적 상상력 등을 모티프의 일종으로 보는 관점이 있다. 이것은 형식주의적 관점에서부터 모티프의 개념을 해방시켜 작품의 주제를 이루어내고 통일감을 주는 주요 단위로 그 의미를 확정시키려는 모든 문학적 노력의 산물이자 성과에 값하는 부분이라 할 수 있다.

모험소설

모험이란 위험과 난관을 무릅쓰고 어떤 일에 용기 있게 도전하는 행동을 가리킨다. 모험이란 말의 이 같은 어의에 충실히 근거하게 되면, 모험소설이 어떠한 이야기의 유형인지 자명해진다. 그것은 위험과 난관을 무릅쓰는 행동과 사건들이 이야기의 골격을 이루고 있는 소설 일반을 지칭하는 개념이다. 이 개념이 확대되어 적용될 때는 거의 모든 소설 문학을 포괄할 수도 있다. 왜냐하면 순탄한 삶의 내력만을 이야기화하고 있는 소설을 찾기란 어렵고, 소설에는 예외 없이 시련과 난관에 봉착해서 그것을 딛고 일어서려는 용기 있는 작중인물의 행동이 그려지게 마련이기 때문이다. 보물찾기만이 모험은 아니다. 신념과 이상을 관찰하기 위해서, 또는 뜻있는 삶의 목표를 발견하거나 추구하기 위해서 분투하는 모든 인간의 행동도 모험이라고 보아야 옳다. 이 같은 관점에 입각하게 되면 모든 소설은 모험담이라는 생각에 동의하지 않을 수 없게 된다.

문학사적으로 뛰어난 소설이라고 평가되는 대부분의 작품들—멜빌, 생텍쥐페리, 말로, 키플링, 콘래드, 헤밍웨이 등의 소설은 명실상부한 모험담이다. 멜빌(『백경』), 콘래드(『태풍』『로드 짐』), 헤밍웨이(『노인과 바다』)의 소설은 바다의 모험담이다. 키플링(『왕이 되고 싶었던 사나이』『정글 북』)과 말로(『왕도』)의 인물들은 미답의 오지와 정글에 파묻힌 채 잊혀진 고도의 폐허 속에서 그들의 모험을 펼치고 있다. 생텍쥐페리(『야간비행』『인간의 대지』)는 특이하게도 모험의 공간을 하늘에다 설정한다. 이뿐만이 아니다. 세르반테스, 브론테, 도스토옙스키, 카뮈, 카프카의 소설들에서도 행동과 사건을 주도하는 인물들은 예외 없이 모험가들이다. 돈 키호테(『돈 키호테』), 히스클리프(『폭풍의 언덕』), 라스콜리니코프(『죄와 벌』), 뫼르소(『이방인』), 그레고르 잠자와 K(「변신」과 「성」) 등 영웅적인 환상, 영웅적인 정열, 영웅적인 이상, 영웅적인 고독의 소유자들인 이들 작중인물들이 펼쳐 보이는 행동의 양상은 모험이라는 말에 부합되고도 남는다. 20세기의 주요한 모더니즘 소설들—『잃어버린 시간을 찾아서』『율리시스』『음향과 분노』 들도 모험담의 테두리에 들어오는 문학들일 것은 물론이다. 경이

롭고 흥미진진한 미답의 비경—인간 심리의 광대무변하고 심오한 깊이를 탐험하고 있다는 점에서 이들 문학들이야말로 진정한 의미에서의 모험소설이라고 할 만하다.

이처럼 살피게 되면 소설을 '현대의 문제적 개인이 상실한 총체성의 세계를 되찾기 위해 떠나는 동경과 모험에 가득 찬 자기 인식에로의 여정에 대한 형상화'라고 규정함으로써 소설의 변별성과 고유성을 모험의 양식으로 부각시키고 있는 루카치의 견해가 새삼 공감된다. 그러나 적용의 범위가 지나치게 광역화하는 개념은 개념의 유용성 자체를 소멸시키게 마련이다. 다시 말하자면 모험소설이라는 용어가 모든 소설을 포괄하고자 한다면 모험소설이라는 용어가 창안되는 명분은 위축되고 만다. 따라서 모험소설은 낭만적 정서, 낭만적인 세계관이 반영된 소설을 제한적으로 지칭하는 개념으로 관용화함이 옳다.

모험소설이라고 규정되는 소설이 펼쳐 보이는 모험은 따라서 특수한 것이라고 이해되어야 한다. 그것은 일상으로부터 비일상을 향해, 기지(旣知)로부터 미지(未知)로 나아가는 모험이다. 그렇기 때문에 모험소설은 본질적으로 경이로움, 신비, 동경, 감미로운 공포로 가득 찬 이야기의 특수한 현상이다. 모험소설의 이러한 특수성은 아울러 왜 대부분의 모험소설에서 모험을 주도하는 인물들이 미성년으로 설정되며 이 소설의 유형이 특히 청소년 독자들을 즐겁게 하는가 하는 까닭을 설명해준다. 경이와 신비, 동경과 감미로운 공포란 이미 세계를 보아버린 삶에 속하는 감정 양식이 아니며 낭만적 경험이 성숙한 의식에게 현실감의 환상을 불러일으키기란 불가능하기 때문이다. 모험소설이 청소년을 작중인물로 삼는 청소년을 위한 문학이라고 이해되는 사정이 그래서 납득된다. 전형적인 모험소설들—R. L. 스티븐슨의 『보물섬』이나 트웨인의 『톰 소여의 모험』 『허클베리 핀』, M. 르블랑의 『기암성』, 키플링의 『정글 북』 등은 이러한 설명의 정당성을 고즈넉이 입증해준다. 쥘 베른의 『해저 2만 리』, 잭 런던의 『야성의 부름』의 작중인물들은 청소년이 아니지만 그 소설이 소년적인 상상, 모험의 세계를 화제 삼고 있다는 점에서는 여타의 모험소설과 다르지 않다.

모험소설은 흥미 있지만 거짓에 근거하지 않고 낭만적 경험을 토대로 하여 현실에 대한 통찰을 넓히며 위험과 시련을 체험케 하면서 오히려 용기를 북돋운다는 점에서 가장 건전한 도덕적 · 교화적 기능이 주목되는 소설이다. 다시 말하자면 모험소설이란 영원히 해소되기 어려워 보이는 갈등—현실과 이상, 이성과 감성, 본질과 비본질 사이에 화해와 조화를 모색하고자 하는 야심에 찬 문학적 의도가 소산시키는 이야기의 현상이라고 규정되어 무방하겠다.

목소리(voice)

오늘날 소설의 비평과 이론에서 이 용어가 주요한 비중으로 다루어지는 까닭은 소설 텍스트의 담론 체계는 하나의 발화(utterance)에 지나지 않으며, 따라서 그 발화를 일정한 방향으로 통어하고 조정하는 발화자가 가지는 결정적인 역할에 주목하기 때문이다. 목소리는 이야기의 정황을 설명하거나 논평을 가하는 작가의 음성을 가리키지는 않는다. 오히려 작가의 육성인 체하며 교묘하게 담론의 배후에 숨어서 독자에게 미치는 서술상의 모든 효과를 수행하는 자—**내포작가**(implied author) 또는 함축된 작가를 뜻한다. 그런 점에서 목소리는 아리스토텔레스가 말하는 성격(ethos)과 유사한 개념이라고 볼 수도 있다. 아리스토텔레스는 「수사학」에서 웅변가의 발언을 설득력 있게 만들어 주는 주된 요인이 에토스라고 말한 바 있다. 즉 발언자의 일관된 성격은 웅변가가 말하는 내용을 청자에게 신뢰감 있고 설득력 있게 전달하는 결정적인 기능을 수행한다는 요지인데, 웅변가를 문학적 발화자로 대치하면 에토스와 목소리의 관련성이 그대로 밝혀지는 셈이다.

문학사적 맥락에서 볼 때 서술의 배후에 도사린 이러한 작가적 존재와 그 의의를 부정하고 기피하고자 하는 일단의 흐름이 존재하던 때도 있었다. 이런 정신의 극점에서 우리는 사르트르의 '한 편의 소설은 사물, 초목, 사건들 같은 모양으로 처음 보기에는 인간의 산물 같지 않게 존재해야 하며', '독자를 증인이 없는 우주의 중간에 던져버려야 한다'는 발언과 마주칠 수 있다. 조이스의 『율리시스』를 화제 삼으면서 에드먼드 윌슨이 "조이스 자신이 수수께끼 같은 난문제와 상징과 동음이의어의 단어들을 채워 넣어서 그의 작품에 조직적으로 수를 놓고 있는 것을 우리가 알아채는 순간 꿈의 환상이 사라진다"고 불평한 것도 같은 의미에서이다. 그러한 플로베르 이래 현대의 소설가들이 그토록 선호하는 '실제적 환상', 스스로 작동하고 결합되며 의미를 형성하는 사건의 덩어리로서 텍스트의 생산이 과연 작가적 존재의 완전한 소멸을 의미하는 것인지는 재고를 요하는 문제이다. 아무리 객관적인 서술을 지향하는 작품이라 할지라도, 심지어는 완전히 대화만으로 구성되어 있는 작품이라 할지라도, 그 배후에는 수없이 많은 사건들 중에 그런 사건을 선택한, 수없이 많은 어휘들 중에 그런 표현을 선택한 어떤 의도, 의도를 조작하고 있는 하나의 존재가 있게 마련이기 때문이다. 텍스트 내에서 제시되는 관찰과 표현은 그 자체가 작가에 의한 하나의 참견인 것이다. 사실주의의 기치를 내세운 플로베르의 작품에서 독자들은 '그 지역에서 가장 저질의 치즈였다'거나 '엠마 보바리는 그녀가 경험하지 않은 것을 이해할 수 없었고 인습적인 용어로 표현되지 않은 것은 어느 것도 알아볼 수 없었다'와 같이 작가적 존재를 드러내는 문장들을 얼마든지 찾아낼 수 있다. 물론 이것은 작가의 음성이 가장 분명하게 확인되는 담론 형태인 '논평'의 하나이지만 그렇지 않은 담론의 종류나 문학 텍스트 내에서도 작가의 음성은 근원적으로 존재할 수밖에 없다. 객관적인 서술과 사건을 지향하는 작품의 전범으로 여겨지는 헤밍웨이의 「살인자들」에서 우리는 냉혹하고 비정하며 도시적 감수성에 영향받은 발화자의 존재를 감지한다.

모든 문학 텍스트의 내부에는 화자나 등장인물과 같은 표면적 발화자와 관계없이 그것들 너머에 존재하며 담론 전체의 특성을 결정짓는 하나의 발화 주체, 즉 목소리가 존재한다. 일인칭의 고백체로 되어 있는 작품이거나 극적인 사건 전개를 고집하는 작품에서도 이것은 마찬가지이다. 이러이러한 문학적 소재를 이러이러한 방식으로 선택하고 배열하고 묘사하고 표현하고 있는, 담론의 어느 국면에나 침투해 있으며, 분명한 지능과 도덕적 감수성을 갖추고 있는 하나의 존재를 우리는 인식할 수 있는 것이다. 그 목소리가 지닌 개성과 기질과 감수성은 작품에 따라 천차만별이다. 포크너의 작품에 나타나는 그것이 동경하는 세계로 귀환하지 못하는 지식인의 것이라면 카프카의 그것은 일상적이고 규격화된 삶 속에서 발견되는 실존적 불안이다.

현대의 연구자들 중 목소리에 관한 가장 정교한 이론을 보여준 사람은 웨인 부스이다. 그의 저서 『소설의 수사학』은 텍스트 안에 드러나는 작가의 다양한 음성과 담론의 유형 분석에 온전히 바쳐진 것이다. 그는 보편적으로 사용되는 '목소리'라는 용어보다 '내포작가(implied author)'라는 표현을 더 선호하는데, 그 이유는 한 편의 작품을 통해 독자들은 일정한 음색을 지닌 목소리뿐 아니라 하나의 인간적 존재를 인식하게 되기 때문이라는 것이다. 이 내포작가는 '실제 작가의 이상적 문학적 피조형'이며, 창작의 과정을 통해 서서히 형성되고 작품이 독자에게 미치는 효과에서 결정적 역할을 수행한다고 그는 말한다. 결국 설득력 있는 작가적 존재와 그가 존재한다는 느낌은 작품에 상상적 동의를 하도록 독자들을 이끌고 일관된 심미성을 작품에 부여하는 핵심적 기능을 한다고 말할 수 있다.

목적소설(didactic novel)

교훈의 제시를 목적으로 씌어진 소설 전반에 적용되는 용어이다.

예술의 목적성에 대한 플라톤으로부터 오늘에 이르기까지의 오랜 논의는 '교훈적(didactic)'이라는 용어를 작품의 개별적 차이를 무시한 채 사용해왔다. 작가는 교사여야 하는가? 혹은 문학은 교훈적이어야 하는가? 라는 물음이 그러한 논의의 출발점이다. 교훈이나 정보의 제시를 목적으로 하여 생산되는 작품들은 말할 것도 없지만, 보다 폭넓게는 모든 작가와 모든 작품은 인간에게 유익한 어떤 것이라는, 따라서 모든 예술은 교훈적인 것이라는 명제 또한 타당성을 지니고 있다. 그러나 용어의 이러한 확장은 용어 자체의 존립 근거를 무의미하게 만든다. 아리스토텔레스는 미숙한 정신은 모든 것을 교훈적으로 본다고 말한 바 있다. 교훈을 목적으로 하는 작가들이 모두 그러한 의도를 표방하는 것은 아니기 때문에, 그리고 어떤 경우에든 그러한 목적은 작품 자체부터 판단되어야 하는 것이기 때문에 다음과 같은 구분법에 기대는 것은 한 편리한 방법이 되어줄 수 있다. 즉 관념이 형식을 구속할 경우 그 작품은 교훈적이며, 관념과 형식이 상호 구속하면서 적절한 균형을 이루고 있는 경우 그 작품은 예술적이다. 우리나라에서는 이광수의 『흙』이나 『재생』 등의 계몽류의 소설들, 그리고 1920~30년대에 씌어진 카프(KAPF) 문학 등이 교훈소설의 대표적인 예들이다(**프로파간다 소설**을 보라).

몽유록(夢遊錄)

몽유록은 몽유(夢遊)의 모티프를 기본 골격으로 하는 산문체의 문학 양식이다. 15세기 중엽부터 출현하여 조선시대 전 기간에 걸쳐 주로 사대부 문인들에 의해 간헐적으로 만들어졌다. 그 기원은 김시습의 『금오신화』 가운데 「남염부주지」 「용궁부연록」 또는 이와 유사한 전기적(傳奇的) 몽유담들에서 찾을 수 있다. 이러한 선행 단계로부터 본격적인 몽유록이 형성, 발전된 데에는 사대부적 이상과 현실 사이의 모순이 심화된 조선조 중엽 이래의 상황이 중요한 배경으로 작용하였다. 모순된 현실에 처하여 자신의 이념 가치를 굳게 지키고자 하면서도 그것을 실현할 만한 현실적 방편을 구하지 못하였던 사대부 문인들은 몽유 세계라는 가상적 공간을 통해 역사상의 인물들과 만나 현실의 울분을 토로하고 소망스러운 질서를 구성해보는 특이한 환상의 양식을 창작해냈던 것이다.

기본적인 몽환 구조에서는 서술자인 몽유자가 꿈꾸기 이전의 자신의 동일성과 의식을 유지한 채 꿈속의 세계로 나아가 일련의 일들을 겪은 뒤 본래의 현실로 귀환하여 그 체험 내용을 스스로 서술한다. 몽유 부분은 서술자가 다수의 인물들을 만나 이야기를 주고받거나 그들의 모임에 참여하여 견문한 내용으로 이루어지고 있다. 몽유 부분의 구조적 특성은 가상적 꿈의 공간에서 여러 인물들과의 만남을 통해 어떤 이념이나 의식을 표출하는 데 관심을 두고 있다. 따라서 몽유록 계열의 작품들은 이념적 환상을 그린 것과 역사적 비판 의식을 그린 것으로 나눌 수 있다. 낙관적 이념의 허구화된 충족에 치중된 작품과 현실 비판의 우울한 분위기가 지배적인 작품들이 그것이다. 전자는 「대관재몽유록」 「사수몽유록」 「금화사몽유록」 등인데 이들 작품은 환상을 통해 일시적 만족을 추구하는 낭만적 성격을 띠고 있다. 후자는 「원생몽유록」 「달천몽유록」 「피생몽유록」 등인데 비장하고 준엄한 윤리 의식을 나타내고 있다.

심의(沈義)의 「대관재몽유록」에서 서술자인 작가는 꿈의 세계를 빌려 최치원이 천자의 자리에 앉고, 을지문덕, 이규보, 정도전, 김종직 등의 역사적 인물들이 각각의 재능에 따라 관직을 차지하는 이상적 봉건사회를 구성하고, 작가 자신도 이곳에서 뜻을 이루게 된다는 이념적 환상 세계를 그렸다. 반면에 임제(林悌)의 「원생몽유록」은 비분강개에 찬 선비인 원자허(元子虛)가 꿈속에서 단종, 사육신 등에 견주어지는 인물들을 만나 술을 마시고 노래를 지어 부르며 울분을 풀다가

깨었다는 내용인데, 세조의 왕위 찬탈이라는 역사적 사건에 대한 비판 의식을 형상화한 것이다. 두 계열 작품들은 대체로 몽유자 혹은 서술자가 몽유 세계에서 유명 무명의 역사적 인물들과 나누는 이야기가 작품의 주요 내용을 이룬다.

어느 계열의 몽유록이든 현실과 이념 가치 사이의 팽팽한 긴장을 바탕으로 존립하는 것이었기 때문에 중세적 질서 자체가 무너지던 조선 후기에 이르러 그 의의는 쇠퇴하고, 「전궁몽유록」「몽결초한송」 같은 소설적 변이형들이 나타났다. 그런데 이들 작품에 채용된 몽유록적 요소는 본래의 성격에서 이탈하여 소설적 흥미를 장식하는 정도에 그쳤다. 개화기에 와서는 신채호의 「꿈하늘」, 유원표의 『몽견제갈량』 같은 작품이 이념적 표출의 양식으로서 몽유록의 유산을 빌렸으며, 현대 작가로는 최인훈이 관념소설적 표현에 몽유록의 수법을 활용한 예가 보인다.

묘사(description)

소설이 경험의 언어적 재현이라고 한다면, 이 재현은 두 가지 종류를 포함한다. 행동과 사건의 재현이 한 가지이고, 사물과 인물의 재현이 다른 한 가지이다. 서술(narration)은 이 두 가지를 포괄하는 개념이며, 전자와 후자는 서술이라는 언어 경영의 상이한 두 국면이다. 묘사란 후자, 즉 사물과 인물의 재현을 가리킨다. 제라르 주네트가 『설화의 범주 *Boundaries of narrative*』에서 설명하는 바에 따르면, 행동과 사건의 재현은 이야기의 시간적 · 극적 양상에 역점을 두는 반면, 묘사는 대상과 존재들을 동시성 속에서 파악하고 행동 자체를 장면으로 간주한다는 것이다. 때문에 사물이나 사람이 묘사의 대상이 되지 않고 행동 자체가 묘사의 대상이 될 때 시간의 흐름은 지연되고 이야기는 공간 속에 진열되게 된다. 이 경우 묘사는 이야기의 선조적(線條的)

인 진행을 차단하고 서술의 시간은 늘어난다. 인물이나 사물의 외양이 대상이 될 때의 묘사에서 이야기의 시간은 아예 정지된다. 현대소설에서는 인물의 외양의 재현은 기피하는 반면, 행동과 사건을 장면화하고자 하는 뚜렷한 경향이 나타난다. 다시 말하자면 행동 자체를 묘사의 대상으로 삼고자 한다.

무협소설

대표적인 통속 대중소설의 일종. 무예에 출중한 기인, 고수들이 펼쳐 보이는 상상을 초월하는 초능력, 의리와 사랑 등을 주로 다루며, 사필귀정과 권선징악 등을 주제적 양상으로 취급한다. 대체로 장편소설 혹은 대하소설의 분량으로 되어 있는 무협소설은 비슷한 주제, 플롯의 유사성 등으로 인하여 진부하고 상투적인 이야기의 현상으로 간주되지만 오락적 기능이 강하고 독자들의 억압된 심리를 효과적으로 해소케 해준다는 장점을 가진다.

무협소설의 기원은 중국의 청나라 시대 소설에서 비롯된다. 좀 더 정확하게는 협의소설(俠義小說)에 그 연원을 둔다. 협의소설은 추악하고 어두운 현실을 묘사하는 데 주력하는 사회소설에 비하여 의협적인 인물을 적극적으로 내세워 악을 척결하는 내용을 담고 있으며, 영웅 고사와 강사류(講史類)의 설화를 좋아하는 일반 대중의 심리에 호응하여 생겨난 것으로 알려져 있다. 청대 협의소설의 대표작으로 손꼽히는『아녀영웅전(兒女英雄傳)』(1734)『삼협오의(三俠五義)』(1879) 등은 내용이 단순하고 명쾌하며 직접적인 행동으로 갖가지 사회악을 처치하기 때문에, 사회가 혼란하고 민심이 각박했던 당시의 사람들의 구미에 맞아 많은 아류들을 양산시키는 계기가 되었다. 무협소설은 바로 이런 맥락을 이어받아 중국 국민당의 망명지인 대만에서 성행한 소설 양식이다. 우리나라의 무협소설들은 대체로 중국 무협지의 번안

작품들이며 1960년대부터 본격적으로 읽혀지기 시작했다. 김광주(金光州)의 『정협지(情俠誌)』와 『군협지(群俠誌)』는 우리 독서계에 무협지의 붐을 불러일으킨 최초의 작품들이며, 이후 와룡생(臥龍生)의 작품들이 번역되면서 널리 유포되었다. 그러나 최근에 와서는 영상 매체의 발달과 보급으로 말미암아 퇴조의 기미를 보인다.

무협소설의 두드러지는 특징 중의 하나는 앞에서 지적한 것처럼 플롯의 유형성에 있다. 대체로 하늘에 의해서 난세를 구원할 영웅으로 점지된 소년이 일찍이 부모와 스승을 원수에 의해 잃고 절치부심하며 무예를 닦아, 청년 고수가 된 다음에 복수를 함으로써 이야기가 종결되는 구조로 되어 있다. 약간씩의 변형은 있지만 정과 사의 대결, 위기의 연속, 권선징악으로서의 완결 구조 등이 일종의 **탐색담**의 형식으로 제시된다. 그러므로 무협소설을 통속적인 **영웅소설**의 한 유형으로 보아도 좋겠다.

실증 가능한 과학적 지식으로는 접근할 수 없는, 신비로운 인물들이 펼치는 흥미진진한 사건들이 무협지의 첫 페이지부터 끝 페이지까지를 장식한다. 무협소설은 초능력에 대한 인간의 유원한 열망을 반영한다. 그러므로 무협소설은 구차하고 지긋지긋한 일상의 권태로움 밖에서 그 내용이 전개된다. 일상의 초월은 문학의 현실 반영적 요소를 무시하는 대신 신비주의적 색채를 강하게 띠게 된다. 무협소설들이 일반적으로 공유하는 이러한 특성들은 무협소설의 흥미의 요체를 이룬다. 허장성세와 과장 수사를 특징으로 하는 중국적 사유가 노장의 영향을 받아 신비주의적 문학의 형태로 정착된 것이 무협소설이라는 견해는 이런 점에서 설득력을 가지는 것처럼 보인다.

무협소설 속의 이러한 비현실적 요소들은 결국 독자들로 하여금 현실을 냉철하게 바라보려는 시각을 흐리게 하고, 허황된 공상과 영웅심리에 들뜨게 한다. 그러므로 무협소설은 통상 개인의 자유와 권리가 보장되지 못하고 현실에의 불만이 팽배해 있는 상황 속에서 허무주의를 손쉽게 극복해보려는 대중심리에 편승하여 유행되는 경우가 많다. 무협소설에 한번 빠지게 되면 쉽게 벗어날 수 없는 강력한 마취 효과를 느끼게 되는데, 이러한 마취 증상이야말로 독자들을 현실로부터 유리시켜서 '시간을 죽이는 단순한 재미'만을 느끼게 하는 결과에 떨어지게 만든다. 따라서 무협소설의 흥성과 퇴조는 독자들이 당면하고 있는 사회 상황과 밀접하게 관련된다. 현실을 자유롭게 재현하고 비판할 수 있는 표현의 자유가 위축될 때, 문학은 허황된 상상과 감상에 빠져들게 되고, 감상적 색채를 띠게 되며 신비주의에 경도되게 마련이다. 무협소설은 이러한 삶의 환경과 사회적 현실에 대한 서사적 호응의 한 가지 양상에 다름 아니며, 독자들은 자신의 허무와 권태를 무협소설을 통하여 달래거나 누그러뜨린다.

문제소설(problem novel)

이 용어는 주목되는 당대의 사회적 쟁점을 문제 삼음으로써 그에 대한 대중의 관심을 환기시킨다는 특수하면서도 제한된 목적에 부응하기 위해 씌어지는 소설 일반을 지칭하는 개념이다. 문제소설에 예컨대 공해 문제, 환경 파괴 문제, 인류의 식량 문제 등에 대해서뿐만 아니라 공정한 분배 문제, 부동산 투기 문제, 노동쟁의 문제 등을 제재 삼아 작가의 문제적 시각을 부각시킨다. 문제소설이 기대하는 것은 독자의 심미적 반응이 아니다. 문제소설은 좀 더 구체적인 목적, 당면한 문제적 국면에 대한 독자의 인식을 확산시킴으로써 제기되는 쟁점에 독자들의 능동적이며 실천적인 참여를 요구하기 위해 씌어진다.

그런 점에서 이 소설의 유형은 삶의 보편적인 문제를 화제 삼아 독자의 심미적 호응을 기대하고 씌어지는 소설 일반과 구별된다. 이 개념을 확대해서 적용하면 모든 소설을 포괄할 수도 있다. 모든 소설은 삶의 일상적이며 평범한 국면조차도 문제적으로 부각시키고자 하는 본질적인 경향을 가지기 때문이다. 특히 사회가 문제적 구조라는 기본적인 인식을 전제하는 사실주의 소설과 문제소설의 변별성을 확보하는 것은 어려운 일인 것처럼 보인다.

우리의 비평적 현실에서 이 용어는 좀 더 임의적이며 내포의 경계가 모호하게 사용되고 있다. 우리의 비평은 ① 사회적 각성과 파문을 일으키는 소설, ② 고정되고 응고된 정치, 경제, 사회, 문화의 이데올로기에 충격을 가하는 소설, ③ 당대 문학의 관행을 깨뜨리고 새로운 기법을 추구하는 소설 등을 가리키지만 동시에 잘 씌어진 소설, 화제를 양산하는 소설 등을 지칭하기도 한다. 문제라는 말 자체가 그렇듯이 문제소설이라는 개념을 엄밀하게 정식화하기는 곤란한 것처럼 보인다.

문제적 주인공(problematic individual)

루카치의 『소설의 이론』에서 주요한 개념으로 쓰여진 용어로서, 대개 근대사회 이후에 나타난 소설의 새로운 주인공 유형을 일컫는다. 루카치는 소설이 그 이전의 서사 양식(예컨대 epic이나 romance)과 구별되는 가장 커다란 특징을 소설의 주인공과 세계 사이의 근본적인 불화 관계에서 찾고 있는데, 개인과 세계 간의 그와 같은 불화의 관계는 세계의 조화로운 총체성(totality)의 상실로부터 비롯되었다는 것이다.

그에 따르면 소설의 주인공은 개인과 바깥 세계 사이에 놓인 내적인 괴리의 산물이다. 세계가 내적으로 동질적일 때 근본적인 의미에서 사람들은 서로 질적으로 구별되지 않는다. 그 세계도 물론 영웅과 악한, 혹은 착한 사람들과 죄인들이 있고, 온갖 모험으로 가득 찬 곳이지만 그러한 세계는 개인에게 본질적으로 친숙하고 아늑한 곳으로 남아 있다. 그 세계는 루카치의 『소설의 이론』의 서두를 장식하고 있는 아름다운 한 구절처럼 '별이 빛나는 하늘이, 가고자 하는 길의 모든 지도가 되어주던 시대—별빛이 그 길을 밝혀주던 행복한 시대'의 세계이므로 거기에서는 개인과 세계 사이의 어떠한 근본적인 내적 불화나 갈등도 생겨나지 않는다. 모험은, 그것이 어떠한 극적 고난을 동반한 것일지라도, 하나의 외적이고 육체적인 시련일 뿐 인간 존재의 기반을 뒤흔드는 내적인 불안이나 위기로 이어지지 않는다.

그러나 그와 같은 내적인 총체성이 상실되었을 때, 이 세계는 개인에게 더 이상 친숙하고 아늑한 장소가 아니다. 세계의 총체성은 파편화되어 사라지고, 개인은 이 세계의 지도를 밝혀주는 빛을 별이 빛나는 하늘에서가 아닌, 불안과 갈등과 소외감으로 가득 찬 그 자신의 어두운 내면 속에서 찾아야만 한다. 소설은 그처럼 사라진 총체성의 세계를 찾아가는 개인의 내적인 모험의 기록이며, 이때 소설의 주인공인 문제적 개인은 세계의 총체성 상실을 전존재적으로 체현하는 인물이다. 루카치에 의하면 "소설의 내적 형식은 진정한 자기 인식에 도달하려는 문제적 개인의 내면으로의 여행 과정으로 이해될 수 있으며, 그 내면으로의 여행을 어둡게 구속하고 있는 외적 현실은 근본적으로 개인에게 이질적이며 무의미한 것이다." 서사시에서 개인이면서 동시에 개인과 세계 사이의 통합된 집단적 가치관을 대표하던 주인공은, 소설에 이르러 이 세계를 거부하면서 스스로 세계로부터 거부당하는 아웃사이더적 존재로 바뀌게 되는 것이다.

따라서 문제적 인물은 타락한 사회와 진정한 가치를 향한 내적 갈망 사이의 간극에 끼인 존재이며, 진정한 가치에 대한 그의 추구는 실패로 운명지어질 수밖에 없는 모험이다. 또다시 루카치의 표현을 빌리면 문제적 주인공은 '길이 끝난 곳에서 여행을 시작하'는 것이다. 문제적 인물이 대개의 경우 광인이나 범죄자 등의 악마적인 성격을 지니거나, 사회의 보편적 가치 질서에 맞서는 이질적이고 소외된 인물로 나타나는 것은 그 때문이다. 조화로운 삶을 향한 가치를 갈망하고 추구하는 과정을 통해 그 가치의 부재를 드러내는 문제적 주인공은 본질적으로 비극적 인물이다.

뤼시앵 골드만(Lucien Goldmann)은 『소설사회학을 위하여』에서 루카치의 이 개념을 적용하여 소설을 '문제적 인물이 타락한 사회에서 타락한 방식으로 진정한 가치를 추구하는 서사 양식'이라고 설명한다. 골드만은 소설에서의 문제적 주인공의 등장이 근대 시민사회에서의 전통적 가치관의 붕괴와 개인주의적인 의식의 성장에 그 바탕을 두고 있으며, 소설의 무대가 보다 현실적이고 일상화된 삶의 차원으로 내려오게 되는 과정과 일치한다는 점과 관련하여 문제적 주인공의 개념을 자본주의의 물신화된 가치의 타락 현상과 결부시킨다. 그에 따르면 자본주의하에서의 경제적인 삶은 인간을 오로지 교환가치라는 타락한 형태의 가치관으로 이끌고 가며, 그 사회에 속한 개인들은 모두 타락한 교환가치적 생산 체제 속에서 자유로울 수 없다.

문제적 개인은 바로 그와 같은 교환가치를 매개로 해서 나날의 삶의 어떤 순간에 진정한 사용가치를 갈망하고 있는 자신을 발견한다. 그러나 자본주의의 물신화된 구조 속에서 진정한 가치를 향한 갈망은 스스로 타락의 길을 걸을 수밖에 없으며, 소설이라는 형식이 지니는 문제적 성격은 타락한 가치에 맞서는 주인공의 행위가 타락한 형태로 나타날 수밖에 없다는 아이러니에서 생겨난다. 소설은 문제적 주인공의 타락한 가치 추구의 이야기를 들려줌으로써 진정한 가치가 부재하는 시대를 역설적으로 드러내 보여준다. 그러므로 소설은 문제적 주인공의 형상을 통해서 자본주의적 체제에 대한 하나의 저항의 형식이 된다.

골드만에 의하면 『돈 키호테』에서 괴테를 거쳐 스탕달과 플로베르에 이르는 서구의 문학사는, 창조된 인물의 모습이 서구 사회의 물신화되어가는 구조와 정확히 일치하는, 문제적 주인공의 역사라는 것이다. 골드만이 누보로망에 이르러 소설의 특징적인 내용을 이루던 두 가지의 본질적인 요소, 즉 문제적 주인공의 심리와 그의 악마적인 추구의 이야기가 사라져버림으로써 문제적 주인공이라는 인물 유형 자체가 소멸해버린다고 말하는 것도 동일한 맥락에서 이해될 수 있다. 문제적 주인공의 타락한, 혹은 악마적인 행동 양식이 진정한, 그러나 부재하는 가치를 향한 욕망에 의해 이루어졌던 것이라면, 누보로망에 이르러서는 문제적 인물이 소멸되면서 소설 자체가 그대로 진정한 가치가 부재하는, 물신화된 사회의 한 징후가 된다는 것이다(**소설사회학**을 보라).

서구 소설에 있어 문제적 주인공의 유형에 속하는 대표적인 작중인물들로는 최초의 문제적 주인공이라 할 수 있는 『돈 키호테』의 돈 키호테, 『적과 흑』의 줄리앙 소렐, 『안나 카레니나』의 안나 카레니나, 『보바리 부인』의 엠마 보바리, 『감정교육』의 프레데릭, 『죄와 벌』의 라스콜리니코프, 『이방인』의 뫼르소, 『구토』의 로캉탱이 있으며, 우리 소설에서는 『광장』의 이명준, 『나무들 비탈에 서다』의 동호 등을 꼽을 수 있다.

문체(style)

문체는 문학의 용어일 뿐만 아니라 예술 전반과 생활, 그리고 행동 양식에 이르기까지 두루 쓰이는 말이다. 웹스터 사전은 문체를 ① 개인이나 학파, 혹은 특정한 집단의 표현 양태, ② 내용이 아니라 내용을 담는 형식, 즉 형식과 관련되는 문학적 작문의 면모, ③ 담론에서 취해진 태도, 어조, 방침이라고 규정하고 있다. 문체를 순전히 기술적인 측면만으로 한정하여 보려는 관점도 있다. F. L. 루카스가 그런 경우인데, 그에 따르면 문체란 '작문의 방법(a way of writing)'이거나 '좋은 작문의 방법(a good way of writing)'이라는 것이다.

한편 J. M. 머리는 문체를 '개인과 보편의 완전한 융합'이라고 정의

하고 있다. 이러한 정의에서는 가치 평가적인 입장이 두드러지는데, 그가 문체란 '개성적이고 특이한 표현에 있어서의 보편적인 의미의 완전한 구현'이라거나 '개인적인 특징이 고도의 기법에 의해 성취된 때에 결과되는 언어 예술'이라고 말할 때 특히 그러하다. 머리에게 있어서 문체란 따라서 탁월한 문학작품과 동의어가 되는 셈이다. 마크 쇼러는 문체를 오로지 기법이라는 측면에서 주목한다. 기법(technique)이란 내용, 즉 경험과 성취된 내용, 즉 문학작품 사이에 개재(介在)하는 것이며, 그 구체적인 드러남이 곧 문체이다. 그가 말하는 기법이란 단순한 개념이 아닐 것은 물론이다. 그에게서의 기법이란 발견의 수단, 즉 경험 속에서 가치를 발견하는 수단이다. 이렇게 되면 문체는 곧바로 작가의 세계관의 문제가 된다. 즉 문체란 '저자를 둘러싸고 있는 세계의 개인적인 여과의 반영'이다. 개인적인 여과란 선택의 문제와 직결될 것은 물론이고, 작가가 어떤 문체를 선택할 때(이러한 선택은 의식적으로뿐만 아니라 무의식적으로도 이루어진다) 그 선택 속에는 이미 작가의 세계관이 들어온다.

문체는 비전의 문제라는 프루스트의 말도 이런 문체관과 일맥상통하는 것이다. 문체가 세계관의 문제와 밀접히 관련되는 것이기 때문에 시대에 따라 문체관도 변모되어왔으리라는 사정은 짐작될 수 있겠다. 개인적인 세계관보다 집단적인 세계관이 우세하고 균형, 조화, 절제를 규범으로 삼았던 고전주의적 전통에서 문체는 단지 설득을 위한 기법의 일부로 간주되었다. 규범적인 세계관에 지배되던 시대에서 작가가 되고자 하는 사람은 고전의 규범적인 문체를 배워야 했다. 비극, 희극, 풍자 등은 장르적 문체를 가지고 있다. 예컨대 고귀하고 숭엄한 문체는 서사시나 비극에, 비속한 문체는 풍자시에 적합하다고 간주되었다. 고귀한 주제를 고귀한 형식에 담아 표현하는 밀턴의 숭엄한 문체나 비천한 현실을 비천한 그대로 표현하는 풍자극, 소극의 비속한 문체는 고귀한 세계와 비천한 세계가 엄격하게 구분되던 고대 서양의 결정론적인 세계관의 반영이다.

고전주의의 문체적 규범을 깨뜨린 것은 낭만주의이다. 낭만주의자들은 개인의 창의와 개성을 억압하는 집단적인 세계관의 산물들인 모든 문체적 규제와 전범들로부터 해방되고자 했다. 이것이 규범적 문체 대신 기술적 문체가 대두되게 되는 배경이다. 낭만주의의 문체관은 '문체는 곧 사람이다'라는 명제 속에 가장 잘 반영되어 있다. 이러한 문체관은 차츰 극단화되어 드디어 낭만주의자들은 문체는 생득적인 재능이고 후천적으로 획득될 수 없는 것이라고까지 주장하기에 이른다. 현대에 들어서도 문체가 내용이냐 형식이냐 하는 문제는 계속해서 쟁점이 되고 있다. 문학에서 수사적 기능을 중시하는 입장은 그것을 내용이라고 본다. 반면 경험적 가치를 우선적으로 고려해야 된다고 주장하는 쪽에서는 문체를 문학의 부수적 가치에 불과한 것으로 평가하는 경향이 여전히 우세하다. 상반하는 이 두 문체관은 상호 보완됨이 마땅하다.

미메시스(mimesis)

플라톤과 아리스토텔레스에 의해 문학의 본질을 설명하는 핵심적인 개념으로 사용된 이 말은 흔히 재현(representation) 또는 모방(imitation)이라는 뜻으로 대응된다. 재현으로 이해되든 모방으로 받아들여지든 요컨대 미메시스는 문학이 여타의 예술과 마찬가지로 흉내 내기의 결과라는 생각이 소산시킨 개념이다. 흉내 내기라는 말 속엔 흉내 내기라는 행위에 대한 부정적인 가치 평가가 이미 내포되어 있다. 흉내 내기에서는 진짜와 가짜가 구별될 수밖에 없고 참으로서의 존재와 거짓된 존재가 대립할 수밖에 없다.

따라서 그 본질이 흉내 내기로 이해되고도 문학과 예술이 변호될 여지는 극히 희박해진다. 이러한 이해의 방식에서 문학과 예술을 변호하고자 한다면 그것은 가짜와 거짓을 옹호하는 일이 될 것이기 때문이다. 지혜와 이성이 지배하는 이상적인 사회를 건설하기 위해서는 우선 시인들을 몰아내야 한다는 플라톤의 생각은, 문학의 본질이 외계를 모방하는 데 있다고 본 그에게서는 당연스러운 논리적 귀결이었던 셈이다. 그러나 아리스토텔레스는 문학과 예술이 모방의 결과라는 사실에는 플라톤과 생각을 같이했지만 모방의 대상을 보는 입장은 판이했다. 즉 아리스토텔레스는 시가 모방하는 것은 가시적인 외계의 사물이 아니라 가시적인 사물들의 배후에 숨겨진 보편적인 원리라고 주장했다. 숨겨진 것을 모방한다는 주장에는 모방이라는 행위에 대한 독창적인 견해—모방은 단순한 흉내 내기가 아니라 발견하는 행위라는 생각이 담겨 있다. 그리하여 부정적인 가치로서 플라톤에 의해 배척되었던 문학과 예술의 본질은, 아리스토텔레스에 의해 유익하면서도 생산적인 가치라는 해석을 얻게 된다. 이러한 아리스토텔레스의 생각은 16, 17세기에 이르러 새삼 영향력을 넓힌다. 다시 말하자면 모방론은 고전주의 시대에 와서 좀 더 확고한 자리를 잡는다. 고전주의 문학은 그 최고의 이상을 자연의 완전한 질서와 고결한 인간적 덕성을 모방하는 데 두었고 전 시대의 훌륭한 문학적 규범조차도 모방의 대상으로 삼았다. 훌륭한 문학적 가치는 문학작품을 답습하고 모방함으로써 획득될 수 있다고 믿어졌던 것이다. 추론되고도 남겠지만 이러한 이상은 독창적인 가치와 개성적인 가치를 추구한다는 문학적 이상과는 조화되기 어렵다.

부연하자면 문학이 가치 있는 것에 대한 모방 행위라는 아리스토텔레스에 원천을 두는 서양 문학사의 전통적인 믿음은 상징주의와 낭만주의 문학에 의해 거부되기에 이른다. 모방론은 창조론으로 대체된 것이다. 말하자면 모방론은 상상력과 개성적인 표현이 중시되던 낭만주의 시대에 와서 일시적으로 그 설득력을 상실하게 된 셈이다. 그러나 상상력과 개성적인 표현이라는 것도 인간의 사회적 경험에 근거하지 않을 때는 의미를 갖기 어렵다는 생각이 싹트기 시작하고 사실주의적 문학관이 대두하면서 모방론은 상실했던 영향력을 회복한다. 모방의 대상이 개연성이든 자연이든 또는 인간의 사회적 경험이든, 그것이 대상을 언어라는 수단을 통해 재현한다는 원리에 있어서는 다르지 않다. 부연하자면 **리얼리즘**은 모방론이라는 뿌리로부터 싹트고 발전해온 문학적 세계관이다. **재현**, 반영론도 마찬가지이다.

민담

설화를 보라.

믿을 수 있는 화자(reliable narrator)와 믿을 수 없는 화자(unreliable narrator)

문학적 표현의 소통 관계를 밝혀주는 중요한 개념의 하나. '믿을 수 있는 화자'란, 그 자신의 서술이나 스토리에 대한 논평이, 전체 이야기 구조나 텍스트가 지니고 있는 허구적 진실에 대한 신뢰할 만한 설명이라고 독자들이 받아들이게 되는 **화자**를 말한다. '믿을 수 없는 화자'는 그 반대, 즉 그의 서술이나 논평을 독자들이 신뢰할 수 없거나 의혹을 가지게 되는 화자를 말한다. 이런 서사 소통의 과정은 다음의 도표와 같이 나타난다.

내포작가 ----→ 화자 ——→ 수화자 ←---- 내포독자

실선은 직접적인 의사소통을 의미하며 점선들은 간접적이거나 추리적인 의사소통을 의미한다. 믿을 수 있는 화자의 경우에는 서사 행위가 실선의 부분, 즉 화자와 수화자 사이에서 일어난다. 믿을 수 없

는 화자의 경우는 점선들을 통해 서사 행위가 이루어지며, 내포작가가 직접 내포독자와 의사소통을 하는 경우(위의 점선)와, 그것이 화자와 수화자를 거치는(아래의 점선) 경우의 두 가지가 있다. 이럴 경우에 서사적 표현들은 **아이러니**적 성격을 띠게 된다.

믿을 수 있느냐 없느냐 하는 문제 자체가 주관적이고 추상적인 것이기 때문에 이런 개념의 화자들을 분리해내는 것은 쉬운 일이 아니며, 엄정한 논리적 판단으로 그 기준을 제시하는 것은 불가능한 것처럼 보인다. 대체적으로 서사 이론가들이 택하는 방식은 믿을 수 없는 화자의 특성을 열거함으로써 그 여타의 화자를 믿을 수 있는 화자로 간주하는 것이지만, 그 특성 자체도 이야기의 구조에 따라 매우 다양해지는 것이어서, 어차피 이 부분에 대한 연구는 편의적이고 임의적인 것이 될 수밖에 없다. 그래서 채트먼은 이런 기준에 대한 도전과 연구가 서사 이론가의 '직업적 모험'이라고 표현한다.

채트먼이 믿을 수 없는 화자의 특성으로 제시하는 것은, 탐욕(『밀정』의 제이슨 캠프슨), 크레틴병(즉 정신병이라는 의미—『음향과 분노』의 벤지), 멍청함(『훌륭한 군인』의 화자인 도웰), 심리적 · 도덕적 우둔함(『정글의 야수』에서의 마셰), 혼란과 세상물정 모름(『로드 짐』의 마로우), 천진무구(마크 트웨인의 작품에서 허클베리 핀) 등이다.

S. 리몬 케넌의 분류는 이보다 좀 더 보편성이 있다. 그는 믿을 수 없는 화자의 주요한 근거로 화자의 제한된 지식(혹은 이해력), 개인적 연루 관계, 문제성이 있는 가치 기준의 세 가지를 제시하는데 다양한 텍스트에 적용 가능한 기준으로 보인다. 첫째, 화자의 제한된 지식. 나이 어린 화자가 등장하는 수많은 서사물에서 화자의 나이가 적다는 것은 그가 제한된 지식이나 이해력을 지니고 있다는 명백한 증거이다. 독자들은 그런 화자를 신뢰하기 힘들다. J. D. 샐린저의 『호밀밭의 파수꾼』에서 자신이 겪은 최근의 골치 아픈 사건들을 이야기하는 소년의 경우, 포크너의 『음향과 분노』에서 벤지와 같은 백치 화자,

「사랑 손님과 어머니」에서 옥희 등이 그 예가 될 것이다. 물론 이런 기준은 김유정의 「봄봄」 「동백꽃」에서처럼 어리지 않은 화자에도 적용될 수 있다. 둘째, 개인적 연루 관계. 미묘한 심리적 요인에 의해 화자는 객관적 사실을 왜곡시킨다. 정신적으로 정상이고 성인 화자일 경우가 많다. 포크너의 『압살롬! 압살롬!』에서 로자는 서트펜이 아이들이 보는 앞에서 흑인들과 싸운 이야기를 상세하게 서술하고 있는데 다음과 같은 말을 덧붙인다. "하지만 나는 그 자리에 있지 않았다. 나는 거기 있지 않았기 때문에…… 서트펜의 얼굴을 보지는 못했다." 로자의 서술을 믿을 수 없는 것은 그녀의 지식이 제한되어 있다는 것뿐만 아니라 먼저 아들을 낳으면 결혼해주겠다는 모욕적인 제안에서 비롯된 그녀의 피해 의식, 서트펜에 대한 증오심 등 그녀의 개인적인 연루 관계 때문이다. 셋째, 의심스러운 가치 기준. 화자의 가치 기준이 주어진 작품의 내포작가의 가치 기준과 일치하지 않을 때 그 화자는 믿을 수 없게 된다.

내포작가의 가치 규범과 화자의 그것 사이에 간격이 있다는 것을 시사하는 텍스트 내의 요소는 다양하다. 구체적 사실들이 화자의 견해와 상치될 때 화자는 신빙성이 없다고 간주된다. 행동의 결과를 통해 화자가 틀렸음이 밝혀질 때 그 이전에 그가 보고한 사건도 소급해서 의심의 대상이 된다. 다른 작중인물들의 견해와 화자의 견해가 항상 상치될 때에도 독자의 마음속에 의심이 생겨난다. 또한 화자가 사용하는 언어가 내적 모순을 지니고 있거나 양다리 걸치기 식의 인상을 줄 때 그 언어는 소급 효과를 가져와 그 언어 사용자의 신빙성을 무너뜨린다.

그러나 이런 기준을 적용한다 하더라도 많은 텍스트에 있어서 화자가 믿을 만한가 그렇지 않은가, 믿을 만하다면 어느 정도까지인가를 결정하는 것은 매우 어려운 일이다. 어떤 텍스트들(이런 텍스트들은 애매한(ambiguous) 텍스트라 불리기도 한다)은 그런 결정을 아주 불가능하게 하고 독자로 하여금 타협 없는 양자택일의 상황을 왔다갔다 하게 만든다. 가령 헨리 제임스의「나사의 회전」에 나오는 여자 가정교사는 귀신 들린 두 어린아이의 이야기를 전하는 믿을 수 있는 화자라고 볼 수도 있고, 또한 자신의 환각의 세계를 자신도 모르는 사이에 보고하고 있는 믿을 수 없는 화자로 볼 수도 있다.

일반적으로 숨겨진 스토리-외적 화자는 믿을 수 있는 화자일 가능성이 크다. 그러나 스토리-외적 화자가 겉으로 드러나게 되면 믿을 수 있는 화자일 가능성이 줄어든다. 왜냐하면 그의 해석이나 판단이나 일반화는 내포작가의 규범과 반드시 조화되는 것일 수 없게 되기 때문이다. 스토리-내적 화자는 스토리-외적 화자보다 믿을 수 없을 경우가 많다. 그 자신이 허구적 세계 속의 인물이기 때문이다. 그들은 제한된 지식이나 개인적 연루 관계, 의심스러운 가치 기준에 말려들기가 쉽다.

반소설(anti-roman)

소설의 전통적인 규범에서 벗어나 있는 소설들. 실험성을 띠는 허구의 유형으로서 독자들이 소설에서 기대하는 사실주의나 자연주의의 효과, 즉 소설이 현실을 충실히 재현함으로써 독자에게 논리적이며 정돈된 대리적 체험을 제공한다는 환상을 심어주려 하지 않는 작품들을 말한다. 그것은 독자들이 등장인물과 자신을 동일시하는 것을 단념케 하는, 그럼에도 불구하고 그와 동시에 스스로를 '대리적 삶이 아닌 자신의 진실한 삶에 참여케 하는'(나탈리 사로트) 자체의 관습과 또 다른 유형의 리얼리즘을 구축한다. 전통적 소설이 독자의 불신을 중단시키고 그로 하여금 작품에 투영되는 의사-정서와 더불어 일종의 환상을 즐기도록 한다면, 반소설은 독자를 방해하여 스스로의 참여 없이 '경험'을 취하려는 욕망에 맞서게 한다.

또한 반소설이라는 용어는 다양한 실험적 작품들, 이를테면 언어로 속임수를 부리고 거의 상호 연관이 없는 에피소드들이나 연속적인 심리 상태, 혹은 정신적 상황을 드러내기 위해서 플롯을 포기하며, 작가들이 관찰하는 바 삶의 무목적적이고 우울한 표류를 포착하려고 하는 작품들에 적용되어왔다.

반소설의 주요 특징들의 몇 가지를 들어보면, 명백한 플롯의 부재, 산만한 에피소드, 최소한의 성격적 전개, 대상의 표면에 대한 세부적 분석, 많은 반복, 어휘나 구두법, 문장의 수많은 실험, 시간 연속성의 다양한 변주, 양자택일적인 비결정화된 결말과 발단 등이 있으며, 더욱더 극단적인 특징들의 예로는 분절된 페이지들, 카드놀이처럼 뒤섞여진 페이지들, 채색된 페이지들, 비어 있는 페이지들, 콜라주 효과, 그림이나 그림 문자의 사용 등이 있다. 이러한 예로는 나탈리 사로트나 알랭 로브그리예, 미셸 뷔토르, 장 리카르두, 클로드 시몽의 작품들을 거론할 수 있다.

발견으로서의 기법(technique as discovery)

'발견으로서의 기법'은 1948년 마크 쇼러가 『허드슨 리뷰』에 발표했던 비평문의 제목이다. 이 글은 영 · 미 비평의 발전에 중요한 한 단계를 이루었는데, 시 및 희곡 비평에서 이미 확립되어 있는 원칙과 방법을 소설에 적용한 것이다. 이 논문 서두에서 그는 신비평의 요체라고도 할 수 있는 형식과 내용의 불가분리성을 언급하고, 소설에서는 이러한 원칙이 대체적으로 무시되었음을 지적한다.

쇼러는 성취된 내용 혹은 예술과 작품화되지 않은 내용 혹은 경험 사이의 차이는 명확한 것이라고 하며 문학에 있어서 진정 중요한 것은 작품 속에 형상화된 경험이라고 주장한다. 특히 이러한 성취된 경험과 성취되지 않은 경험의 차이를 근본적으로 결정하는 것은 기법이며, 기법은 단순한 작품 속의 한 요소에 지나지 않는 것이 아니라 소재와 주제를 한정하고 발견하는 근본 요인이라고 생각했다. 따라서 그에게 있어 기법에 관한 논의는 모든 것을 포괄하고 있다고 해도 과언이 아니다. 왜냐하면 기법을 통해서 작가는 그의 소재인 경험을 다루게 마련이기 때문이다. 즉 기법은 주제를 발견하고 탐구하며 발전시키는 한편 그 의미를 전달하고 최종적으로는 평가까지 내리는 유일한 수단인 것이다. 이런 점에서 어떤 기법은 다른 기법보다 많은 것을 발견해낼 수 있고, 또 소재를 가장 효과적으로 조작할 수 있는 작가가 가장 만족스러운 내용을 담은 작품, 가장 충일하고 반향이 큰 작품, 의미있는 작품을 만들 수 있다고 하겠다.

마크 쇼러는 이 논문에서 기법을 회피한다는 작가의 작품을 예로 들어가면서, 그들의 의도가 결국은 작품 속에 제대로 반영되지 못했으며, 이것은 기법에 대한 이해가 부족했기 때문이라고 주장한다. 특히 디포의『몰 플랜더스』의 경우에 있어서 작가의 의도는 덕성의 필요성과 환희를 통해 교훈을 주려는 데 있었지만 주인공 몰의 시점이 작가의 시점과 분리되지 못함으로 해서 오히려 반대의 결과를 초래했다고 본다. 결국 디포는 자신의 시점을 재료에서 떼어내 그 의미를 발견하고 정의할 적당한 기법을 구사할 능력이 없었기 때문에, 소설에 기여하지 못하고 오히려 사회사에 기여했을 뿐이라는 것이다.

마크 쇼러에게 있어 기법이 주제를 발견하고 한정한 가장 대표적인 예는『폭풍의 언덕』이라고 할 수 있다. 독자들은 이 책을 통해서 처음엔 괴상한 정열의 세계와 정서적 에너지로 가득 찬 세계가 작가의 편에 서 있다고 생각한다. 아울러 작가가 부도덕한 정열을 도덕적으로 웅대하게 묘사함으로써 독자를 설득하려 든다는 느낌을 받기도 한다. 그러나 부도덕한 정열을 웅대한 도덕적 가치로 드러낸다는 성취되기 어려워 보이는 의도를 작가는 객관화된 서술적 장치를 통해서 달성하고 있다.

마크 쇼러의 '발견으로서의 기법'은 결국 기법만이 예술을 객관화할 수 있다는 하나의 명제로 축약될 수 있다. 기술적인 측면에 관심을 기울이지 않는 작가일수록 재료를 형상화해내는 문제가 더욱 커다란 압력이 된다는 것은 틀림없는 사실이다. 즉 예술은 기법에 의해서만 내용을 획득하며 그 본질적 측면은 오직 기법에 의해서만 제한받는다고 할 수 있다.

발단

아리스토텔레스가 『시학』 제7장에서 비극의 구성 단계를 처음과 중간과 끝으로 구별했듯이, 소설 작품도 하나의 전체라는 단일 구조를 형성하기 위해서는 처음, 중간, 끝의 단계를 필요로 한다. 즉 소설의 구조라는 것은 인과관계에 의한 이야기, 또는 사건의 배열이기 때문에 논리적인 전개 양식을 필요로 하는 것이다. 발단은 이러한 소설의 구성 단계 중 처음에 해당하는 부분으로, 여기에서는 보통 등장인물이 소개되거나 배경 및 기본 상황이 설정되는 경우가 많다. 특히 발단에서는 인물들의 기본적인 성격과 사건의 전개가 암시됨으로써 독자로 하여금 계속 작품을 읽도록 하는 흥미를 유발시킨다. 주인공 '나'와 '장인' 간의 몇 줄 안 되는 대화로 시작되는 김유정의 「봄봄」이나 '원래 가난은 하나마 정직한 농가에서 규칙 있게 자라난 처녀'인 '복녀'가 '싸움, 간통, 살인, 도둑, 구걸, 징역, 이 세상의 모든 비극과 활극의 근원지인 칠성문 밖 빈민굴'로 오게 되었다는 김동인의 「감자」의 첫 부분은 등장인물의 성격 및 앞으로 전개될 사건을 흥미진진하게 암시하고 있다는 점에서 발단의 성공적인 예라 할 것이다.

소설의 서두라고 할 수 있는 발단 부분은 대개 배경 묘사로 시작되는 것, 인물의 성격 제시로 시작되는 것, 인물의 행동 제시로 시작되는 것 등으로 유형화할 수 있다. 배경을 제시함으로써 소설의 발단을 삼는 방법도 비교적 널리 쓰이는 방법인데, 선우휘의 「불꽃」, 정한숙의 「고가」, 김광식의 「213호 주택」 등이 이에 해당된다. 등장인물의 성격을 암시적으로 제시하며 이야기를 시작하는 작품으로는 위에서 말한 「봄봄」을 예로 들 수 있다.

그러나 이상의 논의들은 발단의 교과서적인 개념이라고 할 수 있는 것이고, 궁극적으로 이것은 하나의 창작 기법상의 문제이기 때문에 작가와 작품에 따라 얼마든지 달라질 수 있다는 점에 유의해야 한다. 작품에 따라서, 특히 극적인 충격이나 의문을 제시하는 소설의 경우에 있어서, 작가는 작품의 첫 부분에서부터 숨막히는 정점(climax) 단계를 내세우기도 하며, 아예 발단 단계를 생략하고 직접 갈등의 단계로 들어가기도 한다. 전자의 경우는 탐정소설 또는 추리소설류에서 그 흔한 예를 찾아볼 수 있다. 후자의 경우는 헤밍웨이의 「살인자들」, 체호프의 「비탄」 등이 그 좋은 예가 되는데, 이 작품들의 경우, 작가는 작품의 첫머리에서 등장인물의 성격에 관해 거의 아무것도 말하지 않고 있다. 이러한 작품들은 그래도 기본적인 서사 구조와 어떤 이야기를 가지고 있는 것이지만, 그러나 모더니즘 이후의 소설들은 아예 발단이니 클라이맥스니 하는 전통적 개념을 종종 무시해버리는 경우도 많다. 총체적 서사 구조와 플롯을 파괴하는 이러한 소설들에는 시작도 중간도 끝도 없는 무질서한 서사만이 존재할 뿐이다.

요컨대 전통적 소설이 보여주고 있는 발단 단계의 특징은, 작품 전체의 유기적 연관성을 전제로 하여 인물의 갈등과 주제를 예감할 수 있게 하는 암시적이고도 상징적인 요소를 포함시켜야 한다는 것이다. 그러나 이것은 어디까지나 원론적인 진술일 뿐, 개개의 작가, 작품의 특성에 따라 발단은 작품 속에서 얼마든지 색다른 모습으로 나타날 수 있다.

방각본(坊刻本)

조선 후기에 상인들에 의하여 목판으로 각서(刻書)되어 서점에서 판매되던 일련의 책자들을 지칭하는 용어. 시장성을 전제로 한다는 점 때문에 각서 중에서도 관각(官刻), 사각(寺刻), 사각(私刻) 등과 구별된다. 이런 방식으로 간행되고 유통된 소설을 '방각본 소설'이라고 한다. 현재 전하고 있는 방각본 소설은 김동욱(金東旭)이 정리 발간한 『고소설판각본전집(古小說板刻本全集)』 107책과 영국 대영박물관의 이판(異板) 26책, 파리 동양어학교의 이판 20책 등 50종 160여 책이 전하고 있다.

방각본은 병자호란 이후에 본격적으로 나타났으며 처음에는 『천자문(千字文)』 『동몽선습(童蒙先習)』과 같은 아동 교육서나 『전운옥편(全韻玉篇)』 등의 참고서류, 관혼상제(冠婚喪祭) 등 가정생활에 필요한 책 등이 위주였으나, 19세기 후반 이후 소설 독자층이 광범위하게 형성되면서 『심청전』 『춘향전』 『구운몽』 『소대성전(蘇大成傳)』 등의 소설 작품들이 활발하게 출판된다.

일반적으로 고소설이 독자에게 수용되는 과정은 크게 문자에 의한 것과 구연(口演)에 의한 방법으로 나누어진다. 구연에 의한 작품의 수용은 전문적인 이야기꾼인 **전기수**에 의한 작품의 낭독이 위주였으며, 문자에 의한 작품의 수용과 유통은 전사(轉寫)에 의한 것과 인쇄에 의한 것으로 구분할 수 있다. 이때 인쇄에 의한 소설 작품의 출판은 그 작품을 사서 읽을 수 있는 폭넓은 독자층의 형성과 함께 인쇄술의 발달이 뒷받침되어야 비로소 가능해지는데, 19세기 중반 활발하게 나타난 방각본 소설의 출판과 유통은 이러한 사회적 · 경제적 조건이 뒷받침됨으로써 가능하게 된 것이다. 그러나 이때의 방각본 소설은 오늘날과 같은 활자에 의한 대규모의 출판이 아니라 나무나 흙 등에 판본을 새겨 펴낸 초보적 수준이었다.

방각본의 판종(板種)으로는 나무에 새긴 목판본이 중심이었으며, 출판이 이루어진 지역은 서울과 전주, 그리고 경기도 안성 등이었다. 서울의 것을 경판본(京板本), 전주는 완판본(完板本), 안성의 것을 안성

판본(安城板本)이라고 한다. 이들 지역에서 방각본 소설이 활발하게 출판된 것은 이들 지역이 상업 활동의 중심지였으며 다른 지역에 비해 판소리를 비롯한 서민층의 예술이 활발하게 이루어진 때문이다.

방각본 소설은 상인들의 이윤 추구 목적에 부합된 것으로 주된 독자층은 서리(胥吏), 농민, 부녀자 등 서민층이었다. 출판 과정에서 독자층의 요구에 의해 원작의 내용이 첨가되거나 삭제되는 등의 변화와 함께 작가 의식도 상당한 변모를 거친다. 즉 원작에 나타난 작가의 비판 의식이나 시대정신 등이 약화되고 독자들의 흥미와 기호에 영합하는 상업적인 성향이 강하게 개입되는 것이다. 방각본 소설의 이러한 상업적인 성격은 이후의 육전소설(또는 **딱지본**)의 유행에서 보는 바와 같은 문학의 통속화를 가져오게 된다.

방각본 소설은 독자의 기호에 영합하는 오락적인 소설의 출판을 가속화했다는 부정적인 측면에도 불구하고, 일부 소수의 계층에 한정되어 읽히던 소설을 서민층이 널리 향유할 수 있는 기회를 제공하여 소설 작품의 출판을 촉진시켰다는 점에서 소설 발달사에 많은 기여를 했다고 하겠다.

배경(setting)

배경은 한 편의 서사물에서 이야기의 성분을 구성하는 요소로서 공간적 · 시간적 자질의 총화를 가리킨다고 간명하게 규정될 수 있겠다. 이것들은 존재의 근본 범주이듯이 행동과 사건이 가능하기 위한 필수적인 요건이다. 시간은 형이상학적 자질이지만 이야기의 성분으로서의 그것은 행동과 사건이 발생한 때와 시기, 그리고 계절 등을 가리킨다. 반면에 인물이 행동하고 사건이 발단, 발전하는 공간은 가시적이며 물리적인 자질이다. 배경의 자질들을 좀더 세분할 수도 있다. M. 볼턴은 『소설의 해부 *The Anatomy of Novel*』에서 배경의 양상들을 작중인물의 종교적, 도덕적, 지적, 사회적, 심리적, 정서적인 환경 등으로 나누고 있을 뿐만 아니라 작중인물의 직업, 인종, 연령 등도 배경의 척도가 된다고 말하고 있다.

사건과 행동의 근본 범주로서 배경을 논의하는 것은 별다른 의미가 없다. 배경에 관한 논의의 초점은 그것의 서사적 기능이 무엇인가에 맞춰진다.

흔히 언어 서사물-소설에서 배경의 역할은 중요하지 않거나 부차적인 중요성밖에는 가지지 않는 것으로 간주하는 경향이 있어왔다. 공간 또는 배경에 관한 비평 및 연구적 관심은 지극히 빈곤하며 관심이 제기되었다 하더라도 그것은 최근의 일에 지나지 않는다는 사실이 이를 입증한다. 물론 여타의 서사물, 특히 영상 서사물에 비해 언어 서사물에서의 배경의 기능은 덜 중요하다고 볼 수 있을지 모르겠다. 무엇보다도 언어 서사물-소설에서의 배경의 제시는 한계를 가진다. 어떤 경우에서도 소설은 영화 등과 같은 보여주기의 예술에서처럼 배경적 자질을 가시적으로 제시하는 일은 불가능하겠기 때문이다. 언어 서사물은 오로지 묘사와 설명으로 그것들을 제시할 수 있을 뿐이다. 따라서 독자는 추상적으로 재현된 것을 상상을 통해 구체화시킬 수밖에 없다.

따라서 언어 서사물이 배경적인 자질을 제시하는 데서 가지는 한계는 절망적인 것이라고 할 수 있다. 이 절망적인 한계를 극복해보고자 창안해낸 것이 서사물에 도입되는 그림, 즉 삽화라는 제도이지만, 삽화는 언어 서사물이 어느 정도까지 그 한계를 극복한 결과이기보다는 그 한계를 자인한 결과라고 봄이 옳겠다. 그러나 다른 관점에서 이 문제를 평가해볼 여지도 없지 않다. 가시적으로 보여준다는 것이 언제나, 그리고 무조건적으로 장점이 되는 것은 아니라는 관점이 그것이다. 물리적 자질-사물의 형상을 가시적으로 드러낸다는 것은 그 사물과 형상을 명백히 제약하는 일에 다름 아니다. 때문에 가시적으로 보여준다는 일은 상상력이라는 역동적인 기능에게는 때로 부정적인 국면으로 전락한다. 대상을 심미적으로 수용하는 경험의 형식에서 특히 그러하다. 예를 들자면 영화 〈닥터 지바고〉에서 데이비드 린이 가시적으로 보여주는 우랄의 눈 덮인 풍경은 파스테르나크의 서경을 통해서 독자가 상상으로 보았던 우랄 풍경의 장엄한 인상을 압도하는 것은 아니다. 요컨대 독자의 상상력을 효과적으로 자극할 수만 있다면 언어로 제시된 배경적 자질은 영상으로 제시되는 그것보다 한층 현란하고 기능적으로 이야기의 공간을 구축할 수 있다.

배경이 본질적인 기능인가 부수적인 기능인가를 판단하는 데서도 입장의 상충은 발견된다. 배경이라는 어의 자체가 내포하듯이 공간적 자질의 역할이 단지 행동과 사건의 물리적 배후를 제공하는 것이라고만 이해하는 입장에서는 배경의 기능은 부수적인 것으로 평가될 수밖에 없다. 그러나 배경-공간은 이야기를 구성하는 필수적인 자질일뿐더러 이야기의 심미적 양상을 좌우하는 결정적인 요건이라고 보는 관점에서라면 배경의 본질적인 기능이 부각된다. 문학작품의 구체적인 사례들을 살피게 되면 이러한 관점의 정당성을 쉽사리 확인할 수 있다.

헤밍웨이의 『킬리만자로의 눈』 『노인과 바다』, 앙드레 말로의 『왕도』 같은 소설들을 생각해보라. 그 소설들에서 표범의 시체가 누워 있는 킬리만자로의 산정이나 카리브의 바다, 그리고 이끼와 잡초 더미에 고미술품들이 묻혀 있는 캄보디아의 밀림 등은 단순히 그 이야기들의 물리적 배후이기보다는 그 소설들의 흥미의 요체라고 보아야 된다. 김승옥의 「무진기행」이나 황순원의 「소나기」에서도 배경은 그 소설들의 심미적 양상을 좌우하는 결정적인 요소임이 확실하다. 안개가 자욱한 무진이라는 소읍이 구체화시키고 있는 삶의 모호함과 무기력함, 비 갠 후의 맑은 하늘과 자연 풍경이 환기해내는 신선함과 청초함—이런 공간적 자질이 아니었다면 그 소설들이 그처럼 적극적이며 능동적인 독자의 반응을 이끌어낼 수는 없었을 것이다.

현대의 어떤 소설을 예로 들더라도 이야기에서 차지하고 있는 배경–공간의 본질적인 역할을 드러내는 일은 불가능하지 않을 것처럼 보인다. 이상의 「날개」에서의 방의 구조와 가옥의 형태, 이광수의 『유정』에서의 시베리아와 바이칼 호의 자연적 · 지리적 환경, 이외수의 『장수하늘소』에서의 일상적 삶의 공간으로부터 격리되어 있는 산 등은 모두 행동과 사건의 단순한 물리적 배후는 아니다. 그것들은 모두 이야기의 발전에 직접적이면서도 긴밀하게 관련된 이야기의 본질적 자질들이다. 에드거 앨런 포의 소설에서 배경–공간은 좀더 적극적으로 이야기의 심미적 구조를 결정하고 있다. 「검은 고양이」에서의 지하실, 「어셔 가의 몰락」에서의 붕괴 직전의 성채와 음산한 실내, 「함정과 추」에서의 칼날이 떨어져 내려오고 있는 방 등이 그런 배경–공간이다. 이것들은 모두 가공스럽고 공포스러운 배경–공간들인데, 공포란 바로 위에 예로 든 포의 소설들의 심미적 본질이자 그 소설들의 존재 방식 그 자체인 것이다. O. 헨리의 「가구 딸린 방」에서의 공간–배경에 대한 세밀한 묘사는 거대한 도시 속에서의 개인의 고립과 익명성을 환기하는 결정적인 계기를 제공하고 있고 「초록빛 문」에서의 배경–공간 묘사 역시 이 소설에서의 이야기의 발전과 긴밀히 관련되어 있다.

> 가령 비둘기도 없고 나무도 없고 공원도 없고 새들이 활개치는 모습이나 나뭇잎이 살랑거리는 경치 따위는 구경도 할 수 없는 도시, 그저 중성 지대라고나 하면 알맞을 그런 도시를, 어떻게 표현하면 모두들 짐작할 수 있을까? 계절의 변화도 여기에서는 하늘에서나 읽을 수 있다. 봄은 다만 공기의 질에 의해서, 또는 장사하는 아이들이 교외로부터 들여오는 꽃바구니들로서 알아볼 수 있을 뿐이다. 여름철에는 태양이

너무 바싹 마른 집들을 불살라서, 벽이란 벽을 뿌연 재로 자욱하게 뒤덮어놓는다.

이것은 카뮈가 『페스트』의 서두에서 설명하고 묘사하는 이 소설의 이야기 공간이다. 오랑이라는 도시에서는 반성의 겨를도 없이 사랑해야 되고 특히 죽는 데 고생이 따른다는 것이다. 이와 같은 도시—이야기의 공간 속에서 발생하고 얽힐 수 있는 사건이 어떠한 성격의 것일지는 자명하다. 말하자면 『페스트』의 서두가 제시하는 공간—사물적 자질들은 이 소설의 이야기의 핵심적인 모티프이고 그 이야기의 요체이며 그 소설에 개입되는 삶의 내·외면의 전 풍경인 셈이다. 카프카의 「성」에서의 주막과 성, 두 장소를 분리하고 있는 공간적 거리 따위들도 『페스트』의 경우에서와 마찬가지로 이야기의 구조를 좌우하고 있다. 독자들은 이들 작품들에 배치된 공간 구조와 배경을 이루고 있는 사물적 자질들에 대한 치밀하면서도 정확한 인식 없이 이 소설들의 이야기를 해석해내기는 불가능하다고 보아야 한다. 요컨대 배경-공간은 단순한 물리적 배후가 아닐뿐더러 이야기의 소도구는 더더구나 아니다.

유도라 웰티는 「나는 어떻게 쓰는가」라는 글에서 장소가 작품을 촉발한다는 고백을 하고 있다. 이것은 배경의 문제와 관련해서 한번쯤 귀를 기울일 법한 의미 있는 고백인 것처럼 보인다. 왜냐하면 유도라 웰티의 경우에 배경은 이야기에 선행하고, 배경이 작가로 하여금 이야기와 사건을 만들어내게 한다는 것이겠기 때문이다. 물론 이런 경우란 작가가 소설을 쓰는 일반적이며 보편적인 현실이라고 보기는 어려울지 모른다. 그러나 이야기가 구조화되는 데서 배경-공간이 차지하는 역할의 중요성을 강조하는 것이 목적이라면 그것은 인상적인 진술이라고 생각해도 무방하겠다.

배경의 기능에 대한 신비평, 특히 『소설의 이해 *Understanding Fic-*

tion』의 지은이들의 논의에도 귀 기울여봄직하다. 그들은 배경의 주된 기능으로 ① 인물과 행동의 신빙성을 높인다는 점, ② 인물의 심리적 동향과 이야기의 의미를 암시한다는 점, ③ 분위기의 조성에 결정적으로 기여한다는 점 등을 들고 있는데, 설득력을 가지는 견해이다.

백화소설(白話小說)

중국 소설 중에서 구어와 속어로 쓰여진 소설을 지칭하는 용어. 넓은 의미의 백화소설에는 역대 중국의 소설 중에서 평민들이 사용하는 백화문으로 씌어진 소설 전반이 포함되지만, 좁게는 1900년대 이후 서구 문학의 충격으로 인해 나타난 백화문학 운동의 주장에 따라 씌어진 일련의 소설을 일컫는 말로 한정된다. 따라서 이것은 소재나 주제에 따라 붙여진 명칭이 아니라 기록 문자에 따른 명칭이라고 할 수 있다. 표의문자인 한자는 개개의 글자가 각각의 뜻을 지니고 있기 때문에 글자 수가 매우 많고 점차 문장으로 발전해왔다. 따라서 문학에서 사용되는 문어와 평민들이 일상생활에서 사용하는 구어와는 상당한 차이가 생기게 된다. 중국의 언어 문학 전통에서는 이러한 두 언어를 구분해왔는데, 즉 귀족층의 문어를 문언, 평민들의 속어를 백화라고 한다. 문언은 일상어와는 달리 수천 년 동안 다듬어지고 간결해진 글로서 형식적인 수사와 음악적인 성운 등이 매우 발달한 언어이다. 이러한 문언은 평민층에서 유리되어 지배계층인 사대부에서만 한정적으로 사용하였으며, 일상적인 구어, 즉 백화는 '하잘것없는' 언어로 천시되었다. 그러나 평민들의 진솔한 생활 감정이나 정서는 문언이 아닌 백화에 의해서 더욱 효과적으로 표현되었다. 백화소설의 출현은 이러한 중국의 특수한 언어적 환경에 의해 나타난 현상으로서, 곧 평민 문학의 흥성을 예고하는 것이었다.

백화소설의 기원은 멀리 육조 시대 이전으로 거슬러 올라간다. 백화소설은 민간의 기예인 강창(講唱)에서 비롯되었는데 강창 중에서도 가창(歌唱)보다는 강설(講說)이 보다 직접적인 원인이 된다. 고사의 전달에 중점을 두었던 강설의 대본, 즉 설화의 대본은 바로 소설로 윤색될 수 있는 성질의 것이었기 때문이다(설화가 소설의 발생에 직접적인 영향을 주는 것은 우리나라 고소설 중에서 특히 '판소리계 소설'에도 공통적으로 나타나는 현상이다).

백화소설은 당 · 송을 거쳐 청말에 이르기까지 활발하게 창작되고 향유되었다. 『삼국지연의』를 비롯한 『수호전』 『서유기』 『금병매』의 명나라 4대 기서와 청대의 『유림외사(儒林外史)』 『홍루몽』 등이 모두 백화로 씌어진 소설들이다. 백화소설이 성행하게 된 이유는 우아하고 간결한 문언으로는 담을 수 없는 평민들의 사상과 감정을 표현하는 데에는 백화문이 적합하였으며, 신이한 경험담이나 영웅호걸들의 초인적인 활약, 재자가인(才子佳人)의 달콤한 사랑 등 현실적으로는 경험할 수 없는 평민들의 꿈과 희망을 담는 데 소설이라는 그릇이 적절하였기 때문이다. 그러나 백화소설은 현실과는 동떨어진 신이담만을 담기에 그치지 않는다. 오히려 이와는 달리 구어와 속어를 통한 생생한 현실의 묘사와 등장인물 등에 대한 생동하는 묘사가 어우러지고 있으며, 이야기의 전개 과정에서는 시 · 공 · 가계 등을 정확히 기록하여 사실감을 부각시키고 있다. 또한 빈틈없는 서술과 묘사를 통해 독자의 흥미를 고조시키고 있다. 특히 『유림외사』와 『홍루몽』은 백화소설의 백미에 해당하는 작품인데, 『유림외사』는 당대 사대부 계급의 허위와 타락을 날카롭게 해부하고 있으며 『홍루몽』은 몰락해가는 가문의 젊은 남녀들의 생태를 여실하게 보여주고 있다.

이렇듯 백화소설이 널리 창작되고 향유되었음에도 불구하고 중국 소설의 주류는 문언 중심이었다. 문언 중심의 문학에 대한 반대의 기치를 들고 나타난 것이 바로 20세기 초의 백화문학 운동이다. 이것은 우아한 귀족 문학을 탈피하고 속어로 표현하자는 평민 문학의 제창이라 할 수 있는데, 이러한 주장에 따라 씌어진 소설이 좁은 의미의 백화소설이다.

백화문학 운동의 선구적인 역할을 담당한 사람은 후스(胡適)와 천두슈(陳獨秀)였다. 후스는 「문학개량추의(文學改良芻議)」라는 글에서 내용 있는 표현, 옛사람들을 모방하지 말 것, 속어와 속자를 피하지 말 것 등의 여덟 가지를 주창한다. 물론 이것이 논리적 체계를 갖추고 있지는 못하고 문체 개혁론의 수준에 머물고 있으나 당시의 문학계에 던진 충격은 엄청난 것이었다. 후스의 뒤를 이은 천두슈는 「문학혁명론」에서 중국 문학이 나아갈 방향을 보다 구체적으로 보여주고 있다. 그의 주장은 ① 형식적으로 다듬은 아첨하는 귀족 문학을 타도하고 쉽고도 서정적인 국민 문학을 건설한다. ② 진부하고 과장적인 고전문학을 타도하고 성실한 사실(寫實) 문학을 건설한다. ③ 뜻이 애매하고 까다로운 산림(山林) 문학을 타도하고 명료하고 통속적인 사회 문학을 건설한다, 라는 세 가지이다. 이러한 천두슈의 주장 역시 용어나 개념에 대한 구체적인 분석은 없지만 문학이 나아갈 방향을 제시하고 있다는 점에서 커다란 의의가 있다. 후스과 천두슈를 비롯한 백화문학 운동의 이론과 주장을 소설 작품 속에 구체적으로 실현하고자 한 것이 바로 좁은 의미의 백화소설이다.

백화소설이 추구하는 이러한 특성들을 탁월하게 형상화한 작품은 바로 루쉰(魯迅)의 『광인일기』(1918)라 할 수 있다. 이후 백화소설은 5 · 4운동 등을 거치면서 중국 문학의 주도적 위치를 차지하게 되는데, 궈모뤄(郭沫若) · 마오둔(茅盾) · 예샤오쥔(葉紹鈞) 등이 대표적인 작가이다.

이러한 백화소설이 우리나라의 소설에 미친 영향은 지대한 것으로 평가되고 있다. 특히 우리 고대소설에 있어서 『삼국지연의』나 『홍루몽』 등이 미친 영향은 엄청난 것이어서 그 아류의 작품이 나오기도 하였다. 1910년대 이후에는 중국의 백화소설의 영향보다는 일본을 통한 서구 소설에 대한 경도로 기울지만, 루쉰의 작품이나 후스의 주장 등도 역시 한국 소설의 발달에 일정한 기여를 해온 것으로 평가된다.

번안소설

외국의 소설을 자국의 현실에 맞게 각색해서 옮긴 소설을 가리킨다. 언어만을 옮기는 번역과는 달리, 번안소설은 옮기기의 과정에서 번안자의 주관적 · 상상적 개입이 두드러지고, 심한 경우 원작의 상당 부분이 변형되거나 첨삭되기도 한다. 대체로 사건이나 줄거리의 골격은 유지시키면서 인명이나 지명, 풍속, 그리고 인물들의 정서와 말씨 등을 자국의 것으로 바꾼다. 우리나라의 경우 신문학 초기에 주로 일본 소설들이 번안되었다. 구연학의 『설중매』는 스에히로 뎃초(末廣鐵腸)의 동명 소설을 번안한 것이고 조중환의 『장한몽』은 오자키 고요(尾崎紅葉)의 『금색야차』를 번안한 것이며, 『쌍옥루』는 기쿠치 유호(菊地幽芳)의 『오스가쓰미』를 번안한 것이다. 유럽의 소설도 더러 번안의 대상이 되었다. 이상협의 『해왕성』과 김내성의 『진주탑』의 원작은 알렉상드르 뒤마 페르의 『몽테크리스토 백작』이며 민태원의 『부평초』는 엑토르 말로의 『집 없는 아이』를 번안한 것이다.

베스트셀러

일정 기간 동안에 가장 많이 팔리는 책들을 가리킨다. 언어로 조직된 작품들, 이를테면 문학작품을 위시한 종교 경전, 교과서, 정치 · 경제 · 법률 · 과학 등의 입문서, 다큐멘터리, 르포, 미래학 서적 등등 심지어는 초등학생이 쓴 그림일기에 이르기까지 자본 유통 시장을 거쳐 독자에게 전달되었을 때 그것이 독자의 구매 욕구에 부합된다면 베스트셀러의 품목에 오를 수 있다. 즉 베스트셀러는 독서 현상의 사회적 측면을 강조하는 것으로 시장성의 개념을 전제한다. 부연하자면 베스트셀러는 출판 문화의 발달과 유통 시장의 확대라는 자본주의적 사회 구조의 산물이다.

베스트셀러는 보통 '특정 시간 동안 특정 사회에서'라는 단서가 붙는 관계로 고전 또는 스테디셀러와 구별될 필요가 있다. 일반적으로 고전이라는 용어는 가치의 개념이 일차적으로 부가된다는 점에서 명작 또는 걸작의 부류에 속할 수 있으며, 이러한 사실은 베스트셀러가 반드시 베스트 북만은 아님을 역설적으로 암시한다. 또한 베스트셀러는 지속적으로 꾸준하게 독자의 수요를 충족시켜주는 스테디셀러와 달리 일회성 · 일과성을 주요한 속성으로 하기 때문에 당대의 문제를 민감하게 다루는 이른바 시사성을 가지는 것이 보통이다. 이런 점에서 베스트셀러는 『코란』 『성경』, 불교의 여러 경전들, 제자백가의 저서들과 사마천의 『사기』 등과는 구별된다.

한 편의 작품이 베스트셀러가 되는 요인을 분석하는 일은 마치 어느 상장회사의 주식이 제일 투자가치가 높은 것인가를 예견하는 일만큼이나 까다롭다. 전혀 예기치 않았던 출판물이 베스트셀러가 되는 경우도 있으며 비정상적인 유통 방식을 통해 베스트셀러의 목록에 오르는 출판물도 더러 있다. 이러한 사실은 현대사회의 다양한 욕구와 복잡다기한 삶의 방식 및 그것을 조율하는 보이지 않는 힘 등에 기인하는 것이다. 즉 베스트셀러를 만드는 가장 핵심적인 속성은 상업성 · 상품성이기 때문에, 진지하고 성숙한 글쓰기와 거리가 먼 사례들이 쉽게 눈에 띈다. 그러나 상업적으로 성공한 작품이라고 해서 반드시 저급하고 미숙한 작품이라고 할 수는 없다. 그런 점에서 베스트셀러와 훌륭한 작품이 양립 불가능한 것은 아니다.

우리 소설의 경우 베스트셀러로 대략 손꼽을 수 있는 것들은 정비석의 『자유부인』, 최인호의 『별들의 고향』, 조해일의 『겨울여자』, 박범신의 통속소설들과 이문열의 『추락하는 것은 날개가 있다』 같은 소설들, 대하 역사소설의 범주에 속하는 황석영의 『장길산』, 조정래의 『태백산맥』 등이다. 이들 작가들은 대체로 자기 작품의 상품적 가치로 인해 인기 작가, 베스트셀러 작가라는 별칭이 붙어다니며, 이윤을 추구하려는 출판사의 광고 공세와 토픽을 주로 다루는 매스컴에 의하여 과대 포장되는 경우가 많은 편이다.

변신 모티프

바슐라르에 의하면, 상상력의 최초의 기능은 짐승의 모습을 띠고 나타난다고 한다. 그의 이런 발언은 인간의 심성에 내재되어 있는 근원적인 변신 욕망을 적절히 지적한 것이다. 인간의 변신 욕망은 폐쇄된 현실적 삶의 지양과 초월이 가능하다는 믿음에서 기인하는 것이며, 그렇기 때문에 변신 욕망은 문학의 중요한 모티프로 끈질긴 생명력을 가진 채 반복 변주되어오고 있다.

서구 문학의 원류라 할 『그리스 로마 신화』는 한마디로 인간과 자연 — 천체, 동물, 식물, 기체 등 — 의 일치를 다룬 이야기이다. 에코가 자신의 사랑을 이루지 못하고 메아리로 변한 사실과, 이에 대한 앙갚음으로 나르키소스가 꽃(수선화)으로 변신되었다는 것은 그 한 예에 불과하다. 주지하는 바와 같이 카프카의 「변신」에서는 그레고르 잠자가 느닷없이 갑충으로 돌변하는데, 이것은 자신이 속해 있는 집단에서조차 자기 존재를 정립하는 데 실패하는 현대인의 소외된 모습을 상징적으로 표현한 것이다.

불교 설화에서도 변신담은 매우 중요한 모티프로 기능한다. 변신은 원래 부처의 변화신(變化身)의 줄임말로서 신비한 세계를 갈구한 고대인들의 사유의 중요한 특징 중 하나였다. 이 모티프를 원용한 우리 고대소설로는 『금방울전』 『박씨전』 『옹고집전』 등이 있다.

우리 문학에서 변신 모티프의 기원은 단군신화의 '웅녀'에서 찾아진다. 단군신화는 천인(天人)의 인간화와 짐승(곰)의 인간화라는 두 개의 모티프를 포함하고 있다. 단군신화뿐 아니라 고대 건국 신화의 많은 부분에서 변신 모티프가 발견되고 있다. 우렁이가 미인으로 둔갑한 이야기, 여우가 여자로 둔갑한 이야기, 호랑이가 처녀의 모습으로 화했다는 이야기 등등 민담, 전설, 설화의 다양한 서사 양식에서 변신 모티프는 그 핵심을 이루고 있다.

변신은 그 성격상 보상형과 응보형으로 유형화될 수 있다. 단군신화에 보이는 웅녀의 변신이 전자의 예라면, 우렁이 미인은 후자의 대표적 예이다.

동서양을 막론하고 동물의 인간화 또는 그 역의 형태가 문학적 상징으로 주요한 몫을 차지했던 까닭은 여러 가지 면에서 설명될 수 있다. 변신(또는 둔갑)은 자신의 탈(mask)을 바꿔 쓴다는 의미와 일치한다. 탈의 일차적 기능은 자신의 모습을 숨기는 데 있다. 그것은 위장과 기만을 본질로 하며, 상대방이 눈치채지 못하는 공격의 수단으로 활용된다. 반대로 그것은 인간의 위선을 폭로하는 장치가 되어, 인간 내면에 깊숙이 자리 잡은 야수성의 상징으로 드러나기도 한다. 이청준의 「가면의 꿈」「예언자」 등에 반복되는 가면 모티프는 일상생활의 규격성 · 제도성 · 획일성에 일탈하고자 하는 인간의 심리적 욕망을 표현한 것이며, 최인훈의 『가면고』는 '가면 벗기'를 통해 진정한 자아를 찾아가는 행로를 보여주는 소설이다. 가면 벗기가 인간의 자아 완성을 도모하기 위한 정공법적 차원의 접근이라면, 가면 쓰기는 내면적 위선을 은폐하기 위한 행위로 해석되는 경우가 많다. 이런 면에서 전광용의 「꺼삐딴 리」는 변신 모티프의 한 변형으로 읽을 수 있다. 사세(事勢)의 변화에 따라 능숙하게 자기 보호색을 바꾸는 주인공 이인국 박사는 '가면 쓰기'의 전형이며 작가의 역설적 공격 대상이 된다.

인간이 자기의 현존재에 만족하지 못하고, 근본적인 실존마저 위협당하는 현대의 상황에서 변신 욕망은 그것이 전통적인 형태로 나타나든 혹은 다른 변화된 모습으로 드러나든 문학의 중요한 모티프로서 더욱 중요한 의미를 부여받고 있다.

병리소설

현대소설에는 신체나 정신이 '건강'하지 못한 인물들이 유난히 자주 등장한다. 그들 가운데에는 결핵, 간질, 성병, 암 등의 질환을 앓고 있는 사람들이 있는가 하면, 신경쇠약, 과대망상, 우울증 등 각종 정신병 증세를 보이는 사람들도 있다. 현대소설이 이처럼 심신의 병을 앓고 있거나 그 징후를 가진 인물들을 즐겨 다루는 이유가 무엇인가는 일률적으로 설명하기 어렵다.

그러나 대개의 경우, 소설에서 취급하는 병리 현상들은 인간의 삶에 내재되어 있는 비정상성 내지는 불합리성의 상징이다. 즉 현대소설에 있어서 병리 현상에 대한 관심은 정상(normality)과 이성(reason)의 원칙에서 벗어나 있는 인간의 성격과 행동을 투시하고자 하는 의욕과 상통하는 것이다. 병이 표상하는 정상적인 것, 이성적인 것으로부터의 이탈은 작가의 관점에 따라서 다양한 의미를 지닐 수 있다. 그것은 졸라류의 자연주의 소설에서처럼 사회적 아노미, 인간성 상실의 위기적 상황과 연관되는 것일 수도 있고, 도스토옙스키의 소설에서처럼 합리주의에 의해 은폐되고 억압된 인간 심리의 심층부에 닿아 있는 것일 수도 있다. 병리소설은 이처럼 병을 앓고 있거나 병적 상태에 처해 있는 인간의 육체적 · 정신적 이상을 주요 모티프로 삼는 소설을 가리킨다.

서양 근대문학에서 인간의 병리학적 성격과 행동에 대한 관심이 증대된 것은 합리주의적 세계관의 동요와 밀접한 관련을 맺고 있다. 인간이 본질적으로 이성적인 존재이며, 이성의 능력에 의한 자연 정복, 사회 개조가 인류의 행복을 가져온다는 생각은 계몽주의 이후 서양 근대 사상의 근저에 깔려 있는 것이지만, 그러한 생각은 인간 이성의 전횡이 초래하는 삶의 불모성, 인간성의 왜곡에 대한 의식이 심화됨에 따라서 회의와 비판의 표적이 된다. 그리고 이와 병행하여 이성적 원칙에 어긋난 인간 경험과 행동에서 인간의 진정성과 숭고함의 징표를 찾고자 하는 시도들이 나타난다. 낭만주의 이후의 문학이 병리 현상에 대하여 높은 관심을 보인 것은 바로 그러한 인간 이해에 있어서의 탈합리주의적 경향의 표현이라고 말할 수 있다. 낭만주의 문학에서 병을 앓는 사람은 '건전한 이성'의 사회에서 소외된 천재 시인-예술가의 상징이며, 그 병적 상태 속에서 세속의 일상을 넘어서는 초월적 비전의 힘을 발휘한다. 키츠의 시 「나이팅게일에게 부치는 시」를 통해서 관례화된, 폐결핵을 앓는 젊은 시인의 형상은 그 대표적인 예이다.

이처럼 심신의 병을 정신적 풍요의 계기로 미화하는 낭만적 상상력은 니체에 이르면 한층 과격하고 극단적인 형태를 띤다. 니체는 부르주아가 섬기는 이성적 인간이라는 우상을 철저하게 파괴하면서, 이상변태, 불구 등의 이름으로 배척되고 멸시되는 병리학적 상태 속에서 인간 정신의 심오함과 창조성을 발견하고자 한다. 특히 그의 도덕론에서 광기는 인간을 왜소하게 만드는 관습적 도덕의 굴레에서 벗어나 정신의 자유를 구가하는 능력으로 부각된다. 병적 상태에 대한 이러한 낭만적 해석은 도스토옙스키의 소설에도 그 여파를 미치고 있다. 순전히 의학적인 관점에서 보자면 정신 병리의 전시장과 다를 바 없는 도스토옙스키의 소설에서 건강함과 불건강함, 정상과 비정상의 구분은 인간을 이해하는 방법으로서는 아무런 의미도 갖지 못한다. 『백치』에 나오는 간질병 환자 무시킨의 예에서 보는 바와 같이, 무서운 광란과 정신의 고양은 표리 일체의 관계에 있다. 도스토옙스키와는 다른 관점에서이지만, 병의 모티프를 비중 있게 다룬 작가 중에는 토마스 만도 포함된다. 그의 초기작 『토니오 크뢰거』의 주인공이나 『부덴브로크 가의 사람들』의 한노 등은 예술적 천분을, 타고난 병약함에 대한 보상으로 간주하는 니체적 견해를 반영하고 있다. 그런가 하면 그의 『마의 산』은 병이 내포하는 쇠퇴와 몰락의 알레고리를 확대하여 근대 문명의 위기적 상황을 진단하고 있다.

한국 소설의 경우, 병리 현상에 대한 관심은 1920년대 소설에서부터 이미 나타나기 시작한다. 그 한 예로 염상섭의 「표본실의 청개구리」는 김창억의 광기를 통해서 무력한 젊은 인텔리의 불안과 고뇌를 드러내고 있다. 1930년대에는 박태원과 이상이 병든 일상의 세계에 주목한 일련의 작품들을 내놓았다. 해방 후의 작가들 가운데서는 손창섭이 아주 빈번하게 병 앓는 인물들을 등장시켰다. 그의 작중인물들은 대부분 폐병, 위장병, 간질병, 신경통에 시달리고 있거나 아니면 정신적 불구의 상태에 처해 있는데, 이러한 심신의 쇠약함과 불구성은 손창섭이 파악한 삶의 황폐함을 표상한다. 1960년대 이후의 소설에서도 병 혹은 병적 징후들은 개인에게 들이닥친 우발적인 불행의 수준을 넘어서 어떤 사회적 · 정치적 성격을 수반하는 고통의 표상으로 종종 나타난다. 강용준의 「광인일기」에서의 정신착란, 서정인의 「후송」에서의 이명증(耳鳴症), 이청준의 「황홀한 실종」에서의 정신분열증 등은 비교적 잘 알려진 사례이다. 한국 소설에는 병약함이나 정신이상에 대한 낭만적 해석이 드문 반면에 병의 도덕적 · 정치적 알레고리에 대한 관심이 두드러진다.

복선(foreshadowing)

앞으로 다가올 상황에 대한 암시를 뜻하는 것으로, '다가올 사건들이 미리 그 전조를 드리우는' 방식으로 서사적 흐름이 진행되는 이야기적 장치를 말한다. 복선은 보통 예시적인 주변사건들을 활용함으로써 이루어지며, 인물이나 배경 등에 의해 유추된 추론의 형태, 즉 그러한 요소들이 계속되는 사건의 진행을 투사하는 형태를 취한다. 이를테면 비극적인 사건이 일어나기 전에 어두운 배경을 그린다거나, 후에 중요한 역할을 담당하게 될 인물에 대한 특별한 인물 묘사를 통해 그에 대한 강한 인상을 심어주는 수법 등이 그것이다. 전자의 경우는 대개 **분위기**(atmosphere)의 효과와 일치한다. 때로 복선은 서스펜스의 효과를 수반하기도 하며, 대개의 경우 복선의 목적은 독자의 흥미를 강하게 유발함으로써 독서의 재미를 강화시키거나 독자들에게 미리 심리적 준비 단계를 거치게 함으로써 다가올 사건이 우발적이거나 당황스러운 것으로 받아들여지지 않게 하려는 데에 있다.

본격소설(serious novel)

이 용어에는 소설을 가치에 의해 평가하고자 하는 의도가 반영되어 있다. 본격소설이 어떠한 소설인지 엄밀한 논리로 규정하기는 어렵다. 부언하자면 이것은 장르 개념이 아니다. 따라서 이 용어로 구분되는 소설의 고유한 형식, 특별한 관습(convention), 변별적인 발생론적 과정을 설명하는 일은 불가능하다. 이 용어에 대한 최선의 설명 방식은 배제적 설명의 방식일지 모르겠다. 즉 이것은 오락소설을 가리키지 않는다. 프로파간다 소설이나 목적소설과도 구분된다. 그러나 통속소설과 대립시킬 때 본격소설의 개념은 가장 적절히 변별성을 얻을 수 있다. 당파적 의도나 상업적 의도가 개입되지 않은 소설이라고 설명하면 이 개념의 보편성은 가장 잘 구체화된다. 우리의 비평적 전통 속에서는 이 용어보다는 '순수소설'이라는 용어가 좀더 선호되었다. 그러나 이 개념 속에는 반정치주의 혹은 탈역사주의가 배어 있다는 점에서 순수소설이라는 용어는 본격소설이라는 용어와 부합되지 않는다. 이러한 사정이 순수소설이라는 용어의 사용을 현저히 위축시키고 시리어스 노벨(serious novel), 즉 본격소설이라는 용어를 좀 더 보편화시키는 계기가 된 것으로 보인다.

부르주아의 서사시(the bourgeois epic)

헤겔이 정립하고 루카치가 발전시킨 용어로, '장편소설'의 또 다른 명칭이다. 헤겔은『미학』에서 고대 서사시가 사회적 총체성을 표현한다고 보고, 서사시의 특징을 한마디로 요약하여 '완전히 통일된 전체(fully unified whole)'라고 정의한다. 헤겔에 따르면 서사시는 한 민족의 설화이고 다큐멘터리이며 성전으로서, 역사상 위대하고 중요한 모든 민족의 근원적 정신을 표현하는 절대적 가치를 가지고 있다. 그는 중세 로망스와 근대의 발라드가 운문 양식이긴 하나 그 내용은 서사적이고 표현 방식은 서정적이라고 지적한다. 그리고 로망을 근대의 '대중적 서사시(popular epic)'로 규정하면서, 여기에는 일찍이 서사시에 나타났던, 하나의 총체적인 세계의 광범위한 배경과 여러 사건들의 서사적 표현이 완전하게 회복되어 있다고 본다.

그러나 헤겔은 고대 서사시에 비추어볼 때 로망은 사건의 생명이나 개인의 운명과 관련해서만 '서사시적 총체성'을 회복하고 있다고 본다. 즉 로망은 시적인 심정과 이에 대립하는 산문적 환경 및 외적 상황의 우연한 사태 사이에 빚어지는 갈등을 담고 있으며, 이러한 분열은 비극적으로 혹은 희극적으로 해결된다는 것이다. 말하자면 로망은 서사시와 마찬가지로 삶의 총체성을 조건으로 하며, 전체적인 구심점을 중심으로 한 개별 사건들의 틀 속에서 구현된다.

루카치는 이 같은 헤겔의 관점을 19세기 리얼리즘 소설의 해석 방식으로 활용한다. 그는 서사시가 고대사회의 전형적 형식이었으나 자본주의 사회와 경제체제 안에서 완전히 붕괴되고 그 대체적 장르로 장편소설이 등장한다고 본다. 근대사회의 가장 대표적인 문학 장르인 장편소설은 서사시가 지닌 총체성의 세계가 완전히 파괴된 시대의 산물임에도, 그 총체적인 세계로의 파토스를 지니고 있다는 것이다. 우선 루카치는 서사시에서 나타나는 사회 전체를 대표하는 인물의 영웅성은 사라졌다고 본다. 오히려 개인의 성격과 행위, 상황 등은 이미 집단으로서의 사회의 투쟁이 아니라 파편화된 개인이자 한 계급의 투쟁을 '대표적으로' 보여주는 것이다. 이 같은 사회적 계급적 상황 속에서 장편소설은 파편적 세계를 그리면서도 총체적 세계에 대한 회귀 인식을 지니고 있다는 점에서 서사시가 지니고 있었던 총체성을 환기시킨다. 바로 여기에 루카치가 장편소설을 '부르주아의 서사시'라고 명명한 배경이 있다.

장편소설은 자본주의 사회의 총체적 의미를 결정하는 모순—사회적 생산과 사적 소유의 불균형 등—의 생생한 현실을 그려낸다는 점에서 근대사회의 '서사시'인 셈이다. 가령 루카치의 시각에서 볼 때는, '이형식'(이광수의 『무정』), '임꺽정'(홍명희의 『임꺽정』), '김희준'(이기영의 『고향』), '염상진'(조정래의 『태백산맥』) 등과 같은 장편소설 속의 주인공들은 당대 사회의 총체성을 환기하는 인식과 행동을 보여준다는 점에서 서사시적 인간형에 포함될 수 있다. 개인과 운명, 그리고 사회의 모순을 재현하는 장편소설의 통일성은 서사시가 지닌 조화를 이루고 있는 총체적 세계와 동질적이거나, 아니면 적어도 그러한 세계를 지향한다고 보는 것이 가능하다. 이처럼 '부르주아의 서사시'라는 용어는 소설의 장르적 특질을, 서사시가 가지고 있는 미학적 원리와 대응시켜 '역사적으로' 설명하는 데 편리하다.

부조리 문학(literature of the absurd)

인간은 본질적으로, 그리고 근원적으로 부조리하다는 인식을 표현하고 있는 문학들, 특히 희곡과 소설 장르에 이러한 경향이 두드러진다. 부조리 문학은 전통적 문화 및 문학의 신념과 가치 체계에 대한 하나의 반항으로 제2차 세계대전 이후에 나타났고, 표현주의와 초현실주의 등 전위적 예술 유파의 형식 실험에서 영향을 받으면서 성장했다.

유사한 문학적 주제들이 문학사에 수록된 많은 작품들 속에 존재해 왔다 하더라도 (부조리의 인식을 넓게 밀고 나가면 실존주의와 연결된다. **실존주의 소설**을 보라) '부조리'란 용어를 최초로, 그리고 본격적으로 문학에 도입하고 유행시킨 사람은 알베르 카뮈이다. 『시지프 신화』를 위시한 일련의 에세이에서 카뮈는 인간이 태어나는 것 자체가 그의 선택에서 기인하지 않은 모순된(즉 부조리한, 불합리한(absurd)) 것이며, 그러므로 존재와 삶 자체도 부조리하다는 인식, 즉 하나의 개인은 이유 없이 낯선 우주에 던져진 존재이며, 우주는 아무런 내재적인 진리나 가치와 의미를 지니지 않고 인간의 삶은 무에서 왔다 무로 돌아가는 과정일 수밖에 없다는 인식을 중점적으로 강조하여 표현했다. 부조리의 느낌은 어느 장소에서나 어떤 사람에게나 불의의 습격을 가할 수 있으며 그것들의 발생은 네 가지 양태—일상생활의 기계성에 대한 각성, 시간의 파괴력에 대한 인식, 낯선 세계에 있다는 감정, 타자로부터의 단절감—가운데 하나, 혹은 그중 몇몇이 중첩되어 일어난다고 카뮈는 말한다.

그의 작품 『이방인』의 작중인물 뫼르소에 대해 카뮈는 그 인물이 선하지도 악하지도 않고, 도덕적이지도 부도덕적이지도 않으며 단지 '부조리할' 뿐이라고 설명한 바 있다. 세계에 대한 철저한 무관심, 어머니가 죽은 후의 여자 친구와의 정사, 태양으로 인한 아랍인의 살해 등은 삶의 모든 것으로부터 단절되어 있는 한 고독한 개인, 즉 '부조리'한 인간 존재의 형상화이다. '거짓과 자기기만'으로 가득 찬 세계를 폭로하고 어떤 절대적 가치나 윤리도 이 세계에 존재하지 않는다는 것을 입증하고자 했던 인물을 다룬 『칼리굴라』나 서로 모르는 상태에서 돈을 위해 아들이자 오빠인 남자 숙박객을 죽이는 모녀의 이야기를 다룬 『오해』는 모두 뫼르소가 세계를 바라보는 것과 같은 인식선상에서, 즉 인간이 서로 의사 전달을 할 수 없고, 죽음은 불가피하며, 고독의 의식은 인간의 뇌리에서 영원히 사라지지 않고, 해결책 또한 없다는 부조리의 인식 위에서 성립된 작품들이다.

부조리의 인식은 앙드레 말로, 장 주네 같은 작가들의 작품에서도 드러나며 특히 희곡 장르에 중점적으로 유입되었다. 대체적으로 부조리의 문제를 다룬 희곡들은 전통적 희곡과는 다른 형식, 파괴적 모습을 보여준다는 데 그 특징이 있다. 루마니아 태생으로 파리에서 활동한 극작가인 이오네스코, 『고도를 기다리며』 등으로 우리 독자들에게 친숙한 아일랜드 극작가 사뮈엘 베케트, 영국의 해럴드 핀터 등이 부조리극의 대표 작가로 거론되는데, 이들의 작품은 문학에서 전통적으로 존중되어온 사실주의적 배경, 논리적 추리, 일관성 있게 전개되는 플롯을 한결같이 배격한다. 그 대신에 변화가 다양한 심리적 풍경, 환상과 사실이 구분되지 않는 서술, 시간에 대한 자유로운 태도(주관적인 필요에 따라 시간은 확대되기도 하고 축소되기도 한다), 인생 경험의 무질서에 대한 작가의 유일한 방어로서 언어와 구성의 철저한 정확성 등을 그 형식적 요건으로 보여준다.

소설과 희곡이라는 장르에 관계 없이 부조리 문학이 다루는 주제는 삶과 죽음, 고립과 소외 의식, 의사 전달의 문제 등 비교적 좁은 범위에 한정되어 있으며 형식상의 파괴를 보여주는 희곡 작품이라 하더라도 그것이 부조리의 주제를 벗어나 현실 참여적 문제, 사회적 문제들을 다루게 될 때에는 '분노극'으로 분류되는 것이 보통이다. '소격 효과' 이론과 실험적 사회극으로 널리 알려진 브레히트의 작품은 '분노극'의 대표적 사례이다. 부조리 문학의 진지한 인식론적 무게와 형식에 대한 실험 정신은 후대의 서사물에 광범위하게 영향을 미쳤으며 발생지인 유럽뿐 아니라 영미 문학에도 그 자취가 남아 있다. 솔 벨로, 그레이엄 그린, 샐린저 등이 그 직접적 영향권 안의 작가들로 일컬어진다.

부친 살해 모티프

서사문학의 고유성과 변별성은 그것이 사건을 서술하는 문학이라는 사실에 의해 확립된다. 사건의 서술을 따라서 서사문학의 역사를 일관하고 있는 지배적이며 전통적인 관습(convention) 중의 한 가지인 셈이며 현대의 중심적인 서사물인 소설도 이 전통적인 관습으로부터 일탈하지 않고 있다. 그리고 이 같은 사실로부터 작가의 주된 직분이 무엇인지는 자명하게 추론된다. 작가의 주된 직분은 두말할 필요도 없이, 사건을 발견하거나 창안해내고 그것들을 심미적으로 담론화하는 데 있다. 전통 비평은 흔히 소설을 인간에 대한 탐구의 형식으로 간주해왔지만, 작가의 진정한 관심사는 인간이 아니고 사건 자체라고 보아야 옳다.『보바리 부인』과『적과 흑』의 작가들이 그 소설들의 작중인물이 아니라 모델이 된 인물들이 현실에서 연루된 사건의 신문 기사로부터 그 소설들을 착상했다는 사실은 그런 점에서 시사하는 바가 없지 않다.

소설은 물론 인간에 대한 탐구의 형식이라고 보자면 볼 수도 있다. 그럴지라도 탐구의 대상으로서의 인간은 예외 없이 사건에 관련되고 있는 인간이다. 정태적인 인간, 갈등에 사로잡히는 법도 없고 반응하거나 행위하지도 않는 인간을 문제 삼아 인간을 탐구하기란 불가능하다. 인간을 드러내기 위해서는 인간을 사건 속에 위치시키는 일이 불가피하며 인간의 본질을 해명하기 위해서는 인간의 본질이 가장 극명하게 드러날 수 있는 사건과 인간을 관련시키지 않으면 안 된다. 작가들이 특수한 사건, 특수한 모티프에 반복적으로 관심을 가지는 사건은 따라서 이해되고도 남는다.

프로이트는『토템과 터부』라는 책에서 인류 문화사의 최초의 중대한 사건에 대해 서술하고 있다. 원시인의 무리는 모든 여성을 혼자서 차지하려는 질투심 많고 거친 부(父)가 지배하

> 고 있었다. 그는 성장한 아들들을 무리에서 추방해버린다. 그러나 추방당한 아들들은 어느 날 힘을 합쳐 아비를 살해한 다음 아비의 사체를 먹어치운다. 이렇게 해서 아들들은 부집단에 종지부를 찍는다. 잡아먹힌 태초의 아비는 틀림없이 아들들에게는 선망과 공포의 대상이었을 것이다. 이제 아들들은 아비를 먹어치움으로써 아비와 동일시될 수 있었으며 아들들은 아비가 가졌던 힘과 권위의 일부를 얻게 되었다.
>
> — 말리노프스키, 『미개 사회의 성(性)과 억압』

프로이트는 이것이 "문화의 시작이며 그 이후로 영원히 인간을 불안케 하는 중대한 사건"일 뿐 아니라 "사회적 조직 · 도덕적 구속, 종교 등의 모든 것이 시작되는 잊을 수 없는 범죄 행위"라는 것이다. 이 시원적이며 원초적인 사건이 이른바 부친 살해 모티프이다. 이 사건으로부터 인류의 문화가 시작되었을 뿐 아니라 이야기의 역사도 시작되는 것이다. 프로이트는 「도스토옙스키와 살부(殺父) 의식」이라는 논문에서 문학이 어떻게 이 모티프를 반복적으로 이야기화하고 있는지 설명하고 있다. 그에 의하면 문학사의 위대한 걸작들은 고금을 막론하고 똑같이 이 원초적이며 인류 문화사적인 사건을 문제 삼고 있다는 것이다. 그가 예로 들고 있는 작품은 소포클레스의 『오이디푸스 왕』과 셰익스피어의 『햄릿』, 그리고 도스토옙스키의 『카라마조프 가의 형제들』이다. 이 세 작품은 부친 살해 모티프를 제재로 삼고 있다는 점에서뿐만 아니라 살부(殺父) 동기가 성적 문제와 관련되고 있다는 점에서 일치한다는 것이다.

프로이트의 의도는 예술가 · 도덕가 · 노이로제 환자 · 죄인으로서의 도스토옙스키를 분석하는 것이지만 그 과정에서 살부 의식이 얼마나 보편적이며 근원적인 인간 심리의 한 가지 양상인지를 드러내 보임으로써 이 모티프가 문학작품들에 광범위하고도 반복적으로 재현되는 까닭을 납득시키고 있다. 분명히 부친 살해 모티프는 걸작들의 모태가 되고 있다는 점에서뿐만 아니라 인간의 근원적인 욕망과 심리 양상을 드러내는 상징적인 사건이라는 점에서도 서사문학들이 선호하는 중심적인 이야기감 중의 하나이다.

분단소설

남북 분단에 대한 역사적 인식을 바탕으로 해서 씌어진 소설이나 혹은 분단의 상황이 잘 드러나 있는 소설. 즉 남북 분단의 원인과 고착화 과정, 그리고 이것이 오늘의 삶에 미치는 영향 등을 종합적으로 다룬 소설을 가리킨다.

분단소설에 대한 비평적 논의는 1980년대 이후 활발하게 이루어지고 있다. 분단소설론이 성황을 이룬 배경에는 한국사회의 제반 모순과 부조리가 근본적으로는 분단 상황과 맞물려 있으며, 따라서 문학을 포함한 삶의 영역 전반이 여기에서 자유로울 수 없다는 인식이 깔려 있다. 분단 상황은 작가들에게는 벗어버리기 어려운 문화적 과제로 독자들에게는 오늘의 한국적 삶의 정황을 이해하는 데 결정적인 계기로 인식되어왔던 것이다.

1980년대 이전까지는 분단소설이라는 용어 대신에 6 · 25 소설이라는 용어가 일반적으로 사용되어왔는데, 이것은 분단에 대한 체계적이고 과학적인 인식과 접근이 미처 이루어지지 않았으며, 6 · 25라는 외부적인 현상에 시선이 고정되어 있었기 때문이라 할 수 있다. 실제로 6 · 25는 그 이전에 나타났던 분단의 여러 징후들을 수렴, 이후의 분단 상황을 결정하는 데 직접적이고도 결정적인 계기가 되었다. 그러나 6 · 25는 분단 상황이 고착화되는 과정에서 나타나는 비극적 현상일 뿐 이것이 분단의 문제를 포괄하지는 못한다. 즉 분단을 본질이라 할 때 6 · 25는 하나의 부수적 현상에 지나지 않을 것이다.

분단소설은 크게 다음의 두 가지 방향에서 바라볼 수 있다. 분단을 소재로 한 작품이나 혹은 분단 상황이 잘 드러나 있는 소설을 분단소설로 보는 태도와, 분단 상황에 대한 역사적 인식을 가지고 접근하여 그것의 극복을 위해 씌어진 소설을 분단소설로 보는 입장이 그것이다. 전자가 보다 유연하고 포괄적인 방법으로서 '존재하는 것'으로서의 분단소설을 논의하려는 입장이라고 한다면 후자는 '존재해야 하는 것'으로서의 문학의 역할을 강조하는 태도라고 할 수 있다. 특히 후자는, 분단소설이 분단 상황의 극복을 위한 적극적인 역할을 해야만 한다는 명확한 목적성을 띠고 있다.

분단소설은 1945년 해방이 되고, 남북이 분단되면서 오늘날까지 계속해서 씌어져왔다. 그리고 그것은 시대 상황의 변화에 대응하여 내적인 성숙을 이루어왔다. 채만식의 『소년은 자란다』 『역로』에서부터 조정래의 『태백산맥』에 이르기까지, 민족 분단의 상황에 대한 천착에서 분단이 오늘날 우리의 일상에 미치는 영향에 대한 탐구에 이르기까지 분단소설은 다면적인 전개 과정을 밟아왔다.

1980년대 이전까지의 분단소설은 주로 6 · 25를 중심으로 접근되었다. 즉 6 · 25가 끼친 상흔과 이의 치유가 분단소설의 주된 흐름이었다. 부연하자면 일제 식민지하에서 8 · 15해방을 거쳐 분단 상황으로 이어지는 역사적 흐름과 분단의 원인과 고착화 과정 등에 대한 소설적인 탐구는 거의 이루어내지 못했다. 80년대에 들어 분단에 대한 이데올로기적인 접근과 분단의 외재적 · 내재적 원인 등에 대한 접근이 시도된다. 따라서 분단 상황의 극복 역시 이전의 심정적이고 정서적인 대응에 의해서가 아니라, 분단의 원인과 실체에 대한 과학적인 접근을 통해 이루어질 수 있다는 인식이 구체적으로 반영된 작품들은 최근에야 나타나기 시작했다고 말할 수 있다.

분위기(atmosphere)

한 작품을 일관하는 특징적인 인상 혹은 그 작품을 전체적으로 압도하는 지배적인 정서를 가리킨다. 물론 분위기를 조성하는 결정적인 요인은 배경적 자질이다. 고즈넉하고 전원적인 분위기는 그러한 분위기에 맞는 공간적 배경의 도입에 의해, 분망하고 숨막히는 도회지적 분위기는 그러한 도회지적 공간의 묘사에 의해 환기되기 때문이다. 그러나 배경이 분위기를 조성하는 주요하면서도 결정적인 요인이기는 하지만 유일한 요인은 아니다. 오히려 분위기는 작가의 수사적 노력에 의해 더욱 직접적으로 환기된다고 할 수 있다.

똑같은 지리적 배경을 묘사하는 경우일지라도 작가의 의도가 무엇인가에 따라 그 묘사가 환기하는 지배적인 정서의 양상은 판이해질 수 있기 때문이다. 즉 작가는 동일한 농촌의 지리적 환경을 사실적으로도 낭만적으로도 제시할 수 있다. 이 경우 분위기의 양상을 좌우하는 것은 작가가 서사적 공간에 재현하고자 하는 대상을 바라보는 시각-세계관이다. 다시 말하자면 그것이 배경적 자질이거나 행동적 자질이거나 작가는 그의 전략에 따라 동일한 서사적 대상을 다양한 인상으로 제시할 수 있다. 이러한 전략적 목적을 달성하기 위해 작가는 기법을 구사한다. 분위기-제시하는 경험의 양상들에 대한 특징적인 인상을 구축하기 위해 작가는 주로 문체적 조작에 의존한다. 냉소적인 분위기는 냉소적인 문체에 의해, 따뜻하거나 유머러스한 분위기는 따뜻한 문체와 해학적인 문체에 의해 환기된다. 문체적 조작의 중심 원리는 어조의 조절이다.

어조란 말의 몸짓에 다름 아니며 따라서 어조를 통어하는 사람 — 작가의 사물을 보는 관점(세계관)이 결국 분위기를 조성하는 결정적인 동인인 셈이다. 결국 분위기란 한 작품에 구사된 작가의 모든 노력이 총합적으로 이루어내는 결과라고 이해하면 되겠다.

비극적 플롯(tragic plot)과 **희극적 플롯**(comic plot)

아리스토텔레스가 설정했던 플롯의 두 가지 근본적 유형. 이후 소설 작품의 본질을 밝히거나 구분하는 중요한 기준으로 사용되어왔고, 현대의 이론가들에 의해서도 다양하게 재론되고 있다. 비극적 플롯이란 주인공의 운명이 플롯의 최종 단계에서 앞서의 단계에 비해 하강하는 구조를 지칭하며 희극적 플롯이란 그 반대로 최종 단계에서 상승하는 구조를 지칭한다. 이것을 도표로 나타내면 다음과 같다.

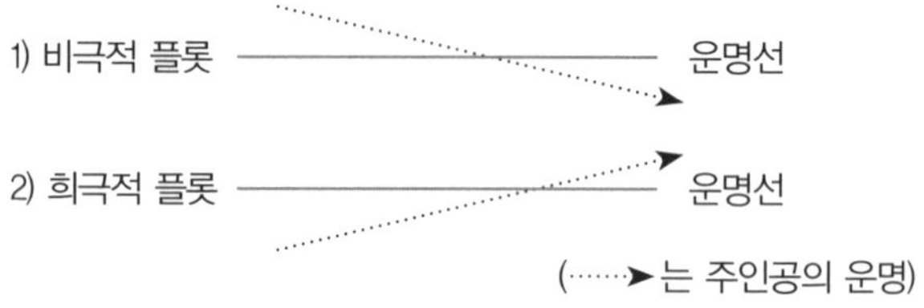

운명의 상승과 하강의 조건으로 제시될 수 있는 기준들은 다양하다. 삶과 죽음, 사랑의 성취와 실패, 심리적으로 느끼는 행복감과 불행감, 신분과 지위의 상승 및 하락 등 인간의 구체적 삶과 관련된 거의 모든 요소들이 그 준거가 될 수 있다. 왕의 신분에서 광야를 헤매는 미치광이가 되어야 했던 리어 왕이나 역시 왕의 신분에서 자신의 두 눈을 스스로 뽑아내고 세상을 방랑하는 떠돌이가 되어야 했던 오이디푸스 왕은 전형적인 비극적 플롯 속의 인물이며, 가난한 봉사의 딸에서 왕후가 된 심청이나 사랑하는 애인인 선형과 미국 유학을 떠나는 이형식은 전형적인 희극적 플롯의 인물이다(『춘향전』이나 『바람과 함께 사라지다』처럼 주인공의 운명이 운명선의 위와 아래를 교차하는 경우에는 '희비극', '비희극' 등의 용어가 사용된다).

아리스토텔레스가 비극을 우월한 장르로, 희극을 열등한 장르로 규정한 것은 널리 알려진 사실이다. 그에 의하면 비극, 즉 비극적 플롯의 작품은 그 주인공이 고귀한 신분일 뿐만 아니라 진지한 고뇌를 지니고 있으며 그 운명의 파멸과 하강 또한 숭고하고 거대한 대상, 이를테면 자신의 운명이나 신과의 투쟁 과정에서 발생하는 것이기 때문에 가치 있고 감동적인 것이다. 그리고 희극은 평균적 인간보다 더 저급하고 못난 인간(운명선의 아랫부분)을 다루고 그런 인간을 통해 인간의 결함과 추악함을 보여주기 때문에 예술적인 가치가 떨어진다는 것이다. 그러나 이것은 예술 혹은 하나의 문학작품이 '진정한 것'과 '있어야 될 진실'의 모방이라고 간주했던 아리스토텔레스적 문학관 내에서 설득력을 가지는 기준일 뿐 다양한 인물과 다양한 서사 기법이 혼재되어 있는 현대의 소설 작품에는 적용되기 어려운 것으로 보인다. 김동인의 「감자」에서 보여지는 복녀의 운명과 토머스 하디가 기록하고 있는 테스의 운명을 숭고한 싸움에서의 패배로 인식하거나 「봄봄」 「동백꽃」에 희화화된 인물이 다루어지고 있다고 해서 김유정의 소설들을 열등한 문학이라고 판단할 수 없다.

분명 이야기 문학 속에서 작중인물들은 우여곡절 끝에 성공하거나 실패하며 행복에 이르거나 불행에 떨어진다. 따라서 서사물에 재현되고 있는 주인물의 상승하는 운명과 하락하는 운명은 인간 삶의 상반하는 두 양상을 대표하는 것이라고 할 수 있다. 그러나 인간 삶의 내력은 그처럼 단순화시킬 수 없는 것이고 소설에 반영되고 있는 작중인물들의 삶의 양상 역시 그러하다. 당연히 플롯을 분별하는 더 많은 유형적 척도와 기준이 요청되고 그러한 요청에 부응하는 연구 역시 지속적으로 이루어져오고 있다. 예컨대 폴 굿맨은 진지한(serious) 플롯, 희극적(comic) 플롯, 소설적(novelistic) 플롯으로 유형 분류를 하고 있고, N. 프리드만은 무려 14가지로 플롯의 양상을 세분하고 있다.

비판적 리얼리즘(critical realism)

막심 고리키에 의해 사용되기 시작한 용어로서, 이 용어의 개념은 리얼리즘에 대한 엥겔스의 논의를 바탕으로 하고 있다. 비판적 리얼리즘은 사회주의적 리얼리즘과의 관련성 속에서 흔히 논의되는데, 사회주의적 리얼리즘이 사회주의적인 조건하에서 이루어지는 창작 원리를 규정짓는 것이라면, 비판적 리얼리즘은 통상 자본주의가 사회주의로 나아가기 이전 단계의 사실주의 창작 방법을 일컫는다. "비판적 리얼리즘은 부르주아 사회의 추악하고 억압된 현실을 묘사한 작품에서 널리 발견된다. 반면에 사회주의적 리얼리즘은 삶을 있는 그대로 그리는 데 만족하지 않고, 반드시 공산사회에서 필연적 미래로 향하는 삶의 방향을 제시하여야 한다"라는 G. J. 베커의 말에서처럼, 비판적 리얼리즘은 뚜렷한 사회주의적 지향성을 지니지는 않지만, 19세기의 봉건제도와 자본주의 사회가 지녔던 부정적 측면을 사실적으로 형상화함으로써 그 생활 형태에 대한 적극적인 비판적 형상화를 보여주는 작품들을 지칭하는 명칭으로 사용되어왔다.

비판적 리얼리즘이 그 이론적 전거로 삼는 엥겔스의 리얼리즘론은, 엥겔스가 하크네스에게 보낸 편지 중의 한 구절인 '전형적인 상황하에 있는 전형적인 성격의 충실한 재현'이라는 말로 요약될 수 있다. 뿐만 아니라 그는 그의 유명한「발자크론」에서 발자크가 정치적으로는 보수적 왕당파였음에도 불구하고 그의 문학을 통해서 신흥 부르주아의 발전과 몰락을 놀랄 만큼 정확하게 반영하고 있다는 점을 지적하면서 그것을 '리얼리즘의 승리'라고 말하고 있다. 작가의 창작 방법과 그 세계관이 반드시 일치하는 것은 아니라는 이와 같은 설명은 진정한 의미의 리얼리즘은 작가 개인의 세계관을 뛰어넘어 사회와 역사의 합법칙적인 발전 과정을 정확하게 반영한다는 생각을 함축하고 있다. 따라서 이때 리얼리즘의 실질적인 주체는 작가 개인이 아니라 그가 몸담고 있는 사회의 물질적 제 관계들이다.

비판적 리얼리즘에 대해서 누구보다도 깊이 있고 예리한 이론적 논의를 전개한 루카치에 의하면 비판적 리얼리즘의 문학에는 발자크,

스탕달, 톨스토이, 도스토엡스키, 디킨스, 고골리 등이 포함될 뿐만 아니라 그들보다 앞 시대의 작가들인 괴테나 푸시킨 등에게까지 소급 적용될 수 있다는 것이다. 실제로 루카치는 근본적으로 리얼리즘을 19세기의 위대한 진보적 사조들을 계승하는 것으로 보았으며, "인간 왜곡의 소멸은 사회주의와 나란히 이루어지는 과정이며, 노동계급의 가장 의식화된 층에서는 인간성의 완전한 충족이란 이미 사회주의 투쟁에서 사회주의의 완전한 승리를 위한 전제여야만 하는 것이다"라는 그의 말에도 불구하고, 비판적 리얼리즘과 사회주의적 리얼리즘의 대두 이후, 비판적 리얼리즘은 시대에 뒤떨어진 것으로서 사회주의적 리얼리즘 사이에 본질적인 구분을 짓지 않고 있다.

소련에서 사회주의적 리얼리즘에 경직되게 기계적으로 대립시키는 경향에 대해 그는 "여기서 중요한 것은 길고도 어려운 투쟁하에서 자본주의의 이데올로기적 인간적 잔재를 청산하는 과정이기 때문에 위와 같은 추상적이고 경직된 대립은 옳지 않은 것이다. 이러한 잔재가 인간 생활에서 중요한 역할을 하는 한, 현실을 리얼리즘적으로 반영하는 문학은 필연적으로 비판적 리얼리즘과 본질적 관계를 맺지 않을 수 없다. 왜냐하면 비판적 리얼리즘은 자본주의 문화의 인간 왜곡을 진실되게 서술하고 폭로하기 때문이다"라고 말한다. 그렇다고 해서 그가 비판적 리얼리즘과 사회주의적 리얼리즘을 동일한 범주로 파악하고 있는 것은 아니다. 비판적 리얼리즘이 자본주의 사회에 대한 주요한 비판적 기능을 담당하는 것이라면, 그것은 사회주의 사회로의 필연적인 이행 과정과 더불어 궁극적으로 그 존재 의미를 상실할 수밖에 없을 것이기 때문이다.

리얼리즘에 대한 루카치의 이러한 입장은 비판적 리얼리즘과 사회주의적 리얼리즘을 하나의 연속된 과정으로서, 그가 말하는 '위대한 리얼리즘'이라는 개념하에 통일적으로 파악하려는 태도에 그 바탕을 두고 있다. 루카치에게서 비판적 리얼리즘과 사회주의적 리얼리즘의 경계선이 모호한 채로 남아 있는 것은 문학에 관한 그의 관점이 본질적으로 유럽 문학의 고전적 전통 속에 뿌리를 내리고 있기 때문이다. 뿐만 아니라 비판적 리얼리즘에 대한 루카치의 남다른 이론적 열정 속에는, 스탈린 지배하에서 사회주의적 리얼리즘을 하나의 정치적 전략적 문학 양식으로만 이해하려는 태도에 대한 미학적 투쟁과 더불어, 그와 같은 교조주의적 분위기 속에서 19세기의 탁월한 문학작품들을 보호하려 했던 그의 힘겨운 노력이 포함되어 있다.

빈궁소설

이것은 궁핍한 삶의 경제적 현실에 서술의 초점이 두어지고 있는 소설 일반을 가리키며 제재의 특성으로 인해 개념의 변별성이 확보되는 용어이다. 삶의 가혹한 현실을 야기하는 결정적인 원인 중의 한 가지가 경제적 결핍이라는 사실을 감안하면 빈궁소설은 사실주의 문학의 중심적인 유형으로 간주될 수 있다. 궁핍의 현실을 직시하는 문학적 의도란 경험적 현실을 현실 그대로 반영하고자 하는 사실주의적 이념의 가장 충실한 실천이라고 보아야 하기 때문이다.

빈궁소설은 우리의 문학사에 사회주의 문학이 대두하기 이전과 이후의 단계로 나누어 살펴볼 수 있다. 1920년대 중반까지도 빈궁의 문제는 현진건의 「빈처」「운수 좋은 날」, 김동인의 「감자」 등의 소설에서 보는 바와 같이 의식적 관점에서 취급되지는 않는다. 예컨대 「감자」에는 배우자와의 묵시적 합의에 의한 매음을 통해 연명할 수밖에 없는 극한적 가난과 사회경제적 현실이 '반영'되어 있을 뿐이다. 하지만 신경향파 문학의 대두 이후 문단에 사회주의 이념이 정착됨에 따라 빈궁의 문제는 이데올로기적인 양상으로 인식되고 계급적 모순 구조의 결과로 파악되기에 이른다.

신경향파 문학과 프로문학의 제재로 '빈궁'의 문제가 집중적으로 선택된 배경에는 개인의 '절대적 빈궁의 인식'(신경향파 문학)에서 '사회적 빈궁과 계급적 모순의 타파'(프로문학)로 나아가는 사회 계급적 인식의 확대 심화가 개재한다. 즉 신경향파 문학과 프로문학에 이르게 되면 이 빈궁의 문제는 개인의 무지에서 일어나는 문제가 아니라 사회의 모순에서 파생된 결과라고 여겨지게 되는 것이다. 최서해의 「탈출기」「박돌의 죽음」「기아와 살육」 등을 거치면서 빈궁이란 소재는 한국 소설의 주요한 모티프가 된다. 프로문학에서는 이 같은 신경향파 문학의 단계에서 더 나아가 계급의 모순이라는 측면에서 도시빈민의 문제, 노동자의 파업, 자영농의 몰락과 소작쟁의 등의 문제들이 소설의 중심적인 제재로 다루어진다. 그리고 이 단계에 이르러 소설의 서술적 양상은 고발, 폭로 등의 차원을 벗어나 전망을 제시하는 적극적인 이념적 태도와 결합된다.

그러나 대부분의 근대소설에서 빈궁은 인간성의 말살과 개인의 불행을 방치하는 환경과 사회적 모순에 대한 고발을 담고 있는 것이 보통이다. 그러한 점에서 식민지시대의 빈궁은 현저하게 사회적인 제재라고 보아진다. 빈궁은 특히 소작쟁의를 다루는 프로문학 계열의 농촌소설에서는 주된 제재로 차용되고 있다. 이기영의 「돈」은 아들의 주검 앞에서 장례비를 벌기 위해 원고를 쓰는 내용으로 극한적 빈궁을 묘사하고 있으며 그와 유사한 빈궁의 문제는 강경애의 소설에서도 발견된다. 1930년대의 소설에서도 이 빈궁의 문제는 여전히 유효한 제재로 취급되고 있었음을 볼 수 있는데, 채만식의 『탁류』도 사회적 궁핍의 문제를 다양한 인간 군상을 통해 드러내는 예가 된다. 그러나 빈궁의 제재가 작가들 사이에 유행적으로 답습된 데 비해 기법의 개발은 거의 이루어지지 않았다는 사실은 지적됨직하다. "빈궁을 문제 삼으면서 문학 자체가 빈궁해져서는 안 된다"는 최재서의 경고는 이 시기의 빈궁소설들에 대한 독자들의 불만을 적절하게 대변한 것으로 간주된다.

빈궁의 소재는 1970년대 이후의 근대화 과정에서 발생하게 된 산업사회 속에서의 노동자, 빈민 문제로 옮아가게 된다. 이문구의 『장한몽』, 박태순의 『외촌동 사람들』, 조세희의 『난장이가 쏘아올린 작은 공』 등은 대표적인 예이다. 이것은 가난의 문제에 대한 진지한 관심이 한국사회의 구조적 모순을 드러내고자 하는 소설에 있어서는 일종의 관습으로 정착되었다는 증거이다. 1980년대에도 빈궁의 문제는 여전히 한국 소설의 주요 제재이면서 문학적 쟁점의 핵심이 되고 있는 것처럼 보인다.

빈도(frequence)

하나의 사건이 스토리 속에 나오는 횟수와 그것이 텍스트 속에 서술되는 횟수와의 관계, 즉 스토리 속에 나오는 사건이 텍스트 속에 얼마나 자주 진술되는가가 바로 빈도이다. 이 빈도는 순차(ordre), 지속(dure)과 함께 주네트가 구분한 담론-시간과 이야기-시간의 관계의 하나로 구조시학의 시간 분석에서 중요하게 다루어지고 있다.

이야기-시간과 담론-시간의 관계를 체계적으로 분석한 주네트에 의하면 텍스트 속에 나타나는 빈도는 다음의 네 가지로 구분된다.

① 단일적(singulary) : 한 번 일어났던 일을 한 번 이야기하는 것. '나는 어제 일찍 잤다'와 같은 가장 일반적인 서술 형태이다.

② 복수 단일적(multi-singulary) : n번 일어났던 일을 n번 서술하는 것. '월요일에 나는 일찍 잤다. 화요일에 나는 일찍 잤다. 수요일에 나는 일찍 잤다'와 같은 서술 형태를 말하는데, 이때 담론화된 각각의 사건은 스토리의 사건과 대응된다. 이러한 복수 단일적 빈도의 좋은 예로 『돈 키호

테』를 들 수가 있는데, 한 마리밖에 못 싣는 배로 300마리의 염소를 실어 날라야 했던 어부의 이야기가 바로 그것이다. 산초가, 어부가 강을 왕래한 횟수와 일치하도록 똑같은 내용을 300번이나 되풀이하려고 하자 돈 키호테는 "모두 다 건너갔다고 치자. …… 그리고 제발 그 왔다갔다는 이야기 좀 집어치워"라고 이야기를 중단시키고 만다. 일반적으로 어느 특정 서사물에서 각각의 스토리의 사건에 대한 진술은 요약적으로 진술된다. 왜냐하면 모든 것을, 텍스트 속에서 이야기하는 것은 사실상 불가능하기 때문이다. 이렇게 볼 때 텍스트 속에서 복수 단일적 빈도가 사용되는 것은 작품의 특수한 효과를 위한 것이라고 하겠다.

③ 반복 나열적(repetitive) : 한 번 일어났던 일을 n번 반복하는 것. '어제 나는 일찍 잤다. 어제 나는 일찍 잤다. 어제 나는 일찍 잤다'와 같은 진술 형태를 말한다. 동일한 사건을 여러 번 반복 진술하는 이러한 형태를 우리는 유재용의 『성역』에서 찾을 수 있다. 곽예도 형사와 홍수근이라는 쫓는 자와 쫓기는 자의 쫓고 쫓기는 행위와 심리적 갈등이 숨막히게 그려지고 있는 이 작품은 1, 3, 5, …… 21장까지는 곽예도의 입장에서 2, 4, 6, …… 22, 23장은 홍수근이라는 쫓기는 자의 시각에서 사건이 서술되고 있다. 그런데 짝수 장의 시작에는 "나는 가다가 불쑥불쑥 도망치고 싶은 충동을 느낀다"라는 심리적 현상이 열두 번이나 반복 서술되고 있다. 이것은 스스로 인간이기를 거부한 홍수근이라는 인물의 삶에 대한 처절한 몸부림과 심리적 갈등을 드러내기 위한 의도적 장치인 것이다. 또한 '십대 소녀 강간 살인'이라는 신문 기사와 '영화 선전용 간

판'에 대한 화자의 심리적 반응이 여러 번 반복되는 하일지의 『경마장은 네거리에서』도 이러한 반복 나열적 빈도의 예가 되겠다.

④ 반복 요약적(iterative) : n번 일어났던 일을 한 번에 요약하여 이야기하는 것. '일주일 내내 나는 일찍 잤다'와 같이 일정한 시간 동안 반복하여 일어났던 사건을 요약하여 서술하는 것을 말한다. 이청준의 「이어도」에는 몇 년 동안에 걸친 소년의 반복적인 행위가 요약, 서술되고 있다. "아버지가 돌아오는 날 밤이면 소년은 다른 날보다도 대개 깊은 잠을 잘 수가 있었다. 잠 속에서 소년은 때때로 웅웅거리는 바다울음 소리나 지붕을 넘어가는 밤바람 소리 같은 것을 들을 때가 많았다. 하지만 언제부터인가 소년은 그것이 바다울음 소리나 밤바람 소리가 아니라는 것을 알고 있었다. …… 아침이 되면 어머니는 간밤의 일 같은 건 아예 기억에도 없듯이 말짱한 얼굴이 되어 있곤 했다."

전통적인 서사물에서는 주로 단일적이거나 반복 요약적인 빈도의 서술이 흔히 이루어졌다. 그러나 작품의 특수한 효과를 위해 복수 나열적이거나 반복 나열적인 빈도가 서술되기도 했다. 특히 현대사회에서 소외되고 파편화된 인간 의식이나 행동을 포착하기 위해 이러한 극단적인 형태의 서술이 많이 사용되고 있다. 포크너나 로브그리예 등의 경우가 이에 해당된다.

그러나 어떤 사건이 반복될 때 이것이 완전히 동일한 의미를 가지는 것은 아니라는 사실을 유념할 필요가 있다. 새로운 위치나 상황의 변화는 필연적으로 그 사건의 의미에 변화를 초래하기 때문이다. 그리고 이것은 그 사건을 바라보는 화자의 시각이나 문체, 지속 등에 따라서도 변화하기 마련이다.

사건(event)

소설이, 그 안에서 벌어지는 크고 작은 온갖 일들의 얽힘에 의해 짜여지는 이야기의 구조라는 점은 의심할 여지가 없다. 간략하게 말해 사건이란 이렇게 소설 속에서 발생하고 벌어지는 온갖 일들을 지칭하는 것이다. 사건이란 소설이 가진 자명하면서도 가장 본질적 요소이기 때문에, 전통 시학은 사건이라는 것 자체에 오히려 별다른 관심을 기울이지 않았다. 왜냐하면 이것이 소설 속의 요소라기보다는 어느 정도 소설이라는 것 자체와 등가물이라는 생각을 가지고 있었기 때문이다. 그러나 현대의 서사학자들, 특히 구조시학자들은 이 '발생하고 일어나는 일'이라는 표현의 모호함을 극복하고 이것의 엄밀한 의미 규정을 정립해보려고 시도하고 있다.

논자에 따라 조금씩 차이는 있지만 구조시학자들은 대체적으로 사건을 '스토리-라인(story-line)'상에서 변화를 일으키는 요소로 간주한다. 그러므로 이럴 경우의 사건이란 스토리(story)의 구성 요소와 거의 유사한 개념이 된다. 이들에 의하면 소설이란 사건들이 결합하여 소연속(micro-sequence)을 이루고, 그것들이 다시 결합한 대연속(macro-sequence)을 이루어가는 일련의 구조적 집적물이다. S. 채트먼에 의하면 사건에는 대안적 선택의 길을 열어 행동을 전진시키는 **핵사건**(kernel)과, 그 행동을 확대, 확장, 지속 또는 지연시키는 기능을 하는 **주변사건**(satellites)이 있다(바르트는 이것을 촉매(catalyst)라 부른다). 가령 소설 작품 내에서 전화벨이 울린다면 작중인물은 전화를 받거나 받지 않아야 할 행동을 선택하므로 이것은 핵사건이다. 그러나 이 인물이 전화를 받을 때까지 머리를 긁거나, 담배를 피워 물거나 하는 것 등은 핵사건에 동반되며 그것을 보조해주는 기능을 할 뿐이므로 주변사건이 된다.

사소설(私小說)

사소설은 보통 일본 근대소설의 가장 독특한 형태로 간주되지만, 그것을 형성하는 변별적 원리가 무엇인가, 그것을 다른 종류의 자전적 소설과 구별시켜주는 것이 무엇인가에 관해서는 일본 비평가들 사이에서도 거의 합의를 보지 못하고 있다. 그러나 사소설이라는 용어를 어떻게 정의하든 간에, 일반적으로 사소설은 단순히 작가 자신의 생활에서 일어난 사건을 이야기하는 것이 아니라 그 사건을 고백의 형태로 가차없이 폭로하는 것이라는 생각이 통념화되어 있다.

초기의 자전적 소설 작가들—이를테면 다야마 가타이(田山花袋)나 시마자키 도손(島崎藤村)—은 사생활의 문제들을 솔직히 털어놓기를 꺼리는 일본적 관습을 떨쳐버리지 못해서 철저한 토로에는 미치지 못했지만, 다수의 사소설 작가들은 자신들의 비난받아 마땅한 행동뿐만 아니라 수치스러운 상념까지도 드러내놓고, 거기에서 일종의 자학적 쾌감을 누리는 것처럼 보인다. 일본의 근대문학 연구에서 통용되는 사소설의 계보 속에는, 그러나 그러한 사회적 금기에 구애받지 않는 자기 폭로의 소설과는 다른 종류의 소설들도 포함된다. 그 두 번째 유형은 작가 자신의 사사로운 경험과 밀접하게 연관되어 있다는 점에서 첫 번째 유형과 크게 다르지 않다. 그러나 작가의 감춰진 죄악을 까발리는 대신에 보통 사소한 신변사의 의미를 반추하는 일에 집중한다는 특징이 있다. 이런 유형의 사소설들을 가리켜서 어떤 비평가들은 '심경소설'이라는 별개의 용어를 사용하기도 한다(Donald Keene, *Dawn to the West*, New York, 1984, pp.506~516).

사소설이라는 용어는 1920년 말부터 21년 초 일본 문단에서 당시에 주목을 받고 있던 자전적 성향의 작품들을 지칭하기 위해 처음 사용되었다. 새로운 용어의 고안 그 자체는 하나의 새로운 장르가 출현했음을 뜻하는 것은 물론 아니었다. 다만 그것은 자연주의 및 시라카바파(白樺派)의 작품과 긴밀히 연관되면서도 또한 구별되는 독특한 형태의 소설이 많은 작가들이 선호하는 표현 양식이 되었다는 사실에 대한 문단 내부에서의 점진적인 자각을 반영한 것이다. 실제로 1920년대 이후의 소설에서 사소설은 주류의 위치를 점하게 되고, '순문학'의 이상을 구현하는 양식으로 공인받기에 이른다. 그런데 정작, 사소설이라는 독특한 소설 형태가 누구의 어떤 작품에서 비롯되었는가에 관해서는 견해가 다소 엇갈린다. 예를 들면 요시다 세이이치(吉田精一)는 다이쇼(大正) 시대의 통설을 이어받아 다야마 가타이의 「이불」(1907)을 사소설의 원조로 잡고 있는 데 반하여(「私小說の問題について」, 國文學, 『解釋の鑑賞』 12, 1947. 7), 히라노 겐(平野謙)은 지카마쓰 슈코(近松秋江)의 「의혹」(1913)에 선구적 의의를 부여하고 있다(「私小說の二律背反」, 『平野謙全集』 2, 1975). 다야마 가타이의 「이불」은 미모의 젊은 여제자에게 연정을 느끼고 번민하는, 가정이 있는 작가 자신의 체험을 토로한 작품으로, 작가가 체험한 진실을 그것이 어떤 고통과 당혹을 가져오든 간에 적나라하게 고백함으로써 진정성의 인

상을 창조한다는 사소설의 주요 동기를 보여준다.

이렇게 일본 자연주의가 개척한 고백의 형식은 그 자신 한때 자연주의 그룹의 일원이었던 지카마쓰 슈코에 이르면 보다 예각화된 면모를 보인다. 그의 「의혹」은 아내의 행실을 의심하는 무능한 소설가의 강렬한 살의와 정념을 토로하는 가운데 사소설의 전형적인 형식적 장치들—추악한 인간으로서의 작가, 추악함을 스스로 폭로하는 진실한 작가, 예술과 생활의 일치를 추구하는 작가—을 정립하고 있다. 이러한 자학적 고백을 일차적 특징으로 하는 사소설의 대표적 작가는 가사이 젠조(葛西善藏), 기무라 이소타(嘉村礒多), 우노 고지(宇野浩二) 등이다.

사소설의 또 다른 형태에 해당되는 심경소설은 나카무라 무라오(中村武羅雄)의 평론 「본격소설과 심경소설」(1924)이 발표되면서부터 진지한 관심의 대상이 되었다. 그가 말하는 본격소설은 작가의 인생관을 간접적으로 제시하거나 주의 깊게 감추는, 일반적으로 3인칭 서술 형식을 취하는 소설이며, 심경소설은 일반적으로 1인칭으로 서술되면서 묘사된 내용보다는 작가의 심경에 보다 많은 흥미가 있는 소설을 가리킨다. 그는 이러한 심경소설이 와카(和歌)나 하이쿠(俳句)만큼이나 일본 고유의 예술적 양식이라고 주장하고 있다. 그런가 하면 구메 마사오(久米正雄)는 「사소설과 심경소설」(1925)에서 모든 예술의 기초는 '나'라는 전제하에서, '나'를 정직하게, 위장하지 않고 표현하는 작품이 예술의 본령이며 '남'의 이야기를 하는 행위는 예술을 통속화하는 수단이라고 말하고 있다. 작가의 심경을 고백하는 사소설은 그런 의미에서 가장 심오하고 보편성 있는 소설 형식이고, '남'의 이야기를 꾸며내는 일체의 소설—여기에는 서양 소설의 걸작들이 대부분 포함된다—들은 통속소설에 지나지 않는다고 한다. 구메 마사오와 같은 논자들이 선호했던 심경소설의 두드러진 특징은 작가의 대수롭지 않은 신변사 속에서 깊이와 아름다움을 읽어낸다는 점에 있다.

이러한 특징은 시가 나오야(志賀直哉)와 그의 제자들의 작품에서 쉽게 발견된다. 그들의 작품은 일상적 경험을, 히라노 겐이 동양의 지혜라고 부른 어떤 것으로 승화시키려는 노력의 산물이다. 그 작품들에서는 작자의 인품과 심경을 거창한 몸짓이나 수사를 통해서가 아니라, 겉보기에는 사소한 일상적 사건에 대한 섬세한 감성을 통해서 드러내는 수필적 풍모가 느껴진다. 심경소설에는 전형적 사소설에서 보는 바와 같은 사회와 대립하는 내향성의 자아 대신에 범상한 사물과의 접촉 속에서 시적 발견의 흥분을 체험하는 심미적 개성이 두드러지게 나타난다.

이러한 사소설의 주요 특징들은 역사적으로 보면 서양 리얼리즘의 일본적 변형이 가져온 결과라고 할 수 있다. 일본 근대소설의 형성 과정에서 19세기 서양의 리얼리즘, 특히 자연주의는 중요한 원동력이 되었지만, 거기에 담긴 개체적 경험과 사회적 총체성의 연관을 인식하는 방식은 일본의 근대 작가들로서는 달성하기 어려운 것이었다. 고바야시 히데오(小林秀雄)의 유명한 「사소설론(私小說論)」(1935)은 이러한 서양 소설의 리얼리즘과 일본 근대소설 사이에 놓여 있는 간극, 그리고 그 간극의 구체적 표현으로서의 사소설에 대한 통찰을 보여준다. 그는, 일본의 작가들이 '나'라는 관념을 유럽으로부터 수입했지만 그 관념의 기초를 이루는 사회적, 지적, 과학적 제도들을 소화하지 못했다고 주장한다. 근대 유럽 문학에 있어서의 개인은 언제나 폭넓은 사회적 환경 속에 자리 잡고 있다. 괴테에서 지드에 이르는 유럽형 사소설의 작가들은 그들의 공동체에 완전히 동화되어 있으며, 고바야시가 말하는 '사회화된 나'에 의해 육성된 개인주의의 전통 속에 침잠되어 있다. 그러나 일본의 작가들에게는 이러한 전통이 결여되어 있는 것이다. 그들은 비록 하나의 문학적 기법으로서 자연주의에 매료되기는 했어도 그것을 산출한 실증주의 철학을 이식하지 못했음은 물론 올바르게 이해하지도 못했다. 그리하여 하나의 사상 체계로서 뿌리내리지 못한 자연주의는 고립에 처해 있는 작가 자신을 기법상으로 탁월하게 묘사하는 것에 지나지 않게 되었다는 것이 고바야시의 주장이다. 그에 의하면, 사소설 작가는 사회로부터 격리되어 외로운 사색에 임하는 미학적 은둔자의 일종이며, 그러한 사색은 사회화된 나의 가능성을 포기하고 '나의 순화'에 전념하는 것이다.

1920, 30년대의 한국 소설에는 이러한 일본의 사소설의 영향이 얼마간 감지된다. 1930년대의 평단에서 심경소설이라는 용어가 널리 사용된 사실로 미루어보면, 당시의 작가들은 한국판 사소설 혹은 그에 근접한 형태의 소설들이 존재한다고 믿었던 것 같다. 실제로 '순수문학'을 고집한 작가들, 예컨대 이태준, 박태원, 안회남 등의 작품 가운데에는 일본 사소설의 형식적 관습에 비추어 해독 가능한 작품들이 상당수 있다. 특히 안회남은 자신의 신변사에 대한 세심한 관찰과 강인한 검증을 통해 반(反)허구의 자화상 창출이라는 사소설의 원리를 본격적으로 추구했으며 그러한 경향은 「투계(鬪鷄)」(1939) 「탁류(濁流)를 헤치고」(1940) 등의 작품에서 쉽게 확인된다. 그런가 하면 순수문학과는 다른 입장에 서 있던 작가들에게서도 사소설적 경향이 발견된다. 「처(妻)를 때리고」(1939) 「춤추는 남편」(1939) 「제퇴선(祭退膳)」(1937)과 같은 김남천의 작품들, 그 자신이 '자기 고발'의 문학이라고 명명한 이 작품들은 사소설의 관습에 포함되는 체험과 관찰의 양식을 드러내고 있다. 그러나 식민지시대의 한국 소설에 나타나는 작가 자신의 사생활에 대한 집중된 관심을 일본 사소설과의 관련 속에서 검토하는 작업은 추후의 과제로 남아 있다.

사슬식 배열(enchaînement)

여러 개의 이야기를 차례로 연속시키는 배열 방식을 가리키는 토도로프의 용어. 즉 여러 개의 고리를 이어 한 줄의 사슬을 만들듯이 이야기들을 한 줄로 이어서 작품을 꾸미는 경우를 말한다. 따라서 이 기법은 이야기 자체가 **연작소설**(roman-cycle)과 유사한 형태의 중첩 구조로 짜여져 있다. 이와 같은 이야기의 사슬적 구성은『돈 키호테』나『데카메론』 등의 서구 고전에서 그 전범을 찾을 수 있으며, 이문구의『우리 동네』, 양귀자의『원미동 사람들』도 같은 예이다.

사슬식 배열 방식은 독립된 이야기의 연쇄적 진행을 통해서 인간의 삶과 그 관계 양상을 다양하게 조명할 수 있는 이점을 가지며, 스토리를 지배하고 있는 작가의 여러 목소리에 의해 독자의 흥미를 새롭게 자극할 수 있다는 장점을 아울러 가지게 된다.

사실주의(realism)

단순한 문예사조적인 개념만으로 한정시켜서 말할 때, 사실주의는 특별히 프랑스의 발자크나 스탕달, 영국의 조지 엘리엇 등의 소설과 관련하여 19세기 전반에 걸쳐 일어난 문학 운동을 지칭한다. 흔히 낭만주의와 상반되는 사조로서의 사실주의는, 이전의 문학 양식들이 이상화된 현실, 즉 우리가 바라는 현실을 그리는 데 반하여, 있는 그대로의 현실, 즉 우리가 처해 있는 현실을 정확히 모방하려는 태도를 지닌다. 사실주의는 '눈으로 본 것이 그대로 펜으로 내려와 글자가 된다'라는 상플뢰리의 말에도 함축되어 있는 것처럼, 가치중립적인 객관성과 현실에 대한 정확한 모사(模寫), 그리고 무감동성(impassibilité)을 그 기법적인 특징으로 한다. 그러나 초기 단계의 사실주의가 지향하는 이러한 소박한 모사론은, 작가의 엄정한 가치중립적인 관찰이 불가능하다는 점, 다시 말해 작가가 자기 밖에 있는 사물이나 대상들을 그린다는 것은 결국 그것을 자신의 의식적 구도 속으로 끌어들이는 주관적 선택의 과정을 거칠 수밖에 없다는 사실을 간과한 것이었다. 프랑스의 사실주의 이론가인 샹플뢰리의 말처럼, '인간에 의한 자연의 재현은 단순히 기계적인 재현이나 모방(imitation)이 아니라, 언제나 하나의 해석(interprétation)인 것'이다. 프랑스의 초기 사실주의 이론가인 뒤랑티에 의해 사실주의의 방법론으로 정식화된 이러한 소박한 모사론은 소설이 사물을 있는 그대로 모방하면서 인간의 삶에 어떤 의미를 부여하려는 이중의 과정, 즉 현실과 상상력의 긴장 관계로부터 나온다는 인식을 통해 극복되어야 할 것이었다.

근대적 서사 양식인 소설의 발달과 더불어 등장한 사실주의는, 진리란 개인에 의해서, 개인의 감각을 통해서만 발견될 수 있다는 관점에 그 기본 토대를 두고 있다. 또한 개개인의 인간 행동을 표현함에 있어 중요하게 다루어진 것은 도덕적 · 규범적인 동기보다 경제적이고 현실적인 동기였다. 사실주의 작가는 소설이 일반 독자의 그것과 다름없는 인생을 반영하고 있다는 것을 보여주기 위해서 매우 세속적인 유형의 인물들을 주인공으로 내세운다. 그러한 주인공들은 대개 이상에 가득 차 있지만 재능이 없고, 어리석지만 사랑스러운 인물들이다. 이처럼 사실주의가 개인의 경험적 현실성을 중시하게 된 데에는 근본적으로 개인주의적인 시민사회의 발달 및 실증주의적 경험철학의 영향이 매우 중요한 역할을 하고 있다.

그러나 문학이 근본적으로 현실을 단순히 모사(模寫)하는 것이 아니라 상상적으로 재구성해낸다는 점과 관련시켜볼 때 사실주의를 이처럼 좁은 문예사조적인 범주 속에 가두어둔다는 것은 그 개념을 지나치게 단순화시켜버리는 결과를 가져올 수도 있다. 더군다나 문학이 사회 역사적인 결정인자들과 맺고 있는 긴밀한 관련성 또한 사실주의의 개념을 보다 확장해야 할 이유를 제공해주는 것이다. 단순히 기법적인 측면에서가 아니라 정신적 지향으로서의 사실주의는 사실상 거의 모든 문학에 적용될 수 있는 보편적 개념이라고 해도 과언이 아니기 때문이다. 실제로 소설은 어떤 특정한 문학적 관점에 들어맞는 경험뿐만 아니라 인간 경험을 이루는 것이라면 무엇이든지 다 그리려고 한다. 그리고 그러한 경험 속에서는 — 지극히 비사실적이거나 이상화되어 있거나 우의(寓意)적인 경험 속에서조차도 — 어떤 형태로든 현실에 대한 해석이 담겨 있게 마련이다. 경우에 따라 사실주의에 비판적 사실주의, 환상적 사실주의, 낭만적 사실주의, 변증법적 사실주의 등의 에피세트가 붙여지는 것도 사실주의가 지니는 포괄적인 양상을 분별한 결과이다. 따라서 보다 넓은 의미에서의 소설의 사실주의는 그것이 어떤 종류의 삶을 어떻게 표현하느냐의 문제보다는, 작품을 관류하는 작가의 세계관의 문제와 밀접한 관련을 가지는 것이라고 할 수 있다. 이때 사실주의는 단순한 소재나 기법이 아닌, 바로 작가적 세계관의 영역과 직결되는 것이다.

사회주의적 리얼리즘(socialist realism)

사회주의 이념의 실현을 창작 정신의 근간으로 삼는 사실주의적 창작 방법을 일컫는 용어이다. "리얼리즘은 오직 궁극적인 목표 설정하에서만 파악될 수 있다. 즉 사회적 본질로서의 인간의 단순한 관념적인 자기 해방이 아니라 현실적 자기 해방이라는 궁극적인 목표 설정하에서의 리얼리즘이 중요하다. 결국 리얼리즘의 현실 토대는 세계의 사회주의 혁명을 위한 현실적인 투쟁이다"(Pracht/Neubert, *Theorie*, 1974)라는 말에서도 나타나는바, 사회주의적 리얼리즘은 단순한 현실의 재현을 지향하는 것이 아니라 사회적 운동 전체에 대한 통찰을 바탕으로 사회주의적 충동을 불러일으키는 현실의 실천적인 반영을 그 목표로 한다. 따라서 사회주의적 리얼리즘 이론은 사회주의를 위한 투쟁의 예술이 지니고 있는 특정한 사회적 기능에 대한 과학적 이론으로 인식되며, 그 이론에 입각해서 씌어진 작품은 마르크스주의 세계관의 토대 위에서 미래를 결정짓는 요소들을 현재 속에서 발견해내고 이를 예술적으로 형상화시킴으로써 사회주의적 전망을 분명하게 보여줄 수 있어야 한다.

사회주의적 리얼리즘 이론이 공식적인 방법론으로 채택된 것은 1934년의 소비에트 작가 총연맹 제1차 대표자회의에서였지만, 이미 그 이론은 1917년에 있었던 10월 혁명 직후에 잉태되었고, 소련 경제 개발 5개년 계획 시대를 거쳐 사회주의적 건설의 과정을 거치며 성장하였다. 즉 사회주의 혁명의 성공과 더불어 그에 상응하는 새로운 문학적 형식에 대한 욕구가 문단에서 일어나기 시작했고, 그 결과 나타난 것이 바로 사회주의적 리얼리즘인 것이다. 제1차 대표자회의에서 채택된 사회주의적 리얼리즘의 공식적인 규정의 일부분을 살펴보면 다음과 같다.

> 사회주의적 리얼리즘은 소비에트 문학 및 문학 비평의 기본적인 방법인데, 현실을 그 혁명적 발전 과정에서 진실하게 역사적 구체성을 지닌 채 그릴 것을 예술가에게 요구한다. 그와 동시에 예술적 묘사의 진실함과 역사적 구체성은 노동자를 사회주의의 정신에 있어 사상적으로 개조하고 교육시키는 과제와 연결되지 않으면 안 된다. 또한 1932년에 '소비에트 공산당 중앙위원회'에서는 러프(러시아 프롤레타리아 작가연맹)나 그 밖의 프롤레타리아 문학단체의 해산과 소비에트 작가의 단일조직 결성을 결정하였고, '프롤레타리아 문학'의 개념을 '소비에트 문학'의 개념으로 바꾸었으며, 아울러 '유물변증법적 창작 방법'을 '사회주의적 리얼리즘'으로 하기로 하였다.

마르크스주의자들에게 역사 발전의 방향은 명백하다. 합법칙적으로 진행되는 자본주의에서 사회주의로의 이행 과정에 대한 과학적 통찰을 신뢰하는 사회주의 이론가에게 중요한 것은, 마르크스의 근본 명제를 빌리면, 세계를 해석하는 것이 아니라 그 합법칙적인 발전 과정에 따라 세계를 변혁시키는 것이다. 인간을 사회주의 정신으로 무장시키고 '혁명 운동의 상승하는 노선'을 반영해야 한다는 등의 목표를 위해서 사회주의적 리얼리즘은 당성, 전형성, 낙관적 전망의 제시라는 개념들을 주요한 창작 방법의 원리로 끌어들인다. 당성은 사회주의적 리얼리즘의 이데올로기적 미적 근본 원리가 되는 개념으로서, 당성의 중심 원리는 레닌의 글인 「당조직과 당의 문학」(1905)으로까지 소급된다. 이 글에서 레닌은 문학적 실천을 '조직화된 그리고 계획적인 당의 실천을 위한 필요불가결한 조건'이라고 주장하고 있다. 당성의 원리는 "당은 지난 과거와 현재의 사회적 과정들을 당의 결의를 통하여 분석해주고 민중과의 긴밀한 유대 속에서 모든 예술가들을 위한 과제를 설정해주기 때문에, 당은 예술가들에게 아주 큰 도움을 주고 있다"라는 W. 울브리히트의 말에서도 시사되는바, 사회주의 예술을 특정한 정치적 목적에 유용하도록 이끄는, 그리고 그 정치적 목적을 충족시키는 데 필요한 모든 형식들을 정당화하는 원리이다.

사회주의적 리얼리즘의 또 다른 중심 개념인 전형성은 평범한 것, 혹은 빈번하게 사용되는 대표적인 것이라는 의미가 아니라, 현재 속에서 고동치는 미래를 가장 명백하게 보여주는 성격과 경향들을 드러내는 것, 즉 '개인적인 것 속에 있는 사회적인 것을, 특수한 것 속에 있는 보편적인 것을, 우연적인 것 속에 있는 합법칙적인 것을, 구체적인 여러 현상들 속에 있는 본질적인 것을 발견해내고 끄집어내어 예술적으로 설득력 있게 표현하는 방식'(Pracht/Neubert, *Theorie*, 1974)을 말한다. 이러한 전형성의 원리는 "리얼리즘이란 디테일의 정확성 이외에 전형적인 상황하에 있는 전형적인 성격을 충실하게 그려내야 한다"라는 엥겔스의 말에 그 뿌리를 두고 있는 것으로, 스탈린 시대의 사회주의적 리얼리즘 이론가인 킬포틴은 이러한 전형성의 원리를 가리켜 "예술작품은 독창성과 독자성에 있어서 탁월해야 하지만, 사회주의적 리얼리스트는 항상 개인적인 것과 단일한 것을 통해서 묘사되는 사건의 역사적 계급적 의의를 보여주어야 한다. 그리고 그 가운데서 일어나는 갈등을 시대의 근본적 계급적 혁명적 갈등에 조응시켜서 바라보아야 한다"라고 말한다. 대개 사회주의적 리얼리즘 작품에서 인물들의 전형적 성격은 그들의 적대자들보다 더 강하게 미래에 대한 전망을 확신하는 '긍정적 영웅'의 형상 속에서 등장한다. 킬포틴에 따르면 "혁명적 작가는 여러 가지 형식으로 프롤레타리아의 투쟁의 목표를 표현하고, 혁명적 영웅주의를 칭송하고 투사나 건설자들을 찬미하고 올바른 미래와 사회주의적 건설의 결과를 발견하기 위해 노력"하는데, 그 과정에서 발생하는 것이 바로 혁명적 낭만주의이다. 이들 이론에 의하면 노동계급에 있어 현실과 이상은 추상적인 대립이 아니라 진정한 변증법적 통일이기 때문에 혁명적 낭만주의는 부르주아적 유토피아주의나 개인주의적 낭만주의와는 뚜렷이 구분되는 것이다.

그러나 사회주의적 리얼리즘은 근본적으로 사회주의적 현실의 조건하에서 개발된 창작 방법이며, 작가의 창작의 자유를 근본적으로 제한하는 속성 때문에 문학사에 있어서 전통과 관습이 모든 발전을 저해했던 시대가 전형적으로 보여주는 문학적 침체 현상을 두드러지게 드러낸다. 사회주의 국가에서 이루어지는 예술들은 대개 당의 강령을 수동적으로 전달하거나 미리 주어진 권위 있는 통찰들을 단지 구체적인 사례를 들어 설명하는 데 그치고 있으며, 따라서 어떤 독창적인 인식도 창조해낼 수 없는 것이다. 이로써 사회주의적 리얼리즘은 "그것은 존재하는 것을 서술하는 것인가, 아니면 존재해야만 하는 것을 계속 설교하는 것인가"라는 바움가르트의 비판이나 "사회주의적 리얼리즘 예술작품들은 억압적이다. 왜냐하면 그 작품들은 불쾌한 현실을 배제해버리기 때문이다. 또 사회주의적 리얼리즘 예술작품들은 상투적이다. 왜냐하면 그것들은 위와 같은 불쾌한 현실을 그럴듯하게 치장된 대용물로 대치하기 때문이다”(Sander, *Ideologie*, 1970)와 같은 비판에 계속 직면하게 되는 것이다. 특히 스탈린의 집권 이후에 사회주의적 리얼리즘은 러시아 문예 정책을 혁명 과업 수행에 효과적으로 이용한다는 명분하에 더욱 경직화된 교조주의의 길을 걸어왔으며, 이 이론에 대해 의문을 제기하는 문학관은 모두 형식주의의 낙인이 찍힌 채 박해와 숙청의 대상이 될 수밖에 없었다.

우리나라에 사회주의적 리얼리즘이 처음으로 소개된 것은 백철의 문예시평(『조선중앙일보』 1933. 3. 2~8)에 의해서였다. 그러나 1934~35년의 카프(KAPF) 해산을 전후한 시기에 사회주의적 리얼리즘 수용의 찬반을 둘러싸고 유례 없이 긴 창작 방법 논쟁이 벌어지게 되는데, 이 과정에서 사회주의적 리얼리즘 이론을 본격적으로 소개하고 논쟁의 불꽃을 댕긴 사람은 추백(萩白, 안막)이었다. 당시 이 논쟁에 참가한 사람들은 추백 외에 김남천, 안함광, 한효, 김두용 등이며, 추백과 한효, 김두용 등이 사회주의 수용을 적극적으로 검토한 반면, 김남천, 안함광 등은 대체로 유보적인 입장을 견지하였다. 그러나 이 논쟁은 카프의 해산과 더불어 진행되었다는 점, 그리고 무엇보다도 이와 같은 창작 방법 논쟁이 구체적인 창작의 성과와 결부되지 못함으로써 추상적인 논의의 수준에서 종결되어버리고 말았다는 사실을 감안하면 이 문학적 이념이 우리의 문학사에 끼친 영향은 미미한 것이라고 할 수 있겠다.

산문

정형적 율격, 리듬 등의 음악적 특징을 지닌 운문과 반대되는 개념을 가리키는 용어이다. 그러나 운문과 산문 사이의 구분이 반드시 언어의 음악적 운용의 차이에 따르는 것은 아니다. 음악적 요소에 의해 지배되는 산문이 가능한 것처럼, 비음악적 특징을 가진 운문도 얼마든지 찾아볼 수 있다.

언어학자들의 견해에 따르면 언어의 기원과 발전은 운문으로부터 시작하며, 그로부터 점차 산문 양식이 확립되어 나가는 것으로 알려져 있다. 인류 초기의 원시적 언어 소통 방식 — 경탄, 제의 주술, 굿노래, 욕설 등으로부터 점차 말 그 자체가 가지는 논리적 특성이 강조되어 그 결과로서 낱말과 구문이 선택되고 추리적 사고 과정의 형식이 발전된다는 것이다. 덧붙여 말하자면 산문 속에는 인간의 논리 구성력과 추리력이 포함되어 있다. 그러므로 말의 논리와 추리적 사유가 배제된 것은 산문의 영역에 속할 수 없다. 뿐만 아니라 산문은 지속적인 형식을 그 속성으로 가지며 이야기의 '과정'을 중요시한다.

소설을 가리켜 '산문으로 씌어진 이야기' 라고 할 때의 그 '산문' 속에는 비운문 · 비율문(시와 같은 음악적 언어가 아닌, 비음악적 일반 언어의 통칭)의 속성 이외에 '논리와 추리가 지속적으로 편만(遍滿)된 말의 질서' 라는 의미가 포함되어 있는 것이다. 등장인물의 정체와 행동, 흥미진진하거나 의미심장한 사건들의 연쇄를 표현해내기 위해서는 추상적 사고 능력과 그것을 담론화할 수 있는 논리적 질서가 필요하게 마련이다. 품사를 구별할 줄 아는 문법적 능력, 문장성분(주어, 술어, 목적어, 부사어……)에 대한 이해, 통사와 화용의 습득, 뉘앙스를 느끼고 수사적 표현을 감지해내는 등의 언어에 대한 종합적 이해 능력이 전제되지 않는 '산문' 이란 상상하기 어렵다. 그만큼 산문이란 '인간 정신의 복잡한 국면의 반영' 을 그 속성으로 가지는 언어 양식이다.

소설은 인간 삶의 복잡다기한 양상을 재현하는 데 적합한 산문 양식의 대표적인 장르이다. 그래서 '소설은 산문으로 씌어진 이야기'라는 정의가 가능해진다. 이때의 '이야기'의 개념에는 '지속'과 '과정'이 전제된 인간 경험의 유기적 배열, 즉 이야기를 얽어짠다는 뜻의 플롯의 개념이 도입되어 있다. 산문 혹은 산문 정신이 플롯과 더불어 소설의 핵심적인 규범을 이룬다는 논리는 그래서 성립된다.

일반적인 의미에서 산문은 문학적 진술에만 국한되지 않는다. 역사를 구성하는 진술과 과학적 진술 체계들도 두말할 필요도 없이 산문 양식을 취한다. 문학적 산문이란 산문 정신의 일반적 특징, 특히 역사나 과학적 진술이 규범적으로 추구하는 '논리와 추리가 지속적으로 편만된 말의 질서'를 문학적 목적을 위해 차용해 오는 것을 말한다. 소설, 에세이 등의 문학적 산문은 실제에 대한 기록(역사)과 사실로 인식되는 것들에 대한 객관적 진술(과학)에 심미적 가치를 덧보탠 산문이다. 따라서 문학적 산문은 엄밀히 말해 '논리와 추리가 심미적 원리와 규범에 따라 지속적으로 편만된 말의 질서'의 세계를 추구한다. 『삼국지』와 『삼국지연의』는 이런 점에서 구별된다. 그럼에도 불구하고 오늘날 산문이라고 부르는 언어 양식은 대체로 문학적 산문을 지칭하는 경향이 강하다. 그것은 산문이 운문과 함께 문학의 가장 기본적인 갈래 개념의 하나이기 때문이다. 그러나 아리스토텔레스 이후 서구 문학에서 최대의 비평가 중의 한 사람으로 평가되고 있는 N. 프라이가 산문과 산문 픽션의 구분을 의도한 것에서 시사받을 수 있듯이, 산문의 개념만으로는 문학의 고유한 성질을 두루 포괄할 수 없다는 사실도 유념할 필요가 있다. 산문은 문학 고유의 개념만은 아니며 더구나 소설의 장르적 현상을 정확히 설명하는 용어도 되지 못한다. 오히려 서사적 산문의 고유한 특성을 드러내기 위해서는 **산문 픽션**(prose fiction)이라는 새로운 개념이 제안될 필요가 있는 것이다.

문학은 본질적으로 개연성의 세계를 추구하며(**그럴듯함**을 보라) 허구를 다루기 때문에 픽션의 영역을 거느린다. 그러므로 픽션이 노벨과 동일하게 이해되는 관점은 근본적으로 수정될 필요가 있다. 픽션이면서도 동시에 산문인 것, 즉 산문 픽션이라는 것은 '지속적인 리듬이 문법적인 지속의 리듬을 갖고 있는 문학'의 뜻인 '지속적인 형식'을 설명하는 사례의 하나이다. 그러나 이 지속적인 형식 중에서 산문도 픽션도 아닌 형식(주제 중심적인 서사시, 교훈적인 시 및 산문, 신화의 편찬 등, 요컨대 시인이 '사회적인 역할을 담당하고 있는 직업인으로서 전달하고 있는' 문학 형식)이 있기 때문에, 이것과의 구분을 위하여 산문 픽션의 개념이 동원되는 것이다. 따라서 오늘날 문학적 산문이라는 뜻으로 국한하여 지칭하는 '산문'은 '산문 픽션'이라는 의미가 더 강한 편이다.

산문 픽션(prose fiction)

프라이가『비평의 해부』네 번째 에세이에서 종래의 타성적인 장르 구분에 반발하여 소설(novel)과 거의 같은 의미로 사용되는 픽션이라는 용어 대신에 사용한 명칭이다.

프라이는 네 번째 에세이의 서론 마지막 부분에서 작가, 청중, 그리고 그가 설정한 네 개의 장르 — 극, 에포스, 픽션, 서정시 — 의 기본적인 제 형식 사이의 관계를 귀납적으로 스케치하면서 각 장르가 갖는 모방적 형식과 두드러진 리듬을 열거하였고, 특히 지배적인 리듬이 문법적인 지속의 리듬을 갖고 있는 지속적 형식의 문학에 다시 산문 픽션을 구별해내고 있다. 프라이는 일반적으로 산문이 지배적인 리듬이 되는, 즉 산문으로 말하는 장르를 가리키는 데 픽션이라는 말을 사용하지만, 실상 이는 픽션의 진정한 의미가 허구 또는 비현실이라는 종래의 생각과는 구별된다.

소설이 픽션을 대표하는 장르이기는 하지만 소설이 픽션과 같은 의미로 사용된다면 소설은 본래의 자신의 고유한 성질을 가질 수 없으며 픽션이면서 소설적 형식을 갖추었다고 하기 어려운 대부분의 작품들(『트리스트럼 섄디』『걸리버 여행기』 등)을 어떻게 구분해야 할 것인가 하는 어려운 문제가 제기된다. 프라이는 아리스토텔레스와 같이

유(類)로서의 픽션과 그 유(類)의 종(種)으로서의 소설을 구별하여 산문 픽션의 장르를 소설, 로망스, 고백, 아나토미의 네 종류로 나눈다. 이는 곧 소설과는 다른 특징을 지니고 있는 허구적 산문들이 본질적으로 다른 전통에서 연유되었음에도 불구하고 소설로서 취급될 때 받는 정당하지 못한 대우에 대한 재평가의 기초 작업이라 할 수도 있다.

프라이가 형식이라는 관점에서 바라본 픽션에는 소설, 로망스, 고백, 아나토미의 중요한 네 가지 흐름이 서로 얽혀 있고 이들에 의해 만들어지는 열한 개의 복합 형식이 또한 가능해진다. 산문 픽션의 각 유형은 그것들이 각기 상이한 역사적 전통 속에서 형성되어왔다는 사실에 그 분류의 근거를 두고 있는데, 궁극적으로는 역사적 전통 속에서 형성된 하나의 구성 원리(mythos)에 의해서 이러한 분류가 이루어진다고 볼 수 있다. 프라이의 논의는 애초에 플라톤의 이데아에서 출발한다. 그는 이데아에 상응하는 원리로서 원형을 상정했고 이것은 그의 표현대로 '의미의 구심적 구조'이기 때문에 무한한 수의 내용을 가지며 형태 또한 상황에 따라—플라톤의 현상계에서처럼—다양하게 변조되어 나타난다. 따라서 그가 어법 등 수사적 요소에 따라 산문과 산문 픽션을 구분한 뒤 다시 네 가지 하위 장르를 설정한 동기는 원형비평에 근거를 둔 역사적 시각에서 연유된 것이라 할 수 있다. 그는 이들 산문 픽션의 형태를 역사적 전통(혹은 문화적 관습) 속에서 변조된 원형의 한 형태로 보며 이 모든 것은 인간 속에 있는 원형의 촛불에 어른거린 그림자에 비유될 수 있다고 본다. 프라이가 역사적 전통과 문화적 관습 속에서 하나의 원리를 발견하고 있다는 것은 그의 이러한 분류를 우리 문학에 어떻게 적용시킬 수 있을까 하는 문제에 대해 시사하는 바가 자못 크다고 할 수 있다.

프라이의 분류를 우리 문학에 적용하는 데 있어서는 대략 두 가지의 어려움이 따른다고 볼 수 있다. 첫째는 프라이의 분류가 각기 상이한 역사적 전통이 형성시킨 독특한 구성 원리에 의해 얻어진 것이기 때문에 그들과는 다른 문화적 관습과 역사적 전통을 가진 우리에게 그것이 적절한 분류가 될 수 있는가 하는 점이다. 다른 하나는 프라이가 산문 픽션이라는 장르를 만들게 된 이면에는 이들의 문학 전통에 내재하는 필연성이 있었다는 점이다. 프라이가 스스로 밝혔듯이 이 내적 필연성은 소설이 고유한 자신의 성격을 지탱할 수 있고 논픽션과 픽션의 경계 사이에서 문학의 영역 밖으로 밀려나는 작품을 건져내야 한다는 절박한 동기였던 만큼 그들이 형성한 문학 전통 속에서는 불가피한 것이었다. 그러나 우리 문학의 현실 속에선 우선 이 네 가지의 분류가 내적 필연성을 갖는가 하는 논의는 제쳐두고라도 당장 로망스와 고백, 소설과 아나토미라는 네 개의 분류에 적합한 작품군이 형성될 수 있는가 하는 것은 커다란 의문이라고 할 수 있다.

산책자(flâneur)

성급하고 목적론적인 행위에 집착하는 대도시의 군중과는 대조적으로, 목적 없이 그들 사이를 배회하는 인물을 지칭하는 용어. 이 용어에 대한 상세한 서술은 콘스탕탱 기스(Constantin Guys)에 대한 보들레르의 유명한 에세이「현대의 삶을 그리는 화가 Le Peintre de la vie Moderne」에 주로 나타나며, 발터 벤야민(Walter Benjamin)에 의하여 자주 인용되면서 모더니즘 소설의 전형적 인물 유형의 하나로 취급되는 경향으로 발전해온다. 따라서 이 개념의 출현 배경에는 반드시 근대화와 도시 공간의 형성이라는 사회변동이 자리한다. 서유럽에서의 산업혁명과 근대 시민사회의 성립이 도시 문화의 위력과 환영(illusion)을 가져오면서 군중의 실체를 강화하게 된다는 것은 다 알려진 사실이다. 빅토르 위고조차도『레 미제라블 *Les Misérables*』과『바다의 일꾼들 *Les Travailleurs de la mer*』을 통하여 군중에게 말을 건 최초의 작가로 평가받을 정도로 군중은 서구 사회의 근대화 과정에서 드러나는 중요한 사회적 개념이자 문화적 개념이었던 것이다.

산책자란 이와 대조되는 개념이다. 다수에 대한 소수, 적극적 참여자에 대한 수동적 관조자의 뜻을 외형상으로 가지지만, 벤야민의 은유적 표현에 의하자면 스쳐가는 과거의 진실된 모습을 알아차리는, 즉 현재의 파편들 속에서 과거의 진실을 끌어 맞추려고 노력하는 역사의 천사(天使)라는 의미다. 한나 아렌트는 벤야민의 생애를 기술한 『일루미네이션 *Illumination*』의 서문에서 이 말에 보다 명쾌한 의미를 부여하고 있는데, 그녀에 의하면 산책자란 '군중 속에서 아무런 목적없이 느릿느릿 거니는 사람'을 의미한다. 따라서 과거의 진정한 모습들이 군중 곁을 스쳐갈 때 게으르게 군중 사이를 거니는 산책자만이 그 과거의 숨겨진 메시지를 읽을 수가 있다. 왜냐하면 그의 시선은 현대의 대도시 속에서 상실된 과거의 모습을 보고 있기 때문이다. 산책자란 이처럼 도시의 구석구석을 자유롭게, 자유의지대로 헤매는 자, 다소 은유적으로 표현하자면 '충격'을 피하여 한가로이 자신의 내면적인 환상에 참여하는 자를 뜻하게 된다.

개인의 능력으로는 도저히 체계화할 수 없는 각종 정보와 문명, 집단과 군중 개념의 등장은 인간의 개별성을 파탄시키게 마련이다. 산업화와 근대화가 이루어낸 이러한 도시 문명은—도시 생활의 파편화되고 불연속적인 감각들은—산책자에게 사물과 그에 대한 경험적 주체 사이의 깊고 내밀한 정서적 교감에 의해서 형성되는 아우라(aura)를 벗겨내는 '충격'적 경험들로 비추어진다. 빠른 속도로 진행되는 도시적 삶과 그 속에서 부딪히는 충격적 불협화음들은 과거의 삶 속에서 가능했던 인간과 사물과의 지속적인 친화성을 파괴하고 사물들을 낯설고 파편화된 일회적 체험의 영역 속에 남겨두는 것이다.

박태원의 「소설가 구보씨의 일일」은 우리나라에서 생산된 대표적인 산책자 소설의 한 예가 될 수 있다. 작가의 분신인 소설가 구보가 정오에 집을 나와서 새벽 2시까지 거리를 배회하다 집으로 돌아가는 원점

회귀의 구조로 짜여진 이 소설에서, 작가가 추구하고자 한 것은 경성 풍물에 대한 세밀하고 정치한 묘사이다(그는 이것을 '모데로노로지오―고현학'이라 이름 붙인다).

> …… 구보는 약간 지신이 있는 듯 싶은 걸음걸이로 전차선을 두 번 횡단하여 화신 상회 앞으로 간다. …… 젊은 내외가, 너덧살 되어 보이는 아이를 데리고 그곳에 가 승강기를 기다리고 있었다. 구보는 움직이는 전차에 뛰어 올랐다. …… 구보는, 차장대, 운전대로 향한, 안으로 파란 융을 받혀 대인 창을 본다. 전차과에서는 그곳에 '뉴―쓰'를 게시한다. …… 다시 돌아간 다방 안에 사람들은 많지 않았다……. 조그만 강아지가, 저편 구석에 앉아 토우스트를 먹고 있는 사나이의 그리 대단하지도 않은 구두코를 핥고 있었다…….

이렇게 '있는 그대로'를 묘사하는 것, 마치 크로키 기법처럼 하나의 공간에서 다음 공간으로 끊임없이 순간적인 묘사를 이동해가는 것, 청각보다는 시각을, 연속적 세계관보다는 순간적 공간성을 강조하는 것이 이 소설의 주요한 특색을 이룬다. 그러나 이 소설에서 산책자의 참된 존재 의의는 경성 공간의 세밀한 관찰에만 있지 않다. 내적 독백의 수법을 동원한 과거 회상, 그 회상을 가능케 하는 주인공 스스로의 고독감, 규범화된 일상으로부터의 일탈 등을 통하여 주인공 구보는 끊임없이 현재의 파편화된 모습과 과거의 진실을 결합하려는 시도를 보여준다.

> 문득 창밖 길가에, 어린애 울음 소리가 들린다. 그것은 울음 소리임에는 틀림없었다. 그러나 어린애의 것보다는 오히려 짐승의 소리에 가까웠다. 구보는『유리시즈』를 논하고 있

는 벗의 탁설에는 상관없이, 대체, 누가 죄악의 자식을 나었누, 하고 생각한다.

가엾은 벗이 있었다. 그는, 어렸을 때부터 그렇게도 불행하였던 그는, 왼갓 고생을 겪지 않으면 안되었고, 또 그렇게도 경란한 사람이었던 까닭에, 벗과의 사귐에 있어서도 가장 관대한 품이 있었다. 그는 거의 구보의 친우였다. 그러나, 그에게는 남자로서의 가장, 불행한 약점이 있었다. …… 그 벗은 결코 아름다웁지도 총명하지도 않은 한 여성을 사랑하고, 여자는 또 남자를 오직 하나의 사내라 알았을 때 비극은 비롯한다.

이 예문에서처럼 구보는, 어린아이의 울음소리를 통하여(자극) 죄악의 자식을 떠올리게 되고(연상) 곧이어 애정 행각을 벌인 친구를 생각하게 된다(반응). 이러한 자극-연상-반응의 관계는 이 소설에서 수없이 반복된다.

이른바 산책자 구보 씨는 다방 '낙랑필라'를 중심으로 경성 도회를 세 번씩이나 배회하면서 공간 체험의 편린들을 충실하게 고증할 뿐만 아니라, 아우라를 벗겨내는 충격적인 도시 문명 속에서 고독을 느끼며 과거를 재구성하기에 이른다. 이 과정에서 인터널 모놀로그의 기법이 적절하게 동원된 것은 현대소설에서의 산책자의 의의를 한층 돋보이게 해주는 것으로 보여진다. 최근의 우리 문학에서는 최인훈의 「하늘의 다리」가 이와 같은 인물 유형을 보여주는 소설의 좋은 보기라 할 수 있다.

삼각관계

서사물 내에서 벌어지는 인물들 간의 다양한 갈등 관계 유형 중 하나이다. 관습적인 용법에서 이 용어는 연인, 연적 관계에 있는 세 사람의 남녀간의 갈등을 의미하며 여타의 갈등은 세 등장인물 사이에 형성되는 것이라 할지라도 삼각관계로 불리지 않는 것이 보통이다.

애정 관계에서 발생되는 가장 기본적이고 근원적인 갈등 유형이 한 남자와 한 여자를 중심으로 한 것임은 두말할 필요가 없다. 신분상의 차이와 주변의 방해, 겹쳐지는 오해와 불의의 사고 등 갖가지 우여곡절을 거쳐 한 쌍의 남녀가 화해로운 결합에 이르게 되거나 반대로 다시는 서로 만나지 못하는 비극적 운명에 빠지게 되는 것은 사랑의 이야기를 다룬 고대 서사물은 물론 현대의 서사물에서도 빈번히 나타나는 전형적인 갈등 구조이다. 삼각관계는 한 쌍의 남녀라는 두 갈등 주체 사이에 다른 하나의 갈등 주체가 개입됨으로써 발생한다. 자연히 이야기의 과정은 한 쌍의 남녀가 결합하느냐 그렇지 못하느냐라는 단순성에서 벗어나 입체적 성격을 띠게 되고, 어느 쪽을 선택할 것인가 하는 갈등의 중심에 놓인 인물의 고민, 한 대상을 차지하기 위한 두 인물 사이의 모함과 증오, 결투와 복수 등등의 서사 줄기가 첨가됨으로 해서 플롯은 훨씬 더 생동감과 긴장감을 얻게 된다.

유사한 갈등 구조가 이전부터 존재했다고 할지라도, 삼각관계가 본격적으로 도입되기 시작한 것은 아무래도 근대 이후의 일이라고 보아야 한다. 전통사회의 보편적 규범들이 붕괴되고 가치관의 다변화가 이루어지면서, 다양한 가치들이 서로 충돌하는 현실이 삼각관계라는 갈등 유형을 발생케 했다고 할 수 있다. 삼각관계에서 대립적 가치를 체현하는 인물의 가장 일반적인 양상은 가진 자와 못 가진 자이다. 가진 자는 돈의 위력을 배경으로 우월한 위치를 차지하지만 인간적 결함을 지니며, 겉으로는 점잖은 듯하지만 속으로는 야비하고 탐욕적인 인물이고, 종종 사랑을 위한 경쟁에 끼어들기에는 나이가 너무 많다. 못 가진 자는 현실적으로 열악한 위치에 놓여 있지만 연인으로서는 이상적인 조건을 갖추고 있다. 그는 순수하고 고귀한 정열에 차 있으며 무엇보다도 진실한 사랑의 이상을 대표하고 있는 젊은이이다.

독자들은 젊은 인물 쪽에 성원과 동정을 보내며 그가 목적한 사랑을 성취하기를 고대하지만 작품 내에서의 승리는 가진 자 쪽에 돌아가는 경우가 흔하다. 방황과 번민 끝에 야비한 인물과 결합한 여자의 운명에 독자들은 연민을 느끼지만 그러한 운명을 조용히 수락하는 여자의 현실적 태도 또한 주목할 필요가 있다. 이상적이며 순수한 것은 실패하기 쉽고 현실에 있어서는 위력을 발휘하지 못한다는 냉소적 인식이 거기에는 반영되어 있다. 이수일과 심순애의 이야기로 널리 알려진 조중환의 번안소설 『장한몽』은 이런 유형의 작품의 전형적 예이며 채만식의 『탁류』나 투르게네프의 『첫사랑』 같은 본격소설에도 이런 구조는 얼마든지 나타난다. 특히 애정 이야기를 다루는 현대의 통속적 서사물들, TV 드라마나 삼류 영화, 만화에서 취급되는 삼각관계는 대부분 『장한몽』류의 갈등 구조를 그대로 답습하거나 조금씩 변형시킨 것이라 해도 과언이 아니다. 출세 가도를 달리기 위해 재벌의 딸과 결혼하고 옛 애인을 저버리는 남자의 이야기는 성(性)의 배치만을 바꾼 것일 뿐이다.

이런 유형의 작품이 너무도 뻔한 이야기 과정과 상투적 결말을 가지고 있어 점차 통속화되고 플롯에 대한 반성 없이 되풀이되는 현상을 보여주는 반면에, 삼각관계의 구조를 토대로 좀더 복잡하고 미묘한 가치관의 대립을 제시함으로써 문학적 효과를 획득한 작품들도 적지 않다. 이때에 어느 쪽 인물의 가치관이 정당한 것이며 어느 쪽의 남녀가 결합해야 하는가 하는 문제는 텍스트 내에서 명료하게 드러나지 않을 때가 많고 궁극적으로 독자의 판단에 맡겨진다. 로렌스의 『채털리 부인의 사랑』, 톨스토이의 『전쟁과 평화』, 마거릿 미첼의 『바람과 함께 사라지다』 등이 그 예에 해당할 것이다. 파스테르나크의 『닥터 지바고』에서 라라와 지바고의 아내와의 대립은 이광수의 『무정』에서 선형과 영채의 대립과 거의 동일한 신구 가치관의 갈등이다. 이광수는 계몽주의의 전파를 위해 선형을 선택했지만 영채의 순정이 적절한 보상을 받아야 한다고 생각하는 독자들도 없지 않을 것이다.

거론된 작품들이 보여주는 다양한 문학적 수준에서도 짐작되듯이 삼각관계라는 갈등 구조 그 자체는 그것을 차용한 문학작품의 가치와 별 관련이 없다. 따라서 통속적 서사물에서의 범람으로 인해 그 구조 자체가 저급한 것이라고 간주하는 흔한 오해는 불식되어야 마땅하다. 영원한 문학의 주제이자 소재인 남녀간의 사랑이 문학작품 속에 표현되는 한, 그 근본적 유형의 하나인 삼각관계는 어떤 형태로든 애용될 것임이 분명하다.

상감기법(象嵌技法, l'enchassement)

토도로프가「이야기의 여러 범주」(1966)에서 설명하고 있는 서술 방식의 하나. 보통은 **액자소설**로 더욱 잘 알려져 있다. 즉 '이야기 속에 다른 이야기를 박아 넣는 방식'을 말하며 문장(紋章) 기법으로도 불린다. 장 리카르두는 이러한 '박아 넣기 방식'을 소설 자체에 대한 일종의 '이의(異義, contestation)'의 표시라고 부르며 이때의 이의는 물론 전통 소설에서 흔하게 다루어지지 않는 플롯상의 특수한 테크닉을 말하기 때문에 작가에게 무한한 서술의 가능성을 제공하면서 여러 가지 새로운 현실들을 표현하도록 해준다는 의미를 가진다. 에밀리 브론테의『폭풍의 언덕』, 모파상의『행복』, 김동인의「배따라기」등이 이 기법을 사용하고 있는 대표적인 사례들이다.

상상력(imagination)

상상력(想像力)의 어원은 라틴어 Imaginatio에서 유래한다. Imaginatio는 공상(fancy)에서 파생한 그리스어 Fantasia를 단순히 번역한 용어로서, 이미지를 획득하거나 그것을 창조하는 능력, 또는 그러한 이미지를 고안하는 과정을 주관하는 힘을 가리킨다.

서양의 경우, 상상력에 대한 최초의 문학적 개념 정립은 콜리지에게서 시도되었다. 그는 상상력을 사상과 사물과의 만남, 곧 정신과 자연 두 세계를 연결하게 해주는 힘으로 보고, 상상력을 1차적 상상력(혹은 소비적 상상력)과 2차적 상상력(예술적 상상력)으로 구분하여 설명하고 있다. 그에 따르면, 1차적 상상력은 '무한의 존재(곧 신(神))의 영원한 창조 행위를 유한한 정신 속에서 반복하는 일'이다. 그러니까 상상력은 '모든 인간 지각의 살아 있는 힘이며, 제1의 동인(動因)'이지만, 공상은 '시간과 공간의 질서에서 해방되어 나온 기억의 한 형태일 뿐, 실상 아무것도 아니며' 고정되고 한정된 것으로서, 단순히 소비적 속성만을 갖는다. 말하자면 공상은 연상의 과정이며, 상상은 창조의 과정에 속하는 것이다.

또한 그는 2차적 상상력을 '1차적 상상력의 변형으로서 의식적인 의지와 공존'하는 것으로 보아, "변형이라고는 하지만, 기능 면에서는 1차적 상상력과 같은 종류의 것이며, 다만 작용하는 정도의 차(差)와 양식의 차(差)가 있을 뿐이다. 이는 재창조를 위해서 용해되고, 확산되고, 흩어지게 된다. 혹은 이러한 과정이 불가능하게 되는 경우에도 여전히 관념화되고 통일화되기 위해서 그 모든 노력을 경주하게 된다"라고 본다. 이는 곧 상상력이 지닌 무의식적 차원과 의식적 차원을 구분하고, 무의식을 지배하는 인식 원리의 필연적인 면과 의식적 차원에서의 선택 원리를 살핀 것이다.

콜리지의 상상력 이론은 체험의 단계와 창조의 단계를 이론화한 작업의 결과이다. 창조를 위한 예술적 작업은 체험 자료에다 형태와 모습을 부여하는 일인데, 정신이 사물을 재창조하기 전에 그 사물의 자료를 우선 용해시켜야 한다. 상상력은 단순히 거울처럼 사물을 그대로 모방하는 것이 아니라 창조적 원리이기 때문이다. 2차적 상상력은 하나의 새로운 세계—비록 일상적 인식의 세계와 같은 것이기는 하나 재구성되고 보다 고도의 보편적 차원으로 승화된 세계—를 창조한다. 이처럼 콜리지의 상상력 이론은 작가심리학의 차원에 놓여진 것이다. 그러므로 콜리지의 관점에서 본다면, 상상력은 작품을 창조하는 원리가 되는 셈이다.

질베르 뒤랑(Gilbert Durant)에 의하면, 상상력의 주된 특성은 간접적 사고이다. 감수성이 비상하는 차원은 논리적 인식이 포착할 수 없는 영역에 대한 세계를 간접적으로 파악할 수밖에 없는 성질을 갖고 있다. 가령 '유년기의 회상' 처럼 '현존하지 않는' 대상을 이미지를 통해 우리의 의식 속에서 재현(represent)시키는 것이 상상력인 셈이다. 이것은 언어로는 모두 담아낼 수 없는 무한한 신비에 가득 찬 세계이다.

동양의 경우, 이러한 간접적 사고는 상상력의 중심축을 이룬다고 할 수 있다. 왜냐하면 문학적 표현에 있어서 상상력의 개념은 육화된 대상이나 혹은 세계에 대한 인식 속에 잠재되어 있는 것이기 때문이다. 아주 단적인 예를 든다면, 불교에서 언급하고 있는 '언어도단 불립문자(言語道斷 不立文字)' 의 세계는 동북아시아의 문화권에서 거대한 흐름으로 자리해온 상상력의 특성 중의 하나이다. 이 말에는 진리의 비의(秘義)는 언어에 의해 설명되는 것이 아니라는 관점이 담겨 있다. 이는 곧 언어의 길이 끊어진 저편 세계에 대한 인식이기도 하며, 그 인식과 더불어 깨달은 자가 아니면 포착할 수 없는 해명 불가능한 사고의 영역을 상정하는 것이기도 하다. 그러므로 이러한 세계야말로 문학의 가장 기본적인 속성인 비유, 알레고리와 상징의 영역에 중첩되는 것이다. 동양적 사고를 점유하고 있는 비유와 알레고리, 상징은 바로 이 같은 점에서 상상력의 육화된 양상이 가장 잘 나타나는 예가 된다.

그렇다면 소설에서 상상력은 어떠한 측면으로 기여하는 것일까? 이 물음은, 상상력이 소설 전반에 어떤 기능을 하는 것인가라는 질문으로 전환시켜볼 수 있다. 예컨대 현실의 인물을 모델로 한 작중인물이라 해도 그는 이미 현실 속에 속한 인물이 아니라 작가가 상상력을 통해 변환시킨 하나의 사회적 약호이다. 상상력에 의한 인물상의 수립은 그 상상력을 통해 현실 세계를 뛰어넘는 상징성을 획득하는 것이다. 작품 안에 나타나는 이미지나 상징, 배경, 사건 등 소설을 구성하는 사건적 요소와 사물적 요소들은 상상력에 의해 통합되면서 하나의 경험적 체계를 형성하는 것이다. 그것은 '상상력을 통해 창조된 세계' 혹은 '상상력의 결과로 생성된 세계'인 것이다. 그러므로 작가는 상상력을 통해 자신의 문학적 특질을 구현하는 것이라고 말할 수 있다. 발자크의 경우 상상력은 인물의 전형화에 기여하며, 프루스트에게는 상상력이 의식적 혹은 무의식적인 가능성을 예견하는 정신력의 직관으로 나타나는 것이다.

상호 텍스트성(intertextuality)

이 용어는 1966년, 소련의 문학 이론가인 바흐친에 관한 한 논문에서 크리스테바가 처음 사용한 것으로 대화주의와 다성학에 관한 바흐친의 개념을 포함하고 있다. 가장 포괄적인 의미에서 이 용어는 문학적 담론은 어떤 한 작가의 독창성이나 특수성에 귀속되는 것이 아니라 기존의 개별적인 텍스트들 및 일반적인 문학적 규약과 관습들에 의존해 있다는 것을 뜻한다. 크리스테바는 이 용어를 '모든 텍스트는 인용구들의 모자이크로 구축되며 모든 텍스트는 다른 텍스트들을 받아들이고 변형시키는 것'이라는 의미로 정의한다. 상호 텍스트성의 개념은 상호 주관성(intersubjectivity)의 개념으로 대체되기도 한다. 상호 텍스트성은 일반적으로 텍스트 내의 적극적이거나 소극적인 기능이라고 불리는 것을 함축하고 있다. 소극적인 면에서 그것은 텍스트를 읽을 수 있는 것으로 만드는 규약(code)과 관습들, 즉 텍스트를 이해 가능한 것이 되게 하는 기본적인 조건을 이루는 것이며, 적극적인 면에서 그것은 텍스트로 하여금 그러한 규약들이나 관습들, 혹은 기존의 문학작품들과 관련해서 어떠한 관점을 취할 수 있도록 하는 것이다. 따라서 그것은 모방이나 표절, 암시, 패러디, 아이러니, 인용 등의 형태를 취할 수 있다.

그 용어의 소극적이고 가장 일반적인 현상은 『S/Z』에서 그 윤곽이 잡힌 '읽을 수 있는 것'에 관한 바르트적 개념의 토대를 이루고 있다. 여기에서 언어는 언술자들의 모든 발화 행위의 기본적인 토대를 이루고 있는 중립적인 소쉬르적 체계로서뿐만 아니라 규약들의 상호 매개적인 단계 위에서 조직되는 것으로 나타난다. 소쉬르적 체계가 이데올로기적 혹은 문화적으로 결백한 반면, 이러한 상호 매개적인 규약들은 깊은 문화적 · 이데올로기적 함축을 지니고 있다. 그것들은 '이미 만들어진 것(déjà-fait)'과 '이미 읽혀진 것(déjà-lu)'을 공유하고 있으며, 따라서 크리스테바가 상호 텍스트성의 중심적 형태라고 여긴 인용구적 상황을 지니고 있다. 비록 그 인용구들이 완전히 익명의 것일지라도 바르트에 의하면 "규약은 곧 인용의 원근법이다." 바르트는 상호 텍스트성을 개념 그 자체로서가 아니라 '읽을 수 있는' 혹은 '쓸 수 있는' 정도에 따라 텍스트들의 가치 평가적인 유형학을 세우려는 시도의 한 부분으로서 관심을 기울인다.

또한 그 적극적인 면에서 상호 텍스트성의 개념은 또 다른 논의의 영역을 지니고 있다. 즉 그것은 소설론이나 시론, 문학사론들과 빈번히 결부되는 것이다. 소설론에서 그 개념은 다성적 소설에 관한 미하일 바흐친의 논의 속에서 가장 잘 드러난다. 바흐친은 소설의 언어를 시의 언어, 그중에서도 특히 서정시의 언어와 근본적으로 구별되는 것으로 생각한다. 그에 따르면 시인은 어떤 일관된 개성적 스타일을 지닌 그 자신의 목소리로 말하는 것으로 여겨지지만, 소설은 모든 다양한 형태의 담론 양식으로 구성되어 있으며, 그중의 어떤 것도 반드시 작가의 것으로 귀속되는 것은 아니다. 소설은 이러한 다양한 담론 양식들을 표현의 수단으로서뿐만 아니라 대상으로 다룬다는 점에서 적극적인 의미에서의 상호 텍스트적이라고(실제로 바흐친은 이러한 용어를 사용하지 않았지만) 할 수 있다. 소설에서 언어 이미지들이 지닌 필연적인 한계나 특성들은 작가가 그것들과 '대화하는' 방식에 의해, 다시 말해 작가가 그 자신의 가치 평가적인 중심으로부터 그것들과 다양하게 거리를 두는 장치를 통해서 드러난다. 바흐친에 의하면 소설을 하나의 장르로서 특징지어주는 것은 적극적인 상호 텍스트성의 이와 같은 특수한 유형이다.

문학사에서 상호 텍스트성의 역할은 제니(Jenny)에 의해 간략하게 기술된 바 있는데, 문학의 발전에 대한 그의 견해는 러시아 형식주의자들의 그것과 유사한 점이 없지 않다. 즉 그는 문학은 고도로 규약화되고 낡은 문화적 관습들을 상호 텍스트성의 대상으로 사용함으로써 발전해나간다고 주장하는 것이다. 문화적 위기의 순간에 이러한 과정은 문화가 새롭게 태어날 수 있는 일종의 상호 텍스트적 정화의 단계에 이른다. 적극적인 상호 텍스트성을 통한 이와 같은 형태의 문화적 재생의 대표적인 예는 세르반테스와 라블레, 로트레아몽, 조이스 등이다. 사실 이러한 논의 방식은 독일의 수용미학 이론에서 논의되는 문학사와 유사한 유형의 명백한 발전적 모델을 지니고 있다. 상호 텍스트성은, 비록 그 용어의 사용이 그리 널리 확산되어 있지는 못하더라도 그 근본적인 전제들에 있어 현대의 중요한 문학 이론들과 어깨를 나란히 하고 있으며, 또 다른 다양한 발전과 적용의 가능성을 내포하고 있는 개념이라고 할 수 있다.

생략(ellipsis)

지속(duration) 개념의 다섯 가지 기능 중의 하나로서 서사적 담론상의 시간이 0이거나 0에 가까운 서술 기법을 말한다. 이야기 흐름의 특정 부분을 시간적으로 최대한 가속화시켜(**가속과 감속**을 보라) 공백의 상태로 처리하는 생략의 기법은 일정한 시간에 걸쳐서 진행된 이야기—사건들 자체를 서술하지 않음으로써 이야기의 구조 자체를 탄력 있고 짜임새 있게 해주는 기능을 담당하기도 하며, 서술상 사라져버린 시간의 공동(空洞)을 독자의 상상력으로 채워 넣게 해줌으로써 작가의 의도나 작의, **취사선택**의 효과를 감지케 하는 기능을 하기도 한다. 생략의 기법은 대체로 작가의 서술 시간을 뒤따라가는 독자의 권태감과 지루함을 해소하기 위해 적절하게 사용하도록 권장되는데 이것은 이야기와 담론 사이의 불연속성이 독자들에게 미치는 미학적 효과에 대한 논의와 깊은 관계가 있는 것으로 이해된다. 예컨대 다음과 같은 경우이다.

> ……장사를 지낸 이튿날부터 아우는 그 조그만 마을에서 없어졌다. 하루 이틀은 심상히 지냈지만, 닷새 엿새가 지나도 아우는 돌아오지 않았다. 그래서 알아보니까 꼭 그의 아우와 같이 생긴 사람이 오륙 일 전에 멧산자 봇짐을 하여 진 뒤에 새빨간 저녁 해를 등으로 받고 더벅더벅 동편으로 가더라 한다. 그리하여 열흘이 지나고 스무 날이 지났지만, 한 번 떠난 그의 아우는 돌아올 길이 없었고, 혼자 남은 아우의 아내는 만날 한숨으로 세월을 보내게 되었다.
>
> 그도 이것을 잠자코 보고 있을 수가 없었다. 그 불행의 모든 죄는 그에게 있었다.
>
> 그도 마침내 뱃사람이 되어, 적으나마 아내를 삼킨 바다와 늘 접근하며, 가는 곳마다 아우의 소식을 알아 보려고, 어떤 배를 얻어타고 물길을 나섰다.
>
> 그가 가는 곳마다 아우의 이름과 모양을 물었으되, 아우의 소식은 알 수가 없었다.

이리하여 꿈결같이 십 년을 지나서, 구 년 전 가을, 탁탁히 낀 안개를 깨며 연안(延安) 바다를 지나가던 그의 배는 몹시 부는 바람으로 말미암아 파선을 하여 벗 몇 사람은 죽고, 그는 정신을 잃고 물 위에 떠돌고 있었다.

그가 겨우 정신을 차린 때는 밤이었다. 그리고 어느덧 그는 물 위에 올라와 있었고, 그를 말리느라고 새빨갛게 피워 놓은 불빛으로 자기를 간호하는 아우를 보았다…….

김동인의「배따라기」의 일절이다. 하루 이틀에서 닷새 엿새로, 다시 열흘 스무 날의 시간이 속도감 있게 생략되다가 마침내는 9년간의 긴 시간이 서술상 생략되어버렸다. 실제로 이야기가 진행되는 시간은 9년간이지만 텍스트 속에서 그것은 단 한 구절로 표현되는 것이다. 이러한 시간의 불연속성은 이 소설의 전개 방식에 있어서 매우 효과적으로 기능한다. 작가는 9년간의 이야기-사건을 일일이 설명할 필요가 없으며 중요하다고 생각되는 사건(아우와의 조우)을 선별 · 취사선택하여 속도감 있게 처리하는 것이다. 지나간 9년간의 시간은 독자의 상상력에 의해 채워지고 재구성되는 시간이며, 작가는 많은 시간 자체를 지워버림으로써 주인공의 역경과 간난과 통한의 강도를 너스레 떨지 않고 압축하여 보여주는 것이다. 9년을 단축시켜버린 이러한 속도감은 기나긴 시간 동안 아우를 찾겠다는 하나의 일념으로 바다를 떠도는 주인공의 고투에 찬 삶의 정황을 암시하면서 그 일념의 강도와 진정성을 증폭시키는 역할을 한다.

서간체 소설(epistolary fiction)

자기 고백적 서사 양식이자 일정한 대상에 의해 읽혀지는 것을 전제로 한다는 점에서 편지 혹은 서간은 소설적 성격을 다분히 내포하고 있다. 숭배의 열정에 들떠 애인에게 찬사를 늘어놓거나 기나긴 밤의 고독감을 견디지 못해 절친한 친구에게 신세 한탄을 늘어놓는 그 내용들은 훌륭한 문학적 표현물이 된다. 허구적 서사물이라는 소설의 본질과는 다소 거리가 있지만 조선조의 내간이 문학적 연구 대상으로 고려되는 것도 이런 의미에서 연유하는 것이다. 과학의 발전으로 인한 신속한 의사소통 수단이 등장하기 이전의 시대에 있어서, 편지 양식이 언어 문화에서 가지는 비중과 영향은 절대적인 것이었으며, 문학 장르, 특히 소설 장르에까지 그 영향은 파급되었다. 문학사에 수록된 수많은 작품들 속에서 한두 편의 서간을 찾아내는 것은 그리 어려운 일이 아니다. 서사에 편지가 삽입되고 있는 모든 소설은 서간체 소설의 영향하에 있다고 볼 수 있지만 이 용어가 한정적으로 사용될 때는 사건의 제시와 전개가 오로지 작중인물 간에 주고받는 편지에 의해 이루어지고 있는 소설만을 가리킨다.

서간체 소설은 본질적으로 자기 고백적인 서사 양식이다. 그런 까닭에 자기 감정의 투사를 본령으로 삼는 낭만주의 시대에 서간체 소설은 크게 유행했다. 사랑하는 애인에 대한 동경과 고뇌를 편지 형식으로 서술한 괴테의 『젊은 베르테르의 슬픔』은 이 시대의 대표작이며 그 외에도 루소의 『신엘로이즈』(1761), 라클로의 『위험한 관계』(1782) 등을 예로 들 수 있다.

서간체 소설은 감정 표현의 용이함과 사건 제시의 간편함 등 기법적 장점을 가진다. 이런 장점 때문에 서사적 기교가 다양화되지 않았던 소설 발달의 기초 단계에 이 기법이 빈번히 사용되었으며, 근 · 현대의 작가들 중에도 그들이 성숙한 소설 기법을 구사하기까지 서간체 기법에 의존한 경우가 흔하다. 최서해의 「탈출기」나 도스토옙스키의 처녀작인 『가난한 사람들』이 서간체 소설이라는 사실이 상기될 법하다.

우리 문학에서 최초의 서간체 소설로 간주되는 작품은 이광수의 『어린 벗에게』(1917)이다. 자기 고백적인 감정을 낭만적으로 토로한 이 작품은 이광수의 감정론을 적절하게 반영하고 있으며 근대적 단편의 성격도 갖추고 있다. 이후 1920년대, 1930년대의 소설에서 서간체 양식이 종종 사용되었는데 이재선은 우리나라 서간체 소설의 시대적 조건을 ① 우정사(郵政史)의 발달, ② 여권(女權)의 확립과 결부된 자유연애 사상의 상승 현상, ③ 외국 문학의 영향 등으로 이해한 바 있다.

서경(敍景)

소설의 공간적 배경을 이루는 요소 가운데 하나인 풍경의 묘사를 가리킨다. 엄격한 의미에서 풍경은 눈 덮인 산이나 파도치는 바다와 같은 감각적으로 지각할 수 있는 자연경관을 의미하지만, 소설 내에서의 풍경은 시장이나 도시와 같은 사람이 살아가는 구체적 · 물질적 환경까지도 포함하는 것으로 이해되어야 옳다.

공간적 요소라는 것이 스토리 구조(담론화 혹은 플롯화되기 이전의 이야기, 사건의 시간적 배열) 자체 내에서 차지하는 역할이 미미하기 때문에 이야기의 골자를 전달하는 데 주력했던 고대의 서사물들은 풍경의 관찰과 재현에 그다지 관심을 갖지 않았던 것으로 보인다. 현전하는 고대 서사시나 구비 서사문학에서 풍경에 대한 언급은 단 한두 줄에 그치고 있는 것이 대부분이며, 박진감 있는 묘사와는 거리가 멀다. 풍경이 본격적으로 서사문학에 도입된 것은 자연과의 친화가 이상적 세계와의 추구와 밀접한 관련을 맺고 있었던 낭만주의 문학에서 시작되었다는 것이 통설이다. 낭만파 문인들의 자연 묘사를 통해서 관찰과 지각이 가능한 물질적 형태로서 풍경의 개념이 정착되었다고 볼 수 있다. 이것은 물론 르네상스 이후 서양 풍경화의 발달과 긴밀한 관계가 있다.

리얼리즘, 자연주의 문학에 이르면 풍경의 개념이 보다 확대되어 자연경관을 의미할 뿐만 아니라 구체적 생활환경까지도 포괄하게 된다. 관찰 가능하고 재현 가능한 객관적 사물의 영역 속에 도시, 시장, 공장, 건물, 거리 등의 인위적 생활공간이 들어오게 되는 것이다. 플로베르나 에밀 졸라, 하디나 디킨스 같은 대가들의 작품에서는 음습하고 암울하며, 더럽고 황량한 도회 풍경을 자연경관과 함께 흔히 발견하게 된다. 리얼리즘, 자연주의 문학에 있어서 풍경 묘사는 **핍진성**(verisimilitude)을 성취하기 위한 방법으로서 중요한 의의를 갖는다. 풍경에 대한 세심하고 인상적인 묘사는 현실을 있는 그대로 재현하고 있다는 인상을 창출하는 데 결정적 기여를 한다. 발자크의『고리오 영감』서두에 나오는 기나긴 풍경 묘사, 파리의 어떤 거리에 있는 보케르 하숙집의 안팎을 하숙인들을 등장시키기 전까지 꼼꼼하게 그려 보이는 묘사는 좋은 예이다. 자연주의 문학의 경우에 풍경 묘사는 인간이 환경의 피조물이라는 결정론에 힘입어 장대한 스케일과 다채로움을 확보한다. '물리적 환경에 따라 달라지는 인간 군상의 임상 기록'을 의도했던 졸라는 부와 권력의 광장은 물론 빈민가의 뒷골목까지 시야에 넣는 도시 풍경의 조감도를 그려내고 있다.

19세기 소설가들의 이러한 풍경 묘사의 전통은 20세기의 작가들에 와서 상당한 굴절과 변형을 겪게 된다. 자연적 · 사회적 환경의 물질적 형태에 대한 관심이 사라지는 것은 아니지만, 이에 이르러 풍경은 그 객체적인 특성을 점차 잃어버리게 되는 것처럼 보인다. 모더니즘 소설에서 풍경은 인물들의 주관적 인상들로 분해되고 의식의 편린을 나타내는 기호로 나타난다. 조이스의 소설에 등장하는 더블린의 파편화된 풍경, 카프카의 소설들에 나타나는 풍경들의 은유적 집합은 그 비근한 예이다. 풍경의 해체라고 부를 만한 이러한 현상은 모더니즘 이후의 소설에서도 존속되고 있다. 최근 서양의 실험적 작가들이 생동감 있는 풍경 묘사를 보여준다면 그것은 다분히 사실적 재현의 관습을 패러디하기 위한 전략이거나 아니면 환상적인 것의 현실감을 강화시키기 위한 시도라고 보아도 좋다. 이런 점에서 모더니즘 이후의 작가들이 보여주는 풍경이란 엄밀하게 말해서 본래의 의미에서의 풍경과는 다른 레벨에 속하는 것이다.

서양 소설에 있어서 이러한 풍경을 묘사하는 관습의 붕괴가 중요한 역사적 · 철학적 의미를 담고 있는 것은 사실이지만, 이것이 인상적인 풍경 묘사가 갖는 의의를 전면적으로 부정하는 근거가 되지는 않는다. 서사의 내용을 풍부하게 하고 그 안에서 전개되는 사건과 인물에 사실감을 부여하며, 무엇보다도 풍경 그 자체의 아름다움과 숭고함을 독자에게 하나의 감동으로 전달하고자 하는 것 — 이것은 서사문학에서 서경이 차지하는 중요한 기능이며 지금도 서경의 가치가 인정되고 있는 이유라고 할 수 있다. 이광수가 그려낸 바이칼 호와 시베리아, 이효석이 묘사한 달빛 아래 메밀꽃이 하얗게 피어난 강원도의 산촌, 파스테르나크가 그려낸 눈 덮인 우랄 산맥, 앙드레 말로가 묘사한 캄보디아의 밀림은 그 어떤 영상 이미지보다 생생하게 독자의 기억 속에 남아 있으며 서경의 매력과 의의를 감동적으로 증거한다.

서사 · 서사물 · 서사문학(narrative)

언어학의 영향하에 텍스트에 대한 과학적이고 객관적인 분석을 시도하는 현대의 문학 연구는 서사, 서사물, 서사문학이라는 용어들에 대한 분명한 선호를 드러낸다. 반면에 산문문학의 장르를 지칭했던 종래의 관용화된 명칭들 — 소설, 픽션, 로망 등의 용어는 장르의 전통적인 관습(convention)이 상당한 정도로까지 해체된 현대의 자유분방한 문학적 현실에서 그 개념의 엄밀성과 분명한 경계가 더 이상 확보되기 어렵기 때문에 문학 연구 분야에서 점차 소외되어가고 있는 것처럼 보인다. 그리고 이 같은 사정은 새로운 학문인 서사학(narratology)의 발전에 의해 더욱 심화되어가고 있다. 이제 서사, 서사물, 서사

문학이라는 용어들은 더 이상 두루뭉수리로 모든 이야기 문학을 싸안던 폭넓고 애매한 용어가 아니고 엄밀한 정의를 가지는 하나의 학문적인 개념이 된 것이다.

서사, 서사물, 서사문학이라는 개념이 확립되기 위해서는 서사라는 말의 의미가 분명하고 엄밀하게 규정되는 것이 무엇보다도 긴요하다. 서사는 일차적인 의미로 '사건의 서술'을 뜻한다. 서사의 형식은 다양하고 그것이 의존하는 매체 역시 그러하다. 즉 서사의 종류는 소설, 서사시, 극, 신화, 전설, 역사 등의 언어적 서사물(기술 서사물이라고도 한다)뿐만 아니라 영화, 연극, 발레, 오페라 등의 비언어적 서사도 아울러 포괄한다. 그러나 이 말의 관례화된 용법은 언어 매체에 의존하는 심미적 서사—곧 문학적 서사에 국한된다. 서사의 필수 불가결한 두 가지 요건은 이야기의 내용(사건들의 시간적 연쇄)과 이야기하는 역할—화자이다. 다시 말하자면 서사는 사건(event)이라는 내용과 기술(narration)하는 행위에 의해 성립한다. 서술이란 전달 내용으로서의 이야기가 발신자(화자)로부터 수신자(독자)로 이전되는 소통의 과정을 가리키며 여기에서 비문학적 서사—설명적 산문이나 사건 기사 따위—와 비언어적 서사—영화, 연극 등—들은 서사적 범주에서 제외된다.

서사물은 서사 행위가 결과시킨 것—일련의 현실 또는 허구적 사건들과 상황들을 시간 연속을 통해 구성해낸 것이라고 규정된다. 그러나 시간 차원과 연결시킨 모든 언어적 표현물이라고 해서 그것을 모두 서사물이라고 할 수는 없다.

> ① 나는 십 년 전엔 학생이었다. 그런데 지금은 교사이다.
>
> ② 왜도적이 들어와 싸움이 쉴 날 없사와 봉홧불이 그칠 날이 없사옵니다. 그리하여 건물이 파괴되고 백성을 노략하므로 친척과 종들이 사방으로 피난하여 유리 걸식하였나이다.

인용한 ①은 임의로 제시한 문장이고 ②는 『금오신화』에서 차용해 온 것이다. ①과 ②는 두 개의 문장이 시간 연속에 의해 제시되고 있다는 점에서는 동일하다. 그러나 ①은 서사물이 아닌 데 반해 ②는 명실상부한 서사물이라는 점에서는 인용된 ①과는 판이한 서술의 양상이다. 왜 그럴까. 두말할 필요도 없이 ①은 사건의 서술이 아닌 상태의 서술이고 ②는 사건의 서술이기 때문이다. 물론 순수한 사건의 진술만으로 이루어지는 서사물은 드물다. 서사물은 예외 없이 비서사적 서술을 포함하게 마련이며 그런 점에서는 서사물의 좀더 정밀한 규정은 '사건들이 중점적으로 서술된 언어 기술물'이 되어야 하겠다.

현대 생활의 여러 부분에 깊숙이 침투해 있는 서사물의 종류는 참으로 다양하다. 신문 기사, 역사책, 연재 만화, 법정의 기록 등은 그 한 예에 불과할 것이다. 이런 다양한 종류의 서사물들과 '문학'의 범주에 드는 서사물들을 구분하기 위해 구조시학자들은 다시 '허구적 서사물'이라는 개념을 도입하고 있다. 사용하는 이에 따라 조금씩 차이가 있긴 하지만 '허구적 서사물'은 '서사문학'과 거의 등가의 개념을 가진다. 비허구적 서사물—작가의 풍부한 상상력이 작용하여 기존의 사건들을 새롭게 변형시키거나 새로운 사건을 가공해내는 허구의 과정을 거치지 않은, 단순히 실제 있었던 일을 '기록'한 서사물들은 서사문학의 범주에서 제외된다.

그러나 '허구'와 비허구를 분별하는 것은 그리 단순한 문제가 아니다. 주지되는 것처럼 『잃어버린 시간을 찾아서』는 프루스트라는 한 작가의 과거 경험에 대한 정밀하고도 방대한 기록이며 이광수의 『나/소년편』도 '소설이라는 의식을 떨쳐버리고 쓴' '자신의 과거에 대한 고백'이다. 이 문제에 대한 판단은 다분히 관습적이고 개인적인 기준에 의해 좌우된다. 혼란스러운 대로나마 흔히 주요한 기준의 하나로 제시되는 것은 대상이 된 서사 텍스트가 실용적이냐(pragmatic) 아니냐 하는 점과 수록하고 있는 사건이 '심미적 배열'을 의도하고 있는가 하는 점이다. 신문 기사는 갖가지 정보와 뉴스를 독자들에게 제공하기 위해 씌어지고 법정의 증언은 올바른 판결을 위해 진술되며 정신분석적 용법의 대화는 환자의 치료에 소용된다. 물론 서사문학도 어느 정도 이런 일면을 지니고 있기는 하지만 단순한 실용적 목적과는 구별되는 다른 목적, 언어 예술의 한 종류로서 심미적 효과를 거두려 한다거나 예술작품의 궁극적 목적인 경험의 창조를 의도한다는 점에서 그 본질적 차이가 드러난다. 『잃어버린 시간을 찾아서』는 단순히 한 개인의 경험을 전달하는 실용적 목적이 아닌, 그것을 언어라는 재료를 통해 '심미적으로' 전달하려 한다는 점에서 서사문학의 범주에 속한다고 할 수 있다. 『나/소년편』 역시 그러하다.

이러한 기준에서 '서사문학'의 범주 안에 드는 전통적 장르들로 소설, 희곡, 서사 시가, 그리고 다양한 설화 및 민담 등을 들 수 있다. 현대의 서사 이론가들은 이 다양한 장르들이 그 안에 내포하고 있고 변함없이 지속시켜온 서사체의 본질과 상호 영향 관계를 일관된 체계 안에서 밝혀보려 하는 야심만만한 시도를 계속하고 있다.

서사성(narrativity)

서사 텍스트를 여타의 텍스트와 구별해주는 것은 서사 텍스트가 가지는 바로 그 서사성이다. 똑같이 한용운에 의해 씌어졌지만 『흑풍』은 소설이라 부르는 데 반해 『조선불교유신론』은 소설이라 부를 수 없는 것은 후자는 서사성을 가지지 않는 텍스트이기 때문이다.

서사성은 서사 텍스트의 고유하면서도 변별적인 특성이다. 다시 말하자면 모든 서사 텍스트를 서사 텍스트로 만들어주는 것은 바로 서사성이다. 따라서 서사성은 무엇이 서사물이고 서사물이 아닌 것은 무엇인지를 가늠케 해주는 척도이다. '시간 t에 사건이 하나 일어나고 t 이후의 시간 t1에 또 하나의 사건이 일어나는 서로 모순되지 않는 사건의 표현이면'(제랄드 프랭스, 『서사학』, 최상규 역, 문학과지성사, 1988) 서사의 최소한의 그리고 충분한 요건을 구비한 것으로 간주되어도 무방하다.

그러나 모든 서사 텍스트가 균등하게 서사성을 가지는 것은 아니다. 다시 말하자면 어떤 서사 텍스트는 다른 서사 텍스트에 비해 서사성을 더 가지기도 하고 반대로 덜 가지기도 한다. 제랄드 프랭스는 가령 『삼총사』는 『구토』에 비해 더 많은 서사성을 가지는 텍스트라고 말한다. 같은 식으로 말하자면 최인훈의 「두만강」은 그의 「총독의 소리」나 「주석의 소리」보다 훨씬 더 서사적이다.

물론 서사성의 정도가 서사물에 대한 독자들의 반응이나 평가를 좌우한다는 논리가 성립되는 것은 아니다. 다시 말하자면 서사성이 좀 더 높은 텍스트를 생산했다는 사실이 사르트르에 비해 뒤마가 더 훌륭하거나 흥미 있는 작가라는 주장을 뒷받침하지는 않는다. 그럼에도 불구하고 서사성의 정도가 독자의 반응에 중요한 작용을 끼친다는 사실 자체가 부정될 수는 없다.

많은 경우 서사성의 빈곤은 독서를 좌절시키는 결정적인 원인이 된다. "이 소설엔 사건이 없어." 이것은 소설 독자들로부터 흔히 내뱉어지는 불평과 불만의 한 가지 양상이다. 사건 자체를 진술하는 일보다는 사건에 대한 화자의 태도, 정서, 평가를 지루하고 장황하게 서술하고 있는 서사물들이 흔히 야기할 수 있는 반응이다.

반대의 경우, 서사성의 과잉이나 과장된 서사성도 독자를 좌절시키기로는 매한가지이다. 과장된 서사로 독자의 기대를 배반하는 서사 텍스트는 흔하다. 이광수의 『원효대사』도 그런 텍스트 중의 하나이다. 이광수는 소설의 후반부에 가서 원효로 하여금 도술에 가까운 온갖 활약상을 펼쳐 보이게 함으로써 안정되고 조리 있던 심리 서사를 갑자기 활극의 차원으로 떨어뜨리고 마는 어리석음을 범하고 있는 것이다.

서사성의 크기가 사물의 흥미 양상을 결정하지 않는다는 사실을 보여주는 좋은 사례가 최인훈의 「하늘의 다리」이다. 「하늘의 다리」는 최인훈의 어떤 소설보다도 서사성이 떨어지는 소설이다. 삽화를 그리는 것으로 생계를 삼는 준구는 어느 날 시골의 은사로부터 외면할 수 없는 부탁의 내용을 담은 편지를 받는다. 술집에 여급으로 일하는 딸을 좀 보살펴달라는 부탁이다. 준구는 은사의 딸 한성희를 수소문해 만나고 혼자 사는 자신의 아파트에 데려와 함께 기거한다. 독신자 아파트에 젊은 여성이 함께 살게 되었으니 바야흐로 서사적 활력이 폭발함직하다. 그러나 독자의 기대는 유보되고 종내에는 배반된다. 사건의 진전은 전혀 이루어지지 않고 서술자는 준구로 하여금 거리나 배회하게 만들고 그의 간헐적인 의식이 떠올리는 내면 풍경이나 재현하는 일로 서술적 딴청 부리기를 하기 때문이다.

이러한 사실이 시사하는 바는 무엇인가. 이상적으로 실현된 서사텍스트에서 중요한 것은 서사성의 규모가 아니고 그것의 합리적인 조율과 조정이라는 사실을 시사한다. 서사성이라는 문제와 관련해서 제기되는 여러 가지 이론적인 쟁점들에 대해서는 제랄드 프랭스가 그의 『서사학』의 제5장에서 자세히 다루고 있다는 사실을 부기해둔다.

서사적 권력(narrative power)

작중의 현실을 실제의 현실과 혼동하지 말고 읽기를 앞질러 주문하고 있거나 그것이 순전히 작가의 상상력의 소산, 즉 허구 이야기임을 새삼스럽게 전제하고 있는 소설들이 없지 않다. 작가들은 왜 이런 주문이나 전제를 앞세우는 것일까. 대답은 간단하다. 서사적 권력이 파괴적으로 행사될지도 모르는 위험을 경계하기 위해서이다.

작가가 경계하고 있는 것은 두 가지 위험이다.

하나는 타자에게 미칠지도 모르는 위험이다. 다른 하나는 작가 자신에게 돌아올 위험이다. 현실적 전거를 강력하게 환기시키는 소설일 수록 이 같은 위험은 더욱 증대되기 마련이므로 작가가 불안을 느끼는 것은 오히려 당연하다.

그러나 이 같은 주문이나 전제는 사실은 불필요한 것이다. 왜냐하면 소설은 허구 이야기이고 허구 이야기 텍스트의 독자는 그 텍스트 유형에 부합되는 독법을 선행적으로 요청받고 있기 때문이다. 판사가 사건 기록을 소설처럼 읽어서 안 되듯이 문학 독자는 허구 이야기를 사건 조서처럼 읽어서는 안 되는 것이다. 그런 점에서 판단한다면 문학작품을 읽는 독자의 입장이란 생각하는 것만큼 자유롭지 않다. 문학작품이 재현하고 있는 경험의 양상과 인물의 양상이 설사 현실과 흡사하게 보이는 경우일지라도 그것들을 현실 그 자체와 혼동할 권리는 원천적으로 독자에게는 없다. 이 경우 독자의 해석적 자유를 제약하는 것은 두말할 필요도 없이 문학적 제도이다. 부연에 지나지 않지만 소설을 읽는다는 행위는 피해자 조서나 신문의 사건 기사를 읽는 행위와는 엄격하게 구별되는 행위이다. 허구 서사물의 생산과 수요는 누구에게도 외면하거나 파기할 권한이 주어지지 않은 엄격한 묵계—그것이 현실 그 자체가 아니고 현실처럼 꾸며진 이야기라는 묵계하에서 이루어진다. 일상생활이 법의 규율과 규제에 묶여 있듯이 독자 역시 문학적 제도의 구속으로부터 결코 자유로울 수가 없다.

독자를 제약하고 구속하는 이 제도는 그러나 작가 쪽에는 힘의 원천이 된다(그런 관점에서라면 작가와 독자는 근본적으로 불평등한 관계라고 보아도 좋을 것이다). 문학적 제도에 의해 작가가 확보한 권력이 얼마나 가공스러운 것인지를 보여주는 텍스트는 흔하다. 모슬렘 정권이 살만 루시디에게 사형을 선고하게 만든「악마의 시」도 그런 파괴력을 잠재하고 있는 서사 텍스트인 것이다. 또한 이문열의「사로잡힌 악령」도 그런 보기 중 하나이다. 작가는 이 소설에서 "우리 도시를 독기로 자우룩하게 만들고 온갖 미혹의 환영을 흩뿌리며 우리의 상처와 상처 사이를 헤집고 다니는" 교활하고 영리한 승려 출신의 시인이 그의 글과 말을 다루는 재능으로 힘과 세력을 얻은 끝에 가공스러운 악행과 온갖 파렴치한 소행을 일삼는 과정을 집요하게 뒤쫓는다. 작가는 짐짓 이것이 허구 이야기임을 내세우지만 말과는 달리 누구도 그것을 단순한 허구 이야기로만 읽을 수 없도록 만드는 허다한 서술적 징표들과 현실적 전거들(references)을 텍스트의 곳곳에다 배치시킨다.

그리하여 이 소설을 끝까지 읽고 난 독자들은 깨닫게 된다. 「사로잡힌 악령」의 작가는 허구 이야기를 진술하고 있는 것이 아니고 작가로서 그가 확보한 서사적 권력, 그 막강한 권력을 행사하고 있었던 것이다. 「사로잡힌 악령」은 서사적 권력의 문제에 대한 중대한 문제를 제기하는 보기 드문 사례이다. 문학적 제도는 작가에게 서사적 권력을 보장했지만 그 권력의 행사를 규제할 경찰적 제도는 마련되어 있지 않기 때문이다. 이문열의 경우는 두려운 질문—만일 작가가 그의 서사적 권력을 개인적 이익과 편의만을 위해 부당하게 행사한다면 어찌할 것인가—을 야기시킨다. 마음만 먹는다면 문학적 제도라는 방패 뒤에 안전하게 숨어서 작가는 위협적이고 위력적인 어떠한 일도 손쉽게 해낼 수 있을 것이다. 「사로잡힌 악령」이 짐짓 허구 이야기임을 빙자해서 현실에 실재하는 어떤 특정한 인물을 근거 없이 중상모략하고 종국에는 그를 치명적으로 파괴하고자 하는 불온한 의도하에 쓰여지고 유포되었다고 가정해보라. 서사적 의도가 표적 삼고 있는 공격의 대상이 세상에 신원이 널리 공개되어 있는 경우일수록 서사적 권력의 파괴력은 한층 위력을 발휘하게 될 것이 분명하다. 반면에 작가 쪽에서는 어떠한 반격이나 법적 제재조차도 두려워할 필요가 없다. 그가 행사한 권력과 '폭력'은 허구적인 것일 뿐이고 그가 공격의 대상으로 삼은 것은 방어도 반격도 할 수 없는 허구적인 인물에 지나지 않기 때문이다.

서사적 권력의 행사에서 작가의 입장이 얼마나 자유롭고 안전한가 하는 사실을 입증하기는 너무나 쉽다. 그가 생산한 문학작품 때문에 작가가 정치적 탄압을 받거나 풍속을 교란한 혐의로 기소되고 유죄 판결을 받은 사례는 흔하지만 근거 없는 중상모략으로 개인에게 불이익을 초래시키고 명예를 훼손시켰다는 죄목으로 작가가 처벌된 사례는 거의 찾아볼 수 없다. 그의 권력을 불온하고 부당하게 행사하는 작가가 있다면 그는 몹시 비겁하고 불공정한 게임을 원하는 권투 선수와 비교될 수 있을 것이다. 그 권투 선수란 상대를 묶어놓고 마음껏 펀치를 휘두르는 선수이다. 비겁하고 불공정한 권투 선수를 용납할 수 없듯이 야비한 작가 또한 지탄받아 마땅하다. 그리하여 서사적 권력의 행사에서 작가의 동기, 그의 도덕적 성향, 윤리 의식이 중요한 문제로 대두된다. 작가 의식의 성향과 도덕적 동기가 제도가 보장한 막강한 권력을 정당하게도 부당하게도 행사하게 만들 것이기 때문이다. 요컨대 서사적 권력의 정당성과 부당성은 서사적 의도와 동기의 정당성과 부당성에 좌우된다. 따라서 문학적 제도란 위험한 양날의 칼이고 사회가 그 제도를 용인하고 수용한다는 것은 엄청난 위험을 각오하는 모험이 되는 셈이다.

그리고 「사로잡힌 악령」은 그것이 얼마나 현실적인 위험인지를 보여주는 극명한 사례이다. 이문열의 소설은 우리에게 두 가지 상반되는 경우를 아울러 가정해보기를 요구한다. 한 가지의 경우는 바로 앞에서 논의해본 바 그대로이다. 다른 한 가지는 서사적 권력이 정당한 도덕적 동기와 직업적 소명의식으로 행사된 경우이다. 이 경우, 「사로잡힌 악령」은 법이 미처 수행하지 못한 역할을 문학이 대신 수행하기 위해 씌어진 소설이 된다. 법이 악을 징벌하고 정의와 선을 실천하는 역할에는 부정할 수 없는 한계가 있다. 법은 결과된 인간의 죄악밖에 처벌할 수 없을 뿐만 아니라 인간 삶의 아름답고 존엄한 실천을 위협하고 위태롭게도 하는 온갖 사악하고 속악한 도전으로부터 인간을 보호하기에는 무력하고 불완전하기 짝이 없는 제도이다. 오늘날 악은 오히려 법에 의해 비호되고 법의 그늘에서 기생하며 세력을 키우는 경향조차 없지 않다. 실제로 「사로잡힌 악령」에는 법적 권력의 취약함과 무력함 대신에 막강한 서사적 권력을 동원해서 법이 처단하지 못한 악을 징벌하겠다는 명백한 서사적 동기가 직간접으로 암시되고 있다.

서사적 담론의 사회적 영향력이 위축될 대로 위축된 오늘의 문학적 현실에서 서사 행위가 잠재하고 있는 이처럼 막강하고 위력적인 권력의 양상에 주목해보는 일은 그런대로 의미가 있다. 문학은 이 권력을 정당하고도 융통성 있게 행사함으로써 잃어버린 사회적 영향력을 회복하는 계기로 삼을 수 있을 뿐만 아니라 그의 존재 명분을 한층 아름답고 강력하게 만드는 발판으로 삼을 수 있을 터이기 때문이다.

서스펜스(suspense)와 **서프라이즈**(surprise)

서스펜스는 이야기의 전개와 발전 과정에서 불안과 긴장을 유발시키는 플롯의 전략적 국면 혹은 요소이다. 보통은 현대 서사물(특히 영화)에서 주인공들이 겪는 아슬아슬한 위기와 위험을 뜻하는 스릴(thrill)과 유사한 개념으로 쓰인다. 추리소설, 모험소설, 범죄소설의 유형에 속하는 서사물들은 대부분 서스펜스의 효과를 적절히 사용하지만, 이른바 본격소설들에서도 이 기법은 빈번하게 사용된다. 불안과 흥미, 고통과 쾌감, 공포와 전율을 동시에 수반하면서 독자에게 사건 전개의 긴박함과 불확실함을 제시하는 이 서스펜스의 기법은 소설에 있어서의 '재미'의 요소를 담보해내는 플롯의 주요한 전략적 기능이다.

'경이', '놀라움' 등으로 번역되는 서프라이즈는 서스펜스와 함께 동일 서사물 안에서 복합적으로 작용하면서 또한 상호 보완적 기능을 가진다. 그러나 두 용어 사이의 구분은 오래전부터 행해져왔다. 서스펜스와 서프라이즈의 구분은 서스펜스를 중점적으로 설명한 바네트, 버만, 부토의 『문학용어사전』(보스턴, 1960)에 의하자면 다음과 같이 예시되어 있다.

> 서스펜스는 때로, 불안으로 특징지어지는 불확실성이다. 서스펜스는 보통 고통과 쾌감의 기묘한 혼합이다……. 가장 탁월한 작품은 서프라이즈보다 서스펜스에 더 많이 의존한다. 서프라이즈에 의해서 작품을 다시 읽게 되는 경우란 드물다. 서프라이즈가 사라지면 흥미도 사라지기 때문이다. 서스펜스는 보통 복선—다가올 상황에 대한 암시—에 의해 부분적으로 성취된다. …… 서스펜스는…… 비극적 아이러니와 관계된다. 비극적 인물은 그의 어두운 운명으로 더 가깝게 접근해 가며, 그가 그 사실에 놀란다고 해도 우리는 그렇지 않다. 사실상 그가 멜로드라마의 주인공처럼 갑작스럽고 예기치 못하게 구원된다면, 우리는 속았다는 느낌을 갖게 될 것이다.

서스펜스는 플롯의 주요한 전략적 기능을 수행하지만, 플롯의 전개에 있어서 필수적인 요건은 아니다. 서스펜스의 원리가 없어도 복선은 훌륭하게 제시될 수 있으며, 서스펜스에 의존하지 않고서도 인물들이 과연 어떻게 반응할 것인가를 숨기는 서사물은 존재한다.

서정소설(lyrical novel)

산문 서사의 작가들이, 그들이 즐겨 사용하던 양식에 서정적 양식의 결합을 꿈꾸어온 전통은 오래되었다. 이 전통은 물론 두 양식의 대표적 장르인 서정시와 소설의 단순한 기법적 통합을 의미하는 것이 아니라, 어느 작가에게든 내재되어 있는 미적 형상화의 야심 찬 욕구 중의 하나인 초장르적 문학 양식에 대한 열망을 반영한 데에서부터 이루어져온 것이다. 서정소설이란 말하자면 이러한 열망의 전통 위에서 싹터 나온 대표적인 양식의 하나라고 할 수 있겠다. 그러므로 산문 서사, 특히 소설의 필연적 한계인 허구와 실제와의 괴리를 서정시가 지니는 강력한 이미지 결합을 통해 극복함으로써 두 양식의 통합과 보완을 꿈꾸는 것이 서정소설의 주요한 본질이 된다.

뿐만 아니라 서정소설은 서정시가 지닌 주관성과 비실제적 느낌 따위를 소설이 지니는 극적 · 서사적 구조로 실감 있게 보여주기도 한다. 그렇기 때문에 서정소설의 작가는 서정시의 공존하는 이미지들 속에 계기적이고 인과적인 서사의 흐름을 투영시키기도 하며, 또한 개성적인 인물의 행위를 시적 페르소나(persona)로 탈개성화하여 보여줌으로써 서정적 효과를 추구하기도 한다. 말하자면 서정소설이란 일종의 '위장된 서정시로서의 소설'(헤세)이며, 자아에 투영된 세계의 인상을 반영하기 위해 시정신의 실험을 산문 속에 도입한 서사적 양식이라고 할 수 있겠다.

그러므로 서정소설은 고정된 양식을 추구하지 않는다. 그것은 때로는 로망스의 모습으로, 때로는 고백, 내적 독백, 의식의 흐름과 같은 서사의 형태로, 그리고 때로는 전통적인 소설의 모습으로도 나타난다. 서정소설은 따라서 기존의 서사 유형이나 현전하는 소설의 전통 속에서 작가가 구성한 서사 유형의 시적인 조작에 의해 그 형식적 특성과 성격이 결정된다. 이러한 까닭에 서정소설의 개념과 범위는 모호하거나 다양할 수밖에 없으며 그만큼 명백한 정의를 어렵게 한다.

서정소설의 주요한 특질 중의 하나는 무엇보다도 인물이나 사건과 같은 서사적 요소를 이미지의 음악적 · 회화적 디자인과 같은 서정적 요소와 결합시킨다는 데에 있다. 즉 서정소설의 작가는 보통 소설 작가들이 취하는 관습적인 태도—인물의 행위나 사건의 전개와 같은 서사적 짜임을 중시하는—에서 벗어나, 이미지와 모티프들을 적극적으로 활용하여 산문 서사의 허구적 창조성을 강화한다. 그렇게 함으로써 그들이 주도적으로 다루게 되는 것은 결국 초상(portrait)이다. 초상은 서정소설과 비서정소설을 구별짓는 가장 분명한 특징으로서(프리드만), 서사의 흐름에서 벗어난 시간, 즉 멈추어진 시간 속에서 형성되는 이미지에 다름 아니다. 이러한 동시적 이미지들을 서사의 이상으로 추구하는 소설—이런 관점에서, 독일 낭만주의 작가들은 소설을 '최상의 시(super–poetry)'라는 포괄적인 장르로 생각하고 있었다—이 곧 서정소설인 셈이다.

서정소설의 개념과 범위의 문제가 더 많은 학문적 엄정성을 요구하고 있는 것과 마찬가지로 어떤 작품이 서정소설의 범주에 속하는가 또한 여전히 논란거리가 되고 있다. 예컨대 『이방인』은 대표적인 부조리 소설이면서 실존주의 소설이지만, 주인공이 세계를 깨닫는 방식(이것은 이 작품에서 인생의 즉물적 묘사로 나타난다) 때문에, 지각소설(the novel of awareness)로서의 서정소설의 범주에 속할 수 있다는 주장도 가능하기 때문이다. 말하자면 서정소설이란 흔히 오해하기 쉽듯이 시적 분위기가 있는 아름다운 미문체의 소설만은 아닌 것이다.

『젊은 베르테르의 슬픔』과 같은 18세기의 감상소설에서 보여지는 시적 태도는 행위의 기초를 이루는 감정의 본질을 이해하려는 욕구에 의해 자극받는 것으로 평가된다는 점에서, 노발리스의 『푸른 꽃』은 주인공이 시인인 '나'로 기능하면서 소설을 총체적 예술작품(Gesamtkunstwerk)이라는 우월한 형태로 파악하려는 독일 낭만주의 작가들의 취향을 반영한다는 점에서 대표적인 서정소설의 유형에 속할 수 있겠고, 동양적 직관과 시적 상상력을 소설 속에서 결합하려 항상 꿈꾸었던 헤세의 작품들 또한 여기에서 누락될 수 없다.

서사의 형식과 플롯까지도 시적 이미저리로 전환시키려는 시도를 보여준 번즈의 「밤의 숲」, 시인의 비전을 잘 고안된 스토리에 성공적으로 조화시킨 버지니아 울프의 『댈러웨이 부인』 등도 영국 서정소설의 대표적인 사례들이다.

시인적 주인공의 각성 행위를 통하여 세계를 변형시키려는 의도를 보이는 앙드레 지드의 소설들(『지상의 양식』에서의 랭쉐스, 『배덕자』에서의 미셸, 『교황청의 지하실』에서의 라프카디오와 같은 인물이 대표적이다), '나'와 '남'을 대립시킴으로써 동일성을 꿈꾸려는 자아를 탁월하게 극화시킨 앙드레 말로의『인간의 조건』등에서도 역시 서정소설의 특색은 강하게 드러난다.

이러한 여러 부류의 소설들이 모두 서정소설일 수 있는 이유를 설명하기란 쉽지가 않다. 서정소설은 어느 특정한 시기나 국가에 한정되어서 흥성한 양식이 아니라, 문학의 본질적인 문제—시와 소설의 결합—를 제기하는 지속적인 서사적 시도라는 측면에서 이해됨이 옳겠기 때문이다.

설화(說話)

특정 문화 집단이나 민족, 각기 다른 문화권 속에서 구전되는 이야기를 통틀어 일컫는 말이다. 한 문화 집단의 생활, 감정, 풍습, 신념 등이 반영되어 있으며 초자연적이고 신비적인 특징이 두드러지기도 한다. 설화는 기본적으로 구조화된 이야기의 형식을 가지고 있는데 이것은 설화가 근대 서사물, 즉 소설의 모태라는 판단의 유력한 근거가 된다.

설화의 하위 부류를 대체로 신화, 전설, 민담으로 분류하는 것이 통례화되어 있으나, 학자에 따라서는 설화와 민담을 동일시하거나 민담을 다른 세 개념의 상위 개념으로 두기도 한다. 그러나 설화가 말 그대로 이야기, 즉 입에서 입으로 전해지는 이야기라는 점에서 다른 세 개념을 포괄하는 것으로 이해하는 것이 타당할 듯하다.

설화의 가장 큰 특징은 전승 방식이 구전이라는 것이다. 구전이라는 점에서 소설과 다르고, 구조화된 이야기라는 점에서는 소설과 유사하다. 구전이란, 서사의 내용이 구연자로부터 청자에게로 직접 소통되는 방식을 가리킨다. 따라서 구전되는 이야기는 이야기에 대한 문화 집단 내부의 관습을 존중하고 이야기의 골간을 훼손시키지 않는 범위

내에서 이야기의 일부분을 구연자가 재량껏 변형시킬 수 있다. 즉 구연자는 시간과 장소와 상황에 따라 자신의 의도와 말솜씨를 발휘해서 이야기의 세부(細部)나 형태적 요소들을 변형시킬 수 있다. 설화가 가지는 이러한 유동성 때문에 텍스트로서의 설화의 원형을 찾는 일이란 불가능하다. 말하자면 소설 텍스트라는 말은 가능해도 설화 텍스트라는 말은 성립할 수 없다. 설화 연구자들은 이런 문제점을 해결하기 위하여 설화를 문자로 정착시키려는 시도를 계속해왔다. 그것이 바로 문헌 설화이며 이는 곧 넓은 의미에서 문학의 범주에 속하게 된다.

설화를 구성하는 하위 유형인 **신화**, **전설**, **민담** 등은 몇 가지 상이한 특성들을 가지고 있다. 신화는 신적 존재 및 그에 준하는 존재들의 활동을 다룬다. 예컨대 그것은 우주의 창생과 종말, 건국 또는 한 종족이나 민족의 시원적 이야기 등을 포함한다. 때문에 대체로 신화는 태고라는 초역사적인 시간 배경을 가지며 그 내용의 둘레에는 항상 신성성이라는 신비한 그림자가 드리워져 있기 마련이다.

전설은 신격(神格)의 존재가 아닌 인간 및 인간의 행위들을 주로 다루며, 초역사적인 시간이 아닌 비교적 구체적인 시간이 제시된다는 점에서 신화와 구별된다. 또한 신화의 신성성이 제거되고 있다는 특징도 지적될 수 있다. 널리 회자되는 전설들은 대체로 '어느 어느 시대에, 어느 어느 누가, 어떻게 해서, 결국 어떻게 되었더라' 하는 플롯 구조에 공통적으로 의존하고 있다. 요컨대 전설에는 실제(fact)를 강조하려는 의도가 짙게 깔려 있다고 판단해도 좋겠다.

민담은 신화의 신성성과 초역사성, 전설의 역사성과 사실성이 거세된 흥미 본위의 이야기이다. 흥미와 재미를 위주로 하기 때문에 허구적인 성격이 강하다. 민담의 유형화된 서두인 '옛날 옛날하고도 아주 오랜 옛날, 호랑이가 담배 먹던 시절에……'는 아예 구연자가 이 이야기는 꾸며낸 거짓말(허구)이라고 처음부터 선언하는 수사이며 기법이다. 민담에서 구체적인 시공간은 제시되지 않는다. 그저 '옛날 옛적'이고 '어느 곳'일 뿐이다. 때문에 직접적인 경험의 세계보다는 가공의 세계를 주로 다루면서 사람들이 흥미를 느낄 사건을 만들어내는 일에만 전념한다. 민담에서 중요한 것은 이야기 자체를 재미있게 엮는 일이다. 우화, **야담**, 음담 등은 모두가 민담의 특성을 독자적으로 발현시킨 이야기 문학의 부류들이다.

소설이 이러한 이야기 문학들과 깊은 관련을 맺고 있다는 것은 재론의 여지가 없는 사실이다. 양자가 모두 사건의 흥미 있는 담론을 추구한다는 점에서는 그것들은 동일한 이야기의 현상이라고 볼 수도 있다. 설화 중에서도 특별히 민담은, 허구적 성격이 강하고 구조화된 이야기 양식을 추구하기 때문에 소설과 가장 흡사하다는 점이 지적될 수 있겠다. 실제로 민담적 특성을 강하게 풍기거나 민담에서 소재를 차용해 온 소설의 사례는 일일이 열거할 수 없을 정도로 허다하다.

성장소설(bildungsroman, formation novel)

한 사회나 집단 속에 속한 인물이 그 사회가 자신에게 요구하는 역할과 그 세계 속에서 자신의 고유한 가치를 깨닫는 과정은 쉬운 것이 아니다. 공자가 나이 서른이 되어서야 이립(而立, 인생에 목표를 세움)하였다고 말한 것은 세계-내적 존재로서 자신의 가치와 할 일을 찾아내는 것이 그만큼 한 인간에게 어려운 일임을 입증하는 사례이다. 성장소설은 이러한 과정, 즉 유년기에서 소년기를 거쳐 성인의 세계로 입문하는 한 인물이 겪는 내면적 갈등과 정신적 성장, 자신을 둘러싸고 있는 세계에 대한 각성의 과정을 주로 담고 있는 작품들을 지칭한다. 자연히 이야기의 주된 내용은 지적 · 도덕적 · 정신적으로 미숙한 상태에 있는 어린아이 혹은 소년의 갈등이 중심을 이루며, 그가 자아의 미숙함을 딛고 일어서 자신의 고유한 존재가치와 세계의 의미를 깨닫게 되는 것으로 끝을 맺는다(이 깨달음의 과정을 문화인류학자나 신화 비평가들은 '통과제의', '통과의례', '성인 입문식' 등등의 용어로 표현한다).

한 인물의 생애를 대상으로 한다는 점에서 성장소설은 '자전적 소설'과 유사한 면이 많지만 한 개인적 삶의 느슨한 기록이라기보다는 성인으로 입문하기 전의 시기와 그 시기의 갈등을 중점적으로 다룬다는 점, 그러한 이유로 인해 작가의 개인적 체험과 개인사가 비교적 많이 개입되지 않는다는 점 등을 그 차이점으로 제시할 수 있다. 성장소설은 특히 독일 문학에 많은 자취가 남아 있으며(독일 비평가들이 사용하는 교양소설(Erziebungsroman)은 거의 유사한 의미의 용어이다) 여타의 문학권에도, 이것이 근본적으로 본질적 인간 삶의 문제를 다루기 때문에, 이 유형에 속하는 적지 않은 작품들이 존재한다고 말할 수 있다. 괴테의 『빌헬름 마이스터의 수업시대』, 디킨스의 『데이비드 코퍼필드』, 헤르만 헤세의 『데미안』과 『크눌프』 등이 그중에서 흔히 거론되는 작품들이다. 우리 소설로는 이광수의 『나/소년편』과 박태순의 「형성」 등이 예로 들어진다.

싱클레어라는 한 소년의 방황과 성장 과정의 정신적 고통을 시적으로 묘사한 『데미안』은 이 중 가장 널리 알려진 작품이라 할 만한데 이 작품의 전개 과정과 내용을 추적해보면 교양소설이 지닌 특징과 의미를 잘 인식할 수 있다. 이 작품의 내용은 전체적으로 3단계에 걸쳐 전개된다.

그 첫 번째는 사춘기가 시작될 무렵의 주인공이 자신의 욕망과 죄악에 대해 갑작스럽게 알아차리는 단계이다. 이때 싱클레어는 자신을 둘러싼 우주가 그의 부모님들이나 누나들이 살고 있는 훌륭한 '빛'의 세계와 하층민 사람들의 주변에서 나타나는 사악한, 그러나 미묘한 매력을 지닌 '어둠'의 세계로 나누어져 있다는 것을 알게 된다. 어둠의 세계에 대한 두려움과 내면적 불안으로 방황하는 싱클레어에게 어느 날 그의 소년 시절의 친구이자 전 인생을 통해 안내자가 되는 막스 데미안이 나타나며 그는 선과 악에 대한 인습적 이분법을 초월하고자 하는 자신의 사상을 가르친다(몸 안에 남자와 여자, 신과 사탄을 함께 가지고 있는 머리가 둘 달린 아프락사스는 이 사상의 상징이다).

두 번째 단계는 어둠의 세계에 매혹된 싱클레어가 점차 그 세계의 희생자가 되어가는 모습이 그려지는 중간 국면이다. 아웃사이더로서의 거친 삶, 성적 쾌락과 일회적 교제를 통해 싱클레어는 어둠의 세계에 깊이 빠져들며 그런 삶에 대한 강렬한 동경을 그의 내면에 잉태시키게 된다.

교양소설이 지닌 일반적 법칙들이 신비로운 결말과 이야기 구조를 지닌 세 번째 단계의 이면에서 그대로 드러난다. 싱클레어가 늙지 않은 어른으로서 데미안을 다시 만났을 때, 데미안의 가르침의 진정한 의미는 길고 험난한 노력을 통해 성취된 자아 초월이었다는 점을 그는 인정하게 된다. 마지막 구원의 입맞춤을 받는 순간에 싱클레어는 구원의 길이라고 여겼던 모든 형상화 비전들이 사실은 자신의 영혼 속에 존재하던 것들이었음을 깨닫게 되는 것이다. 한 개인의 끊임없는 의문과 갈등—신에 대한, 존재에 대한, 세계에 대한, 궁극적으로 자신의 삶에 대한—을 묘사하고 그것을 해결해나가는 정신적 성장 과정을 묘사하는 것이 성장소설의 주요한 특징임을 이런 과정들을 통해 인식할 수 있다.

성장소설에 속하는 중요한 유형 중의 하나로 **예술가 소설**(Künstler-roman)이 또한 거론된다. 하나의 소설가 혹은 예술가가 현실과 자신의 예술적 이상 사이에서 갈등하다가 예술가로서의 자아 인식에 도달하는 성장 과정을 그린 작품들을 지칭한다. 조이스의 『젊은 예술가의 초상』, 토마스 만의 『토니오 크뢰거』, 지드의 『위폐범들』이 이러한 유형의 작품에 속한다.

세계관(weltanschauung)

원래 철학 용어로서 세계 전체에 대한 일정한 견해를 뜻한다. 즉 인간 행동의 규범에 대한 견해까지 포함하여 자연, 사회 및 인간 전반에 대한 견해가 하나의 체계를 이루는 것을 가리킨다. 세계관이라는 말이 세계상(世界像)이라는 말과 구별되어 나름의 독특한 뜻으로 사용된 것은 1800년경에 이르러서였다. 독일의 낭만주의자들에 의해서 사용되기 시작한 이 용어는 대상에 대한 단순한 고찰의 총괄로 인식된 세계상과는 달리 세계 및 인간에 대한 지식과 경험이 인간의 사유나 감정, 의지 및 행위와 관련하여 하나의 의미 있는 사상으로 짜여진 것을 의미한다. 세계관은 근본적으로 그 담지자인 인간 주체에서 비롯된 창조적 구도까지를 포함하는 것이기 때문에 단순히 관조적일 뿐인 세계상과는 대립되는 의미를 띨 수밖에 없다. 세계관은 세계를 주관적 · 사상적으로 소화한 것이며 더 나아가 세계 속에서의 인간의 존재와 그 행위가 차지하는 위상에 대한 의미 부여의 역할까지 담당하는 것이다. 이러한 세계관 속에는 세계 및 인간의 생성과 발전, 인간 생활의 본질적 의미 등에 대한 견해를 비롯하여 철학적, 자연과학적, 사회정치적, 윤리적, 미적 인식 등 삶의 모든 영역에 대한 인식이 포함된다.

『숨은 신』에서 뤼시앵 골드만은 세계관을 '한 사회집단(대개의 경우 사회 계급의 형태를 띠고 있는)의 구성원들을 서로 맺어주면서 또 이들을 다른 사회집단의 구성원들과 대립시키는, 생각과 소망과 감정의 덩어리'를 가리키는 편리한 용어로 사용한다. 골드만에게 있어 세계관이라는 용어는 사회와 문학을 설명하는 중심 개념이다. 그에게 이 말은 인간의 현실 이해가 단순히 주관적인 것이 아니라 어떤 형태로든 그 자신이 속한 사회 계급적인 배경에 의해 규정된다는 뜻으로 사용된다. 따라서 골드만이 파스칼이나 라신, 말로를 분석함에 있어서 관심을 갖는 것은 세계관의 단편적인 내용이 아니라 그것이 문학을 통해 구조화되는 측면이다. 그의 상동성 이론도 한 작가의 작품이 갖는 문학적 구조가 그가 속한 계급 안에 내재한 세계관의 근원적 구조와 일치한다는 견해에서 비롯된 것이다.

세계관이 사회 계급적 규정성을 지닌다는 것이 철학적 체계로 굳어진 것은 마르크스 이론에 이르러서이다. 그 이론에 따르면 세계관은 사회적 의식의 한 형태이다. 따라서 어떤 형태의 세계관이 갖는 성격은 결코 우연적이거나 주관에 따른 임의적인 것이 아니다. 한 세계관이 갖는 성격은 당대의 사회질서의 성격과 그 세계관의 담지자가 지니고 있는 사회경제적인 지위에 의해 결정된다. 이처럼 모든 세계관은 역사적, 이데올로기적 성격을 내포한다. 철학적 세계관의 형성은 사회가 상호 대립하는 계급으로 분열되었던 노예제 사회에서 처음으로 이루어졌고 그 이전에는 신화와 원시적 종교가 세계관의 역할을 수행했다.

골드만은 『숨은 신』에서 문학작품에 있어서 작가의 세계관이 지니는 역할에 대한 하나의 흥미로운 견해를 제시하고 있다. 그에 따르면 대개의 사람들은 자신의 소망과 행위와 감정의 전체적인 의미와 방향에 대해 거의 의식하지 못하거나 불충분하게 의식할 뿐이지만, 예외적 개인인 작가는 "자신과 자신이 속한 사회 계급이 지향하는 것에 대한 완전히 종합적이고 일관된 관점에 도달하거나 접근할 수 있는 사람이다." 따라서 그들은 그들의 상상적 구도를 통해서 그들이 표현하려 하는 사회집단의 본질에 대해 가능한 최대치의 인식에 이를 수 있다.

골드만에게 특정한 사회 계급 내의 공통된 의식적 경향들이면서 동시에 실질적이거나 잠재적인 계급 집단 내부에서 일어나는 일련의 행위들의 발생 조건을 부여하는 집단의식(group consciousness)은 세계관과 동일한 의미 내용을 지니는 것이다. 모든 위대한 문학적 저작들은 반드시 어떤 세계관의 표현이며, 이러한 세계관은 일반적으로 시인이나 작가의 정신 속에서 그 최고치의 표현에 도달하게 되는 집단의식의 산물이다. 그러나 문학작품에서 세계관적 인식은 피상적인 내용으로서가 아니라 작품 내의 구조화된 형식으로 드러난다. 그 구조화된 형식을 통해서 문학은 작가가 속한 집단에 대한 세계관적 인식의 가능한 최대치를 반영할 뿐만 아니라, 동시에 그 세계관적 인식의 범주를 넘어설 수 있는 어떤 잠재성을 지향한다.

소급제시 · 사전제시

시간 변조(anachrony)를 보라.

소설(novel)

소설은 "소설의 시학 같은 것 없이도 몇 세기 동안 잘해왔다"라고 말하는 R. 스콜스와 R. 켈로그의 말이나 "어떠한 비평의 언어로도 소설의 총체는 포괄할 수 없다"는 부스의 말처럼 소설을 하나의 단일한 개념의 실체로 부각시킨다는 것은 지난한 일이라고 할 수 있다.

소설 발달의 짧은 역사 속에서 한때 '소설이란 무엇인가' 라는 질문에 손쉽게 응답할 수 있었던 때가 없지는 않았다. 소설은 단지 시, 희곡과 함께 문학의 주요한 세 가지 양식 중의 하나로 '산문으로 씌어진 이야기' 에 다름 아니었기 때문이다. 그것은 인물이 등장하고 그들이 펼치는 아기자기하며 우여곡절로 점철된 사건이 차례로 이어지는 가운데 읽는 이의 흥미를 사로잡는 이야기일 것은 물론이다. 그리고 그 이야기의 원형은 흔히 고대의 설화인 것으로 간주되었고 고대 설화란 복잡한 인간의 관계에는 별로 유념하지 않는 줄거리 중심의 이야기이다.

로망스가 소설의 보편적이며 중심적인 양식이었던 때도 있었다. 로망스란 말의 뜻은 '유행하는 이야기'이지만 이것은 위험을 무릅쓰는 기사나 시련을 견디는 순결하면서도 아름다운 처녀, 그리고 이들을 방해하는 악한이나 괴물이 등장하는, 승리가 보장된 모험담을 가리킨다. 그러나 로망스가 재미는 있지만 황당무계한 이야기라는 인식은 그 이야기 양식의 변화와 몰락을 가져온 직접적인 계기가 된다. 특히 로망스가 쇠퇴하는 데는 근대의 시민 의식의 발전과도 중요한 관련이 있다고 본다. 이 로망스를 대체한 근대의 서사문학을 노벨이라고 부른다. 이 말이 내포하는 '새롭다'의 뜻은 물론 로망스에 대한 비교 개념이다. 즉 황당무계하거나 허황되지 않은 이야기 문학이라는 자부가 이 용어를 창안했다.

노벨의 무엇보다도 주요한 변별성은 제재를 인간의 현실적인 경험 공간 속에서 찾고 있다는 점과 그것을 실감 있는 인과관계로 엮고 있다는 사실에서 찾을 수 있다. 인과관계를 밝히는 데에는 운문보다 산문이 효과적이며, 인과관계란 경험을 유기적으로 배열함으로써 얻어진다는 점에서 노벨은 긴밀한 얽어짜기, 즉 플롯이 필요하게 된다. 따라서 노벨의 핵심적인 두 가지 규범은 산문 정신과 플롯이라고 말해도 무방하다. 아마도 이만한 개념만을 가지고도 상당한 정도까지 소설의 현상을 포괄할 수 있을지 모른다. 가령 뒤마, 위고, 제인 오스틴, 조지 엘리엇의 소설들은 무리 없이 이 개념들 속에 들어올 수 있을 것이다. 이광수나 김동인, 현진건의 장편들도 마찬가지이다. 왜냐하면 이것들은 모두 현실 그 자체는 아니지만 현실과 흡사하게 닮아 보이는 인물들과 그들 상호간의 관계가 긴밀하게 얽히고설키는 이야기의 인과관계를 추구하고 있는 소설이기 때문이다. 그러나 20세기 소설에 이르면 '허구적인 산문 서사'라는 개념은 더 이상 유효하지 않게 된다. 뿐만 아니라 1950년대에 대두한 프랑스의 '새로운 소설'이나 오늘날 이른바 포스트모더니즘이라고 불리어지는 미국의 소설에 이르게 되면 사정은 더 한층 복잡해진다.

그렇다고 개념의 정립을 방치할 수는 없다. 의미 있는 문학 창작 행위나 문학 독서 행위는 예외 없이 창작자나 수용자의 장르에 대한 이해의 지평 속에서 이루어진다고 말할 수 있게 되며 창작적 영역의 확대나 심화와 마찬가지로 문학의 향수 영역을 넓히는 데에도 장르에 대한 체계 있는 이해는 중요하면서도 의미 있는 기여를 하는 것이기 때문이다. 요컨대 시학의 정초를 세우기 위해 '소설이 무엇인가?'라는 질문에 대답해야 될 절실한 필요성과 그 필요성을 충족시킬 여지가 보이지 않는 복잡한 소설의 현실 사이에 문제의 어려움은 가로놓여 있다. 테오도르 아도르노는 "현대에 들어서 예술에 관한 한 자명한 것은 아무것도 없다는 사실만 자명해졌다"고 말한 바 있지만, 소설의 현실이야말로 그 같은 경우의 두드러진 예인 것처럼 보인다.

소설을 정의하는 허다한 사례들 중의 어느 것도 소설의 총체를 효과적으로 요약하고 있다고 판단하기는 어렵다. "소설은 인생의 해석이다"(W. H. 허드슨) 하나만 살펴보기로 하자. 언뜻 그럴듯해 보이지만 '인생의 해석이다'라는 술부를 거느릴 수 있는 것은 수없이 많다. 음악은…… 역사는…… 철학은…… 등이 주어로 등장해도 그 문맥은 훌륭히 성립된다. '소설은 가공의 역사' '인물에 관해 엮어놓은 이야기', '인생의 회화' 따위들도 그렇게 소설을 보는 사람의 학문적 권위나 전문성을 고려하고서 판단하더라도 극히 막연하고 추상적인 개념에 불과하다. 좀더 진보한 시학의 토대 위에서 세워지는 정의들도 비판의 여지를 내포하고 있다. '타락한 사회에서 타락한 방법으로 진정한 가치를 추구하는 문학의 형식'(골드만)에는 자본주의 사회체제를 혐오하는 정치적 이념이 파당적으로 개재되어 있다. '현대의 문제적 개인이 잃어버린 정신적 고향과 삶의 의미를 찾아 길을 떠나는 동경과 모험에 가득 찬 자기 인식에로의 여정에 대한 형상화'가 소설이라고 루카치는 말하고 있으나 이에는 서구 문화 중심주의가 깊게 배어 있다. 이 개념에 괴테의 『빌헬름 마이스터의 수업시대』나 만의 『토니오 크뢰거』 또는 조이스의 『젊은 예술가의 초상』이 들어올 수 있는 것은 사실이다. 『돈 키호테』와 프루스트의 소설도 무방하다. 그러나 자연주의 소설과 카프카의 소설, 또는 『롤리타』를 대상으로 할 때는 허황해지고 만다.

소설은, 특히 오늘날의 소설은 단순하면서도 단일한 장르적 현상이라고 볼 수 없다. 그런 점에서 소설은 그 자신의 고유한 형식을 가지지 않는 문학이라는 비흐친의 말은 설득력을 가지는 것처럼도 보인다.

도대체 소설이란 어떠한 세계인가. 어떤 점에서 보자면 소설이란 사건이 일어나는 세계에 다름 아니다. 평범했던 세일즈맨에게 어느 날 돌연히 자신이 한 마리 갑충으로 변해버리는 사건이 일어나는 세계(『변신』), 종교, 가정, 조국들에 의해 제약되어 있던 자아가 심원한 예술적 자각에로 발전해나간다는 사건이 일어나는 세계(『젊은 예술가의 초상』), 임박한 하나의 죽음 앞에서까지 세계는 끝끝내 그 무관심의 문을 열어주지 않는다는 사건이 일어나는 세계(『이방인』), 하나의 감각에 의해 촉발된 인상이 과거의 감각을 소생시키고 그로 해서 소실된 시간이 현재에 회복되는 사건이 일어나는 세계(『잃어버린 시간을 찾아서』), 그것이 바로 소설의 세계이다. 발단된 사건은 이리저리 얽히고설키면서 발전되고 고양되는 끝에 어떤 형태로든 결말의 단계에 이른다. 따라서 사건이 일어난다는 말은 그것의 발단과 전개와 해소의 전 과정을 가리킨다. 그래서 소설을 '사건이 일어난 세계의 전말에 대한 심미적 기록'이라고 정의해볼 수 있을지도 모르겠다. 흔해빠지고 허다한 사례에 또 하나를 보태는 결과에 다름 아니라고 생각하면서도 이것이 복잡하고 다양한 소설의 현상을 두루 포섭할 수 있으리라고 기대하는 특별한 이유가 있다. 그것은 사건이라는 말이 가지는 탄력과 신축성에 거는 기대이다.

평범한 남녀의 우연스러운 조우가 하나의 운명적인 관계로 발전해 가는 일, 일상의 범상한 체험 속에서 문득 삶의 비극적 현실을 발견하게 되는 일, 한순간에 사로잡히게 된 충동이 한 사람의 운명을 파탄으로 몰고 가는 일, 좌절의 체험과 희망의 체험……. 이 모든 경험들은 사건이라 불러 무방한 것들이다. 사건의 양상과 종류는 헤아릴 수도 없이 다양하다. 비극적 사건이 있는 반면에 희극적인 사건이 있다. 심각한 사건이 있는가 하면 하찮은 사건이 있다. 돌발스러운 사건과 예정된 사건, 기이한 사건과 일상적인 사건……. 종류와 양상은 다르지만 그것들이 모두 사건이라는 점에서는 동일하다. 그래서 이제 새로이 소설이란 '사건이 일어난 세계의 전말에 대한 심미적 기록'이라는 규정이 가능하게 되는 것이다.

그 개념의 넉넉한 품은 우리의 전대 소설과 현대소설, 『데카메론』(보카치오)으로부터 『등대로』(울프)와 『예고된 죽음의 연대기』(마르케스)는 물론 19세기 소설이든, 20세기 소설이든, 낭만적인 소설이든 리얼리즘 소설이든 빠짐없이 감싸 안을 수 있다.

'사건이 일어난 세계의 전말에 대한 심미적 기록'은 소설이라는 문학적 현상의 다채롭고 다양한 국면들이 드러내는 편차를 외면하거나 무시함으로써 얻어낸 개념이라고 할 수 있다. 따라서 이 같은 개념도 소설이라는 문학적 현상을 오늘에 이르러서는 더 이상 장르 개념으로는 포괄할 수 없다는 생각을 반영한 것에 지나지 않는다.

소설 건축물

1920년대 중반 마르크스주의 문학론이 수입 정착되는 과정에서 소설의 내용과 형식을 둘러싼 일련의 논쟁 속에서 그 형식적인 측면을 강조하기 위해 붙여진 명칭. 김기진이 박영희의 소설을 평가하면서 사용한 이 말은, 계급투쟁을 목적으로 씌어진 프롤레타리아 소설 역시 하나의 문학이므로 소설적인 기법과 장치를 갖추어야 한다는 것으로 요약될 수 있다.

프롤레타리아 문학은 1927년에 이르면 이전의 자연발생적인 단계를 벗어나 목적 의식적 단계로 들어서게 된다. 카프(KAPF)의 조직과 계급투쟁이라는 방향 설정이 그것이다. 따라서 이 시기에 이르러 프롤레타리아 문학은, 문학이 사회변혁과 계급 혁명, 계급투쟁을 위한 적극적인 수단으로 기능해야 한다는 명확한 목적성을 드러내게 되는 것이다. 따라서 이들이 주장하는 문학관은 결국 소설의 내용적인 측면에만 관심을 둘 뿐 기법과 표현 방식의 문제는 무시하게 된다. 김기진의 '소설 건축물' 논의는 이러한 형식적인 측면을 무시한 이념제일주의적인 문학론에 대한 프롤레타리아 문학 내부의 반발로 나타난 현상이다.

'소설 건축물'은 카프의 지도적 이론가의 한 사람인 김기진이 박영희의 소설 「철야」와 「지옥순례」를 평가하는 자리에서 사용한 말이다. 그에 따르면 이들 소설은 형식적인 측면을 외면한 채 계급의식, 계급투쟁의 개념에 대한 추상적 설명으로 일관하고 있다는 것이다. 프롤레타리아 소설도 문학인 이상 문학적인 요건과 형식을 갖추어야 하는데, 박영희의 소설은 이러한 형식적인 측면은 무시한 채 작가 자신의 사상과 이데올로기만을 생경하게 드러냄으로써, 결국 소설로서의 자격을 얻지 못하고 있다는 것이다. "그 결과 이 한 편은 소설이 아니요, 계급의식, 계급투쟁의 개념에 대한 추상적 설명에 시종하고 1언 1구가 이것을 설명하기 위해서만 사용되었던 것이다. 소설이란 한 개의 건물이다. 기둥도 없이, 서까래도 없이 붉은 지붕만 입혀놓은 건축이 있는가?"라고 비판하기에 이른다.

김기진의 이러한 비판은 프롤레타리아 소설이 안고 있는 한계를 정확하게 드러낸 것이라 할 수 있다. 소설에서의 내용은 작가의 언어화 · 형상화 과정을 통해서 구체성을 얻고, 의미 있는 내용일수록 의미 있는 형식에 담김으로써 보다 구체적인 모습으로 독자에게 수용될 수 있다는 것이다. 민중을 선동하고 계급투쟁을 고취시키려는 프롤레타리아 소설 역시 언어화의 과정을 거칠 수밖에 없는 것이다. 김기진의 이러한 주장은 박영희만이 아니라 카프를 비롯한 당시의 문단에 큰 파문을 불러일으키게 된다. 박영희는 "문학적 활동은 프롤레타리아 혁명을 위한 한 부분이 되어야 한다"는 레닌의 말을 원용하여 김기진의 주장을 반박한 뒤, 현 단계에서 프롤레타리아 문학에서 완성된 건축물을 만들기는 시기상조이며, 따라서 소설의 형식적인 측면은 무시해도 된다고 주장한다. 다만 소설은 계급 혁명, 계급투쟁을 위한 프롤레타리아 예술의 한 구성물로만 기능하면 된다는 것이다. 나아가 그는 프롤레타리아 작가가 '예술적 소설의 건축물'을 만들려고 노력한다면 그 작가는 프롤레타리아의 사명을 망각한 사람으로서 이미 '프로 작가가 아니다'라고 주장하게 된다. 결국 박영희는 "문예의 전 목적은 작품을 선전 삐라화하는 데 있다. 선전물 아닌 문학은 프로 문예가 아니요, 프로 문예가 아닌 것은 문예가 아니다"라는 극단론으로 치닫게 된다.

내용 대 형식을 둘러싼 김기진과 박영희 사이의 논쟁은 권구현, 양주동, 염상섭 등을 끌어들임으로써 전 문단으로 확산되고, 카프 지도노선에 심각한 동요를 일으키게 되자, 김기진이 결국 자신의 주장을 스스로 철회함으로써 일단락된다. 그러나 이러한 논쟁은 프롤레타리아 문학이 안고 있는 한계를 적나라하게 드러내었을 뿐만 아니라, 문학의 본질적인 문제를 환기한다는 점에서 소설사적 의의가 크다고 하겠다.

소설사회학(sociology of the novel)

사회학적 관점과 통찰을 통하여 소설 문학과 사회 상황과의 상관관계를 규명하려는 문학 연구의 입장을 통칭하지만, 좁게는 뤼시앵 골드만에 의해 이론적으로 체계화된 「소설 형식의 사회학적 연구」를 가리킨다. 골드만 이론의 특색 중의 하나는, 그가 문학사회학의 주요한 한 분야인 소설사회학을 수립함에 있어서 대다수의 문학사회학 연구자들이 금과옥조처럼 존중해온 실증주의적 관점(후에 신비평가들의 주된 공격 목표가 되는, 인과율적 결정주의에 입각한 연구 방법)과는 다르게 구조주의(발생론적 구조주의)를 선택했다는 것이다. 이것은 곧 부분과 전체의 변증법적 관계이며, 소설과 사회의 관계 역시 실증적 반영의 관계가 아닌 구조적 상동성의 관계라는 인식을 수립함으로써 결과적으로 문학사회학의 새로운 영역을 개척하는 계기를 제공하게 되었다. 골드만의 사고의 중심을 이루는 이 변증법적 사고란 부분과 전체 사이에서 영원히 왕복 운동을 반복하는 인식의 조작적 기능에 다름 아니다. 즉 부분적인 진실은 전체 속의 자리에 의해서만 진정한 의미를 얻을 수 있으며, 전체는 부분적 진리의 인식에 의해서만 드러낼 수 있다는 뜻이다.

이렇게 전체 속에 부분의 자리를 마련하고 그 부분적 진리의 인식에 의해 전체를 구성하는 것을 골드만은 끼워넣기, 감싸기 등으로 부르고 있는데, 이러한 관계를 문학작품에 적용해보면 작품–전작품–인간–사회집단의 방향으로 감싸기가 진행되면서, 그 부분적 진리의 인식이 진전되어 큰 의미의 구조에 이르게 됨으로써 부분과 전체 또는 소설 작품과 사회와의 구조적 관계가 드러난다는 것이 그의 주장이다. 그리고 그 감싸기의 결과로서 골드만은 문화 창조의 주체는 개인이 아니라 사회 계급이라는 충격적인 결론에 이른다. 이러한 인식은 결국 공자의 모든 저작물은 공자 개인의 창조적 상상력의 생산물이 아니라, 당시 공자가 속한 사회 계급의 세계관의 표현이라는 결론에 도달하게 된다. 마찬가지로 박지원의 소설들이나 이광수, 채만식의 소설들도 그들이 속해 있는 그룹의 열망, 감정, 사고의 총체를 표현한 것에 지나지 않으며, 개개의 작가들은 그 집단의 세계관을 작품 속에 표현하는 예외적 개인(individu exceptionnel)일 뿐이다. 따라서 골드만은 전체와의 관련을 도외시한 부분, 세계관과 동떨어진 창조적 열정의 산물을 인정하지 않는다.

골드만의 소설사회학의 주요한 골간을 이루고 있는 또 다른 점은,

소설 형식이 '시장 생산에 의해 이루어진 개인주의적 사회 내에서의 일상생활을 문학적 차원으로 전환시키는 것'이라는 인식과 아울러 소설이라는 문학 형식과, 시장 사회 내에서의 인간과 상품 간의 일상적 관계, 나아가서는 인간들과 다른 인간들 간의 일상적 관계 사이에 엄격한 상동 관계가 존재한다는 것이다. 그의 주장에 의하면 인간과 재물과의 자연스럽고 건강한 관계는 생산이 미래의 소비에 의해서, 물건의 구체적인 품질에 의해서, 즉 '사용가치(valeur d'usage)'에 의해 지배되는 관계이다. 그러나 지금의 시장 생산을 특징짓는 것은 '교환가치(valeur d'échange)'라는 생산 형태에 의해 만들어진 새로운 경제 현실의 매개화 현상이고, 이 때문에 인간의 의식과 생산이 맺고 있던 관계가 배제되거나 혹은 내재화되어버린다. 오늘날 의복이나 주택을 만드는 사람은 그가 만들어내는 물건의 사용가치와 무관하다. 그의 생각으로 사용가치란 오로지 그에게 이익 되는 것만을 얻기 위한 필요악이며 그가 하는 사업의 수익성을 충분히 보장해주는 교환가치이다.

현대의 사회생활 가운데서 가장 중요한 몫을 담당하는 경제적 생활에 있어서 모든 사물들과 존재자들이 '질적'인 차원에서 맺는 '진정한' 관계는 점차 사라져가며, 인간과 인간 사이의 관계나 인간과 사물 사이의 관계는 타락된 관계로, 다시 말해 순전히 '양적'인 교환가치의 관계로 대체되어가고 있다. 사용가치는 존속하고 있으나 소설 세계에서의 진정한 가치의 작용이 그렇듯이 내재적 성격을 띠게 된다. 의식적이고 표면적인 차원에서 경제적 생활은 교환가치, 다시 말해 '타락한' 가치를 지향하는 사람들로 구성되며, 생산의 측면에서는 이러한 사람들 외에 소수의 개인들, 모든 방면에서 창조자들이 남아 있어 본질적으로 사용가치를 지향하는 바로 그 점 때문에 그들은 사회에서 밀려나 '문제적 개인'이 되는 것이다. 그러나 이러한 개인조차도 시장 사회의 원리 속에서는 그들의 창조적 행위를 '타락'시키게 마련이다.

이런 관점에서 보면 그가 주장하는 문학 장르로서의 소설의 발생론은 다음과 같은 당연한 귀결로 맺어지게 된다. 즉 소설이 외형적으로 나타내는 지극히 복잡한 형식은 사람들의 질적 가치 또는 사용가치를 추구할 때 그 모든 사용가치가 수량화와 교환가치라는 매개 현상에 의한 타락된 형태로서 표현되는 사회 속에서 살아가는 사람들의 일상적 삶의 양식이기도 하다는 것, 곧 상동적이라는 것이다. 그리고 이러한 사회 속에서는 '직접적으로' 진정한 사용가치를 지향하려는 타락한 개인들, 곧 '문제적 개인'들을 만들어낼 수밖에 없는 것이다. '소설이란 타락된 사회에서 타락된 형태로 진정한 가치를 추구하는 이야기'라는 골드만의 유명한 선언은 이러한 소설사회학적 맥락에 대한 통찰 없이는 불가능한 것이다.

골드만의 이론은 문학사회학 분야가 개척해온 일련의 업적들 중에서 가장 정치한 것에 속하지만, 그 스스로가 작품 자체의 '풍요성(richesse)'이라고 부르는 문체나 이미지 등에 대한 접근과 수용미학이 발전시킨 작품 수용 과정의 설명 등에는 세심하지 못함으로써 신비평가들이나 수용미학자들에게 비판의 대상이 된다. 그러나 그의 소설사회학은 서구 자본주의 사회를 비판적으로 해부하고 구조화해서, 소설이라는 문학 장르가 어떻게 그 구조 속에서 발생하고 상호 관계하는지를 규명한다는 점에서 주목될 만하다.

소설의 죽음

소설의 죽음이라는 용어는 1960년대 초반 미국의 비평가이자 소설가인 레슬리 피들러(Leslie A. Fiedler)가 소설의 종말을 선언한 이후 보편화되기 시작했지만, 소설이 죽었다는 생각은 이미 20세기 초반부터 모더니스트들 사이에서 싹트기 시작했다. 이를테면 T. S. 엘리엇은 소설이라는 장르의 모든 가능성은 플로베르와 헨리 제임스에 와서 끝이 났다고 선언했으며, 오르테가 이 가세트와 같은 비평가는 소설의 존립을 가능케 하는 사회적 · 미학적 조건들이 붕괴되어가는 징후로서 예술의 비인간화와 소설의 중산층으로부터의 괴리라는 현상에 주목했다. 그러나 소설의 죽음이 하나의 현실로 인식되고 중요한 비평적 관심사로 떠오르게 된 것은 1960년대 미국의 사회적이고 문화적인 환경의 변화와 관련되어 있다. 그 대표적인 예로서 TV나 만화, 혹은 영화와 같은 대중문화의 번성으로 인해 이야기 형식으로서의 소설이 누리던 특권을 상당 부분 상실하게 되었다는 사실을 들 수 있다. 이와 같은 상황 속에서 더욱 실감나고 재미있는 이야기들을 원하는 독자들의 요구를 충족시키는 데 있어 소설은 각종 영상 매체들과 경쟁할 수 없는 낡은 양식으로 판명되기에 이르렀다. 소설의 서사적 형식의 고갈 역시 소설의 죽음이라는 관념이 확산되는 데 기여했다. 소설적 이야기의 재료들이 수세기에 걸친 소설사 속에서 충분히 개발되고 구사되었거나, 혹은 소설이 구사했던 전통적인 이야기의 소재들이 더 이상 독자들의 흥미를 자극하지 않게 되었다. 뿐만 아니라 20세기 중반에 이르면, 이러한 현상에 대응하여 소설의 전통적인 이야기 형식을 파괴하고 해체함으로써 소설이 장르적 고유성을 상실하고 자신의 사회적 존립 근거를 스스로 위태롭게 하는 현상이 나타나게 되었다.

소설의 죽음에 관한 논의를 주도했던 레슬리 피들러는 소설의 죽음이 이루어지게 되는 조건의 변화로서 작가를 지탱해주던 예술적 신념의 상실과 소설 독자들의 다른 이야기 매체로의 전이 현상을 들고 있다. 그는 소설의 양식이 처음으로 나타나기 시작했던 18세기에는 소설이 현재의 TV나 만화와 동일한 대중적이고 상업적인 사회적 기능을 담당했으나, 이후 소설이 대중문화에 대한 비판적 거리를 확대한 결과 그가 예술소설(the art novel)이라고 부르는 미학적 엘리트주의의 소설이 성행하게 되었다고 말한다. 그에 따르면 미학적 엘리트주의의 소설은 '부르주아 세계와 싸우면서 동시에 부르주아 세계의 사랑을 받기를 원해왔으며, 반면 부르주아 세계를 조롱하기 위해 자기가 사용한 바로 그 도구(소설)에 의해 부르주아 세계로부터 사랑과 미움을 동시에 받는 존재'이다. 미학적 엘리트주의에 속하는 전형적인 작가로서 그는 프루스트, 카프카, 조이스 등을 비롯한 모더니스트 소설가들을 거론하며, 소설의 죽음이 나타나게 될 가능성을 제공한 것은 바로 이러한 모더니스트 작가들이라고 말한다. 그러나 최근에 와서는 대중과의 괴리를 초래한 모더니스트 작가의 예술적 신념이 사라져버렸고, 대중은 TV나 영화로 옮겨갔다는 것이 그의 생각이다. 이와 관련해서 수전 손택이나 노먼 포도레츠와 같은 비평가들은 소설보다는 논픽션이 급변하는 현실의 리얼리티를 담는 데 더욱 적합한 형식이 되었다고 말하며, 소설가인 존 바스는 관습적인 의미에서의 소설은 더 이상 가능하지 않다고 선언했다.

이러한 1960년대 미국에서의 소설의 죽음에 관한 논의는 소설 장르의 새로운 기능성을 모색하는 일련의 작업을 낳았고, 1970년대에 이르러 포스트모더니즘이 대대적으로 부상하게 되는 계기를 제공했다. 그러한 모색과 실험의 작업 가운데서 특히 주목할 것은 허구적 이야기로서의 소설의 본질에 대한 새로운 인식이다. 이를테면 뉴저널리즘이라고 불리는 경향의 소설들은 허구적 구성과 허구적 인물의 설정을 배제하고 작가의 도덕적 비전과 기자의 경험적 시각을 결합한 양식을 보여주었으며, 메타소설은 반대로 허구의 의의를 극대화하여 소설 쓰기의 과정 자체를 보여주는 것으로 리얼리티의 소설적 반영을 대신했다. 그리고 이러한 실험적 소설 쓰기와 성과들은 리얼리즘과 모더니즘의 관습을 동시에 넘어서는 새로운 사조로서의 포스트모더니즘의 실제적 가능성을 열어놓았다.

소설적 자유(romanesque liberté)

J. P. 사르트르의 초기 소설론을 이루는 핵심적인 개념 가운데 하나.

작가의 독재(작가의 개입의 의미가 아닌)를 경계하기 위해 고안된 이 개념은 사르트르의 전 생애를 걸쳐 그의 광원(光源)이 되어왔던 자유의 문제를 소설론으로 설명한 것이라고 할 수 있다.

10부작 『상황』 제1권에 실려 있는 두 편의 실제 비평(「프랑수아 모리아크와 자유 François Mauriac et la liberté」, 「존 더스 패서스와 1919년에 대해서 A propos de John Dos Passos et de 1919」)은 소설에 대한 사르트르의 이러한 입장을 명징하게 보여주는 대표적인 글들이다. 모리아크는 비판의 대상으로서, 더스 패서스는 선호의 대상으로서 그에게 읽혀진다. 소설적 자유라는 개념은 모리아크를 비판하는 과정에서 제기된다. 무엇보다도 먼저 사르트르는 모리아크의 유명한 전제 '모든 작가들은 신과 가장 흡사해야 한다'를 정면으로 부정하면서 '소설가는 신이 아니다'라고 못박아버린다. 즉 '소설가는 절대적인 판단을 내릴 권리를 가지고 있지 못하며, 소설은 다양한 관점들에 의해 이야기되는 사건'의 연속체이기 때문에 그 누구도 전지적 권능을 일방적으로 휘두를 수 없다는 것이다.

이런 관점은 특히 작중인물의 자유의 문제와 관련하여 논의되는데, 사르트르는 작가가 작중인물의 자유를 좌지우지할 수 없다는 단호한 입장을 견지함으로써 소설적 자유의 개념을 알기 쉽게 설명한다. 따라서 이 개념의 등장은 전지적 시점으로 에워싸여 있는 전통적인 사실주의 소설 혹은 관념주의 소설에 대한 비판적 의미를 가지게 한다. 비판의 내용은 기법상의 오류와 세계관의 문제에 관한 것들로 이루어져 있다.

사르트르는 모리아크를 비판하면서 두 가지의 기법상의 오류를 지적한다. "먼저 그것은 순수 사변적이고 행동이 삭제된 화자를 전제로 한다. 다음 절대적인 것은 무시간적인 것으로서, …… 소설은 활기 없는 진리에 머물러 있을 뿐이다." 그리고 이어서 기법의 문제를 넘어 세계관의 문제를 거론한다. "창조자의 전적인 권리를 남용하면서 모리아크 씨는 창조물들의 내적 실체를 밖의 풍경으로 간주하게끔 만든다. 그는 그들을 '사물'로 변형시킨다. 그것은 작품 안에서 추구되었다고 주장되는 주인공의 '자유'는 실상은 '결정된, 따라서 위장된' 자유에 불과하며 결국 이 예정된 결정론의 세계에서 독자는 흥미를 갖지 못하게 되는 것이다"라고 그는 결론짓고 있다.

이와 같은 비판을 통해 사르트르가 추구한 것은 바로 자유의 이름으로 소설의 기법과 소설가의 형이상학을 일치시킨다는 데에 있다고 하겠다. 그것은 곧 다음과 같은 세 가지의 테마로 연결된다.

① 작가는 규정하지 않고 드러낸다. 그 드러냄의 목표는 변혁에 있다.
② 인물들은 살아 있어야 한다. 문제는 오로지 예측할 수 없는 정념들과 행동들을 제시하는 것일 뿐이다.
③ 소설의 독자는 작가에게서 배우지 않는다. 독자는 하나의 기대이고 채워야 할 공백이며, 갈망이다.

그의 이러한 소설적 자유의 이론은 대표 저서인『상상력』에도 연결되어 '꿈속의 자유' 논의로 발전하게 된다. 즉 그에 따르면 우리가 꿈을 꿀 때 꿈꾸는 자가 꿈속의 인물이나 내용을 자신의 마음대로 좌우할 수 없으며 다만 그는 '꿈속의 자유'를 볼 뿐인 것이다. 마찬가지로 소설에서도 작가는 인물이나 사건의 자유를 구속할 수 없다고 그의 상상력 이론은 주장하는 것이다.

소재(subject matter)

예술작품을 이루는 데 동원되는 모든 재료와 원료의 총칭. 따라서 표현 대상과 표현 수단의 의미를 함께 가진다. 표현 대상으로서의 소재를 보통 **제재**(題材)라고 하며, 표현 수단으로서의 소재를 **매재**(媒材)라고 한다. 예컨대 레오나르도 다 빈치의 〈모나리자〉 속의 모델이 된 실제의 인물, 추사 김정희의 〈세한도〉에 형상화된 초가와 소나무, 박영한의 『인간의 새벽』에서의 월남전쟁 등은 제재이며, 언어 · 물감 · 돌 · 나무 · 소리 등등은 예술을 표현하려는 수단으로서의 소재, 즉 매재이다.

문학에 대한 논의에서 소재는 제재와 같은 뜻으로 쓰인다. 소재 개념을 구성하고 있는 제재와 매재 중에서, 매재는 문학작품의 경우 동일하기 때문에(언어) 거론할 필요가 없는 것이다. 그럼에도 불구하고 문학작품 속에서 소재와 제재를 구분한다거나 **주제**(主題)와 **주재**(主材)를 변별하지 않은 채 사용하는 사례는 영미의 비평 용어들을 번역하는 과정에서 야기된 혼란으로 보인다. subject, theme, subject matter의 개념이 번역되는 과정에서 subject matter가 소재 또는 제재로 정착된 것은 세 용어에 대한 혼란만 가중시켜온 측면이 없지 않다. subject란, 주제(theme)가 아니라 이야기의 주된 재료이며, 따라서 주된 제재 곧 주재(主材)의 뜻을 가지고 있는 용어이다. theme은 곧 흔히 말하는 주제의 개념이며, subject matter는 바로 좁은 의미의 소재, 즉 제재를 가리키는 용어이다.

그러므로 문학 비평에서 소재와 제재는 완전히 동일한 의미로 쓰이며, 주제와 주재는 구분된다는 데 유념할 필요가 있다. 주재는 제재 중에서도 이야기의 핵심을 구성하는 재료를 뜻하는 개념인 반면, 주제는 한 편의 이야기가 궁극적으로 예증하거나 요약하는 중심 의미나 관념인 셈이다. 따라서 매재의 개념이 배제된 좁은 의미의 소재는 제재의 개념과 동일하며, 주된 소재 혹은 주된 제재의 개념으로는 주재(主材, subject)라는 용어가 설정됨직하다.

제재는 물리적 대상(해, 달, 꽃, 바다, 연인……), 자연현상(사계의 바뀜, 폭풍, 일몰, 지진……), 역사적 사건(임진왜란, 6 · 25전쟁, 광주민주화운동……), 관념이나 정서(애정, 이데올로기, 슬픔……) 등을 모두 포함한다. 그렇기 때문에 때때로 제재는 내용과 혼동되기도 한다. 그러나 내용은 형상화된 제재라는 점에서 제재 자체와 구별된다. 소설의 유형을 분류하는 일련의 시도들은 대체로 제재의 상이성을 드러내는 데 주력한 결과이다. 농촌소설, 도시소설, 역사소설, 전쟁소설, 애정소설 등의 분류는 각각의 제재의 특성을 돋보이게 함으로써 소설의 성격을 결정지으려는 의도를 반영한다. 소설의 모든 유형이 제재의 상이성에 따라 분류되는 것은 아니지만, 제재의 차이는 그만큼 소설의 내용과 성격을 결정하고 구별하는 데 주요한 척도가 된다. 따라서 제재는 이야기의 내용과 성격을 구성하는 재료(이야깃거리)로 보면 좋겠다.

수사(rhetoric)

공중 앞에서 연설하는 사람을 뜻하는 라틴어 어원인 rhetor에서 유래한 것으로 애초에는 법정이나 대중 집회의 변론이 주를 이루었다. 현대에 이르러서는 다소 부정적인 의미로 상투적인 주제나 제목을 가지고 청중에게 연설하는 어조나 태도를 취하는 문학작품들을 가리켜 수사적이라는 표현을 쓰기도 한다. 그러나 수사를 확장하여 인간의 담론의 모든 영역에 적용시키고자 할 때 수사의 관심사는 언어를 통해 의사를 전달하는 모든 복합적인 행위와 관련되며, 문학 비평의 영역에서는 작가가 그의 독자들과의 관계를 확립하고 자신의 작품에 대한 독자의 관심을 환기하고 유도하는 모든 기교를 포괄하기도 한다. 그런 점에서 수사적 언어는 정상적 언어 습관을 벗어나 있다고 여겨지며, 수사란 말을 잘하는 기술, 혹은 보다 흔하게 비유와 말무늬(文彩), 즉 작가의 말의 기술과 재치를 가장 명백하게 나타내는 문체적인 특성과 말들의 패턴이라고 할 수 있다.

전통적으로 수사라는 말은 언어에 기초를 두고 있는 세 학문인 문법, 수사, 논리의 세 학과를 상기시킨다. 문법과 논리는 개별 학과의 이름이 되어왔으나, 이들 역시 모든 언어 구조의 서술 면과 의미 면에서 그 연관성을 계속 유지해오고 있다. 문법은 말을 늘어놓는 기술이라고 해도 무방하므로 축자적 의미에서 문법과 서술은 같으며 논리는 또한 의미의 생산 기술이라는 점에서 의미와 같은 것이라고 볼 수 있다. 논설적 · 기술적 형태의 문장은 문법과 논리의 직접적인 통일을 지향하는 경향이 있는 반면, 수사적 문장은 말의 장식적인 효과에 의존하는 경향이 있다. 따라서 논술 형태의 문장에서 수사는 가능한 한 배제되어야 할 것으로 여겨져왔으며, 실제로 철학자, 과학자, 법률가 등은 수사를 얼마간 불신의 눈초리로 대해온 것이 사실이다.

그러나 수사라는 용어에는 처음부터 두 개의 의미가 들어 있었다. 장식적인 변론과 설득적인 변론이 그것이다. 이 둘은 서로 대립적인 성격을 지니는 것으로 설득을 목적으로 하는 산문은 장식에 의해서 오히려 효과가 감소되는 것으로 여겨진다. 장식적인 수사는 듣는 사람의 마음을 움직여 아름다움이나 기지를 찬미하게 하는 반면 설득적인 수사는 듣는 이를 행동으로 유도하려고 한다. 하지만 이들은 어떤 면에서 상호 보완적인 측면을 지니고 있으며, 특히 문학에 있어서 그러한 성격이 두드러진다고 하겠다. 이것은 문학이 문법과 논리를 수사적으로 조직한 것이라고 할 때, 문학 형식을 특징짓는 대부분의 성질은 운과 운율, 대구를 이루는 균형, 본보기가 되는 전례의 이용 등에 있고, 이들은 또한 수사상의 장식이라고 할 수도 있기 때문이다.

전통적인 수사법의 용어들과 개념들이 부정적인 측면으로 인식되어온 것은 사실이지만 현대에 이르러서도 그것이 비평에서 차지하는 역할의 비중은 조금도 줄어들지 않고 있다. 또한 현대의 문체론이나 언어학과 같은 새로운 학문 분야에서도 수사가들이 처음에 다루었던 제 영역 중 많은 부분들이 새로이 연구되고 있는데, 그 원인은 서구 사회의 전통 속에 면면히 흐르는 말의 신성함에 대한 신념이 이를 굳게 뒷받침하고 있기 때문이다. 즉 말을 신들이 준 귀중한 선물로 생각하는 고전적 관념은 말에 대한 주의와 분별, 그에 따른 성실성 등 수사적 측면에 남다른 주의를 기울이는 결과를 낳았고 이것은 현재에도 여전히 그 생명력을 잃지 않고 있다.

현대 비평에서 수사는 좀더 넓은 함의를 가지게 되었다. 수사는 독자의 반응을 가장 효과적으로 이끌어낼 수 있도록 말을 배열하고 문장을 서술하는 기술을 가리킬 뿐만 아니라 때로는 기법과 동일한 개념으로 사용되기도 한다. 예를 들어 웨인 부스가 『소설의 수사학 *The Rhetoric of Fiction*』이란 제목의 책에서 논의하고 있는 것은 하나의 이야기를 능률적으로 작동시키는 데 동원되는 소설 기술(記述)상의 모든 기법적 문제이다. 현대의 비평이 수사의 고전적 개념을 상당 정도까지 확장시켰다는 사실을 이러한 용어 사용의 관례가 확인시켜주는 셈이다.

수행자(actant)

행위 · 행위항을 보라.

수화자(narratee)

모든 말하기는 듣는 이를 전제한다. 서사적 말하기 역시 마찬가지이다. 서사적 말하기에서 말하는 이가 누구인가 하는 질문에 대답하기는 쉽다. 1인칭 서술에서 말하는 이는 스스로를 '나'라고 지칭하는 자이고, 3인칭의 경우는 함축된 저자(implied author)이다. 우리는 이 서사적 중재자를 화자(narrator)라 부른다. 화자는 당연히 수화자를 전제한다. 따라서 수화자는 서사적 소통에서 화자의 상대역, 즉 서사물에서의 듣는 역할을 가리킨다. 그러나 수화자는 실제의 독자(real reader)나 실제의 수신자(real receiver)가 아닌 순수한 텍스트적 자질이다.

제라르 주네트가 고안하고 제랄드 프랭스에 의해 보편화된 수화자라는 개념은 그러나 서사물에서 화자의 존재처럼 명백하게 식별되지는 않는다. 많은 경우 서사물의 내부에서 수화자의 존재는 나타나지 않는다.

> 나는 파혼을 선언하기로 결심했다. 오빠에게만 간단하게 파혼하겠다는 뜻을 비쳤는데, 크게 벌린 입을 다물지 못하다가 무엇 때문이냐고 물었다.
>
> 나는 지극히 간단하고도 당연한 대답을 했다.

황석영의 「섬섬옥수」의 서두인 인용된 서술의 표면에 수화자는 나타나 있지 않다. 그리고 「섬섬옥수」는 끝끝내 수화자를 드러내지 않은 채 서술을 마감한다. 반면에 다음에 인용하는 황순원의 「그」에는 화자가 누구를 대상으로 서사적 진술을 하고 있는지가 분명하게 나타나 있다.

> 나아왔나이다. 당신 앞에 나아왔나이다. 그 맵고 쓰라린 짐을 지러 나아와 엎디었나이다. …… 인자의 괴로움이 그대로 한 그루의 무화과 나무를 그처럼 말리어 버렸던 것이 아니오니까. 아버지시어, 아버지시어. 오늘의 이 맵고 쓰라린 짐을 면할 길은 없겠나이까, 없겠나이까.

보다시피 이 서술적 말하기에서 화자의 이야기를 청취하는 상대는 '아버지시어'라고 호칭되는 자이다.

그러나 황석영의 서술 표면에 청자가 명시되어 있지 않다고 해서 그 서술에는 수화자가 없다고 판단할 수는 없다. 그 서술은 명백한 보고의 형식이고 당연히 보고란 누군가 보고를 받는 입장을 전제하겠기 때문이다. 따라서 "모든 서사물에 최소한 하나씩의 화자가 있다면 마찬가지로 하나씩의 수화자가 있기 마련이며 이 수화자는 '당신'으로 명백히 드러날 수도 있지만 그렇지 않을 수도 있다"(제랄드 프랭스, 『서사학』, 최상규 역, 문학과지성사, 1988)라고 말해질 수 있다.

수화자의 존재를 구분하는 많은 척도들이 있을 수 있다. 기호적 측면에서 수화자는 막연히 '당신'이라고 지칭될 수 있고 구체적으로 이름으로 불릴 수도 있다. '당신'으로 호칭되는 집단적 수화자는 청중, 즉 독자를 가리킨다. 따라서 이때의 수화자는 불특정 다수를 지시한다고 보아야 한다. '한가한 독자에게'라고 첫 줄이 시작되는『돈 키호테』나 "당신, 나의 독자여. 당신 역시 지금 하얀 손으로 이 책을 들고 안락의자에 깊이 파묻혀 이렇게 혼잣말을 하고 있을 것이다. 제발 이 책이 재미있어주었으면"이라고 수화자에게 말을 걸고 있는 발자크의 『고리오 영감』이 그런 경우이다.『폭풍의 언덕』은 이름을 부여받은 수화자가 나타나는 좋은 보기이다. 하녀 엘렌 딘이 들려주는, 히스클리프와 캐서린의 이야기를 듣는 수화자는 록우드이다. 특히 서간체 소설에서 수화자는 대개 이름을 부여받은 특정한 개인이다. 도스토옙스키의『가난한 사람들』에서 바바라나 최서해의「탈출기」에서의 김 군과 박 군이 그런 예이다.

플롯에 참여하느냐 않느냐도 수화자를 구분하는 하나의 척도이다. 대부분의 수화자는 수사적 기능밖에는 하지 않는 서술적 자질이다. 그들은 사건의 발전에 아무런 역할도 하지 않는다. 그러나 제랄드 프랭스가 수화자 인물이라고 부르는 개인적 수화자는 서술 구조와 플롯 구조에 동시적으로 참여하기도 한다.『폭풍의 언덕』에서의 록우드와 서간체 소설에서의 수화자가 그런 수화자들이다. 따라서 참여자 수화자와 비참여자 수화자라는 개념이 설정될 수도 있다. 참여자 수화자는 화자가 자신을 향해 들려주는 사건에 개입하는 수화자를 가리킨다. 반면에 사건에는 전혀 관련되지 않는 수화자는 비참여자 수화자이다.

제랄드 프랭스는 필수적 수화자 인물과 그렇지 않은 수화자 인물을 구분하기도 한다. 어떤 수화자 인물은 대상이 바뀌어도 플롯의 구조에 아무런 영향을 미치지 않는다. 반면에 대체가 불가능한 필수적 수화자 인물이 있다는 것이다. 그가 예로 들고 있는 필수적 수화자 인물은 『아라비안 나이트』에서 세헤라자데의 이야기를 듣는 칼리프이다. 만약 칼리프가 더 이상 세헤라자데의 이야기를 듣지 않기로 마음먹게 되면 그녀는 목숨을 잃어야 한다. 따라서 칼리프는 세헤라자데가 수화자로 삼을 수 있는 유일한 인물인 셈이다.

수화자의 지식 정도도 수화자의 종류를 구분하는 기준이 된다. 대개의 경우 수화자는 화자나 화자가 들려주는 이야기 속의 사실들이나 인물에 대해 아무런 정보도 가지지 않는다. 가령 『돈 키호테』에서 화자가 상정하고 있는 '한가한 독자'로서의 수화자는 그가 듣게 될 이야기나 그의 소통의 파트너의 신원에 대해 아무런 사전 지식을 가지고 있지 않다. 그러나 지드의 『배덕자』에서 수화자들인 미셸의 친구들은 이야기가 시작되는 초두부터 화자의 이야기 내용을 알고 있다. 제랄드 프랭스는 이외에도 수화자의 종류를 구분하는 여러 가지 기준을 제시해 보이고 있지만 더러는 너무 특수한 서사적 상황을 설정하는 나머지 이론의 실용성에 회의를 야기시키기도 한다. 그러나 화자의 문제가 서사에서 차지하는 비중과 중요성을 감안한다면 수화자의 문제가 중요한 이론적 쟁점을 매장하고 있다는 사실이 부정되거나 과소평가될 수는 없을 것 같다. 왜냐하면 화자와 똑같이 수화자도 허구 서사물을 구축하는 핵심적인 서술적 자질임은 분명하기 때문이다.

순차(order)

구조시학에서 다루는 시간의 개념을 형성하는 범주의 하나. 순차는 이야기를 구성하는 사건이 발생한 시간 순서를 가리키는데, 이야기(story)와 담론(discourse)이 동일한 순서(1-2-3-4)를 가지고 있는 '표준적 계기성'과 그렇지 않은 '시간 변조적(anachronous) 계기성'이 있으며, **시간 변조**는 '소급제시(analepsis)'로 '사전제시(prolepsis)'로 다시 나뉘어진다.

표준적 계기성에서 사건의 시간과 플롯의 시간은 병행한다. 따라서 이야기-시간과 담론-시간의 순서가 동일하게 진행되며 처음부터 끝까지 이러한 관계는 어그러지지 않는다. 그러므로 양자 사이의 관계는 정규적이며 법칙적이다. 그러나 이야기의 내용을 이루는 사건의 시간과 그것이 발현되는 형식에 있어서의 플롯상의 시간은 반드시 정규적이고 법칙적이지 않으며 그럴 필요도 없다. 문학, 특히 소설 속의 이야기는 역사 기술의 경우처럼 동일한 순차만을 고집하지 않는다. 현재의 시간이 진행되고 있는 도중에 갑자기 과거의 시간이 회상의 수법 등으로 동원되기도 하고, 미래의 시간이 먼저 제시된 다음 현재의 시간이 뒤따라 서술되기도 하는 것이다. 시간을 이렇게 자유롭게 변조시키는 방식은 그러므로 문학과 역사를 구별하는 주요한 척도의 하나가 된다.

이야기-시간과 담론-시간이 동일하게 일치하지 않는 대표적인 경우는 **소급제시**와 **사전제시**이다. 소급제시는 현재 사건의 진행 중에 과거의 사건이 끼어들어 와서 현재의 사건의 흐름을 일시적으로 차단하는 경우를 말하고, 사전제시는 현재 사건의 진행 중에 뒤이어 일어날 사건들을 앞질러 제시하는 경우를 가리키는데, 각각 영화의 플래시백(flashback)과 플래시포워드(flash-forward)에 상응하는 것으로 이해하면 무방하다.

오늘날의 서사 이론은 이야기의 순서가 식별 가능하기만 하다면 심미적 효과를 위해서 이야기의 사건들을 무수한 방식으로 재배열하기를 권하기도 한다. 즉 이야기 속의 사건의 시간과 플롯상의 시간을 동일하게 병행시키지 않는다. 사건이 일어난 순서가 식별 가능하기만 하다면 그것을 표현하는 방식은 무수한 시간 변조에 의거하여 플롯화된다. 그러나 그 식별이 불가능해질 경우, 고전적인 플롯은 그 '통일성'에 실패하게 되지만, 포스트모더니즘 소설 같은 최근의 소설들에서는 이러한 불가능한 식별조차 문제 삼지 않고 있다.

숨은 화자

숨은, 혹은 눈에 띄지 않는 화자가 하는 서술은, '비서술'과 명백히 들을 수 있는 서술 사이의 중간에 위치한다. 숨은 화자의 서술에서 우리는 사건, 인물, 배경을 말하는 목소리를 듣게 되지만 그 목소리의 소유자는 담론의 그늘에 숨어 있으며 또한 그 숨겨진 화자에 의해 서술된 이야기는 작중인물의 말 또는 생각을 간접 제시의 방식으로 표현한다. 숨은 화자는 일반적으로 허구적 세계 안에 자신이 직접 등장하는 형태를 띠는데 이는 사건은 결코 '그 스스로 자신에 관해 이야기한다'라고 말할 수 없다는 점에서 동작의 주체인 등장인물 '나'와 발화의 주체인 '나'가 분리되어 있다는 것을 의미한다. 즉 '나는 거리를 걸었다'라는 진술에 있어서 우리는 대상화된 '나'와, 발화의 주체인 '나'를 분리해야만 한다는 것이다. 숨은 화자의 목소리는 실상 작품 속에서 등장인물의 목소리를 흉내 내기도 하고 인물의 독백이나 지각에 대한 내적 분석을 보고하는 외적 발화자로서의 역할을 하기도 한다. 숨은 화자의 담론은 본질적으로 자신을 감추려는 속성을 지닌 만큼 효과적으로 자신을 숨기기 위해 끊임없이 새로운 장치를 개발해왔고 따라서 표면적인 형태만으로 발화의 주체인 화자를 발견하기란 여간 어려운 일이 아니다.

일반적으로 현대의 작품들은 대부분 말하기보다는 보여주기를 선호하는 경향이 있는데 이러한 경향은 자연히 화자의 권한을 축소하고 교묘하게 화자를 감춘 상태에서 말하기를 수행하는 것이 가장 효과적인 미적 장치라는 인식의 결과이다. 문학은 언어를 매체로 한 서사물인 만큼 보여주기라는 것은 어떤 의미에서 불가능하다. 단지 감추어진 화자에 의한 얘기를 통해서 화자를 전혀 의식하지 못한 독자가 '본다'는 착각을 일으키게 할 뿐인 것이다.

> ① 영치함 속에 들어 있던 감색 스웨터는 뽀얀 먼지에 싸여 검은색 골덴바지와 함께 노끈으로 묶여 있었다. 안교도가 검은 물들인 야전잠바를 하나 꺼내 주었다. 여름에 출감한 놈이 남겨 두고 간 것이라 했다.

> ② 검사는 예의가 있었다. 그러나 그는 반말을 쓰고 있었다. 그럴 필요가 없는데도 그는 그것이 자꾸 신경에 거슬리고 있다고 생각했다.

> ③ 이제 낡은 사진처럼 얼굴조차 희미해져 버리고 하도 자주 뇌까려서 아무 감동도 일으키지 못하는 이름을 가진 여자였다.

> ④ 그는 터널에 의해 짤려진 두 입구의 시간을 이어붙여 보려고 했지만 번번이 실패할 수밖에 없었다. 출구는 입구보다도 더 황당했다. 처음 옷을 벗기우고 똥구멍을 조사하고 주소, 본적, 생년월일, 이름, 전과 유무를 외치고 냄새나는 물색 옷과 플라스틱 식기와 대나무 젓가락과 짝짝이 맞지 않은 검은 고무신 한 켤레를 받았을 때도 이처럼은 황당하지 않았다. 그때에는 적어도 이어진 시간이 있었다. 사건도 있었고 사건을 일깨워주는 시간도 있었다. 그리고 무엇보다도 사랑하는 사람이 있었다.

위의 인용문은 김영현의 「멀고 먼 해후」에서 일부를 발췌한 것이다.

채트먼은『이야기와 담론 : 영화와 소설의 서사구조』에서 숨은 화자의 담화를 서술된 독백, 서술된 보고, 서술된 지각으로 나누었는데 위의 인용문은 ①은 서술된 지각, ②는 서술된 보고, ③은 서술된 독백이라고 볼 수 있다. 그리고 밑줄 친 부분도 모두 서술된 독백으로 볼 수 있는 것이다. 우선 ①에서의 서술된 지각은 등장인물이 지각한 내용이 숨은 화자의 담론을 통해 표현된 것이고(즉 인식의 주체는 초점화자이지만 이것을 발화하는 것은 숨은 화자이다) ③에서의 '서술된 독백'은 '서술된'이 간접 화법적 특징을, '독백'이 등장인물이 사용하는 그 언어를 듣고 있다는 느낌을 가리키는 것으로 ①의 밑줄 친 부분의 '여름에 출감한 놈'이라든가 ③의 '뇌까려서' 따위는 모두 등장인물의 구어체적 표현으로 볼 수 있는 것들이다. 그리고 ②의 내적 분석(서술된 보고)은 등장인물의 생각이나 발화 자체가 화자의 것이 분명하다는 느낌을 주는 말들로 전달되는 예라고 볼 수 있다. 그러나 채트먼 스스로가 인정했듯이 서술된 보고와 서술된 독백의 경계는 매우 모호하며 실상 ①의 경우에서처럼 발화의 단어들이 화자의 것인지 등장인물의 것인지를 결정하기가 곤란한 경우가 대부분이다.

따라서 이러한 문장들이 지니는 함축적 의미는 '누가 이것을 생각하고 말했는가' 하는 데 있는 것이 아니라 문장 자체가 인물과 화자 모두에게 적합한가 하는 점에 있다고 할 수 있다. 이러한 문장이 지닌 애매함은 오히려 화자와 등장인물 사이의 결합을 자연스럽게 하며 독자로 하여금 진술된 발화의 권위를 좀더 확신하게 된다. 즉 숨은 화자는 명백하게 드러난 유리한 외적 관점에서 작품을 묘사할 수도 있고, 그 자신의 언어나 등장인물의 언어를 사용하여 등장인물의 생각을 인용하는 데 깊이 빠질 수도 있으며, 혹은 어법의 사용, 불분명한 **말하기와 보여주기**, 등장인물의 내적 삶을 재현하거나 서술하기 같은 것들 속에서 의도적으로 애매함을 조성할 수도 있는 것이다.

스릴(thrill)

서사물이 환기하는 정서의 일종을 지칭하는 용어이다. 손에 땀을 쥐게 하는 긴박감, 다음 단계의 사건에 대한 강렬한 호기심, 공포가 수반된 짜릿한 쾌감 등이 모두 스릴적 요소들이며 이 효과에 즐겨 기대는 것은 특히 영상 서사물이다. 언어 서사물은 근본적으로 추상적인 것이기 때문에 그 효과가 다소 뒤떨어진다고 할 수 있지만 서사의 추이에 관심을 가지고 지루하지 않게 그것을 뒤쫓을 수 있는 원동력의 하나가 된다는 점에서 스릴은 소설에서도 역시 중요한 기능을 수행한다. 즉 한 작품에 대해 독자들이 '스릴감이 넘친다', '스릴을 느낀다'라고 반응하는 것은 시종일관 그 작품에서 전율스러운 재미를 느꼈다는 것을 뜻한다.

언어 서사물-소설에서 스릴을 유발하는 요소는 다양하다. 일반적으로는 예견되는 위험스러운 상황과 연속되는 위기 국면에 의해 스릴의 효과는 조성된다. 따라서 스릴의 정서는 사건의 충격적인 변화와 발전에 의해 주로 환기된다고 말할 수 있다. 물론 스릴의 효과는 사건 자체에 의해서가 아니라 사건이 제시되는 과정-플롯에 의해서 거두어진다. 다시 말하자면 가공스러운 범죄적인 사건이나 숨을 막히게 하는 위기의 국면조차도 그것이 제시되는 방식에 따라 전율스러울 수도 그렇지 않을 수도 있다.

스릴은 이야기의 전개 과정에서 불안과 긴장을 유발하는 요소라는 점에서 서스펜스와 유사하지만 본질적으로 공포를 예견하는 감정 효과라는 점에서 다르다. 본격소설 중에서 이 효과에 주로 의존하고 있는 사례를 찾기는 쉽지 않다. 스릴의 정서를 자극함으로써 독자를 이끌어 들이고자 하는 서술적 전략은 범죄소설이나 추리소설에서 주로 구사된다. 말하자면 이러한 서사물들이 의존하는 것은 '아슬아슬한 플롯'이라고 할 수 있다.

범죄소설이나 추리소설뿐만 아니라 모험소설과 고딕 소설, 유령 이야기 따위의 플롯 역시 전형적인 '아슬아슬한' 플롯이다. 괴물이나 마귀할멈이 등장하는 아동용의 서사물들 역시 마찬가지이다. 플롯의 긴박감과 생동감을 위해 스릴의 효과는 서사문학 발전의 초기 단계에서부터 활용되어왔다. 그러나 이 효과를 가장 탁월하게 서사물에 구현한 예는 에드거 앨런 포에게서 발견된다. 「어셔 가의 몰락」「함정과 추」「검은 고양이」 등은 인간 내면의 가공스러운 마성을 공포스러운 분위기를 통해 드러냄으로써 이야기의 흥미를 가장 긴박하게 만들고 있는 소설의 예들이며 대부분의 다른 포의 소설 역시 스릴의 플롯을 가지고 있다.

포의 작품을 통해서 짐작할 수 있는 것처럼 스릴의 정서는 한 편의 소설이 추구하는 심미적 체계를 보조하고 그것을 와해시키지 않는 범위 내에서만 그 온전한 기능을 발휘한다. 그 자체로는 아무리 끔찍하고 공포스러우며 괴기한 사건이나 분위기라 하더라도 그것이 작품 전체의 의미와 부합되고 그 의미를 생동감 있게 전달하는 데 기여하지 않는다면 무가치한 것이 될 수 있기 때문이다. 통속소설에서 흔히 보이는 엽기적 살인의 묘사나 광포한 결투 장면의 묘사 등은 진정한 의미에서의 스릴을 환기하는 요소가 아니라고 보아도 무방하다.

스토리-라인(story-line)

구조시학자들이 설정하고 있는 이야기의 단위 중 하나. **핵사건**과 **주변사건**들은 서로 결합하여 소연속(micro-sequence)을 이루고 소연속은 서로 결합하여 대연속(macro-sequence)을 이루며 대연속은 다시 결합하여 완전한 스토리를 형성한다. 사건들이 결합하여 단위가 커지면서 스토리를 형성해가는 원리는 시간적 연속(temporal succession)과 인과관계(casuality)에 의해서이다(**이야기**, **사건**, **서사 · 서사물 · 서사문학**, **시간**을 보라). 스토리-라인은 대연속과 전체 스토리 사이에 놓인 중간 단위를 지칭하는데, 서사물의 구조를 형성하는 필수적 단위라기보다는 전체 스토리의 분석을 용이하게 하기 위한 편의적 단위이다. 이런 중간 단위가 필요한 이유는 사건의 연속성 개념으로 스토리를 설명한다 하더라도, 한 편의 서사물이 가지고 있는 전체 스토리가 단일한 연속성 위에서 전개되지는 않기 때문이다. 엄밀한 의미에서, 단일한 연속성 위에 전개되는 서사물은 존재하기가 거의 불가능하다. 같은 시간에 벌어지는 어떤 행위들, 에피소드의 인용, 두 명 이상의 작중인물의 행동 등이 등장하는 순간 사건들은 동시성을 띠게 되고 스토리는 단선적이기보다는 다선적이 되며, 대부분의 서사적 구조가 이러하다. 그러므로 이 복합적인 다선적 진행에서 단일한 연속성을 지니고 있는 단선적 스토리 단위를 추출해낼 필요가 있는 것이다. 이 추출물이 바로 스토리-라인이다.

스토리-라인은 완전한 전체 스토리와 똑같은 구조를 지니고 있다. 그러나 일정한 작중인물, 혹은 작중인물들의 집합(단일한 행동 규범에 묶일 수 있는)에 한정되어 있다는 것이 다른 점이다. 가령 『리어 왕』을 예로 든다면 리어 왕과 그 딸들을 포함하는 스토리-라인과 글로스터와 그 아들들에 관련된 스토리-라인을 작품 내에서 구분할 수 있다(두 라인은 때때로 교차하기도 한다). 한 개인, 혹은 동일한 기능을 지니는 개인들의 집단이 일으키는 일련의 사건이 어떤 텍스트의 우세한 스토리 요소로 확립되면(이 우위성을 가려낼 수 있는 명확한 판단 기준은 없으며, 독자 개인에 따라 달라지기도 한다) 그것은 주 스토리-라인(main story-line)이 된다. 그 밖의 개인이나 개인들의 집단을 포함하는 일련의 사건들은 부 스토리-라인(subsidiary story-line)으로 간주된다.

시간

플라톤적 전통에 의하여 '영원의 동적 이미지'로 주장되었던 시간이라는 인식의 틀(물리적 실재가 아닌)을 소설 작품의 내용적 측면과 형식적 측면 등에 관련시켜 논의해온 전통은 그리 오래되지 않았다. 이 말은 전근대소설에서 다루어온 시간의 개념이 현대소설의 그것에 비해 덜 진보적이라는 뜻은 아니다. 소설을 통하여 우주와 세계와 자아의 제반 관계 양상을 보다 폭넓게 인식하려는 방법상의 전환이 현대소설의 시간에 대한 각별한 관심으로부터 비롯되고 있다는 것을 의미한다. 이것은 현대소설이 그만큼 시간이라는 개념을 중요하게 다룬다는 뜻이 되며 현대소설의 아이덴티티를 결정짓는 가장 주요한 요인이 바로 시간을 통한 세계의 탐구에 있다는 것을 의미하는 것이기도 하다.

'시간이란 무엇인가'라는, 정의 형식의 답변을 요구하는 질문은 소설에 대한 논의에서는 형이상학적 인식론 쪽에서 다루고 있는 것만큼이나 중요하지가 않다. 오히려 소설론 쪽에서는 시간의 개념 및 인식의 편차와 역사 등에 관심을 둔다기보다 작가가 시간이라는 인식의 틀을 이용하여 이 세계를 어떤 방식으로 바라보는가, 이야기가 진술되는 시간과 이야기 자체가 지속되는 시간 사이의 불일치를 어떻게 미학적으로 적절히 조정할 수 있을 것인가 등의 문제에 더 많은 관심을 보인다. 전자의 경우는 니콜라스 베르댜예프(Nicholas Berdyaev)의 시간에 대한 세 가지 범주와 상징이 하나의 전범적 사례로서 살펴질 수 있겠다. 베르댜예프는 시간을 세 가지 범주로 나눈다. 자연과 사물의 무한한 반복—밤과 낮의 교체, 계절의 바뀜, 출생과 성장과 사망의 순환 등—을 가리키는 우주적 시간. 직선적이고 선조적인 흐름, 즉 국가와 문명과 종족들의 경과를 말하는 역사적 시간. 딜타이, 지멜, 베르그송 등에 의해서 직관된 창조적 시간 혹은 비약으로서의 시간 개념과 연관을 가지는 실존적 시간이 그것이다. 세 번째의 범주는 하이데거에 의해 '모든 존재 의미의 현상학적 지평(地平)'이라고 규정되는 존재론적(ontological) 시간이기도 하며, 말을 바꾸면 실존의 절대적 근거로서의 시간을 가리킨다.

현대소설이 집중적으로 관심을 기울이고 있는 것은 바로 이런 '실존의 절대적 근거'로서의 시간이다. 인간의 심리와 의식의 현상을 중요시하는 이러한 시간 속에서는 '자아의 각성과 발견'을 통한 개인 정신의 존중이 주요한 덕목이 된다. 내적 독백이라든가 **의식의 흐름** 등 현대소설의 한 특징적인 기법들은 시간이 곧 세계관이며 소설 속의 주인공이라는 관점을 보여주기에 이른다. 뿐만 아니라 베르댜예프의 이 세 번째 범주는 소설의 서두에서부터 독자를 위한 예비 지식을 장황하게 늘어놓기 일쑤인 전통 소설들의 상상력을 억압하는 방식에서 벗어나, 이미지들의 매듭 사이에서 독자의 상상력을 촉발시키고 지속적인 의식을 불안과 기대감 속에 불러일으켜주는 기법적 특징을 보여줌으로써(헤밍웨이의 「살인자들」) 소설에 대한 새로운 논리적 근거와 방법론적 토대를 제시하는 원천이 되기도 하는 것이다.

후자의 경우는 최근에 활발하게 논의되고 있는 서사학의 분야에서—특별히 구조주의적 접근 방법에 매우 친밀한—집중적으로 다루어지고 있다. '소설이란 무엇인가'라는 물음은 간단하게 답변될 수 있다. 그것은 '행동과 사건의 연쇄'에 다름 아니다. 이때의 연쇄는 곧 '시간적 연쇄'를 뜻하며, 따라서 시간은 소설의 내용 차원인 이야기의 현상을 가능케 하는 원인일뿐더러 이야기의 의미를 결정하고 조정하기도 하는 결정적 요인이다. 시간이라고 하는 인식의 틀 혹은 소설적 요소를 제거하고 나면 소설은 구조적으로 와해되어버리기 때문에, 즉 시간과 서사는 동전의 양면과 같이 하나의 몸체 안에 있기 때문에 불가분의 관계라는 것이다.

이러한 논리적 토대를 바탕으로 하여 시간은 대체로 두 가지 방식으로 분할된다. 서술의 시간과 허구의 시간(장 리카르두), 담론-시간과 이야기-시간(채트먼), 연대기적 시간과 의사 연대기적(허구적) 시간(A. A. 멘딜로), 말하는 시간과 말해진 대상들의 시간(크리스티앙 메츠) 들과 같은 분류는 소설을 시간의 구조 속에서 이해하고자 하는 구조주의적 관점의 산물들이다. 서사물을 서술하는 데 소요된 시간과 서사물 속에서 의미화된 사건들이 지속되는 시간 사이의 관계는 여러 가지 흥미로운 이론적 문제들을 제기한다. 예를 들면, 이야기는 어떻게 동일한 시기로 고정되는가, 그 시작은 언제인가, 서사물은 그 시기에 그 상황을 이끌어온 사건적 요소에 대한 정보를 어떻게 전달하는가, 이야기 속의 사건들의 본래적 질서와 담론에 의해 표현된 지속 시간과 실제 이야기상의 사건들의 지속 시간 사이의 관계는 무엇인가 하는 등등의 것들이다.

이 모든 문제들은 결국 전통 소설들에서 논의되어온 플롯의 문제와 유관한 것이다. 사건이 일어나는 순서대로 서술을 배열하는 것, 혹은 연대기적 논리를 혼란시켜 시간을 변조시키는 것(**순차**, **시간 변조**를 보라), 사건이 일어나는 시간과 그것을 서술하는 데 소요되는 시간의 일치와 불일치(**지속**을 보라) 등의 문제는 결국 이야기를 어떤 방식으로 얽어짜 나가는가의 문제인 것이다. 동시에, 이 두 시간의 연대기적 논리의 조정과 수량적 차원의 배분은 단순히 기법의 영역을 넘어 작가의 세계관을 엿볼 수 있는 단초가 되기도 한다. 이를테면 플래시백의 수법이 많이 동원된다든가, 시간적 계기성을 완전히 혼란시킨다든가, 묘사에 주로 의존한다든가, 설명을 위주로 한다든가 혹은 극적 제시로 일관한다든가 하는 제반 방식(서술 속도의 조절과 변화)들로부터 작가의 기호와 취향, 그의 관심의 향배, 나아가 궁극적으로 세계를 바라보는 관점의 핵심을 들여다볼 수 있는 것이다.

시간 변조(anachrony)

제라르 주네트가 창안해낸 용어이다. 이야기-시간과 담론-시간(서술의 시간)이 동일한 순차로 진행되는 표준적 계기성(normal sequence)에 대한 대립 개념으로서의 계기성, 즉 시간의 순차적 질서에 어긋나게 플롯을 진행시켜 나가는 방식을 가리킨다. 이 개념의 가장 큰 특징은, 사건들의 시간적 논리를 변조시켜버림으로써 계기적 질서를 혼란시킨다는 데에 있다.

시간 변조에는 두 가지의 종류가 있는데, 현재의 사건이 진행되는 도중에 과거의 사건이 끼어들어 와서 현재의 사건들의 흐름을 일시적으로 차단하는 경우와, 그와 반대로 현재 사건들의 진행 중에 뒤이어 일어나는 사건들이 앞질러 제시되는 경우가 그것이다. 회상(retrospection)이나 예견(anticipation), 혹은 영화에서의 플래시백이나 플래시포워드가 그것이며, 주네트는 그것들을 각각 **소급제시**(analepsis)와 **사전제시**(prolepsis)로 부른다. 전자의 경우에는 사건 abc가 bca의 순서로, 후자에서는 cab의 순서로 나타난다(**순차**를 보라).

일반적으로 시간 변조의 기법은 역사의 서술에서는 찾아볼 수가 없다. 역사의 진술은 서술의 표준적 계기성에 의거하기 때문이다. 그러나 언어 서사물이나 영상 서사물은 시간을 자유롭게 변조시킴으로써 심미성의 추구라는 특별한 목적을 달성하게 된다. 에드거 앨런 포의 「검은 고양이」의 경우만 하더라도 서두 부분이 사전제시의 수법으로 처리된다. 이제 곧 교수형에 처하게 될 사나이가 자기가 왜 교수형에 처하게 되는가를 설명하는 방식으로 사건이 제시된다. 이것의 순차는 4-1-2-3의 형식을 가진다. 1-2-3-4의 순차와 4-1-2-3의 순차 사이에는 사건의 발생 순서에 대한 독자나 관객들의 착각은 없지만, 사건에 대한 호기심, 강렬성의 인상 등을 제고시키고 강화시키는 효과가 있다. 모차르트의 일생을 다룬 영화 〈아마데우스〉의 경우도 마찬가지이다. 왕실의 작곡자이자 악장인 살리에르가 노년을 정신병원에서 보내면서 과거를 회상하는 장면으로 영화는 전개된다. 현재와 과거를 수차례 오가면서 진행되는 이 영화 또한 시간 변조의 대표적인 경우에 속한다.

말하자면, 거부할 수 없는 시간의 법칙을 문학이나 영화는 손쉽게 깨버린다. 소설과 영화는 시간을 자유롭게 변조함으로써 심미적 효과를 달성하고자 하는 서사물인 셈이다. 소설이나 영화가 역사와 동일한 이야기를 다루더라도 더욱 재미있을 수 있는 이유는 이러한 시간 변조의 효과에 있는지 모른다.

시점(point of view)

서사문학의 요체는 이야기의 제시이기 때문에 이야기 전달자(화자(narrator))가 있어야만 한다. 이 이야기 전달자가 작품 속의 내용을 바라보는 위치가 시점이다. 화자가 텍스트 안에서 텍스트의 내용을 바라보고 있다면 그것은 1인칭 시점이 되고, 화자가 텍스트 밖에서 텍스트의 내용을 바라보고 있다면 그것은 3인칭 시점이 된다. "여러분이 정말 그 말을 듣고 싶다면, 여러분이 정말 무엇보다도 듣고 싶은 이야기는 내가 어디서 태어났으며, 내 비참한 유년 시절이 어떠했으며, 내 부모님들은 나를 낳기 전에 무슨 일을 했는가라는 등……"으로 시작되는 J. D. 샐린저의 『호밀밭의 파수꾼』은 1인칭 시점의 예이며, "스트레더가 호텔에 도착했을 때 제일 먼저 물어본 것은 자기의 친구에 관한 것이었다. 그러나 친구 웨이마시가 저녁 때까지 도착하지 않으리라는 말을 들었을 때 그는 별로 당황하지 않았다……"로 시작되는 헨리 제임스의 『대사들』은 3인칭 시점의 예이다. 여기서 '바라본다'는 것은 단순히 물리적이고 시각적인 것이 아니라 일정한 대상에 대한 화자의 감각, 인식, 관념 따위를 포괄하는 추상적인 개념이다.

시점의 문제는 기법의 핵심적인 문제이기 때문에 오랫동안 많은 작가와 이론가들의 관심의 대상이 되어왔다. 현대소설의 비약적인 발전은 어떤 각도에서 어떤 방식으로 이야기를 전달하면 좀더 심미적 효과를 거둘 수 있을까 하는 시점에 대한 고민으로부터 비롯되었다고 해도 과언이 아니다. 그러나 시점이 이렇게 중요시되는 것이 흔히 오해되는 것처럼 하나의 작품에 단일한 시점만이 존재해야 한다는 것을 의미하지는 않는다. 하나의 작품은 다양한 시점을 사용할 수 있으며, 우리가 주목해야 할 보다 중요한 문제는 이 시점들이 어떻게 적절히 사용되었고, 전략적 성과를 얼마나 거두고 있는가 하는 것이다.

많은 작가들은 다양한 시점을 개발해왔으며, 전통 시학의 논자들은 이 시점을 논자에 따라 다소의 차이가 있기는 하지만, 대여섯 개 정도로 나누어 고찰해왔다. 즉 1인칭 시점을 ① 주인공 시점, ② 관찰자 시점, ③ 참여자 시점으로, 3인칭 시점을 ④ 전지적 시점, ⑤ 관찰자 시점, ⑥ 제한적 시점으로 나누는 것이 그것이다. ①은 화자가 '나'이면서 주인공이 되는 경우, ②는 화자가 '나'이면서 사건에 대한 단순한 보고자인 경우, ③은 화자가 '나'이지만 주인물은 아닌 경우를 말한다. ④는 가장 전통적이고 널리 활용된 서사 전달의 방식일 것이다. 화자는 문맥에 직접 드러나지는 않지만, 그는 작품 내용에 대한 모든 것을 알고 있고 마음대로 그 정보를 사용한다. ⑤는 화자의 개입을 최대한 막으면서 극적인 방식으로 서술하는 경우이다. ⑥은 현대에 와서 집중적으로 사용되는 시점인데, 주로 등장인물들의 의식을 중심으로 소설 속의 내용이 서술되는 경우를 말한다(**의식의 흐름**을 보라).

상기한 시점들을 볼 때 작가들은 작가와 화자의 개입이 가능한 한 축소되는 쪽으로 시점의 기교를 발전시켜왔다는 것을 알 수 있다. 그러나 작가나 화자의 개입이 절제된 작품일수록 미학적 완성도가 높은가 하는 문제는 논의를 필요로 한다. 왜냐하면 시점 자체가 문학성을 판가름하는 것이 아니라, 하나의 시점이 그 작품의 미학적 완성을 위한 작가의 의도와 얼마나 잘 부합되는가 하는 점에서 그 가치가 판명되기 때문이다. 현대에 와서 구조시학자들은 전통 시학의 시점 논의 방식을 부정하고, 시점의 문제를 근본적으로 다른 각도에서 제기하고자 한다. 이들은 기존의 논의에서 당연한 사실로 간주해왔던 이야기의 보고자(화자)와 이야기의 관찰자(소설 속의 내용을 바라보는 자, 인식의 주체자)의 일치를 부정하고 있다(**초점화**를 보라).

시치미 떼기

작중 화자가 말하고자 하는 대상이나 사건에 대해 과장되게 아는 체하거나 정반대로 전혀 모르는 체하는 태도를 취하는 것을 말한다. 이때 화자가 청자를 대하는 '**어조**'는 냉소적이거나, 희화적이 되기 쉽다. 또한 시치미 떼기는 간접화법 방식을 통해 주로 지문에서 활용되는 기법으로, 대개 인물의 내면 세계가 독백의 변형된 형태나 의식의 흐름과 관련되면서 나타나는 형태를 취하는 경우가 많다.

기법적 측면에서 보면 시치미 떼기는 관습화된 서술 방식에 의존하지 않는다는 점에서는 낯설게 하기와 동일하지만, 시치미 떼기가 '의도적으로' 상황의 본질로부터 유리되려는 태도인 반면, 낯설게 하기는 친숙한 대상에 낯선 의미나 이미지를 부여하는 방식을 통해 인식상의 충격 효과를 노린다는 점에서 서로 엄격히 구분된다. 그러나 시치미 떼기는 짐짓 대상의 본질을 이해하지 못하는 태도를 취하면서도 익살스러울 정도로 대상에 대해 꼼꼼히 서술하는 방식을 취한다. 이같이 꼼꼼한 서술 방식을 채택하기 때문에, 시치미 떼기는 풍자의 목적과 부합된다. 인간의 어리석음과 악덕, 사회 현실의 모순 등을 폭로하고 비판하는 데 풍자의 양식적 특성이 놓여 있다면, 시치미 떼기는 이러한 풍자의 양식적 특질을 더욱 다양하게 드러내는 서술 방법이다. 왜냐하면 대상에 대해 모른 체하면서 바보스럽게 혹은 능청맞게 대응한다면, 그것은 일종의 서술상 전략적인 태도라고 할 수 있기 때문이다.

시치미 떼기는 작가가 서술되는 이야기 속에 개입하는 방식의 하나로서, 작가가 극화된 화자를 통해서 작중인물과 상황에 대한 특정한 자질을 부여하는 서술 기법이다. 이 서술 방식은 독자의 흥미를 증폭시키고 변화 있는 생동감을 주기 위해 사건의 진위나 선악의 판별 등에 미학적인 테러를 가함으로써 독자를 혼돈시키거나 자극하는 것이다. 그러므로 시치미 떼기는 무관심한 듯한 어조를 통해 관심을 유도한다든가 혹은 우스꽝스러운 정경을 전혀 우습지 않게, 더 나아가서는 매우 비장하게 진술하는 방식이며 일종의 뒤틀린 언술 행위에 속한다. 따라서 화자는 마치 가면을 쓴 것처럼 진술 상황과 더불어 '극화된 목소리'를 취하거나 인물과 사건에 대해서 엉뚱한 긴박감을 조성하기도 한다. 시치미 떼기의 그 엉뚱함은 예견된 사건의 진행이나 담론 방식이 독자의 관습화된 기대치를 무너뜨리는 관점으로 진행되도록 방치함으로써 얻게 되는 효과를 지향하는 것으로, 작품 내에서는 어조와 긴밀하게 관련되어 있는 경우가 보통이다.

지식인인 아저씨를 비판하고 조소하는「치숙」의 화자, 전통적 교육을 받았으나 당대 사회 속에서는 무능한 일상인으로 전락하고 만 정주사에 대한 풍자적 묘사(『탁류』) 등에서 시치미 떼기의 특징적인 기법을 찾아볼 수 있다. 그 외에도 채만식의 여타 작품들과「봄봄」「금 따는 콩밭」 등 김유정의 단편들에서도 이 기법의 활동이 두드러지고, 남정현의「부주전상서」「너는 뭐냐」「허허선생」, 조선작의「모범작문」, 김주영의「아들의 겨울」, 이문구의『관촌수필』 등도 시치미 떼기의 기법을 능숙하게 구사하고 있는 작품들이다.

시치미 떼기는 탈춤의 대사나 판소리 사설에서 나오는 너스레 떨기와 같이, 우리의 문학적 전통 속에서 이미 과장된 이야기 전달 방식으로서 존재해왔다고 볼 수 있다. 너스레 떨기는 명백히 풍자적 서술 방식으로서, 대상에 대한 공격적인 익살과 감각적이고 희화화된 표현에 주력한다는 점에서 시치미 떼기와 유사하다. 따라서 시치미 떼기는 판소리 혹은 연희 예술에서의 너스레 떨기가 근대 서사문학에서 풍자적 서술 방식으로 이입된 것으로 볼 수 있다.

시퀀스(sequence)

서사의 계기성 혹은 서사 요소들의 연쇄를 지칭하는 용어이다. 따라서 시퀀스는 플롯을 진행시키는 필수적인 단위라고 규정할 수 있겠다. 서사란 사건들을 제시하고 그것들을 연결시킴으로써 플롯을 완성시켜 나가는 행위에 다름 아니다. 두말할 필요도 없이 서사물에 있어서 사건적 요소들은 상호 관련적이고 연루적이며 연속적이다. 뿐만 아니라 상호 구속적이고 수반적인 관계를 가진다. 말하자면 시퀀스는 이들 관계의 접점들에서 발생하는 계기성인 셈이다. 그것은 모티프를 교체시키기도 하고 사건과 행위들을 단락 짓기도 한다. 손쉬운 사례는 이런 경우이다.

> 그 짧은 신혼 기간 동안 나는 행복했으나 아내는 불행했다. 그러던 어느 날 아내는 옛애인을 만나 곧 행복해졌으며 나는 자탄의 세월을 보내게 되었다.

이것은 단순한 플롯의 경우로서 '나의 행복과 아내의 불행'이 '나의 불행과 아내의 행복'으로 교체되는 계기를 잘 보여준다. 소설이란 이러한 시퀀스들의 대연합에 다름 아니라는 주장은 소설이 바로 '행동과 사건의 연쇄'라는 말과 마찬가지의 뜻이다.

하나의 이야기 뒤에 오는 또 다른 이야기의 상호 관련적 국면은 일반적으로 선택의 문제와도 관련된다. 바르트는 이언 플레밍의 「골드핑거 Goldfinger」에 관한 논의에서 이렇게 말하고 있다. "전화벨이 울린다. 이제 제임스 본드는 받을 수도 있고 안 받을 수도 있다. 그리하여 그 선택은 두 개의 다른 플롯 궤도 중 하나를 시작하게 된다." 전화를 받게 되면 하나의 시퀀스가 끝나고 새로운 시퀀스가 시작된다는 의미를 이 예문은 잘 보여주는 것이다. 따라서 선택이란 곧 교체를 발생시키게 마련이며 궁극적으로 플롯을 형성해가는 기본 원리가 되는 것이다.

선택과 교체와 단락 짓기를 그 속성으로 가지는 시퀀스는 일반적으로 서사에서의 인과성을 발생시키는 문제와 관계가 깊다. 예컨대 포스터의 유명한 예문 '왕이 죽고, 그 후에 왕비가 죽었다'에서조차도 '왕이 죽었고, 그 후(슬픔 때문에) 왕비가 죽었다'라는 인과적 추론이 가능하다. 왕의 죽음과 왕비의 죽음은 각기 이야기의 독립적 구성 단위이면서 선택의 원리에 의해 교체된 시퀀스의 사례이다. 분명히 두 개의 분절은 잇달아 발생했으며 상호 관련적으로 작용한다. 이 상호 관련성이 인과성을 획득하느냐 그렇지 못하느냐에 따라 '플롯'이 되거나, 선조적으로 일어난 단순한 이야기 혹은 순수한 연대기가 되기도 한다.

그러나 시퀀스와 인과성의 결합에 의해서만 플롯이 꾸며지는 것은 아니다. 인과적 연대 고리에 의하지 않는 계기성이 현대소설에서 무수히 찾아질 수 있기 때문이다. 현대의 다양한 서사적 현상들을 분별하는 데에 더욱 적합한 용어는 일찍이 장 푸이용(Jean Pouillon)이 『시간과 소설 *Temps et Roman*』(Paris, 1949)에서 제안한 우발성이다. 따라서 시퀀스와 인과성은 개연적인 관계에 있을 뿐 필연적인 관계로 맺어지지는 않는다(**인과성과 우발성**을 보라).

신문소설

일간신문에 연재된 장편소설을 지칭하는 용어이다. 신문에 연재되는 소설이 여타 소설에 비해 특별한 문학적 변별성을 가지는 것은 아니기 때문에, 이것은 본질적 장르 개념이라기보다 다분히 편의적 장르 개념으로 보아야 한다. 다만 일반적으로 신문소설은 장편으로 씌어진다는 점이 그 특징이 될 것이다. 독자들의 흥미를 끌어야 한다는 저널리즘의 특성 때문에 다소간 통속성이 가미되기도 하지만, 이러한 일반적인 선입견을 뛰어넘는 많은 뛰어난 신문소설들이 있다.

세계적으로 보자면 신문소설의 효시는 1836년 프랑스의『세기』지에 발표된 스페인 소설『토르메스의 라자릴로』라고 하는데, 이후 많은 장편들이 신문에 연재되었다. 발자크나 조르주 상드 등은 신문을 작품 발표에 즐겨 이용한 작가들이며, 토머스 하디의『테스』, 톨스토이의『부활』『전쟁과 평화』 등도 신문에 연재된 소설들이다. 우리 소설문학의 경우는 신문에의 의존도가 더욱 높아서, 1970년대 이전에 발표된 대부분의 장편소설은 신문을 통해 연재된 것이다. 이광수의 작품들을 비롯한 초기의 신문소설들은 당대의 신문이라는 매체가 상당한 교양이 있는 계층을 대상으로 했기 때문에 어느 정도의 수준을 유지할 수 있었지만, 그 이후 양산된 신문소설들은 전문적인 장편 작가가 아닌 단편 작가들에 의해 씌어졌으며, 단순히 독자들의 흥미에 봉사하는 것을 그 목적으로 삼았기 때문에 점차 통속화되어가는 경향을 보여주고 있다. 신문소설의 이러한 성격은 그만큼 우리 장편소설의 발전에 좋지 않은 영향을 미쳤다고 할 수 있다. 그러나 근래에 들어 신문소설의 이러한 경향은 점차 개선되고 있으며, 의미 있는 작품들이 발표되고 있기도 하다. 최인훈의『태풍』, 김주영의『객주』, 황석영의『장길산』 등도 모두 이 범주에 속하는 소설들이다.

신소설

최초의 근대적 서사 양식으로 나타난 소설 유형의 하나. 그 상위 개념은 **개화기 소설**이다. 일반적으로 '신소설'이라는 명칭은 정착된 장르를 가리키는 것이기보다는, 조선조 소설과 근대소설 사이의 과도기적인 서사 양식인 개화기 소설의 하위 분류로 사용되고 있다. 곧 전대의 소설(고소설)에 대립하는 개념으로서, '새로운' 양식의 소설 이상의 뜻을 가지고 있지는 않다.

신소설은 개화기라는 구체적인 상황을 시대적 배경으로 하며, 그 같은 격변기 속에서 개화와 독립, 계몽사상에 입각한 인간상을 제시하고자 하는 것이 주된 특성이라고 할 수 있다. 특히 개화사상은 신소설에서 가장 특징적인 주제로서 신교육을 통한 서구 문물의 수용, 봉건적 인습과 미신의 거부, 신분 차별과 남녀 차별에 대한 비판, 그리고 억압적인 가부장 제도에 대한 반발로서 자유 연애관, 자유 결혼관 등으로 표출된다.

신소설과 고소설의 가장 두드러진 변별점은 그 형식과 기법적인 측면에서 드러난다. ① 고소설에서 쓰이던 도입어(화셜, 각셜, 차셜 등)나 특정한 시간과 공간을 규정짓는 시공(時空) 부사(하로난, 일일은, 선시에, 차시에, 이젼, 이ᄯᅴ, 한고되) 혹은 장면 전환을 나타내는 상투어들이 신소설에 오면서 극복되고 있다는 점이다. ② 고소설에서 구별 없이 통용되던 지문과 대사가 분리되면서 문어체 문장에서 구어체 문장으로 이행되었다는 점이다. ③ 고대소설에는 사용되지 않았던 일상적 어휘들이 자유롭게 구사되기 시작했다는 점과 ④ 고소설의 서술적 문장이 묘사적 문장으로 대체되면서 사건의 구체적인 정황 제시를 통해 이야기를 전달하려는 경향이 강해졌다는 점이다. ⑤ 고소설에서 사건의 순차적 흐름을 보이던 평면적인 시간 진행 방식이 역행되거나 뒤섞이는 입체적 방식으로 변화되고 있다는 점 등이 특징적으로 지적될 수 있다.

그러나 신소설의 이러한 기법적 특성들은 근대소설 양식으로 발전해가는 과정에서 볼 때는 과도기적인 의미를 지닐 뿐이다. 즉 신소설이 보여주는 기법적 혁신은 대부분 문학사적인 차원에서나 고려될 성질의 것이며, 근대소설의 미학적 틀에는 현저하게 미달하고 있다. 다시 말해 신소설의 기법들은 상당한 부분들이 고소설의 재래적 요소들을 온존시키고 있는 것이다. 특히 예시와 꿈에 의한 전조의 암시, 우연의 일치가 남발되며, '-이라', '-더라', '-노라' 등과 같은 문어체적 서술 어미를 답습하고 있다. 이와 함께 신소설은 인물의 유형성, 피상적인 교훈성, 권선징악의 단순 구조 등을 탈피하지 못한 것으로 지적된다. 신소설의 대표적 작품으로는 이인직의 『혈의 누』 『귀의 성』 『치악산』 등과 이해조의 『자유종』 『춘외춘』, 최찬식의 「추월색」 「능라도」 등이 있다.

신화

설화를 보라.

실존주의 소설

인간과 세계의 근본적인 불확실성과 불합리성에 대한 존재론적 자각을 바탕으로 씌어진 소설. 좁은 의미로 이 용어는 제2차 세계대전 이후 프랑스를 중심으로 발생했던 철학적 성향의 문학들, 특히 사르트르와 카뮈의 문학을 지칭하지만 좀더 넓고 보편적인 의미에서 인간에게 부여된 어떠한 절대적인 선험적 가치도 거부한 채 유동적이고 유한한 삶 그 자체의 현존을 문제 삼았던 문학들 모두를 지칭한다. 무모하고 광적인 인간 정신과 행동을 그 가장 깊숙한 부분까지 파헤쳐 들어간 도스토옙스키, 삶의 언저리를 맴도는 불투명한 인간상을 끈덕지고 지루하게 묘사한 카프카, 존재한다는 것 자체에 대한 병적인 불안 의식을 드러내 보이는 『말테의 수기』의 릴케, 행동을 통해 무의미한 삶에 도전하고자 했던 앙드레 말로와 생텍쥐페리 등 신으로 표상되는 절대적 가치가 무너진 자리에서 인간이 겪는 불안과 고독, 그리고 그것을 극복하려는 구체적 의지들을 보여준 많은 문학들이 실존주의 소설의 테두리 내에 묶일 수 있다.

개인적 영향 관계에 있어서는 차이가 있다 할지라도 실존주의 소설은 대개 현대 세계의 커다란 정신적 흐름 중 하나인 실존주의 철학의 영향 아래 성장한 것이다. 삶 그 자체를 사유와 행동의 중요한 혹은 절대적 준거로 간주하고자 했던 실존주의적 인식은 키르케고르와 니체를 통해 그 현대적 체계를 확립했다. 이들의 실존주의 철학은 칸트와 헤겔, 데카르트 등에 의해서 확립된 이전의 합리주의적 사유 체계를 거부한다. 인간의 생은 일정한 체계 속에 갇히기에는 너무도 불합리하고 유동적인데도 불구하고 합리주의적 철학은 그 논리적인 체계화와 추상적인 사유 방식을 통해서 인간 실존의 구체적인 모습을 철학으로부터 밀어내버리는 결과를 가져왔다는 점이 이들의 공통된 인식이다. 그러므로 이들의 철학적 태도는 인간의 구체적인 실존에 대한 자각, 즉 실존적 인식으로부터 출발한다.

실존적 인식은 한마디로 인간이 고유한 주체로서 자아의 문제성과 성실성에 대한 자각을 가진다는 것을 일컫는다. 따라서 실존철학은 모두 객관적이고 결정론적인 권위를 부정함으로써 인간의 자유와 주체성을 최고의 가치로 인정한다. 니체에 의하여 제기된 '인간은 어떻게 세계 속에서 신의 도움 없이 살아갈 수 있으며 살아가야만 하는가'라는 물음으로부터 출발하는 그와 같은 인간 중심주의적 사고는 하이데거의 '인간 없이는 세계도 없다'라는 말, 혹은 '겉으로 보기엔 무한히 미약한 존재인 인간의 도덕적 힘이 인류의 장래에 유일한 기반이며 실제적인 수단'이라는 카를 야스퍼스의 말에서 극명하게 그 의미를 드러낸다. 그러므로 실존주의에 있어 존재의 객관적 요소와 주관적 요소들은 서로 분리될 수 없고, 다만 주관이 세계를 현재의 그것으로 만드는 것이다. 그들에게 가장 중요한 것은 인간의 현존 자체이며, 인간은 단순히 사유의 대상으로서가 아니라 사유의 원천으로서 파악된다.

실존주의는 고통과 불안, 애증 등의 복잡하고 상반된 감정과 본능으로 이루어진 인간의 실질적인 삶의 양식에 접근함으로써 사유와 감각 및 행동 간의 괴리를 극복하려는 욕망에 그 철학적 사유의 바탕을 두고 있다. 그것은 인간의 합리적 이성보다는 불확실하고 모순에 가득 찬 내면적 현실을 중시한다. 또한 그것은 환상에 찬 낙관론이나 신에게 자신을 맡겨버림으로써 추상적 세계로 도피하는 것을 거부하고 실존적 삶 속의 최악의 것을 똑바로 직시한 후, 실존의 비극적인 부조리에 도전할 것을 충동한다. 그러므로 실존주의는 정교하게 다듬어지고 내적으로 통일된 단일한 사유 체계이기보다는 위급한 상황(실존적 극한상황)에 대처하는 특정한 태도에 더 가깝다고 할 수 있다. 실존주의가 양차 세계대전 기간 중의 사회적 혼란과, 합리주의적 이성이 지배하던 서구 사회에 대한 위기 의식을 직접 몸으로 겪으면서 그 철학적 사유 방식을 정립해나갔다는 점도 그와 무관하지 않을 것이다.

주지하는 바와 같이 실존주의 철학 혹은 실존주의적 의식은 소설이나 희곡 같은 문학 장르들을 그 주된 표현의 도구로 이용했다. 그것은 실존적 근본 경험들—공포, 전율, 사랑, 시간, 죽음, 불안, 부조리 등이 엄밀한 체계나 지식으로 묶여질 수 없는 삶의 양태들이며 문학 속의 구체적인 표현들을 통해 제시되는 것이 좀더 분명한 설득력을 얻게 된다는 인식 때문이었다. 사르트르와 카뮈는 그들의 실존주의적 열정과 인식을 문학 속에 탁월하게 접맥시킨 대표적인 작가들이라 할 수 있다. 사르트르의 『구토』는 로캉탱이라는 평범한 한 인물이 어느 날 갑자기 '베일을 벗은 존재들'의 모습을 인식하면서 '무'를 직시하고 '느끼게' 되는 과정을 기록한다.

> 존재는 추상적 범주로서의 외양을 잃었다. 그것은 사물 그 자체로서, 존재 속에 뿌리내린 것이었다. 혹은 뿌리, 공원의 문, 벤치, 잔디밭 위의 빈약한 풀, 그 모든 것이 사라졌다. 사물의 다양성, 개별성은 단지 베니어판 같은 외양에 지나지 않았다. 베니어판이 녹았다. 괴상하고 부드럽고 무질서한 덩

> 어리가 벌거벗은 채 공포를 일으키고 음탕한 벌거벗음으로 남았다.

사르트르의 문학에서 드러나는 사유 체계는 삶이란 근원적으로 모호한 것이며 인간은 어떠한 본질적 가치도 지니지 않은 완전한 무 속에서 스스로의 행동을 선택해야 한다는 것으로 모아진다. 그에 의하면, 삶의 모든 행위는 실존적 기투(project)이며 일종의 도박이다. 이러한 자기 창조적인 실존적 기투의 개념은 바로 사르트르의 유명한 명제인 '존재는 본질에 선행한다'라는 인식에 그 철학적 바탕을 두고 있다. 카뮈는 '부조리'라는 용어를 통해, 무의미한 세계에 무의미하게 내던져진 인간 존재의 모습과 그런 인간의 의식을 치밀하게 묘사했다(**부조리 문학**을 보라). 어머니의 죽음 앞에서도 성욕이나 졸음을 느끼며, 자신의 사형 판결을 태연하게 받아들이는 『이방인』의 뫼르소는 이 세계 내의 어떤 존재와도 친화 관계를 형성하지 못하는 실존적 단절감을 체현하고 있는 인물이다.

사르트르와 카뮈의 문학적 변화는 크게 두 부분으로 나눌 수 있다. 그들에게 실존적 극한 체험을 제공했던 제2차 세계대전을 겪으면서 사르트르의 경우는 『구토』로 대표되는 개인주의적 실존주의에서 마르크시즘의 사상 체계를 받아들인 『실존주의는 휴머니즘이다』와 『자유의 길』 등으로 대표되는 휴머니즘적 실존주의 혹은 참여문학론으로, 카뮈의 경우는 『이방인』과 『시지프 신화』에서 『페스트』와 『반항적 인간』 등의 세계로 나아가게 되는 것이다. 초기의 사르트르가 현상학적인 방법을 사용하여 인간이 절대적 자유, 즉 무(無)와 함께 태어나는 존재임을 보여주고자 했다면, 후기의 휴머니즘적 실존주의는 자유에 따르는 책임 의식을 강조함으로써 초기의 개인주의적 성격에서 벗어나 상황에 대한 연대적 참여를 주장하게 된다. "우리는 자유를 원하면서 그것이 타인의 자유에 완전히 의존한다는 것과 타인의 자유는 우리의 자유에 의존한다는 것을 알게 된다"라는 『실존주의는 휴머니즘이다』의 한 구절은 그것을 상징적으로 함축하고 있는 말이라고 할 수 있을 것이다. 카뮈 또한 제2차 세계대전 중의 레지스탕스 운동에 참여한 경험을 바탕으로 뫼르소가 보여주는 세계의 부조리성에 대한 인식을 보다 적극적인 반항적 인간관으로 밀고 나간다. 이러한 변화는 생에 대한 부정에서 긍정으로, 혹은 개인의 주관적 세계에서 연대 의식으로의 발전, 즉 solitary에서 solidarity로의 발전을 의미하는 것이다. 카뮈가 스스로 실존주의자이기를 거부했다는 것은 널리 알려진 일이지만, 삶의 현존 자체를 자신의 인식과 문학의 대상으로 삼았다는 점에서 카뮈 또한 진정한 의미에서의 실존주의 작가라 할 수 있다.

사르트르와 카뮈는 실존주의적 인식을 문학 속에 구현한 대표적인 두 작가이지만, 삶의 근원적인 무의미함과 애매모호성에 주목하고자 하는 실존주의적 인식을 더욱더 훌륭하게 구체적인 작품 속에 형상화한 많은 문학들이 존재해왔다. 스콧(Nathan A. Scott)은 그의 저서 『현대소설과 종교적 개척 *Modern Literature and Religious Frontier*』에서 이런 실존주의 문학에 대한 흥미로운 분류를 제시한 바 있다.

① 고독과 소외의 테마를 표현한 '소외된 자의 신화(myth of Isolato)' : 카프카의 「심판」「성」 ② 무의 세계와 현대 세계의 의미의 붕괴를 형상화한 '지옥의 신화(myth of Hell)' : 포크너의 『음향과 분노』, T. S. 엘리엇의 『황무지』 ③ 비합리적 자아와 세계에서의 고통스러운 항해를 표현한 '항해의 신화(myth of Voyage)' : 조이스의 『율리시스』, 사르트르의 『이성의 시대』 ④ 화해와 구원의 테마를 묘사한 '성(聖)의 신화(myth of Sanctity)' : T. S. 엘리엇의 『가족 재회』, 그레이엄 그린의 『사건의 종말』 등이 그것인데, 다소 자의적인 면이 없지 않지만 이러한 분류를 통해서 실존주의 사상이 현대문학에 미친 광범위한 영향을 엿볼 수 있다. 뿐만 아니라 실존주의 사상은 이후 베케트와 이오네스코

로 대표되는 부조리 연극과 누보로망에까지 그 사상적 원천을 제공하게 된다.

우리나라에서 실존주의에 대한 인식이 일종의 유행처럼 문학작품 속으로 유입되기 시작한 것은 6 · 25전쟁 이후였다. 그것은 전쟁이라는 극한상황의 체험과 가치관의 상실로 이어지는 전후의 황폐한 현실 속에서 실존적 불안 의식으로 고통스러워하고 있던 작가들에게 새로운 지적 출구를 제공해주었다. 오상원의 작품들이나 손창섭의 작품들, 혹은 장용학의 「요한 시집」이나 『원형의 전설』 등의 작품들이 이 무렵에 발표된, 실존적 세계 인식의 특성을 보여주는 사례라고 할 수 있다.

심리소설(the psychological novel)

극히 실험적인 방법을 시도하는 현대의 서사물들(예를 들자면 누보로망 같은 것들)을 제외하고는 전통적 서사물이든 현대의 서사물이든 인간의 심리가 표현되지 않은 작품은 없다. 따라서 한 작품이 심리소설인가 아닌가를 구분하는 것은 상당히 어려운 문제이며 엄밀한 의미에서 이 영역은 아주 넓게 확장될 수도 있다. 그러나 '심리가 드러나거나 표현된 소설'이 아닌, 하나의 장르 개념으로 '심리소설'이라는 용어를 사용할 때, 이렇게 지칭되는 작품들은 일상적이고 보편적인 인간의 의식이 아닌 의식의 좀더 깊고 넓은 영역, 프로이트적 용어로 '무의식'의 영역을 다루며 그것들을 주도적으로 표현한다는 변별적 자질을 지닌다.

역사적 맥락에서 보자면 심리소설은 자본주의의 발달로 인한 개인의 소외 현상, 이성과 과학의 합리성에 대한 회의 등으로 인하여 자아 중심적 세계관과 철학이 싹트는 19세기 말부터 발생하고 발전되며(그 이전의 작품들은 심리주의적 방법을 통해 분석되고 그런 징후들을 드러낸다 하더라도 '심리소설'로는 분류되지 않는 것이 보통이다) 특히 모든 심리적 현상들을 과학적 이론으로 설명한 프로이트와 그 방계의 심리학에서 크게 영향을 받았다.

프로이트와 직접적 영향의 수수 관계는 없었지만 심리소설의 창시자로 간주되는 작가는 도스토옙스키이다. "나는 단지 보다 높은 의미에서의 사실주의자일 뿐이다. 즉 나는 인간 영혼의 심층 구석구석을 묘사한다"라고 그는 말한 바 있는데 그의 대부분의 작품들은 (특히 『지하생활자의 수기』나 『카라마조프 가의 형제들』) 인간 심리의 깊은 영역, 프로이트적 용어로 이드(Id)나 초자아(Super ego)에 속하는 부분들을 독백이나 대화를 통해 집중적으로 보여준다.

프로이트는 이런 작품이 창작되는 과정과 발생 원인을 다음과 같이 말한다.

> 환상의 특징은 불만족한 생활을 하는 사람일수록 이것을 많이 한다는 것이다. 따라서 이루어지지 못한 소망이 바로 환상을 낳게 하는 원동력이 되는 것이며, 그렇기 때문에 하나의 환상은 어느 한 소망의 충족인 동시에 불만족한 현실에 대한 정신적 수정 작용인 것이다. …… 시나 심리소설에서는 주인공인 어느 한 인물만이 내부로부터 밖의 인물들을 묘사하게 되어 있다. 왜냐하면 바로 작가가 그 주인공 마음 한가운데에 앉아서 내부로부터 밖의 인물들을 바라보기 때문이다. 인간은, 현재 그가 겪는 강한 체험이 계기가 되어 잊었던 어린 시절의 체험이 일깨워지며, 그가 시인일진대 그가 만드는 작품에서나마 이를 충족시키려는 소망이 생기게 마련이다. …… 작가들은 자신의 개인적인 백일몽을 인간 모두가 인정하고 싶은 것으로 바꾸어 얘기해주며 독자들은 그 공통 분모에서 생기는 즐거움을 얻는 것이다. 즉 이들은 나의 자

> 아와 남의 자아를 막는 장벽, 그 장벽에 붙어 있는 혐오감을 제거하는 특수 기술을 갖고 있다.

프로이트의 발언에서 보이듯이 모든 심리소설은 한 인물이 지닌 원초적이고도 뿌리 깊은 욕망과 그것의 좌절과 억압으로 인한 대리 충족의 행동, 그런 행동들을 통한 은밀한 심리적 만족 등을 집중적으로 표현한다.

도스토옙스키의 뒤를 이은 심리소설의 작가들로는 에드거 앨런 포, 제임스 조이스, 토마스 만(특히 『마의 산』과 『베니스에서의 죽음』) 등이 거론되며 이들은 모두 현대소설의 거장의 반열에 올라 있다는 점이 특징이다. 이와 아울러 심리소설의 형태가 가장 발전되고 극단화된 것은 **의식의 흐름** 기법을 이용한 작가들에 와서일 것이다. 이 기법이 사용된 작품들은 모두 인간 의식의 가장 은밀하고 깊은 부분까지를 세밀하게 보여주려 한다는 공통점을 지니고 있으며 그런 의미에서 가장 완성된 '심리소설'로 간주될 수 있다. 프루스트의 『잃어버린 시간을 찾아서』와 조이스의 『율리시스』, 그리고 포크너의 『음향과 분노』 등이 대표적인 경우이다.

우리의 문학에서는 심리소설의 작가로 이상이 자주 언급된다. 「날개」「종생기」 등의 작품이 깊은 심리적 기저의 소산이라는 것은 말할 필요가 없으며 구체적으로 그것들의 양상은 분리 불안(separation anxiety), 동기간의 경쟁(sibling rivalry), 양가성(ambivalence), 순환적 성격(cyclothymic personality) 등등의 심리학적 용어로 분석된다.

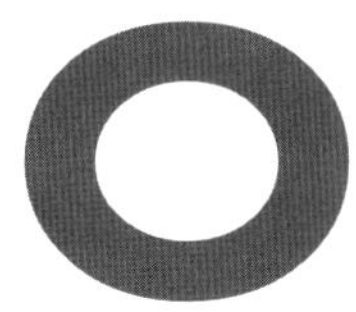

아나토미(anatomy)

프라이가 그의 『비평의 해부』에서 산문 픽션이라는 유(類, genus) 개념 밑에 설정한 네 개의 장르 종(種, species) 가운데 하나이다. 인간 그 자체보다 인간의 여러 가지 정신적 태도를 다루는 것으로 메니포스적인 풍자의 형태를 띤다. 메니포스적인 풍자는 추상적인 관념과 이론을 다룰 수 있다는 점에서 고백을 닮고 있으며, 성격 묘사에 있어서는 자연주의적이기보다 양식적인 형태를 취하고 인간을 관념의 대변자로서 본다. 소설가는 악과 어리석은 행위를 사회의 병이라고 생각하나 메니포스적인 풍자가는 그것을 지성의 병, 한계를 모르는 일종의 현학적인 병이라고 생각한다. 양식적인 성격 묘사를 한다는 점에서 로망스와 유사한 것 같으나, 영웅적 위업에 관심을 갖는 것이 아니라 지적 공상의 자유로운 활동과 캐리커처를 낳는 익살스러운 관찰에 의존하고 있다는 데서 그 차이가 나타난다. 또한 줄거리 전개에 지적인 구성이 뚜렷하게 개입되므로 이야기의 줄거리가 얼핏 혼란스러워 보이기도 하지만, 그것은 오직 독자의 부주의라든가, 스토리 중심의 픽션에만 익숙해진 독서 관습의 결과일 뿐이다. 일견 피카레스크 형식과 유사한 듯하지만 피카레스크가 사회의 현실적인 구조에 대해 소설적인 관심을 드러내는 데 반해 아나토미는 단일한 지적 패턴에 의한 세계상을 그려낸다.

프라이는 아나토미라는 말을 로버트 버턴의 『우울의 해부 *Anatomy of melancholy*』에서 따왔는데 이는 '해부'라는 말이 해체 또는 분석을 의미한다는 점에서 그 형식의 지적인 성격을 잘 나타내고 있을 뿐만 아니라, 견유 철학자 메니포스의 이름을 따서 원래는 운문으로 된 풍자시에 산문으로 된 삽화를 개입시키는 데서 유래한 메니포스식 풍자라는 말보다 훨씬 적합한 표현이라고 주장한다.

전통적인 소설가는 소설적 기술에 있어 주로 인간관계나 사회 현상에 대한 충실한 재현에 의존한다. 그러나 지적인 주제와 태도를 취급하는 아나토미 작가는 지적인 방법으로, 즉 그의 당면 주제에 관계되는 방대한 박식을 차례로 동원해서 펼쳐 보이기도 하고, 또는 현학적인 적들에 대해서는 그들 자신의 전문어를 눈사태처럼 퍼부어서 꼼짝 못하게 하기도 함으로써 자신의 지적인 우월감을 과시한다.

요컨대 아나토미는 프라이가 주장하는 산문 픽션의 한 종류로서, 소설 · 고백 · 로망스와 구별되는 산문 픽션(prose fiction)의 한 가지 유형이다. 다음의 도표에서 볼 수 있는 것처럼 아나토미는 에토스, 즉 성격을 다루는 장르인 소설 및 로망스와 구별된다. 그것은 고백과 마찬가지로 디아노이아, 즉 주로 박물학적인 지적 세계를 다룬다. 또한 아나토미는 로망스나 고백의 내향적 · 주관적 성향과 달리 소설처럼 외향적 · 객관적 성향을 가진다.

구분	외향적	내향적
에토스 : 개인적	소설	로망스
디아노이아 : 지적	아나토미	고백

프라이는 순수한 아나토미의 대표적인 보기들을 버턴의 『우울의 해부』, 볼테르의 『캉디드』, 월턴의 『낚시 전서(全書)』 등으로 꼽고, 혼합형으로 멜빌의 『백경』(로망스+아나토미), 칼라일의 『의상철학』(고백+아나토미), 세르반테스의 『돈 키호테』(소설+로망스+아나토미) 등을 열거하고 있다.

그러나 우리 문학의 전통에서 아나토미의 적절한 사례를 찾기란 쉽지가 않다. 더군다나 프라이의 분류 방식 자체가 한국문학의 연구에 보편타당한 전거를 마련하고 있지 못한다는 점은 여러 논자들에 의해 지적된 바 있다. 따라서 프라이의 견해는 서구 문학 전통에서만 유효한 것으로 참조해야 할 성싶다.

아이러니(irony)

원래는 초기 그리스 희극의 전형적 인물인 에이런(eiron)의 말과 행동 양식에 적용되었던 용어이다. 그의 상대역으로는 또 다른 전형적 인물인 허풍선이 알라존(alazon)이 있는데, 그는 허풍을 떨면서 상대방을 속여 그의 목적을 달성하려고 한다. 패배자로 등장하는 에이런은 약하고 왜소하며 교활하고 약삭빠르다. 그는 그의 힘과 지식을 숨기고 천진함을 가장함으로써 점차 알라존에 대해 승리를 거둔다. 아이러니는 어떤 경우에든 이러한 원래적 의미를 함축하고 있다. 즉 그것은 겉으로 드러난 것과 실제 사실 사이의 괴리라는 뜻을 담고 있는 것이다.

이 용어가 처음 기록된 것은 플라톤의 『국가론』에서였으며, 소크라테스적 아이러니는 이 책의 대화편에서 소크라테스의 독특한 대화 방식, 즉 무지와 어리석음을 가장한 질문을 던짐으로써 그의 상대방의 주장을 약화시키고 점차 진실의 올가미에 사로잡히게 하는 방식을 가리킨다. 로마 수사학자들(특히 키케로와 퀸틸리아누스)은 ironia를 대부분 언어 자체가 그 의미와 모순되는 수사학적 비유 방식을 가리키는 용어로 사용했다. 이러한 표현의 이중날은 아이러니의 통시적인 특징이다. 아이러니라는 용어는 비록 그 용어가 사고나 느낌, 표현의 양식으로서 상당히 정교해지기 시작했을지라도 그 용어 자체의 사용은 17세기 말이나 18세기 초까지 일반화되지 못하였다. 아이러니의 개념은, 유럽에서 그 표현 양식의 실제적 성과들이 나타나기 시작한 훨씬 뒤에서야 점차 발전되고 정리되었다는 인상을 받게 되는데, 특히 1750년 무렵에는 드라이든과 스위프트, 볼테르, 포프 등의 많은 작가들이 이러한 특수한 표현 양식의 사용에 탁월한 민감성을 보여준 바 있다. 이러한 작가들의 수적 증가에 뒤이어 비로소 분석가들과 이론가들이 등장했다. 18세기 초에 독일의 슐레겔 형제(August Wilhelm & Friedrich Schlegel)나 루트비히 티크(Ludwig Tieck), 카를 졸거(Karl Solger) 등은 희극적 정신의 가장 미묘한 발현 양식인 이 아이러니의 개념을 이해하려는 극히 어려운 작업에 몰두하기 시작했다. 슐레겔은 진지한 것과 희극적인 것 사이를 지탱하는 균형의 아이로니컬한 성질을 지적했으며, 카를 졸거는 진실한 아이러니는 세계의 운명에 대한 사색과 더불어 시작된다는 개념을 끌어들였다. 세계적 아이러니, 우주적 아이러니(cosmic irony), 철학적 아이러니 등으로 불리어지는 개념이 그것이다. 슐레겔은 또한 가장 객관적인 작품이 작가의 본질적인 주관적 속성들—그의 창조력, 그의 지혜, 예술적 폭 등—을 가장 충실하게 드러내는 경우를 지칭하는 낭만적 아이러니라는 용어를 만들어내었다. 그러나 이 용어는 그 후 괴테나 하이네 등과 더불어 낭만적 작가가 의도적으로 자신의 작품 속에 개입하여 작품의 객관성에 대한 환상을 깨뜨리는 태도를 가리키는 용어로 확장되었다.

키르케고르는 아이러니가 사물을 바라보고 존재를 관찰하는 방식이라는 생각을 발전시켰으며, 아이러니는 삶의 부조리에 대한 인식으로부터 나온다는 주장 또한 설득력을 얻었다. 19세기 말 무렵엔 아이러니의 주요한 형태와 방식들 대부분이 탐색되고 어느 정도로 분류 정리되었다. 그러나 아이러니의 개념이 지닌 본질적 모호함은 그에 대한 정의 자체를 거부하는 것처럼 보인다. 어떠한 정의도 아이러니적 본질의 모든 양상을 포괄하지는 못하는 것이다. 그럼에도 불구하고 아이러니적 형태의 대부분이 말과 그 의미, 혹은 행위와 그 결과, 외관과 실제 사이의 불일치나 부조화를 내포하고 있다는 것은 분명하다. 그 모든 경우에 거기에는 부조리와 역설의 요소들이 존재하는 것이다.

아이러니의 두 가지 근본적인 유형에는 언어의 아이러니와 상황의 아이러니(때로 행위의 아이러니)가 있다. 전자는 비유의 일종으로, 말하는 사람이 뜻한 숨겨진 의미가 겉으로 주장되는 의미와 다른 경우에, 그리고 후자는, 이를테면 어떤 사람이 자신도 똑같은 불행한 상황 속에 놓여 있는 것을 눈치채지 못하고 다른 사람의 불행에 대해 떠들썩하게 웃어댈 경우에 발생하는 것이다. 그 외에 극적 아이러니는 비극적 아이러니라고도 불리는 것으로서, 등장인물이 모르고 있는 것을 작가와 관객이 알고 있음으로써 등장인물이 작중의 실제 상황과 맞지 않는 행동을 하거나, 앞으로 다가올 운명과 정반대의 것을 기대할 때, 등장인물의 무지와 관객의 인지 사이의 대립에서 발생하는 것이다. 그 대표적인 예가 『오이디푸스 왕』이다.

우리나라의 경우, 이상이나 김유정 등의 작품에서 뛰어난 문학적 성취에 도달한 바 있는 아이러니적 기법은 1930년대라는 시대가 부여한 표현의 한계와도 일정한 관계를 맺고 있다. 루카치는 아이러니를 근대 시민사회의 태동을 배경으로 소설을 그 이전의 서사 양식과 구별시키는 주요한 세계관의 변화, 즉 개인과 세계의 화해로운 관계로부터 불화의 관계에로의 인식의 변화와 관련시켜서 파악한다. 그에 따르면 개인과 세계 사이의 뛰어넘을 수 없는 간극에 대한 인식은 아이러니가 소설이라는 객관적인 형식 그 자체를 이루는 근본적인 요인이 되게 한다는 것이다. 『소설의 이론』에서 그는 다음과 같이 말한다.

> 작가의 아이러니는 신이 없는 시대의 부정적 신화이다. 그것은 의미를 향한 유식한 무지의 태도이며 악마들의 부드럽고 유해한 행위들에 대한 묘사, 그리고 그러한 행위의 단순한 사실 이상의 것을 표현하지 않으려는 것이다. 그러나 그 속에는 알려지지 않고 알 수 없음을 통해 그가 궁극적이며 진실한 실체, 즉 존재하지만 현존하지 않는 신과 부딪치고 그를 훔쳐보고 이해하게 된다는 깊은 확신—단지 형식화에 의해서만 표현될 수 있는—이 들어 있다. 아이러니가 소설의 객관성을 의미하는 것은 이 때문이다.

아크로니(achrony)

제라르 주네트의 개념으로서 시간적으로 아무런 관련이 없는, 다른 사건들과 동떨어져 있는 사건을 지칭한다. 사건들의 시간적 논리를 변조시켜버림으로써 계기적 질서를 혼란시키는 아나크로니(anachrony, **시간 변조**)의 개념과 다르다는 점을 유의해야 한다. 이 용어의 가장 핵심적인 속성은 이야기와 그것을 서술하는 방식(담론) 사이의 어떠한 시간-논리적 관계도(그 관계의 뒤집음조차) 허용되지 않는다는 것이다. 주로 **누보로망**에서 많이 발견되는 이러한 일련의 특별한 사건들의 무관계성은 채트먼에 의하면 작가의 자의성 혹은 각 유형의 텍스트들에 적합한 조직 원리—공간적 근접성, 담론상의 논리, 주제 등등—에 그 바탕을 둔다. 따라서 전통 소설의 입장에서 보자면 신뢰할 수 없는 서술(**믿을 수 없는 화자**를 보라)로서 독자를 어리둥절하게 만드는 주요한 요소로 작용하게 된다. 예를 들어 사건들이 일어나는 질서가 독자들을 당황케 만드는 로브그리예의 『질투』와 같은 서사물이 대표적인 사례라 할 수 있다.

이 용어와 대등한 수사적 용어의 하나인 쌍서법(雙敍法, syllepsis)은 제랄드 프랭스의 정의에 따르면 "시간 논리적 원리보다는 비시간적인 원리에 의해서 지배되는 상황과 사건들의 연대(A grouping of situations and events governed by a nonchronological principle rather than by a chronological one)"라는 뜻을 가진다. 이를테면 "그는 그 당시를 명료하게 기억했다. 그는 콜라를 많이 마셨다. 그는 너무 많은 날을 허비했다. 그리고 그는 책을 거의 읽지 않았다"와 같은 진술에서처럼 시간적 인과관계가 분명치 않은 사건들의 병치를 통해서 현대 서사 기법의 특이한 유형을 볼 수 있는 것이다.

알레고리(allegory)

이 용어는 '다르게 말한다'는 그리스의 allegoria라는 말에서 나온 것으로 이중적 의미를 가진 이야기 유형을 지칭한다. 즉 말 그대로의 표면적인 의미와 이면적인 의미를 가지는 이야기의 유형이 그것이다. 그러므로 그것은 두 가지의 수준에서(어떤 경우에는 세 가지 또는 네 가지의 수준에서) 읽히고 이해되며 해석될 수 있는 이야기이다. 이 용어는 우화(fable)나 비유담(farable)과 밀접한 관계를 가지고 있다. 동물 우화들은 동물 세계의 이야기도 되지만, 2차적 의미는 인간 세계를 빗대어 말하는 이중 구조를 가지고 있으므로 알레고리의 한 종류가 된다.

알레고리는 역사 정치적인 것과 관념적인 것으로 우선 나누어볼 수 있다. 역사 정치적 알레고리란 작중인물과 행위가 다시 역사적 인물 또는 사건을 지시하게 되는 것으로 최인훈의 『태풍』이 그 한 예이다. 이 작품의 배경은 '동아시아의 끝에 붙은 아니크, 애로크, 나파유'라는 세 나라로서, 이는 CHINA, KOREA, JAPAN을 거꾸로 읽은 것이다. 또한 주인공 오토메나크(Otomenak)를 거꾸로 읽으면 김(金)씨의 흔한 창씨성이 된다. 작품에서 이러한 거꾸로 읽기는 친일과 반일이라는 문제에 대한 일종의 역사 정치적 알레고리를 이루고 있다. 사상의 알레고리에서 인물은 추상적 개념을 나타내고 플롯은 어떤 교설이나 명제를 전달하려고 하는 분명한 의도 아래서 짜여진다. 『실낙원』 제2권에서 사탄이 자기의 딸인 죄(Sin)와의 근친상간에서 태어난 아들 사망(Death)을 만나는 대목은 인물의 이름을 관념적인 보통명사로 지어 부름으로써 '사상의 알레고리'를 만들어내는 좋은 예가 된다. 이 작품은 또한 지속적 알레고리의 대립 개념인 에피소드적 알레고리의 한 예가 되기도 한다.

지속적인 알레고리의 가장 적절한 예는 영어권에서 가장 잘 알려져 있는 존 버니언의 『천로역정』이다. 모든 기독교인들(Christians)을 대표하는 주인공 크리스티안이 파멸의 도시로부터 달아나 그의 순례를 시작하며 그 순례의 과정을 거쳐 마침내 천상의 도시에 도달하게 된다는 이야기를 가진 이 작품은 기독교적 구원의 교리를 알레고리화하고 있다. 일반적으로 알레고리에서 인물들이나 장소들은 작가에 의해 창안된 임의적인 존재성을 지니며, 이것은 알레고리를 실질적인 존재성을 지니는 상징과 구별케 하는 뚜렷한 특징이다.

알레고리의 기원은 매우 오랜 것이며, 보편적인 인간 정신에게는 매우 자연스러운 표현 양식으로 받아들여진다. 예컨대 많은 신화들이 우주적인 현상과 그 힘을 설명함에 있어 알레고리의 형태를 취하고 있다. 「오르페우스와 에우리디케」는 속죄와 구원의 알레고리의 전형적인 예이며 사실상 대부분의 고전적인 신화는 알레고리적이다. 그 밖에 알레고리적 기법을 구사하고 있는 비교적 현대적인 작품의 예로는 카프카의 「성」과 같은 작품이 있으며, 호영송의 「파하의 안개」, 이문열의 「들소」, 한용환의 「이방에서」 등도 거론될 수 있다.

암시(suggestion)

소설의 서술 기법을 구성하는 한 방식. 대체로 플롯의 발단 단계에 많이 나타나며 **복선**을 만들어내는 핵심 원리이다.

물론 이 용어는 언어의 의미가 이해되고 전달되는 과정이라는 뜻을 가진 의사소통의 모든 분야에 적용 가능하다. 시, 영화, 연극, 발레 등 전언의 형태를 가진 모든 서사물에는 이 기법이 적용될 수 있다. 그러나 소설 텍스트에서 찾을 수 있는 암시의 기법은 여타의 서사 발현체들과 달리 몇 가지의 특징들을 가진다. 소설 텍스트 속의 암시는 시에서의 경우처럼 상징이나 은유적 수사의 차원에 국한되지 않는다. 예컨대 소설적 진술도 시적 진술처럼 '하느님 당신은 늙은 비애다'(김춘수)를 구성할 수 있다. 이럴 경우의 하느님은 생로병사의 고뇌를 짊어진 채 물신화되어가는 퇴락한 신성을 암시한다. 그러나 소설적 진술은 '행동과 사건의 연쇄'를 지향하기 때문에 등장인물과 사건의 진행(처음–중간–끝)을 필수적으로 가지는 언술 행위의 일종이다. 따라서 그 속에는 시간과 공간과 존재가 긴박하게 숨 쉬고 있게 마련이다. 소설 텍스트 속의 암시는 이러한 세 가지 차원에서 모두 존재할 수 있다. 뒤에 일어난 중요한 사건(결과)을 시간적으로 먼저 제시하거나(원인), 사건이 일어난 공간(물리적 공간이든 심리적 공간이든)의 묘사나 설명을 통하여 사건의 진행 상황과 의미 따위를 미루어 짐작케 해주거나, 등장인물에 대한 몇 가지의 특별한 기술을 통하여 **인물 구성**(characterization)에 힌트를 던져주는 기능을 하기도 한다.

요컨대 암시는 직접적 · 명시적 진술 방법이 아닌, 독자의 호기심을 유발하거나 추측과 예견을 필요로 하는, 그리하여 고루하고 따분하며 뻔하게 전개될 이야기의 흐름에 재미를 부과하면서 한편으로는 앞으로 제시될 사건과 행동의 양상이 필연적이며 논리적인 것으로 독자가 받아들일 수 있게 만드는 서술의 전략적 개념이나 기법이다.

> "그 꽃 어디서 났니? 퍽 곱구나" 하고 어머니가 말씀하셨습니다. 그러나 나는 갑자기 말문이 막혔습니다. "이건 엄마 드릴라구 유치원에서 가져왔어" 하고 말하기가 어째 몹시 부끄러운 생각이 들었습니다. 그래 잠깐 망설이다가, "응, 이 꽃! 저, 사랑 아저씨가 엄마 갖다 주라구 줘" 하고 불쑥 말했습니다. 그런 거짓말이 어디서 그렇게 툭 튀어 나왔는지 나도 모르지요.
>
> 꽃을 들고 냄새를 맡고 있던 어머니는 내 말이 끝나기가 무섭게 무엇에 몹시 놀란 사람처럼 화닥닥 하였습니다. 그리고는 금시에 어머니 얼굴이 그 꽃보다도 더 빨갛게 되었습니다. 그 꽃을 든 어머니 손가락이 파르르 떠는 것을 나는 보았습니다. 어머니는 무슨 무서운 것을 생각하는 듯이 방 안을 휘 한번 둘러보시더니 "옥희야, 그런 걸 받아오면 안 돼" 하고 말하는 목소리는 몹시 떨렸습니다.

「사랑 손님과 어머니」에 나오는 이 예문은 이 작품에 등장하는 무수한 암시 중의 하나이다. 젊은 과부댁과 외간 남자 사이의 금기, 그 금기의 무게를 치받고 올라오는 본능에 대한 부끄러움이 섬세하게 드러나는 이 부분에서 서술은 이야기의 명료한 뼈대를 감춘 채 제시된다. 물론 이와 같은 이유의 상당 부분은 화자의 시점(여섯 살 난 소녀 아이의 시각)에 기인하는 것이긴 하지만, 사랑 또는 이성에 대한 감정이 표면적으로 드러나지 않고 감추어져 있음으로 해서 이야기의 논리를 '벗기는' 재미를 독자들에게 제공한다. 이 부분은 등장인물(어머니)의 성격과 심리 상태가 암시될 뿐만 아니라 사랑 손님과 어머니 사이를 가깝게 맺어주고 싶은 화자의 심리, 나아가 두 사람의 관계가 결국 아름다운 설렘만으로 끝나고 말 것이라는 결말에 대한 암시가 강하게 드러난다.

이와 같은 경우는 비교적 알아차리기 쉬운 암시이지만 매우 복잡하고 고도의 추리력을 요구하는 암시—특별히 추리소설이나 탐정소설, 지적 유희를 즐기는 소설들에서 보이는—도 많기 때문에, 때때로 소설이 마치 거대한 미로와 수수께끼의 세계처럼 난해하게 느껴지도록 만드는 요소가 되기도 한다. 따라서 암시적 기법의 적절한 사용이란 작가와 독자 사이의 일종의 놀이—'보물찾기 놀이'이거나 '줄다리기 놀이'라고 은유화해도 좋을—의 재미를 충족시키지만, 암시가 전혀 배제되거나 과도해지면 소설을 무미건조하게 만들거나 필경은 어렵게 하는 이유의 하나가 되기 십상이다.

액자소설(rahmennovelle)

소설 구성의 두드러진 방식의 하나. 액자소설은 이야기 속에 하나 또는 여러 개의 비교적 짧은 내부 이야기를 안고 있는 것을 특징으로 한다. 마치 하나의 이야기 속에 다른 이야기들이 액자 속의 사진처럼 끼워져 있는 것이다. 이러한 소설 형식은 이야기 밖에 또 다른 서술자의 시점을 배치함으로써, 전지적 소설 방식에서 탈피하여 다각적으로 이야기를 전개해갈 수 있는 이점을 안고 있다. 이러한 형식은 소설 양식에서만 발견되는 것은 아니다. 예컨대 민담과 설화를 전달하는 구술자가 신빙성이나 흥미를 유발시키기 위해 이러한 형식을 취하기도 한다. 우리 문학의 경우 『삼국유사』 안에 있는 설화들 대부분이 '傳曰

(전해지기를)', '俗曰(항간에서 말하기를)'이라고 하고 있는 것도 이러한 경우에 포함된다. 특히 조신의 꿈이나 사찰 연기 설화는 이 액자와 여러 개의 내부 이야기로 구성되어 있다.

액자소설은 특히 소설과 일화를 연결하는 교량적 양식이기도 한데, 연암 박지원의 『열하일기』 안에 있는 「관내정사(關內程史)」에 삽입된 「호질」, 김승옥의 「환상수첩」은 그 대표적인 예가 된다. 「호질」은 박지원의 『열하일기』에 수록된 작품으로서 작가를 은폐하기 위한 방편으로 요동 지역에서 전해 들은 이야기라는 식의 액자를 고안해놓았다. 이는 곧 당대 사회에서 통용되기 어려운 양반에 대한 신랄한 풍자적 우화를 핵심적인 내부 이야기로 만들어놓고 있으며, 이때의 액자적 장치는 교묘한 트릭에 해당된다. 그리고 김승옥의 「환상수첩」은 정우라는 인물의 습작 수첩을 소개하는 형식으로 구성되고 있는 액자소설이다.

서구의 경우, 프로스페르 메리메(Prosper Mérimée, 1803~1870)의 소설 『카르멘』(1845)이 액자소설의 효시를 이룬다. 그러나 그 이전의 『아라비안 나이트』 『데카메론』 『캔터베리 이야기』 등도 액자소설의 범주에 포함될 수 있다. 일례로 『아라비안 나이트』는 세헤라자데가 생명을 연장하기 위해 천 일 동안 왕에게 이야기를 해주는 형식으로 액자 속에 수많은 일화를 담아내고 있다. 이 같은 점은 액자를 사용하는 이야기가 서사문학의 오래된 양식임을 시사하고 있다.

H. 자이들러는 액자의 형태를 도입부의 기능을 하는 것, 한 액자 속에 여러 개의 내부 이야기가 있는 것, 한 액자 속에 한 개의 내부 이야기가 있는 것, 서로 혼합된 것 등으로 구분한 바 있다. 또한 그는 액자의 기능은 내부 이야기의 근원을 제시하고 왜 내부 이야기가 진술되는가라는 목적을 설명한다고 한다. 그리고 액자가 내부 이야기와의 거리를 발생시키면서 내부 이야기의 개연성을 증진시킬 때 뛰어난 예술적 효과를 갖는다고 본다.

야담(野談)

『청구야담』『계서야담』 등과 같은 책의 표제로부터 그 명칭이 유래된 야담은 세속에 회자되는 흥미 중심의 이야기이다. 야담의 무엇보다도 두드러지는 특징은 그것이 구태여 현실에 근거하는 이야기이기를 위장하지 않는 데서 찾아진다. 그런 점에서 야담의 이야기꾼과 청자 사이에는 하나의 묵계가 성립되어 있다고 말할 수 있다. 사실성과 현실성을 요구하지 않는다는 묵계가 그것이다. 야담의 이 같은 특성 때문에 야사가 정사에 대비되듯이 흔히 야담은 사실과 현실에 근거하는 이야기, 즉 실화(實話)와 대립하는 이야기의 유형으로 간주되곤 한다. 야담의 내용은 이인(異人)의 행적, 기사(奇事)와 교훈담, 신비담 등에 이르기까지 매우 폭넓고 다채롭다. 그리고 현실과 비현실의 경계를 자유롭게 넘나드는 자유분방함을 보여준다. 서사물로서의 야담은 사실에 근거하지는 않지만 경험의 보편적인 원리를 외면하지는 않는다는 점에서 신화 · 전설과 구분되는 이야기의 양상이고, 단편적이며 일화 중심적이라는 점에서는 소설에 못 미친다. 그것이 역사가 아니라는 사실에 대해서는 새삼 부연할 필요가 없겠다.

조선조 후기 급격한 변혁의 시기에 특히 널리 유행된 야담은 민간에서 자생적으로 발생한 이야기이기 때문에 오히려 풍속과 도덕관 등 당대의 삶의 현실을 생생하게 반영하고 있다. 그런 점에서 야담은 우리의 이야기 문학의 전통을 계승하고 있는 흥미 있는 이야기의 한 가지 유형이라고 보아도 좋겠다. 야담은 흔히 소담(笑談), 일화, 야사 및 야담계 소설로 분류되며, 신비담, 몽환담, 이적담, 염정담 등의 분류가 추가될 수도 있겠다. 서민 대중의 성취되지 못한 욕망과 그들이 직면했던 갈등, 도덕적 이상 등이 생생하게 반영되어 있는 이 자생적인 이야기의 유형은 결과적으로 변화해가는 시대와 진화한 서민 대중의 심미적 요구에 미처 부응하지 못하고 그 세계관적 기반이 되었던 서민 대중의 삶과 유리되면서 통속화, 쇠퇴화의 과정을 밟게 된다. 그러나 이 이야기의 유산이 윤백남, 김동인 등의 소설에 수용되고 있는 사실이 보여주듯이 야담은 우리의 이야기 문학사의 전대와 근대를 잇고 있다는 점에서 주요한 문학사적 자산으로 포괄되고 평가됨이 옳다.

어조(tone)

한 작가가 이야기의 서술 속에서 소설 내적 요소나 독자들을 향해 가지는 태도의 특성을 말한다. 서술의 모든 국면을 총괄하는 작가의 존재와 관련되어 있기 때문에 이것은 일관된 하나의 태도나 입장을 가지고 지속적으로 나타난다고 간주되며, 어조를 통어하는 것은 물론 **내포작가**이다. 따라서 내포작가가 행하는 진술상의 모든 특징, 혹은 그가 지닌 개성이 바로 '어조'인 셈이다.

아리스토텔레스가 수사학의 중요한 원리 중 하나로 작품 내의 일관된 한 성격을 주장한 이래 이야기 내용을 설득력 있게 전달하기 위한 고유한 개성의 존재는 전통 시학자들의 중점적인 관심사가 되어왔다. 서정시의 설명에 흔히 동원되는 페르소나(persona)는 이러한 관심의 산물이며, 산문 장르에서는 단순한 이야기 전달자인 화자와 구분하여 서술에 드러나는 '개성적' 특징을 '어조' 혹은 '**목소리**(voice)'라는 개념으로 설명한다.

현대의 문학 이론에서 어조에 대한 관심을 주도적으로 제기한 사람은 I. A. 리처즈이다. 그는 '어조'가 화자의 '듣는 이에 대한 태도'를 가리킨다고 정의하면서 "그의 말의 어조에는 그가 말을 하고 있는 상대에게 자기가 어떤 자세를 취하고 있는가에 대한 자기의 느낌이 반영되어 있다"고 말한다(*Practical Criticism* 1~3장 참조). 즉 어떤 사람이 말하는 방식을 보면 그가 듣는 이의 사회 계급과 지능과 감수성에 대해서 어떻게 생각하고 있는가, 듣는 이에 대한 그의 개인적 관계가 어떠한가, 그리고 듣는 이에게 어떤 자세를 취하고 있는가 하는 점이 미묘하게 드러난다는 것이다. 이때 말의 어조는 딱딱하거나 친밀할 수 있고, 거리낌없이 말하거나 말을 삼갈 수 있고, 난해하거나 단순할 수 있고, 엄숙하거나 명랑할 수 있으며, 거만하거나 애원조일 수 있고, 애정에 차 있거나 냉정할 수 있으며, 진지하거나 아이로니컬할 수 있고, 보호자인 척하거나 아첨하는 것일 수 있으며 그 외에도 다양한 많은 뉘앙스들이 드러날 수 있다. 그리고 이런 특성들 하나하나는 독자들에게 신뢰감을 가지게 만들거나 웃음을 자아내게 하거나 연민의 감정을 자아내면서 일관성 있게 이야기의 전달을 수행하고 그 작품 전체의 미학적 특성을 결정 짓는다.

'목소리' 라는 용어는 내포작가의 진술에서 드러나는 '특징' 보다는 그 인물 자체의 고유한 개성에 좀더 초점이 맞춰진다는 점이 다른데, '어조' 라는 용어를 폭넓게 규정할 때는 이러한 개념까지도 그 안에 포함된다. 하나의 문학작품을 읽어갈 때 독자들은 문학 속의 모든 소재를 그러한 방식으로 선택하고, 배열하고, 묘사하고, 표현한, 서술의 어느 국면에나 침투해 있는 하나의 존재, 분명한 개성과 도덕적 감수성을 지니고 있는 존재를 인식한다. 이것이 바로 '목소리' 혹은 넓은 의미의 '어조' 이다. 엄격하게 작가의 개입을 통제하고 서술의 표면에서 그가 물러남으로써, 스토리가 스스로 이야기한다는 인상을 심어주려고 노력하는 작가들의 작품에서도 하나의 '목소리' 는 분명하게 존재하고 또한 인식된다. 그 '객관적인' 것처럼 보이는 기교들 속에 침투해 있는 정신과 기질과 감수성의 종류는 천차만별이다. 포크너의 『음향과 분노』에 내재된 목소리가 동경하는 세계로 귀환하지 못하는 지식인의 분열되고 고뇌에 찬 종류의 것이라면, 헤밍웨이의 「살인자들」에 나타나는 그것은 냉혹하고 비정하며 도시적 감수성에 영향받은 것이다.

에피소드(episode)

메인 플롯(main plot)이나 중심적 갈등 구조에서 벗어나 있는 짧은 이야기 혹은 사건을 가리킨다. 피카레스크식 구성 소설에서처럼 사건들이 느슨하게 연결된 긴 이야기에서의 한 부분을 가리키기도 하지만, 전자의 의미가 더 보편적이다. 중심적 이야기와 직접적으로 연결되어 있지 않고, 다소 주변적이거나 엉뚱한 것이기 때문에 서사의 중심 기능을 담당하는 것은 아니며, 그래서 아리스토텔레스는 에피소드극을 서사극 중에서 가장 저열한 단계로 취급했다. 그러나 다른 면에서 보자면, 한 작품의 미학적 구조를 풍부하게 해줄 수 있는 다양한 정보의 도입, 플롯이 가지는 긴장감의 완급 조절, 분위기의 전환 등등의 면에서 에피소드는 중요한 문학적 의미를 지니고 있기도 하다.

역사소설(historical novel)

역사를 재구축하고 그것을 상상적으로 재창조하는 허구적 서사 유형으로서, 역사소설에는 역사적인 동시에 허구적인 인물들이 등장한다. 비록 허구로 씌어질지라도 역사소설가는 대개 **핍진성**을 성취할 수 있도록 그가 선택한 시대를 철저하게 조사한다. 그러나 역사소설은 과거 시대의 충실한 재현 그 자체에 목적이 있는 것이 아니라, 과거를 통해 현재의 삶을 비추어 보는 데에 그 진지한 의도가 있으므로 과거의 시대를 오늘의 감각에 맞추어 재현함에 있어 어느 정도의 시대착오(anachronism)는 불가피해진다. 루카치는 역사의 전체적인 흐름에 대한 파악과는 무관한 복고 취미의 장식적인 소설, 개개의 역사적 사실들에 대한 정확한 재현에만 충실한 소설을 가리켜 '사이비 역사주의'라고 말한 바 있거니와, 서구에서 플로베르의 『살람보』로 대표되는, 19세기 후반에 일대 유행했던 자연주의적 경향의 역사소설들이 그런 예의 소설들이다.

역사소설의 또 다른 폐단은 역사적 소재를 낭만적으로 통속화된 차원에서 빌려옴으로써 역사적 주인공을 신화적으로 과장하거나, 역사를 지나치게 개별화된 사생활의 영역으로 귀속시키려는 것이다. 1930년대의 김동인의 역사소설, 혹은 유주현이나 박종화 등의 작품들은 역사적 소재를 통속적으로 낭만화시킨 보기들이며, 보다 발전적인 의미에서 역사적 제 흐름의 폭넓은 현재적 형상화에 비교적 성공한 작품들로는 황석영의 『장길산』이나 홍명희의 『임꺽정』, 김주영의 『객주』 등을 들 수 있다.

역사전기 문학(歷史傳記文學)

역사전기 문학은 신소설과 함께 개화기 한국의 서사문학을 대표하는 이야기의 유형 중 한 가지이다. 이 유형에 속하는 작품들은 주로 1905년에서 1910년 사이에 현재 학계에서 '애국계몽운동'이라고 불리는 근대적 민족국가의 건설과 수호를 지향한 계몽운동의 일환으로 씌어졌다. 당시 애국계몽운동은 일본 제국주의의 침략적 성격이 노골화되고 대한제국 정부의 무능과 부패가 만연됨에 따라 민족의 자주적 역량의 배양과 그 역량의 사회적 조직화에 역점을 두고 전개되었다. 신채호(1880~1936), 박은식(1856~1929), 장지연(1864~1921)을 비롯한 애국계몽운동의 지도자들은 언론, 학회를 주요 무대로 문필 활동을 벌이면서 일반 국민의 민족의식 고취에 힘썼고, 그러한 과정에서 역사전기물의 번역, 번안, 창작을 효과적인 국민 계몽의 방법으로 선택했던 것이다.

개화기 역사전기 문학의 두드러진 특징들은 대체로 교화주의의 압도적 우세에 의해 빚어진 것으로 여겨진다. 교화주의적 동기는 일차적으로 역사전기 문학의 서사 양식이 재래의 '전(傳)'의 양식을 답습하고 있다는 사실에서 확인된다. 우리의 문학적 전통에서 전은 후세에 귀감이 되는 역사상 실제 인물의 행적을 기록한다는 의도를 그 근저에 깔고 있었으며, 가계, 성명, 고향, 관록 등 대상 인물의 역사적 실제성을 집약한 정보를 제공하고 인품이나 업적의 전범성 혹은 고귀함의 징표가 되는 일화들을 부각시키는 양식적 특성을 가지고 있었다. 이러한 전 양식의 의도와 특성은 장지연의 「애국부인전」(1907)이나 신채호의 『이순신전』(1908)처럼 표제어에 전이라는 명칭을 달고 있는 역사전기류 작품의 경우는 물론이고 그렇지 않은 작품의 경우에도 온존되어 있다. 전의 양식적 관습의 규제하에 놓인 결과 역사전기류 작품들은 역사적 인물의 인품과 행적에서 어떤 항구적인 가치를 읽어내는 특징을 보여주는 반면 허구적인 사건이나 인물을 형상화시키는 소설적 요소들은 거의 배제하고 있다.

역사전기 문학의 교화주의적 동기는 거기에 취급된 인물들이 예외없이 비범한 **영웅**들이라는 사실에서 보다 확연하게 드러난다. 그 영웅들의 위대성은 그들이 조국을 부강한 국가로 재건시키거나 외세의 침략에서 구하는 데 빛나는 공적을 남겼다는 점에 있다. 역사전기류 작품에 등장하는 국가적 · 민족적 영웅들을 보면 비스마르크(『比期麥傳』, 황윤적 역술, 1907), 나폴레옹(『拿破倫戰史』, 유문상 역술, 1908), 피터 대제(『彼得大帝傳』, 김연찬 역술, 신채호 교열, 1908) 등 부국강병의 실현자, 빌헬름 텔(『瑞士建國誌』, 박은식 역술, 1907), 잔 다르크(『익국부인젼』, 장지연 작, 1907), 마치니(『伊太利建國三傑傳』, 신채호 역술, 1908) 등 민간 출신의 전설적 애국자, 이순신, 을지문덕(『乙支文德』, 신채호 작, 1908), 최도통(『崔都統傳』, 신채호 작, 1909) 등 외세로부터 나라를 지킨 무장들이 있다. 이처럼 역사전기류 작품들은 조국을 위기로부터 구하거나 강대국으로 발전시킨 영웅들의 생애를 서술하면서 그와 같은 영웅들의 애국적 정열과 지략이 바로 당시 한국의 국민들에게 요구되는 바임을 역설하고 있다.

역사전기 문학은 민족의식, 애국 정신의 국민적 확산을 추구한 계몽의 문학이었다는 점에서뿐만 아니라 고소설과 신소설 양쪽을 포함하여 당시의 국문소설을 개혁하고자 시도한 결과였다는 점에 그 문학사적 의의가 있다. 역사전기류의 번역과 창작에 연계된 소설 개혁론의 요점은 박은식의『서사건국지』서(序)를 비롯한 서발(序跋) 평론, 신채호의「近今 國文小說 著者의 注意」(『대한매일신보』, 1908.7.8),「小說家의 趨勢」(『대한매일신보』, 1909.11.9) 등의 논설에서 찾아볼 수 있다. 거기에서 논자들은 소설이 발휘하는 도덕적 · 정치적 교화 기능의 막중함을 강조하면서 그러한 기능을 저해하는 퇴폐적 소설의 성행에 우려를 표명하고 있다. 신채호는 한국에 전래된 소설들은 대부분 '桑園溥上의 淫談과 崇佛乞福의 怪話'라고 매도했으며, 당시 유행하는 신소설 역시 '誨淫을 注旨'로 삼는 폐해에 빠져 있다고 질책했다. 그러면서 그는 소설 양식 특유의 감화력을 십분 살려 국민에게 '신사상'을 주입하는 작품들이 나오기를 대망했다. 애국계몽운동의 주창자들이 저술한 역사전기류의 작품들이 과연 신채호 자신의 희구한 진정한 신소설의 이상에 얼마나 합치되는가는 논란의 여지가 많은 문제이다. 그러나 역사전기 문학이 국문소설의 새로운 형태를 수립하기 위한 개화기 문인들 공동의 노력이라는 맥락 속에서 일정한 의의를 지닌다는 것은 부정할 수 없다. 이러한 의의는 아마도 1920, 30년대에 등장하는 역사소설과의 연관 속에서 보다 분명하게 나타날 것이다.

연대기 소설

E. 뮤어가 플롯을 중심으로 분류한 소설 유형의 하나로, 인생 자체가 포괄적으로 드러난 일련의 소설들을 지칭하는 개념. 뮤어는 소설을 플롯에 따라 크게 성격소설, 극적 소설, 연대기 소설로 구분하고 있는데, 이들을 구분하는 결정적인 기준이 되는 것은 소설에서의 시간과 공간이다. 성격소설은 공간을 무대로 주인공의 다양한 성격이 묘사되면서 스토리가 전개되는 소설 형식이며, 극적 소설은 시간을 중

심으로 일련의 사건이 집중적이고도 인과적으로 나타나는 소설을 가리킨다. 그리고 연대기 소설은 시간을 중심으로 넓은 공간에 걸쳐 탄생 · 성장 · 죽음이 반복되는 인생의 순환 과정을 보여주는 소설이다. 여기서 시간은 주인공의 일대에 한정된 것이 아니라 여러 세대에 걸쳐 반복되는 순환적 시간이다. 이렇듯 연대기 소설에서는 여러 세대에 걸친 시간의 흐름을 통해 사건들은 만화경적으로 제시된다.

연대기 소설에서 사건들 사이의 관계는 인과적이고 유기적으로 조직되고 발전된 것이 아니다. 사건들은 긴밀하고 논리적으로 제시되기보다는 허술하게 연결된 일련의 에피소드들의 집적물로서 제시된다. 따라서 여기에는 우연성이 많이 나타나게 되는데, 그것이 가장 두드러지게 나타나는 것이 바로 인간의 죽음에 대한 장면에서이다. 극적 소설에서의 주인공들이 '꼭 죽어야 할 때 죽는' 것과는 달리 연대기 소설에서의 인물들은 스토리 전개 과정에서 우연하고도 극적인 죽음을 맞게 된다. 에이허브 선장(멜빌의 『백경』)이나 캐서린 언쇼(에밀리 브론테의 『폭풍의 언덕』) 등이 그들을 위해 마련해놓은 필연적이고도 논리적인 플롯의 단계에서 퇴장하는 것과는 달리, 톨스토이의 『전쟁과 평화』(이 작품을 뮤어는 연대기 소설의 전형적인 작품으로 보고 있다)에서 안드레이 공작은 자신의 미래를 설계하고 어떻게 살아야겠다는 구체적인 결단을 내리는 순간에 우연히 죽게 된다. 여기서 보듯 연대기 소설에서 작중인물의 죽음은 사건의 극적인 계기가 아니라, '탄생과 성장, 죽음 그리고 다시 탄생'한다는 영원한 순환 과정의 한 부분으로 그려진다. 따라서 이야기의 시간은 이야기가 끝난 후에도 계속해서 흐르게 되고, 그 시간의 흐름 속에서 계속해서 나타나는 또 다른 인물과 사건들을 독자들은 만나게 된다. 연대기 소설은 그러므로 인생의 단면이나 전모를 압축되고 극화된 모습으로 보여주는 데는 대개 이르지 못한다. 대신 연대기 소설은 삶의 구도를 장강의 흐름과도 같은 유장한 리듬 속에 포괄적으로 담아낸다는 장점을 가진다.

연애소설(戀愛小說)

연애소설이란 남녀간의 애정의 우여곡절이 이야기의 주된 골격을 이루는 소설 일반을 가리킨다. 그러나 이것은 일정한 장르적 기준에 의거한 분류라고 보기는 어려우며, 양식화된 개념은 더더욱 아니다. 무엇보다도 모든 소설은 보기에 따라서는 연애담이라고 할 수도 있다. 예외가 없는 것은 아니지만 모든 소설에는 남성 인물과 여성 인물이 등장하며 그들은 필경 다양한 모양의 애정과 갈등 관계로 얽혀지게 마련이기 때문이다. 그러나 연애의 특수한 현상에 착목한다면 연애소설을 이야기의 특수 현상으로 부각시키는 일이 불가능한 것처럼 보이지는 않는다.

연애란 무엇인가. 그것은 불가항력적인 이끌림에 사로잡힌 남녀가 서로를 동경하고 갈구하는 열렬한 관계의 양상을 가리킨다. 당사자들이 의식하든 의식하지 못하든, 이 이끌림의 원천이 성욕이라는 사실은 분명하다. 그러나 대개의 경우 연애의 과정에서 남녀는 순결한 정서적 자력에 의해 묶여지게 마련이며 성욕의 직접적인 충족은 오히려 기피되거나 보류되는 법이다. 따라서 연애란 남녀가 빈번한 성의 교환 관계로 발전하기 전의 단계인 셈이며 그런 점에서 성교는 연애의 완성이자 연애의 소멸, 또는 연애의 쇠퇴 과정이라고 할 수 있다. 말하자면 연애소설이란 이처럼 특수한 남녀간의 이끌림과 그로부터 연유되는 관계의 발전 과정에 이야기의 초점이 두어지는 소설이라고 규정해도 좋겠다. 연애소설의 고전적인 전형이라고 할 수 있는『젊은 베르테르의 슬픔』이나『폭풍의 언덕』에서 주인물들이 갈망하는 이성과의 성교에는 이르지 못한다는 사실을 하나의 시사로 삼을 수 있겠다. 이 같은 설명과 사례의 제시는 남녀간의 애정을 문제 삼는 여타의 이야기의 현상—호색소설이나 색정소설과 연애소설을 구분케 해주는 근거가 될 수도 있을 것이다.

주지하듯이 연애소설의 기원은 흔히 중세의 로망스에서 찾아진다.

그리고 서양의 이야기 문학사에서 연애소설이 싹트고 발전해온 데에는 여성 숭배 사상이라는 독특한 문화적 배경이 도사리고 있다는 사실도 널리 지적되는 바와 같다. 그러나 시대가 변천하면서 연애담은 소설의 중심 줄기로부터 밀려나기 시작하며 20세기의 본격소설에 이르러서는 연애담은 거의 고사(枯死)했다. 다만 남녀간의 애정의 양상은 대중의 불건전한 성향과 영합하려는 통속소설 속에 난잡하고 타락한 모습으로 담겨지고 있을 뿐이다. 서양 소설사에서 순수한 연애소설의 효시는 흔히 라 파예트 부인에 의해 17세기에 씌어진『클레브 공작 부인』이라는 것이 통념화되어 있다. 앞서 예를 든 괴테와 에밀리 브론테의 소설을 위시해서 스탕달의『적과 흑』, 샬럿 브론테의『제인 에어』, 하디의『테스』, 도스토옙스키의『가난한 사람들』 등도 모두 연애소설이라는 명칭에 부합됨직한 소설들이다.

우리의 이야기 문학사의 중심 줄기를 이루는 것도 연애담이라고 할 수 있겠다. 흔히 염정소설(艶情小說)이라고 불리는 우리의 연애담의 백미는『춘향전(春香傳)』이지만,『영영전(英英傳)』『숙영낭자전(淑英娘子傳)』『옥단춘전(玉丹春傳)』『운영전(雲英傳)』 등은 모두 이 부류에 드는 전대의 이야기 문학들이다. 이처럼 연애담이 줄기를 이루는 우리의 전대 이야기 문학의 전통을 계승한 것이 이광수이다. 그의 대부분의 소설들은 일종의 연애소설이며 특히 그의『사랑』은 순결한 연애의 정서에 의해 지배되고 있는 소설의 극적인 보기이다. 그러나 1930년대 이후 연애소설은 통속화의 경향에 흐르기 시작하며, 김말봉의『찔레꽃』, 박화성의『사랑』, 박계주의『순애보』, 김내성의『청춘극장』 등이 그런 소설의 예들이다. 이러한 경향의 선상에 놓일 법한 소설로 1970년대에 씌어진 최인호의『별들의 고향』이 있으며, 이문열의『레테의 연가』 등도 상업적 성공을 거둔 연애소설의 하나로 꼽힘직하다.

연작소설(roman-cycle)

독립된 완결 구조를 갖는 일군의 소설들이 일정한 내적 연관을 지니면서 연쇄적으로 묶여 있는 소설 유형을 가리킨다. 우리나라의 경우, 연쇄적인 관계를 이루는 일군의 소설들은 대개 단편소설들이지만, 발자크의 『인간희극 *La Comédie Humaine*』이나 에밀 졸라의 『루공 마카르 총서』는 장편소설들로 이루어진 연작소설이다. 장편소설과는 달리 연작소설은 연작을 이루는 각 작품들이 각각의 독립된 제목과 이야기 구조를 가지고 있으며, 그 자체로서도 작품으로서의 독립성과 자립성을 지니게 된다. 그러나 각 작품에서 작중인물들은 그 일부 또는 전부가 중복되어 나타나는 경우가 많으며, 대부분 한 작품에서 주변적 역할을 맡은 인물이 다른 작품에서는 주인물로 나타나는 형태를 취하고 있다. 예를 들어 은강이라는 가상의 장소를 배경으로 한 조세희의 『난장이가 쏘아올린 작은 공』이나, 원미동이라는 동일한 공간적 배경을 취하고 있는 양귀자의 『원미동 사람들』 연작, 이문구의 『우리 동네』 연작 등은 그 동일한 공간 속에서 살아가는 인물들을 차례로 각 이야기의 주인공으로 등장시킴으로써, 인간의 삶과 그 관계 양상을 다각적으로 조명할 수 있는 이점을 보여주고 있다.

그러나 이와는 달리 각 작품이 완전히 다른 인물들과 공간적 배경을 취하고 있으며, 이야기 구조 자체만으로는 표면상 어떠한 내적 연관도 없는 것처럼 보이는 연작소설들도 있다. 이 경우 자립적이며 독립적인 작품들의 개별성을 뛰어넘어 그 작품들을 연관성의 유대로 묶어주는 것은 제재나 주제상의 동일성이다.

연장(stretch)

현대 서사 이론에서 다루고 있는 시간 개념 중의 하나. 특히 서술상의 시간(담론상의 시간)과 이야기 자체가 진행되는 시간(이야기의 시간—사건들 자체가 지속되는 시간)과의 여러 관계를 뜻하는 **지속**(duration) 개념 가운데 하나이다. 연장은 서술의 속도를 늦추는 것이다. 즉 담론-시간이 이야기-시간보다 긴 경우에 해당하며, 영화 기법의 '슬로모션'이나 '오버랩', '반복 편집' 등과 같은 것으로 보면 무방하다. 대체로 짧은 순간의 사건을 길게 표현하는 경우이다.

극히 짧은 일순간을 연장시켜 표현하는 실례는 얼마든지 찾아볼 수 있다. 이를테면 "그녀는 갑자기 다가왔다. 풀잎을 스치는 바람과 같이 부드럽게, 그리고 휘파람 소리를 내듯 날카롭게 지나갔다. 은하가 쓸고 지나간 것처럼 상쾌하면서도 어쩐지 나의 몸은 불붙은 푸른 담요처럼 발 디딜 곳 없는 허공 중에 펄럭이는 것만 같았다. 보랏빛 하늘 꼭대기까지 날아올랐다가 나는 떨어졌다. 첫 입맞춤이었다"라는 서술에서 실제의 사건이 일어나고 있는 시간(story-time)은 극히 짧은 순간이지만 이야기가 서술되고 있는 시간(discourse-time)은 그보다 훨씬 연장되는 것이다. 앰브로즈 비어스의 『아울크리크 다리에서 생긴 일』도 연장 수법의 고전적인 예로 곧잘 인용되는 작품이다. 이 작품에서 스파이 활동으로 교수형에 처해질 주인공인 페이든 파쿼가 사형집행인으로부터 도망치는 꿈을 꾼다. 결박을 풀고, 총탄이 빗발치듯 쏟아지는 가운데 뗏목으로 헤엄쳐서 뭍에 오른 다음 집에 도착할 때까지 수마일을 달려간다. 그가 그의 아내를 안으려 할 때 "대포 터지는 듯한 소리와 함께 눈부신 하얀 빛이 그의 앞에서 활활 타올랐다—그리곤 모든 것이 어둡고 조용했다. 페이든 파쿼는 죽은 것이다. 그의 몸은 잘려진 목과 함께 나란히 아울크리크 철교의 기둥 아래에서 부드럽게 출렁거리고 있었다." 여기에서 무수한 단어들로 이루어진 주인공의 꿈은 의식의 극히 짧은 일순간에 일어난 일에 지나지 않는다. 즉 이야기-사건 자체는 짧은 순간에 일어나지만, 그것을 표현하는 담론-시간은 길게 늘어나는 것이다.

에이젠슈타인의 〈전함 포템킨〉은 영화에서의 연장의 수법을 잘 보여주는 대표적 사례이다. 이 영화의 백미는 군인들이 쳐들어오는 모습을 보여주는 유명한 오데사 계단 장면이다. 이 장면에서 거의 정지 상태에 가까울 정도로 천천히 돌아가는 화면 때문에 관객들은 거의 참기 어려울 지경에까지 이른다. 그러나 이러한 연장의 기법을 통해 에이젠슈타인이 노린 것은, 영화 관객들에게 빠른 시간에 일어난 군인들의 참혹한 살해의 현장을 느린 화면으로 보여줌으로써 그 참혹한 느낌을 관객들에게 극대화시켜 보여주려는 것이다. 연장의 기법이라고 하는 것은 이처럼 시간을 분해하고, 그 분해된 작은 단위에까지 세밀한 의미를 부여하려는 기법 수행자의 의도가 반영된 결과이다. **요약**과 **생략**의 기법이 사라진 시간에 대한 독자들의 상상력을 요구하는 서술 방략이라면, 연장이나 **휴지** 등은 작가의 상상력에 의해서 지배되는 시간의 세부를 볼 수 있는 경우이다.

이러한 연장의 수법은 **심리소설**이나 자연 묘사가 주를 이루는 **서정소설** 등에 비교적 많이 나타나며 극적 서술이나 **하드보일드 문체**에서는 대체로 사용되지 않는다. 이런 문체가 사용된 작품에서는 오히려 장면적 기법이 선호되는 편이다.

영웅(hero)과 반영웅(antihero)

문학의 주인공을 가리켜 영웅(hero)이라고 하는 것은 신화나 설화 등을 비롯한 고대의 서사물의 주인공들이 대개의 경우 범상한 사람보다 뛰어나고 영웅적인 자질을 지녔던 관습적 배경과 밀접한 관련이 있다. 저돌적이고 강하고 용감하고 계략에 능한, 따라서 자신에게 닥치는 모든 난관을 헤치고 나아가는 비상한 정신적 · 육체적 능력을 지닌 서사물의 영웅적 주인공들은 근대사회가 이루어지기 이전까지 인류의 역사와 더불어 매우 오랫동안 사랑을 받아온 인물 유형이다. 전통적인 서사 양식은 대개 이러한 영웅적 주인공들의 일대기를 서술하는 전기의 형태로 이루어져 있다. 영웅적 주인공들이 인간의 능력을 초월하는 초자연적이고 경이적인 힘을 가지고 그들의 모든 적대 세력을 물리치고 마침내 잃어버렸던 권력과 명예를 되찾거나, 행복한 결혼에 이르는 결말은 대부분의 전통적인 서사물들에서 공통된 이야기 구조를 이루고 있다.

루카치는 근대적인 서사 양식인 소설이 등장하기 이전의 서사시의 세계에 대해 기술하면서 서사시의 영웅적인 주인공은 엄격히 말한다면 단순한 개인이 아니라고 말한다. 서사시의 주인공은 개인의 운명이 아닌 공동체의 운명을 체현하는 인물이며, 따라서 그가 비범한 힘으로 고난을 헤쳐 나가는 이야기는 공동체적인 삶 전체의 이야기가 되는 것이다. 전통적인 서사물에서 주인공이 활약하는 공간은 개인적이고 일상화된 현실의 공간이 아니라 집단적이고 추상화된 당위의 공간이며, 여기에서 주인공의 운명은 집단의 운명과 단단하게 연결되어 있다. 따라서 영웅적 주인공은 그가 속한 사회의 보편적인 가치 규범을 보증하고 그 가치 규범에 대해 위협적인 모든 세력들과 싸우는 사회 내적 존재이다. 그가 부여받은 초자연적인 힘은 개인을 넘어서는 공동체적인 이념이 서사 양식을 통해서 극적이며 상징적인 형태로 구현된 것이다.

그러나 근대사회의 태동과 더불어 개인에 대한 집단의 이념적인 결속력이 약화되고, 개인의 삶을 이끌어갈 보편적인 가치 규범이 사라지거나 허구화되어가면서 영웅적인 주인공의 유형은 그 현실적인 기반을 상실하게 되었다. 특히 영웅적인 주인공의 소멸은 대표적인 근대적 서사 양식인 소설에 이르러 뚜렷하게 되었는데, 자신에게 닥친 시련이나 주변의 상황 앞에서 비범한 능력을 발휘하는 영웅적인 주인공 대신에 끊임없이 주저하고 망설이면서 하찮거나 비열한, 혹은 소심하고 무기력한 모습으로 대처하는 새로운 주인공의 유형이 등장하게 된 것이다. 반영웅(antihero) 혹은 비영웅(non hero)이라고 불리는 이러한 주인공은 자신에게 다가오는 운명과의 대결에서 실패할 소질이 부여된 인물로서 대개의 경우 **문제적 주인공**으로 등장한다.

반영웅적 주인공들의 등장은 전통적인 가치 규범의 상실과 더불어 소설이 추상적이고 공동체적인 가치 규범보다는 개개인의 세속적이고 일상화된 경험적 현실을 중시하게 되었다는 사실과 깊은 관련을 맺고 있다. 이와 같은 변화된 상황을 둘러싸고 있는 대표적인 요인들로 지적할 수 있는 것은 대략 다음의 세 가지 정도라고 할 수 있다. 그 하나는 자본주의의 진행과 더불어 개인주의적인 시민사회가 자리 잡아가면서 집단의 운명보다 개인적인 삶의 굴곡이 사회 구성원들의 보다 주요한 관심의 영역으로 자리 잡기 시작했다는 것이다. 전통적인 가치관이 무너지고 삶의 양식이 파편화된 세계에서 개인들의 가치 추구와 자아 실현의 이야기는 모순과 갈등으로 가득 찬 내적인 자기 분열의 양상을 띠게 되고, 소설의 주인공은 세계와의 긍정적인 내적 통합의 자리에서 소외와 의혹의 자리로 떠밀리게 되는 것이다. 따라서 영웅적인 주인공들의 싸움은 외부적인 적들과의 싸움이었지만 반영웅적 주인공들에게 싸움은 주로 그들의 모순된 의식의 내부에서 벌어지게 된 것이다.

상황 변화의 또 다른 요인은 작가의 위상 변화와 관련되어 있다. 왕족이나 귀족들의 의한 후원 제도가 사라지고 인쇄업의 발달이나 교육 수준의 향상으로 인한 독서 인구의 증가와 더불어 불특정 다수의 일반 독자들을 상대로 소설을 쓰게 된 작가들은 독자들의 관심을 끌기 위해서 그들에게 친숙한 삶의 영역을 소설의 공간 속으로 끌어들일 필요가 있었다. 독자들의 세속적이고 경험적인 관심사들을 다루기 위해서 작가들은 세속적인 유형의 인물들을 소설의 주인공으로 내세우게 된 것이다. 독자들은 소설을 통해서 그들 자신과 비슷한 꿈을 지니고 비슷한 유형의 좌절과 갈등을 겪는 어리석고 탐욕스러우면서도 사랑스럽고 겁이 많은 범속하고 평균적인, 혹은 평균적인 삶에도 미치지 못하는 하찮고 보잘것없는 인생들을 만나게 된다.

사실주의의 등장은 소설에서 반영웅적 주인공들이 보편적인 주인공의 유형으로 자리 잡는 데 또 다른 주요한 계기가 되었다. 문학이 오랫동안 외면해왔던 일상에서의 구체적인 경험적 현실을 적극적으로 소설의 무대로 끌어들이면서 사실주의는 개개인의 행동 양식을 결정하는 요소로서 도덕적이고 규범화된 동기보다는 경제적이고 현실적인 동기를 중시했다. 사실주의는 인간의 경험 양식에 숭고함과 비천함이라는 질적인 차등을 부여하는 규범화되고 양식화된 오랜 전통을 벗어나, 소설로 하여금 개인의 비속한 욕망과 감각적 체험들로 이루어진 현실에 대한 사실적이고 세부적인 묘사에 몰두하게 한다. 따라서 사실주의적인 작품에서 중요한 것은 추상화되고 양식화된 규범보다는 개개인의 삶에 대한 충실한 묘사이다.

반영웅적 주인공들은 지극히 범속하고 나약한 개인들이지만, 일반적으로 삶과 세계의 모순과 부조리에 대한 인식에서 그들을 둘러싸고 있는 사람들보다 더 민감하다. 그들은 그 민감함 때문에 더 많은 상처와 고통을 겪으며, 일상적인 삶의 공간 속에서 빈번히 소외감을 체험하거나 심한 경우 범죄자나 광인의 모습으로 나타나기도 한다. 그들은 종종 그들이 지닌 이상과 현실의 괴리 가운데서 갈등을 겪거나 파멸하며, 반영웅적 주인공들이 종종 문제적 주인공의 유형을 지니는 것도 이 때문이다. 그러나 반영웅적 주인공은 문제적 주인공보다 더 포괄적인 개념이다. 문제적 주인공이 진정한 가치 추구와 관련된 가치 지향적인 개념이라면 반영웅적인 주인공은 단지 주인공들의 유형 그 자체만을 가리키는 개념이기 때문이다. 따라서 반영웅적 주인공이 모두 문제적 주인공의 특성을 지니는 것은 아니다.

반영웅적 주인공에 해당하는 초기의 예로는 『돈 키호테』의 주인공이 있으며, 『율리시스』의 레오폴드 블룸, 『이방인』의 뫼르소, 『감정교육』의 프레데릭, 그리고 그레이엄 그린의 많은 소설들에 등장하는 주요 남성 주인공들 역시 반영웅들이다. 그 외에도 플로베르의 엠마 보바리 등 무수히 많은 예가 있다. 한국 소설에서도 이러한 유형의 주인공의 예는 많다. 손창섭, 김승옥, 이청준의 단편소설에 등장하는 여러 주인공들, 『난장이가 쏘아올린 작은 공』의 난쟁이 등은 그러한 주인공들의 극히 소수의 예에 불과하다.

영웅소설(英雄小說)

평범한 사람과는 다른 초월적 능력, 요컨대 비범함을 구비한 영웅의 일대기를 그린 소설을 말한다.

영웅은 **신화**, **전설**, **민담**, 고대 서사시 등 다양한 서사문학 속에서 자주 발견된다. 이들 서사문학에서 영웅은 사회집단의 대표자로서 자신이 소유한 비범함을 통해 세계와 대결하여 거기서 승리하는 신화적 인물이다. 신화의 체계는 제임스 조지 프레이저(James George Frazer)에 의하면 자연계를 설명하려는 원초적인 노력으로 정의된다. 그리고 에밀 뒤르켐(Émile Durkheim)은 신화를 개인이 집단에 귀속되도록 한 비유적인 가르침의 보고라고 말한다. 따라서 영웅은 이 같은 신화적 속성에 수반되는 초자연성과 비범한 능력을 통해 사회와 국가를 대표하는 성격을 갖추고 있다.

서구의 경우 호메로스의 『일리아스』 『오디세이』에서 발원하고 있는 영웅은, 조지프 캠벨에 따르면 "일상적 세계에서 초자연적인 경이의 세계로 모험을 떠나 엄청난 세력을 만나고 그것과 대결하여 결정적인 승리를 거두어 동료와 사회집단에 이익이 되는 힘을 얻어 귀환하는 존재"이다.

이 같은 영웅의 인물적 특성은 우리 소설의 경우 '일생의 유형'을 지니고 있다(조동일, 「영웅의 일생, 그 문학사적 전개」, 『동아문화』, 1971. 10). 영웅은 ① 고귀한 혈통을 지니고 있으며, ② 잉태와 출생 과정이 비정상적이다. ③ 그는 탁월한 능력을 소유하면서 탄생하며,

④ 어린 시절에 버려지거나 혹은 난관에 봉착하게 된다. ⑤ 이때 구출자나 양육자(혹은 조력자)의 도움으로 성장하며, ⑥ 자라서 새로운 위기를 당한다. ⑦ 그는 이 위기를 극복하고 승리자가 된다. 이 같은 영웅의 일생은 신화(예컨대 주몽 신화)에서부터 서사무가(「바리데기 공주」가 대표적이다)로 전승되다가 소설 속의 유형적 서사 구조의 하나로 자리 잡는다고 할 수 있다. 조동일에 의하면 좁은 의미에서의 영웅소설은 『홍길동전』에서 시작되어 『숙향전』『소대성전』『구운몽』『유충렬전』『조웅전』『장풍운전』 등 조선조 소설의 한 부류로 성립된 것을 가리키지만, 넓은 의미에서는 일부 판소리계 소설과 신소설에까지 적용시킬 수 있다고 본다. 이러한 점은 영웅소설이 후대의 소설에 암암리에 많은 영향을 미쳤다는 점을 말해준다.

우리 문학에서의 영웅소설 역시 그 원천이 신화로부터 시작되고 있다는 점은 예외일 수 없다. 신화적 영웅은 설화로 옮겨오면서 초자연성은 희석되지만 그의 비범성은 서사적 골격을 갖추게 된다. 이 같은 서사적 골격은 다시 작가들에 의해 소설 속의 영웅으로 재현되는 것이다. 조동일은 영웅소설의 원형 한 가지를 신화에 기원을 둔 서사무가 속에서 확인한 바 있다. 그러나 조선시대의 영웅소설은 임병 양란이라는 사회적 충격이 그 중요한 계기가 되어 발전했다고 할 수 있다. 외침을 극복하고 민족의 위신을 재정립한 무장, 의병들의 이야기를 다룬 조선시대의 영웅소설은 양란으로 훼손된 민족적 자긍심을, 비범성을 갖춘 영웅적 개인을 통해 치유받는 측면이 강하다.

또한 영웅소설은 그 인물의 특성에 따라 발생 시기를 추정해볼 수 있다. 작가가 대부분 익명이라는 점 때문에, 영웅소설의 변천 과정은 추론에 어려움이 있으나 대체로 다음과 같은 특징을 지니고 있다. 비교적 초기의 소설에는 초자연적 힘을 구사하고 천상계와 관련을 맺고 있는 신화적 인물이 등장하지만, 후기 영웅소설의 주인공은 세속적인 세계에서의 활약을 보여준다. 중간적 형태에 속하는 영웅소설은 이 두 가지 요소가 혼재된 인물 형태를 가지고 있다. 『조웅전』은 판본의 다양함으로 인해 이 같은 분석에 도움을 주는데, 인물의 양상이 후대에 올수록 잔인한 활약상이 강조되고 흥미 요소가 부가되어가는 변화를 보여준다.

예비 서술(exposition)

서사물에서 이야기의 고유한 행위가 시작되기 전에 있었던 인물들과 사건들에 대한 필수적인 정보를 제공해주는 서술 부분을 의미한다. 이러한 서술은 매우 설명적인 것이며, 전통적으로 예비 서술은 요약의 방식으로 행해진다. 19세기 유럽의 소설들은 전형적으로 이러한 요약을 소설의 맨 처음에 일괄해서 제시한다. 제인 오스틴의 『에마』의 발단 부분을 이루는 "멋있고, 영리하고, 부유하며, 커다란 집과 낙천적인 성격을 가지고 있는 에마 우드하우스는 일생의 가장 커다란 은총들을 합쳐놓은 사람처럼 보였다"와 같은 구절이 그러한 전형적인 예이다. 이러한 '일관된 요약'의 관습은 최근의 소설 이론가들에 의해 의문시되어가고 있다. 즉 예비 서술은 현대소설에 오면서 점차 사건의 전개 자체 속에서 흡수되거나, 혹은 진행 과정에서 플래시백으로 처리되는 경향이 강해진다.

예술가 소설(künstlerroman)

예술가 소설이란 한 사람의 소설가 혹은 예술가가 삶의 여정을 통하여 예술가로서 성장해나가는 과정을 둘러싸고 벌어지는 고유한 갈등의 상황을 형상화하는 소설 양식이다. 한 인물이 겪는 내면적 갈등과 정신적 성장, 자신을 둘러싼 세계에 대한 각성의 과정을 서사의 대상으로 삼는다는 점에서 이 양식은 **교양소설**(Bildungsroman)의 유형에 포함된다.

예술가 소설에 나타나는 주요한 갈등의 양상은 한 사람의 예술가가 경험하게 되는 현실과 자신의 예술적 이상 사이의 어긋남이다.「독일 예술가 소설의 의의」에서 허버트 마르쿠제(Herbert Marcuse)가 강조하고 있는 것도 '생활 형식을 둘러싼 예술가의 투쟁'에 관한 것이다. 예술가가 자신의 개성이 바라는 고유한 생활에 대한 요구를 지니고 환경 속으로 들어설 때, 그는 이상과 현실, 예술과 생활, 주관과 객관이 대립된 채 분리되어 있는 문화의 저주를 경험한다. 그는 환경의 생활 형식과 그 제한성 속에서 아무런 충족도 발견하지 못하고, 그의 본질과 동경 역시 그것들에 동화되지 못한다. 그는 고독하게 현실과 맞선다. 예술가로서 그의 안에는 이상과 그 실현에 대한 형이상학적 동경이 깃들어 있지만, 그는 현실과 이상 간의 거리를 인식하고 그 생활 형식들의 왜소함과 공허함을 꿰뚫어 본다. 그리고 이러한 인식이 그로 하여금 그런 것들 속에서 자신을 개방하는 일을 불가능하게 만든다. 이러한 분열로부터 예술가는 뛰쳐나와야 한다. 그는 파멸을 새로운 통일로 묶고, 정신과 감성, 예술과 생활, 예술가됨과 환경의 온갖 대립을 결합시키는 생활 형식을 이룩하기 위해 노력하지 않으면 안 된다. 이러한 문제를 해결해나가는 과정에서 그는 예술가로서의 고유한 사명과 사회에 대한 태도를 자각하게 되고, 예술가 자신의 창작의 본질에 관한 질문을 던지게 된다. 이러한 예술가들의 노력과 고투의 기록이 예술가 소설의 주요한 줄기를 이룬다.

예술가 소설은 교양소설과 마찬가지로 독일 문학권에서 처음으로 발달하고 그 성격이 규정된 것이지만, 한 사람의 예술가가 경험하는 삶의 문제를 다루는 것은 문학에 내재한 보편적이고도 근본적인 서사의 욕구이기 때문에, 여타의 문학권에서도 이러한 유형의 작품들이 적지 않게 발견된다. 조이스의『젊은 예술가의 초상』, 토마스 만의『토니오 크뢰거』, 지드의『위폐범들』, 프루스트의『잃어버린 시간을 찾아서』 등이 이 유형에 포함될 수 있는 작품들이다. 우리 소설로는 박태원의「소설가 구보씨의 일일」, 김동인의「광화사」, 이문열의「금시조」 등이 있다.

앞에서 언급한 바와 같이 예술가 소설은 고유한 생활 형식의 대표자로서의 예술가를 그 주인공으로 삼는다. 본질적으로 더 이상 주변의 생활 형식과 일치하지 않는 자기 자신만의 생활 형식의 대표자로서의 예술가로 스스로를 형성해나가는 주인공의 모습을 박태원의「소설가 구보씨의 일일」을 통해 볼 수 있다.

구보의 생활 형식은 거리 산책과 창작으로 특징지어진다. 그의 생활양식은 직업과 아내로 대표되는 일상적인 삶의 양식과 대립하고 있다. 주변의 생활 세계로부터 분리되어 있는 자신의 모습을 발견하는 구보는 거리를 산책하면서 고독을 느낀다. 그가 느끼는 고독이란, 자신을 주변 세계로부터 분리하여 개체화된 자기를 형성해나가는 자가 피할 수 없는 고립의 산물이다. 그는 거리를 배회하면서 자신의 행복에 관한 욕망에 대해 끊임없이 생각을 이어나간다. 다방에서 만나 문학을 논하던 벗과 거리로 나왔을 때, 저녁을 먹기 위해서 집으로 가겠다는 벗에게서 구보는 '생활을 가진 자'의 모습을 본다. 그러나 집으로 상징되는 생활 세계는 그에게 행복을 약속하는 것이 아니다. 그에게 집이란, 무덤과 다를 바 없는 것이다.

구보가 거리에서 고독을 느낀다는 사실은 현실의 거리가 자아 형성을 위한 토대가 되어주지 못한다는 것을 의미한다. 현실은 구보가 예술가로서의 자아를 실현하는 데에 도움이 되지 못하는 것이다. 거리의 산책을 통해 그가 발견하고 추구하게 되는 것은, 결국 사회적 현실의 가치에 대한 문제가 아니라, 자기 내면의 공간을 앎으로써 자아를 미학적으로 구성하는 것이다. 일상적 삶의 세계와 화해하지 못하고 거리에서 고독을 느끼는 구보가 스스로 찾아 헤매던 행복에의 길을 발견하는 것은 과거의 충만했던 시간을 떠올리면서부터이다. 그는 동경에서 만났던 옛 애인에 대한 회상을 통해 그것이 존재의 본질에 가까이 갈 수 있는 결정적인 체험이었음을 인식하게 된다. 그리고 이러한 인식을 통해서 그는 삶과 예술의 대립을 결합시키는 자신만의 고유한 생활 형식으로 '글쓰기'라는 공간을 발견하게 되는 것이다. 구보가 "이제 나는 생활을 가지리라, 내게는 한 개의 생활을, 어머니에게는 편안한 잠을"이라고 다짐하며, "내일부터 내 집에 있겠소, 창작하겠소"라고 벗에게 말하는 소설의 결말은, 그가 삶과 예술의 분리를 극복하는 과정을 여실하게 보여주고 있다. 이처럼 한 사람의 소설가 또는 예술가가 현실과 자신의 예술적 이상 사이에서 갈등하다가 예술가로서의 자아 인식에 도달하는 과정을 보여주는 것이 예술가 소설의 주요한 특질임을「소설가 구보씨의 일일」을 통하여 확인할 수 있다.

외설문학(pornography)

육욕의 체험을 적나라하게 묘사함으로써 독자들의 충동적인 기대와 호기심에 영합하고자 씌어지는 문학 일반을 가리킨다. 관능과 감각적 가치에 탐닉하고자 하는 대중의 무반성적인 삶의 경향에 편승하고 있다는 점에서 외설문학은 통속문학의 한 부류라고 할 수 있겠다.

리비도가 인간의 보편적이며 근원적인 심리 충동의 한 가지 양상이라는 사실을 지적하는 것은 새삼스러울 것도 없는 일이다. 그러나 이 같은 사실의 확인은 문학, 특히 소설이 예외 없이 성적 체험과 성적 정서를 문제 삼게 되는 연유를 통찰하는 데는 도움이 된다. 소설은 인간 경험을 총체적으로 조망하고 인식해내는 것을 이상으로 삼는 문학의 형식이다. 그리고 성적 체험이 인간 경험의 주요하면서도 간과할 수 없는 영역을 이룬다는 것은 부정될 여지가 없는 사실이다. 지적된 두 가지 사실은 인간 경험의 여타의 국면들과 마찬가지로 성의 경험이 소설에 수용되는 것이 자연스러운 일일 뿐만 아니라 불가피한 일이기도 하다는 사정을 납득시켜준다. 실제로 성적 체험과 성적 정서를 문제 삼지 않은 소설은 없다고 보아도 좋다.

그러나 소설이 성을 문제 삼는 목적과 양상은 동일하지 않다. 독자들의 불건전한 심리 성향에 영합하기 위해 소모적이며 향락적인 모습으로 성이 묘사되는 소설이 있는 반면에 세계 경험의 참다운 전모를 생생히 드러내기 위해 진지하고 반성적인 성찰의 결과로서 성을 문제 삼는 소설도 있다. 물론 성에 대한 어떤 문학적 표현이 외설적이냐 아니냐를 판별하는 것은 어렵고도 미묘한 문제이다. 판단 자체가 지극히 주관적인 것일 뿐 아니라 그 판단은 한 시대의 지배적인 도덕적 경향과 관습에 따라 좌우될 수밖에 없기 때문이다. 오늘날 누구도 그것을 외설문학이라고 보지 않는 소설들—조이스의『율리시스』나 로렌스의『채털리 부인의 사랑』등이 도덕적 지탄의 대상이 되고 법정의 시빗거리가 되기도 했던 사실은 이 같은 판단의 어려움과 미묘함을 잘 입증해주는 사례이다. 우리의 이광수나 정비석 등의 신문 연재소설이 사회적으로 논란을 불러일으켰던 것도 똑같은 경우일 것은 물론이다.

분명히 오늘에 이르러 독자들의 성에 대한 도덕적 입장은 진취적인 것이 되었고 개방화되었다. 그 결과 문학적 표현이 오랫동안 지켜왔던 금기—성적 언어의 직접적인 동원과 성행위의 직접적인 묘사를 피한다—는 현대의 소설에서는 깨어졌다. 이러한 사정으로 해서 오늘날 외설문학을 판별하는 것은 한층 난감한 일이 된 것처럼 보인다.

그러나 똑같이 적나라한 성의 묘사를 보이고 있다고 하더라도 그것이 문학작품의 심미적 구도를 완성하기 위한 불가피한 결과인지 단순히 야비하고 이기적인 의도의 결과인지를 판별하려는 노력이 포기되는 것은 바람직하지 않다.

요컨대 외설문학은 성의 공공연하고 노골적인 묘사가 작가의 상업적 동기와 결탁한 결과로 이루어진 문학, 혹은 성적 체험의 감각적이고 관능적인 측면만이 부각되어 독자들의 향락적인 삶의 경향을 부추기는 데 봉사하고 있는 문학으로 흔히 간주된다.

서구 비평은 외설문학을 크게 두 가지 부류로 나눈다.

하나는 에로티카(春畵, erotica)라고 불리는 것으로 이성 간 연애의 육욕적인 측면을 주로 묘사하는 문학을 가리킨다. 그리고 이러한 문학의 전형적인 예로는 카사노바의 『회고록 *Memoires*』이 들어지곤 한다.

다른 하나는 이그조티카(異國風, exotica)이며 이 유형의 특징은 비정상적이거나 변태적인 성행위를 주로 문제 삼는다는 데 있다. 즉 이그조티카는 가학성 음란증, 물품 음욕증(fetishism), 관음증(voyeurism), 자기애(narcissism), 동성애 따위를 주로 다루는 외설문학을 가리킨다. 사드의 『쥐스틴』이나 『소돔 120일』 따위가 이런 유형의 외설담이다.

문학이 상품적 가치로 매개되는 현대의 자본주의 사회에서 독자들의 피상적인 기대와 욕구에 영합하려 함으로써 경제적 이익을 도모하려는 외설문학은 날로 양산되고 있는 것이 현실이다. 그리하여 그 공급의 과잉과 범람은 인간 경험의 진지하면서도 반성적인 체험의 형식으로서의 소설의 존재 방식을 위협하는 데까지 이르렀다. 이것이 단순히 문학적인 위협이며 위기라고만 생각한다면 그것은 통찰을 결한 판단이다. 성의 솔직하고 사실적인 묘사가 나름의 사회적 기능과 풍습의 재현이라는 의의를 가진다는 사실까지가 부정되어서는 안 된다. 그러나 그것이 미치는 광범위한 도덕적 · 문화적 파급효과를 감안한다면 문학의 외설은 적정한 수준에서 조정되고 제한시켜야 할 책무를 그 문학이 속한 사회 문화적 구성체는 항상 짊어지고 있다.

우연의 일치(coincidence)

사건들 사이의 인과적 관계나 필연적인 상관성 없이 사건의 양상과 인물들의 행위가 결정되고 변화되도록 하는 이야기 전개 방식. 연관성이 없는 사건들이 동시에 발생한다든가, 단순히 흥미를 위주로 한 이야기 진행의 편의를 도모하거나, 이야기의 통속적인 얽어짜기를 위해 어떤 등장인물들이 어느 장소에서 어느 특정한 시간에 사건적인 필연성 없이 서로 만나게 된다든가 하는 것이 그 예이다. 따라서 우연의 일치는 이야기의 논리성과 긴밀한 구성을 추구하는 소설에서는 환영받지 못하는 서술적 장치이다. 그러나 이 방법은 치밀한 논리성이 없이도 사건을 꾸미는 데 편리하기 때문에 작가들에 의해서 종종 자의적으로 사용되기도 한다. 흔히 설화나 고전소설에서 자주 볼 수 있는 우연의 일치는 비합리적이고 초자연적인 세계관의 반영의 일단으로 소설이 추구하는 리얼리티에서 크게 벗어난, 허황되고 신비적인 분위기를 만들어내는 기능을 한다. 현대의 작가들은 예술적 완성도를 해친다는 이유로 우연의 일치의 남발을 경계한다.

이광수의『무정』속에 보이는 형식과 영채의 7년 만의 돌발적인 조우 또는 소경의 죽음으로 인해 엎어진 벼루에서 튄 먹물이 미인도의 눈동자를 만들게 되었다는 김동인의「광화사」에서의 우발적인 사건 설정 등은 우연의 일치의 대표적인 사례들이다. 이러한 설정 자체는, 사건들 사이의 필연적 인과성을 무시하는 작가의 자의성이 지나치게 플롯을 지배해버리기 때문에 이야기의 **'그럴듯함'**의 효과를 파괴하는 요소로 간주된다.

그럼에도 불구하고 우연의 일치의 사용이 불가피한가에 대한 문제는 여전히 논란거리가 되고 있다. 우연의 일치란 이야기의 논리성과 무관하기 때문에 사건들 사이의 인과적 계기가 필연적인 상관성을 추구하는 플롯상에서 별다른 역할을 하지 못한다는 주장이 있는 반면, 어느 스토리에서든 최초의 상황은 하나의 우발적인 상황일 수밖에 없다는 사실이 부정될 수 없듯이 우연의 적절한 활용은 서사에 활기와 흥미를 만들어낸다는 주장도 없지 않다. 후자의 입장에서 보자면 우연의 일치란 소설 속에 본질적으로 내재해 있는 속성인 셈이다. 그러므로 우연의 일치가 전혀 없는, 완벽한 논리(인과성, 계기성, 필연성 등)에 의해 서술되는 사건의 세계란 존재하지 않는다고 보아도 좋다. 다만 플롯상에서 기능적 요소로서의 우연의 일치는 특별한 경우—종교적 교리를 전달하는 알레고리적 작품이나 합리적 세계관을 거부하는 신비주의적 작품에서 인간의 이성을 넘어서는 초월적 존재를 나타내기 위해 기능하는 경우를 제외한다면, 정당한 평가를 받지 못하기 십상이다. 오늘날의 소설은 그만큼 이야기의 논리를 존중하기 때문이다.

브룩스와 워런이 『소설의 이해』에서 주장하는 것은 이런 관점이지만, 멘딜로나 장 푸이용 등은 사건 전개에 있어서의 엄격한 인과성을 거부하거나 수정할 것을 권하기도 한다. 즉 많은 현대소설 속의 사건의 세계란 이야기의 엄격한 논리에 의해서만 전개되지 않고 오히려 무수한 우발적 요소들에 의하여 얽혀 짜여지는 성향이 강하다는 것이다(**인과성과 우발성**을 보라). 그러나 이때의 우발성은 우연의 일치와 같은 작품 내의 사건 논리적인 개념과는 다른 차원의, 즉 현대적 삶의 불확실성과 관련된 보다 폭넓은 의미를 지니고 있다. 현대소설에서 우발성의 개념이 중시되는 것은 현대적인 삶의 상황과 깊은 관련을 맺고 있는 것이다. 그에 비해 우연의 일치는 흔히 전근대적인 소설 기법으로 지적되는 것이 보통이다.

위기(crisis)

플롯의 발전 단계 중의 하나로 사건의 반전을 가져오거나 클라이맥스를 유발시키는 전환의 계기를 가리킨다. 이 단계에서 사건은 결정적인 분기점을 맞거나 결정적인 의미를 드러냄으로써 독자의 불안과 긴장은 최고의 높이에 이르게 된다.

위기는 단일 작품에서 한 번만 나타날 수도 있고 여러 번에 걸쳐서 나타날 수도 있다. 단편소설에서는 특별한 경우를 제외하고는 위기는 클라이맥스의 전조가 되며 뒤따르는 절정과 해결의 **키 모멘트**를 제공한다.

① 다른 중국인들은 새벽 두 시쯤 하여 돌아갔다. 그 돌아가는 것을 보면서 복녀는 왕 서방의 집 안에 들어갔다. 복녀의 얼굴에는 분이 하얗게 발리워 있었다. 신랑 신부는 놀라서 그를 쳐다보았다. 그것을 무서운 눈으로 흘겨보면서 그는 왕 서방에게 가서 팔을 잡고 늘어졌다. 그의 입에서는 이상한 웃음이 흘렀다.

"자, 우리 집으로 가요."

왕 서방은 아무 말도 못하였다. 눈만 정처없이 두룩두룩 하였다. 복녀는 다시 한 번 왕 서방을 흔들었다.

"자, 어서."

"우리, 오늘은 일이 있어 못 가."

"일은 밤중에 무슨 일이……."

"그래도 우리 일이……."

복녀의 입에 아직껏 떠돌던 이상한 웃음은 문득 없어졌다.

"이까짓 거!"

그는 발을 들어서 치장한 신부의 머리를 찼다.

"자, 가자우, 가자우."

왕 서방은 와들와들 떨었다. 왕 서방은 복녀의 손을 뿌리쳤다. 복녀는 쓰러졌다. 그러나 곧 일어섰다. 그가 다시 일어설 때는 그의 손에 얼른얼른 하는 낫이 한 자루 들리워 있었다.

② "그래 내 돈을 곱게 먹겠는가 생각을 해 보렴. 매달린 식솔은 많구, 병들어 누운 늙은 영감의 약값이라도 뜯어 쓰랴구, 이렇게 쩔쩔거리구 다니는 이년의 돈을 먹겠다는 너 같은 의리가 없는 년은 욕을 좀 단단히 뵈야 정신이 날 거다마

는, 제 사정 보아서 싼 벼리에 좋은 자국을 지시해 바친 밖에! 그것두 마다니 남의 돈 생으로 먹자는 도둑년 같은 배짱이 아니구 뭐야?"

오고 가는 사람이 우중우중 서며 구경났다고 바라보는데, 원체 '히스테리'증이 있는 줄은 짐작하지마는 창피한 줄도 모르고 기가 나서 대든다. '히스테리'는 고사하고, 이것도 빚쟁이의 돈 받는 상투수단인가 싶었다.

김동인의「감자」에서 따온 인용문 ①은 성욕에 눈뜬 복녀의 질투심이 고조되면서 무서운 절정의 순간을 암시하는 장면이다. 독자들의 호기심과 불안을 증폭시키는 위기적인 국면이다.

염상섭의「두 파산」에서 보이는 인용문 ② 또한 위기에 해당한다. 빚에 쪼들리며 이자를 갚아 나가는 데 전전긍긍하며 살아가는 정례 어머니의 재산상의 파산과 김옥임의 인격적 파산이 아울러 드러나는 이 장면은 결말의 단계가 임박했음을 강력하게 시사한다.

대체로 위기의 국면은 사건의 3단계(처음–중간–끝) 중 중간과 끝 사이에 위치해서 국면 전환의 계기를 만들어내지만,『등대로』(버지니아 울프)에서처럼 위기가 내면화된 탓에 표면상으로는 두드러지지 않는 경우도 있고「살인자들」(헤밍웨이)에서처럼 플롯의 발단 단계에서부터 나타나기도 한다.

유머(humour)

우리 말 해학, 골계, 익살 등으로 대응될 수 있는 말인 유머는 일종의 우스꽝스러움(comic)의 현상을 가리킨다. 그러나 이 웃음은 이웃에 대한 동정과 관용을 수반한다는 점에서 냉소, 조소 등 적의와 경멸의 감정이 담긴 웃음과 구별된다. 유머와 좀더 적극적으로 대비되는 웃음의 양상은 **풍자**이다. 풍자는 적의와 경멸의 감정이 담겼을 뿐만 아니라 공격성조차도 숨긴 웃음이기 때문이다. 그런 점에서 M. H. 에이브럼즈가 풍자를 '무기로서 사용된 웃음(laughter as a weapon)'이라고 정의한 것은 적절해 보인다. 반면에 유머는 '무해한 웃음이다.' 인간의 어리석음, 무지, 불완전성조차도 따뜻이 감싸고자 하지 않을 때 유머의 현상은 가능할 수 없다.

『돈 키호테』를 읽는 과정은 어떤 소설을 읽는 경우보다도 이 무해하고도 유쾌한 웃음과 만나는 과정이라고 할 수 있다. 로시난테의 등에 올라탄 비쩍 마른 돈 키호테의 자태, 행동, 말씨는 모두가 유머러스한 것이다. 그가 놋쇠 대야를 투구라고 머리에 뒤집어쓸 때, 풍차를 향해 창을 높이 꼬나들고 용맹스럽게 돌진해나갈 때, 시골 여관의 비천한 하녀 둘시네아의 발 아래 꿇어앉아 기사로서의 봉사와 헌신을 맹세할 때, 독자들은 웃음을 참을 수 없게 된다. 그것은 바로 위대한 환상, 위대한 천진성이 야기시키는 웃음일 것은 물론이다. 김유정의 소설에도 풍부한 유머가 담겨 있다. 궁핍과 고난에 찬 삶을 그리고 있으면서도 그것을 읽는 독자로 하여금 연민과 애정에 찬 웃음을 머금게 한다는 점에서 김유정 문학의 독창성과 소중한 성과는 한층 값지다. 문학적 현상으로서의 유머를 가능케 하는 데는 작가의 수사적 능력이 결정적으로 작용한다. 뛰어난 기법만이, 뛰어난 언어 능력만이 예상치도 못했던 독자의 기대감을 돌발스럽게 충족시킴으로써 유쾌하고 무해한 웃음-유머를 발생시킬 수 있기 때문이다.

6 · 25 소설

민족사의 가장 큰 비극인 6 · 25를 소재로 하여 씌어진 소설로서 주로 6 · 25의 발발과 전개 과정, 그리고 그것이 던져준 충격과 그 극복의 문제를 다루고 있다. 지금까지 6 · 25 소설은 전쟁소설, 전후소설,

분단소설 등의 다양한 명칭으로 불려왔는데, 이들 용어들에 대한 보다 엄격한 개념과 범주의 설정이 요구된다. 이러한 용어들로 분류되는 작품들은 6 · 25라는 소재와 이런저런 방식으로 연관되어 있으나 6 · 25를 차용하는 작품의 성격 등에서 일정한 차이가 있으므로, 그 차이를 용어상으로도 분명히 할 필요가 있다.

6 · 25는 특히 동족 간의 피비린내 나는 싸움이었으며 동서의 이데올로기가 최초로 맞붙은 대리전이었다는 점에서 보편적인 전쟁소설과는 그 성격을 달리하며, 6 · 25라는 참혹한 전쟁과 전쟁 체험, 그리고 이것의 치유 과정을 중점적으로 다룬다는 점에서 8 · 15해방에서 남북 분단의 고착화 과정이라는 역사적 맥락에서 6 · 25를 바라보는 분단소설과도 구분된다. 따라서 6 · 25 소설의 개념은 6 · 25라는 전쟁과 그 체험, 그리고 이것이 한국인의 삶에 끼친 영향 등을 폭넓게 다루고 있는 소설로 규정지을 수 있다.

6 · 25 소설과 분단소설의 개념을 이렇게 구분할 수 있다 하더라도 이들의 관계는 복잡하고 다층적이다. 그리고 실제 작품을 통해 이를 유형화하고자 할 때는 더욱 큰 곤혹스러움에 봉착하게 된다. 이것은 민족 해방과 분단을 거쳐 6 · 25로 이어지는 일련의 역사적 흐름 속에서 분단과 6 · 25는 상호 분리되어 설명될 수 없는 성질의 것이기 때문이다. 또한 6 · 25라는 동족상잔의 비극에서 우리가 쉽게 벗어나지 못하고 있으며, 고착화된 분단 상황이 현재의 삶에 미치는 파행과 질곡이 실로 엄청난 것인 때문이기도 하다. 따라서 6 · 25 소설이 분단소설을 포괄한다는 주장과, 6 · 25 소설을 분단소설의 하위 범주로 묶는 견해가 팽팽하게 엇갈려왔다. 전자는 6 · 25가 분단 상황을 더욱 고착화시키는 결정적 계기가 되었고, 이데올로기 문제, 민족 대이동의 문제 등을 동시에 포괄할 수 있다는 주장이며, 후자는 6 · 25는 해방에서 분단 상황으로 이어지는 역사적 과정에서 나타나는 하나의 비극적 현상이며, 그것이 우리 앞에 놓인 산이라면 분단은 그 뒤에 가리워져 있는

거대한 산맥이라고 주장하고 있다. 그러나 어쨌든 6 · 25가 분단 상황을 고착화시키는 결정적 계기가 되었고, 분단 시대의 비극을 가장 집약적으로 보여주는 것이라는 점에서 양자 모두 일정한 공통점을 지니고 있다고 하겠다.

1980년대 이후 이들에 대한 논의는, 6 · 25라는 전쟁 체험과 이것이 던져준 상흔의 치유라는 다분히 개인적인 형태를 띤 소설을 6 · 25 소설로 보고, 분단의 고착화 과정이라는 역사적 맥락 속에서 6 · 25를 바라보고 분단 상황을 극복하려는 소설은 **분단소설**로 보고 있다(일부에서는 분단 상황의 극복이라는 명확한 목적성을 띤 작품만을 분단소설로 보려는 경향도 있다). 부연하자면 6 · 25 소설에서는 6 · 25라는 사건 자체가 작품의 핵심에 자리하는 반면, 분단소설에서는 이것이 분단의 역사적 상황이 필연적으로 야기시킨 하나의 부수적인 사건으로 다루어진다.

그동안 6 · 25를 다룬 소설은 수없이 쓰여왔으며 지금도 계속해서 쓰여지고 있다. 1950년대 이후 한국 소설의 대부분이 직간접으로 6 · 25와 관련되어 있다고 해도 과언이 아닐 정도로, 그것은 한국 소설의 중심적인 제재가 되어왔다. 6 · 25 소설의 양상들을 한두 마디로 요약하기는 어려워 보인다. 그동안 6 · 25 소설은 시대에 따라(1950년대, 60년대, 70년대 등), 작가의 연령층에 따라(즉 6 · 25 참전 세대, 유년기에 전쟁을 체험한 세대, 미체험 세대) 다양한 서사적 특성들을 보여주었다.

1950년대의 6 · 25 소설은 전쟁에 참여했던 젊은이들의 후일담이 주종을 이룬다. 그리고 이 시기에 씌어진 6 · 25 소설에는 전쟁이라는 극한상황을 체험한 작중인물들의 육체적 · 정신적 상흔과 아울러 전후의 불안과 허무 의식이 특징적으로 반영되어 있다. 황순원의 『나무들 비탈에 서다』에서 나타나는 젊은이들의 불안과 피해 의식, 선우휘의 「불꽃」과 하근찬의 「수난 이대」에서의 인간성 옹호, 장용학의 「요한 시집」의 인간 실존의 문제, 송병수의 「인간신뢰」에서 나타나는 인간에 대한 믿음 등은 이 시기의 6 · 25 소설이 중점적으로 다룬 주제이다.

1960년대의 6 · 25 소설의 특징은 1950년대의 소재주의에서 벗어나 6 · 25에 대한 이데올로기적인 접근을 시도한다는 것이다. 6 · 25가 남과 북의 두 이데올로기가 대립된 전쟁이라는 점을 생각할 때 이데올로기적인 접근은 회피할 수 없는 문제인데, 이러한 접근의 기폭제가 된 것이 최인훈의 『광장』이다. 이명준이라는 한 젊은이를 통해 남의 개인주의와 북의 전체주의를 동시에 비판하고 있는 이 작품은 당시에 엄청난 파장과 충격을 불러일으킨 바 있다.

보다 거시적인 시각에서 6 · 25를 객관적으로 바라보고 그것이 한국인의 삶에 미친 충격과 그 치유를 다루는 일은 1970년대에 이르러 중요한 관심사가 된다. 특히 이 시기의 6 · 25 소설은 유년기에 6 · 25를 체험한 작가들에 의해 주로 씌어졌다는 특징이 있다. 이들은 어린 소년을 주인공으로 설정하여 6 · 25를 객관적으로 바라보고 그것이 현재에 드리우고 있는 상흔과 그 치유의 문제를 다루고 있다. 김원일의 「어둠의 혼」, 윤흥길의 「장마」, 이동하의 「굶주린 혼」, 전상국의 「술래 눈뜨다」 등의 작품은 모두 어린 소년의 '순진한 눈'을 통하여 6 · 25를 바라봄으로써 일정한 거리를 유지하는 동시에 비극의 체험을 조명할 수 있는 객관적 거리를 확보한다.

이렇듯 6 · 25는 최근의 한국 소설의 가장 커다란 제재적 원천이 되어왔으며, 6 · 25 소설은 1950년대 이후로 한국 소설의 흐름을 주도해왔다. 그 결과 초래된 부정적인 현상도 없지 않다. 6 · 25의 체험을 문제 삼고 있는 소설들에 대한 비평적 편애와, 제재적 가치로 도피하려는 안일한 작가적인 성향이 상승적으로 작용한 결과 6 · 25 소설은 지나치게 범람했을 뿐만 아니라 허다한 모조품과 복제품을 양산해낸 것이다. 그런 점에서 1960년대 초에 씌어진 최인훈의 『광장』의 성과를 뛰어넘는 6 · 25 소설이 아직도 생산되지 않았다는 사실은 시사하는 바가 없지 않다.

의사소통(communication)

언어의 의미가 이해되고 전달되는 과정을 지칭하는 개념.

이 용어의 기원은 확실히 밝혀져 있지 않으나 야콥슨과 바흐친 등에 의하여 서사적 언술의 이론 분야에 본격적으로 도입되기 시작했다. 말하자면 언어의 사회적 의미와 기능에 관한 체계적인 접근법으로서, 일반적인 언어학적 개념에 비해 사회적 뉘앙스가 강한 초언어학(바흐친)의 연구 분야에 속한다. 의사소통이 성립되려면 몇 가지의 기본적인 전제들이 충족되지 않으면 안 된다. 그것들은 발화자 · 언술 · 청취자 · 대상 · 상호 텍스트성 · 랑그(바흐친 모형)이거나 발신자 · 전언 · 수신자 · 맥락 · 약호(야콥슨 모형) 등이며, 보통 아래와 같이 도식화된다.

〈바흐친의 의사소통 모형〉　〈야콥슨의 의사소통 모형〉

이러한 의사소통 이론의 기본적인 전제는 그러므로 '타자성'에 있다고 할 수 있다. 이야기를 하는 사람은 반드시 이야기를 들어주는 '대상'(그것이 독백일지라도 '대상'은 존재한다)을 전제로 해야 하며, 이야기가 성립될 수 있는 사회적 · 문화적 · 심리적 '관계성'의 보장 위에서만 가능해진다.

'대상'과 '관계성'의 개념이야말로 20세기 소설 논의의 주요한 철학적 테제 중의 하나인 '타자성'을 받치고 있는 기본 요소들이다. 일찍이 바흐친이 프로이트의 주관주의 심리학을 비판하는 맥락에서 주장한 것처럼, 어느 단 하나의 언어적 발화도 전적으로 발화자의 것으로 돌릴 수 없게 마련이다. 모든 발화는 화자와 청자 사이에서 생겨나는 상호작용의 산물이며 보다 광범위한 맥락에서는 발화가 이루어지는 복잡하고 총체적인 사회적 상황의 산물이다. 일상생활에서 일어나는 가장 단순한 발화로부터 시작하여 복잡한 문학작품에 이르기까지 인간의 모든 언술 행위의 산물들은 가장 본질적인 면에서 발화가 일어나는 사회적 상황으로부터 형식과 의의를 부여받는 것이지, 결코 화자의 주관적 경험으로부터 형식과 의미를 부여받지는 않는다. 언어와 그 형식은 어느 주어진 언어 집단의 구성원 사이에서 이루어지는, 지속적인 사회적 상호 교류의 산물인 것이다(**상호 텍스트성**, **대화**를 보라).

의사소통의 이론은 "인간은 사회적 동물"이라고 주장해온 아리스토텔레스적 명제를 사회학적 심리학의 토대 위에서 재구성한 것에 지나지 않을지 몰라도, 오늘날 서사 이론의 정립에 대한 영향력을 미친 것으로 평가되고 있다. 예컨대 화자 · 수화자 · 피화자 · 내포작가 · 내포독자 · 간접 화법 · 직접 화법 · 대화 · 독백 등등 서사물을 구성하는 주요한 요소들과 기법들의 발견과 개발에 이론적 준거를 마련했다고 볼 수 있는 것이다.

최근에 개발된 의사소통의 모형(월러스 마틴(Wallace Martin))은 야콥슨과 바흐친의 모형을 토대로 보다 세분화시키는 경향이 있는데, 이것은 부스가 픽션이란 '의사소통의 한 형식'이라고 주장한 맥락적 의미를 과학적 체계로 구성했다는 점에서 참고할 만하다.

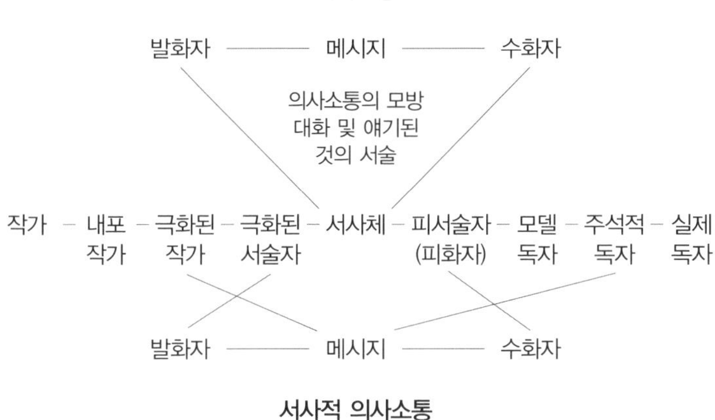

의식의 중심(center of consciousness)

한 작품의 서술을 한 인물의 의식의 지배하에 두는 서사 기법, 혹은 그 의식의 주체를 가리킨다. 따라서 이러한 기법이 적용되는 소설에서 서사의 모든 국면은 의식 주체의 단일한 시각에 의해서만 관찰되고 보고된다. 말씨와 말의 습벽 등 담론상의 모든 특성도 당연히 의식 주체에 귀속된다. 그런 점에서의 의식의 중심의 기법은 간접 제시의 기법과 구별된다. 간접 제시가 서술의 표면으로부터 화자나 함축된 작가의 흔적을 지워내는 기법이기는 하지만 시점의 변화까지를 배제하는 기법은 아니기 때문이다. 의식의 중심의 기법도 관찰할 뿐 개입하지는 않는다는 점에서는 간접 제시와 유사하지만 동일한 시점이 서사를 일관하고 있다는 점에서는 간접 제시와 다르다.

의식의 중심의 기법이 현대에 들어 비로소 발견된 서술 기법은 아니다. 그러나 동일한 시각에 의해 서술을 총괄케 하는 이러한 기법을 철두철미 실천한 최초의 작가는 헨리 제임스이고 의식의 중심이라는 용어가 주요한 비평적 개념을 얻게 되는 것도 그에 의해서이다. 그리고 이 개념은 현대소설의 가장 독창적인 문체인, **의식의 흐름**의 문제에 결정적인 영향을 미쳤다. 헨리 제임스는 한 작품 속의 모든 내용이 작중인물들 중 한 사람의 의식 앞에서 전개되게 하고 그 의식을 통하여 독자들에게 내용이 전달되도록 작품을 썼다. 일례로 그의 작품『대사들』의 모든 내용은 스트레더라는 한 작중인물의 의식에 비친 것이다. 이런 선택된 작중인물을 그는 초점(focus) 혹은 의식의 중심(center)이라 불렀다.

작가 본인 혹은 작가를 대리한 화자가 권위 있는 정보를 가지고 독자들을 압도하던 전통적 서사 방식과는 달리, 의식의 중심 기법하에서의 화자는 보통의 평범한 인간 의식을 지니고 있고 외계의 사물을 반영하는 방법도 여느 인간과 유사하기 때문에—즉 그의 정보는 명확하지 못할 수도 있고, 불안과 초조감 때문에 과장된 것일 수도 있고 궁극적으로 잘못된 것일 수도 있기 때문에—독자들은 그 점을 염두에 둔 독서 행위를 하지 않으면 안 된다. 즉 이런 기법이 사용된 작품들에는 등장인물이 의식하고 들려주는 세계와 실제의 세계라는 두 개의 이야기가 진행되고 있으며, 현명한 독자들은 '들려지는 이야기'와 '추측되는 이야기'를 구분하지 않으면 안 되는 것이다. 화자와 서술상의 주체를 일치시킨 '1인칭 시점'이나 작품의 한 국면에서 부분적으로 사용된 심리적 진술과는 달리 작품 전체를 관류하는 본질적 서사적 기법이기 때문에, 이 기법은 전통적 서사물의 '내적 독백'이나 '심리묘사'와 구분될 필요가 있다.

이 기법의 바탕에는 작가의 객관적 이야기 전달이 더 이상 불가능하다는 인식, 이 세계는 한 개인의 주관적 시야 안에서만 그 모습을 드러낸다는 인식이 깔려 있으며, 그런 점에서 이것은 현대소설의 한 특징적인 현상으로 볼 수도 있다.

의식의 흐름(stream of consciousness)

현대소설에서 두드러지게 드러나는 한 서술 기법을 지칭하는 용어이다. 그러나 이것은 단순한 기법이라기보다, 인간에 대한 이해 방식이나 세계관과 같은 문학의 본질적 문제와도 깊은 연관을 맺고 있고, 따라서 20세기의 소설 문학을 이해하는 데 매우 중요한 핵심적 개념이라 할 수 있다. 이 수법을 최초로 개척한 것은 미국 작가 헨리 제임스인데, 그는 작품 속의 모든 내용이 작중인물들 중 한 사람의 의식을 통하여 독자들에게 전달되도록 작품을 창작했다. 이런 선택된 작중인물을 그는 '초점', '거울', 혹은 **'의식의 중심'** 이라 불렀다. 그의 작품 『대사들』의 모든 내용은 스트레더라는 작중인물의 의식을 통과한 것이다.

제임스 이후 영미의 작가들은 제임스의 이런 수법을 '의식의 흐름' 기법으로 발전시켰다. 이 기법이 사용된 소설에서는 작품 속의 모든 내용이 한 인물의 의식에 스칠 때에만, 그의 사상과 감정과 기억과 감각에 부딪힐 때에만 독자들에게 제시된다. 그러므로 자연히 논리적 인과관계가 없는 담화들이 내용 속에 뒤섞이게 되고, 미분화 상태의 인식들이 의식에 떠오르는 대로 기술된다. 문체적 양상은 호흡이 급박하며 최소 단위로 압축된 직접법 문장들로 주로 구성된다. 대상이 없는 서술이라는 점에서는 전통적 소설의 독백과 유사하지만, 인식의 과정을 거치지 않는 비논리적 담화로 구성된다는 점과, 부분적으로 쓰이는 기법이 아닌, 작품 전체를 관류하고 지배하는 기법이라는 점에서 내적 독백과 차이가 있다(**독백**을 보라).

작품 전체가 플롯의 발전이라든가 사건의 진전, 인물의 형상화 같은 소설의 전통적 서술 방식으로 기술되지 않기 때문에, 스토리의 맥락을 따라 이 수법으로 씌어진 소설을 읽는 독자들은 지루하거나 무의미하다고 느끼기가 쉽다. 그럼에도 불구하고 20세기의 소설에 이 수법이 자주 사용되는 이유는 프로이트 이래 현대 사조에 큰 영향을 끼친 인간 의식의 광범위함과 중요성, 그 의식의 무한한 영역을 문학 속에 반영해보고자 하기 때문이다. 또한 이 세계는 한 개인의 주관적 의식하에서만 파악되고 그 모습을 드러낸다는 철학적 사고나 세계관도 이 기법의 바탕에 깔려 있다. 윌리엄 포크너의 『음향과 분노』는 이 기법을 이용한 작품의 대표적인 예이다. 제임스 조이스의 『율리시스』, 버지니아 울프의 『댈러웨이 부인』, 마르셀 프루스트의 『잃어버린 시간을 찾아서』 등도 마찬가지이다. 예시되는 작품들의 특성이 암시하듯이 의식의 흐름을 포착하려는 시도와 그러한 시도의 문체적 기법, 즉 의식의 흐름의 기법은 20세기 모더니즘 소설의 특징적인 성격을 이룬다.

의인소설(擬人小說)

인간이 아닌 특정한 사물에 정신과 인격을 부여하여 씌어진 소설. 꽃이나 대나무 같은 식물 종류로부터 호랑이, 여우, 거북이 등의 동물이며 지팡이, 종이 등의 자질구레한 물질들에 이르기까지 그 의인의 대상은 실로 무궁무진하며 인간의 구체적 삶과 관련된 모든 사물에 걸쳐져 있다. 특수한 경우에는 인의예지(仁義禮智)와 같은 추상적 관념조차 의인화의 대상이 되었다. 의인소설이 발생하고 발전된 데에는 두 가지 정도의 원인이 있는 것으로 흔히 추정된다. 그 하나는 본질적 요인으로 고대사회에서부터 인간이 지녀왔던 토테미즘과 애니미즘의 영향이다. 동물을 숭배하는 토테미즘과 사물에 영혼을 부여하는 애니미즘은 인간 정신의 원형 중 하나이며 이런 정신적 메커니즘이 이야기 문학의 발생 단계에서부터 꾸준히 개입되었을 가능성이 크다. 단군신화에 등장하는 웅녀의 존재나 「구토지설」 설화 속의 토끼와 거북이는 그 좋은 예라 할 수 있다. 다른 하나는 현실적 요인으로, 문학작품이 지닌 현실 비판적 의식이 당대의 이데올로기나 정치체제, 혹은 기타 다양한 요인에 의해 압박을 받고 그 출구를 찾지 못할 때, 이런 상황을 우회하는 방법으로 동식물이나 무생물이 선택되었다는 점이다. 안국선의 『금수회의록』에서 열변을 토하는 갖가지 동물들은 한 개인이나 집단에 대한 공격적 의도를 현실적 제재를 피해 드러내고자 하는 문학적 장치들이다. “대포와 총의 힘을 빌려서 남의 나라를 위협해야 속국도 만들고 보호국도 만드니 불한당이 칼이나 육혈포를 가지고 남의 집에 들어가서 재물을 탈취하고 부녀를 겁탈하는 것이나 다를 것이 무엇 있소”라는 『금수회의록』 속 여우의 외침은 바로 일본 제국주의 침략에 대한 규탄임을 어렵잖게 짐작할 수 있다.

역사적인 맥락에서 볼 때, 의인화된 동식물이 등장하는 고대의 서사물들은 구비 전승의 단계를 거쳐 신라시대 설총의 「화왕계」나 그 뒤를 이은 고려의 가전체 문학에 와서야 의인 서사물로서의 완성된 형태를 드러낸다. 모란이나 장미, 할미꽃 등 꽃들의 대화를 빌려 임금과 신하의 도리를 밝힌 소박한 형태의 「화왕계」는 신라시대의 유일한 의인 작품이었지만 고려시대에는 이런 유형의 작품들이 집중적으로 창작되고 유행하였으며 **가전**(假傳)이라는 산문 장르를 형성해냈다. 가전이라는 명칭은, 이 장르에 속하는 작품들이 특정한 하나의 사물을 역사적 인물처럼 의인화시켜서 그 가계와 생애 및 개인적 성품, 그리고 삶의 공과를 마치 전기에서처럼 그대로 기록하는 형식을 취했기 때문에 ‘가짜 전기’라는 의미에서 붙여진 것이다. 의인화된 소재와 그런 정신적 바탕을 지니고 있었던 구비 서사문학의 전통 아래에서 가전 문학이 발생했다는 것은 재론할 필요가 없는 사실이지만, 전자가 다양한 사건의 얽힘과 내용 전개 과정을 지녔던 데 반해 후자는 한 사물의 내력, 속성, 가치에 대한 관심이 그 주를 이룬다는 것이 중요한 차이점이다. 그래서 일부의 이론가는 가전 장르를 ‘서사문학’의 범주보다 관념을 진술하는 문학 형태인 ‘교술 장르’ 혹은 그 중간에 위치하는 장르에 포함시켜야 한다고 주장한다.

> 국순(麴醇)의 자는 자후(子厚)이며 그 조상은 농서 사람이었다. 그의 90대조인 모(牟)는 후직(后稷)을 도와서 백성들을

먹여 살림에 공이 컸다. 모(牟)는 후에 공을 세워 중산후(中山候)에 봉하여지고 식읍(食邑) 일만 호(戶)를 받아 성을 국씨(麴氏)라 하였다.

순은 사람됨이 넓고 깊으며 기개가 만경파수(萬頃波水)와 같았다. 게다가 맑으면서도 청(淸)하지 않았고, 흔들어도 탁(濁)하지 않았다. 그는 늘 엽법사(葉法師)를 찾아 이야기로 날을 새웠는데 자리에 모인 사람들이 모두 거꾸러지는 것이 예사였다. 드디어 이름이 널리 알려져 국 처사(麴處士)라고 불리었다. 공경(公卿), 대부(大夫), 신선(神仙), 방사(方士)로부터 이협(夷俠)과 외국인들까지 그 향기로운 이름을 마시는 자는 모두 이를 부러워하여 기리었다. 어느 때이건 큰 모임에 순이 참석하지 않으면 모두가 쓸쓸해할 만큼 그는 만인의 사랑을 받았다.

인용된 것은 가전체 작품인 임춘의 「국순전」의 한 대목이다. 위의 짧은 예를 통해서도 일정한 한 대상—여기서는 술—의 내력과 성질, 효능과 세론을 일일이 구체적으로 서술하고 있음을 알 수 있다. 가전체 작품이 이런 특징을 지니게 된 것은 그 창작 계층인 사대부들의 사상적 특질 때문이라는 설명이 보편화되어 있다. 즉 이 시기의 사대부들은 그 전 시대의 귀족 계층과 달리 세계와 인간 생활을 구성하고 있는 실제적인 사물들에 깊은 관심을 가지고 그것들을 합리적으로 이해하려 하였던바, 이런 실천적 노력이 사물 자체를 문제 삼는 '가전'으로 귀결되었다는 것이다. 실재하는 사물의 성질과 효능을 탐색하고 그에 대한 도덕적 평가를 제시한다는 점에서 이 작품들을 '비서사적인' 산문 종류로 규정할 수도 있다. 그러나 이런 속성에도 불구하고 가전은 단순한 사실의 기술이나 관념 전달이 아닌, 그것을 '의인'이라는 형상화 과정을 통해 제시한다는 점에서, 즉 위의 인용에 의하자면 비록 '국순'이 사물의 하나이긴 하나 그 나름의 덕성과 결함을 지니고 있는 인물이며, 개인적 욕망의 성취와 좌절에 희비를 느끼고 인생의 영고성쇠를 겪는다는 점에서 서사문학적 본질을 함축하고 있다고 보아 무방하다. 「국선생전」(술), 「정시자전」(지팡이), 「청강사자현부전」(거북이) 등은 이런 가전체 문학의 예로 흔히 거론되는 작품들이다.

조선시대에 이르면 가전적 방법이 쇠퇴하는 대신에 본래적 의미의 의인 서사물, 혹은 본격적 의인소설이 다시 등장하고 발전하였다. 여기에는 성리학적 이념이 정신과 문화를 주도하던 조선사회에서 무용하고 비속한 것으로 치부되던 소설 장르가 현실을 표현하는 방법으로 이 기법을 택했다는 점과 전래되어오던 의인적 구비 서사문학이 훈민정음의 창제 및 보급과 함께 광범위하게 기록되게 되었다는 두 가지 요인이 개입되어 있다. 작품으로는 동물을 의인화한 것으로 「장끼전」 「토끼전」 「서동지전」 「두껍전」, 식물을 의인화한 것으로 「화사」, 인간의 심성과 관념을 의인화한 것으로 「수성지」 「천군본기」 「남령지」 등이 거론된다. 특히 이들 중에서도 동물을 의인화한 작품이 그 양이나 문학적 가치 면에서 다른 종류에 비해 주목을 받는다. 예로 든 작품에서도 짐작되듯이 이것들은 대부분 근원 설화를 지니고 있으며 해학과 풍자를 통해 양반 계급에 대한 비판 의식, 말단 관리들의 무능과 부패를 고발하는 모습을 드러내 보이고 더 나아가서는 현실의 구조적 모순에 대한 각성이나 개인 인권의 신장과 같은 근대적 의식의 징후를 표출한다. 식물이나 관념을 대상으로 한 작품이 주로 양반 계층에서 창작되고 향수되었던 데 비해 이들 작품들은 대부분 한글로 씌어졌으며 평민들을 중심으로 읽혀졌다는 것 또한 특징이다.

개화기 이후 의인소설은 유사한 문학적 기교가 반복되는 데 따른 독자들의 흥미 감소, 광범위한 서사 내용을 포용할 수 없는 구조 자체의 한계성, 그리고 좀더 크게는 다양한 서사적 장치의 개발 및 현실에 대한 문학적 표현이 자유로워지는 상황의 변화 등등의 요인으로 인해 급격히 쇠퇴의 길로 들어서게 된다. 안국선의 『금수회의록』이나 김필수의 「경세종」 같은 몇몇 개화기 소설들, 1920년대 이기영의 「쥐 이야기」, 1950년대에 김성한이 쓴 「개구리」 등이 그나마 그 명맥을 유지한 작품들이라 할 수 있다(**변신 모티프**, **설화**, **전기소설**을 보라).

이니시에이션 소설(initiation story)

자아와 세계에 대해 무지하거나 미성숙기의 주인공이 일련의 경험과 시련을 통해 성숙한 인간으로 변화하는 모습을 그린 소설. 브룩스와 워런이 『소설의 이해』에서 「살인자들」 「나는 이유를 알고 싶다」를 분석하는 과정에서 이니시에이션이란 말을 사용하면서 소설의 주제에 따른 유형 분류로 많이 사용되고 있으나, 원래 이 말은 인류학적인 용어로서 '통과제의(the rites of passage)'의 문턱에 들어선다는 뜻이다.

인류학에 따르면, 유년이나 사춘기에서 성인 사회로 진입하기 위해서는 일련의 고통스러운 의식을 치르게 되는데, 이를 통과제의라고 말한다. 이때 주인공에게는 육체적인 시련과 고통, 신체 어느 한 부분의 제거, 금기와 집단적인 신념에 대한 일련의 고통스러운 체험이 부과된다. 이러한 고통의 체험을 통과함으로써 이들은 비로소 성인사회의 구성원으로서의 자격을 부여받으며 그 사회에 재편입하게 된다.

방주네프(Van Gennep)가 통과제의의 구조를 '분리(separation)-전이(transition)'라 정의한 것은 상당히 시사적이다. 말하자면 주인공은 시련의 과정을 통해 육체적으로뿐만 아니라 정신적으로도 단련되어 성숙해짐으로써 존재적 전이(transformation)를 경험하게 되는 것이다. 결국 자아의 발전과 확장은 필연적으로 자기 해체의 경험을 거치면서 이루어지게 된다. 그러므로 성년식 · 취임식 등의 통과제의 절차를 작품 기층에 깔고 있는 이야기를 '입사식담(initiation story)'이라고 할 수 있고, 이를 기본적 구조로 삼아 이루어진 소설을 이니시에이션 소설이라 부르는 것이다.

이러한 의미에서 입사식담으로 일컬어질 수 있는 작품은 문학사의 시작과 더불어 오늘에 이르기까지 반복적으로 쓰여오고 있다. 일찍이 C. W. 에케르트에 의해 호메로스의 『오디세이』는 입사식담의 전형으로 지적되었거니와 포크너의 「곰」이나 실비아 플라스의 일련의 전기물들은 이 방면 작품의 현대판이라고 보아도 좋을 것이다. 입사식담은 문학사에서 가장 오래되고 독립된 양식사의 한 갈래로 기능하고 있는 셈이다. 그러므로 흔히 주인공의 탄생과 성장, 그리고 무엇인가를 성취해가는 과정을 다루고 있는 전기문학의 경우는 대체로 이 성취담의 범주에 든다고 할 수 있다.

우리 문학의 경우, 이규보의 『동명왕편』이나 무가인 「바리데기 공주」 등은 입사식담의 대표적인 예라고 할 수 있겠는데, 이들은 그 결말 구조로 보아 '성취담(success story)'이라 해도 무방하다. 통과제의의 궁극적 목표는 보물, 직위, 신부 등을 찾아내어 소원을 성취하고 뜻을 이루는 데 있기 때문이다. 한편 성취 대상을 찾고 구한다는 의미에서 입사식담은 **'탐색담**(quest story)'이라고도 불릴 수 있을 것이며, 그 주인공 역시 '탐색 영웅(quest hero)'으로 지칭되어도 좋겠다. 고전소설 가운데 '전(傳)'자류 소설은 대개 이 범주에 들어간다.

모데카이 마커스(Mordecai Marcus)에 의하면, 이니시에이션 소설은 크게 두 가지로 분류된다. 하나는 젊은이가 외부 세계에 대한 무지로부터 생생한 지식을 획득하기까지의 통과 과정을 다룬 작품이며, 다른 하나는 자아 발견과 관련된 삶과 사회에의 적응을 다룬 작품이다. 전자는 주인공이 이전에는 미처 알지 못했던—그러나 세상의 다른 사람들에게는 이미 널리 알려진—새로운 사실을 알게 되는 데 반하여, 후자는 악의 발견 또는 자기 이해의 성취와 관련된다는 점에서 다르다. 그럼에도 이들은 새로운 사실이나 악의 발견을 통해 주인공을 성인사회로 유도해 간다는 공통점을 갖는다.

그러므로 이니시에이션 소설은 주인공에 미친 외부로부터의 충격과 효과에 따라 잠정적 · 미완적 · 결정적인 작품으로 유형화시켜 살펴볼 수 있다. 잠정적인 이니시에이션은 주인공의 성숙과 자아 이해의 문턱에 이르기는 하지만 명확히 넘어서지 못하는 작품으로서 이러한 경험은 세계의 불확실성과 난폭성 등을 다룰 뿐 주인공을 완전한 성숙의 상태로 이끌지는 못한다. 미완적 이니시에이션은 주인공이 성숙과 자아 발견의 문턱을 넘어서기는 하지만 아직은 주인공이 세계의 확실성을 찾는 과정에 놓여 있는 경우이며, 결정적(decisive) 이니시에이션은 주인공이 성숙한 세계의 일원으로 진입하는 것을 말하는데, 이는 일반적으로 자아 발견의 경우에 해당한다.

한편 이니시에이션 소설에서는 흔히 젊은 주인공이 성숙한 세계에 도달하기 위한 상반된 세계가 전제되는데, 신화적인 낙원의 세계와 현실의 세계, 또는 순진과 성숙, 아니면 어둠과 밝음의 세계 등이 그것이다. 그리고 대부분 주인공이 체험하는 현실의 세계는 죽음과 생, 선과 악의 갈등, 미와 추 등이 중심이 된다. 이니시에이션 소설은 그러므로 단순 대립 구조에 머물 가능성을 늘 내포하고 있다.

그런데 문제는 이른바 '모던 히어로'들의 일대기는 이와 같이 단순하고 평면적이며 낭만적이 아니라는 점이다. 낭만주의적 주인공들은 어떤 대상을 성취하는 데 특징이 있고 자연주의 소설의 인물은 그 성취에 실패하는 데 특징이 있었다. 말하자면 전형적인 입사식담에서는 어떤 가부간의 결말이 있었던 것에 반하여 이들의 경우에는 작품은 끝나도 그 결말은 마무리되지 않는다. 여기에 이니시에이션 소설의 현대적 특성이 있다. 그러므로 '모던 히어로'들의 입사식담을 '사회적 역할의 정화'나 '성(性)적 역할의 극화'를 구조 원리로 삼아 살필 수는 없는 일이다. 전혀 다른 극화가 필요한데, 이는 다름 아닌 '의식의 극화' 또는 '인식의 극화(dramatization of realization)'이다. 이러한 현대적 변용을 거쳤을 때 비로소 이니시에이션 소설은 현대문학 본연의 기능을 발휘할 수 있을 것이다. 이런 의미에서 헤밍웨이의 「살인자들」, 윤흥길의 「장마」, 이청준의 「침몰선」, 황순원의 「소나기」 등은 좋은 예가 된다(**성장소설**을 보라).

이데올로기(ideology)

특정한 계급 이익을 표현하며 또 그에 상응하는 행동 규범, 입장, 가치평가를 포괄하는 사회적, 정치적, 경제적, 법적, 교육적, 예술적, 도덕적, 철학적 견해의 체계를 일컫는 용어이다. 이데올로기라는 개념은 그 나름의 고유한 역사를 가지고 있으며 그것이 지니고 있는 풍부한 역사 속에서 다양하고 때로는 모순된 의미들을 취하고 있기 때문에 그 개념 자체가 철학적인 논쟁의 대상이 되어왔다. 더군다나 이 용어에 포함되어 있는 변화와 내적인 긴장들의 대부분은 그 용어가 일반화된 정치적 담론들 속에서 취해온 단일하고 지배적인 의미에 의해 가려져 있다. 따라서 이데올로기가 현대 비평 속에서 어떻게 사용되는가를 논의하기 전에 그 용어가 광범위하고 영향력 있는 매스미디어의 언어 속에서 어떤 방식으로 사용되고 있는지를 먼저 인식할 필요가 있다.

우리는 신문이나 뉴스의 시사 프로그램에서 이데올로기라는 말을 자주 대하게 되는데, 그 속에서 이 용어는 특히 정치적 이념들의 경직된 체계를 가리키는 것으로 사용된다. 이러한 의미에서의 이데올로기는 일반적으로 어떤 온건한 정치체제를 비현실적이고 극단적인 관념에 사로잡혀 왜곡하는 태도와 동일시되는, 명백히 비난 어린 용어이다. 그러한 문맥 속에는 이데올로기를 '가지고 있는', '그렇기 때문에' 과격하고 불순한 소수의 좌우파 사람들과 이데올로기를 '가지고 있'지 않은 대다수의 선량하고 분별 있는 사람들이 있다. 문학에서도 이데올로기는 문학의 미적 가치를 손상하거나 왜곡시키는 부정적인 의미로 받아들여지는 경우가 많은데, 특히 문학 텍스트의 형식적 측면들을 따로 분리해내서 독립된 가치로 다루는 경향이 있는 미국의 신비평 쪽에서 그런 경향이 강하다. 이런 경우 이데올로기는 창조적인 문학적 상상력을 위축시키는, 관념적이고 정치적인 편향성을 지닌 도그마의 형태로 간주된다.

이데올로기는 18세기 말 무렵 낡은 형이상학적 개념들과 구별되는 '관념들에 대한 학문', 혹은 '정신철학'을 규정짓는 용어로서 프랑스의 합리주의 철학자 데스튀트 드트라시(Destutt de Tracy)에 의해 처음으로 사용되었다. 이러한 철학적 전통 속에서 이데올로기는 인식론과 관련되는 문제였다. 이데올로기라는 용어가 문화와 사회를 이해하는 데 불가결한 개념으로서 광범위한 영향력을 지니게 된 것은 마르크시즘 이론에 의해서였다. 마르크시즘은 그 용어에 단순한 정치적 의미뿐만 아니라 특정한 사회 내에서의 정치적, 경제적, 문화적 요소들 간의 중요한 관계 양상들을 포함하는 포괄적인 의미를 부여했다. 따라서 이데올로기는 마르크스주의자들에 의해 문화의 영역과 정치 경제의 영역 사이의 다양하고 복합적인 관계들을 해명하는 용어로 정착되었다. 마르크스 이론에서 역사상 모든 사회는 특수한 '정부의 형태'보다 더 광범위하고 근본적인 관계틀을 이루고 있는 계급 구조에 의해 움직여 온 것으로 규정되며, 계급사회에서 이데올로기란 그 자신의 역사적 · 사회적 처지와 이익을 표현하고 있는 어느 한 특정 계급의 사회적 견해의 총체를 의미한다. 즉 계급사회에서 이데올로기는 필연적으로 계급적 성격을 띠게 되는 것이다. 마르크스와 엥겔스의 공동 저작인 『독일 이데올로기』에 의하면 이데올로기의 생산은 근본적으로 물질적 재화의 생산과 결부되어 있으며, "한 사회의 지배적인 '물질적' 힘을 지닌 계급은 동시에 그 사회의 지배적인 '정신적' 힘도 지닌다." 따라서 모든 사회는 기존의 계급 구조를 정당화하고, 그로부터 파생되는 사회적 불만을 방지하기 위해서 어떤 형태로든 그 자체의 특수한 이데올로기적 장치들을 사용한다. 이데올로기는 사회적 모순들을 관리해나가고 계급 구조를 재생산해내는 근본적인 수단인 것이다.

루이 알튀세르(Louis Althusser)는 이데올로기의 개념을 정신분석학에 의해 밝혀진 복잡한 주체 형성 과정 및 후기 자본주의 사회의 더욱더 정교한 이데올로기적 기구들과 관련시킨다. 그 속에서 이데올로기는 특수한 물질적 실천 속에서 이루어지는, 그러면서 개개인들로 하여금 그들의 사회와 그 속에서의 그들의 위치에 대한 적절한 '환상'을 '자유롭게' 내면화함으로써 사회적 주체로 서게 하는 풍부한 '표상들의 체계'를 가리킨다. 이데올로기는 그 사회적 주체에게 협소한 정치적 이념이 아니라 현실과 자아의 변수들을 규정짓는 근본적인 가설들의 틀을 제공한다. 즉 그것은 알튀세르가 사회적 주체의 '현실에 대한 '체험된' 관계'라고 부르는 것을 구성한다. 이성적인 관심사들뿐만 아니라 무의식적인 공포나 욕망 속으로 침투하는 이데올로기적 내면화의 과정은 복잡하게 얼크러져 있는 갖가지의 사회적 장치들을 통해서 이루어진다. 이데올로기란 일정한 관념의 덩어리이기보다는, 한 사회의 구성원들로 하여금 역사적으로 특정한 사회 내에서의 그들의 삶을 필연적이고 당연하며 보편적인 현실로 받아들이게 하는 표현들과 인식들, 혹은 이미지들의 체계이다. 이런 의미에서 비이데올로기적인 사회적 담론이란 존재하지 않는다. 주어진 어떤 담론 혹은 어떤 텍스트가 모든 형태의 일관된 정치적 견해를 거부하기 때문에 비이데올로기적이라는 말은 인간이 세포 형성에 관한 일관된 견해를 가지고 있지 않기 때문에 비생물학적이라는 말만큼이나 어리석은 것이다. 이데올로기는 모든 사회 구성원들 속에서 작용하는 하나의 사회적 과정이며, 그들은 모두, 그들이 그것을 의식하든 않든 '그 안에' 있는 것이다. 따라서 비이데올로기적이라는 주장은 이데올로기로부터의 자유로움을 드러내는 것이기보다 그 주장 자체가 매우 협소한 특정 이데올로기와 연루되어 있음을 드러내는 것이며, 그것은 인간의 정치사회적 입장의 특수성과 제한성을 모호하게 하고, 인간의 사회적 삶을 구축하고 있는 실질적인 과정을 은폐하려는 의도와 연결되어 있는 경우가 많다.

이야기(story)

이야기란 일차적으로 **의사소통**을 전제로 한 서사 담론의 모든 형태라고 할 수 있다. 중국의 경극, 우리나라의 탈놀이, 비제의 오페라 〈카르멘〉, 에드거 앨런 포의 대표적 애송시 「애너벨 리」, 동료들 사이에 이야기되는 우스갯소리 등에서조차 어떤 의미를 전달하기 위한 표현상의 방식을 발견할 수 있는데, 이것은 이야기를 보다 폭넓게 정의하는 경우이다. 이런 때에는 그 서사 담론이 '무엇을 말(표현)하려 하는가' 하는 의미 해독의 문제와 함께 실제의 사건과 환상적 허구를 불문하고 '의사 전달의 내용이 어떤 방식을 통해서 이해되는가' 하는 개별적 매체의 특이성, 즉 미학적 효과의 편차에 대한 수신자의 다양한 반응이 문제시된다. 따라서 하나의 이야기는 담론상의 여러 방식으로 발현될 수 있으며, 여기에서는 각각의 자질들이 일으키는 변형의 심미적 효과가 논의의 주를 이루게 된다. 예컨대 단군신화를 구성하는 이야기는 구술(할머니의 무릎을 베고 듣는 신비로운 옛날이야기)과 문장화된 언술(『삼국유사』 혹은 『환단고기』의 특정 부분), 연극, 무용, 영화 등등 다양한 방식으로 전달될 수 있으며 각각의 특성에 따라 그 외형을 변화시키게 된다는 뜻이다. 이럴 경우의 이야기는 보통 서사체(narrative)를 의미하며 서사성(narrativity)이라고도 불리는 내재적인 구조를 갖게 된다. 다음에 예시되는 클로드 브레몽(Claude Bremond)의 인용문은 이러한 입장을 잘 대변해준다.

> 하나의 이야기는 발레의 줄거리로 씌어질 수 있고, 소설

의 그것은 무대극이나 영화로 각색될 수 있으며, 영화의 내용은 그 영화를 보지 않은 사람들에게 이야기로 전달될 수가 있다. 우리가 읽는 것은 말이고 보는 것은 이미지이며 뜻을 알아내는 것은 몸짓이다. 그러나 우리가 그러한 것들을 통해 따라가는 것은 이야기이다.

A. J. 그레마스도 이에 동조하여 이야기가 매체 또는 기호 체계(말, 영화의 화면, 신체적 제스처 등)로부터의 추상물이기 때문에 한 매체에서 다른 매체로, 한 언어에서 다른 언어로, 그리고 같은 언어 내에서도 다른 형태로 전환될 수 있는 것으로 파악한다. 이에 반하여 츠베탕 토도로프는 "의미(meaning)란 언표되거나 지각되기 전에는 존재하지 않는다. 그러나 그 언표화가 서로 다른 경로를 밟는다면 동일한 의미를 표현하는 두 개의 발화(utterance)라는 것은 존재하지 않는다"라고 정반대의 주장을 하기도 한다. 즉 토도로프에 있어서 이야기란 고유한 것이며 변형 불가능한 어떤 것이기 때문에 특히 문학작품의 경우에 있어서는 패러프레이즈되거나 번역되면 이야기 자체가 손상될 수 있다는 것이다.

보다 전문적인 의미로 이야기는, 언술을 통한 사건의 모방이라는 아리스토텔레스의 고전적 정의로 축소될 수 있다. 아리스토텔레스에 의하면, 우리는 이야기를 통해서 사건을 모방할 수도 있고, 혹은 모든 인물들을 직접 움직이고 '행동하는' 모습으로 보여줄 수도 있다. 아리스토텔레스는 전자를 이야기(diegesis, 서술적인 것, 말하기)라 부르고 후자를 직접적 재현이라고 부르는데, 이 두 가지가 바로 시적 모방(mimesis)의 두 가지 양식이라고 설명한다. 여기서 서술적 시와 극적 시의 고전적 구분이 성립된다. 직접적 재현의 경우, 사건들은 대중이 보는 눈앞에서 배우들에 의하여 직접 연출된다(연극, 무언극, 무용). 반면 서술적 방식의 경우는 내레이터가 사건의 내용을 이야기한다.

이때 내레이터는 작가 자신일 수도 있고 작가의 대변자 노릇을 하는 어떤 인물일 수도 있다. 하여간 이 경우에 있어서 사건들은 우리가 직접적으로 지각할 수 있는 몸짓, 행동, 말 그 자체가 아니라 서술적 시나 서사시나 소설의(운문이건 산문이건) 이야기라는 형태를 취한다. 이렇게 하여 구경거리(spectacle)의 영역과 문학의 영역이 서로 구별된다. 이상은 R. 부르뇌프와 R. 윌레의 공저인 『소설의 세계 *L'univers du roman*』(1975) 서론을 이루는 내용의 한 부분이다. 오늘날 흔히 말해지는, 소설은 무엇보다도 하나의 이야기라고 할 때의 의미는 연극과 같은 직접 재현이 아니면서 산문적 형식을 가진, 즉 서사시나 서술적 시가 아닌 문학적 양식을 지칭하는 것으로 한정된다.

여기에서 한 걸음 더 나아가보면 학문적 기원이 그리 오래되지 않은 서사학 이론에 의해 이 용어가 더욱 엄정하고 세밀화되는 경향이 있다는 점에 유의할 필요가 있다.

필리프 아몽(Philippe Hamon)은 「이야기 분석의 제 문제에 대한 정리 Mise au point sur les problèms de l'analyse du récit」(『현대 프랑스어 *Lec François moderne*』, 1972.7, pp.200~221)를 시도해 보이면서 이야기를 둘러싸고 있는 과학적이고 논리적인 전제들을 재점검하고 이미 거두어들인 성과와 장차 개발 연구해야 할 영역들이 무엇인가를 검토한 바 있다. 그는 우선 '이야기'란 이야기를 표현하거나 이야기를 떠받쳐주는 틀로 쓰이는 의미 작용의 실천 양식(소설, 영화, 만화, 만화 영화, 무언극, 사진 소설 등)과는 별개의 독립적인 것이라고 본다. 이 점에 있어서 아몽은 브레몽과 그레마스와 같다. 이야기는 또 메시지의 길이, 인물의 성질, 혹은 일체의 제도화된 미학적 가치와도 무관하다. 의미가 그러하듯 이야기는 도처에 존재하며 번역이 가능하고(가령 발자크의 러시아어 번역), 전치(轉置)가 가능하며(텔레비전 프로그램으로 각색한 발자크), 요약이 가능하다(다이제스트판 발자크). 그러므로 "이야기는 의미 작용의 한 독자적 단계로서, 다양한 외화(外化)

가 가능한 의미의 조작으로서, 특수한 담화나 언술 속에서의 의미 분절의 한 특수한 양식으로서 파악되고 정의된다." 우선 '이야기'가 존재하는 데 필수적인 조건은 무엇인가? 이야기가 존재하자면 ① "언술로 분절된 기호 체계에 의하여 정도가 전달되어야 한다." ② "의미의 변형(transformation)이 있어야 한다." 따라서 단일한 기호, 동일한 기호의 반복, 결론을 내리는 식의 최소 서술적 언술(가령 속담, 정의, 신문 기사의 표제, 우화의 교훈, 격언—고양이는 달린다, 고양이는 검다 등) 따위는 이야기와 구별된다. ③ "의미의 변형 속에 '수행(performance)'(그레마스의 개념)과 '시련(preuve)'(프로프의 개념)에 의하여 현재화된 시간 차원이 존재해야 한다."

아몽이 주장하는 이와 같은 최소한의 필수 조건만으로 '이야기 아닌 것'과 비교하여 '이야기'가 무엇인가를 규정하는 데 있어서 모든 난점이 해소되는 것은 물론 아니다(가령 이야기와 묘사적 언술 사이의 구별도 문제다). 그러므로 이런 필수 조건의 규정을 위해서는 보다 정확한 기준을 마련하도록 노력해야 할 것이다. 그러나 아몽이 스스로를 진단했듯이 여기에서 제기된 문제는 기호학의 한 특수하고 독자적인 영역으로 간주한 이야기 분석의 방법론을 성립시키기 위해서 우선 거론해야 할 문제임에 틀림없는 것이다.

일반적으로 소설 텍스트 속의 이야기는 상기한 논의들을 바탕으로 하여 '처음부터 끝까지 시간 속에서 접속된 일련의 사건들'로 정의되는 것이 보통이다. 이것은 달리 말해 소설이 어떤 '스토리(histoire, story)'를 가지고 만들어진 '이야기'라는 뜻이다. 물론 이때의 스토리는 실제나 상상의 행동 및 사건의 총화를 뜻하는 것이며, 이야기는 구어(口語)나 문어(文語)로서 실제 또는 상상의 사실들을 전달하는 것을 말한다. 불어권에서의 이러한 구분은 그러나 명료하게 사용되고 있지 않으며 흔히 동의어로 많이 쓰이는 편이다. 따라서 소설 텍스트 속의 이야기라 함은 보통은 스토리(상호의 관련으로 얽히는 사건의 총화.

러시아 형식주의자들의 표현을 빌리면 '독자가 사건을 인지하는 방식, 혹은 시간이 텍스트에 드러나는 수제(syuzhet)가 아닌 파불라(fauble)') 와 같은 뜻으로 보아도 무방하다.

인과성(ausality)과 우발성(contingency)

아리스토텔레스 이래 서사물에서의 사건들은 상호 관련적이고 구속적이며 수반적인 관계에 있다고 논의되어왔다. 전통적인 논의에 따르면 서사물 내에서의 사건들의 계기성은 단순히 선조(線條)적인 것이 아니라 인과적인 것이다.

인과성은 이미 제시된 부분과 제시된 부분 이후 다른 부분으로 '나아가는' 과정에 발생하는 의미 단락의 연속성을 가리킨다. 가령 '왕이 죽고 나서, 왕비가 죽었다'라는 구절에는, 왕이 죽자 '그 슬픔 때문에' 왕비가 죽었다라고 해석할 만한 암시적 의미가 개재된다. 이 경우 독자는 왕비의 죽음이 왕의 죽음 때문에 발생한 결과라고 추측하는 것이다. 그러나 왕의 죽음과 왕비의 죽음 간에 맺어지는 인과적 고리가 이 구절에 명시적으로 표현되어 있는 것은 아니다.

인과성은 드러난 것일 수도 있고, 암시적인 것일 수도 있다. 고전적인 서사물에서 사건들은 선조적인 인과관계로 연결되어 사건의 결과들은 최종적인 결말에 이르기까지 차례로 다른 사건들에 영향을 주게 된다. 두 가지 사건들 사이의 관계가 명백히 보이지 않을 때에도 뒤에 발견될 더 포괄적인 원리를 통해 추론될 수 있는 것이다.

서사적 플롯에서 인과성의 개념은 아리스토텔레스의 이론을 토대로 한 폴 굿맨의 다음과 같은 말로 명쾌하게 요약된다. 그에 따르면 서사물에서 플롯은 "이미 제시된 부분들을 따라서(혹은 그 결과로) 다음 부분들로 나아가"며, 서사적 플롯에서 "처음에는 모든 것이 가능하지만 중간에는 개연적이 되고 끝에는 모든 것이 필연적이 되는 것이다."

처음, 중간, 끝을 가진 전통적인 이야기 구조 속에서 인과성은 사건들을 얽어나가는 주요한 구성 원리가 되며, 그 인과성에 의해서 일련의 사건들은 하나의 최종적인 해결책에 이르게 되는 것이다.

그러나 현대적 서사물에서는 이야기의 지배적인 구성 원리로서의 인과성에 대한 의존이 점차 약화되어가고 있는 추세이다. 현대적 서사물에서는 더 이상 처음-중간-끝이라는 일직선적인 플롯의 전개를 찾아보기 어려울뿐더러, 사건들 또한 최종적인 해결 국면을 향한 인과적 고리를 취하기보다는, 복잡하게 흩어진, 파편화된 상황들로 제시되는 것이다. 현대 서사물에서 플롯의 기본 원리로서 인과성 대신 우발성이 강조되는 것은 현대의 삶이, 인간의 삶을 이끌어가는 보편적이고 일관된 가치 규범이 존재했다고 믿어지는 과거에 비해 매우 모호하고 파편화된 양상을 보여주고 있다는 인식과 밀접하게 연관되어 있다.

우발성은 '불확실성'이나 '우연'의 의미가 아니라 더 엄격한 철학적 의미에서 '그 존재, 사건, 인물 들에 있어서 아직은 확실치 않은 그 무엇에 의존하는 것'을 뜻한다. 로브그리예의 경우 그러한 우발성은 누적된 기술적 반복과 플롯의 새로운 조직 원리에 폭넓게 적용되고 있다. 그러므로 현대의 서사물들이 보여주고 있는 우발성의 세계는 파편화된 사건들을 연결시켜주는 인과적 질서를 상실한 세계, 혹은 하나의 사건에 대한 분명하고 규범화된 판단이 불가능해져버린 세계에 대한 서사적 대응의 한 형태라고 할 수 있다.

인물(character)과 **인물 구성**(characterization)

캐릭터(character)는 작품에서 행위나 사건을 수행하는 주체, 즉 인물과 그 인물이 지닌 기질과 속성, 즉 성격을 포괄하는 의미를 지닌다. 그것은 작품을 통틀어 불변적일 수도 있으며, 점진적으로 또는 극적 위기의 결과에 따라 근본적으로 변화할 수도 있다. 전통적 사실주의 소설에서는 인물의 성격적 일관성이 요구된다. 즉 인물이 돌변하여 이미 우리가 알고 있는 그의 기질에 바탕한 개연성에 어긋나도록 행동해서는 안 된다.

E. M. 포스터는 인물을 평면적 인물(flat character)과 입체적 인물(round character)로 나눈다. 그에 따르면 평면적 인물은 이야기의 전개 과정에서 그 성격이 변하지 않은 채로 남아 있으며, '하나의 단일한 관념이나 특성'을 중심으로 구성됨으로써 단 하나의 문장으로도 충분히 만족스럽게 묘사될 수 있는 단순한 성격의 인물이다. 이에 비해 입체적 인물은 그 성격이 변화 발전하며, 기질과 동기가 복잡하여 작가는 미묘한 특수성을 지닌 묘사를 하게 된다. 그러나 포스터의 이러한 이분법이 모든 인물들에 무리 없이 적용되는 것은 아니다. 예를 들어 『율리시스』의 레오폴드 블룸은 복잡한 인물이긴 하지만 변화하지 않으며, 제인 오스틴의 『에마』에서 나오는 미스 베이츠는 단순한 인물이지만 변화한다.

인물이 어느 정도로 입체적일 필요가 있느냐 하는 문제는 플롯 속에서 그들이 어떤 기능을 담당하고 있는가에 따라 달라진다. 일반적으로 주변인물들(minor character)은 평면적이고 정적인 성격 유형을 갖는 반면, 주인물(main character)은 역동적이고 변화하는 성격을 가진다. 따라서 입체적 인물은 대개 주인공으로 등장하는 경우가 많지만 반드시 그런 것만도 아니며, 탐정소설, 모험담과 같은 경우에는 주인공까지도 평면적 인물이기 쉽다.

인물을 분류하는 또 다른 준거로서 전형적 인물(stock character)과 개성적 인물을 들 수 있다. 전형적 인물은 미리 규정된 범주의 속성들을 가지고 있는 인물들로서, 한 사회의 집단적 성격을 대표하며 성격의 공시적 보편성을 내포한다. 반면 개성적 인물은 사회의 집단적 성격과 대립하는, 혹은 적어도 그와 변별되는 예외적 기질을 갖춘 인물이다. 19세기에 와서 플로베르나 도스토옙스키 등에 의해 풍부한 개성적 인물들이 강조되었고, 이러한 전통은 제임스 조이스나 프루스트, 버지니아 울프 등의 작품에서 개성과 내면 의식에의 정밀한 탐험과 더불어 그 절정에 달했다. 발자크의 고리오 영감이나 채만식의『태평천하』에 나오는 윤 직원 영감, 염상섭의『삼대』의 조 의관 등이 전형적 유형에 속하는 인물들이라면,『폭풍의 언덕』의 히스클리프,『카라마조프 가의 형제들』의 드미트리, 최인훈의『광장』의 주인공 이명준 등은 개성적 성격을 대표하는 인물들이다.

캐릭터라이제이션(characterization)은 인물 구성, 혹은 인물 부각 방식을 의미하는 용어로서, 그것은 크게 말하기(telling)의 방식과 보여주기(showing)의 방식으로 구별된다. 전자에서는 작가 자신이 등장인물의 행위나 심리적 동기, 혹은 그의 기질적 특성을 묘사하고 평가하기 위해 자주 작품 속으로, 또 인물의 내부로 개입한다. 그러나 후자의 경우 작가는 등장인물이 말하고 행동하는 것을 차분한 관찰에 의해 제시하기만 할 뿐, 그들의 내면에 개입하거나 그들을 주관적으로 평가하지 않는다. 따라서 인물의 대화와 행동의 배경에 어떤 동기와 기질이 숨어 있는가를 추측하는 것은 독자의 몫이 된다. 일반적으로 전통적인 소설에서는 말하기가 인물 부각의 지배적인 방식이었다. 즉 소설에서는 등장인물의 성격이 집단적 특성의 결합이라고 여겨졌던 소설 발달 과정의 초기에는 인간의 성격을 일반화하거나 유형별로 분류하는 방식이 중시되었고, 그에 따라 직접 제시의 완결성과 명징성이 선호되었다. 그러나 독자의 능동적 역할 증대와 함께, 오늘날에는 폐쇄적이고 확정적인 말하기의 방식보다는 행동이나 대화, 환경 등의 객관화된 극적 장치들을 통한 개방적이고 암시적인 보여주기의 인물 부각 방식이 보다 고급한 기법으로 간주되는 경향이 있다. 특히 플로베르와 헨리 제임스의 이론과 그들의 작품 이후로 직접 제시의 방식을 작품의 예술적 완성도를 해치는 기법으로 여기는 것이 일반화된 생각이다. 그러나 작품의 미적 완성도를 위해 직접 제시에 의한 인물 부각 방식만을 사용해야 한다는 주장에 대해서 웨인 부스 같은 이론가는 두 가지 방식을 필요에 따라 섞어 쓸 자유는 당연히 작가의 몫이라고 반박한다.

인형 조종술

김동인에 의해서 주창된 창작 방법론을 일컫는 용어.

이 개념은 김동인이 최초로 발표한 글인「소설에 대한 조선 사람의 사상을」(『학지광』, 1919. 8. 1)과 이듬해에 발표된「자기가 창조한 세계」(『창조』 7호, 1920. 7)에서 그 출처를 찾을 수 있다. 김동인에 의하면 "예술은 개인 전체요 참예술가는 인령(人靈)이요, 참문학적 작품은 신(神)의 섭(攝)이요 성서(聖書)"이기 때문에 작가(예술가)는 신과 같은 자리에 서서 자기가 창조한 세계를 완전히 장악, 지배해야 하는 것이다. 또한 그는, 작가는 누구나 인생을 창조하지만 그 창조된 인생을 손바닥 위에 올려놓고 마치 인형을 놀리듯 완전히 지배하는 작가와 그렇지 못하고 자기가 만든 인생에 오히려 이끌려 다니는 작가가 있을 수 있다고 하면서 전자의 예로 톨스토이를, 후자의 예로 도스토옙스키를 꼽고 있다. 김동인이 톨스토이를 참다운 예술가로 인정하고 흠모한 것은 그의 창작적 성향과 신념으로 보아 당연한 것이었다.

김동인의 논의는 무엇보다도 소설에서의 시점의 문제를 본격적으로 부각시켰다는 점에서 주목받는다. 그러나 작가가 등장인물들을 인형 다루듯 조종해야 한다는 김동인의 주장은 전지적 시점의 문제가 아니라, 작중 주요 인물의 눈에 비친 것에 국한하여 작가가 쓸 권리가 있다는, 즉 특별한 한 시점을 통해서만 다른 인물들을 조종한다고 하는 의미로 제한된 것이었다. 이러한 엄격한 형식적 방법에 의해 씌어진 최초의 작품이「약한 자의 슬픔」(1919)과「마음이 옅은 자여」

(1919)였으며, 두 작품에서 찾아지는 근대성은 바로 이러한 시점의 확립이라는 기법상의 문제와 관계가 깊다고 할 수 있다. 그러나 작중 인물을 통한 제한된 시점으로서 인형 조종술은 인물들을 장악하고 지배한다는 점에서 실제로 불완전한 면모를 보이고 있었고, 이런 문제점은 작가가 모든 등장인물들을 위에서 내려다보면서 무소부지의 권능으로 사건을 서술해나가고 있는(등장인물들에 의하여 사건들이 자연스럽게 엮어져나가는 것이 아니라) 「감자」(1925)와 「명문」(1925)에 와서야 제 모습을 갖추게 된다. 결국 인형 조종술은 한국 근대소설의 시점 확립에 주요한 공헌을 한 셈이지만, 인물들의 개성과 자율성을 외면함으로써 인물들의 자유와 생동성을 앗아가버리는 결과를 초래하고 만다.

일반화(generalization)

일반적으로 고전적인 허구적 서사물에서 납득하기 어려운 동기들을 표준적인 이해의 단계로 이동시키기 위해 사용하는 서술 기법으로, 그 기준이 되는 것은 **핍진성**이다. 허구적 사서물에서 대부분의 사건들은, 독자들이 이러저러한 일이나 사물들이 어떻게 일어날 수 있고 존재할 수 있는지를 금방 알아차릴 수 있기 때문에 설명을 필요로 하지 않는다. 그러나 행위의 널리 알려진 규범들에 비추어 볼 때 불가능하다고 여겨지는 행위들, 혹은 외관상 기이한 현상들을 납득시키기 위해서는 '일반화'라고 일컬어지는 서사적 개입이 요구된다. 이때 이러한 일반화가 '진실'인지 진실이 아닌지는 중요하지 않다. 중요한 것은 그것이 '설명'을 제공해준다는 것이며, 결국 유일하게 요구되는 것은 '그럴듯함'이다. 허구적 작품 속에서 개연성 없는 행위들은 어떤 식으로든 설명되거나 동기부여(motivation)가 된 상태에서만 허용될 수 있는 것이다. 설명 그 자체가 우스꽝스럽거나 자의적인 것일지라도 설명이 제공된다는 사실은 개연성에 대한 일정한 요구를 충족시키기에 충분하다.

읽히는 텍스트(readerly text)와 씌어지는 텍스트(writerly text)

전통적인 의미에서 텍스트란 일정한 기의로 귀결되는 기표들의 체계적이고 조직적인 활동 공간이자 텍스트 생산자가 이해하고 수용한 세계의 모습의 한 편린이며 나아가 효율적인 의미의 전달을 위해 정밀하게 짜여진 기호들 간의 관계망이었다. 그러므로 텍스트 해독이란 작가가 숨겨놓은 특정한 기의를 추적하는 과정을 의미했고 비평이란 텍스트가 함축하고 있는 궁극적 기의를 결정하거나 안정시키는 행위였다. 그러나 이러한 전통적인 텍스트 및 텍스트 접근 개념은 텍스트 생산의 기능이 독자들에게 이양되어야 한다는 수용미학이 대두하고 세계의 궁극적 실체에 회의의 눈길을 던지는 일단의 이론가들이 등장한 이후 더 이상 지탱될 수 없게 되었다.

"기의의 존재 자체가 허구적 환상이며 이데올로기적 억압에 의한 조작"에 불과하다고 단정하는 자크 데리다(Jacques Derrida)나 "자아(ego)는 불변하는 주체가 아니고 범람하는 기표의 유입에 의해 형성된 유동적인 것"이라는 자크 라캉(Jacques M. E. Lacan)의 발언이 암시하듯이, 현대 문학 이론의 주요한 흐름을 형성하고 있는 후기구조주의적 혹은 해체론적 이론가들은 삶과 세계의 근원적 기의나 그러한 기의를 수록하는 실체로서의 텍스트라는 존재를 강력하게 부정한다. 이들에게 있어 텍스트란 문학적 생산의 기원이나 출발점이 아닌 생산과정일 뿐이며 일정한 의미로 귀결되는 기표들의 조직적 체계가 아닌 느슨하게 묶여 있어 얼마든지 다양한 조합이 가능한 기표들의 집합 장소일 뿐이다. 그러므로 전통적인 서사 텍스트의 구분 방법—사실주의 소설이니 낭만주의 소설이니 하는 사조적 분류나 모험소설이니 연애소설이니 하는 소재적 분류 등등—또한 이들에게는 더 이상 유효한 텍스트 구분법이 되지 못한다. 왜냐하면 이런 전통적 개념들은 특정 텍스트 내의 기표들이 일정한 기의로 수렴되고 그 기의는 어떤 근본적인 관련 상황과 접촉하고 있거나 그것을 반영한다는 인식을 전제로 산출된 것이기 때문이다. 기의의 현존 자체가 부정된다면 그 모든 과정 전체가 무의미하거나 헛된 작업임이 분명해질 것은 너무도 당연하다.

이런 새로운 인식의 연장선상에서 전통적 텍스트 개념의 전복 작업을 가장 활발하게 시도했던 정력적인 이론가인 롤랑 바르트는 기존의 텍스트 구분법을 대신한 간명하고 혁신적인 텍스트 구분의 두 개념을 대안으로 제시했다. 하나는 더 이상의 의미 생산을 할 수 없고 의미화의 기능이 규약들로 짜여져 있기 때문에 일회적 읽기의 대상이 될 수밖에 없는 텍스트, 곧 '읽히는 텍스트'이다. 다른 하나는 다시 '씌어질 수 있는 텍스트', 즉 텍스트 내의 기표들이 고정된 기의로 수렴되지 않을 뿐만 아니라 완성된 명료한 의미에 저항하며 새로운 의미의 산출을 위해 무한히 운동을 계속하는 기표들로 짜여진 텍스트이다.

바르트에 의하면 읽히는 텍스트는 고정된 이데올로기와 관념의 집적물이기 때문에 궁극적으로 읽기의 쾌락을 증진시키고자 하는 문학의 목적(바르트의 목적)에 위배되는 해로운 텍스트이고 재생산되는 과정이 없이 단지 '소비'될 수 있는 텍스트일 뿐이다. 독자와의 관계에서 보자면 이 유형의 텍스트는 편파적 이데올로기의 노예가 된 무능한 독자를 요구하고 프로이트적 용어로는 '강박적이며 편집증적인' 독자를 요구한다. 반대로 씌어지는 텍스트는 끊임없이 재생산되는 텍스트이고 완성을 기다리는 텍스트이며 이미 고갈된 규약들에 대한 방어를 행하는 텍스트이다. 이 유형의 텍스트는 쾌락과 오르가슴을 추구하는 독자를 요구하고 프로이트적 개념으로 말하자면 열기와 광기에 찬 히스테리적 독자를 요구한다.

이런 새로운 개념의 텍스트가 지니는 특성을 바르트는「작품에서 텍스트로 From Work to Text」라는 그의 논문에서 일곱 개의 명제로 정리한 바 있다.

① 고정적 의미를 지닌 전통적 문학작품과 달리 텍스트는 전적으로 언어 생산의 활동 가운데에서 경험된다.
② 모든 문학적 관습과 질서를 넘어서서 텍스트는 텍스트가 읽혀지는 규칙들과 관습적 제한 조건에 대항한다.
③ 중심을 정하거나 종결될 수 없는, 철저히 파괴적인 기표들의 자유로운 놀이를 통해 텍스트는 자신의 기의를 무한히 연결시킨다.
④ 텍스트는 피할 수 없이 많은 의미를 산출하며 진리가 아니라 산종(散種, dissemination)을 낳는다.
⑤ 저자의 날인은 더 이상 부성(父性)이나 특전을 의미하지 않는다. 저자는 그저 손님으로 텍스트를 방문하고 있을 뿐이다.
⑥ 텍스트는 소화되는 게 아니라 협동의 장에서 독자에 의해 열리고 숨을 쉰다. 즉 탄생된다.
⑦ 텍스트는 유토피아적 쾌락과 연결되어 있다.

이런 텍스트 개념을 바탕으로 바르트는 30페이지에 불과한 발자크의「사라진」이라는 텍스트를 200페이지의『S/Z』라는 텍스트로 재생산하고 '다시 쓰는' 작업 과정을 실제로 보여주었다.

일반적인 차원에서 보자면 텍스트가 생산된 당대의 규약 수록에 충실한 사실주의 텍스트는 그 규약의 한정성 때문에 읽히는 텍스트의 성향을 띠게 되는 경우가 많고, 일정한 기의로 수렴되지 않는 다양한 기표와 규약들을 풍부하게 수록하고 있는 모더니즘 텍스트는 해석적 통로의 다양성 때문에 씌어지는 텍스트의 성향을 지니게 될 것이다(실제로 바르트는 이러한 분류를 행한 바 있다). 그러나 좀더 엄밀하게 보자면 이 두 용어는 전통적인 텍스트 생산 양식과 텍스트 이해방식에 대항하기 위해 바르트가 창안한 관념적 개념일 뿐이지 실제의 텍스트 구분 작업에서 그렇게 정확한 개념적 변별성을 가지고 적용되기는 힘들다. 이를테면 바르트의 '실험적 다시 쓰기'의 대상이 되었던 「사라진」이라는 텍스트도 일반적인 문학사의 관점에서 본다면 바르트가 전형적인 부류로 간주했던 사실주의 텍스트이고 루카치에 의해 최고의 사실주의 작가로 평가받은 발자크의 작품이기 때문이다.

그러므로 이 용어들은 개념적 엄밀성과 효율성의 측면에서가 아니라, 고갈되었거나 고갈되어가고 있는 규약들 및 그러한 규약들을 수록하고 있는 전통적 문학 텍스트에 새로운 방식으로 대응하기 위한 정치적 · 전략적 의도의 측면에서 그 생명성을 부여받는다. 그러나 이런 정리의 과정을 통해 이 용어들이 제기하는 문제가 모두 해결되는 것은 아니다. 또 다른 근본적인 문제 — 씌어지는 텍스트가 추구하는 쾌락과 오르가슴이 문화적 생산과 소비의 최종적인 목표가 될 수 있는가? 텍스트의 끊임없는 해체와 무한한 재생산 과정에서 궁극적으로 무엇이 남게 되는가? — 가 다시 제기되는 것이다. 이런 의문들의 해결은 결국 이 용어를 선호하는 히스테리적 독자와 이론가 모두에게, 그리고 궁극적으로는 현대의 문학 이론과 문학 텍스트 생산자 모두에게 그 책임 있는 답변의 부담이 안겨진다고 할 수 있다.

자연주의 소설

19세기 말 프랑스를 중심으로 발생하여 현대문학에까지 광범위한 맥을 이어오고 있는 소설 장르를 말한다. 문학사에 기록될 만한 가치 있는 작품으로부터 천박한 센세이셔널리즘에 경도된 폭로물에 이르기까지 그 성격은 참으로 다양하다. 일반적으로 이 부류로 분류되는 작품들은 자연주의가 지녔던 정신적 · 철학적 명제들—인간은 전적으로 자연 질서의 일부이며, 영혼을 가지고 있지 않으며, 자연을 초월한 종교적이고 영적인 어떤 세계와도 관계를 맺고 있지 않다는 인식—을 그 바탕으로 지님과 아울러, 그런 세계관의 제시에 필요한 특정한 기법과 서술상의 태도를 보유하고 있다.

자연주의 소설이 형성된 배경으로는 세 가지 사실이 흔히 기록된다. 첫째, 19세기 리얼리즘 소설의 전통. 발자크, 스탕달, 플로베르, 디킨스, 조지 엘리엇 등의 위대한 작품이 지녔던 현실 묘사의 정신은 자연주의 소설에 와서 더욱 구체화되고 심화되었다. 둘째, 모든 생물의 발생과 변화를 과학적 체계 안에서 설명하려고 한 다윈의 진화론. 인간은 원숭이로부터 유래하였으며, 동물과 마찬가지로 식욕과 성욕의 지배를 받고, 자연의 일부에 불과하다는 인식은, 인간을 과학적으로 분석하고 객관적으로 해부하고자 하는 자연주의적 성찰의 근간을 이루었다. 셋째, 콩트를 비롯한 실증주의 철학자들의 결정론적 인간관, 즉 인간은 자신의 의식과 행동이 통제할 수 없는 외부적 조건들에 의해 결정되어 있다는 생각은 인간을 환경의 피조물로서 제시하려는 자연주의 소설의 동기를 이룬다.

이러한 요인들의 영향 아래에서 자연주의 소설은 인간을 둘러싼 물리적인 환경과 그 가운데 단지 '존재할' 뿐인 한 '생물체'로서의 인간, 유전적 기질과 환경의 영향을 벗어나지 못하는 인간을, 자연 과학자가 갖는 최대의 객관성을 가지고 제시하려 시도한다.

문학사에서 최초의 자연주의 소설은 일반적으로 공쿠르 형제의『제르미니 라세르퇴 *Germinie Lacerteux*』(1864)에서 시작된 것으로 알려져 있는데, 이 책의 서문에서 공쿠르 형제는 이 소설이 과학적 정신에서 이루어진 '사랑의 임상 연구'임을 밝히고 있다. 그러나 자연주의 운동의 중심 인물은 역시 에밀 졸라이다. 그는 그의『실험소설론』을 통해서 자연주의 문학의 대표적인 이론 체계를 세웠을 뿐만 아니라 그 이론을 실제 창작에 적용한『테레즈 라캥』을 위시하여『루공 마카르 총서』 등의 작품을 남겼다. 특히 자연주의 이론에 입각해서 씌어진 그의 첫 작품인『테레즈 라캥』의 서문에 나오는 다음 구절은 자연주의의 창작 태도를 단적으로 보여주고 있다.

> 소설을 세심하게 읽게 되면, 각각의 장(章)이 생리학의 흥미로운 한 경우에 대한 연구라는 것을 알게 될 것이다. 한마디로 나는 단 하나의 욕망밖에 없다. 즉 힘센 남자와 욕구 불만인 여자를 통해 그들에게서 동물성을 찾아내고, 동물성을

> 찾아낸 다음엔 그들을 격렬한 드라마 속에 내던져서, 그들의 감각과 행동을 주의 깊게 적어두는 것이다. 나는 외과의사가 시체에 행하는 분석의 노고를, 다만 살아 있는 두 몸뚱이에 행했을 뿐이다.

이 작품의 주인공인 테레즈와 로랑은 생각과 느낌, 자기 양심을 지닌 인간적 존재로 부각되지 않고 육체, 피, 신경과 같은 물리적 요소의 조직으로 나타난다. 특히 성격의 변화에 있어 유전적 기질과 환경의 영향이 중요시된다. 이들을 서술하는 졸라의 어투는 의학적이며, 작품 내적 요소에 접근하는 그의 방법은 도덕적 판단이나 정서적 감응이 제외된, 시험관 속의 화학 반응을 살펴보는 과학자의 그것이다. 『테레즈 라캥』에 이어서 씌어진 『루공 마카르 총서』는 1871~1893년 사이에 씌어진 일련의 소설 20편으로 이루어진 일종의 연작소설이다. 그중 『목로주점』 『나나』 『제르미날』 등이 우리나라 독자들에게 널리 알려져 있는데, 부제인 '제2제정 시대의 한 가정의 자연적 사회적 역사'를 통해서도 시사받을 수 있듯이 이 작품은 루공 가와 마카르 가라는 두 대가문의 여러 세대에 걸친 역사를 통해 다양한 작업을 가진 여러 개인과 그 개인들을 산출해낸 당대 프랑스의 사회적 기상도를 보여준다. 특히 이들 작품 속에서는 질병과 같은 유전적 요인이 유난히 강조된다.

그러나 졸라의 문학작품들이 높게 평가되는 반면, 자연주의에 대한 그의 이론적 저작물들의 가치가 점차 낮게 평가되어왔다는 점, 그리고 『실험소설론』에서 개진된 자연주의 소설 이론에 따라 씌어진 것으로 알려져 있는 『루공 마카르 총서』의 문학적 성공이 자연주의 이론 그 자체에 의해서가 아니라 뛰어난 상상력을 통해서 스스로의 이론적 결함을 초월하고 있는 졸라의 위대한 문학적 자질에서 비롯된 것으로 평가받고 있다는 것을 상기해보면, 자연주의 소설의 이론적인 원칙이 구체적인 예술작품에서 매우 지켜지기 어렵다는 점, 그리고 대개의 경우 뛰어난 자연주의 소설이 그 이론과 반대되는 모습으로 나타났다는 점은 그리 놀라운 일이 아니다. 졸라의 『루공 마카르 총서』가 지니는 문학적 가치는 단순히 그것이 환경과 유전 인자에 의해 결정되는 인간의 추악한 면을 폭로하고 있기 때문이 아니라, 그를 통해 인간의 삶을 둘러싸고 있는 환경의 영향과 당대 프랑스의 사회 상황을 알 수 있게 해준다는 점에 있는 것이다. 졸라 이외에 모파상, 플로베르 등이 자연주의 작가들로 분류되기도 하지만, 실상 그들은 졸라만큼 자연주의에 대한 철저한 이론적 신념을 가지고 있었던 것은 아니다.

모두 다 그런 것은 아니지만 대부분의 졸라 작품의 주제는 한 인간의 몰락과 비천함, 가난 등이며 이러한 특성은 이후의 자연주의 소설에도 꾸준히 계승되었다. 주인공들은 대부분 비극적인 운명으로 전락하는데 이때의 비극성은 고전문학 속의 영웅적 인물들이 지니고 있는 비극성, 즉 자신의 운명이나 거대한 힘들과의 싸움에서 실패함으로써 맞게 되는 숭고한 파멸과는 그 양상이 전적으로 다르다. 그것은 단지 동물적 욕구를 지닌 하나의 존재가 이 세상에 태어나 그 욕구를 충족시키는 데 좌절하는 과정의 기록일 따름이다. 제재로는 자연히 슬럼생활, 알코올중독, 성적 타락 등이 주로 선택된다. 때로는 벗어날 수 없이 인간을 얽어매는 이런 상황에 대한 저항과 분노가 노출되는데 그 정서적 반응이 지나쳐서 독자들의 혐오감을 불러일으키기도 한다. 스티븐 크레인의 『거리의 소녀』, 존 스타인벡의 『분노의 포도』, 베르가의 『카프리에서의 생활』, 업턴 싱클레어의 『정글』 등이 자연주의 소설의 또 다른 예로 제시될 수 있으며, 직접적으로 자연주의 소설이라 지칭되지는 않더라도, 인간과 사회의 어두운 면을 냉혹하게 묘사하는 자연주의적 기법과 정신의 영향권 안에 있는 현대소설은 더욱더 방대한 양에 달한다. 토머스 하디, 시어도어 드라이저, 제임스 패럴 등등의 작가가 그 대표적 예로 지적될 법하다.

그러나 이처럼 결정론적 인간관에 입각한 엄정한 객관적 관찰이라는 자연주의 이론은 근본적인 문제점을 내포하는 것이었다. 일반적으로 자연주의에 대해서 가해지는 비판의 유형은 크게 두 가지로 요약되는데, 그 하나가 자연주의를 기이한 소재들을 묘사하는 데 열중하는 천박한 선정주의의 소산으로 보는 관점이라면, 다른 하나는 자연주의는 현존하는 비참함을 그려내는 데에 머물고 있을 뿐 보다 나은 미래로의 길을 결코 제시하지 못하고 있다는 관점이다. 특히 후자의 관점은 마르크스주의 비평 쪽에서 끊임없이 제기되어온 것으로서 자연주의 소설이 현실을 충실하게 재현함으로써 부르주아 계급의 필연적인 몰락을 반영하는 데 어느 정도 기여한 측면을 인정하면서도 그것이 사회 제 계층 간의 내면적 연관을 고려하지 않을 뿐만 아니라 상승하는 프롤레타리아 문제를 배제한 전망 부재의 세계관에 빠져 있다고 비난한다. 자연주의 소설이 인간을 생명 없는 사물의 수준으로 떨어뜨리며 그 그릇된 '객관주의'는 자본주의적 삶에 도전할 기력을 잃은 '정물화적' 표현에 불과하다는 루카치의 비판도 그와 같은 차원에서 이루어지는 것이다.

한국문학에서 자연주의 소설은 1920년대에 염상섭을 중심으로 전개된다. 그는 「개성과 예술」이라는 논문을 통해 "자연주의의 사상은 자아 각성에 의한 권위의 부정, 우상의 타파로 인하여 유인된 환멸의 비애를 호소함에 그 중요한 의의가 있다. (……) 인생의 암흑, 추악한 일면을 여실히 묘사함으로써 인생의 진상은 이러하다는 것을 표현하기 위한 것, 자연주의는 이상주의 혹은 낭만파 문학에 대한 반동으로 일어난 수단"이라고 말한 바 있다. 그러나 그의 작품 「표본실의 청개구리」 「만세전」 『삼대』 등이 이러한 자연주의적 이론의 충실한 반영인가 하는 점에 대해서는 많은 논란이 있어왔다. 일반적인 견해는, 그의 작품이 생물학적 결정론을 강조하는 졸라의 태도에 부합하기보다는 당대 식민지 사회의 전형적 인물을 제시하려는 리얼리즘적 성격을 더욱 강하게 드러내 보인다는 것이다. 이외에도 김동인의 「감자」「명문」 등이 거론되지만 이 작품 속에서 인간의 추악한 일면을 드러내고 있다는 점 이외의 자연주의에 대한 어떤 의식적인 기법의 수용을 찾아내기는 어렵다.

자유연상(free association)

소설에서 '의식의 흐름'이 나타나는 방식 가운데 하나. '내적 독백'과는 구별된다. 이 용어는 윌리엄 제임스가 그의 주저인 『심리학의 원리』(1890)에서, 인간의 깨어 있는 정신 속에서 의식의 끊임없는 연속성에 대해 언급하기 위해 사용되면서, 현대소설의 특징적인 기법을 가리키는 말로 정착되었다.

내적 독백이 침묵 속에서 자기 자신에게 말하는 등장인물의 직접적인 언술의 형태를 지닌다면, 자유연상은 감각적인 인상을 자기 자신에게 말하는 언술적 형태를 지니지 않는다. 다시 말해 자유연상은 타인이나 자신을 포함한 어떤 대상에 말을 건네는 것이 아니라 감각기관을 통해 지각된 인상을 언어화한 것이다. 요컨대 이것은 직접적인 인상이긴 하지만 작중인물의 내면에서 언술적 형태로 발화되지 않는 감각의 인상을 기록한 것일 뿐이다. 영화에서는 이 같은 감각의 인상이 시각적으로 전달되지만 서사물에서는 표면상 연상들 사이의 또렷한 상관관계가 없는 임의적인 서술적 형태로 제시된다. '자유'라는 말 속에는 적어도 어떤 의도나 목적이 개입되지 않은 연상들의 방임적 배열 관계를 나타내는 의미가 포함되어 있는 것이다. 만약 어떤 대상에 대한 정신 집중의 결과로 인상이 모아지는 경우, 이것은 제한연상(controlled association)이라고 할 수 있다.

자유연상이 일어나는 것은 대개 예기치 못한 충격적인 자극이나 심리적 기제에 대해서 거의 즉자적으로 반응하는 의식의 방임 상태 속에서이다. 따라서 자유연상 속에서 일상적 체험이나 사실들은 친숙하고 낯익은 논리적 인과성이나 필연성 없이 파편화된 형태로 나타나거나, 먼 기억 속에 있었던 풍경들이 현재의 그것과 무분별하게 뒤얽혀 낯설고 이질적인 느낌을 불러일으키면서 드러난다. 자유연상적 기법에서는 대부분의 서술이 수사학적 · 문법적 원칙이 고려되지 않은 채 추상적이고 비논리적으로 엉켜 있기가 일쑤다. 이것은 곧 무의식적 사고에 대해 작가가 신뢰를 보인다는 것을 의미한다. 왜냐하면 작가는 자유연상을 통해서 외부 세계에 나타난 표상보다도 의식과 정서의 끝없는 부침의 과정에서 인간의 실존적 의미를 더 잘 해명할 수 있다고 믿기 때문이다.

이 같은 심리 상태에 대한 천착은 새뮤얼 리처드슨의 『파멜라』(1740)에서부터 그 연원을 더듬어볼 수 있는데, 19세기 말 이후 무의식에 대한 프로이트의 개념이 소설 양식에 유입되면서부터 더욱 활발하게 추구되었다. 이런 경향은 문학작품 속에서 사회적 동기나 그 맥락보다는 개인의 문제, 그리고 그 개인의 심리적 동기를 중시하고, 사회적 동기조차도 개인의 의식 속에서 심리적으로 깊이 내면화된 형태로 표현하려는 태도와 관련된다. 자유연상을 뚜렷한 창작 기법으로 활용한 예로는 프루스트의 『잃어버린 시간을 찾아서』, 도로시 리처드슨의 작품, 제임스 조이스의 『피네간의 경야』 『율리시스』, 포크너의 『음향과 분노』, 그리고 버지니아 울프의 작품들이 손꼽힌다.

자유 직접 · 간접 문체(free direct · indirect style)

자유 간접 문체는 현대소설, 특히 20세기 모더니즘 소설이 개발하고 선호한 표현 양상이다.

서사적 담론의 무엇보다도 두드러지는 특성은 그것이 매개된 담론이라는 사실에서 찾아진다. 다시 말하자면 서사는 화자의 중재에 의존해서 수용자에게 전달된다. 따라서 서사물에서 이야기를 들려주는 목소리의 주인공은 예외 없이 화자이다. 그러나 서사적 말하기에서 작중인물의 개인적인 어투 · 태도 · 습벽은 서사적 의미의 산출과 핍진감의 제고라는 문제에 중대한 영향을 끼치기 때문에 화자는 때로는 자신의 목소리를 잠시 유보하고 작중인물의 목소리를 직접 도입하기도 한다. 대화나 내적 독백(internal monologue)이 바로 그렇게 도입된 작중인물의 개인적인 목소리이며 이 같은 표현 방식이 자유 직접 문체(free direct style)이다.

제랄드 프랭스는 "서사적 중재를 거치지 않은 작중인물의 발화나 사고"라고 이 표현 방식의 특징을 간략하게 요약하고 있지만 S. 채트먼의 설명은 작중인물의 의식의 재현이라는 문제에 초점을 두고 있다. 그는 인간의 정신 행위의 두 가지 유형인 인식(cognition)과 지각(perception) 중 '언어화'를 수반하는 것은 인식뿐이라는 사실을 상기시키며 그것을 서사적 언어로 전환하는 일은 간단하고도 직접적인 것이라고 말한다. 그러면서 채트먼은 '중요한 문제'는 이러한 언어화에서 언어화의 역할은 화자의 것인가 그렇지 않을 수도 있는가를 판단하는 것이라고 말한다. 그는 화자의 역할에 의존하지 않을 수도 있다고 자답하며 내적 독백에 의해 그것이 가능하다고 말한다.

작중인물의 사고 내용을 재현하는 가장 손쉽고 직접적인 방법은 그것들을 인용 부호 속에 묶는 것이다. "'그 사람이 나한테 그런 소릴 하다니!'라고 그는 속으로 생각했다" 같은 경우이다. 이 같은 표현에서 인용 부호를 생략하고 종결절(tagclause)을 빼버린 것이 직접 자유 사고(direct free thought)이다. 이때 사고 내용을 진술하는 목소리의 주인은 물론 작중인물이며 당연히 그 결과는 이른바 내적 독백이다. 그러므로 내적 독백이란 작중인물의 의식 내용을 작중인물 자신의 개인어로 직접 청자에게 들려주는 담론 방식이라고 규정할 수 있을 것이다. 직접 자유 사고의 기준이 되는 형태들을 채트먼은 다음의 다섯 가지로 제시하고 있다.

① 등장인물의 자기 언급은 어떤 경우이든 1인칭이다.
② 현재의 담론 순간은 이야기의 순간과 같다. 그러므로 현재의 순간을 언급하는 모든 술어는 현재 시제를 취한다. 이것은 과거 시간을 언급하는 서사적 현재가 아니라 오히려 행위와의 동시성을 지시하는 실제적 현재이다.
③ 모든 언어—관용어 · 어투 · 단어나 문장의 선택—는 화자가 끼어들든 들지 않든 등장인물의 그것과 일치한다.
④ 등장인물의 경험에 관한 모든 암시들은 그 자신의 생각 속에서 필요로 하는 것 이상의 의미를 담지 않는다.
⑤ 생각하는 캐릭터 자신 이외에는 어떠한 청자도 설정되지 않으며 수화자의 무지 또는 해석의 필요성을 고려하지 않는다.

자유 직접 문체는 중재되지 않은 담론이라는 점에서 중재된 담론과 대비되지만 단일한 목소리에 의존한다는 점에서는 두 가지 담론은 구별되지 않는다.

자유 간접 문체는 이중 목소리(dual-voice)의 담론이라는 말로 그 특징을 가장 분명하게 부각시킬 수 있다. 「『소설가 구보씨의 일일』에 나타난 자유 간접 문체에 관하여」라는 논문에서 윤영옥은 적절한 사례를 제시하고 있다.

어느 틈엔가, 구보는 조선은행 앞에까지 와 있었다. ① 이제 이대로. 이대로 집으로 돌아갈 마음은 없었다. 그러면, 어데로—. 구보가 또다시 고독과 피로를 느끼었을 때, ② 약칠해 신으시죠 구두에. 구보는 혐오의 눈을 가져 그 사나이를,

남의 구두만 항상 살피며, 그 곳에 무엇이든 결점을 잡아내고야 마는 그 사나이를 흘겨보고, 그리고 걸음을 옮겼다. 일면식도 없는 나의 구두를 비평한 권리가 그에게 있기라도 하단 말인가. 거리에서 그에게 왼갖 종류의 불유쾌한 느낌을 주는, 왼갖 종류의 사물을 저주하고 싶다. 생각하며, 그러나 문득 구보는 ③ 이러한 때, 이렇게 제 몸을 혼자 두어두는 것에 위험을 느낀다. 누구든 좋았다. 벗과, 벗과 같이 있을 때, 구보는 얼마쯤 명랑할 수 있었다. 혹은, 명랑을 가장할 수 있었다.

윤영옥은 인용한 박태원의 텍스트 중 ① ② ③은 그 목소리의 임자가 불분명하며 필경 작가는 의도한 특수한 효과를 기대하고 고의적으로 그 같은 담론을 구사하고 있으리라고 짐작한다. ① ② ③에서 목소리의 주인공을 판별하기 어려운 것은 그것이 작중인물의 목소리이면서 동시에 화자의 목소리이기도 하기 때문이다. 다시 말하자면 자유 간접 문체는 이처럼 작중인물의 목소리와 화자의 목소리가 결합되었거나 뒤섞인 문체를 가리킨다.

제랄드 프랭스는 '~그는(그녀는) 말했다' 혹은 '생각했다'와 같은 종결절을 수반하지 않고 재현된 작중인물의 발화나 사고라고 이 문체의 특성을 설명하면서 자유 간접 담론에서는 흔히 두 개의 사건(화자의 사건과 작중인물의 사건)과 두 개의 문체, 그리고 두 개의 목소리와 두 개의 의미론적 가치 체계가 혼합된다고 말한다. 모더니즘 소설이 이 같은 문체를 즐겨 사용한 것은 이 문체가 개인적 심리나 의식의 심연을 드러내는 데 매우 편리하고 효과적이기 때문이며 특히 서사적 담론이 작중인물의 명멸하고 생동하는 개인 의식을 그 의식 주체의 습벽 그대로 재현하는 일을 자유롭게 해주기 때문이다. 이 문체는 여러 가지 명칭으로 지칭된다는 사실을 부기한다. 흔히는 자유 간접 담론이 동의어로 사용되며 서술된 독백(narrated monologue), 결합된 담론(combined discourse) 등도 같은 문체 현상을 지칭하는 개념이다.

자전적 소설(the autobiographical novel)

왕이나 성자들에 관한 고대의 역사적 기록물로부터 현대의 상업적 목적을 위한 통속적 폭로물에 이르기까지 전기문학 혹은 자서전적 양식은 산문 서사물의 광범위한 영역을 차지해왔다. '자전적 소설'은 한 개인의 삶을 탐색하는 전기가 허구적 소설 개념과 결합하며 발생한 소설 유형을 지칭한다.

'자전적 소설'은 허구적 서사물이라는 점에서 '전기'나 '자서전'과는 근본적으로 다르지만 '허구'의 실제 성격은 작가 개인의 구체적 경험과 관련을 맺고 있는 경우가 흔하다. 작가는 작품의 예술적 목적을 강조하기 위해 자신의 개인적 경험의 어느 부분을 생략하거나 집중적으로 강조하며, 혹은 필요하다면 어떤 부분들을 조작해내기도 한다(진실한 고백처럼 보이는 그 내용들이 작가의 실제 체험이냐 아니냐 하는 점은 이런 종류의 작품이 문학 텍스트로 읽히는 차원에서는 별 문젯거리가 되지 않는다).

한 인물의 생애를 다루는 형식을 취하기 때문에(대체적으로는 유년기에서 청년기에 이르기까지의 기간을 다룬다) 자전적 소설은 방대한 양의 내용을 수록한다. 단편소설은 자신의 경험을 보고하는 형식을 작가가 취하고 있다 하더라도 '자전적 소설'로 분류되지 않는 것이 보통이다. 그러므로 일반적으로 '자전적 소설'이라 간주되는 작품들은 짧은 소설이 지니는 드라마틱한 사건이나 구성상의 긴밀함보다는 다소 느슨하고 개방된 플롯을 통해 한 인물을 둘러싼 물리적 · 사회적 환경, 그 안에서는 자질구레한 일상사 및 미세한 의식들을 치밀하고 섬세하게, 다소 장황하게 제시한다.

개인의 깊은 '내면'에 대한 관심의 상승과 '개인'을 중심으로 한 세계관적 탐색이 현대 문화를 관류하는 가장 큰 특징이라 할 때 자전적 소설은 그러한 시대적 특징을 주도적으로 반영한 장르이며, 20세기 소설 문학의 대표작으로 기록될 만한 많은 일급의 작품을 남겼다. 보고된 경험과 중심 인물이 지닌 기질의 상이함에도 불구하고 이 작품들은 모두 인간 내면의 어떤 본질, 한 인간의 세계관적 각성을 예술적으로 형상화한다는 공통점을 지닌다.

D. H. 로렌스의 『아들과 연인』은 파탄된 부부 생활로 인해 억압된 자신의 애정을 아들에게 투사하는 어머니와 그 애정의 그늘 아래에서 독립된 자신의 세계를 얻지 못해 방황하는 젊은이의 모습을 조명한다. 조이스의 『젊은 예술가의 초상』은 제목 자체가 자전적 성격의 작품임을 강하게 암시하며, 주인공이 아일랜드라는 지역과 가톨릭 교회라는 두 개의 이데올로기로부터 탈출해나와 심원한 예술가적 자아에의 각성으로 나아가는 과정을 서술한다. 토마스 만의 『부덴브로크 가의 사람들』은 한 개인보다 가족이라는 집단에 기초한 자전적 소설이다. 작가 자신에 해당하는 인물은 일찍 죽으며 만의 아버지가 중심 인물에 해당한다.

이외에도 자전적 소설의 예는 얼마든지 찾을 수 있으며 **성장소설**이나 **예술가 소설**은 중요한 그 부류들이다. 이 부류의 작품들은 세계관적 고뇌에 휩싸여 있는 청소년기를 중점적으로 다루며, 젊은이로 나오는 중심 인물의 지적, 도덕적, 정신적, 또는 예술적 성장 과정을 집중적으로 조명한다.

이광수의 『나/소년편』은 성인이 되기까지 한 소년이 겪는 정신적 고뇌와 비극적 체험을 소상하게 기록한 우리 문학의 대표적 자전 소설이다. 이외에도 박태순의 「형성」, 이문열의 『젊은 날의 초상』 등이 '자전적 소설'의 좋은 예로 제시될 수 있다.

작가(author)

라틴어의 auctor로부터 나온 말로, '작품을 고안해서 실현시킨 사람'을 뜻한다. 예술적 전달의 과정에서 보자면 작품의 원천, 즉 예술적 메시지를 보내는 사람이다. 작가는 텍스트를 이루는 복합적인 언술을 발화하는 사람이며, 단순히 기존의 언어와 그 규범들뿐만 아니라 문화적 제재들—흔히 테마, 모티프가 되는—까지 끌어들여, 문학의 제반 인위적 요소들과 함께 활용함으로써 텍스트를 언어적 형태로 구성해내는 사람이다. 주제학(thematics)이나 여타의 서사적 모델에 대한 최근의 연구들은, 과거 낭만주의 미학에서 절대적인 것으로 여겨졌던 작가의 창조적 자유가 실제로는 엄격히 제한되어 있음을 분명하게 밝혀주고 있다. 그럼에도 불구하고 작가에 대한 널리 받아들여질 수 있는 정의는 작품의 의미 있는 기능을 보증하는 사람이라는 것이다. 사실상 작가는 새로운 언어적 구조물을 생산해내며, 그가 보증하는 언어적 구조물이 텍스트로서 지니는 전반적인 신뢰도는 그의 구조화의 능력에 힘입은 것이다.

구조시학에서는 문학작품에서의 실제 작가를 **내포작가** 및 **화자**와 명확히 구별한다. 내포작가는 작가의 진술 토대 위에 재구축된, 오직 텍스트 안에서만이 존재 가능한 작가이다. 내포작가는 텍스트와 불가분하게 묶여 있지만 실제 작가는 그렇지 않다. 작품 속에 표현되어 있는 개념들과 견해들은 내포작가의 것이기는 하지만 그것이 반드시 실제 작가의 그것과 일치하지는 않는다. 화자는 보통 내포작가와 서사물 사이를 연결하는 역할을 하는 존재로서, 서술된 사건에 참여하거나 혹은 그것들에 대해 알고 있는 인물로 가정된다. 화자에 해당하는 등장인물이 작품 속에 극화되어 있지 않을 때에는 화자는 여전히 텍스트 안에 존재하며, 실제 작가는 작품 외부의 존재이지만 내포작가는 화자와 함께 작품의 예술적 전달을 이루는 하나의 성분 요소라고 하겠다.

내포작가를 통해 작가를 추정하는 현상학적 비평 태도나 역사주의 비평은 모두 실제 작가를 중요하게 취급하고 있는 데 반해 현대의 형식주의 비평은 작가를 작품으로부터 전적으로 분리시키는 태도를 취하고 있다. 특히 신비평에서 주장하는 의도론적 오류나 구조주의에서의 작가의 소멸은 이를 잘 나타내주고 있는 것이라고 하겠다. 현상학적 비평 태도는 언뜻 분석적 비평 태도를 취하고 있다는 점에서 형식주의를 닮은 듯하지만, 궁극적으로는 작가라는 존재가 형성해놓은 현상으로서의 작품을 통해 다시 작가를 이해한다는 순환론적인 태도를 취하고 있다는 점에서는 다르다. 이것은 내포작가를 찾음으로써 실제 작가를 이해할 수 있다는 태도인데 관념론적인 사고로 인해 결과적으로 이 양자를 동일하게 취급하려는 경향을 드러내고 있다.

역사주의 비평에서의 작가는 작품의 근원이라는 측면에서 주목된다. 현상학과는 반대로 작가가 작품의 근원이라는 낭만주의적인 태도를 어느 정도 바탕으로 깔고 있는 관점인 셈이다. 역사주의 비평의 중심 영역인 작가의 연구는 우선 작가에 관한 연구가 생산된 작품의 해석에 빛을 던져준다는 점에서, 그리고 둘째로 작가를 통해 작품의 사회 · 역사적 의미를 캘 수 있다는 점에서 의의가 있다. 실제로 한 작가의 영향은 독자와 다른 작가들에게 광범위하게 나타날 수 있으며 그런 점에서 실제 작가의 중요성이 더욱 높아지는 것이다.

이외에도 정신분석학적 비평과 문학사회학에서 바라보는 작가도 생각해볼 수 있는데, 특히 문학사회학은 작가를 둘러싸고 있는 사회적 조건들의 변화를 통해서 서구 사회에서 작가의 위상이 어떻게 바뀌어왔는가를 탐색한다. 그 이론에 따르면 18세기에 이르러 인구가 급격히 증가하고 중산 계급이 팽창한 데다가 인쇄업과 출판업의 성장, 교육 수준의 향상으로 인한 문맹률의 저하 등의 현상이 나타나기 시작하면서 왕족이나 귀족 등에 의한 작가의 후원 제도가 사라지게 되었다는 것이다. 이에 따라 작가는 소수의 귀족들이나 후원자 그룹에 종속된 위치에서 벗어나 대중을 상대로 글을 쓰게 되었으며, 보다 전문화된 직업인으로서의 지위를 누리게 되었다. 그러나 이와 같은 자율성의 증가와 더불어 작가의 위치는 더욱 고립되었다. 많은 수의 작가들이 자본주의와 부르주아 사회의 이데올로기적 규범에 적응하지 못하거나, 혹은 스스로 그에 대해 비판적인 거리를 취하면서 내면 지향적이고 고립된 아웃사이더적 위치에 머물게 되었던 것이다. 이들 작가들은 대중적인 판매를 목표로 하지 않거나, 심지어는 대중 독자들에 대한 경멸감을 드러내기도 하였다. 대중 작가와 비대중 작가의 구별이 이루어지게 되는 것도 이 무렵부터라고 할 수 있다.

사르트르와 골드만의 작가 개념은 18세기 이후 변화된 작가의 위상과 관련해서, 사회적 비판자로서의 작가의 기능을 중시한다. 골드만과 사르트르의 공통점은 작가를 사회적 제약 속에 놓인 존재로 본다는 점이며, 차이점은 골드만이 '사회적 존재로서의 작가 개념'에 대해서 말하는 데 반해 사르트르는 '실존적 작가'를 말하고 있다는 점이다. 골드만에게 작가는 자본주의적 사회구조의 규정 밑에 놓인 존재이면서, 동시에 그 구조적 규정으로부터 상대적으로 자유로운 예외적 개인이다. 따라서 작가는 '자신과 자신이 속한 사회 계급이 지향하는 것에 대한 완전히 종합적이고 일관된 관점에 도달하거나 접근할 수 있는 사람'인 것이다. 이런 의미에서 작가는 그 사회가 겪고 있는 사회적·도덕적 위기를 일반인들보다 더욱 민감하게 인식하고, 예술의 총체적인 구조를 통해서 그것을 드러내는 사람이다. 반면 사르트르에게 있어서의 작가란 '말을 통해 행동하는 사람'으로서 폭로에 의한 행동이라는 나름의 방식을 택하는 사람이다. 그에게 작가는 행동하는 지식인의 한 사람으로서 '글쓰기'를 통해 독자와의 관계를 유지하고 말의 효용성에 의존해서 세계를 변화시키려고 하는 존재이다. 이러한 작가의 개념들은 작가의 위상과 기능을 사회적 조건과의 밀접한 관련성 속에서 이해하려는 태도를 보여주는 대표적인 예들이라고 할 수 있다.

장면(scene)과 요약(summary)

장면은 서사물에서 이야기의 시간과 서술의 시간이 동일한 지속성을 갖는 경우를 말하며, 요약은 이야기의 시간이 서술의 시간보다 긴 경우를 가리킨다. 장면의 일반적인 구성 요소들은 대개 대화나 비교적 짧은 지속성을 갖는 뚜렷한 물리적 행위들이다. 장면은 이야기 전개의 극적 기법을 대표하는 것으로, 화자의 의견이나 논평 등이 개입되지 않은 채 사건이나 행위의 전개 과정을 그대로 독자들에게 제시한다.

반면 요약은 등장인물의 과거나 이야기의 배경을 독자들에게 일괄해서 직접적으로 제시하는 등 이야기 속에서 긴 시간적 지속성을 갖는 사건이나 행위들을 간략하게 언급할 때 사용되며, 화자의 개입을 강하게 드러낸다. 노먼 페이지는 "소설가는 여러 개로 나누어서 말해져야 할 것 같은 것들을 한마디의 말로 축약할 수 있는 자격이 있다. 효과의 집약과 속도감에서 얻는 이득은 상당한 것이다"라고 요약의 능률성에 대해 설명한다. '그들이 다시 만난 것은 그 일이 있은 지 10년 후였다'나 '그들은 밤마다 다락방에 모여 밤이 이슥토록 이야기를 나누곤 했다', 혹은 '그는 오랫동안 그녀와의 결혼을 꿈꾸어왔다' 등은 모두 요약의 전형적인 구문들이다. 어떤 경우 요약은 대화와 같은 대표적인 장면의 기법 속에서도 사용되는데, 예를 들어 긴 시간에 걸쳐서 이루어진 대화를 짧게 줄여서 드러내는 경우가 그것이다.

고전적인 소설들은 대개의 경우 장면과 요약 간의 비교적 일관된 교체를 보여주고 있는 반면, 현대소설들은 요약을 피하고 장면만을 제시하며, 장면과 장면 사이의 분절된 부분을 채워 넣는 일은 독자의 몫으로 남겨놓으려는 경향이 있다.

재미

재미란 어떤 일이 우리의 관심과 열정을 부추기고 흥미롭게 우리를 사로잡은 결과 우리가 누리게 되는 일종의 심리적 만족감이다. 강제되거나 필요성의 압박에 의해 이루어지는 행위가 우리를 재미있게 하는 경우란 드물다. 그런 점에서 재미를 추구하는 우리의 행위는 예외 없이 능동적이며 자발적인 것이라 하겠다. 그리고 문학 읽기 역시 우리가 자발적으로, 능동적으로 수행하는 행위들 중의 한 가지일 것은 물론이다.

문학은, 특히 소설은 재미있지 않으면 안 된다고 흔히 주장된다. 재미에 대한 기대는 소설 읽기를 충동하고 지속시키는 결정적인 동기라는 점에서 그것은 이론이 제기될 여지가 없는 정당한 주장이다. 요컨대 인내심이 소설의 독서 행위를 지탱시키는 요인이 아니라는 사실은 분명하다. 특별한 경우를 제외하고는 재미가 없는데도 문학작품이 읽혀지는 경우란 드물다. 아무리 페이지를 넘겨봐도 여전히 따분하기만 하고 하품이나 나오게 만드는 문학작품을 끝까지 읽어야 할 의무란 독자에게 없다. 재미있게 읽혀질 수 없는 문학작품이 씌어지고 존재하는 명분은 어떤 경우에서도 변호되지 않는다. 소설이 재미있게 읽혀지지 않아도 무방하다면 작가들은 밤을 새우며 고심하고 고민하지 않아도 될 것이며 소설 쓰기란 이 세상에서 제일 만만하고 손쉬운 작업이 될 것이다. 작가들이 온갖 머리를 짜내며 궁리하는 것은 오로지 어떻게 하면 그들이 써내는 소설을 재미로 듬뿍 채울 수 있을까 하는 문제이다. 그처럼 고심하고 고민해서 재미있는 소설을 써낸 작가는 응분의 보답을 받는다. 그들은 독자들의 갈채와 두둑한 인세라는 보답을 받는다. 지루하고 따분하기 짝이 없는 소설밖에 써내지 못한 작가들에게도 대가는 돌아간다. 그들에게 돌아가는 것은 독자들의 냉소와 경멸이라는 대가이다. 어리석고 둔감한 작가들이 독자들의 비웃음과 경멸의 대상이 되는 것은 너무나 당연하다. 그들은 독자들의 소중한 시간과 주머니를 헛되이 축내게 만든 장본인들이기 때문이다. 되풀이되는 얘기지만 소설은 재미있어야 되고 재미있기 때문에 독자들은 소설을 읽는다. 따라서 소설이 재미있게 읽혔다고 말하는 것은 종종 그 소설에 대한 가장 적극적인 상찬의 표시가 되고 재미를 창조하는 능력은 작가의 최대의 재능으로 간주되기도 한다.

그럼에도 불구하고 '소설은 재미있어야 한다'는 명제는 부단히 논란의 대상이 되어왔고 소설 비평의 주요한 쟁점을 제공해왔다. 최대의 시빗거리는 재미있는 소설과 가치 있는 소설을 판단하는 문제와 관련해서 제기되어왔다. 어떤 소설 작품이 재미있다는 사실은 그것이 가치 있는 소설이라는 판단의 근거가 될 수 있는가, 혹은 독자를 쉽게 이끌어들이지 못한다는 사실은 그 소설의 실패와 부실의 치명적인 증거로 보아 무방할 것인가. 이것은 문제의 복잡성을 너무 단순화시키고 시비의 본질을 피상적으로밖에 드러내지 못한 모순에 찬 질문의 형식인 것처럼 보이겠지만 사실은 쟁점의 핵심을 요약하는 질문이다. 이 질문이 '그렇다'라고 대답하는 입장이 있을 수 있는 반면에 단호하게 '아니오'라고 응답하는 입장도 예상할 수 있다. 그리고 그렇게 대답하는 두 입장은 모두 나름대로의 근거 있는 변호의 논리를 얻는다. 재미와 가치가 혼동되어서는 안 된다는 주장의 배후에는 독자들의 불건전한 심리 성향과 무반성적인 호기심에 영합하고자 하는 소설에 대한 경계심이 도사리고 있다. 맛은 있지만 몸에는 치명적으로 해로운 불량식품이 있듯이 재미는 있지만 독자를 부식시키는 소설이 있으며 그러한 소설이 권장되어서는 안 된다는 판단은 사회적 · 도덕적 명분을 얻고도 남는다. 이 입장은 특히 감성을 충족시키는 소설과 욕망을 충족시키는 소설이 구분되어 마땅하다고 주장한다.

다시 말하자면 재미를 추구하는 독자의 기대에 부응하는 소설과 쾌락을 추구하는 독자의 성향에 영합하는 소설은 그 두 가지가 똑같이 독자의 열정을 부추긴다는 점에서는 동일한 문학적 현상이지만 똑같이 가치 있는 문학으로 받아들여지는 것은 바람직하지 않다는 논리이다. '그렇다'라고 대답하는 입장의 배후에 있는 것은 아무리 뜻있고 가치 있는 문학의 현상일지라도 그것이 독자의 독서 행위에 의해 활성화될 수 없을 때, 다시 말하자면 독자가 재미있게 읽을 수 없을 때는 무의미해지고 만다는 논리이다.

이처럼 상반된 두 주장은 소설과 독자의 현실을 감안할 때 쟁점이 될 법한 것이 사실이다. 술수가 뻔하고 조잡하게 날조되었음이 분명하며 대중의 피상적인 호기심이나 자극하는 일에 부심하고 있는 소설이 있을 뿐만 아니라 그러한 소설에 돈과 시간을 투자하며 몰두해서 읽는 독자가 있다는 것은 부정할 수 없는 사실이다. 그리고 흥미 있고 가치 있다고 권장되기는 하지만 많은 독자들이 그것을 읽는 일에서 끝끝내 좌절하고 마는 소설들이 적지 않다는 사실 역시 현실이다. 이러한 현실들이 시사하는 바는 무엇인가. 결국 재미란 본질적으로 법칙을 가지지 않는 우연적인 현상이며 지극히 주관적이고 개인적인 것이라는 사실을 시사한다. 다시 말하자면 재미라는 현상은 대상 자체에 속하는 것이 아니고 대상에 반응하는 심리 주체에 속한다. 어떤 독자의 밤잠을 빼앗은 재미있는 소설이 다른 어떤 독자를 하품이나 나게 만들 수 있는 반면에 어떤 독자를 억압하고 골치 아프게 만든 소설이 다른 어떤 독자를 열광시키고 비상하게 긴장시킬 수 있는 사실은 재미라는 현상의 그 같은 속성을 감안하게 되면 쉽사리 설명될 수 있다. 따라서 소설 독서에서 독자가 누리는 재미의 양상과 질은 소설 독자 자신에 의해 결정되는 것이라고 할 수 있겠다.

재현(representation)

문학에 관한 논의의 바탕에 깔려 있는 이런저런 주요 개념들 가운데에서 재현만큼 연조 깊고 영향력 있는 것도 드물다. '다시 제시한다(re-presence)'라는 의미의 재현이라는 용어는 서양에 있어서 문학 이론의 탄생과 함께 등장했다. 문학이 가시적이며 현실적으로 존재한다고 믿어지는 어떤 것—삶, 현실, 풍경, 사물 등—을 재현한다는 생각은 플라톤과 아리스토텔레스가 제시한 문학 이론의 핵심을 이루고 있다. 플라톤은 문학작품에 재현되는 것이 이데아의 가상(假像)이라고 보았고 아리스토텔레스는 사물의 보편적 원리라고 보았다는 점에서 차이가 있을 뿐 양자는 모두 재현이라는 기능 속에 문학의 본질이 있다고 믿었다. 문학의 재현적 기능을 설명하기 위해서 플라톤과 아리스토텔레스가 사용한 용어는 오늘날 우리가 쓰고 있는 재현 바로 그것보다는 좀더 넓은 개념인, 보통 모방(imitation)이라는 뜻으로 번역되는 **미메시스**(mimesis)이다. 아리스토텔레스가 제시한 모방 개념은 문학작품이 그에 선행해서 존재하는 어떤 실재의 자연물이라는 현상의 배후에 도사리고 있는 그것들을 그렇게 있게 하는 이치, 즉 원리를 찾아내고 그것을 재현한다는 생각과, 작품 자체가 그 나름의 유기적 형식과 객관적 위상을 갖는다는 생각을 결합시킨 것이다.

문학 형식의 유기적 조화로움에 대한 이러한 강조는 고전주의 및 신고전주의 비평에서 모방이라는 용어가 갖게 되는 두 번째 의미, 즉 형식과 문체에 있어서의 고전적 모델의 모방이라는 의미와 연관된다. 모방 개념에 내포된 재현의 측면은 18세기 이후 고전적 모델의 유효성을 부정하는 방향으로 나아가는 문학사적 변화의 과정 속에서 새로운 중요성을 획득하게 된다. 문학의 재현적 기능에 대한 쇄신된 인식은 특히 근대 리얼리즘 소설의 형성과 밀접한 관련을 맺고 있다.

주지하다시피, 리얼리즘은 문학사에 일찍이 등장한 그 어떤 경향이나 사조보다도 재현의 역할을 중시한다. 문학이 삶의 경험을 취급하는 한 재현적 기능을 하지 않는 작품이란 있을 수 없는 것이지만, 리얼리즘 작가들에게 있어서 재현은 글쓰기에 따라오는 부수적인 효과가 아니라 글쓰기를 통해서 달성하지 않으면 안 되는 최우선의 목표이다. '프랑스 사회의 서기(書記)'를 자임하고 자신의 소설이 박물학적 풍속사이기를 바랐던 발자크는 소설의 재현적 기능을 극대화하고자 하는 리얼리스트의 야심을 대표한다. 더욱이 19세기의 리얼리즘 소설이 추구한 재현은 있는 그대로의 현실 재현이었다. 거울의 이미지, 그리고 그로부터 파생된 반영(reflection)의 개념은, 문학에 선행해서 외부에 존재한다고 여겨지는 현실을 왜곡 없이, 진실하게 그려낸다는 19세기 작가들의 생각을 단적으로 집약하고 있다. 이러한 있는 그대로의 현실 재현이라는 이념은 19세기 리얼리즘 소설에 독특한 관찰과 묘사의 태도를 가져왔다. **핍진성**(verisimilitude), 객관성(objectivity), 냉철함(impassivity), 역사주의(historicism) 등은 그러한 태도의 두드러진 예로 꼽힌다.

19세기 리얼리즘 소설의 발전 이후 문학적 재현의 개념은 상당한 이론적 세련화를 거두었다. 여기에는 무엇보다도 마르크스주의 비평의 공헌이 컸다. 마르크스주의 비평가들은 19세기에 유행한 반영의 개념을 변증법적 유물론에 입각하여 새롭게 정의하면서 문학이 외부적 현실을 재현하는 방식에 대한 체계적인 설명을 제공했다. 헝가리 태생의 비평가이자 철학자인 게오르크 루카치의 작업은 마르크스주의적 재현 이론의 최고 수준을 보여준다. 루카치에 있어서 진실한 반영은 거울로 대상을 비추듯이 현실의 드러난 양상을 있는 그대로 묘사하는 것과는 거리가 멀다. 그가 발자크를 위시한 19세기의 리얼리즘 작가들을 격찬한 것은 그들이 단순히 꼼꼼하고 박진감 넘치는 묘사를 제공했기 때문이 아니라 끊임없는 변증법적 운동의 과정 속에 있는 역사적 · 사회적 현실의 총체성을 포착했기 때문이다. 그 총체성은 작품에 반영된 현실의 부분들이 그 나름의 개별적 구체성을 지니면서, 동시에 서로 유기적 관련을 맺어 보편성의 차원에 도달함으로써 획득된다. 이러한 구체적 총체성의 재현에 있어서 결정적 역할을 하는 것이 이른바 전형이다. 인물이나 정황에 있어서의 특수한 것과 보편적인 것, 개별적인 것과 일반적인 것의 통일이라고 정의되는 전형 속에서 루카치는 소박한 묘사(描寫)의 수준을 넘어선 '올바른' 문학적 재현의 원리를 발견하고 있다.

현실 세계의 즉물적 반영을 추구하는 소설가든, 루카치처럼 총체성의 인식을 강조하는 비평가든 간에 문학적 재현의 의의를 옹호하는 사람들은 재현의 행위에 개입하는 일련의 매체들—언어, 형식, 규약, 관습 등—의 역할을 간과하는 경향이 있다. 그들은 대체로 그러한 매체들을 작가가 임의대로 골라 쓸 수 있는 간단한 도구쯤으로, 혹은 현실을 적당한 거리에서 내다보게 해주는 유리창쯤으로 취급한다. 그러나 언어적 · 형식적 매체들은 결코 고분고분하지도, 투명하지도 않다. 그것들은 작가나 독자가 의식하든 못 하든 간에, 문학에 선행하여 존재한다고 믿어지는 현실이 작품 속에서 취하게 되는 형식과 양태들에 엄청난 영향을 미친다. 러시아 형식주의 이후의 문학 이론에서는 이미 상식이 되어버린 이야기지만, 언어적 · 형식적 매체들은 그 자체로 고유한 관성과 법칙을 가지며 문학적 재현의 가능성을 열어놓으면서 동시에 제약한다. 만일 어떤 작품에서 어떤 현실이 실감나게 재현되었다는 인상을 받는다면, 그것은 진짜로 그 현실이 작품 밖에서 안으로 들어온 결과가 아니라 작품을 구성하는 언어, 형식, 규약들이 빚어내는 효과이다. 우리가 문학작품 안에 들어 있다고 말하는 현실이란 실은 종이 위에 찍힌 활자들에 지나지 않는다. 이러한 생각을 극단으로 밀고 나가면 문학작품은 외부적 현실의 모사품이 아니라 언어와 형식으로 구성된 인공품이라는 명제가 성립된다.

19세기적 리얼리즘론이나 마르크스주의적 반영론의 근거를 약화시킨 이론적 성과들은 무수히 많지만, 그중에서 특히 급진적인 것은 아마도 롤랑 바르트의 『S/Z』일 것이다. 발자크의 리얼리즘 소설 「사라진」 한 편의 분석에 바쳐진 이 책에서 바르트는 겉으로 보기에는 통일성을 지니고 있는 듯한 텍스트를 해체하여 그것을 구성하는 다섯 개의 주요 규약을 검출해낸다. 텍스트 내에서 하나의 수수께끼가 제기되고 해결되는 해석학적 규약, 주제들을 결정하는, 인물이나 장소에 관계되는 의미소적(意味素的) 규약, 의미들이 다변화되고 역전되는 상징적 규약, 행동과 습성을 결정하는 행위적 규약, 사회적 · 과학적 정보들을 제공하는 문학적 규약이 그것이다. 이러한 규약들은 작가와 독자가 공유하고 있는 것이며 텍스트를 바로 그것이게끔 하는 역할을 발휘한다. 처음부터 문학적인 것이 아니라 문화 일반의 부분으로 기능하는 이러한 규약들은 텍스트를 현실에 관련시키는 것이 아니라 다른 텍스트에 연관시킨다. 규약들이 만들어내는 **상호 텍스트성** 속에서 '현실'은 어떠한 확정성도 갖지 못한다. 대신에 그것은 규약들에 의해 구성되는 텍스트의 일종이 되어버리는 것이다. 따라서 재현이라는 기능도 규약을 통해서 하나의 텍스트가 다른 텍스트를 지시하는 기능, 즉 '인용'의 일종에 지나지 않게 된다. 바르트는 이렇게 쓰고 있다.

> '리얼리즘' 작가는 그의 담론의 원점 자리에 결코 '현실'을 두지 못하며, 추적하자면 한없이 뒤로 가는, 이미 씌어진 현실적인 것 하나, 장래의 규약 하나는 그 자리에 둔다. 그 규약을 따라가면서 시선이 미치는 한 우리가 식별할 수 있는 것이란 연속되는 복사품들뿐이다.
>
> — 롤랑 바르트, 『S/Z』, 뉴욕, 1975, p.167

후기구조주의의 이론들이 폭넓은 지지를 얻고 있는 현재의 상황 속에서 소박한 모사론이나 반영론을 고수하기는 어렵다. 그러나 현실을 텍스트적 구성물로 간주하는 후기구조주의의 관점이 문학적 재현에 관한 논의를 불필요하게 만드는 것은 아니다. 오히려 현실이 선험적으로 주어지는 것, 텍스트에 앞서서 존재하는 것이 아니라는 통찰은 과거부터 있어왔고 지금도 진행되고 있는 문학적 재현의 방식과 원리들에 대한 보다 진지한 성찰을 요구한다. '텍스트 너머에는 아무것도 없다'는 데리다의 명제는 텍스트의 즐거움에 탐닉하는 자기 방기를 권유하고 있는 것이 아니라 재현적 담론의 인위성과 관습성, 그리고 그것의 근저에 깔려 있는 이데올로기적 역학에 대한 탐구가 오늘날의 문학 이론이 당면한 과제임을 시사하고 있는 것이다. 재현적 담론이 표방하는 현실과의 자명한 관계를 전복시키고 담론 구성에 개입하는 형식, 규약, 관습이 어떻게 특정한 방식으로 인간과 세계를 이해하도록 봉쇄하는가를 고찰하는 일은 아리스토텔레스 이래 재현 이론의 바탕에 깔려 있는 기본적인 욕망, 문학을 삶과 연관시켜 이해하고자 하는 욕망을 새롭게 실현하는 일이다.

전(傳)

한 인물의 생애와 업적을 기록한 전통적 서사물의 한 유형. 전(傳)은 한 사건의 전말을 기록한 기(記)와 함께 문학적인 면보다는 역사적인 기록물로서 더 많은 가치를 인정받아왔지만, 최근에 들어서 문학적인 측면에서의 다양한 해석과 연구가 이루어지고 있다.

전은 원래 역사로부터 비롯되었다. 전의 기원은 공자의 『춘추』를 해석하고 설명한 좌구명(左丘明)의 『춘추좌씨전』에까지 소급되는데, 이때의 전은 경전의 뜻을 해석하고 그것을 후대에 전수하는 데 그 목적이 있었다. 이것이 후대에 내려오면서 한 인물의 생애를 기록하고 평가하는 것이라는 오늘날의 개념으로 변하게 된다. 즉 전은 경전을 해석하고 전수하는 본래의 성격에서 한 인물의 생애와 업적에 대한 일대기적 기록으로 변화하는 것이다. 특히 사마천이 편찬한 『사기열전(史記列傳)』은 역대 인물의 행적을 기록하고 평가한 것으로, 이 열전체는 정사의 규범으로 굳어진다. 이때 사서의 열전은 사관만이 지을 수 있는 것이었으며 전에 오를 수 있는 인물도 역사에서 평가를 받을 만한 공적을 남긴 인물로 한정되었다. 그러던 것이 후대로 내려오면서 사관이 아닌 문인, 학자들도 전을 짓게 되었고, 전에 기록될 수 있는 인물도 역사적인 인물에서 효자, 간신 등으로 확대된다. 이렇게 전의 작가층이 확대되고 대상 인물의 범위가 넓어지는 것은, 어떤 인물의 업적(충효나 신의, 미덕)을 기록하고 세상에 널리 알려서 세인으로 하여금 교훈과 감계로 삼도록 하기 위해서였다. 특히 충신이나 효자, 열녀와 같은 미덕의 소유자가 아닌 간신, 반역자와 같은 부정적 인물들이 전에 오르는 것은 전의 교훈적이고 감계적인 성격을 구체적으로 보여주는 것이다.

전의 구성에 있어서는 사마천의 『사기열전』이 전범이 되었는데, '취의부(자서)-행적부(본전)-평결부(논찬)'의 3단으로 구성된다. 취의부는 그 전을 짓게 된 동기를 밝히거나 전달하는 교훈의 윤곽을 암시하는 부분이다. 행적부는 전의 핵심적인 부분으로서, 그 인물이 태어나면서 죽기까지의 행적과 업적을 주로 서술한다. 이것은 '가계-출생-성장-학업-활동-업적-죽음-후손'의 순으로 구성되며 이러한 전의 일대기적 구성은 고대소설의 일반적인 구성 방식과 거의 일치한다고 할 수 있다. 한 인물의 출생에서 죽음에 이르는 일대기적 구성이라는 점에서 전의 행적부는 고소설과 공통점을 보여주는 것이다. 본전의 뒤에는 사관의 직함으로 된 평결부, 즉 논찬이 온다. 이것은 입전(入傳)된 인물에 대하여 작가가 주석을 하고 평가를 내리는 부분으로서 전을 지은 작가의 가치관이 강하게 드러난다. 열전의 이러한 구성 형식은 승전(僧傳), **가전**(假傳) 등에도 그대로 이어진다.

열전이란 뛰어난 업적을 남긴 역사적인 인물을 기록한 것이며 승전은 고승(高僧)의 삶에 대한 기록이다. 그리고 가전은 사람이 아닌 동식물, 무생물 등에 인격을 부여하여 전의 형태를 취한 것이다. 인물의 행위와 업적을 중심으로 한 이것들의 서술 방식은 『박씨전』 『임경업전』 등의 군담소설에 많은 영향을 주게 된다. 또한 가전은 고려 말의 가전체와 조선시대의 의인소설의 출현에 기여한다. 「국순전」 「청강사자현부전」 등의 가전체 서사물은 모두 가전의 형식과 성격을 충실하게 이

어받아 발전시킨 것이며, 「토끼전」「장끼전」 등의 의인소설도 가전의 발전된 서사 양식이라 할 수 있다. 특히 고소설의 제목이 대부분 '-전'으로 되어 있는 것이나, 인물의 출생에서 죽음에 이르는 일대기적인 구성 방식은 전과 고소설의 긴밀한 관계를 단적으로 보여주는 것이라 할 수가 있다.

전기(biography)

전기는 특정한 인물의 생애에 대한 기록이다. 작가가 직접 자신의 이야기를 쓰는 자서전과는 달리, 다른 사람의 삶을 그 대상으로 삼는 전기는 한 인물의 생애의 전체, 혹은 적어도 그 상당 부분을 다루며, 대개의 경우 전기의 대상이 되는 인물들은 역사적으로 중요하거나 남다른 경험, 업적 등을 쌓은 인물들이다. 중세시대에는 일반화된 전기라고 불릴 만한 것들, 즉 어떤 전형적이거나 모범적인 역할을 수행했던 인물들에 대한 전기가 발달하였다. 그러한 전기의 공통된 두 가지 유형은 '성인의 생애'와 '왕의 실록'이었다.

인간이 점차 개인으로서의 사회적 비중을 확보하게 됨에 따라, 르네상스 시대로부터 현재에 이르기까지 전기적 양식의 생산은 보다 가속화되었다. 상상적 문학의 성장과 전기를 위한 다양한 자료들의 발굴 및 확산—편지, 일기, 회상록, 각종 기록물들—은 내면적 전기의 새로운 형식을 발달시켰다. 게다가 18세기의 정치 경제적 상황의 변화와 더불어 새롭게 증가된 독서 대중의 존재는 전기적 양식의 대중화를 도왔다. 전기는 도덕적이고 교훈적이기보다는 재미에 치중하게 되었고 타인의 삶에 대한 호기심은 전기를 보다 상업적이고 충격적인 소재에로 이끌고 갔다. 때때로 악의적이고 심술궂은 전기가 생산되기도 했으며, 선하고 고귀한 인물이 아닌 범죄자가 전기의 주인공이 되는 예도 생겨났다. 요컨대 민주주의적인 사고의 발달은 어느 누구의 삶도 기록될 만한 가치가 있다는 인식의 변화를 가져온 것이다.

또한 인간 정신에 대한 진보된 연구 성과는 심리적 전기나 해석적 전기라고 할 만한 특수한 현대적 유형의 전기를 발전시켰다. 특히 프로이트의 이론이 대중화됨에 따라, 한 인물의 의도화된 이성적 발언이나 외부적 사실들을 넘어서 그의 생애를 지배했던 감춰진 동기들과 무의식적인 심리에까지 접근하려는 경향이 나타났다. 이러한 경향의 연장선상에서 예술적 전기의 형식이 일반화되었는데, 그것은 독백이나 꾸며진 대화, 혹은 가공의 소재 등의 폭넓은 허구적 장치들을 전기 속에 끌어들임으로써 인물을 보다 생생한 현실감으로 재현해내는, 전기적 요소와 소설적 요소의 보다 자유로운 융합을 시도한 것이다. 이러한 형태의 전기적 요소는 현대소설, 특히 **고백소설**이나 **성장소설**류의 소설들에서 풍부하게 발견되며, 플로베르나 헨리 제임스, 버지니아 울프의 소설들에도 침투해 있다.

전기소설(傳奇小說)

근대적인 의미의 소설이 수립되기 이전, 중국 및 우리나라의 산문문학에서 널리 유행하였던 서사 장르의 하나. '전기'라는 말은 '奇'를 '傳'한다, 즉 '기이한 것'을 '기록한다'는 뜻에서 만들어진 것이다. 그러므로 전기소설이라 불리는 작품들에는 현실적으로 믿기 어려운 괴기하고 신기한 내용들이 중점적으로 표현되며 머릿속에서만 일어나는 것이 가능한 공상적인 사건들, 현실적 인간 세계를 벗어나 천상과 명부(冥府)와 용궁 등에서 전개되는 사건들, 초인적 능력을 발휘하는 인간이나 자연물 등이 그 내용의 중심을 이룬다. 고대의 서사물에 있어 전기적 요소란 서사물을 형성하는 주요 요소 중 하나였으며, 원시적 서사 형태인 신화, 민담, 전설 등을 이루는 중심적인 내용에도 대체로 전기적인 요소가 많이 내재되어 있다.

인간이 자신이 경험하지 못한 환상의 세계에 대해 호기심과 동경을 지니는 것은 당연한 일이며 이러한 정신적 작용은 상상력을 통해 신이한 인물의 무용담이나 연애담을 만들어냈다. 이러한 자연 발생적 서사 내용들이 구전되는 과정을 통해 윤색되고 각색되면서 전기소설이라는 하나의 틀로 정착하게 된 것이다. 그것이 꾸며진 이야기, 즉 창작된 허구 서사물이라는 점에서 전기소설은 현대의 서사물과 동일한 유형적 테두리에 묶일 수 있으며, 고대의 서사물이 근대의 소설(novel)로 변화해가는 과정의 징검다리 역할을 수행한 양식이라 할 수 있다. 그런 맥락에서 근대적인 소설이 발생하기 이전의 모든 소설적 창작물(흔히 사용되는 용어로 고전소설)을 전기소설로 간주해야 한다는 견해도 있다. 비록 그런 주장이 불합리하게 여겨질 만큼 전기소설과 전혀 성격이 다른 서사물들이 존재했다 하더라도, 대부분의 고전소설은 전기적 요소를 갖추고 있으며 전기소설이라는 장르 안에 포함될 여지가 많다. 전기소설의 다양한 목록과 천차만별의 내용은 일일이 열거할 수 없을 정도이다. 국문학자 김기동은 중점적 역할을 하는 모티프를 중심으로 하여 그것을 일곱 가지 유형으로 분류한 바 있다.

① 인간과 귀신을 연결해놓은 작품 : 『금오신화』 중의 「만복사저포기」·「이생규장전」·「취유부벽정기」, 『삼설기』 중의 「서초패왕기」·「이화전」 등.

② '명부'의 세계를 표현하여 인간의 현세와 내세를 연결해놓은 작품 : 『금오신화』 중의 「남염부주지」「옹랑반혼전」「당태종전」 등.

③ 수부의 세계를 표현한 작품 : 『금오신화』 중의 「용궁부연록」.

④ 천상의 세계를 표현하여 천상과 지상을 연결해놓은 작품 : 「천궁몽유록」「향랑전」.

⑤ 신선의 세계를 표현한 작품 :『삼설기』 중의「삼자원종기」.

⑥ 꿈속의 세계를 표현한 작품 :「남염부주지」「용궁부연록」「천궁몽유록」「원생몽유록」「대관재몽유록」「금산사몽유록」.

⑦ 인간이 태어나기 이전의 세계를 표현한 작품 :「금우태자전」「안락국전」.

고전 서사 양식의 대부분이 그러하듯이 전기소설 역시 중국의 영향하에서 이루어진 것이다. 본래 전기는 당대(唐代)의 허구적 서사물에 대한 명칭이었다. 그 이전 시대(육조(六朝))의 허구적 서사물인 지괴(志怪)가 가지는 기본적 성격이 기록성이라면 당대 전기의 특징은 단순한 산문적 기록물이 아니라 독자들의 흥미를 북돋우기 위해 작가 개인의 창작 의식이 개입된 이야기라는 점이다. 그러므로 기괴한 사건, 초현실적 에피소드가 등장한다는 점에서는 지괴와 유사하지만 전기에서는 그런 요소들이 짜임새 있는 구성이나 전개 과정을 가지고 제시되며 뚜렷한 작가가 존재한다. 이 전기들은「유선굴」처럼 한 편의 독립된 작품으로,『현괴록』처럼 한 사람의 작품집 형태로, 또는 한 작가의 시문집 속에 잡문, 잡저로 포함되는 등 다양한 형태로 전하여진다. 내용이나 제재에 따라 이것들은 신괴류, 검협영웅류, 염정연애류, 별전류 등으로 나누어지는데 시기별로는 다음과 같이 분류될 수 있다.

① 초기 : 육조의 지괴가 당대의 전기로 발전하는 과도기. 작품으로는「고경기」「보강총백원전」「유선굴」 등.

② 중기 : 당대 전기의 번성기. 내용 및 형식이 풍부하고 다채로워지며 현실적인 제재도 사용됨. 작품으로는「침중기」「남가대수전」「유의전」「이의전」「앵앵전」「이임보외전」「장한가전」 등.

③ 후기 : 괴이하고 신비로운 작품의 분위기가 소생하여 현실 생활과 점차 거리가 멀어짐. 검협영웅류가 많이 발생. 작품으로는『현괴록』,「기문」「유무쌍전」「곤논류」「섭은랑」등.

당대의 전기물은 후대의 원, 명, 청 3대에 이르는 소설적 · 극적 창작물의 귀중한 소재원이 되었다. 송대 이후의 문언필기소설(文言筆記小說)은 전기의 정신을 계승한 것이며, 청대의 포송령이 지은『요재지이(聊齋志異)』는 그 성과를 집약한 서적이고, 우리의 전기소설 역시 이 작품들의 광범위한 영향 아래에서 형성된 것이다.

전기소설 안에서 강조되었던 그 신비한 내용들, 위인이나 영웅들의 뛰어난 무용담이나 선남선녀의 연애담 등은 모두 독자들의 흥미를 촉발시키기 위해 실제 이상으로 과장된 것이며, 그 흥미 본위적 오락적 성격 때문에 이덕무를 위시한 조선시대의 유학자들에게 '소설무용론'이라는 반발을 불러일으키기도 했다. 그러나 근본적으로 볼 때 전기소설은 현대의 소설이 지니고 있는 것과 유사한 요소들—완전한 허구적 서사라든가 인물 및 사건의 제시 방법, 소설적 상황의 전개와 갈등 해결 등—을 얼마간 공유하고 있고, 허구적 서사물의 변화 및 영향 관계를 결정적으로 해명할 수 있는 문학사적 위치를 차지한다.

전기수(傳奇叟)

조선 후기에 청중을 앞에 두고 소설을 구연하던 전문적인 이야기꾼을 지칭하는 말. 즉 소설을 읽고자 하지만 문자 해독력이 없어서 작품을 향유하지 못하는 청중을 대상으로 소설을 낭독해주고 일정한 대가를 얻는 전문적이고 직업적인 이야기 구연자를 전기수라 하며 달리 강담사, 강창사라고도 한다.

조선 후기에 이르면 이전에는 일부 계층에 한정되어 읽히던 소설의 독자층이 평민층이나 부녀자 등으로까지 광범위하게 확대된다. 이러한 소설 독자층의 확대를 가져오게 된 요인 중의 하나는 필사본과 방각본 소설의 유통을 비롯한 세책가의 등장 등의 서적 유통 구조의 발달이다. 이 같은 상황에서 소설을 써서 생계를 유지하는 전문적인 작가층이 나타나고, 문자 해독력이 없는 청중의 요구에 부응해 작품을 구연하는 전기수가 등장하게 된다.

전기수가 소설을 구연하는 방식은 크게 두 가지의 형태로 이루어졌다.

하나는 소설을 듣고자 하는 개별 청자의 가정을 직접 방문하여 구연하는 것이고, 다른 하나는 사람들이 많이 모이는 장소에서 청중을 모아놓고 구연하는 것이다. 전자의 경우는 청자가 구연의 대가로 의식주를 제공해주는 것이 일반적인 관례였는데, 간혹 전기수의 생계를 후원해주는 패트런이 있기도 하였다. 후자는 이야기를 구연하는 과정에서 청중으로부터 일정한 대가를 얻었는데 이때의 독특한 이야기 구연 방식을 요전법(邀錢法)이라 한다. 요전법은 배오개나 종로, 교동 등 사람들이 많이 모이는 거리나 시장에서 이야기를 낭독하다가 가장 중요한 대목에 이르러 멈추고 다음 이야기가 궁금한 청중이 돈을 던지면 다시 구연하는 방법을 말한다. 이렇게 볼 때 당시에는 이야기를 낭독하는 일 자체가 하나의 특수한 재능으로 인정을 받았음을 알 수 있다.

전기수가 낭독하는 이야기는 『조웅전』 등의 영웅소설이나 『운영전』 등의 애정소설이 중심이었다. 그런데 전기수는 청중의 관심과 흥미를 끌어모으는 특별한 구연 기술과 방법을 터득하고 있어야 했다. 단순히 소설의 내용을 전달하는 차원에서 그치는 것이 아니라 그것을 실감나게 들려줌으로써 청중의 시선을 집중시킬 수 있어야만 했던 것이다.

> 옛날에 어떤 남자가 종로의 담뱃가게에서 어떤 사람이 패사(稗史) 읽는 것을 듣다가 영웅이 가장 실의(失意)하는 대목에

이르러서는 갑자기 눈을 부릅뜨고 입에 거품을 물고는 담배 써는 칼로 패사 읽는 사람을 찔러 죽였다.

이것은 당시 전기수가 청중에게 이야기를 얼마나 실감 있게 들려주었던가를 보여주는 한 예라고 하겠다.

전기수의 등장은 전기수의 구연 능력이나 구연 상황에 따른 원작의 첨삭이나 변개가 빈번하게 이루어지고 소설의 오락적이고 흥미적인 측면을 부추긴 측면이 있음에도 불구하고 문자 해독력이 없는 독자의 요구에 부응하여 소설을 들려줌으로써 독자층의 확대를 가져오게 되었다는 점에서 큰 의의가 있다.

전설

설화를 보라.

전쟁소설

전쟁의 상황과 체험을 집중적으로 재현하며 전쟁이 초래한 가혹하고 참담한 삶의 정황, 그 비인간적이면서도 야만스러운 살상의 현장을 이야기의 주된 배경으로 삼는 소설 일반을 지칭한다. 전쟁의 상황이란 인간의 이기적이며 야수적인 공격 심리가 적나라하게 폭로되는 현장이면서 동시에 이와는 상반되는 인간적 성향—용기, 인간애, 자기희생의 정신 등—이 숭고하게 발현되기도 하는 흥미 있는 현장이라는 사실 때문에 고대로부터 오늘에 이르기까지 줄곧 서사문학이 선호하는 제재가 되어왔다. 역사적으로 발생했던 모든 전쟁은 그것을 제재 삼은 서사문학을 생산시켰다.

『일리아스』는 트로이 전쟁의 산물이고 『전쟁과 평화』는 나폴레옹에 의한 러시아 침공으로 야기된 전쟁의, 『서부전선 이상 없다』(레마르크)와 『젊은 사자들』(어윈 쇼)은 양차 세계대전의, 그리고 『나자와 사자』(노먼 메일러)는 태평양 전쟁의 산물이다. 우리가 겪은 동족상잔의 체험 역시 많은 전쟁문학을 생산시켰을 것은 물론이다. 그러나 전쟁소설이라는 용어는 전쟁의 상황을 다루는 모든 시대의 서사물을 포괄하기보다는 양차 세계대전 이후의 전쟁의 체험을 재현하고 있는 소설을 제한적으로 지칭하는 것으로 개념의 사용이 관례화되었다.

전쟁소설의 가장 두드러지는 변별성은 물론 전쟁의 경과와 전쟁의 현장이라는 시공간을 배경 삼는다는 사실에 의해 확보된다. 그러나 유형적 분류의 척도를 이처럼 제재적 측면에만 기대고서는 전쟁소설의 의의와 흥미의 요체는 간과하기 쉽다. 오히려 전쟁소설의 인상적이며 의미 있는 국면은 무구하고 선량한 인간의 운명이 전쟁의 상황에 의해 참혹하고도 무의미하게 희생되는 생생한 현실을 보여줌으로써 전쟁에 대한 독자들의 문명 비판적인 인식을 이끌어내고 확신시키는 역할에 의해 부각됨이 옳다. 그런 점에서 모든 전쟁소설은 본질적으로 반전소설이라고 규정해도 좋다.

전향소설

일반적으로 사상 혹은 신념상의 전향이 이루어지는 과정을 담고 있는 소설을 지칭하는 용어로서, 주로 작가 자신의 개인적인 체험에 바탕을 두고 씌어지는 경우가 많다. 한국문학에 있어서 전향소설은 1930년대 계급 혁명을 위한 수단으로서의 문학의 역할을 강조하던 프롤레타리아 문학가들이 자신들의 마르크스주의 문학관을 포기한 후 씌어진 일련의 소설을 가리킨다.

넓은 의미에 있어서 전향이란 어떤 사람이 하나의 사상을 포기하고 다른 사상으로 옮겨가는 것을 가리키지만, 관례화된 의미로는 공산주의자가 공산주의를 포기한 것에 한정된다. 이를테면 제2차 세계대전을 전후한 시기에 앙드레 지드나 사르트르, 앙드레 브르통, 루이 아라공을 비롯한 유럽의 많은 지식인들이 사회주의 이론에 경도되었다가 후에 사상적인 변화를 겪은 것, 혹은 1930년대 일본의 나프(NAPF)나 한국의 카프(KAPF)에 소속되어 있던 작가들의 사상적인 굴절과 변모 등이 모두 전향에 해당된다고 할 수 있다.

전향은 정치권력의 강압에 의해 이루어지는 경우와 전향자 자신의 인식의 변화로 인해 이루어지는 경우 두 가지로 나누어볼 수 있다. 일제시대 한국 작가들의 경우 사상적 전향은 대개 일제의 무력과 탄압에 의해 이루어졌다. 즉 1930년대의 전향소설은 당시의 특수한 시대적 상황과 결부되어 있는 것이다. 사상의 전향이 어떤 특정 시기에만 국한되어 이루어지는 현상은 물론 아니지만, 우리나라의 경우에는 작가의 전향 문제가 정치적인 외압과 밀접하게 관련됨으로써, 전향을 명시적으로 드러내기 위한 하나의 수단으로 전향소설이라는 일련의 문학적 형태가 나타나게 되었다고 볼 수 있다. 따라서 전향소설이라고 했을 때 우리가 일반적으로 문제 삼는 것은 1930년대 프롤레타리아 작가들의 전향을 그린 소설이며, 이것은 일제 식민 치하라는 시대적 상황과 분리되어 설명될 수 없는 것이다.

1920년대의 문단을 지배했던 프롤레타리아 문학관은 1930년대에 접어들어 일제에 의한 사상 탄압이 노골화되면서 심각한 존립의 위기에 직면하게 된다. 카프의 강제 해산과 '치안유지법'에 의한 작가들의 대량 구속(1930년 '종로 사건', 1933년 '전주 사건') 등으로 이어지는 일련의 탄압적 상황 속에서, 일제에 의해 구속된 작가들은 계속되는 강압과 회유, 신변의 위협 등으로 인해 결국 프로문학을 포기한다는 각서를 쓰고 전향하게 되는 것이다.

전향소설은 이러한 상황에서 씌어진 일련의 소설로서, 자신의 전향 동기와 전향 후의 사상적 공백과 새로운 사상의 모색 등을 주로 다루고 있다.

전향소설은 작가 자신을 모델로 하여 감옥 생활이나 전향 등의 동기와 배경을 다룬 작품들과 전향 후의 생활과 새로운 사상을 모색하는 모습을 그린 소설들로 구분하여 살펴볼 수 있다. 전자와 같이 주인공이 감옥에서 전향하게 되는 심리적 과정을 그린 작품으로는 박영희의 「독방」과 백철의 「전망」이 대표적이며, 후자의 경우에는 전향 후에 일어나는 정신적인 공백과 방황을 그린 한설야의 「설」, 최명익의 「심문」 등을 들 수 있다. 또한 김남천의 「경영」 「맥」 등의 작품은 주인공이 마르크스주의에서 일본의 신체제로 넘어가는 심리적인 과정을 보여주고 있다. 대부분의 전향소설은 지식인의 사상적 전향을 다루고 있다는 점에서 **지식인 소설**로 분류될 수 있다. 그러나 우리나라의 전향소설들은 대개 전향 문제에 대한 사상적 갈등과 고민을 진지하게 그려내기보다는 오히려 감옥 생활에 대한 개인적인 체험의 토로나 전향 후의 소시민적 삶의 모습을 매우 소박한 수준에서 그려 보여주고 있다. 이러한 현상은 일본 제국주의 통치라는 당시의 상황에서 사상의 문제를 직접적으로 표출하는 것이 결코 쉬운 일이 아니었다는 점과도 관련이 있겠지만, 보다 근본적으로 당시 한국에서의 프롤레타리아 문학관이 문학인들 내부의 깊이 있고 진지한 사상적 모색의 토대 위에서 이루어졌다기보다는, 대개 당시의 사상적인 시류(時流)를 피상적이고 즉흥적으로 수용한 결과로 이루어졌다는 데에서 그 원인을 찾아볼 수 있을 것이다.

전형성(type, typicality)

전형성은 특정한 역사적 단계에 처해 있는 어떤 특정한 사회의 성격과 내부적 모순을 가장 잘 드러내 보여주는 대표적인 성질들, 혹은 그런 성질을 가지고 있는 요소들이 소설 속에 잘 반영된 경우를 지칭하는 용어이다. 주로 인물이라는 요소에 관련된 개념이지만 엄밀한 의미에서는 인물뿐만 아니라 사건 배경, 행위 배경 등등의 넓은 의미를 포함한다. 곧 전형화란 것은 객관적 진리를 목표로 하는 예술적 일반화의 독특한 방식으로서, "개인적인 것 속에 있는 사회적인 것을, 특수한 것 속에 있는 보편적인 것을, 우연적인 것 속에 있는 합법칙적인 것을, 여러 현상들 속에 있는 본질적인 것을 발견해내고 끄집어내어 예술적으로 설득력 있게 표현하는 방식"이라고 설명될 수 있다(Pracht/Neubert, *Theorie*, 1974, p.603).

전형성의 개념은 루카치에 의해서 보다 본격적으로 다듬어졌다. 즉 루카치에게 있어서의 전형성의 개념은 총체성과 함께 그의 미학 이론의 핵심적 개념을 이루게 된다. 루카치는 플라톤처럼 예술을 단순히 인식의 범주에 국한시켜 다루는 데 반대하면서, 특수성을 보편성과 개별성 사이에 필요한 매개항으로 설정한 헤겔과, 이를 예술적으로 인식한 괴테를 높이 평가한다. 루카치에게 있어 현실은 정체된 것이 아니라 변화하는 역동적인 역사적 현실로서의 특수성을 지닌다. 개별성은 현상들 중 '이것'이라는 지시적인 성질을 갖고 있는, 일반화되지 않은 것이다.

보편성은 이에 비해 '전체'를 지칭하는 일반화의 궁극점이다. 그에 의하면 예술은 이 개별성과 보편성 양자 사이의 어떤 지점인 전형성의 범주 안에 위치한다. 그는 이 전형성의 원리가 작가의 객관적인 현실과의 접촉을 통해서만, 그리고 현실의 충실하고 진정한 반영을 추구함으로써만 구현될 수 있다고 믿는다. 이렇게 구현된 전형성을 통해서 문학작품은 역사 발전의 일정한 단계에 처해 있는 특정한 사회의 모순을 드러내주면서 동시에 역사 발전의 필연적 방향을 제시해준다는 것이다. 그러나 전형적으로 현실을 반영한다는 것은 반드시 작가 자신이 정치적으로 진보적이라는 것을 의미하지는 않는다. 루카치는 발자크나 톨스토이가 정치적으로는 보수파에 속했음에도 불구하고 그들의 작품은 그들 시대의 역사적 현실을 전형적으로 파악하는 데 성공했다고 보고 있다. 이처럼 작가 개인의 정치적 신념과는 무관하게 역사적 현실의 진정한 반영이 실현되는 경우를 가리켜서 루카치는 '리얼리즘의 승리'라는 엥겔스의 용어를 사용하고 있다.

만약 이 전형성의 원리가 충족되지 않는다면, 작가는 자신이 속한 시대와 당대의 큰 문제들을 심층적으로 관찰하고 이해한 것이 아니며, 일상적이고 평범하게 묘사하고 만 것이라고 루카치는 본다. 전형적인 사건과 상황, 인물의 창조에 있어서의 실패는 '지리멸렬한 사건의 나열' 그 이상의 의미를 지니는 것이 아니다. 루카치는 그러한 전형성 부재의 파편화된 현실 모사를 졸라류의 자연주의, 조이스류의 모더니즘에서 발견한다. 사회적 · 개인적 모순이 극단에 이르고 궁극적인 귀결에 도달할 때, 그리고 "그 속에 포함된 모든 것이 지각되고 선명하게 드러나 보이게 될" 때, 전형적인 의미는 획득되는 것이다. 따라서 전형성의 테두리 내에서는 보편적 진리(중요한 것)가 개별성을 파괴하지 않으면서 개별성 속으로 용해되는 것이다. 그러므로 작가는 전형성의 원리를 통해 세계와 그 현상들에 관한 본질적인 특징들을 파악하여 이들 요소를 조직하면서 "일상생활에서는 전혀 불가능하고 모호하지만" 그것과는 반대로 삶의 모순과 투쟁 그리고 힘을 명쾌하게 드러내 보일 수 있는 상황과 인물들을 창조하는 것이다. 루카치는 이것을 화가인 막스 리베르만의 "당신의 현재의 모습보다 당신을 그린 내 그림이 당신을 더 닮았다"고 하는 경구를 인용하여 설명한 바 있다.

루카치가 말하는 전형성의 개념은 결국 엥겔스가 하크네스에게 보낸 편지에서 했던 유명한 발언, 즉 "내 견해로는 우리는 세부 사항들의 진실 이외에도 전형적인 상황에서 전형적인 인물들의 반영으로 이해한다"는 말을 보다 발전시켜 리얼리즘의 원리로 확립시킨 것이라고 할 수 있다.

전후소설

제2차 세계대전 이후의 삶의 상황과 문제들을 다룬 소설. 전쟁의 상흔을 안고 살아가는 젊은이들의 불안과 허무, 기존의 모럴에 대한 반항 등이 이러한 소설에서 흔히 취급되는 제재들이다.

한국문학에 있어서 전후소설은 6 · 25전쟁 이후 나타나게 된다. 제2차 세계대전 이후의 소설을 전후소설이라 했을 때 8 · 15해방에서 6 · 25까지의, 즉 해방 직후의 소설도 포함할 수 있지만, 이 시기의 소설에는 전후의 특징보다는 해방의 감격과 당시의 혼란한 상황을 그린 소설이 대부분이다. 6 · 25라는 미증유의 전쟁을 겪고 난 이후에 비로소 전후의 상황을 드러내는 소설이 나타나게 되는 것이다.

한국의 전후소설은 전후의 상황에서 비롯된 허무주의와 실존적 불안감을 근거로 하여 출발한다. 즉 기존의 전통적 모럴을 송두리째 부정하고 오늘의 도표도, 내일의 희망도 기대할 수 없는 극도의 불안과 허무 속에서 전후 문학은 나타나는 것이다. 수많은 인간이 죽어나간 전장에서 젊은이들은 기성세대의 허위와 가식을 체험하게 되고, 극한 상황 속에서 실존의 문제와 맞부닥치게 된다. 전쟁터에서 물러 나왔을 때 이들 젊은이들은 죽음의 공포와 절망의 의식에서 헤어나지 못하고, 기존의 가치관에 반항하면서 전쟁의 상흔을 안고 살아갈 수밖에 없었던 것이다. 여기에 '분노하는 젊은이(Angry Young Man)'나 비트 세대(Beat Generation), 서구 전후 세대들의 정신과 행동 양식을 일컫는 실존주의 등이 당시의 젊은이들에게 많은 영향을 미치게 된다. 특히 프랑스 실존주의는 당시의 허무, 절망이라는 시대적 분위기와 결합하여 그들의 정신세계를 지배하게 된다. 장용학, 손창섭, 오상원, 이범선, 서기원 등 6 · 25를 전후해 등장한 대부분의 작가들이 이러한 전쟁 체험과 전후의 시대적 상황을 공통 기반으로 하여 출발하고 있다. 그리고 이들 전후 작가들은 기존 가치관의 상실, 전쟁의 체험으로 얻게 된 불안과 허무 의식, 극한상황을 극복하려는 몸부림들을 그들의 작품에 집중적으로 그려낸다. 장용학의 「요한 시집」「비인(非人) 탄생」, 손창섭의 「비 오는 날」, 서기원의 「이 성숙한 밤의 포옹」「암사지도」, 송병수의 「쇼리 킴」, 이범선의 「오발탄」 등에는 한국 전후소설의 특성들이 생생하게 드러나 있다. 이외에도 황순원의 『카인의 후예』, 오상원의 「유예」, 김성한의 「바비도」「오분간」, 김광식의 「213호 주택」, 박경리의 「불신시대」 등도 전후의 상황을 날카롭게 드러낸 작품들이라 하겠다.

1950년대의 전후소설은 60년대를 거쳐 80년대에 이르기까지 그 잔영이 계속되고 있다. 이것은 전후 작가들이 제기한 여러 문제들이 아직 미해결의 상태에 있음을 암시하는 것이라 하겠다.

절대적 시작

엄밀하게 보자면 절대적 시작이란 하나의 개념으로서만 성립할 수 있을 뿐이다. 어떤 서사물에서도 그러한 시작의 실재하는 사례를 찾아내기는 불가능했기 때문이다. 심미적 이야기의 현상에서 시작이란 끝과 마찬가지로 우여곡절의 커다란 줄기의 어느 한 부분을 차단하거나 잘라냄으로써 얻어지게 마련이다. 따라서 모든 서사물에서 시작과 끝은 생략의 결과로서의 시작과 끝이라고 말해야 옳다. 그러나 널리 알려진 바대로 아리스토텔레스는 생략의 결과로서의 시작과 끝이라는 개념을 거부했다. 그는 앞에는 이야기가 있지만 필연적으로 뒤따르는 이야기의 단계를 가지지 않는 끝과 필연적으로 앞에는 아무것도 없지만 뒤따르는 이야기의 단계를 가지는 시작이 아닌, 어떠한 시작과 끝도 이상적으로 실현된 시작과 끝은 아니라는 암시를 했다. 물론 시작과 끝이라는 개념에 대한 설명의 방식으로서는 그것은 최선의 완벽한 것이다. 그러나 곰곰이 생각해볼 일이다. 아리스토텔레스가 말하는 바와 같은 시작과 끝은 과연 가능할까. 물론 가능하다. 적절한 데서 이야기가 출발하고 알맞게 이야기가 마무리됐을 때, 다시 말하자면 장황하거나 미흡하지 않게 이야기가 시작되거나 촉발되고 고조되었던 호기심과 기대감이 만족스럽게 충족된 단계에서 이야기가 결말에 이르렀을 때, 독자들은 그것을 이상적으로 실현된 이야기의 구조라고 판단할 수 있게 될 것이다. 부연하자면 아리스토텔레스가 설명하는 바와 같은 시작과 끝은 심미적으로는 가능하다. 그러나 논리적으로 판단하자면—그러한 시작과 끝은 성립하기 어렵다. 인생살이가 그렇듯이, 엄밀하게 말해서, 이야기에서 절대적인 시작과 끝이란 존재하지 않는다. 전대의 이야기 문학들이 흔히 취했던 시작과 끝—탄생과 죽음이라는 시작과 끝도 사실은 시작과 끝이 아니다. 탄생은 다른 어떤 삶의 내력의 결과이고 그 죽음은 다른 어떤 사연의 시작일 터이기 때문이다. 요컨대 이야기의 현상에서 절대적인 결말이 있을 수 없듯이 절대적인 시작이라는 개념 역시 성립할 수 없다고 보아야 옳다.

> 7월 초순, 찌는 듯한 무더운 여름날, 한 젊은이가 하숙집이 있는 S 골목의 자기 방에서 거리로 나와서는, 어딘지 좀 망설이는 듯한 걸음걸이로 K 다리 쪽을 향해 어슬렁어슬렁 걷기 시작했다.

이것은 『죄와 벌』의 서두이다. 따라서 이것은 라스콜리니코프라는 젊은이가 전당포를 경영하는 인색하고 쓸모없는 노파를 살해하고 그로 인해 시베리아에 강제 노역수로 유형당하기까지의 우여곡절에 찬 이야기의 시작인 셈이다. 그런데 어떤가. 이 걸작 소설의 이와 같은 서두는 필연적으로 앞에는 아무런 이야기의 단계도 있을 수 없는 말이 의미하는 바의 처음일까. 그럴 리 없다. 이 젊은이가 몇 달째 밀린 하숙비 때문에 주인의 눈치나 보며 이곳에 살게 되기까지, 혹은 원대한 인류애적 포부를 실현하기 위해 전당포의 노파로부터 돈을 강탈하기로 결심하는 데 이르기까지, 허구한 우여곡절과 내력 끝에 그는 K 다리 쪽을 향해 어슬렁어슬렁 걷게 되었을 게 틀림없다. 따라서 『죄와 벌』의 서두는 전사(前史)를 거느리는 시작이며 앞선 상황에 뒤따르는 상황에 다름 아니다.

어떤 서사물이나 소설의 서두 역시 예외는 아니라고 말해서 무방하다. 절대적 시작이란 따라서 특수한 이야기의 현상에서 보여지는 특수한 서두의 양상을 가리키는 임의적이며 수사적인 명칭일 뿐이다.

> 어느 날 아침 불안한 잠에서 깨어난 그레고르 잠자는 자신이 한 마리 갑충으로 변해 있는 사실을 발견했다. 그는 딱딱한 등을 침대에 대고 누워 있었는데, 고개를 약간 쳐들자, 활 모양의 각질마디로 이어진 불룩한 갈색의 배를 볼 수 있었다. 그 배 위로 이불이 금방 미끄러져 떨어질 듯이 간신히 걸쳐져 있었다. 동체의 다른 부분과 비교해볼 때 형편없이 가느다란 여러 개의 다리가 눈앞에서 맥없이 허우적거리고 있었다.

위의 인용은 카프카의 「변신」의 서두이다. 이것은 어떤 원인의 결과로서의 상황 혹은 전사를 가지는 시작인가. 인물이 사로잡혔던 불안한 꿈을 원인이라고 본다면 대답은 그렇다이다. 그러나 이처럼 당혹스럽고 돌발스러운 삶의 정황을 납득시키기에 그것은 충분하면서도 필연적인 사유가 될 수 없다는 사실은 너무도 분명하다. 앞선 어떤 상황이나 내력도 이 같은 상황의 원인이 될 수는 없기 때문이다. 따라서 「변신」의 서두에 제시된 바의 삶의 정황은 다른 어떤 정황에 의해 유보되거나 제약될 수 없고 그것 자체로 독립적으로 존재하는 삶의 현상이라고 보아야 옳다.

하나의 이야기가 이처럼 선행하는 삶의 어떠한 상황에 의해서도 제약되지 않고 삶의 어떠한 조건으로부터도 독립되어 발단하는 경우란, 원인과 결과 사이를 관통하는 역동적인 원리에 의해 작동하는 이야기의 현상에서는 분명히 특수하면서도 예외적인 것이다. 그러나 이 같은 모양의 서두를 즐겨 사용한 작가들이 없지는 않으며 카프카는 특히 좋은 예이다. 인용한 「변신」을 포함해서 「심판」「시골 의사」 등에는 돌발스럽고 무조건적인 삶의 상황이 제시되고 있는데, 이러한 카프카 소설의 서두 양식은 실존의 상황을 극화하는 데 매우 유효한 것이라는 해석이 널리 일반화되었다.

절정(climax)

아리스토텔레스로부터 비롯된 전통적 플롯 개념으로, 한 편의 서사물을 설명할 때 플롯이 전개되는 단계의 하나, 혹은 서사적 지점을 일컫는 용어이다. 플롯이 전개되는 단계는 보는 사람에 따라 3단계, 혹은 4단계나 5단계로 나누어지지만 어떤 방식을 택하든지 간에 그 핵심을 이루고 있는 것은 갈등(conflict)과 절정(climax)이다.

일반적으로 절정은 갈등이 최고조에 달하는 지점을 의미한다. 그것은 그 앞에서부터 복잡하게 얽혀온 갈등이 첨예하게 충돌하여 어떤 상태로든 깨어져버리거나 해결되지 않으면 안 되는 순간, 긴장이 최고조에 달하는 순간, 그 이후로는 플롯이 해결의 단계로 전개되는 순간이다. 그러므로 절정은 복수가 아니라 단수의 서사적 지점이며 동일하다고 오해될 여지가 많은 결정적 계기(decisive moment)와도 구분됨이 옳다. 절정의 가장 큰 특징은 이야기가 지닌 본질적 의미가 해명(illuminaion)되는 단계이자 그것을 함축하고 있는 단계라고 브룩스와 워런은 말한다. 즉 단순히 위험한 장면—주인공이 극력 피하고자 했지만 마침내 그의 원수와 마주치게 되어 벼랑 끝에서 그와 맞싸워야 하는 순간, 혹은『왕이 되고 싶었던 사나이』에서 드라보트(Dravot)가

약혼자에게 살을 물어뜯겨 피를 흘리고, 그래서 그가 신이 아니라 인간이라는 것이 입증되는 위험한 순간—이 아니라는 것이다(이것들은 결정적 계기의 개념에 포함된다). 왜냐하면 이것들은 작품이 지닌 본질적 의미를 밝혀내고 있지 못하기 때문이다. 『왕이 되고 싶었던 사나이』에서 절정은 까마득한 계곡의 줄로 만든 다리에 매달린 드라보트가 로프를 자르라고 고함치는 순간이다. 그것은 진실로 신적인 왕이 되고자 했던 한 인간의 염원, 혹은 인간의 보편적 열망이 얼마나 간절한 것인지가 드러나는 지점이기 때문이다.

전통적 서사물에서 절정은, 그 서사물 안에 담겨 있는 플롯이 완결되고 팽팽한 것이 되기 위해서는 가장 중요하고도 필수적인 것으로 여겨졌다. 신비평가들의 서사 작품 연구는 이 과정을 조명하는 독법이라 해도 과언이 아니다. 독일 문예학도 일찍부터 이 과정에 관심을 가져왔다. 루트비히 티크는 '노벨레(Novelle)'에 반드시 '전환점(Wendepunkt)'이 있어야 된다고 주장했다. 파울 하이제(Paul Heyse)는 '매 이론(Falken-theorie)'을 내세워 티크의 설을 뒷받침했다(매 이론 : 『데카메론』 제5일 제9화의 매 이야기에서 유래. 한 남자가 어느 부인을 사모하다가 재산을 탕진하고 최후로 남은 재산인 매를 잡아, 찾아온 그녀를 대접하는 것이 계기가 되어 사랑을 얻게 되는 이야기. 소설의 구조에는 이렇게 매를 잡는 사건과 같은 클라이맥스가 있어야 된다는 것). 이것들은 모두 소설의 내부에서 절정의 역할을 강조하는 이론이다.

토도로프는, 완전한 플롯이란 평형 상태에서 출발하여 비평형으로, 그리고 다시 평형으로 돌아오는 구조를 갖는다고 말한다. 즉 한 편의 서사물은 안정 상태에서 시작되고 여기에 어떤 힘이 가해져 안정 상태가 파괴되다가 반대 방향에서 다시 어떤 힘이 가해져 안정 상태가 회복된다는 것이다. 물론 뒤의 안정 상태는 처음과 다른 것이 된다. 이때 절정은 두 개의 힘이 만나는 선, 비평형의 꼭짓점으로 설명될 수 있다.

플롯의 개념을 무시하거나 포기하고자 하는 현대의 서사물에서 절정의 기능과 중요성은 현저히 약화된다. 프루스트나 포크너와 같은 작가들의 작품에서 이 용어는 의미를 상실한 것으로 보인다.

제목(title)

모든 인간이 하나의 이름을 가지듯이 모든 소설은 하나의 제목을 가진다. 손에 땀을 쥐게 하던 모험의 이야기나 가슴을 졸이던 애틋한 사랑의 이야기는 점차 잊혀지고 퇴색해간다 하더라도 그것들의 첫머리에 커다란 활자로 박혀 있던 제목만은 선명한 인상과 표지로 기억 속에 남으며 세인의 입에 오르내린다. 텍스트 내부에 담겨진 이야기와 무관한 듯하면서도, 그것들을 대표하고 상징하는 얼굴로서 제목의 중요성은 아무리 강조해도 지나치지 않다. 특히 모든 의미와 내용이 하나의 기호나 표상을 통해 소통되는 현대의 문학에서, 제목은 그 작품과 관련된 여러 요인—작품의 문학성과 같은 본질적인 요인은 물론이고 그 작품의 선전이나 판매량과 같은 비본질적 요인에 이르기까지 절대적 영향을 미친다. 『난장이가 쏘아올린 작은 공』『꿈꾸는 자의 나성』『경마장 가는 길』같이 얼핏 보아 그 작품의 내용과 주제를 쉽게 짐작할 수 없게 만드는 모호한 제목들은, '무슨 이야기일까' 하는 독자들의 문학적 호기심과 독서 충동을 자극하면서, 문학 상품으로서 구매력을 높이는 효과를 거둔다.

『안나 카레니나』『테스』『춘향전』『심청전』『홍길동전』이나 『무정』『전쟁과 평화』처럼 그저 작중인물의 이름이나 추상적 주제를 제목으로 설정했던 고전적 작품들에 비해 현대의 작품 제목들이 보여주는 기교와 세련성은 놀라울 정도이다. 인물의 이름이나 주제는 말할 것도 없고, 작품의 배경이나 구체적인 시간, 기존 제목의 변형이나 사회적 유행어들이 다양하게 사용되며, 짐짓 그 작품의 내용과는 하등의 관련이 없는 엉뚱한 제목이 붙여지는 경우도 있다. 한 작품을 다른 여타의 작품과 구별하기 위한 명칭으로 '제목'을 사용했던 옛날의 작가들과는 달리(물론 이것은 제목의 가장 본질적이고 중요한 기능이며 이런 입장을 고수하고 있는 작품들이 현대의 소설에서도 얼마든지 존재한다) 현대의 많은 작가들은 한 작품의 제목이 그 작품이 지니고 있는 문학적 세계에로의 입문점이자 궁극적 귀결점이라는 인식을 가지고 있는 것인지도 모르겠다. 그러므로「매일 죽는 남자」「붉은 방」같이 독자들의 호기심과 기대감을 유인하면서 첫 장을 넘기게 만드는 제목들이 있는가 하면, 지겹고 지루한 감옥 생활의 하루를 묘사해나간 끝에 "그런 날이 그에게 꼭 10년간 되풀이되었다"라는 마지막 구절에 가서야 제목이 주는 중대한 의미가 확인되는「이반 데니소비치의 하루」나, 마콘도 마을이 붕괴되는 지점에 이르러서야 부엔디아 집안과 마을이 지녔던 고독감의 실체를 확인할 수 있는『백 년 동안의 고독』같은 제목들이 존재한다.

그러나 새롭고 신선하며 작품이 지닌 의미를 효과적으로 전달하기 위한 서사적 전략의 하나로 구사된 제목이라 할지라도 그것이 지나치게 작위적이거나 작품의 내용과 부합되지 않는 것일 경우, 이것들은 상식적이고 일반적인 제목, 즉 다른 작품과 구분하기 위한 명칭으로만 사용된 제목이 가지는 안정감이나 소박함보다 더 부정적일 수 있다는 사실이 늘 유의되어야 한다. 독자들은 작품의 내용과 제목이 일치되는 논리적 필요성을 늘 기대하고 있으며, 그러한 의미 발견을 통해 독서의 기쁨과 제목의 효용을 재확인하기 때문이다. 작가들은 이런 범주 안에서만 나름대로의 창조성을 발휘한 제목을 설정하기 때문에, 의외로 문학사에 수록된 많은 작품의 제목들이 어떤 공통점을 보이는 경우가 많다. 제목의 몇 가지 중요한 유형적 분류를 제시하면 다음과 같다.

① 주인공의 이름이나 신분 : 고리오 영감, 안나 카레니나, 벙

어리 삼룡이, 꺼삐딴 리, 맹순사, 내 사촌 별정 우체국장.

② 지명이나 국명 : 아메리카, 이어도, 소설 알렉산드리아, 베를린 알렉산더 광장.

③ 시간이나 시기 : 1984, 만세전, 25시, 제8요일.

④ 작품의 내용 압축 : 술 권하는 사회, 잉여인간, 탈출기, 화두 기록 화석, 죄와 벌, 전쟁과 평화, 첫사랑.

⑤ 작품의 주제 암시 : 무명, 부활, 광장.

⑥ 이미 나온 제목의 활용 : 율리시스(호메로스-조이스), 소설가 구보씨의 일일(박태원-최인훈), 구운몽(김만중-최인훈).

이외에도 다양한 기준들이 제시될 수 있으며 그것들은 서로 겹쳐져 사용될 수도 있다. 어떤 제목이 사용되든지 간에 한 작품의 제목은 독자와 작품 속의 내용을 매개하는 촉매이자 작품을 대표하는 얼굴이므로 그 작품이 지닌 주제와 의도, 내용과 특성을 단적으로 표현하는 것이 되어야 하며, 따라서 짧은 한마디 혹은 몇 마디의 말을 통해 그런 모든 의미를 압축하고 추상화해야 한다는 점에서 제목 붙이기는 작가의 재치와 재능을 요구한다.

제재(題材)

소재를 보라.

주변사건(satellites)

주변사건은 현대 서사 이론에서 시간적 요소를 구성하는 하부 단위로, 핵사건(kernels)에 대립하는 의미를 지니는 용어이다. 서술의 기법상 주변사건들은 분위기를 만들기도 하고, 서술상의 시간을 연장시키기도 하며, 마치 뼈대에 살을 붙이듯 핵사건들 사이의 불완전한 틈을 메우기도 한다. 이를테면 '그들의 결혼식은 끝났다. 그들은 신혼여행을 위하여 공항으로 갔다'의 경우는 두 개의 핵사건으로 구성된 진술이지만, 주변사건이 첨가될 경우, 무수한 방식으로 보완 · 변형이 가능해진다.

① 그들의 결혼식은 끝났다.
② 기념 촬영을 하느라 시간이 많이 지나버렸다.
③ 준비된 차량이 갑자기 고장나는 바람에 택시를 잡느라고 바삐 뛰어다녔다.
④ 가까스로 택시를 잡았다.
⑤ 택시 안에서 신랑은 연신 웃고 있었다. 새색시는 뒤돌아 보며 눈물을 조용히 닦고 있었다.
⑥ 그들은 신혼여행을 위하여 공항으로 갔다.

이 예문의 ② ③ ④ ⑤가 말하자면 주변사건이다. 주변사건은 나무에 비하자면 일종의 곁가지이다. 곁가지를 쳐내어도 나무가 쓰러지지 않는 것처럼, 주변사건은 그것이 제거될 경우 서사물을 미학적으로 빈약하게 할 수는 있지만 플롯의 논리 자체를 손상시키지는 않는다. 따라서 주변사건들의 기능은 플롯 그 자체를 발전시켜나간다기보다는 플롯을 보완하고 다듬고 완성시키는 데에 있다. 위의 예문의 경우처럼 ② ③ ④ ⑤는 ①과 ⑥ 사이에 자리하면서 두 핵사건을 풍부하게 만드는 단위 사건들이다. 이 단위 사건들은 플롯의 섬세한 부분들로서 공항으로까지 가는 과정의 어려움을 잘 보여준다. 즉 플롯의 기능의 일부를 보완하고 증폭시킴으로써 서사물을 보다 미학적으로 다듬어나가는 작용을 하는 것이다.

주인공(hero, heroine)

이야기 문학에서 사건을 주도하는 자질을 가리키며 일반적으로 독자들이 공감을 느끼는 인물이다. 반동인물(antagonist)의 대립 개념인 주동인물(protagonist)이나 오늘날 보다 일반적으로 사용되는 주인물(main character)과 유사하거나 동일한 개념이지만, 히어로와 히로인은 그 말들의 내포가 가지는 '영웅성'이 지시하듯이 대개는 뛰어난 능력이나 위대한 운명의 소유자들이었던 고대 서사물의 주역들을 분별하기 위해 창안된 용어이다. 그러나 오늘날 이 용어가 사용되는 데 도덕적 평가는 반영되지 않는다. 부연하자면 모든 히어로나 히로인이 선량하거나 도덕적으로 정당한 인물은 아니며, 예컨대 악덕한 남자나 사악한 여자도 서사물의 중심 인물이 될 수 있다.

아리스토텔레스는 주인공을 완전히 선한 인물과 완전히 악한 인물, 고귀한 인물이라는 세 가지 유형으로 구분하며, 그것을 토대로 플롯의 여섯 가지 유형을 결정한다. 프라이에게 있어서 인물에 대한 강조는 그 평가상의 기준이 선이나 악이 아니라 독자에게 미치는 주인공의 힘의 크기와 관련되어 있다는 점을 제외하면 아리스토텔레스와 유사하다. 그에 따르면 신화적인 서사물에서 주인공은 신과 같이 전능하고, 영웅적 서사물에서는 인간이긴 하지만 놀라운 힘을 가진, 보다 강한 존재이며, 상위 모방적(high mimetic) 서사물에서는 보다 강하지만, 단지 고귀한 인간적 존재인 반면, 하위 모방적(low mimetic) 서사물에서는 우리와 동등한 존재이다. 또한 그 주인공이 우리보다 열등한 존재라면 그 서사물은 아이로니컬한 것이 된다. 그러나 이 용어는 또한 선악의 개념이나 인물의 역할의 크기와 무관하게 주인물을 뜻하는 일반적인 개념으로 보다 널리 사용된다(**영웅**과 **반영웅**을 보라).

주재(主材)

소재를 보라.

주제(theme)

주제라는 개념을 가장 그럴듯하게 부각시키는 방법은 그것을 나무의 줄기에 비유하여 설명하는 방식이다. 주제라는 것은 마치 나무의 줄기처럼 다양한 부분들을 흐트러지지 않게 붙잡으면서도 자신은 중심 속에 숨어 있는 무엇이라는 것이다. 주제를 풍요로운 나무에 비기는 이와 같은 설명의 방식은 확실히 주제의 양상과 역할을 분별해내는 데 효과적인 것이라고 판단된다. 줄기가 든든하지 않고서는 무성한 가지와 잎들을 지탱할 수 없을 것이며 가지와 잎들이 풍요로우면 풍요로울수록 줄기 자체는 숨겨지게 마련이다. 따라서 주제란 이야기를 구성하는 여러 성분 자질들을 결합시키는 중심 원리이지만 주제가 제대로 기능하는 이야기일수록 주제는 잘 드러나지 않는다는 사실을 그러한 비유적 설명은 적절하게 요약하고 있다. 그러나 나무의 경우와는 달리 이야기의 현상 속에 숨어 있는 이 중심이 무엇인지를 명확히 밝히기는 어렵다. 그것이 사상, 관념, 도덕적 판단, 교훈, 한 편의 이야기가 궁극적으로 환기해내는 인상 등이라고 흔히 말하지만 과연 이런 것들이 이야기의 잡다한 요소들을 통합하고 그것들을 구조에 이르게 하는 직접적인 원인인지는 장담할 수 없다는 얘기이다. 물론 **프로파간다 소설**이나 **목적소설**에서 관념이 여타의 이야기의 자질을 구속한다는 사실은 부정되지 않는다. 왜냐하면 이런 작품들에서 작가는 하나의 의도적인 주제를 가지고 작품을 창작하고, 그것의 전달을 목적으로 삼기 때문이다. 그러므로 이런 소설에서 주제는 나무의 줄기처럼 이야기의 핵심적이며 중심적인 지주라고 보아 무방하다.

그러나 본격소설 또는 예술소설에서조차 그렇다고 말할 수는 없다. 이 경우 작가들은 주제적 관심만으로 작품을 쓰는 것이라고 보기는 어렵기 때문이다. 무엇보다도 주제는 이야기 자체의 내부에 숨겨진 것이기보다는 이야기가 독자에 의해 해석된 결과로 제출되는 것이라고 봄이 옳다. 한 편의 이야기가 독자들에게 환기하는 주제적 양상이 다양해지는 것도 이 때문이다. 이것은 또한 주제가 이론적으로 객관화될 수 없는 국면이라는 사실을 드러내 보이는 것이기도 하다. 다시 말하자면 주제를 판단하고 규정할 객관적 준거는 없다. 한 편의 소설이 주제라고 부름직한 것을 가지고 있다고 하더라도 그것은 독자에 따라 다양한 모양으로 해석되는 것은 불가피하다. 무엇보다도 독자가 소설을 읽는 과정은 주제를 추구하는 과정이 아니다. 작가의 편에서 본다고 하더라도 그렇다. 작가는 의미의 제시를 의도하기도 하지만, 오로지 상황의 제시만을 목적 삼을 수도 있다. 세계가 단아한 모습을 하고 있었을 때 작가들은 자신들이 그 세계를 규범적 의미로 해석해낼 수 있다고 믿었다. 그러나 현대의 작가들은 그러한 야심과 자만을 버렸다고 보인다. 다시 말하자면 독자들과 마찬가지로 작가들 역시 그들이 해석해낼 수 있는 세계에 더 이상 살고 있지 않다는 자각을 하게 된 것이다. 이러한 자각이 작가들로 하여금 그들의 역할을 단지 상황을 보여주는 것으로 제한토록 한 것이다. 이런저런 이유로 주제를 문제 삼는 것은 십중팔구 소모적인 일이 되기 십상이다. 따라서 주제라는 개념에 지나치게 집착하는 태도는 소설을 하나의 구조물로 이해하는 데 별 도움을 주지 않는 것이라고 판단해도 무방할 것 같다.

줄거리와 줄거리 축약

줄거리는 서사 텍스트(narrative text)의 뼈대와 골간이 그 서사 텍스트의 밖에 있는 누군가에 의해 요약의 형식으로 추출된 결과를 가리킨다. 화제의 대상이 되고 있는 영화, 연극, 텔레비전 드라마를 앞질러 감상했거나 관람한 사람이 그것들을 미처 보지 못한 사람에게 한 시간 반이나 그 이상짜리의 내용을 5분이나 그 비슷한 시간 분량의 이야기로 전달한다면, 이때 전달되는 것은 그러한 서사물들의 축약된 이야기-줄거리이다. 소설 『백경』의 줄거리는 바다의 괴수에게 한쪽 다리를 먹힌 에이허브라는 사나이가 목숨을 내던져가며 그 괴수에게 복수하는 이야기, 혹은 그 비슷한 모양으로 축약될 수 있겠다.

줄거리는 '이야기의 개요'라는 뜻의 플롯과 동일한 개념이며(**플롯**을 보라) 당연히 스토리 그 자체와는 구별된다. 이야기의 개요 또는 줄거리는 동일한 스토리가 패러프레이즈의 대상이 되는 경우에서일지라도 패러프레이즈를 수행하는 사람에 따라 다양한 길이와 모습으로 결과될 수 있으므로 고정적인 규모와 형태를 가질 수 없다는 특징을 가진다. 앞에서 예시한 『백경』의 개요는 원고지 10매 분량이나 그보다 훨씬 더 긴 분량으로 확대될 수도 있고 줄거리를 구성하는 언어적 체계도 달라질 수 있다. 부연하자면 줄거리의 양상은 그것의 규모와 마찬가지로 스토리를 요약하는 사람의 관점과 솜씨에 좌우된다.

스토리 패러프레이즈는 불가피하게 서사 텍스트의 변질과 왜곡을 초래시킨다. 담론 구조의 상당 부분을 희생시키거나 손상시키지 않고 개요-줄거리를 추출해내기는 불가능하기 때문이다. 그럼에도 불구하고 하나의 서사 텍스트로부터 줄거리를 끄집어내는 행위는 대개는 서사물과 독자를 매개한다는 명분 아래 수행되고는 한다. 특히 줄거리 석의(釋義)는 문학 비평과 문학 교육에서도 즐겨 활용되는데 하나의 서사물이 잠재하고 있는 인상적인 국면과 흥미의 요체를 부각시킴으로써 독자 충동을 자극한다는 선의의 동기를 감안하고서라도 궁색한 방법이다. 하나의 서사 텍스트의 본질과 가치가 스토리의 양상에만 의존해서 해명되거나 매개될 수 없다는 것은 자명한 사실이기 때문이다. 그러나 더욱 바람직하지 않은 것은 하나의 서사 텍스트를 축소된 규모의 텍스트로 대체하고자 하는 시도이다. 서사물의 다이제스트화가 그것인데, 온전한 텍스트를 수용할 능력이 미숙하거나 시간이 부족한 독자에게 기여한다는 의도와 목적에도 불구하고 십중팔구 언젠가는 누리게 될 독자의 유익한 독서 체험의 기회를 박탈할지도 모른다는 위험이 그 행위 속에는 내포되어 있다. 요컨대 줄거리에 의존해서 문학의 현상을 분별해내거나 매개하고자 하는 시도가 성과를 거두기는 어려워 보인다.

중편소설

이 장르의 고유하면서도 변별적인 원리와 규범을 이 장르의 담론 구조 내부로부터 이끌어내기는 어려워 보인다. 단편소설과 장편소설로부터 중편소설을 식별해내는 것은 임의적인 것이기는 하지만 관례화되고 일반화된 기준, 즉 길이라는 척도에 의존하는 일이 불가피하다. 길이라는 물리적이며 외형적인 척도에만 기대어서는 단편소설이나 장편소설의 경우에서와 마찬가지로 중편소설의 장르적 특성과 본질을 밝혀낼 수 없다는 주장이 없지 않지만, 객관적이며 요지부동한 준거를 달리 찾아낼 방도도 없어 보인다. 길이, 곧 서술된 분량이란 두말할 필요도 없이 임의적일 뿐만 아니라 애매모호한 기준임에 틀림없다. 그것은 물리적인 외양을 식별하는 데는 도움이 되지만 본질의 속성을 판별하는 데는 전혀 쓸모없는 것이다. 게다가 장편, 중편, 단편소설 사이에 가로놓인 분량의 경계를 엄밀하게 구획해내기는 불가능하다. 그러나 다음과 같은 질문을 제기해보면 전혀 다른 시각과 관점을 마련할 수도 있다. 한 권의 분량을 가지는 단편소설이나 반대로 열 페이지의 분량밖에 되지 않는 장편소설이 가능하겠는가? 이러한 질문의 제기를 통해 판단하자면 길이와 분량이야말로 허구 산문 이야기의 세 가지 유형 사이에 놓여 있는 장르적 변별성과 차이를 분별할 수 있는 가장 확실하면서도 객관적인 기준이 된다는 사실에 동의하지 않을 수밖에 없게 된다. 다시 말하자면 단편소설보다는 길지만 장편소설보다는 짧은 허구 산문 이야기라는 일반화되고 관례화된 중편소설에 대한 설명은 사실은 이 장르에 대한 최선의 인식인 셈이다. 이러한 확실하면서도 객관적인 판단의 토대로부터 출발해서 식별 가능한 또 다른 특성과 변별성들을 추가시켜감으로써 중편소설의 장르적 고유성을 강화시켜 나갈 수 있게 된다.

중편소설은 단편소설에 비교해서는 단일화의 효과와 긴박한 구성, 그리고 경이로운 결말 처리 방식에 덜 의존하며 장편소설에 견준다면 사건과 인물들의 양상이 상대적으로 압축되어 있다는 특성을 가진다. 윤흥길의「장마」, 최창학의「창」, 이청준의「이어도」 등과 함께 투르게네프의『첫사랑』, 카뮈의『이방인』, 마렉 플라스코의「제8요일」, 마르케스의「아무도 대령에게 편지하지 않는다」 등은 분량 면에서 장편소설과 단편소설의 중간이라는 외형적인 특성을 가지고 있다는 사실과 아울러 살펴본 바의 이야기의 내적 특성도 잘 드러내고 있다는 점에서 중편소설의 전형적인 보기로서 제시되어도 좋겠다.

지문(地文)

소설이나 희곡의 문장은 지문과 대사(대화)로 구성된다고 흔히 말해지듯이, 지문이란 등장인물들의 대화 부분을 제외한 나머지 문장을 지칭하는 개념이다. 따라서 허구적인 산문 텍스트를 구성하는 서술의 한 유형으로서의 지문은 화자에 의해 중개되지 않은 채 인물들 상호간에 교환되는 순수한 발화인 대화와 구별하기 위해 고안된 용어라고 보아도 무방하다. 지문이란 말 그대로 텍스트를 이루어나가는 토대나 바탕이 되는 문장, 즉 바탕글이다. 인물의 동작이나 표정, 말투, 성격과 심리는 물론 사건의 정황이나 배경, 분위기 들을 묘사하거나 설명하는 일련의 문장들은 따라서 지문에 속한다. 특히 소설과 같은 허구적 서사물에서 존재하는 여러 서술 유형, 즉 묘사, 설명, 논평, 해설 등은 지문을 구성하는 중심적인 언술의 양상들이다.

희곡은 그 장르의 특성상 대사가 텍스트의 상당 부분을 차지하거나 거의 대사로 일관하는 경우도 흔하지만, 대사(대화)로 일관하는 소설의 사례는 흔치 않다. 대화가 소설 텍스트의 주류를 이루고 있는 작품들, 예컨대 작중인물들이 나누는 비정하고 간명하며 섬뜩한 대화가 텍스트의 대부분을 이루고 있는 헤밍웨이의 「살인자들」에서조차 담론을 지배하고 있는 것은 지문이다. 특별한 경우를 제외하고는 소설들에서는 오히려 바탕글인 지문이 텍스트의 대부분을 구성하고 있으며, 순수한 지문만으로 구성되는 소설 텍스트도 적지 않다.

물론 텍스트를 구성하고 있는 대화나 지문의 수량적 배분 정도에 따라 소설과 희곡을 구별할 수는 없겠으나, 대체적으로 대화에 비해서 지문—설명, 묘사, 논평, 해설—이 많은 문장은 소설이라 할 수 있으며, 그 역을 희곡적 담론의 특징적인 상황으로 보아서 무방하다. 왜냐하면 희곡이 등장인물들 간의 직접적인 화행(話行)에 의하여 발현되는 서사 양식이라면, 소설은 심미적 구조를 구축해나가는 데에 있어 그 화행을 주도적으로 차용하는 서사 양식이 아니기 때문이다. 즉 소설이란 연행(演行), 특히 화행에 의하여 주도되는 연행을 전제하기보다는 일종의 '읽는 행위'를 전제로 한다. 지문이란, 그러므로 소설 장르가 주요한 전제로 깔고 있는 이러한 '읽는 행위'를 충족시키기 위해 동원된 서술의 결과가 텍스트에 정착된 모습이라고 규정할 수 있겠다.

지속(duration)

구조시학에서 논의하는 **시간**의 세 가지 범주 중의 하나. 제라르 주네트는 「『잃어버린 시간을 찾아서』에서의 시간과 서사 Time and Narrative in À la recerche du temps perdu」라는 글에서 시간의 일반적 범주를 순차(order), 지속(duration), 빈도(frequence) 등으로 고찰하고 있는데 지속이란 서술상의 시간(담론상의 시간)과 이야기 자체가 진행되는 시간(이야기의 시간—사건들 자체가 지속되는 시간)과의 여러 관계를 뜻한다. 이것은 이야기가 지속되는 시간과 그 이야기를 서술하는 데 소요된 서술의 분량과의 관계이기 때문에, 시간과 공간과의 관계라고 볼 수도 있다.

지속의 개념을 구성하는 담론-시간과 이야기-시간 사이의 다섯 가지 가능성은 주네트에 따르면 **요약**(summary), **생략**(ellepsis), **장면**(scene), **연장**(stretch), **휴지**(pause)이다. 이 경우 요약이란 담론-시간이 이야기-시간보다 짧은 것이고, 생략이란 요약과 같은 형태이면서 담론-시간이 0이 되는 것이며, 장면이란 두 시간이 동일하게 배분되는 것이고, 연장이란 담론-시간이 이야기-시간보다 긴 경우를 말한다. 휴지란 이야기-시간이 0이 되는 연장의 개념이다. 그러나 이러한 다섯 가지 가능성은 지속의 정도를 재는 엄정한 척도가 되기 어렵다는 점 때문에 보통은 지속의 정도를 재는 척도로서 속도의 개념을 사용한다. 속도는 알기 쉽게 가속적 서술과 감속적 서술로 구분된다(**가속과 감속**을 보라). 가속적 서술의 대표적인 예가 요약과 생략이며 감속적 서술의 대표적인 예가 연장과 휴지이다. 담론-시간과 이야기-시간 사이의 이러한 관계 양상의 고찰은 마침내 구조시학 강령 중의 하나인 "소설 텍스트의 분석은 이야기와 서술의 시간 관계에 대한 분석이다"라는 주목할 만한 주장으로 발전하기도 한다. 그러나 이 주장은 플롯 개념의 소멸을 선언한 것으로 보기는 어렵다. 왜냐하면 이야기와 서술 간의 시간을 변조하거나 조정하는 일은 전통 시학이 흔히 논의해왔던 플롯의 역할이며 기능과 무관하지 않기 때문이다. 예컨대 이야기 시간과 서술의 시간의 불일치로 발생하는 시간 모순 현상이나 가속과 감속에 의해 사건의 가치가 강조되거나 약화되는 일 등은 모두 플롯의 작용의 결과와 동일한 것이다. 따라서 구조시학의 이러한 시간관은 오늘날 많은 연구자들에 의해서 플롯의 소멸이 아닌 대체 개념으로서 논의되고 있는 편이다.

지식인 소설

'지식인'이라는 어휘의 애매성 때문에 정확하고도 엄밀한 개념 설정이 어려운 용어이다. 서구의 'Intellectual Roman'이나 'Intellectual Memoir'는 '지식인'이라는 인물 개념보다는 지적인 분위기와 지적인 세계관적 갈등이 강조되는 장르이며 '정신사적 궤적으로 기록될 만한 고유한 인식이 형상화된 작품'의 의미로 통용된다. 알베르 티보데(Albert Thibaudet)는 '지식인 소설(Le roman de l'intellectuel)'이란 용어를 최초로 사용한 인물이며, '비평적 재능을 타고난 작가'가 그 재능을 소설에 적용시킨 결과 탄생한 작품이라고 그 개념을 정의했다. 따라서 지식인 소설을 분별하는 데서 서구 비평이 적용하는 기준은 우리의 비평이 차용하는 기준과 반드시 일치하는 것이라고 보기 어렵다.

우리의 비평은 지식인이 주인공으로 등장하는 작품들은 모두 '지식인 소설'로 간주하는 경향이 있다. 이것이 너무 느슨하고 무의미한 분류 방식이기 때문에 조남현은 ① 지식인이 주요 인물로 나타날 것, ② 현실적 욕구와 이상 사이의 갈등이 메인 플롯(main plot)이 되어야 할 것, ③ 지식인의 본질과 역할 등에 관한 사유와 각성이 포함되어야 할 것 등을 지식인 소설의 요건으로 설정한다.

개념적 범주를 어떻게 설정하든 간에 우리의 지식인 소설은 방대한 양을 기록한다. 해방 이전만 하더라도 대부분의 작가들은 한두 편의 지식인 소설을 보여주며 전문적으로 이 소설 유형에 매진했던 작가들도 상당수에 달하는데, 그것은 지식을 중요시하는 유교적 전통의 반영이자, 소설의 창작 계층이 대부분 대졸(특히 일본 유학생) 이상의 지식인이었던 사회적 현실과도 관련되어 있다.

특히 지식인 소설은 일제 강점 기간 동안 왜곡된 자본 구조가 심화되어 대량의 지식인 실업난이 발생하는 1930년대에 집중적으로 발표된다. 당시 젊은 지식인의 한 사람인 현동염의 「인텔리의 비애」라는 글은 지식인 소설이 발생할 수밖에 없었던 사회적 현실과 그에 대응하는 지식인의 민감한 인식을 명료하게 보여준다.

> 가벼운 인텔리겐챠들아 얼마나 로만틱한 시절이라고 그대들은 지금 울고 있는가. 18세기 인텔리의 황금시대, 인텔리 왕국은 이미 몰락한 지 오래니 그대들의 지식의 병기는 지금에 와서 녹슨 기계와 같이 써 먹을 곳이 없구나 …(중략)… '학문의 전당에서 쏟아져 나온 인텔리 우리들도 판매 시장에 쌓인 상품과 같구나' 하고 생각할 것이다. 인텔리의 몰락과 실업 홍수 시대가 온 것이다.

위의 발언에서 드러나는 것처럼 지식 계급의 근대적 운명과 실직과 식민지 시대의 정신적 압박 등이 이 시대 작가들의 현실적 제재가 되었으며 그 중심을 형성한 것은 소위 말하는 동반자 작가들(유진오, 채만식, 이효석 등)이다. 크게 보아 이들의 작품 경향은 두 가지 부류로 나눠지는데 첫째는 지식인의 실직과 빈궁 문제를 다룬 것이며, 둘째는 어느 정도 그런 요소를 지니고 있으면서도 지식인의 현실 적응 및 세계관적 갈등을 담고 있는 것이다. 전자의 예로는 채만식의 「레디메이드 인생」「인텔리와 빈대떡」, 이무영의 「창백한 얼굴」, 김광주의 「남경로의 창공」, 한인택의 「월급날」, 조벽암의 「결혼 전후」「실직과 강아지」「구직과 고양이」, 이석훈의 「황혼의 노래」 등을 들 수 있으며 후자의 예로는 유진오의 「김강사와 T교수」, 이효석의 「장미 병들다」 등이 거론된다. 접근 방식의 상이함에도 불구하고 이 작품들은 모두 당시의 열악했던 삶의 조건과 그것들을 견뎌내야 했던 지식인의 고뇌를 표현하고, 그러한 문제들을 민족의 차원으로 확대시키려 했다는 공통점을 지니고 있다. 오늘의 한국 소설로서는 최인훈, 이청준 등의 작품이 지식인 소설의 유형으로 흔히 논의되는 것은 주지하는 바의 사실이다.

진술(statement)

이 말은 법률적 상황 또는 그에 준하는 상황에서 사용되는 특수하면서도 관례화된 의미로 정착되고 만 느낌이 없지 않지만 서사학 일반에서는 서술(narration)의 개념과 함께 서사의 양상을 분별하는 가장 중요한 용어의 하나로 다루어지고 있다. 진술이란, 이 말이 가지는 일반적인 어법(특히 법정에서의)의 경우에서 보듯이, '–은 –이다', '–을 하다'라는 식으로 어떤 상태나 행동을 명제로서 제시하는 방식을 가리킨다. 따라서 진술은 이야기를 전개하는 과정에서 불가결한 기능을 하며, 이야기를 전개하는 행위, 즉 서술에 통합되어 있다. 서술이란 표현 매체(언어, 무용, 영화 등)의 특수성에 상관없이 서로 연쇄를 이루어가며 궁극적으로 하나의 담론을 만들어가기 때문에, 진술의 개념보다 포괄적이며 상위에 있는 개념이다. 소설의 경우, 진술은 문자 그대로 언어적 진술의 형태를 취하지만 비언어 예술에서는 장면(영화), 도상(미술), 동작(무용) 등과 같은 수단에 의존한다.

『이야기와 담론 : 영화와 소설의 서사구조』에서의 S. 채트먼의 설명에 따르면 담론은 이야기를 '진술하기' 위한 것이며 이러한 진술들은 누가 무엇을 했거나 무슨 일이 일어났는가에 따라서, 혹은 단순히 이야기 속에 무엇이 있는가 없는가에 따라서 경과(process) 진술과 정체(stasis) 진술로 나뉘어진다. 경과 진술은 표현 매체에 관계 없이 사건적 요소를 암시하는 '–을 하다'나 '–이 일어나다'의 형태로 나타나며, 정체 진술은 사물적 요소를 암시하는 '–이 있다'나 '–는 –이다'의 형태로 나타나는 것을 가리킨다.

예컨대 '그는 자신을 칼로 찔렀다'라는 문장이나 마임(mime)에서 자신의 가슴에 단검을 박는 상징적인 몸짓은 동일한 경과 진술을 드러내는 것이며, 이러한 경과 진술은 대체로 하나의 사건이 명확하게 제시되는가 아닌가의 여부, 즉 화자에 의해 그 자체로 표출되는가의 여부에 따라 사건을 '자세히 설명한다(recount)'거나 '실연(實演)한다(enact)'라고 말해지는데, 부연할 것은 사건에 대한 상세한 설명으로서의 서사 행위 자체와 그것의 직접적인 표출 방식으로서의 실연 사이의 구분은 **디에게시스**와 **미메시스** 사이의 고전적 구분, 또는 현대적인 용어로는 **말하기와 보여주기** 사이의 구분과 일치한다는 점이다. 이에 비해 정체 진술의 가장 큰 특징은 서사물들의 일련의 존재적 특성을 진술한다는 것이다. 그것은 'K는 박사이다'나 'K는 성질이 급하다'에서처럼 사물적 요소들의 정체를 밝히거나 신원을 확인하기도 하고 성격적 자질을 부여하기도 함으로써 그것의 특징들에 관해서 정보를 제공해주는 역할을 가진다. 그러나 모든 진술들이 명백하게 두 가지 방식으로 구별될 수는 없다. 사건적 요소들은 사물적 요소들을 함축하거나 그에 대한 '색인'이 될 수 있으며, 역으로 사물적 요소는 사건적 요소를 '투사'할 수 있는 것이다. 예를 들어 'K는 R을 유혹했다'는 'K라고 부르는 사람이 있었다'와 'K는 유혹자이다'라는 색인을 제공해준다. 반면 'K는 상실자이다'는 'K는 많은 시간을 잃어버렸고 계속해서 그럴 것이다'를 투사하고 있다.

즉, 하나의 경과 진술 속에는 몇 가지의 정체 진술 색인이 들어 있을 수 있으며, 동일한 방식으로 하나의 정체 진술 속에는 몇 가지의 경과 진술이 내포되어 있다. 특히 언어 서사물에서의 진술은 이러한 '색인'과 '투사'를 적절히 배치할 수 있는 것은 이야기의 재료인 화제보다 이야기 방식과 밀접하게 연관되기 때문에 이야기하는 주체(화자)의 능력을 결정하게 된다.

참여소설

문학이 사회의 개혁이나 변혁에 적극적으로 참여해야 한다는 생각하에 씌어지는 소설들을 일컫는 매우 포괄적인 명칭이다. 이 말은 사르트르가 “문학은 그 스스로를 사회적 현실이나 상황, 역사에 구속시킨다(engager)”라고 말한 후부터, 사회 변화에 대한 문학의 현실적 용도를 중시하고, 문학의 사회 비판적이고 실천적인 기능을 강조하는 문학 형태를 일컫는 용어로 널리 쓰이기 시작했다(engager는 ‘구속하다’, ‘속박하다’라는 의미를 지니고 있는 말이지만, 주어 자신이 목적격이 되는 s'engager의 경우에는 ‘참여하다’라는 의미를 지닌다). 특히 사르트르는 시의 현실 참여적 기능을 부정함으로써 참여문학의 범주를 소설에 한정시키고 있다.

사르트르가 참여문학이라는 명칭에 부여했던 것은 특정한 이념적 지향성을 의식적으로 추구하는 문학들을 일컫는 한정된 범주의 의미가 아니라, 나의 자유뿐만 아니라 타인의 자유를 위해서 그 자유를 억압하는 상황의 모순과 부조리를 폭로하는 문학적 태도를 가리키는 매우 포괄적이고도 유연한 의미였다. 사르트르에 의하면 "산문가(소설가)란 폭로에 의한 행동이라고나 부를 수 있을 어떤 이차적인 행동 양식을 선택한 사람"이며, "구속된(참여한) 작가는 말이 곧 행동이라는 것을 알고 있다. 그는 폭로하는 것이란 어떤 변화를 가져오는 것이며, 오직 변화를 꾀함으로써만 폭로할 수 있다는 것을 아는" 사람이다. 그리하여 참여 작가란 "세계를 폭로하기를 택했으며, …(중략)… 이렇게 숨김없이 벗겨진 대상 앞에서 다른 사람들이 전 책임을 질 수 있도록 폭로하기를 선택"한 사람이다. 사르트르가 자유와 더불어 강조하는 책임의 문제, 그리고 그 책임의 문제가 사유의 상황적인 제약성에서 비롯됨을 말하면서도, 상황을 좁은 의미의 정치적이고 이념적인 차원에 한정시키기보다 인간의 본질적이고도 보편적인 삶의 조건과 결부시키는 태도를 보여주고 있다는 것은 그의 참여문학이 근본적으로 넓은 의미에서 휴머니즘적인 성격을 지니는 것임을 말해주는 것이다. "문학이 자기 자율성을 명백히 의식하기에 이르지 못할 때, 그리고 일시적인 권력이나 하나의 이데올로기에 복종하고 있을 때, 요컨대 문학이 자기를 무조건의 목적으로 보지 않고 수단으로 보고 있을 때, 그러한 시기의 문학은 이미 독립성을 잃은 것이라고 나는 지적한다"라는 『문학이란 무엇인가』의 한 구절은 사르트르의 참여문학의 개념이 문학의 자율성을 포기하는 것이 아님을 잘 말해준다.

우리나라에서 참여문학이라는 말이 널리 유행하게 된 것은 1960년대 말경부터 시작되어 1970년대를 풍미했던 이른바 순수-참여 논쟁에 의해서였다. 1967년 김붕구 교수의 「작가와 사회」라는 짧은 글이 발단이 되어 일어나기 시작한 이 논쟁은 김수영-이어령의 논쟁으로 이어지면서, 당시 문인들이나 평론가들 가운데 이 논쟁에 대해서 어떤 형태로든 발언하지 않은 사람이 드물 정도로 과열된 분위기를 낳았다. 당시 참여문학론이 우리나라에서 본격적으로 전개되기 시작한 가장 근본적인 배경으로는 4 · 19혁명의 문화적 영향을 드는 것이 통설로 되어 있지만, 그와 더불어 참여문학의 이론적 입지를 제공해준 것은 일인 독재 정치체제의 강화와, 급속한 경제정책의 부작용인 빈부의 격차나 농촌의 붕괴 현상 등이 1960년대 말부터 서서히 드러나기 시작했던 상황적 요인들이었다고 할 수 있다. 이와 같은 현실 속에서 참여문학은 문학인이 지녀야 할 시민으로서의 집단적 삶에 대한 책임과 연대성을 강조하면서, 문학인이 개인적 내면의 성곽에서 벗어나 사회 비판자이며 고발자로서의 자신의 사회적 위치를 자각해야 한다고 주장한다.

그러나 1960~70년대의 참여문학론자들이 강조한 문학의 사회 비판적인 기능이 실천적이고 체계적인 이념 지향성을 지니는 것이었다고 말할 수는 없다. 그것은 자유 · 평등 · 박애라는 서구의 시민사회적 정신 속에 그 뿌리를 두고 있었고, 그것이 주장하는 문학의 불온성이라는 것도 무산계급 이념에 바탕을 둔 실천적이고 사회변혁적인 목적성을 지니는 것이기보다는, 사르트르적인 의미, 즉 정치권력에 반항한다든가 부정부패의 사회를 고발한다는 차원의 현실 비판에 머무르는 것이었다. 따라서 거기에서 강조되는 것은 사회적 모순에 대한 지식인의 역할이었다. 그러나 1980년대에 접어들면서 지식인의 사회적 책임에의 강조가 민중의 역량에 대한 이념적인 확신으로 바뀌면서 문학의 사회참여적 성격도 매우 정치적이고 계급적인 편향성을 강하게 지니게 된다. 그리고 그와 동시에 참여문학이라는 용어 자체도 문학 논의에서 점차 사라지게 된다. 참여문학이라는 포괄적인 용어가 민중문학이나 노동문학 등의 보다 한정된 이념 지향적인 의미를 지니는 용어로 대체되게 된 것이다.

1960~70년대의 참여문학이 정치적이고 사회변혁적인 성격보다는 대체로 문화적이고 휴머니즘적인 성격을 강하게 내포하고 있었음은 황석영이나 박태순, 김정한의 작품들과 조세희의 『난장이가 쏘아올린 작은 공』, 윤흥길의 「아홉 켤레의 구두로 남은 사내」 등이 당시의 참여문학론자들에 의해 긍정적인 평가를 받았다는 사실에서도 드러난다.

물론 1970년대의 백낙청이나 염무웅 등의 민족문학론에 의해 정치 상황과 민중 현실에 대한 문학의 현실 참여적 역할이 강조되고, 그에 대해 참여문학의 도식성과 창작적 성과의 빈곤함이 이른바 순수문학론자들에 의해 되풀이 지적되고는 있지만, 1980년대에 비해 볼 때, 그와 같은 민족문학론조차도 대체로 온건한 지적 논의의 양상을 보여주고 있는 것은 부정할 수 없다.

참여문학의 영역을 확장하면 1920년대의 카프(KAPF) 문학뿐만 아니라, 우리나라의 전통적인 사대부 문학이나, 최남선, 이광수류의 계몽문학 등 공리주의적인 문학관을 표방한 모든 형태의 문학을 포괄할 수 있을 것이다. 이러한 경우 참여문학을 분류하는 기준이 되는 것은 그것이 체제 지향적인 것이든 반체제 지향적인 것이든 문학이 문학 이외의 다른 사회적 목적을 위해 봉사한다는 기능적인 특성 그 자체이다. 그러나 문학의 기능적인 역할을 강조하더라도 참여문학은 통상 현실 비판적이고 변혁적인 기도(企圖)를 포함하는 문학을 가리키는 용어로 쓰이는 것이 관례이다.

창작

픽션을 보라.

초구조(superstructure)

텍스트 유형의 특수성은 그 텍스트 유형에 적법한 특수한 독법을 요청한다. 가령 경찰이 작성한 범죄 사건 기록을 예로 들어보자. 범죄 사건은 예외 없이 동기가 있고, 사건의 경과와 결과가 있으며 당연히 피해 인물과 가해 인물이 있기 마련이다. 화자도 있다. 범죄 사건을 기록한 경찰관이 바로 화자이다. 따라서 그 범죄 사건과 무관한 제3자는 그 기록을 서사물처럼 읽을 수도 있다. 그러나 검찰이나 판사 역시 그 기록을 단지 이야기로 읽는다면 어떤 결과가 초래될 것인가. 마찬가지로 허구 서사물은 허구 서사물이 요청하는 독법으로 읽혀질 때만 그 텍스트는 온당하게 수용될 수 있다. 이러한 예시는 텍스트의 유형은 단지 특수한 독법을 요청할 뿐만 아니라 적극적으로는 독자의 독서 행위를 규제하기도 한다는 사실을 보여준다.

텍스트 유형을 식별하는 일은 텍스트 수용자에게뿐만 아니라 텍스트 생산자에게도 마찬가지로 중요하다. 그가 생산하고자 하는 텍스트 유형에 대한 이해가 선행되지 않고도 이상적인 텍스트가 생산되기를 기대하기는 어렵겠기 때문이다.

이러한 사실이 시사하는 바는 자명하다. 텍스트 유형은 그 텍스트 유형을 형성하는 특수한 텍스트 구조를 가진다는 사실을 시사한다. 초구조는 이러한 구조를 지칭하는 개념이다.

초구조는 서사학에서보다는 텍스트학에서 보편화된 개념이다. 여타의 텍스트 구조와 서사 텍스트 구조를 분별하는 데 유용하다는 점에서 이 개념은 서사학에 도입됨이 옳을 듯싶다.

반 데이크는『텍스트학』(정시호 역, 민음사, 1995)에서 초구조를 총괄적 구조와 유관한 개념으로 사용하고 있다. 그의 설명에 따르면 총괄적 구조는 "텍스트 전체에 바탕하고 있거나 어떠한 경우일지라도 텍스트의 보다 큰 단위에 기초하고 있는 연관성"들을 가리킨다. 따라서 총괄적 구조란 텍스트의 미시 구조(microstructure)인 문구조나 문 연속 구조에 대비되는 거대 구조(macrostructure)인 셈이다. 반 데이크의 설명을 직접 들어보기로 하겠다.

> 초구조는 이야기에서 가장 쉽게 설명될 수 있다. 이야기는 가령 가택침입과 같은 특정한 제재를 다룰 수 있다. 그러나 텍스트는 이러한 총괄적 주제를 갖고 있다는 사실 위에 전체

> 적으로 하나의 이야기라는 특징을 아울러 가진다. 다시 말하자면 우리는 어떤 이야기를 듣거나 읽고 난 후에 그것이 강의나 광고가 아니라 하나의 서사였다는 사실을 깨닫게 된다. 이제 주제나 소재가 전형적인 이야기 구조와는 독립적으로 파악되어야 한다는 사실을 보여주기 위해 가택침입이라는 동일한 제재를 다루고는 있지만 이야기라고는 할 수 없는 사례들—경찰 보고서나 가택침입자에 대한 신문 조서, 가택침입에 의한 보험신청의 피해보고서 같은 텍스트를 예로 들어 보기로 하자. 이러한 텍스트는 서사물과는 상이한 소통 기능과 사회적 기능뿐만 아니라 서로 다른 구조를 가지고 있다는 사실로도 구분된다. 텍스트 유형을 나타내는 이러한 총괄적 구조를 우리는 초구조라고 부른다.

핵심을 추려내자면 초구조란 텍스트의 유형을 가리키는 개념이 된다.

반 데이크는 서사 구조(narrative structure)를 매우 중요한 총괄적 기본 형식으로 본다. 그는 초구조로서의 서사 구조를 크게 세 가지로 분류해 보인다. 첫째로는 일상적이며 대화적 맥락 속에서 소통되는 이야기 유형이 있고, 둘째로는 신화 · 민담 · 전설 등 유형의 맥락을 지향하는 서사 텍스트가 있으며, 세 번째로 꼽는 것이 문학적 이야기 텍스트이다.

초구조로서의 이야기 텍스트가 공유하는 보편적이면서도 기본적인 특징에 관한 반 데이크의 설명은 소개하지 않기로 하겠다. 그것은 일반적인 서사 이론이나 소설론의 설명 내용과 크게 다르지 않은 것처럼 보이기 때문이다. 다만 이야기 텍스트의 기본적인 초구조는 문학적 이야기 텍스트에 매우 복잡한 변형을 파생시킨다는 사실만을 지적해두겠다.

초점(focus)

한 편의 서사물에서 사물적 요소나 한 국면의 서술이 지향하는 일정한 중심을 말하며, 이야기를 구성하고 있는 '성분'이 아니라 그 성분의 '구조화'와 관련된 추상적 개념이다. 초점은 우선 등장인물, 작자의 관념, 사건의 일관된 제시 등의 요소 위에 실현되지만 그 외의 요소에 초점이 모아지는 경우도 있다. 소설 작품을 '완결된 의미의 덩어리'와 그 의미를 드러내기 위한 '긴밀한 구조적 얽힘'으로 간주했던 전통 시학에서, 한 작품 내부의 다양한 요소들을 결합해주는 원리로서 초점은 중요한 의미를 지녀왔다. 구조시학자들이 '시각적 지향'이라는 의미로 서사 주체를 밝히는 데 사용하는 '**초점화**(focalization)'는 이와 전혀 다른 별개의 용어이다.

브룩스와 워런은 초점의 분야를 관심의 초점(focus of interest), 인물의 초점(focus of character), 서술의 초점(focus of narration)의 셋으로 나누고 있는데 일반적으로 초점이라는 용어가 사용될 때에는 '관심의 초점'을 의미하는 것이 보통이다(**시점**, **초점화**를 보라). '관심의 초점'은, 한 편의 작품을 독자들이 긴장감 있게 지속적으로 받아들이도록 하기 위해, 작품의 서로 다른 국면이나 독자들이 관심과 흥미를 가질 만한 하나의 '중심(center)'을 설정하는 것을 가리킨다. 이 중심은 독자들에게 '질문'으로 제기됨으로써 그 해답을 찾기 위해 독서 행위를 지속하게 만든다. 독자들이 지니는 이러한 의문의 양상은 상당히 다양한 것이다. 무엇을? 누가? 언제? 왜? 그것이 의미하는 것은 무엇인가? 이외에도 다른 질문 양식이 존재할 수 있으며 이런 질문들에 대한 대답은 물론 '이야기 전체'이지만, 그것이 한순간에, 한 문장으로 전달될 수 없는 것이기 때문에, 작가들은 그런 의문을 지속시키기 위한 서사적 원리인 초점을 사용하는 것이다. 이야기 과정 속의 서로 다른 국면에서는 서로 다른 질문들에 초점이 맞춰지지만, 한 가지 질문에 계속 초점이 맞춰질 수도 있다. 즉 초점은 한 작품 속에서 여기저기 옮겨질 수도 있고 지속적으로 남아 있을 수도 있는 것이다.

O. 헨리의 「가구 딸린 방」에서는 '어디에서'가 초점으로 제시되며 제임스 조이스의 「애러비 Araby」나 윌리엄 포크너의 「에밀리를 위한 장미」에서는 '누가'가 초점으로 제시된다(그러나 이 작품들이 이러한 한 가지 질문 양식만을 지니는 것은 아니며 이것들이 중점적으로 강조되고 나머지 질문 양식들은 비중이 덜하게 다루어진다는 점이 고려되어야 한다). 헤밍웨이의 「살인자들」에서는 초반부에 '누가'와 '왜'에 초점이 맞춰져 있다가 후반부에서는 '이것이 의미하는 것은 무엇인가'로 질문의 양상이 바뀐다.

전통적 서사물에서 모든 제재는 이 질문들 속에서 그 중요성이 결정된다. 훌륭한 이야기 구조는 하나의 질문이 항상 다른 어떤 질문을 동반하는 형식으로 내적 요소들의 관계가 설정된다.

'인물의 초점'은 초점의 일반적 개념 범주에는 속하지 않는다. 소설 내의 이야기는 단순한 사건의 연속만은 아니며, 그 사건과 여타의 서술들은 어떤 특정한 개인이나 특정한 그룹의 사람들에게 중요한 의미를 지니고 있다. 특정한 그룹의 사람이라 할지라도 대체적으로는 그 중의 어떤 한 사람에게 더욱 중요한 의미가 있는 것이 보통이다. 이럴 때 그 중심이 되는 인물을 초점 위에 있는 인물, 즉 '인물의 초점'이 실현된 존재로 볼 수 있다. '인물의 초점' 역시 한 작품 내부에서 가변적이기도 하고 지속적이기도 하다. 헤밍웨이의 「살인자들」에서 인물의 최종적 초점은 처음에 초점이 모아졌던 주방장 조지나 올 앤더슨이 아닌 닉에게 모아진다. 대부분의 단편에서는 한 인물이 초점이 되지만 장편소설에서는 보조적 인물들의 기능과 사건에 초점이 맞춰질 가능성이 확장된다.

초점화(focalization)

하나의 인식 주체가 어떤 일정한 대상을 향해 자신의 지각(per-ception)을 보내고, 그것을 인식하는 행위를 지칭하는 용어. 전통 시학의 용어로는 시점(point of view)이 이에 해당하는데, '시점'이라는 용어 속에서는 대상을 향한 인식의 지향뿐만 아니라, 그 관찰의 결과를 진술한다는 의미도 포함되어 있기 때문에 구조주의자들은 시점 대신 이 용어를 사용한다. 이들은 하나의 텍스트 내에서 '서술의 주체'와 '인식의 주체'를 분리시켜서 생각하고자 하기 때문이다(**시점**을 보라). 엄밀하게 말한다면, 초점화는 일정한 대상에 대해 지각을 지향하는 행위뿐만 아니라, 대상에 대한 인식, 감정, 관념적 지향 등등의 모두를 포함하는 폭넓은 개념의 용어이다. 이때 자신의 지각, 인식, 감정 등등이 대상을 지향하는 초점화의 주체를 초점화자라 하고, 그 지각 대상을 초점화 대상이라 한다. 초점화자는 스토리의 내부에 있을 수도 있고 외부에 있을 수도 있다. 다시 말해 초점화는 스토리 자체에 대해 밖에서 이루어질 수도 있고 안에서 이루어질 수도 있는데, 외적 초점화의 서사물은 화자가 초점화자가 되며, 내적 초점화의 서사물은 이야기의 서술자와는 관련 없이 대개 작중인물 중의 하나가 초점화자가 된다. 가령 디킨스의『위대한 유산』의 서두 부분에 등장하는 어린아이 핍은 인식의 주체자인 초점화자이지만, 이야기의 서술자인 화자는 아니다(**화자**를 보라).

추리소설

좁게는 탐정소설과 동의어로 쓰이지만, 좀 더 넓은 의미로는 ① 신비스럽고 괴기스러운 분위기를 지니고, ② 의혹의 중층적인 구축이라는 기법을 플롯상에 주로 이용하며, ③ 범죄를 중심으로 한 갈등 구조를 지닌 소설들을 가리킨다. 탐정소설이 일정한 형식으로 굳어져 오락문학의 성격을 지니는 데 비해 추리소설은 본격문학의 영역에 속하는 작품들에서도 광범위하게 발견된다.

추리소설 중에서도 ①의 특징을 강하게 지닌 것은 에드거 앨런 포의 단편들이다. 추리소설이 이런 특징을 지니는 것은 이 장르가 **고딕소설**에서 발전한 것이기 때문인데, 이 특징만을 유난히 강조하여 대중적 흥미와 상업성을 노린 소설들은 미스터리(mistery)라는 새로운 통속 장르로 발전하였다. 근래에 우리 문학에서 추리소설이라 일컬어지는 작품들은 엄격히 말해 추리소설이나 탐정소설이라기보다는 미스터리의 영역에 속한다. ②의 특징이 두드러진 소설들은 다음 단계의 서사에 대한 독자들의 궁금증 때문에 읽혀지는 힘이 매우 강하다. 이 사건의 원인은 무엇이며 본질은 무엇인가? 이 사건의 범인은 누구인가? 하는 식으로 독자들에게 계속 질문이 제기되기 때문에 독자들은 그 질문을 해결할 때까지 책을 놓을 수 없다. 이청준이 쓴 일련의 소설들이 그 문체적 단조로움에도 불구하고 읽혀지는 힘이 강한 것은 이 수법을 원용하기 때문이다. 이문열의 「사람의 아들」, 유재용의 『성역』 등도 그 예이다.

범죄가 지닌 본질적 문제와 인간의 범죄와의 관계를 주목하고자 하는 소설들은 추리소설이 아닌 범죄소설이라는 장르로 분류된다. 이런 작품들에서는 범죄의 과정과 그 범죄가 해결되는 과정을 통해 작가의 세계관이 제시된다. 도스토옙스키의 『죄와 벌』이 그 예라고 할 수 있다.

취사선택

작가에 의해 주도되는 제재의 선별을 뜻한다. 제재, 즉 이야기의 재료가 무궁무진하다는 것은 두말할 필요도 없다. 한 편의 소설에 등장하는 개성적인 인물들, 그들에 의해서 이루어지는 흥미진진한 사건들, 사건이 일어나는 다채로운 배경들 등등은 모두 다 이야기의 재료가 선별된 결과이다. 소설의 매력과 위력은, 이 선별된 결과들의 조합이 만들어내는 허구의 광휘가 독자들의 의식의 지평 위에 솟아오를 때 생겨나는 법이다. 요컨대 취사선택이란, 이러한 광휘의 효과를 위하여 심미적 조합의 원리에 따라 이루어지는 이야기 재료의 선택에 다름 아니다.

이야기 재료의 선택은 일차적으로, 작가의 세계관이나 문학적 취향을 반영함으로써 작품의 성격과 모양을 결정 짓는 동인의 하나가 된다. 이 말은 결국 인간사의 복잡다단하게 얼크러진 무수한 국면들 중 어떤 부분에 더욱 주목하느냐 하는 문제야말로 바로 그 작가에 의해 소산되는 문학작품의 주요한 면모를 결정한다는 뜻이다.

취사선택의 또 다른 측면은 사건을 제시하는 기법적 차원의 문제와 관련하여 살필 수 있다. 이야기의 재료 중 전체와 부분의 선택, 요추와 지엽의 선택, 강약과 경중의 선택 등등은 기법적 측면에서의 취사선택에 의해 결정된다. 뼈밖에 남지 않은 거대한 다랑어를 끌고 돌아오는 노인의 이야기를 다루고 있는 헤밍웨이의 『노인과 바다』는 대자연과 투쟁하는 인간의 이야기를 선택함으로써 결과된 바와 같은 서사의 외형을 이루지만, 이러한 외형을 구축하는 텍스트 내부의 부분적인 원리, 즉 이야기의 재료를 어떻게 심미적으로 조합할 것인가 하는 기법상의 문제가 이 작품의 심미적 효과를 결정적으로 좌우하고 있다. 이를테면 이 작품의 기법은 바다의 장대함을 부각시키기보다는 작중인물의 투쟁의 양상을 더욱 인상적으로 부각시키고 있다. 적어도 헤밍웨이에 있어서 바다의 장대함과 위력적인 모습은 지엽이 되며, 투쟁하는 노인의 삶이 요추가 된다. 즉 재료가 조합되는 과정에서 자연의 장대함보다는 인간의 투쟁이 강조되며 주요하게 다루어진다. 이럴 경우의 취사선택은 이야기의 재료를 심미적으로 조합하기 위한 원리의 하나가 된다. 따라서 취사선택이란 작가에 의해서 주도되는 이야기 재료의 선별과, 그 재료들을 심미적으로 조합하기 위한 어떠한 전략에 의존할 것인지를 결정하는 문제이다.

ㅋ

카니발 · 카니발화(carnival · carnivalization)

원래는 중세와 르네상스 시기의 서구에서 성행했던 사육제와 같은 축제 문화를 일컫는 용어이지만 바흐친에 의해 문학 이론의 영역에 수용되어 그의 대화 이론의 주요한 개념으로 자리 잡았다. 즉 바흐친에 의해 카니발의 기본적인 구성 요소로 간주되고 있는 개념들은 그의 대화 이론의 핵심적인 개념들인 다성성(多聲性)이나 이어성(異語性), 혹은 다어성(多語性) 등과 본질적으로 그 맥락을 같이하는 것이다(**다성적 소설과 단성적 소설**을 보라). 따라서 카니발의 원칙은 좁게는 그의 소설 이론, 넓게는 그의 문학 이론의 원칙과 거의 상응하는 것이라고 할 수 있다.

바흐친은 문화를 크게 고급 문화와 하급 문화의 두 층위로 구분하는데, 고급 문화가 당대의 지배계층에 의해서 향유되는 공식 문화의 성격을 지닌다면, 하급 문화는 피지배계급인 민중 사회에서 발생하는 비공식적인 혹은 탈공식적인 문화를 의미한다. 이 두 문화 사이에는 어느 시대에나 갈등과 긴장이 있어왔지만, 축제적 세계관에 뿌리를 둔 민중 문화가 공식 문화와 가장 첨예하게 대립했던 시기로서 바흐친이 주목하는 것은 서구의 중세와 르네상스 시기이다. 카니발 문화 속에 담겨 있는 풍부한 해학적 형식과 무한한 표현의 세계는 중세의 봉건사회가 지니고 있는 진지하고 엄숙주의적인 공식 문화에 대한 탁월한 대항 문화로서 매우 중요한 의미를 지니고 있는 것이다. 이 시기의 카니발 기간 동안에 행해지는 여러 가지 의식은 주로 교회와 궁정사회의 장엄하고 고양된 의식에 대한 희화화였으며, 그러한 희화화를 통해서 카니발은 세계와 인간, 인간과 인간 사이의 탈정치적이고 탈교회적인 관계를 새로이 드러내는 역할을 담당했던 것이다. 바흐친에 의하면, 봉건 제도하의 계급사회에서 삶의 축제적 인식은 카니발 상태에서만 왜곡 없이 표현될 수 있었으며, 완전한 자유와 평등, 풍요를 지향하는 축제적 삶이 이 카니발의 기간 동안 잠시 허용되었다는 것이다. 그것을 바흐친은 다음과 같이 말하고 있다.

> 카니발은 사람들이 관람하는 구경거리가 아니다. 모든 사람들은 그 속에서 함께 살며 그것에 참여한다. 왜냐하면 카니발의 정신은 바로 모든 사람들에게 해당되기 때문이다. 카니발이 진행되는 동안에는 다른 모든 삶은 존재하지 않는다. 카니발 기간 동안에 삶은 오직 카니발의 법, 즉 그 자체의 자유의 법에 따르게 된다.

기존 체제를 유지하고 강화하기 위한 공식적 축제와는 달리 모든 기성의 권위에 대한 거부를 그 바탕으로 하고 있는 카니발은 본질적으로 생성과 변화에 대한 갈망, 즉 비종결적이고 개방적인 미래 지향성을 그 특징으로 한다. 이러한 카니발의 세계관은 바흐친이 말하는 바, '유쾌한 상대성'이라는 특유의 논리에 의해 지배된다. 이 유쾌한 상대성의 세계에서는 모든 것이 뒤바뀌고 역전된다. 예컨대 이 세계에서는 왕이 노예가 되고 현자가 바보가 되며 부자가 거지가 된다. 또한 현실과 공상, 천국과 지옥의 구별이 무너지며, 성스럽고 경건한 모든 것들이 조롱의 대상이 되는 것이다. 따라서 카니발 세계의 중심을 이루고 있는 것은 우렁차고 호탕한 '카니발의 웃음'이다. 이 카니발의 웃음은 파괴적인 동시에 창조적인 웃음이다. 그것은 단순히 공식 문화에 대한 조롱이나 풍자에 그치는 웃음이 아니라 "여러 가지 장벽을 무너뜨리고 자유에 이르는 길을 열어"주는, 즉 유쾌한 진리를 향한 생성의 웃음이다. 바흐친은 이와 같은 카니발의 웃음을 문학 속에 처음 끌어들인 작가로 보카치오와 세르반테스, 셰익스피어, 라블레 등을 꼽고 있다. 그중에서도 카니발의 웃음은 라블레에 이르러 가장 자유분방하고 극한적인 형태에 이른다.

이러한 카니발의 웃음은 17세기의 절대왕권이 자리 잡기 시작하면서 그 자유롭고 풍요로운 생성의 힘을 잃은 채 사사로운 풍자나 비웃음의 영역으로 쇠퇴하고 만다. 그러나 카니발은 여러 시대를 통해 문학의 모든 장르에 깊숙이 침투하였으며, 문학에 지대한 영향을 미쳤다. 바흐친은 카니발이 문학에 미친 영향을 가리켜서 '카니발화'라는 용어를 사용한다. 그 카니발화된 문학의 대표적인 형태가 문화적 현상으로서의 카니발을 하나의 심미적 양식으로 문학 속에 수용한 '**그로테스크 리얼리즘**'이다. 바흐친에 의하면 그로테스크 리얼리즘이 가장 뚜렷하게 드러나 있는 작품, 즉 가장 카니발화된 작품은 라블레의 『가르강튀아와 팡타그뤼엘』이다.

카메라의 눈(camera eye)

카메라의 렌즈가 피사체를 포착하듯 주관이 극도로 배제된 냉정한 관찰자의 시각을 가리키는 개념. 이러한 시각이 일관된 서술에서 사건과 행동은 극적으로 객관적으로 제시된다. 가능한 한 감상과 정서가 배제되고 표현을 최소한으로 줄이는 억제된 문체의 형태로 나타나며, 비정한 행동 묘사를 특색으로 한다. 그러므로 육안 또는 카메라의 렌즈에 잡히는 객관적 사실의 객관적 기술만을 추구할 뿐 내면 심리의 묘사나 감정의 표현 등은 철저하게 거부한다. 언더스테이트먼트(understatement) 문체, **하드보일드 문체**(hard-boiled style)는 이러한 시각이 극단적으로 추구된 결과이며 이른바 냉혹파 작가들에 의해서 자주 사용된다.

이 기법을 애용한 작가는 더스 패서스, 헤밍웨이 등이며, 특히 헤밍웨이의 비정 문체를 추종하는 후대의 많은 작가들에 의해서도 사용되었다.

> ① 곧 그녀는 숨을 거두었다. …… 마치 조각된 동상에게 작별하는 것 같았다. 잠시 후 나는 병원 밖으로 나왔다. 그리고 호텔을 향해 빗속을 걸어갔다.

> ② 테이블 위에는 빈 유리잔과 소다를 탄 브랜디 술이 반쯤 남아 있는 유리잔이 놓여 있었다. 나는 둘 다 부엌으로 가지고 가서 절반쯤 들어 있는 유리잔을 수채통에 쏟아버렸다. 그리고 식당의 가스등을 끄고 침대에 걸터 앉아 슬리퍼를 벗어 던지고 침대 속으로 들어갔다.

①은 『무기여 잘 있거라』의 결말 부분이고 ②는 『해는 다시 떠오른다』의 한 부분이다. 두 인용문 모두 마치 카메라의 눈에 잡힌 외면과 행동을 보여주듯이 작가의 감정과 정서가 극도로 배제된 채 사건과 행위가 제시된다. 사랑하는 애인을 잃고 빗속을 홀로 걸어가는 주인공의 비애와 분노가 행간 속에 숨어버린 ①, 밤중에 아파트를 찾아온

애인을 돌려보내고 혼자 남아 있는 성불구의 주인공이 겪는 좌절감이 억제된 문체로 드러나는 ②에서 보듯이, 감정이 가장 고조될 수 있는 장면에서조차 극도로 억제하는 서술 기법, 감정을 억제하고 외양만을 무심히 보여줌으로써 오히려 더욱 사실과 진실을 생생하게 전달할 수 있는 서술 기법을 카메라의 눈은 제공한다.

카메라는 느끼거나 생각하지 않는다. 말 그대로 오직 '있는 그대로' 보여줄 뿐이다. 카메라맨의 논평이나 해설을 카메라는 수용하지 않는다. 단지 포착되는 대상의 내용과 대상을 포착하는 시각에 의해서 카메라맨의 의도를 반영할 뿐이며, 관객들은 자신의 눈앞에서 펼쳐지는 장면을 통해 사건과 정황의 심층을 추리하고 해석한다. 소설의 서술 기법에 있어서의 카메라의 눈도 이와 같다. 마치 영화 속의 연속되는 일련의 장면들을 보는 것처럼 독자들은 냉정한 관찰자의 보고를 접하게 된다. 그렇게 함으로써 작가는 너스레를 떨지 않고서도 독자들에게 사건과 행동을 마치 화가가 그림으로 보여주듯이 시각화시켜 보여줄 수 있으며 독자들은 스피디한 진행 사이에서 직관이나 상상력 등을 발동시킬 수 있는 기회를 더 많이 가지게 된다.

카메라의 눈은 현실을 객관적으로 보여준다는 점 때문에, 리얼리즘에서의 현실의 재현, 전사(轉寫) 이론과 관계가 깊다. 가능한 한 작가의 주관을 최대한으로 배제하고 현실을 그대로 옮겨오는 수법은 리얼리즘의 주요한 창작 원리 중의 하나이며, 일찍이 최재서가『천변풍경』을 분석하며 지적했듯이 리얼리즘에 대한 논의를 확대시킬 수 있는 계기를 마련해준다. 최재서가 박태원의『천변풍경』을 논하면서 리얼리즘을 확대시켰다고 말한 것은 바로 이런 객관적이고 냉정한 카메라—렌즈 위에 주관의 먼지가 앉지 않도록 조심을 요하는—의 눈에 비치는 현실의 재현과 전사를 칭송하기 위한 것이었다. 청계천의 빨래터를 보여주고 있는 제1절에서, 카메라는 어멈과 행랑살이 등속의 여인들에게서 발산되는 다변욕(多辯慾)을 적나라하게 보여줄 뿐만 아니라, 천변에 모인 여인들의 비애와 유머 등을 통하여 당시 삶의 모습의 실제를 드러내는 데 주력한다. 따라서 카메라의 눈은 이런 경우에 문체적 특성보다는 창작의 이념과 원리의 하나로서 발전적으로 이해될 수 있다.

콜라주 기법(collage)

미술에 있어서 피카소나 브라크가, 그리고 나중에는 '초현실주의적 오브제'의 창조자들이 이미 실천에 옮긴 바 있는 기법으로, 신문 스크랩, 극장의 포스터, 광고 메시지, 상업 출납부, 동상의 좌대에 새긴 문안 따위를 작품 속에 그대로 옮겨놓은 기법이다. 보다 전통적인 기법으로는 최인훈의 「라울전」의 첫머리에서 랍비 사울로부터 온 편지나 최인호의 「무서운 복수」의 마지막 결말부에서 주인공에게 배달되는 편지가 그대로 옮겨져 있는 것 등을 예로 들 수 있다. 편지 내용의 이러한 삽입은 화자로 하여금 설명을 생략할 수 있게 해주고 독자에게는 하나의 충격으로 작용할 수 있다. 현실이 이야기 속으로 주먹다짐처럼 치고 들어오는 느낌을 주는 것이다.

실제로 다양한 에피소드들을 서로 관련지어 전체적으로 구조화하는 일은 소설가가 일반적으로 행하는 작업에 속한다. 이때의 작업은 여러 개의 장면, 에피소드 등을 재단하여 전체 속에 알맞게 배치하는 일에 해당된다. 문자 그대로 구상을 먼저 한 다음에 그 구상에 따라 작업을 진행시키느냐 아니면 구상과 실제 작업이 동시에 진행되느냐 하는 것은 전혀 딴 문제이고 오로지 작가에게 달린 문제이지만, 그것이 모든 소설가에게 있어 문제로서 제기되는 것임에는 틀림이 없다. 구성은 오직 소설 전체를 한눈에 굽어볼 때만 그 윤곽을 드러낸다. 작가가 지어서 3인칭으로 서술하는 이야기, 묘사와 인물의 초상, 짧은 일화, 진짜 기록 문헌이나 혹은 그렇다고 소개한 문헌—작가의 메모,

편지, 일기의 몇 페이지, 옮겨 전하는 말—등 모두는 작가에게는 일차적 재료가 될 수 있다. 작가는 그것들을 한데 녹여서 쓸 수도 있고, 한데 모아 그 재료 그대로의 특성을 보존시키면서 일종의 모자이크 모양으로 병치시킬 수도 있다.

서구에서 18세기에 유행했던 서한체 소설들은 대부분 '편집자'가 문헌으로서의 특징을 세심하게 고스란히 보존하면서 단지 분류만 하였을 뿐이라고 하여, 실제 인물들이 쓴 글로서 소개된다. 20세기에 와서 특히 입체파의 회화적 경험, 다다, 초현실주의자들 이후에 이런 작품화의 방식이 새로운 인기를 얻었다. 이것들은 이야기를 해체하여 그중 오로지 몇몇 순간만을 포착하고자 하는 경향을 보이며, 동시에 세계를 단편적 편린들로 불연속적으로 지각하는 현상학적 방식을 지향한다. 즉 장 피에르 리샤르의 말을 빌리면 "작가는 움직이고 있는 것을 추격하고 있으므로 겉모습의 베일을 뚫고 들어갈 수가 없을 뿐만 아니라 모든 것이 오직 디테일이요 먼지뿐인, 심각하게 해체된 어떤 세계 속에 몸담고 있게 된다." 따라서 콜라주 기법은 전화 메시지, 광고판, 관광 안내문의 한 구절, 신문의 기사 토막, 역사 교과서의 일부분 등 있는 그대로의 여러 가지 재료를 한데 모아 다차원적이고 다양한 해석이 가능한 이미지를 만들어놓음으로써 일견 기분 내키는 대로 아무렇게나 산만하게 배열해놓은 것 같지만 실제로 문학의 개념 자체를 뒤흔들어놓는 새로운 기법으로 역시 어떤 법칙에 의해 통제되고 있는 것이다.

프랑스의 '텔켈' 그룹에 속하는 몇몇 소설가들, 예컨대 장 티보데, 장 리카르두, 필리프 솔레르 같은 사람들은 콜라주와 유사한 기법을 사용하여 몇 토막의 텍스트나 미완성 상태의 문장을 수수께끼처럼 병치시켜놓거나 말없음표, 빈 공간 속에 방치해두고 심지어는 한자(漢字)를 이용해 분리시켜놓기도 한다. 이 의도는 그들의 말을 빌리면 "상이한 문화에서 온 텍스트들 속으로 무너져 함몰되어가는 이야기 그 자체의 파괴를 목격시키고, 움직이고 있는 어떤 깊이를, 책 배후의 깊이를, 감히 독서를 감행해보겠다고 나서는 사람의 눈에는 종말이 예측되는 저 심정주의적이고 표현주의적인 낡은 세계를 뿌리부터 뒤흔들어놓는 집단적 사고의 깊이를 드러내 보이"는 데 있다고 한다.

우리의 소설에는 최근에 나온 장정일의 「인터뷰」가 이러한 수법에 해당되는 구성 방식을 취하고 있다고 할 수 있을 것이다. 각기 상이한 입장에 있는 여러 사람들이 '한 공장의 여공이 술집 여급이 되어 죽기까지의 과정'을 각각 진술함으로써 제각기 상이한 진술들이 병치되는 콜라주 기법을 보여준다. 이러한 기법을 통해 화자의 개입 없이 스토리를 진행시켜나가면서도 노동과 여성의 문제를 심도 있게 다루는 이면의 효과를 얻어내고 있다. 또한 조세희의 『난장이가 쏘아올린 작은 공』의 「기계도시(機械都市)」에서 철거 계고장과 철거 확인증, 그리고 조사자료 등이 그대로 옮겨져 있는 것은 이러한 예의 전형이라 할 수 있다.

콩트(conte)

콩트는 소설의 길이로써 분류하자면 단편소설(short story)보다 더 짧은, 대개 200자 원고지 20매 내외의 분량으로 된 소설의 일종이다. 사실적이기보다는 기상천외한 발상을 바탕으로 하여 재치와 기지를 주된 기법으로 한다. 또한 도덕적이거나 알레고리로 되어 있는 수가 많다.

외국의 경우 콩트를 구분하는 기준은 작품의 길이보다는 오히려 위와 같은 특성 여부에 있다. 『걸리버 여행기』와 같은 작품이 콩트로 분류되고, 모파상이 자신이 쓴 모든 단편소설들을 콩트라고 부른 것도 그 때문이다. 19세기 이후부터는 서구에서도 짧은 단편소설을 가리키는 용어로 바뀌어지는 경향이 짙다. 장편(掌篇) 혹은 엽편(葉篇)으로도 불리는 콩트는 서구에서 빌려온 용어이지만 한국문학에서 이미 고유한 장르 개념을 확보하고 있다. 일반적으로 부담 없이 읽힐 수 있는 가볍고 일상적인 이야기를 소재로 하며, 예상을 뒤엎는 경이로운 결말을 공통된 특징으로 한다.

크로노토프(chronotope)

문학 속에 예술적으로 표현된, 시간과 공간이 본질적으로 지니고 있는 관계의 연관성을 일컫는 용어이다. 원래 수학, 철학(특히 베르그송과 칸트의 인식론), 생리학 등에서 사용되었으나 바흐친에 의하여 문학 연구에 도입된 이 용어는, 흔히 문학 형식에 있어 구성적 범주로 사용된다. 즉 바흐친에 의하면 크로노토프는 장르를 규정하는 기능을 담당하게 된다("문학의 크로노토프는 본질적으로 장르적인 의미를 지니고 있다. 심지어 장르와 장르의 하부를 결정하는 것은 바로 크로노토프라고 주장할 수도 있다"고 바흐친은 말한다). 뿐만 아니라 그는 시간과 공간의 결합 방식 또는 시간과 공간이 사용되는 비율에 의하여 세계관의 차이가 생겨난다고 말함으로써 크로노토프의 칸트적 개념('시간과 공간은 인식 작용의 필요 불가결한 범주다')을 문학 속에 수용시킨다.

크로노토프가 문학 연구에서 가질 수 있는 의의는 이 용어가 '문학을 인식하는 독특한 방법론적 틀'로서 서사시의 세계에서 소설의 세계로 옮겨오는 전이 과정을 보여주는 지표로 기능한다는 점에서 찾을 수 있다. 바흐친의 대표적인 논문 중의 하나인 「소설의 시간과 크로노토프의 형식」은 바로 이러한 관점—서사시적 형식이 어떻게 소설적 형식으로 발전되었는가를 분석한다. 따라서 크로노토프라는 관점에서 보자면 서구 소설의 기원이 그리스 시대까지 거슬러 올라가게 된다. 크로노토프라는 틀을 이용하여 그리스 시대로부터 20세기 현대소설까지 소설적 장르가 발전해온 궤적을 그리고자 시도한 이 논문에서 바흐친의 직관적 인식을 가장 잘 보여주는 것은 아마도 '라블레적 시간'이라는 개념일 것이다. 소설 장르의 발전 단계를 연대기적으로 검증해가는 과정 중에 바흐친 스스로가 '라블레적 시간'이라고 부르는 소설의 크로노토프는 셰익스피어, 세르반테스, 라블레 등이 활약한 르네상스 시대에 융성하게 된다. 특히 라블레의 작품들은 지리상의 발견과 탐험에서 비롯된 르네상스 시대의 새로운 우주관과 세계관을 가장 잘 반영하고 있다고 그는 말한다. 즉 그는 라블레 작품의 시공성을 논하면서 종래의 시간(특히 중세기 소설 속의 '모험적 시간의 기적적 세계' : 기사도적 로망스)이 현세의 삶을 파괴하고 말살하며 삶을 부정하는 힘을 보이고 있는 데 반하여(예컨대 그는 천지 창조나 인간의 타락과 낙원 추방 혹은 최후의 심판과 같은 중세의 역사관 속에 드러나는 인간의 구체적인 역사적 시간은 시간 외적인 범주 속에서 평가절하되고 흡수된다고 한다), '라블레적 시간'의 경우 시간은 삶을 긍정하고 창조하는 생성적 기능을 지니고 있다고 말한다. 여기서의 시간은 오직 인간의 창조적 행위와 성장, 그리고 발전적 변화에 의해 특징지어지는 것이다.

또한 라블레의 크로노토프 속의 공간은 르네상스 시대의 지리적 팽창(신대륙의 발견, 인도 항로의 개척)으로 말미암아 놀라운 규모로 팽창될 뿐 아니라 구체성과 실제성을 겸비한 채 역사적인 시간과 결합하여 전혀 새로운 유형의 크로노토프가 만들어진다는 것이다. 따라서 '라블레적 시간'의 크로노토프는 단순한 장르상의, 연대기상의 분류에 의한 소설적 개념이 아니라 더 근본적인 문제―세계관의 변화, 시대정신―의 한 유형을 제시하고 있다.

키 모멘트(key-moment, 결정적 계기)

스토리 선상에서 가장 중요하고 핵심적인 사건(key event)이 일어나는 순간, 플롯상으로는 일반적으로 **절정** 부분에서 나타난다. 이 순간에는 앞 단계에서 제시되었던 모든 설명과 사건이 하나의 **초점**으로 모아지며, 이야기 전체가 지니고 있는 의미가 해명(illumination)되거나 혹은 그 의미가 함축되어 제시된다. 키플링의『왕이 되고 싶었던 사나이』에서는 드라보트가 밧줄 다리 위에서 다리를 자르라고 부락민들에게 외치는 순간이 키 모멘트이다. 왕이 되고 싶었던 한 사나이는 이 순간 진짜 왕이 되는 것이다. 알퐁스 도데의「별」에서는 모닥불 곁에서 졸던 아가씨가 목동에게 머리를 기대어 오는 것이 키 모멘트이다. 소망했던 사랑의 성취, 그 사랑이 지닌 성스럽고 순결한 본질이 이 순간에 함축되어 나타난다.

절정이 플롯과 관련된 개념이고 담론상의 상당한 공간을 차지하는데 비해 키 모멘트는 스토리와 관련된 시간적 개념이고 순간적으로 실현되며, 담론 위에서 짧게 나타난다는 점이 그 특징이다. 가령「별」에서 절정 부분은 아가씨와 함께 목동이 모닥불 곁에 앉는 순간부터로 보아야 한다. 작가가 한 작품의 내부에서 키 모멘트를 설정해놓지 않거나 혹은 그것이 제대로의 핵심적 기능을 수행하지 못할 때 이야기의 구조는 느슨하거나 공허해지며 독자들은 혼란스러움을 느끼게 된다. 완벽하고 훌륭한 이야기들은 모두 적절한 키 모멘트와 키 이벤트를 가지고 있다.

탈인격화(depersonalization)

소설의 제 양식에 대한 반성과 아울러 새로운 문학적 가능성을 모색하고자 하는 '누보로망' 작품들이 설정하고 있는 인물의 개념. "인물에 대한 공격은 소설의 인물을 파괴하고자 하는 것이 아니라 인물을 '탈인격화'하는 것"이라고 롤랑 바르트는 말한 바 있는데, 이때 이 용어의 개념은 인격적 통일성과 개성 및 아이덴티티를 가지고 있는 인물의 해체, 즉 '사물화된' 인물의 의미로 받아들여진다.

로브그리예의 「변태성욕자」에서 작품 속의 화자는 '나'라는 1인칭 대명사를 사용하지 않음으로써 시점상의 혼란을 독자에게 느끼게 하고(물론 마티아스라는 주인공의 시점이라는 느낌이 들기는 하지만), 이런 경향은 프랑스어의 특징인 비인칭 시제의 사용으로 더욱 두드러진다. 이런 시점상의 혼란은 소설의 전통에 대한 도전이자 사건의 주체로서의 인물의 해체를 의미하며, 그것은 사물을 개념화된 상태에서 바라보는 것이 아니라 개념화되지 않은 상태에서 바라보고자 하는 누보로망의 의도를 나타낸다. 누보로망 작가들에 의하면 사물이나 인물의 개념화란 체제에 의해서 그 본래 속성이 왜곡된 상태이기 때문이다. 로브그리예의 또 다른 소설『질투』에서도 역시 이런 경향이 두드러지는데, 주인공의 심리 및 위치는 다른 사람들의 움직임에 대한 묘사를 통하여서만 짐작될 뿐이다. 거리, 방향, 각도, 빛과 그림자 같은 요소를 기하학적 정확성을 통해 보여줌으로써 작품에 있어서 중요한 것은 '소재'보다 '관점'이며 대상에 대한 묘사를 통하여 한 인물의 모습이 드러난다는 사실을 이 작품들은 주장한다.

'고유한 개성'을 가진 인물의 해체, 익명의 존재로서 서사물의 주인공은 단지 누보로망만의 전유물은 아니며 그 이전의 소설에서도 발견되는 인물의 양상이고, 이런 인물 개념의 변화와 그 바탕에 깔려 있는 사회적 · 철학적 요건들은 '탈인격화'라는 용어가 생성된 배경으로 살펴질 수 있다.

발자크의 소설에서 인물이란 부르주아 사회가 그 발전기에 접어들었을 때의 전형적 인물을 의미했다. 이 인물들은 그들이 소속된 집단을 전제로 한 하나의 '개인'이다. 즉 이 인물들은 자신이 소속된 집단의 대변인이었으며 그의 운명은 그 집단의 운명과 상통했다. 플로베르는 이와는 좀 다른 인물의 모습을 보여준다. 보바리 부인은 개인적 성격을 소유한 인물이다. 이들은 발자크의 인물보다 좀 더 자유로운 삶을 가지며 그 안에는 개별적이고 전형적이지 않은 요소들이 많이 개재된다. 이런 상태의 인물은 프루스트에 와서 더욱 극단화된다. 프루스트 작품 속의 인물에서 집단의 개념은 완전히 사라지며 오히려 인물=자아의식이 소설의 전면을 지배한다. 20세기 초까지만 해도 작가의 주요한 직분은 '인물을 창조'하는 데 있었으며, 고리오 영감이나 라스콜리니코프, 보바리 부인은 독자들의 이웃에 사는 친숙하고도 살아 숨 쉬는 작중인물이었다. 그러나 이런 인물 개념의 흐름은 그 이후의 소설에서 급격한 변화를 일으킨다. 카프카나 사르트르의 작품, 베케트의 작품에서 주인공이란 누구여도 상관없고, 익명이어도 상관없으며 '반투명 상태(스토리 내부에서 인물의 고유성이 드러나지 않은 상태)'로도 존재한다. 이런 일련의 상황은 산업사회의 발전 속에서 한 개인이 자신의 고유한 존재 의의와 가치를 찾지 못하고 표류하는 사회적 상황이 소설에 반영된 것이다. 이들 작품의 인물이 가지는 익명성이, 인간이 부품화되고 단지 하나의 기능으로 존재하는 현대사회의 특징에서 연유한 것이라면 누보로망 작가들이 주장하는 '탈인격화' 개념은 이런 면을 가지고 있음과 아울러 그들의 문학적 의도, 문학을 통한 새로운 '참여(engagement)' 개념과도 관련되어 있다. 로브그리예는 그 개념을『누보로망을 위하여』라는 저서에서 이렇게 설명한다.

> 현대의 사회에서 개인이란 거대한 현실 속의 하나의 상품, 즉 경제체제 속에서 생산이나 관리를 담당하는 월급 얼마의 상품에 지나지 않는다. 이 경우 개인에게 창조적 능력이 있다는 '인간적' 호소를 하는 것은 아직도 우리가 살고 있는 현실에 희망이 있음을 가르치는 것이 될 것이며, 현실이 지향하고 있는 방향에 순응하게 만드는 것이 될 것이다. 반면에 현실이 인간적이라는 신화를 벗겨내는 것은 개인이 하나의 상품 이상의 가치를 가질 수 없다는 비극적 인식을 가능하게 해주며, 그 절망을 더욱 크게 자각하도록 밀고 나가면 거기에서 그 모순의 자연적 폭발, 즉 상품으로서의 개인이 그런 상황에서 빠져나오는 폭발이 이루어질 수 있는 것이다. 따라서 소설의 임무는 보다 고상하고 인간적인 인물의 창조에 있는 것이 아니라 눈에 띄지 않게 인간을 사물화시켜버린 현실의 내면을 드러내는 데 있다. 우리가 인간으로서의 대우를 희망으로 간직하는 것이야말로 우리가 스스로를 구속하는 행위이다.

이 발언은 누보로망의 작가들이 왜 소설 속의 인물을 하나의 사물처럼 다루는지 잘 설명하고 있으며 그들의 새로운 '참여' 이론을 또한 보여주고 있다. 하나의 이념에 의한 현실 문제의 해결을 누보로망 작가들은 맹렬하게 반대한다. 인간의 역사적 경험으로 보아 극단적 정치 이념이란 그것이 무엇이든지 간에 항상 또 다른 억압으로 작용해 왔기 때문이다(스탈린주의가 반문화주의로 연결되고 사회주의적 리얼리즘이 새로운 귀족주의 문학으로 변질되듯이). 그런 점에서 '탈인격화'의 개념은 가장 비정치적이면서 동시에 정치적이라는 양면성을 지니고 있다고 말할 수 있겠다.

탐색담(quest story)

서구의 로망스는 모든 문학의 형식 중에서 인간의 모험에 관한 욕망을 가장 잘 반영하고 있는 장르라고 할 수 있다. 그렇기 때문에 로망스의 플롯은 모험의 성격을 강하게 지니며 연속적이고 과정적인 형식을 취하게 된다. 로망스가 담고 있는 갖가지 사건들은 일련의 소모험으로 수렴되고, 이 소모험은 보통 처음부터 예고되어 있는 대모험 또는 아슬아슬한 모험에 이어지며, 이 모험의 완결과 함께 이야기가 마무리된다.

프라이는 로망스에 문학적인 형식을 부여하는 요소, 즉 이 모험들의 연속을 탐색(quest)이라 부른다. 그러므로 로망스의 완벽한 형식은 탐색이 성공적으로 분명하게 끝마쳐지는 형식, 곧 탐색담이며 이는 중요한 세 개의 단계—아곤, 파토스, 아나그노리시스—로 이루어진다. 아곤(agon)은 위험한 여행과 준비 단계의 소모험, 곧 갈등의 국면이며 파토스(pathos)는 주인공이든 적이든 어느 한쪽이 혹은 양쪽이 죽지 않으면 안 되는 싸움, 즉 생명을 건 필사의 투쟁 국면을 가리킨다. 아나그노리시스(anagnorisis)는 주인공이 영웅임이 판명됨과 동시에 그의 개선을 지시하는 개념이다. 영웅은 비록 투쟁에서 살아 남을 수 없다고 하더라도 자신이 주인공(영웅)임을 분명히 입증한다.

이처럼 탐색담은 영웅의 일생에 관한 이야기 문학의 일종이기 때문에, 고대 서사문학에서부터 현대소설에까지 이어져오는 가장 오래된 서사 형식의 하나로서 주목되어오고 있다. 영웅의 탐색담의 성격과 그 단계의 유형을 제시하는 우리 학계의 대표적인 모델은 김열규와 조동일에 의해서 시도된 바 있다.

가. 김열규 모델

① 고귀로운 혈통이되 그 회임에 장애가 있거나 아니면 회임 자체가 비정상적이다.

② 현몽 또는 탁의

③ 기아(棄兒)(은신)

④ 하층민 혹은 야수에 의한 수유(授乳) 및 수양(收養)

⑤ 개선의 환향과 복수

⑥ 도읍 창건

⑦ 이례적인 죽음

나. 조동일 모델

① 고귀한 혈통을 지닌 인물이다.

② 잉태나 출생이 비정상적이다.

③ 범인(凡人)에 비해 탁월한 능력을 타고났다.

④ 어릴 때 버려져서 죽을 고비에 이르렀다.

⑤ 구출, 양육자를 만나 죽을 고비에서 벗어났다.

⑥ 자라서 다시 위기에 부딪혔다.

⑦ 위기를 투쟁적으로 극복하고 승리자가 되었다.

요컨대 탐색담이란 인간의 가장 본질적인 욕망을 담고 있는 이야기이다. 서사문학은 생명의 기적인 탄생과 죽음이 맺는 양괄호 속에 자아와 세계와의 투쟁으로 전개되는 일종의 탐색담이다. 탐색담은 결국 한 인물이 출생하여 고난을 겪다가 행복을 찾고 죽는다는 삶의 보편적 정황이 사라지지 않는 한 하나의 문학적 원형 또는 패턴으로 존재하게 될 것이다.

탐정소설(detective story)

탐정소설은 전형적인 오락소설의 한 가지 유형이며 하나의 미스터리(종종 살인 사건과 관련되는)를 만들어내고, 기지와 용기를 갖춘 탐정으로 하여금 제기된 의혹을 풀어나가게 하는 데 서술의 초점이 맞춰진다. 탐정소설에는 예외 없이 기벽이 있는 탐정, 우둔하면서도 비협조적인 경찰관, 문제의 해결을 돕는 탐정의 친구나 조수가 등장하고 진범은 십중팔구 상황증거상 유죄인 것처럼 비춰지는 용의자에 의해 숨겨진다. 사건은 언제나 예상하지 못했던 방향으로 해결되며 의혹이 해결되는 과정에서 탐정의 비범한 추리력과 정연한 논리가 광채를 발휘한다.

탐정소설의 핵심적인 규범은 범죄의 추구에 있지 않고 범죄를 매개 삼아 모험을 추구한다는 데 있다. 대개의 탐정소설들이 낭만과 동경의 정서로 가득 차게 되는 까닭이 여기에 있다. 신사 도적 아르센 뤼팽이 활약하는 모리스 르블랑의 탐정소설과 기지와 유머에 넘치는 셜록 홈스가 등장하는 코난 도일의 탐정소설은 앞에서 설명한 바와 같은 규범이 가장 잘 드러나 있는 고전적인 사례이다.

모험소설의 유형으로서의 탐정소설의 장르를 창안한 에드거 앨런 포의 관습과 원칙은 위의 두 작가와 아울러 조르주 심농에게도 충실하게 계승되어 있다. 그러나 현대에 들어오면서, 특히 애거사 크리스티, 반 다인, 엘러리 퀸 같은 작가들의 탐정소설에서는 탐정소설의 고전적인 규범은 퇴색하고, 범죄를 해결하는 냉정하고 날카로운 지적이나 추리적인 능력만이 두드러지게 강조되고 있다는 인상이 없지 않다. 그 결과 오늘날 탐정소설과 추리소설의 장르적 경계는 모호해지고 말았다. 작가 김내성은 모험의 낭만적인 정서를 탐정소설이라는 형식에 효과적으로 반영해낸 선구적인 탐정소설을 남겼다.

텍스트(text)

구체적인 독서 행위나 비평 행위를 통해 독자에게 소통되고 해석되기 이전의 문학 원전(原典)을 가리킨다. 본래 이 용어는 20세기에 들어와 발전한 문학 연구 분야인 '원전 비평'에서 다양한 이본들 중 확정된 원본 하나를 지칭하기 위해 사용된 것이다. 그러나 현대의 문학 연구에서 이 용어가 광범위하게 사용되는 것은 이보다 좀 더 진전된 사고, 즉 하나의 문학작품은 단일하고 고정된 의미의 결정체가 아니라 독자에 의해 다양한 의미로 해석될 수 있는 가변적인 것이며, 그래서 소통되기 전과 후의 문학작품을 구분해서 부를 필요가 있다는 인식을 바탕으로 한 것이다. 수용미학자인 볼프강 이저는 그의 저서 『텍스트의 호소 구조 *Die Applestruktur*』에서 "작품은 독자의 독서 행위를 통해 완성된다"라고 주장하며, 작가가 창작해낸 문학 원전인 '텍스트(text)'와 이것을 독자가 읽고 이해하여 재생산해낸 어떤 구조물을 '작품(work)'이라 구분한 바 있다. 그에 의하면 독자의 독서 행위를 통해 탄생한 '작품'은 작가가 생산한 '텍스트'와 다른 어떤 것, 즉 텍스트가 독자의 의식 속에서 재정비되어 다시 구성된 새로운 어떤 것이며 궁극적으로 한 편의 문학 텍스트는 수많은 독자에 의해서 상이한 여러 작품으로 탄생할 수 있는 것이기 때문에 이 두 개의 용어는 구분해서 사용되어야 할 필연성과 당위성을 지니고 있다. 하나의 문학작품에 대한 수많은 해석이 공존하고 과거의 문학작품들이 끊임없이 새로운 각도에서 다르게 조명되는 사례도 이런 점을 입증하고 있다.

현대 서사 이론의 중심 줄기를 형성하고 있는 구조주의자들에게도 이런 인식은 공통적으로 나타난다. 구조주의적 개념하에서 하나의 문학작품이란 독자적인 생명과 의미를 지니고 있는 '언어적 집적물'이며, 작가가 그 안에서 실현하고자 했던 문학적 의도와는 별도로 존재하는 자율적 의미 체계이다. 그러므로 구조주의 비평가들은 작가의 창조적 작업의 결과물이라는 의미가 다분히 내포되어 있는 '문학작품'이라는 용어보다 가치중립적이고 언어적 구조물 자체를 뜻하는 '텍스트'라는 용어를 즐겨 사용한다. 수용미학과 구조시학 분야뿐 아니라 하나의 문학작품을 개별적 · 독자적 존재로 간주하고 작가의 관련성을 가능한 한 배제한 상태에서 바라보려 하는 현대문학 연구의 거의 모든 분야에서 텍스트라는 용어는 보편적으로 받아들여지고 있고, 특히 독일에서는 기존의 문학 연구나 문예학을 '텍스트학(text-wissenshaft)'이라는 새로운 학문으로 종합시키고 있다. 독일의 인문과학에서 사용되는 텍스트라는 용어의 다양성은 놀라울 정도이다. 기호적 체계를 지닌 모든 소통 매개물은 텍스트라 불리며, 문학작품은 '픽션 텍스트(fiktionaler text)'로, 문학 텍스트를 이해하고 평가한 논문이나 비평은 수용자가 창작 작품에 관해 쓴 글이라는 의미에서 '수용 텍스트(rezeptions text)'라 불린다. 유사한 용법에 의해서 '시 텍스트(lyrischer text)', '이야기 텍스트(erzählen text)', '드라마 텍스트(dramatischer text)' 등등의 용어가 시, 소설, 희곡이라는 장르의 명칭을 대신하여 사용되고 있다.

토포스(topos)

문학에서 몇 개의 모티프들이 자주 반복되어 이루어내는 한 고정형이나 '진부한 문구(literally commonplace)'를 지칭하는 개념. 고대 그리스의 수사학 용어 중의 하나인 이것은 현대 비평에서 주로 모티프의 개념으로 더 자주 사용되고 있지만, 오즈월드 듀크로(Oswald Ducrot)와 토도로프에 의하면 모티프의 하위 개념으로 정의되는 편이다. 즉 모티프가 문학에서 자주 반복되어 나타나는 하나의 요소라고 한다면, 토포스란 그 **모티프**들이 주어진 텍스트 안에서(주어진 텍스트 안에서 반드시 중요한 것일 필요는 없다) 자꾸만 반복되어 하나의 고정된 형태를 이루어내는 것을 말한다. 이럴 경우의 토포스는 현대 민속학에서 말하는 모티프의 개념과 정확히 일치한다고 그들은 주장한다.

제랄드 프랭스도 이런 관점에서 이 용어를 설명한다. 그의 『서사학 사전』(1989)에 따르면 토포스란 문학 텍스트에 자주 나타나는 모티프의 고정된 형태이고 서구 문학에서 자주 등장하는 현명한 바보, 나이 먹은 어린이 등이 그 예라는 것이다. 또한 제라르 주네트는 「핍진성과 동기부여 Vraisemblance et motivation」라는 글에서 "오늘날 이데올로기로 불리어질 수 있는 것, 즉 세계에 대한 통찰과 동시에 하나의 가치 체계를 구성하는 금언들과 전제 요건들의 조직체"라는 뜻으로 토포이(topoi, 토포이는 토포스의 단수형이다)를 정의함으로써 이 용어에 철학적 개념을 부여하고 있다. 그는 토포이의 개념을 인위적으로 가능한 것, 있을 법한 것의 바탕이 되는 핍진성과 연관시킨다. 토포스는 이미 보편화되고 고정된 이미지나 어휘 표현 체계이며, 더 나아가 짤막한 금언(maxim)의 형태로 환원될 수도 있는 일종의 설명의 형식으로서, 그것을 소유한 사회의 구성원들 누구에게나 상식적인 차원에서 수용될 수 있는 것이다. 따라서 토포스는 허구적 서사물에 있어 핍진성의 바탕을 이루는 주요한 요소이다. 예컨대 헨리 필딩의 소설 『조너선 와일드』에서 조너선 와일드가 미스 라에티티아에게 구혼하는 대목을 필딩은 "독자 여러분이 쉽게 마음속에 떠올릴 수 있는 것이므로 여기에서 나는 그 일을 기록하지 않겠다"라고 말한다. 이와 같은 말 속에는 이 소설이 씌어진 18세기의 독자들에게 그러한 대목이 충분히 상상될 수 있는 것이라는 관습적 배경이 전제되어 있다. 이런 점에서 토포스는 한 사회 내의 고정되고 관습화된 인식 체계를 바탕으로 하고 있으며, 그 인식 체계는 결국 이데올로기적 성격을 지니는 것이다.

통속소설

비평적 담화가 어떤 이야기의 현상을 지칭하여 통속소설이라는 용어를 사용할 때, 그 말 속엔 경멸의 감정이 담긴다. 그러나 이 감정은 대개는 주관적인 것이다. 통속소설은 본격소설에 대립하는 소설의 존재 방식으로 간주되지만, 이 대립적인 소설적 유형을 엄밀하면서도 객관적으로 구분해줄 논리적 준거를 마련하기는 쉽지 않다. 통속소설이라는 개념은 흔히 하나의 전제를 수반하고서 성립된다. 그것은 대중은 진실과 직면하기를 두려워하며 관능과 감각적 가치에 탐닉하고자 하는 불건전한 성향을 가진다는 전제이다. 말하자면 대중이 가지는 이처럼 불건전한 성향을 충동하고, 대중의 무반성적인 기대와 취향에 영합하고자 하는 이야기의 현상이 통속소설이라는 것이다. 이러한 유형의 소설이 현실적으로 존재한다는 사실 자체가 부정될 여지가 없다. 대중의 성적 충동을 자극함으로써 손쉽게 독자를 이끌어 들인다는 서술적 책략을 드러내며, 독자의 기대를 저버리지 않기 위해서라면 거짓된 보고조차 주저치 않는 소설이 오늘날 동서를 막론하고 양산되고 있는 게 현실이기 때문이다.

그러나 통속소설이 부분적으로나마 가지는 미덕과 사회적 기여가 무조건적으로 외면되거나 배척되는 것은 공정하지 않다고 볼 수도 있다. 대체로 통속소설은 술수가 너무 뻔하고 작가의 의도가 비열하리만치 공공연하게 노출되지만 않는다면 독자들을 지루하게 만들지는 않는다는 장점을 가진다. 통속소설이 종종 많은 독자를 얻는다는 사실은 이를 입증한다. 독자들이 통속소설을 읽으면서 위안을 받을 수 있다면 통속소설은 불건전한 이야기의 현상을 통해 건전한 대중적 삶의 재생력을 창조한 것이 된다. 말하자면 이러한 측면은 사회적 기여로 공정하게 평가됨직한 것이다. 대중의 불건전한 성향과 영합함으로써 경제적 이득을 추구하고자 하는 작가를 통속 작가라 부른다. 따라서 대개 통속소설은 통속적인 의도를 가진 작가에 의해 생산된다. 그러나 때로는 작가의 의도와는 무관하게 통속소설이 결과될 수도 있다. 이러한 결과가 초래되는 데는 작가의 고루한 세계관과 기법의 미숙이 원인이 된다. 작가의 관점과 기법이 진부한 것일 때, 즉 작가가 세계의 허위를 꿰뚫어 볼 안목을 가지지 못하고 상투적인 언어와 기법에 머물러 있을 때, 작가는 그의 체험으로부터 우아하고 심오한 표현적 가치를 이끌어낼 수 없게 된다. 그런 작가는 고상한 연애의 현상조차도 통속적으로 묘사하게 되기 쉽다. 따라서 통속소설을 통속적이며 이기적인 의도의 소산이라고 단정하는 것은 온당치 않을 수도 있다(**본격소설**을 보라).

통일성(unity)

하나의 문학작품은 그 안에 어떤 조직 혹은 구성의 원리를 지니고 있고 내부의 모든 요소들은 그 원리 아래에서 긴밀하게 얽혀져야 한다는 개념. 이때 작품은 유기적 전체(organic whole)가 된다. 문학작품을 유기적 독립체로 간주하는 경향은 아리스토텔레스 이래 롱기누스, 에머슨, 헨리 제임스, 크로체, 듀이, 독일의 낭만주의 비평가들이나 콜리지 같은 일급의 이론가들에 의해 지속적으로 전개되어왔고 특히 20세기 신비평의 핵심 이론이 되었다. 브룩스나 워런과 같은 신비평가들의 비평적 최대 관심은 한 작품의 통일성을 형성하고 있는 원리의 발견 및 그것의 실현을 위해 작품의 각 부분들이 어떤 기능을 수행하고 있느냐를 밝히고 설명하는 것이다. 이들 생각의 바탕에는, 하나의 예술적 통일체(문학작품)의 부분들은, 그것들이 따로 떨어져서는 지닐 수 없었을 특성들이나 의미들이나 효과들을 지니고 있으며 그것은 전체와의 관계 속에서만 조명되고, 그 모든 부분들이 필수 불가결하고 적합한 배열을 이루고 있다면(즉 통일성을 형성하고 있다면) 훌륭한 예술작품이 된다는 관점이 자리 잡고 있다. 그러므로 통일성을 지닌 작품은 그 내부의 모든 요소와 국면들이 긴밀하게 연결되어 있고, 불필요한 부분이 개입되어 있지 않으며 완전하고 자족적이다. 흔히 오해되는 것처럼 이 '자족적 체계'가 단선적이고 명료한 이야기 진행, 혹은 동일한 의미의 반복적 강조를 통해 실현되는 것은 아니다(『춘향전』처럼 비극적이고 숭고한 애정을 다루는 작품에서 방자와 같은 희화적 인물은 작품의 통일성을 저해하기 때문에 배제되어야만 하는가? 그 인물은 긴장감의 완급 조절과 두 주인공의 해후를 매개하는 기능을 수행한다는 면에서 전체적 통일성에 참여한다). 오히려 훌륭한 예술작품일수록 다양하고 이질적인 요소들의 풍부한 총합과 그것들의 조화로운 관계 설정을 통해 완결된 구조에 이른다.

공연을 전제로 했던 희곡 장르에서는 통일성의 원리로 '삼일치법'이 오랫동안 적용되어왔지만, 소설 문학에서는 그 개념이 활용되는 방식이 매우 다양하다. 전통적으로 소설 문학의 통일성을 형성하는 요소로는 '일관된 행위(action)', '긴밀한 플롯', '일관된 성격 제시(characterization)' 등이 거론되어왔으며 현대에 들어와서는 형식에 의해, 작가의 의도에 의해, 테마에 의해, 상징에 의해서도 통일성은 구현될 수 있다는 점이 밝혀지고 있다(카프카의 문학에서 통일성을 형성하는 것은 행위나 플롯이 아니라 하나의 상징이다).

엄밀하게 말해 작품 내의 모든 요소들이 서로 필연적인 관계를 지니고 전체—곧 구조(structure)로 나아갈 수 있도록 그 요소들을 통합하고 조직할 수 있는 방법은 무한히 개방되어 있으며(즉 통일성을 형성하는 원리는 무한히 다양하며) 현대의 서사 작품들은 이러한 다양성을 잘 보여주고 있다.

트릭(trick)

작가의 직분은 물론 이야기를 진술하는 데 있다. 그러나 작가의 직분에 대한 이 같은 이해는 만족스럽고 완전한 것이라고 할 수 없다. 작가는 그냥 이야기하는 사람이 아니고 '전략적으로' 이야기하는 사람이라고 보아야 옳기 때문이다.

작가는 왜 전략을 필요로 하는가. 이야기를 진술함에 있어서 그가 기대하는 바와 의도하는 바를 달성하기 위해 작가는 전략을 필요로 한다. 작가가 의도하고 기대하는 바가 구체적으로 무엇인지는 자명하다.

작가가 전략을 필요로 하는 까닭은 이야기를 가장 흥미 있고 의미 있게 드러나게 하는 데 있고 그리하여 독자로부터 결정적인 반응을 이끌어내는 데 있다. 작가에게 이보다 중요한 목표는 없다. 작가는 이 궁극적인 의도와 목표를 달성하기 위해 온갖 지혜를 짜내고 필요하다고 생각되는 모든 방법과 수단을 동원한다. 작가들은 짐짓 딴청을 피우기도 하고 이야기의 순차를 뒤섞어놓기도 하며 때로는 이야기를 숨기기도 한다. 심지어 작가들은 그들의 목표를 달성하는 데 불가피하다고 판단될 때는 독자를 속이기조차 주저하지 않는다. 속임수, 책략 등의 사전적 함의를 가지는 트릭은 말하자면 작가들이 그들의 궁극적인 목표, 즉 이야기를 의미 있게 만들고 흥미 있게 독자에게 전달한다는 목표를 달성하기 위해 얽어짜기에서 구사하는 전략적 개념의 일환으로 이해되어 좋겠다. 19세기의 단편소설 작가들, 그중에서도 특히 모파상과 O. 헨리는 이러한 서술의 기법을 즐겨 활용한 작가라고 할 수 있다. 우리에게 널리 읽힌 「목걸이」에서 모파상은 허영심 때문에

빌린 목걸이를 잃어버린 여인이 이를 보상하기 위해 생애를 탕진했지만 막상 그것이 가짜였다는 사실을 소설의 결말 부분에 이르러서야 작중인물의 입을 통해 드러나게 하는 이야기를 들려주고 있다. O. 헨리의 「마지막 잎새」에서도 사실이 판명되는 방법과 절차는 흡사하다. 가난한 예술가들이 몰려 사는 그리니치 빌리지의 한 싸구려 건물 3층 꼭대기 방에 젊은 화가 존시와 수가 기거하고 있는데, 존시는 폐렴에 걸려 임종만을 기다리고 있다. 어느 날 아침 존시를 진찰한 의사는 수를 복도로 불러내 존시가 소생할 가망은 열에 하나밖에 되지 않는다고 말한다. 그러나 하나밖에 되지 않는 가능성조차도 지금처럼 환자가 당장 장의사한테 달려가고 싶어 해서는 처방이고 뭐고 다 헛수고일 뿐이고 기대할 것은 환자의 소생 의욕을 살려내는 길밖에 없다고 말한다. 따라서 사태는 절망적이다. 존시는 자기 병과 싸우고자 하기는커녕, 창밖에 떨어지다 만 나뭇잎이나 세고 있기 때문이다. 나뭇잎은 이제 두 장밖에 남지 않았다. 그녀는 어둡기 전에 마지막 한 잎이 떨어지는 걸 보고 싶어하며, 마지막 잎새가 떨어지는 순간 임종이 닥치리라 확신하고 있다. 그리고 드디어 나뭇가지에는 한 잎밖에는 남지 않는다. 공교롭게도 그날 밤에 북풍이 사납게 몰아친다. 빗발까지 흩뿌리며 창문을 두드리고 처마를 후려친다. 날이 새자마자 존시는 수에게 커튼을 올리라고 명령한다.

그러자 기적이 일어난다. 그처럼 사나운 빗발과 휘몰아치는 북풍을 견디고도 여전히 마지막 남았던 한 잎은 나뭇가지에 매달려 있었던 것이다. 존시의 죽음에 대한 확신은 삶에 대한 확신으로 바뀐다. 당연히 존시는 거뜬히 소생한다. 그리고 수의 입을 통해 진실이 밝혀진다. 그것은 아래층에 세든 베어먼 노인이 그려 붙인 나뭇잎이었던 것이다.

이러한 두 소설의 줄거리를 얽어짜면서 작가들은 어느 부분에서 책략을 동원하고 있는가. 부연할 필요도 없이 가짜임을 드러내는 과정에서 작가들은 트릭을 구사하고 있다. 진실이 밝혀지기 전까지 독자는 누구도 그것이 모조 목걸이이거나 그려 붙인 나뭇잎이라는 사실을 눈치챌 수 없다. 독자들이 어리석기 때문인가.

그렇지 않다. 진실을 알고 있는 유일한 사람인 작가가 치밀하고 용의주도하게 사실을 숨긴 결과이다. 말하자면 작가는 독자를 감쪽같이 속인 것이다. 속인다는 일 자체는 물론 부도덕이다. 그러나 작가의 부도덕한 기만 행위의 목적이 독자에게 기여하고 독자를 즐겁게 하기 위한 것이라는 점에서 부도덕은 도덕이 된다. 진실이 앞질러 노출되었다고 가정해보라. 그처럼 신선하고 경이로운 이야기의 구조는 결정적인 손상을 입게 되었을 것이 분명하다. 트릭은 플롯의 주요한 전략이다. 트릭의 선용은 사건의 흥미를 극대화시킬 뿐만 아니라 사건들의 논리적 구조를 완성시켜준다. 트릭의 기법을 적절히 활용하는 작가가 독자들의 비난의 대상이 되기보다는 찬탄의 대상이 되는 것은 당연한 일이라고 하겠다.

틀-이야기(frame-story)

이야기 속에 또 다른 이야기나 연속된 이야기들이 제시되어 있는 형태의 서사물을 일컫는 용어이다. 틀을 이루는 이야기는 이러한 이야기들에 종속되면서 단지 뒤따라오는 이야기들을 제시할 동기만을 부여하는 정도의 역할에 머물 수도 있고, 혹은 텍스트의 주요한 부분으로 기능하면서 다른 이야기들과 동일하거나, 혹은 더 비중 있는 의미를 갖기도 한다. 전자의 경우 전체적인 이야기 틀 속의 각각의 이야기 단위들은 틀로부터 떨어져 나오더라도 그 자체의 완전한 독자성을 지니게 된다. 역사적으로 이러한 형식은 동양에서 발생하여 널리 퍼진 것이다. 그 주요한 예로는『아라비안 나이트』가 있으며, 서구의 예로는『데카메론』등이 있다. **액자소설**은 이러한 이야기 유형의 한 변형으로서, 전체적인 틀을 이루는 이야기 속에 보다 비중 있는 다른 이야기가 포함되어 있는 소설 유형을 가리킨다. 예를 들어『폭풍의 언덕』은 1인칭 화자인 '나'가 작품의 실질적인 이야기를 직접 서술해나가는 것이 아니라 누군가로부터 그 이야기를 전해 듣는 과정을 기술해나가는 방식으로 진행된다.

ㅍ

파노라마적 기법

광역화된 물리적 배경이나 시간적으로 장시간에 걸친 사건들을 단일한 구절로 선택하고 압축하여 요약하는 서술 기법의 하나로서 제한되고 축소된 시간과 공간상의 특정한 행위를 묘사하는 극적 기법과 대조된다. 파노라마적 기법은 그 특징상 서술상의 절약과 요약에 이바지한다. 즉 작가가 이야기의 처음, 중간, 끝의 어디에서나 극적 기법을 쓸 경우 전체 작품에 비추어 과도한 시간과 공간이 소요될 것을, 경제적으로 표현하기 위하여 이 기법이 동원되는 것이 보통이다. 일반적으로 극적 기법에서는 화자의 존재를 의식할 수 있는 정도가 파노라마적 기법에 비해서 약하다. 파노라마에서는 오랜 기간에 걸친, 혹은 여러 장소에서 일어난 사건들을 요약해서 전달해주는 화자의 존재가 필수적으로 요청되지만, 극적 기법에서 화자의 존재는 상대적으로 드러나지 않는다. 이 두 기법은 서술의 기교상 동일한 작품에서 적절하게 선택되고 배열되어서 심미적 효과를 높이는 데 상호 보완적으로 기능한다. 극적 기법이 단편소설이나 추리소설, 의식의 흐름 수법을 보이는 소설들에서, 그리고 파노라마적 기법이 장편소설, 가족사 소설, 역사소설 들에서 주요하게 사용되기는 하지만 반드시 그런 것은 아니다. 양자는 특별한 소설 유형에 적합한 기법적 특징을 갖는 것이라기보다는 한 편의 소설이 지니는 심미적 효과의 조절 기능을 수행하는 서술 기법으로 알려져 있다.

파불라(fabula)와 **수제**(syuzhet)

러시아 형식주의자들은 서사물의 구성 인자로서 서사물에서 바탕이 되는 이야기의 소재, 혹은 서사물에서 담론화의 대상이 되는 사건들 전체와, 그러한 사건들을 고리 지으면서 작가의 서술 행위에 의해 텍스트에 정착된 이야기를 구분하여, 전자를 파불라로 후자를 수제로 명명한다. 그들에게 파불라란 말은 이야기의 바탕이 되는 내용, 즉 화자에 의해 사용된 제재를 구성하는 사건들의 총계를 의미한다. 이야기의 구축 단계에서 사용되는 모든 인위적 요소들과 더불어 작가에 의해 구축된 이야기의 질서, 즉 구조화된 이야기를 수제라고 한다면, 그러한 질서 속의 이야기 내용은 파불라에 해당하는 것이다(스토리(story)/플롯(plot)의 대립적 개념과 비교하라).

러시아 형식주의자들의 저작들에서 '사건'은 '모티프'로 불리는데, 보리스 토마셰프스키는 "파불라는 일군의 모티프를 원인에서 결과로 연대기적인 연속을 이루며 나타내지만, 수제는 그와 같은 동일한 모티프군을 그것들이 작품과 결과 맺는 질서에 따라 나타낸다"라고 말한다. 이처럼 형식주의자들은 주로 정상적인 연대기적 시간 질서로부터의 이탈—그것은 수제에서 전형적으로 나타나며 파불라에서는 배제되는 것이다—과 파불라의 선조적 흐름과는 대립되는 것으로서 탈선적 흐름의 삽입—플롯 속으로의—에 근거하여 파불라와 수제를 대비시킨다. 그들에게 파불라란 '결과적으로 일어난 일'인 반면, 수제란 '독자가 일어난 일들을 어떻게 인식하게 되는가', 즉 '작품 자체 내에서 (사건들이) 나타나는 질서'를 의미하는 것이다. 따라서 파불라는 재료로서의 이야기이고 수제는 작가의 서사 전략에 의해 그 재료가 예술적으로 조직되어 표현으로 구체화된 이야기이다.

수제의 특징들이 텍스트를 드러내는 기법과 관련해서 문학 텍스트 표면에 속해 있는 것이라면, 파불라는 일종의 심층 구조를 구성하고 있으며 텍스트의 내부로부터 이끌어내어져 축약될 수 있다. 그것은 하나 혹은 그 이상의 진술들로 이루어진다. 각각의 진술 요소들(주어, 술어, 목적어) 사이의 통사적 관계는 파불라 내에 존재하는 실체들—실제의 것이든 상상적인 것이든—에 의해 수행된 행위들을 반영한다. 진술들 사이의 관계는 사건들의 연속성과 그 인과적 관련성을 반영한다. 파불라는 집단 경험들이 합성되어 있는 하나의 복합적 기호이며, 이러한 집단 경험들은 종종 전통적인 서사물이나 믿을 만한 원형을 형성하는 재료이다. 파불라는 우화로, 수제는 주제라는 말로 흔히 옮겨지는데, 이러한 번역은 온당치 않다. 우리의 언어 관습에서 우화라는 용어는 알레고리의 형태를 취하는 교훈적 이야기를 가리키며, 따라서 파불라의 개념을 올바로 전달하지 못한다. 또한 수제는 플롯의 개념에 가까우며 따라서 굳이 우리말로 대응하고자 한다면 '구조화된 이야기'라고 하는 게 옳겠다.

패관잡기(稗官雜記)

민간에 유행하는 가담(街談), 항담(巷談) 등을 기록한 서사물의 하나로, 패관기서(稗官奇書), 패관소설, 패사(稗史), 언패(言稗) 등으로도 일컬어진다. 패관이란 옛날 중국에서 임금이 민간의 풍속이나 정사를 살피기 위해서 거리에 떠돌아다니는 이야기를 모아 기록하는 일을 맡았던 임시 벼슬이었는데, 이 패관에 의해 기록된 이야기를 패관잡기라고 불렀다. 그러나 패관이란 말은 후대에 내려오면서 이야기를 짓는 사람 일반을 일컫는 말로 변화되었으며, 패관잡기 역시 민간의 이야기를 기록한 것만이 아니라 꾸며낸 허구적 이야기를 지칭하는 말로 확대된다. 따라서 이 용어는 시화나 잡록에서부터 설화적인 내용의 서사물에 이르기까지 다양한 형태의 산문문학적 양식을 포괄하는 개념이라고 볼 수 있다.

패관잡기라는 말이 근대소설 연구에서 처음 사용된 것은 김태준의 『조선소설사』에서이다. 그는 고려시대의 문학을 설명하면서, 『파한집(破閑集)』『보한집(補閑集)』『역옹패설(櫟翁稗說)』 등의 시화나 잡록 등의 새로운 산문문학 양식의 대두를 설명하기 위하여 이 용어를 차용했다. 그러나 그가 특정한 문학 형식이나 내용을 지칭하는 말로 이 용어를 사용한 것은 아니었다. 그 책에는 패관잡기를 일관하는 서사적 특성에 대한 설명이 없을뿐더러 그 용어가 기대는 개념의 기준이 무엇인지에 대한 언급도 누락되어 있다. 그러나 김태준 이후 많은 국문학자들이 이 개념에 대한 엄밀한 검증이 없이 반복적으로 사용하는 가운데 관용어로 굳어지게 되었다.

일반적으로 패관잡기는 ① 설화문학, ② 설화와 소설을 연결하는 과도기적 문학 형식, ③ 사실적인 잡록이나 견문 등을 총칭하는 수필적 문학, ④ 시화 등을 포괄한다. 이렇게 볼 때 패관잡기에 수용되는 서사물의 범위는 아주 광대하며, 잡다한 문학적 형태가 두루 포함되고 있음을 알 수 있다. 박인량의 『수이전(殊異傳)』, 이인로의 『파한집』, 최자의 『보한집』, 유몽인의 『어우야담(於于野談)』 등이 대표적인 패관잡기로서, 여기에 수록된 서사물 중에는 설화문학적인 성격을 띠고 있어 소설로 쉽게 발전할 수 있는 형태의 것도 다수 포함되어 있다. 또한 구전되던 이야기들을 기록하는 과정에서 기록자의 창의성이 가미되고 흥미를 유발할 수 있는 요소들이 보태어져 산문적인 문학 양식으로 발전할 수 있는 것들도 있다. 이런 사실로 미루어 패관잡기는 소설의 발생에 일정한 영향을 미쳤다고 판단할 수 있겠다.

패러디(parody)

서사 텍스트로서 패러디의 가장 분명한 특성은 그것이 모델을 가지거나 원전을 환기시킨다는 점이다. 예컨대 이문구의 일련의 소설은 우리의 전통 서사—판소리계 이야기의 어투나 조선조 소설의 문체를 환기시킨다. 최인훈은 그의 텍스트의 모델을 좀 더 공공연히 그리고 전면적으로 노출시킨다. 「옛날 옛적에 훠어이 훠이」나 「둥둥 낙랑(樂浪)둥」, 「어디서 무엇이 되어 만나랴」 등은 물론이고 특히 「소설가 구보씨의 일일」에서는 박태원 소설의 제목과 작중인물의 이름, 그리고 극적 상황까지를 그대로 재현한다. 그런 점에서 최인훈은 누구보다도 패러디를 활용한 작가라는 평가를 들을 만하다. 물론 최인훈의 모델을 가지는 텍스트 모두를 패러디로 간주할 수는 없다. 가령 우리의 전래 민담을 희곡의 형식으로 재현한 그의 작품들은 패러디의 범주에 넣기 어렵다. 그것들은 원전과의 아이러니적 거리를 가지지 않기 때문이다. 그 희곡들에서 원전에 가해진 변형은 운문적 말하기일 뿐이다. 다시 말하자면 온달 설화나 호동과 낙랑공주의 이야기를 희곡화하고 있는 최인훈의 텍스트는 새로운 의미와 해석적 지평을 개척하는 데까지는 나아가지 못하고 있다.

그러나 패러디의 의미를 확장해서 받아들인다면 앞의 판단은 유보되어도 무방하다. 가령 현대의 많은 이론가들, 그중에서도 바흐친은 '모든 반복과 답습'을 패러디의 본질로 보고 있다. 반복(repetition)이란 선례와 선행을 뒤따르는 행위이다. 따라서 반복이라는 행위는 모델을 가지기 마련이며 반복의 대상에는 당연히 선행하는 문체, 문학적 규범, 목소리, 기법, 제재, 관습(convention), 인물과 명명법 등이 포함된다. 결국 확장된 패러디의 의미는 모방과 동의어가 된다. 모방이란 무엇인가. 기왕에 존재하는 것을 있는 그대로 재현하거나 다른 것의 미덕과 장점에 기대는 행위이다. 만일 이 같은 의미로 패러디의 뜻을 받아들이게 된다면 다른 것에 기대고 있거나 다른 것을 환기시키기는 하지만 동시에 그것과는 별개의 의미 체계를 형성한 패러디의 존재 명분은 변호될 길이 막힌다.

박태원의 구보씨 이야기와 최인훈의 구보씨 이야기에 가로놓여 있는 것은 무엇인가. 암시적으로 말하자면 동일한 이름의 작중인물이 배치되어 있는 상이한 시간의 거리만큼의 괴리가 두 텍스트 사이에 가로놓여 있다고 보아야 할 것이다. 결국 모방이 원전으로 회귀하려는 속성을 가진다면 패러디는 반대로 원전으로부터 멀어지려는 성향을 가진다고 말할 수 있을 것이다. 그런 점에서 "다른 예술적 모델에 대한 의식적 아이러니 혹은 냉소적 환기"(*Encyclopedia of Contemporary Literary Theory*, University of Toronto Press)라는 정의는 패러디에 대한 합당한 이해인 것처럼 생각된다. 바흐친 역시 패러디를 아이러니적인 것과 그렇지 않은 것으로 나누고 있다. 그리고 20세기의 문화 예술 이론이 흥미를 가지고 논의 대상으로 삼는 것은 두말할 필요도 없이 아이러니적 성격으로서의 패러디이다. 패러디가 아이러니적인 텍스트라는 사실은 패러디적 글쓰기의 성격을 암시하기에 충분하다. 기본적으로 패러디적 글쓰기는 유희적 성격의 글쓰기라고 보아도 무방하다. 패러디적 글쓰기는 다른 텍스트의 진지한 의도, 말씨, 목소리를 조롱거리로 삼는다. 엄숙한 것을 희화화하고 기품과 품격을 비속화시키기도 한다. 그래서 C. 휴 홀먼은 진지한 예술작품을 웃음거리로 만드는 글쓰기가 패러디라고 규정하기도 한다(*A Handbook to Literature*, Indianapolis, Bobbs Merril Educational Publishing, 1981). 반대의 글쓰기도 패러디적 효과를 산출할 수 있을 것이다.

> 오늘날 문학뿐만 아니라 다양한 예술 장르에서 패러디적 기법은 활용되고 있다.
>
> 패러디는 예술뿐만 아니라 상업적 분야—광고—에서도 널리 차용된다.
>
> 패러디적 기법의 핵심은 전도(subversion)와 반칙(혹은 위반)(transgression)이다.
>
> —『현대문학이론백과 *Encyclopedia of Contemporary Literary Theory*』

이 같은 기법으로 패러디는 선행 텍스트의 의미 체계가 숨기고 있는 의미 체계의 허점이나 한계를 단박에 노출시키거나, 이제는 쓸모가 없어진 그 의미 체계를 아예 전복시켜버린다. 반칙적 기습과 전도를 통해 패러디는 사회의 고정관념이나 위선적 관습에 충격을 가하는 기능도 한다. 그런 점을 감안한다면 패러디의 성격은 아이러니적이라기보다는 풍자적이라고 보는 것이 옳을지도 모르겠다.

무엇보다도 패러디의 긍정적인 의의와 창조적인 본질은 포스트모던한 시대의 문화적 상황과의 관련하에서 살펴질 때 제대로 드러난다. 권위적인 것에 대한 냉소와 도전적인 시각은 그것들이 지금껏 은밀하면서도 집요한 억압의 원천이었다는 인식에 주목하지 않고는 온전히 이해되기 어렵다. 권위적인 것의 억압으로부터 해방되지 않고 주체의 회복은 불가능하다. 패러디는 결국 비판적 글쓰기의 소산이며 모든 위장된 진실의 허구를 깨뜨리고자 하는 투철하면서도 전투적인 의식에 의해 생산된 현대의 새로운 담론적 유형이라고 그 본질을 요약해도 무방하겠다.

뿐만 아니라 20세기의 새로운 서사 유형으로서의 패러디는 단순히 다른 텍스트를 답습하거나 풍자하는 이상의 역할—현대의 사회적 관습이나 심리적 관점, 사고와 세계관까지를 두루 반영하는 강력한 담론의 형식으로 자리 잡았다는 느낌이 없지 않다.

패턴(pattern)

일정한 사건이나 행동, 모티프, 심리적 독백 등과 같은 소설적 요소들이 한 작품의 내부에서 '연속'되거나 '반복'될 때 그 반복되는 요소나 혹은 반복적 기교 그 자체를 지칭하는 용어이다. 이때의 반복은 단순한 기계적 나열이 아니라 결정적인 하나의 계기를 위해 준비되어 있는 연쇄적이며 상승적인 반복, 즉 '의미 있는' 반복이라는 점이 이 용어의 중요한 개념으로 추가된다. 좀 더 넓게 이 용어의 개념을 확장하면, 그 자체로는 서로 다른 사건과 소설적 요소라 할지라도 플롯상의 기능이 동일할 때에는 '패턴'으로 간주된다.

제임스 조이스의 「애러비」에서 바자회에 가고자 하는 소년의 노력을 방해하는 일련의 사건들은 그 자체로는 각기 독립적이고 상이한 의미의 서사적 단락들이지만, 세계에 대한 소년의 좌절감을 극적으로 심화시키는 동일한 기능을 수행한다는 면에서 '패턴'의 개념에 속한다. 생동감 있는 플롯의 제시를 위해 전통적으로 작가들은 패턴을 중요한 서사적 기교의 하나로 구사해왔으며, 주제의 능률적 표출이나 강조, 등장인물의 심리 및 성격의 구축, 그리고 경이로운 결말로 독자의 반응을 적극적으로 이끌어내기 위해 이 효과에 적극 의존해왔다. 단순한 스토리 구조의 작품이라 할지라도 패턴의 효과적 활용을 통해 생동감과 창작물로서의 생명성을 부여받고 있는 작품들의 예는 얼마든지 찾아질 수 있다. 아들의 죽음을 이 사람, 저 사람에게 반복하여 호소함으로써 결국엔 자신의 고독감을 확인하는 늙은 마부의 이야기인 안톤 체호프의 「비탄」, 인력거꾼인 김 첨지에게 안겨지는 행운의 연속이 병든 아내에 대한 불안감을 독자에게 심화시키며 마침내는 그 불안감이 극적으로 현실화되는 현진건의 「운수 좋은 날」, '가자!'라는 어머니의 발작적인 외침이 작품 전체를 통하여 간헐적으로 반복되어 결국에는 '가자'의 의미가 성공적인 주제 표출로 이어지는 이범선의 「오발탄」, 부정한 아내를 몇 번인나 반복해서 설득하려다가 끝내 아내를 죽이게 되는 나도향의 「물레방아」, 배가 너무 고파 자신이 파는 빵을 먹으려다, 그로 인해 빚어질 식구들의 고통을 생각해 먹지 못하고, 그래도 그 빵을 먹고 싶어 망설이고 망설이던 중, 결국은 단속원에 쫓겨 그 빵을 하수도 구멍에 빠뜨리고 마는 계용묵의 「금단(禁斷)」 등은 모두 패턴의 활용을 통해 생명을 부여받은 작품들이다.

플롯의 기능을 위해 활용된다는 면에서, 패턴은 작품의 의미가 해명되는 플롯 단계인 '**키 모멘트**(key-moment)'와 밀접한 관련을 맺고 있다. 아무리 훌륭한 패턴으로 짜여진 작품이라 할지라도 그것이 효과적 '키 모멘트'를 통해 선명한 기능과 의미로 통합되지 않으면 그 작품의 구조는 허술한 것이 되고 만다. 반대의 면에서 보자면, 이전에 있었던 모든 사건에 의미를 부여하고 그것들을 일관된 관점으로 해석할 수 있게 하는, 즉 사건 해결에 있어 열쇠의 역할을 하는 '키 모멘트'는 앞에서 몇 번이나 의미 있게 반복된 여러 요소들, 즉 '패턴'에 의해 그 충분한 효과를 획득한다.

페이소스(pathos)

사전적으로는 동정과 연민의 감정, 또는 애상감(哀傷感), 비애감을 뜻하는 그리스어 파토스(Pathos)에서 온 용어이다. 특정한 시대 · 지역 · 집단을 지배하는 이념적 원칙이나 도덕적 규범을 지칭하는 에토스(ethos)와 대립하는 말이라는 사실을 통해 파토스가 가지는 내포는 좀 더 확연하게 드러난다. 그러나 '정서적인 호소력'이라고 규정할 때 이 말이 지니는 예술적 · 문화적 현상과의 관련성이 가장 분명하게 밝혀지는 것처럼 보인다. 어떤 문학작품이나 문학적 표현에 대해 독자가 '페이소스가 있다', '페이소스가 강렬하다'라고 반응하는 것은 그 문학작품이나 문학적 표현이 정서적 호소력을 가지고 있다는 사실을 확인하는 경우이다. 다만 파토스 또는 페이소스를 유발하는 요소가 무엇인지는 한두 마디로 규정하기 어렵다.

빅토리아 시대의 작가들은 지나칠 정도로 페이소스를 이용하였다고 말하여지며, 찰스 디킨스나 워즈워스가 그 예로 꼽힌다. 브룩스와 워런은 이들의 작품에 나타나는 페이소스적 요소가 고전극의 비극적 자질들과 구별되어야 한다고 말한 바 있다. 즉 페이소스의 효과는 허약한 인물이 고통을 겪는 장면에서 발생하는 반면, 비극적 효과는 고통을 체험하는 사람이 고통을 유발시키는 그의 환경 및 적대 세력과 대항해 맞싸우고 적극적으로 투쟁해나갈 만한 힘을 갖추고 있는 경우에 발생한다는 것이다. 이러한 견해에 의하면 페이소스를 불러일으키는 자질들과 비극적인 자질들은 서로 구별된다. 그러나 전혀 다른 견해도 제기된다. 노스럽 프라이는 그가 구분하고 있는 네 개의 산문 장르의 기초적이고 원형적인 주제를 제시하면서 페이소스가 비극 장르의 원형적 주제가 된다고 주장하고 있다(이럴 때의 '비극'은 아리스토텔레스적 장르 개념에 의한 비극과 그 의미가 다르다. 『비평의 해부』를 참조하라). 프라이가 제시하는 비극의 전형적인 인물은 대개 여성 인물이다. '이 인물들은 어떻게 손을 쓸 수 없을 만큼 무력하고 가련한 모습을 보여주는' 탄원자들이다. 이러한 인물은 애처롭기만 하며, 그리하여 페이소스의 효과를 강하게 유발시킨다. 그 근원이 되고 있는 것은 한 개인의 집단으로부터의 소외이므로, 우리가 느끼고 있는 공포 가운데 가장 심오한 공포를 우리의 마음속에 몰고 온다. 이 공포는 비교적 기분이 좋고 또 서글서글한 지옥의 유령보다 훨씬 더 깊은 공포인 것이다. 탄원자 타입의 등장인물은 '연민과 공포의 감정'을 가능한 한도까지 가장 강렬하게 불러일으켜준다. 따라서 탄원자의 요구를 저지함으로써 이와 관계되는 모든 자에게 닥치는 무서운 결과가 그리스 신화의 중심 주제라고 프라이는 말한다. 탄원자 타입의 인물의 예로 제시되는 것은 『햄릿』의 오필리아, 트로이 함락 후의 트로이 여성들, 오이디푸스 왕 등인데 이들은 사랑으로부터 버림받고 죽음에 직면했거나 능욕에 위협당하는 약한 여성이 아니면 높은 위치에서 전락한 신분이라는 운명적 위기의 측면에서 공통점을 지니고 있다.

프라이의 개념에서 페이소스에서는 공포와 위기적 요소라는 성분이 강조되고 있다. 어떤 관점으로 이 용어를 해석하든 간에 가장 중요한 사실은, 작가가 자신의 스토리 내부에서 페이소스적 요소를 표현하고 그 효과를 기대할 때는 그것들이 타당하게 나타나도록 주의해야 한다는 점이다. 등장인물과 주어진 상황 속에 페이소스를 받쳐줄 만한 합리적 근거가 없을 때에는 그 요소들이 페이소스적 효과를 자아내기보다는 '감상적'이 되기 쉽다(**감상소설**을 보라).

포뮬러(formular)

작가는 새로운 경험을 독창적인 기법으로 독자에게 제시하기 위해 수없이 많은 날들을 고통스럽게 보내야 한다. 원고지에 첫 문장을 쓰기 직전에 느껴지는 그 아득함이란 마치 미답의 영토에 첫발을 내딛는 그런 두려움일 것이다. 그 과정이 순탄치 않을 때 상상력의 빈곤과 능력의 한계를 자탄하는 한숨을 내쉬는 일도 있을 것이다. 이렇게 길고 힘든 과정을 거친 후라야 비로소 작가는 한 편의 작품을 완성하게 되는 것이다.

그런데 이런 어려움을 모든 작가가 겪는 것은 아니다. 어떤 작가는 이미 닦여진 길을 평탄하게 따라가면 된다. 그는 새로운 기법의 고안이라는 험로를 거치지 않고 '행복'하게 작품을 쓸 수 있는 것이다. 토도로프가 '문학작품과 그 장르 사이에 변증법적 모순이 존재하지 않는 행복한 영역'(『산문의 시학』, 신동욱 역, 문예출판사, 1998)이라고 한 대중문학, 즉 포뮬러에 의거한 문학이 그러하다(여기서 대중문학은 독자의 불건전한 흥미에 영합하는 '통속문학'까지 포함하지 않으며, 독서 그 자체의 오락적 기능이 보다 강화된 문학, 즉 범죄소설, 탐정소설, 멜로드라마 등 오락문학을 뜻한다). 이러한 대중문학의 경우 기법의 창안을 고민하지 않아도 된다. 주어진 규칙을 충실히 준수하면서 써나가면 된다. 본격문학이라면 상상도 할 수 없는 고정된 플롯의 공통적인 사용이 대중문학에서는 가능한 것이다. 지구가 위험에 빠지자 뛰어난 능력의 소유자인 주인공이 나서서 갖은 고초를 겪으며 지구를 그 위험으로부터 구하는 방식을 대부분의 공상 과학 소설이 따르고 있다. 그래서 '뛰어난' SF 작가는 닫힌 기법의 사용이 갖는 약점을 보완하기 위해 과학적 상상력을 발휘하는 데에 전력을 기울인다.

대중문학에서 일관되게 나타나는 이러한 규칙을 미국의 대중문학 연구자인 J. G. 카웰티는 포뮬러라는 용어로 설명하고 있다. 카웰티에 따르면 포뮬러란 "구체적인 사물이나 사람을 다루는 관습적 방식, 광범위한 플롯 형태들(plot types)"이다(J. G. Cawelti, *Adventure, Mystery, and Romance*, Chicago Univ.). 이것은 주로 탐정소설이나 범죄소설 등에서 발견되는데 이러한 포뮬러에 기대고 있는 이야기의 유형을 통틀어 포뮬러 문학이라고 한다. 다수의 독자들은 포뮬러 문학에서 즐거움을 얻기 때문에 포뮬러의 반복은 불가피하며, 그 반복이야말로 이러한 문학의 핵심적 본질이 되는 것이다.

그런데 독자는 독특한 기법과 재미있는 스토리를 늘 요구하고, 그것이 독자의 기대를 충족시킨다는 자명한 이치를 감안할 때, 반복적인 이야기가 과연 그들을 사로잡을 것인가라는 우려를 나타낼 수도 있다. 그러나 이것은 기우에 지나지 않는다. '답습'에 대한 우려에도 불구하고 대중문학은 다른 어떤 문학보다도 많은 독자를 확보하고 있기 때문이다. 그리고 그 비결은 여전히 이 문학의 반복성에서 찾아질 수밖에 없다.

포뮬러 문학의 가능성은 다음 두 가지로 볼 수 있다.

첫째, '반복'이 주는 친숙함이다. 반복은 독자를 그 형식에 친숙하게 만들고, 또한 친숙함은 독자에게 만족감과 편안함을 준다. 물론 이 때문에 본격문학으로부터 '도식적'이라는 비판을 받아온 것은 사실이고, 또 그 비판을 근거 없다며 전면적으로 부정할 수만은 없다. 하지만 결말을 예견하고 있는 독자는 그것이 자신의 기대에 어긋나지 않을 때 안도감을 느낀다. 따라서 포뮬러를 현저하게 변화시킬 경우 독자의 기대 수준을 저버리는 결과를 초래한다. 이러한 사실을 통해 우리는 본격문학과 대중문학의 존재 조건이 확연하게 다름을 확인할 수 있게 된다.

둘째, 주제(theme)의 다양한 변주이다. 카웰티는 변주의 예술적 원칙이 "대중문화에서 가장 기본적인 표현 방식 중 하나이고, 연행(performance)에 있어서 중요성을 갖는다"고 말한다. 그래서 대중문학 작가는 포뮬러를 따르되 거기에 새로운 활력(vitality)을 부여할 수 있는 능력과 포뮬러의 경계선 안에 있는 플롯에 새로운 특성(touch)을 부여할 수 있는 역량의 구비를 요구받는다.

널리 읽혀지는 포뮬러 작가 S. S. 반 다인이 정리한 탐정소설의 규칙의 일부를 보자.

① 탐정소설은 우선 최소한 탐정과 범죄자 한 명씩, 그리고 하나의 희생자가 있어야 한다.
② 전문적인 범죄자나 탐정이 아니어야 하며 범인은 지극히 개인적인 이유로 살인을 저지른다.
③ 연애나 사랑은 배제된다.
④ 범인은 생활에서나 작품 속에서 비중 있는 인물이어야 한다.
⑤ 모든 사건은 이성적으로 설명될 수 있어야 하며 환상적인 처리는 허용되지 않는다.
⑥ 묘사나 심리학적인 분석은 자리할 곳이 없다.
⑦ '작가 : 독자=범죄자 : 탐정' 과 같은 상동 관계를 볼 수

있다.

⑧ 진부한 상황 설정과 해결책은 반드시 피해야 한다.

만약 어떤 '모험적'인 작가가 이 규칙과 어긋난 탐정소설을 썼다고 가정해보자. 그것은 곧바로 독자를 혼란에 빠뜨리게 되며, 작가는 독자의 열렬한 반응을 기대해서는 안 될 것이다. 애거사 크리스티의 작품을 보면 그가 규칙을 얼마나 엄격하게 지키고 있는가를 알 수 있다. 그는 '외부와 차폐된 공간 안에서 범죄의 발생—범인 은폐의 지속—제한된 공간에 있는 모든 구성원에게 혐의를 두기—탐정의 지속적인 활동—마지막으로 실제 범죄자를 드러내기'를 거의 모든 작품에 적용하고 있다. 하지만 포뮬러 소설에 대한 의구심은 여전히 남아 있다. 특히 반복으로 인한 단조로움, 그리고 현실 도피와 오락 위주의 내용은 포뮬러의 가장 취약하고 부정적인 속성이다. 그러나 대중문학은 독자의 반성적 인식을 이끌어내기보다는 독자에게 즐거움을 주고자 한다. 따라서 비판의 요체가 되는 현실 도피나 오락성은 엘리트적 관점에서가 아니라 '표준적 관습(standard convention)'이라는 가치중립적 개념으로 보아야 할 것이다. 그것이 작가와 독자 사이에 공통의 영역을 만들 수 있기 때문이다.

포뮬러는 오락의 제공이라는 수단에 매우 능률적이기 때문에 대중적 독자의 기대에 호응하고자 하는 작가들은 여전히 이 형식에 기대고자 한다. 물론 독자의 불건강한 성향을 자극해서 상업적 이익을 얻고자 하는 작가와 출판사의 의도로 왜곡된 형태로 나타나는 경우도 있지만, 그것들 대부분은 선별되며 그 선별의 과정에 당대의 문화가 가장 주요한 준거로 작용하고 있음도 쉽게 확인할 수 있다. 따라서 문화적 변동을 반영하는 포뮬러의 양상과 종류는 동시대의 문화 변천 과정을 탐색할 수 있는 유효한 기준이 되는 것이다.

포스트모더니즘

포스트모더니즘의 접두사 'post'는 '후기'의 개념이라기보다는 '탈(脫)'이나 '넘어서'의 개념으로 사용된다. 그렇다면 포스트모더니즘은 모더니즘 이후에 펼쳐지는 여러 현상을 지칭한다고 말할 수 있다. 하지만 포스트모더니즘은 때로는 모더니즘을 계승하는 것 같으면서도 모더니즘과는 아주 동떨어진 지점들을 추구하기도 한다. 일반적으로 그것은 모더니즘 이후의 현상을 말하지만 아직 정립되었다고 말할 수 없는 포괄적인 개념이다. 미국이나 프랑스 등 나라마다 이론가마다 그것을 받아들이는 양상은 사뭇 다르다. 그러나 대체로 다음과 같이 정리한다고 하더라도 크게 무리가 되지는 않으리라고 여겨진다.

광의의 개념으로 포스트모더니즘은 '근대(modern)' 이후에 벌어진 많은 현상들에 대해 비판적이다. 특히 휴머니즘이나 주체 중심적인 사유에 대해 비판적인 태도를 보인다. 데카르트의 '코기토(Cogito)' 이후의 사유가 자연이나 대상을 인간의 사유 속에 종속시켰다고 말하면서 그것을 받아들일 수 없다고 말한다. 그것은 근대적 주체에 대한 반성이라고 할 수 있다. 그런 점에서 포스트모더니즘은 니체적 사유로부터 시작되었다고 말할 수 있지만, 좀 더 본격적으로 말하자면 데리다에서 그 기원을 찾아볼 수 있다. 데리다는 로고스(이법, 논리) 중심주의를 무너뜨려야 한다고 말한다. 그는 이제까지 진리를 매개하는 수단이라고 믿어온 '음성언어'가 '문자언어'보다 더 우월한 것이 아니라는 것을 증명해낸다. 그리하여 선/악, 기의/기표, 주체/타자 등의 이분법을 배격하고 전자가 후자를 지배하는 것이 아니라 서로 뒤섞일 수 있는 것이라고 본다. 특히 그는 기의와 기표의 '위치 바꿈'이 가능한 현상을 '기호들의 놀이'라고 설명하는데 그로 인해 탈중심화, 다원화, 의미들의 무한한 생산 등의 현상이 일어난다.

진리에 대한 기대는 사라지고 저자의 의도나 텍스트의 의미들은 '죽음'을 맞이한다. 그리하여 텍스트에는 독자와 텍스트와의 뒤엉킴의 유희만이 존재하게 된다. 물론 포스트모더니즘의 기원을 니체, 하이데거, 데리다 등의 철학자에게서만 찾을 수 있는 것은 아니다. 미국에서는 퍼스와 비트겐슈타인의 전통에서 그 단서를 찾기도 하고, 남미의 보르헤스에게서 그 단서를 찾는 경우도 없지 않다. 그러한 인식들이 아주 동떨어진 것은 아니다. 후기 산업사회 혹은 다국적 자본주의에 대한 새로운 의미 부여가 요청되고, 그에 대한 다양한 해석이 뒤따르면서 포스트모더니즘은 이전의 양식들을 비판하면서 출현했다는 점에서는 일치점을 찾을 수도 있을 것이다. 거기에 핵심적인 현상 하나를 들면 '언어학적 전회'를 들 수 있다. 소쉬르는 언어적 기호란 자의적으로 기의와 기표에 의해 규정되며, 따라서 거기에는 '차이'가 존재하게 된다고 말한다. 그 '차이'에 대한 관심이 구조주의를 이루게 되고 탈구조주의로 나아가게 한다. 그리고 미국의 퍼스에서 비롯되어 후기 비트겐슈타인에 이르는 '언어 게임' 등의 문제는, 텍스트가 주체의 힘만으로 이루어지는 것이 아니라 언어 자체의 의미화 작용이나 '놀이'에 의해서 이루어진다는 탈구조주의 견해와 유사점을 갖는다.

이로 인해 언어 내적인 작용으로 인해 의미가 구성된다는 견해들은 주체의 창조성에 치명적인 상처를 입힌다. 그렇게 해서 포스트모더니즘은 이성에 대한 반성, 근대적 주체에 대한 회의, 휴머니즘에 대한 비판, 타자성의 옹호, 그리고 거대 역사보다는 현재의 역사, 거대 담론보다는 미시 담론을 택한다. 그것은 어떠한 진리나 위계질서 혹은 권력을 거부한다. 또한 파편화되고 혼란스러운 근대적 여러 현상 속에서 총체성을 획득하는 일은 거의 불가능하다고 생각한다. 차라리 포스트모더니즘은 계몽적이거나 윤리적인 모든 태도를 거부하고 현상을 현상 그대로 보면서 사적 존재들의 자유를 옹호한다. 그리하여 배제되었거나 잊혀졌던 담론들을 복위시킨다. 성의 역사, 의상의 역사 등 역사적 인물이나 사건 위주의 역사에서 탈피된 이야기들이 기술되고, 소설도 생산 양식과 관련된 총체성을 다룬 이야기보다는 사생활과 같은 '작은 이야기'들에 초점이 맞추어진다. 그러한 태도들이 근대성의 기획에 희망을 걸고 있는 하버마스와 같은 이론가에 의해 신보수주의자의 논리에 놀아난다고 비판되기도 하지만, 구소련 붕괴 후의 세계적 현상을 설명해주는 데 요긴하게 사용된다. 특히 다국적 자본주의, 후기 산업사회의 여러 현상들을 뒷받침하는 논리가 되기도 한다. 무엇보다도 그것은 타자성의 옹호, 혹은 억압당했던 담론들을 복위시키고 새로운 시대의 대안적인 전망을 제시한다. 인간 위주의 논리에 반대해서 생태학적 사유 체계가 계발되고, 백인/유색인, 남성/여성, 엘리트/대중 등의 이분법적 논리가 반성되어 후자의 논리가 동아시아 담론, 페미니즘, 대중문화의 중요한 담론들로 자리 잡게 되는 것이다. 그런 점에서 포스트모더니즘은 문화의 민주화를 이루는 데 일익을 담당한다고 말할 수도 있다. 그것들은 제약된 의미들을 무한히 열어놓는 생산적인 차원으로 확대되기도 하고 우리의 고정된 관습 체계를 무너뜨리고 새로운 활력을 불어넣기도 하는 것이다.

미학적 개념으로 포스트모더니즘은 단순히 모더니즘의 연장선상에 위치해 있는 것은 아니다. 또한 그것은 모더니즘의 '후기' 현상이거나 '말기' 현상이라고 말하기에 곤란한 점이 많다. 그것은 모더니즘의 전통 위에서 발전되는 견해로 보는 경우도 있으나, 한편에서는 모더니즘과의 철저한 단절로 보는 경우도 있다. 그것은 분명히 모더니즘 이후의 현상이지만, 아직 뚜렷한 개념화를 이루지 못하고 있는 것이다. 문학 쪽에서 보자면, 포스트모더니즘은 모든 것이 모더니즘과 리얼리즘만으로 이루어진 것이 아니라는 관점에서 출발한다. 포스트모더니즘은 모더니즘과 리얼리즘 양자를 다 배격하면서 출현하는 것이다. 20세기 후반의 시대를 리얼리티만으로는 도저히 재현할 수 없다는 인식이 일반화되고, 이로 인해 작가들은 글쓰기에 대한 반성, 대중적 전자매체의 확산, 새로운 패러다임의 도래 등을 인식하면서 새로운 문학양식을 탐색하는 것이다.

또한 포스트모더니즘은 모더니즘의 고답적이고 귀족적인 취향을 받아들이기를 거부한다. 모더니즘이나 리얼리즘은 반목과 대립에도 불구하고 둘 다 현재를 무질서와 파편화의 상태로 파악했고, 질서와 총체성이 존재했었던 고전시대에 대한 향수를 갖고 있었다면, 포스트모더니즘은 더 이상 질서나 총체성에 대한 향수를 갖지 않고서 이성의 기획을 '허위'로 몰아세운다. 그것은 획일적 · 전체주의적인 모든 태도를 부정하는 것이다. 차라리 파편화된 현실의 모습 그대로를 받아들이자는 것이다. 그런 점에서 포스트모더니즘은 다원적 · 탈중심적이라고 결론적으로 말하여질 수 있겠다.

포스트모더니즘 소설 또한 이러한 특성들을 지닌다. 패러디나 패스티시, 해체를 통해 기존의 형식을 무너뜨리기도 하고, 우연성이나 불확정성 등을 강조하면서 장르 확산적인 면모를 보여주기도 한다. 메타픽션적 특성을 통해 작가와 독자가 소통할 수 있는 여지를 넓혀주기도 하며, 열린 결말을 통해 독자의 상상력의 범주를 무한히 확대시키기도 한다. 또한 텍스트 여백이나 행간을 통해 무수한 의미들을 산출해내는 독서의 유희를 하게 한다. 이때 작가들은 리얼리즘이나 모더니즘의 소설에서와는 달리 그 위상이 현격히 약화된다. 텍스트는 오로지 독자에 의해 완성되는 것처럼 여겨지기도 한다. 거기에는 수많은 해석의 가능성이 열린다. 절대적 진리가 사라져버린 현실을 꿈의 속성으로 보여주어, 이윽고 리얼리티와 픽션 사이의 구별마저 불가능하게 만들기도 한다.

한국의 소설에서는 특히 1990년대 신세대 소설가들에 의해 그 특징이 가장 잘 드러난다. 장정일, 하일지, 하재봉에 의해 시도된 포스트모더니즘은 윤대녕, 구효서, 은희경, 김영하 등에 의해서 보다 세련된다. 그 밖에도 대다수의 신세대 작가들이 포스트모더니즘을 지향한다고 말할 수 있다. 그러나 그것은 80년대 이인성과 최수철의 자기 반영적인 소설로부터 시작되었다. 그들은 메타픽션적 질문을 소설에 던짐으로써 독자의 기대를 위배하면서 독자와 더불어 어떤 의미들을 생산해내고자 한다. 그들의 소설에서 등장인물이나 사건들은 이전의 소설에서처럼 중요한 비중을 차지하지 못한다. 작가란 누구이고, 쓰는 행위란 무엇인가, 그리고 작가와 독자의 관계는 무엇인가 등이 더 중요한 관심사가 되어 독자에게 질문을 하는 것이다. 독자는 좋건 싫건 간에 그런 작가의 전략에 빠져 들어가게 된다.

특히 이인성의 『한없이 낮은 숨결』은 작가와 독자와의 문제, 그리고 그들이 함께 찾아야 할 '당신' 들을 찾아나선다. 물론 그 '당신' 들은 미래의 소설을 이룰, 그리고 새로운 숨결로 태어날 어떤 존재이다. 최수철의 『알몸과 육성』도 그런 메타픽션적 글쓰기를 수행한다. 그것들은 정통 소설들의 기법들과 위배된다. 또한 언어의 재현적 특성에 대해 무수히 의구심을 품는다. 그리하여 소설이 소설 자체를 비추어 보는 내시경 역할을 하게 된다. 반면에 장정일의 『내게 거짓말을 해봐』에 이르면서 그것은 가치의 부정, 자기 모멸, 성적 모럴 깨뜨리기로 나아간다. 구효서는 『늪을 건너는 법』에서 우연성과 환상성을 강조하면서, 기술된 역사가 모두 허구일 수 있다는 것을 전제로 해서 기존의 원리들에 대한 회의를 나타낸다. 윤대녕은 타자의 시선으로 보여진 존재의 이면을 들여다본다. 김영하는 『나는 나를 파괴할 권리가 있다』를 통해서 의사소통이 단절된 현대인이 속도나 감각에 몰입되어 주체를 잃고서 어떻게 자기 파괴적인 모습으로 나아가는지를 어떤 반성이나 고통없이 그려 나간다. 백민석이나 김설에 이르면 만화영화나 컴퓨터게임의 기법마저 소설의 중요한 기법으로 차용하면서 기존의 권위와 글쓰기 형식을 조롱한다. 은희경이나 그 외 여성 작가들은 페미니즘 담론을 다루면서 여성적 정체성에 대한 질문을 던진다. 한편 그것은 작가로서의 글쓰기보다는 '대중으로서의 글쓰기' 의 측면으로 나아가는 것으로 보이기도 한다. 이와 마찬가지로 우리의 포스트모더니즘 소설들은 여러 형태의 실험을 거듭하면서 90년대적 특징으로 자리 잡아 나간다. 그러한 것들을 온전한 포스트모더니즘이라고 말하기 어려운 점이 있더라도 많은 점에서 포스트모더니즘을 지향한다고 말할 수 있다.

표상(emblem)

인물 부각 방식, 즉 **인물 구성**(characterization)을 위해 사용되는 특수한 장치. 예컨대 표상은 그 인물에 속하는 물건, 옷 입고 말하는 방법, 이름, 표정, 인물이 살고 있는 장소 등등 인물의 신원과 자질들을 부각시키기 위해 사용되는 성격 묘사의 일종이다. 몇 가지의 예문을 보자.

① 나는 에이허브의 음산한 풍채와 거기에 흐르는 납빛 상처에 너무나 무섭게 감동되었으므로 당분간 이 압도적으로 닥쳐오는 음산한 기분은 그가 반신(半身)을 지탱하고 있는 저 거친 하얀 다리에 기인되고 있다는 것마저 거의 알아차리지 못했다. 그러나 이 한쪽 상아 다리는 항해 중에 말향고래의 턱뼈를 갈아서 만든 것임을 이전에 나는 알고 있었다. "암, 그분은 일본 해상에서 다리를 부러뜨렸지" 하고 게이 해드의 인디언이 한때 말한 적이 있었다. "그러나 돛대 꺾어진 그의 배와 같이 항구로 돌아가지 않고 다른 돛대를 단 셈이야. 그는 그런 다리를 화살통 가득히 가지고 있었지."

그가 몸을 가누고 있는 기괴한 자세에도 나는 놀랐다. 피쿼드 호의 뒤 갑판 양쪽, 뒷돛 밧줄 가까이에 약 반 인치 가량 송곳 구멍이 널판에 하나씩 뚫려 있었다. 그의 뼈로 만든 다리는 그 구멍에 꽂아지는 것이다. 한 팔을 쳐들어 밧줄을 붙들고 에이허브 선장은 똑바로 서서 부단히 곤두박질치는 이물 너머를 바라보곤 했다.

— 멜빌, 『백경』

② "늙은 주제에 암샘을 내는 셈야. 저놈의 짐승이."

아이의 웃음 소리에 허 생원은 주춤하면서 기어코 견딜 수 없어 채찍을 들더니 아이를 쫓았다.

"쫓으려거든 쫓아보지. 왼손잡이가 사람을 때려."

줄달음에 달아나는 각다귀에는 당하는 재주가 없었다. 왼손잡이는 아이 하나도 후릴 수 없다. …(중략)…

"생원도 제천으로……?"

"오래간만에 가보고 싶어, 동행하려나, 동이?"

나귀가 걷기 시작했을 때, 동이의 채찍은 왼손에 있었다. 오랫동안 아득신이 같이 어둡던 허 생원도 요번만은 동이의 왼손잡이가 눈에 띄지 않을 수 없었다.

걸음도 해깝고 방울 소리가 밤 벌판에 한층 청청하게 울렸다. 달이 어지간히 기울어졌다.

— 이효석, 「메밀꽃 필 무렵」

③ '삵.'

이 별명은 누가 지었는지 모르지만 어느 덧 ××촌에서는 익호를 익호라 부르지 않고 '삵'이라고 부르게 되었다. …(중략)… '삵'은 이 동네에 커다란 암종이었다. '삵' 때문에 아무리 농사에 사람이 부족한 때라도, 젊고 튼튼한 몇 사람은 동네의 젊은 부녀를 지키기 위하여 동네 안에 머물러 있지 않을 수가 없었다. …(중략)… '삵' 때문에 동네에서는 닭의 가리며 도야지 우리를 지키기 위하여 밤을 새우지 않을 수가 없었다.

— 김동인, 「붉은 산」

④ 사십이 가까운 처녀인 그는 주근깨투성이 얼굴이 처녀다

운 맛이란 약에 쓰려도 찾을 수 없을 뿐인가, 시들고 거칠고 마르고 누렇게 뜬 품이 곰팡 슬은 굴비를 생각나게 한다.

여러 겹 주름이 잡힌 훨렁 벗겨진 이마라든지, 숱이 적어서 법대로 쪽지거나 틀어 올리지를 못하고 엉성하게 그냥 벗겨 넘긴 꼬리머리가 뒤통수에 염소똥만 하게 붙은 것이라든지 벌써 늙어가는 자취를 감출 길이 없었다. 뾰족한 입을 앙다물고 돋보기 너머로 쌀쌀한 눈이 노릴 때엔 기숙생들이 오싹하고 몸서리를 치리만큼 그는 엄격하고 매서웠다.

— 현진건, 「B사감과 러브레터」

①은 에이허브 선장이 가지고 있는 대표적인 표상의 예이다. "임금과 같은 압도적인 위엄을 지닌 어떤 절대적인 슬픔의 표정"을 지닌 이 사나이의 고투에 찬 삶을 상징적으로 암시해주는 상아 의족은, 그의 신체의 일부분으로서 고래와의 투쟁, 나아가 대자연과의 투쟁을 강렬하게 암시해주는 특수한 장치로 기능한다.

②의 경우는 인물들의 신원을 확인시키는 표상이 잘 나타난 사례이다. 장돌뱅이이면서 왼손잡이인 허 생원은 삶의 중심에서 떠밀려 나가 겉도는 인물, 왼손잡이라는 이유 때문에 어린아이들에게까지도 수모를 겪는 인물로 부각된다. 또 한편으로, 같은 왼손잡이로서의 동이와의 연대감은 이들 두 인물이 아들과 아버지의 관계일지도 모른다는 독자들의 추측을 강하게 유발시켜주기도 한다. 말하자면 이 소설의 왼손잡이 표상은, 두 인물들의 신원상의 유대성을 확인시켜주는 상징적인 장치인 셈이다.

③은 이름의 표상의 경우이다. 살쾡이를 뜻하는 '삵'이라는 이름(별명)은 주인공의 성격을 특징지어주는 가장 강렬한 표상이다. 교활하고 민첩하며 사납고 거칠기 짝이 없는 주인공의 기질을 설명하는 상징적인 명명으로서 훌륭하게 기능하고 있다.

④는 외양 표상이다. 인물의 용모에 대한 묘사만으로 성격을 강하게 드러내주는 경우이다.

예문에서 보는 바와 같이, 표상은 인물의 성격을 구성하고 부각시키며 사건의 양상과 진전에 대한 암시와 상징의 기능을 가진다. 표상이 드러나는 방식은 그러나 이런 방식들에만 국한되는 것은 아니다. 대화나 독백 등을 통한 언어 표상, 인물의 행위를 통한 행위 표상들도 가능하다. 이범선의「오발탄」에 나오는 "가자!"나, 윤흥길의「장마」에서 보이는 "나사 암시랑토 않다"라고 중얼거리는 외할머니의 독백도 일종의 언어 표상이다. 이러한 표상들은 인물의 성격을 부각시키면서 소설의 특출한 분위기를 만들어내기도 하고 주제와 긴밀하게 연결되기도 한다. 따라서 표상의 적절한 구축과 사용은 서사의 전략적 목표를 달성하는 데 필수적인 요건이라고 말할 수 있다.

풍자(satire)

풍자는 원래 스스로가 지니는 바의 내적 형식에 의거하여 정의되는 장르 개념이었으나, 18세기 이후의 서양 문학 전통에서는 모든 장르에 나타날 수 있는 특유한 태도나 어조, 또는 문학상의 기교를 가리키는 개념으로 바뀌어졌다. 풍자는 특히 사회가 이원적 구조를 이루고 있을 때 하부구조가 상부구조를 공격하기 위한 수단으로 사용된다. 구사회의 모럴이나 조직이 권위를 잃지 않고 잔존할 때 신사회의 모럴이나 조직이 거센 반발과 공격적인 태도를 취하게 된다. 우리의 풍자 문학이 가장 활발했던 시대가 실학파에 의해 전통적 도덕 사회에 대한 반성과 자각이 움튼 18세기라는 것과 사회 개혁이 일어나던 개화기라는 사실, 그리고 일제의 침탈이 극을 치닫던 1930년대의 소설에 풍자적 요소가 많이 보인다는 것 등이 그 증거일 것이다.

풍자는 대상과 주제를 우습게 만들고(이 점에서 풍자는 골계의 하위 개념이다) 그것에 대해 모욕, 경멸, 조소의 태도를 환기시킴으로써 대상과 주제를 깎아내리는 기능을 한다. 대상에 대해서는 우행의 폭로, 사악의 징벌이 되는 첨예한 비평이 되고 독자에게는 조소와 냉소가 되는 웃음의 현상인 것이다. 그러므로 풍자의 가장 주된 속성은 공격성이다. 공격의 목표는 대체로 작품 자체의 외부에 존재하는 과녁이다. 대상에 자신을 포함시키지 않은 부정 그대로의 공격인 것이다. 그러므로 과녁을 공격하는 과정에서 부수적으로 웃음이 파생될 뿐이지, 웃음 그 자체가 목적은 아니다. 그 과녁은 개인, 제도, 국가, 심지어는 『걸리버 여행기』에서처럼 인류 전체일 수도 있다. 풍자의 공격성은 다양한 방식으로 나타난다. 풍자는 독백, 대화, 연설, 풍속과 성격 묘사, 패러디 등속을 단독적으로 사용하거나 혼합시켜 사용하기도 하고 기지, 아이러니, 조롱, 비꼬기, 냉소, 조소, 욕설 등의 어조를 사용함으로써 개방적인 문학 형식을 취하기도 한다. 풍자가 희극, 기지, 유머, 아이러니 등과 명쾌하게 분별되지 않는 것은 공격 방식의 이러한 개방성 때문이다.

풍자는 웃음을 유발한다는 점에서 해학(comic)과 유사하지만, 익살이 아닌 웃음이라는 점에서 해학과 구별된다. 허생이 변씨(卞氏)에게 만금(萬金)을 빌려 안성에 머물면서 나라 안의 과일을 모조리 사들이자, 온 나라 잔치나 제사가 치러지지 못했다는 「허생전」의 한 삽화는 국가의 경제 경영 능력을 조롱하고 비웃는 풍자의 한 사례이다.

풍자는 또한 열등한 도덕적 · 지적 대상과 상태를 공격한다는 점에서 기지와 유머, 아이러니 등과 다르다. 풍자의 주요한 특징 중의 하나는 이럴 경우에 풍자가가 자기의 지주로 삼고 있는 도덕적 · 지적 표준을 밝힐 필요가 없다는 것이다. 그는 자신의 표준을 명시하고 증명하고 변호할 필요가 없으며, 따라서 독자들을 위해 자신이 취하고 있는 태도나 어조의 성격과 배경을 자질구레하게 설명하지 않아도 된다. 풍자의 수준은 풍자가와 독자 사이에 자연스럽게 수긍될 만한 것들이기 때문이다. 풍자의 이러한 특징들은 풍자의 고유성을 밑받침하는 요소이기도 하지만 희극, 기지, 유머, 아이러니 등과 엄밀히 구별되는 독립적 특징들은 아니다.

풍자적인 희극도 있고, 풍자적인 아이러니도 존재한다. 반대로 풍자가 아닌 희극과 아이러니, 즉 풍자보다 더 너그러운 희극과 풍자보다 더 심각한 아이러니도 있다. 기지에 차고 유머러스한 풍자가 있는가 하면 풍자성이 없는 위트와 해학도 존재한다. 즉 각각의 개념들은 상호 삼투한다.

풍자의 공격성의 궁극적인 목적은 대상의 파괴와 폐기에 있지 않다. 풍자는 교정과 개량을 위해서 대상을 비판하고 공격한다. 온건해서 공감을 주는 '호라티우스적 풍자'이든, 신랄해서 인간 사회에 대한 모멸에 찬 '유베날리스적 풍자'이든, 모두 도덕성을 바탕으로 하여 부정의 형식을 통해 긍정의 '건강한 사회'를 창조하려 노력하는 것이다. 또한 풍자가 실효를 거두려면 언제나 현재의 위치에 한정되어 있어야 한다. 과거를 풍자하는 것은 맥이 빠지고 미래의 풍자는 한갓 공상에 그칠 뿐이기 때문이다. 설사 과거, 미래가 풍자의 재료가 된다 하더라도 어디까지나 그것은 현재의 풍자를 위한 소재에 지나지 않는다. 조지 오웰의『1984』는 위태로운 미래 세계에 대한 부정적 시각을 드러내고 있지만, 결국은 인류의 미래의 부정적 진로에 대한 경종을 울림으로써 교정과 개량의 꿈을 보여주는 것이다.

프로파간다 소설(propaganda novel)

이 용어의 비판자들로부터 선동소설이라고도 불리는, 문학의 현실적 효용성을 극도로 강조하는 소설 유형을 말한다. 사회주의적 리얼리즘 이론에 기초한 많은 소설들은 대부분 이 부류에 속하며,『꽃 파는 처녀』 등의 북한 소설 역시 프로파간다 소설의 전형적인 사례이다.

프로파간다 소설의 특징은, 무엇보다 먼저 문학의 자립성과 자율성을 인정하지 않는다는 데서 찾아진다. 프로파간다 소설은 한 사회 계급, 한 유형의 삶, 혹은 특정한 이념이나 정치적 입장에 찬성할 것인가 반대할 것인가를 명백하게 강요하는 성명서와 같아서 정치나 종교, 사상 등의 선전물로 전락하고 말 뿐, 문학의 심미적 기능은 외면되거나 무시되는 도구적 이야기로 보는 것이 좋겠다. 따라서 그것의 이야기 구조 내에 있는 메시지는 매우 도식적이거나 획일적이며, 구조 자체가 탄력이 없고 경직되어 있는 경우가 대부분이다.

플롯(plot)

흔히 구성 혹은 얽어짜기라고 옮겨지는 플롯은 단일한 개념만을 가지는 비평적 용어는 아니다. J. 시플리가 편찬한 문학 용어 사전은 플롯을 그것에 의존해서 이야기가 구축되는 사건의 틀(frame of incidents)이라고 설명하고 있다. 플롯이 '사건의 틀'로 간주될 때, 플롯이 결과시키는 것은 이야기의 자연 발생적인 구조일 수 없다. 틀 속에 들어가기 위해서는 내용물은 반드시 손질을 겪거나 그 형태가 조정되지 않으면 안 된다. 따라서 '사건의 틀' 속에 담기는 이야기는 필경 인위적으로 조작된 구조라고 보아야 한다. 말하자면 플롯은 일종의 변조의 개념을 함축하는 셈인데, 이 같은 변조를 발생시키는 것은 물론 작가의 의도이다. 작가는 그냥 이야기만을 하는 사람은 아니다. 작가는 이야기를 그가 이야기하고자 하는 의도와 목표에 부합되는 방법으로, 즉 전략적으로 이야기하는 사람이라고 보아야 옳다. 그래서 플롯은 또한 작가의 의도와 목표를 달성하기 위한 전략이라고 이해되어도 무방하다. 작가는 플롯이라는 전략에 의해 독자의 결정적인 반응을 이끌어내는 데 성공할 수 있는 것이다. 이것이 비평적 용어로서 플롯이 가지는 관례적인 의미이지만, 이 말은 다른 뜻으로도 통용된다. 가령 플롯은 '요약된 이야기(이야기의 개요)', 또는 스토리 자체를 가리키는 말로도 쓰인다. 이 같은 뜻으로 쓰일 때, 『백경』의 플롯은 무엇인가라는 물음은 그 소설의 줄거리를 요약하라는 요청이 된다. 이처럼 플롯은 스토리와 유사하거나 동일한 개념으로 사용되기도 하지만 대개의 경우 두 말의 뜻은 구별되어 사용된다.

R. 스콜스와 R. 켈로그는 그들이 공동으로 저술한 책 『설화의 본질』에서 스토리는 작중인물과 그들의 행동을 통칭하는 일반 용어인 데 비해 플롯은 행동만을 국한하여 지칭하는 특수 용어라고 말하고 있다.

그런가 하면 러시아 형식주의자들, 가령 토마셰프스키는 스토리는 줄거리 자체이고 플롯은 그 스토리를 독자가 인지하게 되는 경로라고 구분하고 있다. 토마셰프스키가 사용하고 있는 용어는 물론 스토리와 플롯이 아니다. 그는 대신 파불라와 수제라는 특수 용어를 개발하고 있는데, 그에 의하면 파불라는 연대기적 시간 순서에 따르는 행동과 사건의 연쇄를 가리키는 것이고 반면에 수제는 서술에 의해 구조화된 이야기를 지칭한다(**파불라와 수제**를 보라). 따라서 파불라는 재료로서의 이야기이고 수제는 작가의 서사 전략에 의해 그 재료가 예술적으로 조직되어 표현으로 구체화된 이야기이다. 따라서 토마셰프스키의 수제가 플롯의 개념과 상당한 정도까지 겹친다는 사실이 확인되는 셈이다.

파불라로서의 이야기는 사건이 발생한 시간 순서에 의해 한 가지 형태로밖에 구성되지 않는다. 그러나 그 한 가지 형태의 이야기는 시간 변조에 의해 수많은 형태의 수제를 가능케 할 수 있다. 이 같은 가능성을 두고 헨리 제임스는 한 가지 스토리로 수백만 개의 플롯을 만들어낼 수 있다고 말한 것이다. 파불라와 수제, 그리고 스토리와 플롯의 이 같은 구별은 이야기의 현상을 설명하는 데 요긴한 하나의 척도가 되어주고 있는 게 사실이다. 이 같은 구별을 통해 이해하게 될 때, 플롯의 주된 개념은 서술의 체계로 사건들을 배열하는 원리를 가리키게 된다. 물론 앞에서 말한 바의 작가의 의도와 목표가 효과적으로 달성되기 위한 배열의 원리이다. 좀 더 구체적으로 말하자면 작가의 의도와 목표란 무엇인가? 분리되어 있는 에피소드들을 독자에게 논리적이며 심미적인 조직체로 전달하여 독자들의 기대됨직한 반응을 이끌어내기 위한 의도이며 목표이다. 사건의 분편들이 논리적이며 심미적인 조직체로 독자에게 인지되기 위해서는 서술상의 어떤 배려가 요청되는가? 사건들이 인과성의 고리로 긴밀하게 연결되어야 하고 사건들이 유기적이며 통일적인 하나의 완결된 구조가 되도록 해야 한다. 그런 점에서 플롯이란 '인과관계의 완결'에 다름 아니라는 부스의 해명은 간명하고도 적절한 것이다. 물론 플롯이 '사건들의 긴밀하면서도 합리적인 연결'이라는 개념만으로 제한되는 것은 옳지 않다. 왜냐하면 논리적이며 심미적인 하나의 이야기 구조는 단순히 사건들을 연결하는 일에 의해서만 가능해진다고 볼 수 없겠기 때문이다.

다른 모든 국면들과 마찬가지로 플롯의 국면 역시 상호 관련하는 국면이다. 다시 말하자면 독자들의 결정적인 반응을 이끌어내는 일은 서술의 모든 국면들, 예컨대 행동의 적절한 통어, 능률적인 시점의 발견, 효과적인 배경의 조성, 어조의 조정 등이 통합적으로 상호작용하지 않고는 기대될 수 없다고 보아야 한다. 따라서 플롯은 주요하지만 부분적인 기능, 즉 사건들을 적절히 배분한다는 한정적인 기능으로보다는 좀 더 폭넓은 사건 전략의 일환으로 볼 필요가 있다. 플롯의 핵심적인 개념 중의 한 가지는 그것이 하나의 이야기를 가장 적절한 처음과 중간과 끝의 관계로 배열하는 원리라는 것이다.

플롯 중심 소설(plot centred novel)과 **인물 중심 소설**(character centred novel)

플롯 중심 소설이라는 개념은 토도로프가 『산문의 시학』에서 인물에 관해 설정한 두 개의 범주 중 하나이다. 다른 하나의 범주는 인물 중심적 소설이다. 이 두 개의 범주는 사건을 구성하는 핵심적인 두 가지 자질—행동적 자질과 심리적 자질에 대응한다. 당연히 행동적 자질이 중추가 되는 서사물, 곧 비심리적 소설이 플롯 중심적 소설이다. 따라서 플롯 중심 소설은 인물의 심리 변화와 발전 과정에 서술의 초점이 두어지기보다는 사건으로서의 행동 전개가 더 많이 서술의 대상이 되는 소설 일반을 가리킨다. E. 뮤어의 행동 소설이라는 장르 유형에 매우 근접하는 서사 유형인 셈이다.

S. 채트먼은 플롯 중심 소설의 극단적인 사례로『아라비안 나이트』와『사라고사의 수기』를 들고 있다(『이야기와 담론 : 영화와 소설의 서사구조』, 한용환 역).『사라고사의 수기』는 우리에게 낯선 텍스트이지만『아라비안 나이트』의 서사 양상을 통해서 우리는 이 텍스트 유형의 특성이 무엇인지 충분히 짐작할 수 있다.

『아라비안 나이트』의 서사적 특성은 무엇인가. 가령 신드바드의 모험담에서 중추가 되고 있는 것은 신드바드의 심리인가 그의 행동인가. 구태여 대답이 필요치 않은 질문이다. 채트먼은 'X는 Y를 본다'라는 서사적 예문을 통해 이 문제를 설명하고 있다. 그는 헨리 제임스의 소설과 같은 심리 중심 서사물에서는 X의 경험을 강조하는 반면에 비심리적 서사물, 플롯 중심 소설에서 서사가 초점을 두는 것은 '본다'는 행위 그 자체라는 것이다. 심리적 소설에서 행위들은 인물의 특징에 대한 표현이거나 징후이며 당연히 행동은 인물에 종속적인 것이다. 플로베르의『보바리 부인』이 그런 소설의 보기이다. 엠마 보바리는 시골 의사의 아내가 되고도 소녀 적의 동경을 간직하고 있으며, 여전히 폭넓은 경험을 갈망하는 여성이다. 바로 이 같은 인물의 특성은 그녀에게 발생하는 사건들과 종국에는 파멸에 이르고 마는 운명의 원인이 된다. 즉 플로베르의 소설에서 비심리적 자질들은 인물의 성향에 전적으로 종속되어 있고 그 소설의 행동들은 예외 없이 엠마라는 작중인물의 심리와 성격의 지표가 되고 있다.

우리의 소설에서 적절한 사례를 찾자면 오영수의 「여우」가 있다. 「여우」의 달오가 친구에게 모든 것, 심지어 아내조차 빼앗기고 마는 것은 전적으로 그의 인물적 특성—선하기는 하지만 우유부단할 뿐만 아니라 남에게 모질게 행동하지 못하는 그 인물적 특성—탓이다. 토도로프는 비심리적 소설—행동 중심 소설에서 인물의 특성이 언급될 때는 곧바로 그 결과가 뒤따른다는 사실을 지적한다. 그러나 이때의 특성은 사실상 결과적인 것에 지나지 않는다. 덧보태자면 이처럼 부각된 특성은 행동의 특성에 종속된 것이다. 행동 중심 서사물의 일반적인 유형인 일화 중심 서사물에서 인물의 특성은 항상 행위를 유발하며 그 결과는 또한 인물의 동기나 욕망에 영향을 끼친다. 반면에 심리적 서사물에서 행동은 가능성이 실현된 결과로 나타난다. 물론 이것은 인물에 잠재된 가능성이다.

인물의 특성이 드러나는 방법은 다양하다. 만약 'X는 Y를 시기한다'라는 서술적 진술이 심리적 서사물에 나타난다면 X에 의해 실현될 행동의 양상들은 다음과 같이 다양한 형태 중의 어느 하나가 될 것이다. ① X는 은둔자가 된다. ② X는 자살한다. ③ X는 Y를 법정에 제소한다. ④ X는 직접 Y에게 해를 끼친다 등등(채트먼, 『이야기와 담론 : 영화와 소설의 서사구조』, 한용환 역). 이러한 사실이 말해주는 것은 심리적 소설에서 행동의 양상은 인물성의 반영이며 결과라는 점이다. 그래서 행동 중심 소설에서는 관심의 중심이 '술부'에 있다면 인물 중심 소설에서는 '주어' 부분에 있다는 서사 문법적 설명이 가능해진다. 이 같은 논의와 관련되는 해결되지 않은 장점도 있다. 가령 인물이 단순한 기능인가 아니면 서사물의 독단적인 자질인가 하는 쟁점 같은 것이 그중의 하나이다. 인물을 단순한 하나의 기능으로 보는 사람 중에 바르트가 있다. 그는 인물이 서사물의 독립적인 자질이 아니고 '인물의 개념은 부차적인 것이며 전적으로 플롯 개념에 종속된 것'이라고 주장한다. 그러나 발자크의 소설을 분석하는 그의 어투는 인물에 대한 그의 관점이 동요하고 있거나 변화했다는 흔적을 드러낸다.

픽션(fiction)

소설을 지칭하는 다양한 명칭들이 있지만 그러한 명칭들이 창안되거나 사용되는 배경에는 소설이라는 문학적 형식에 대한 나름대로의 인식이 도사리고 있다. 노벨(novel)은 로망스를 대체한 새로운 서사 양식이라는 자부와 긍지가 만들어낸 이름이고, 스토리(story)는 소설이 인간의 세계 경험을 이야기의 형태로 구성해내는 문학적 형식이라는 인식으로부터 유래된 명칭이다. 픽션도 마찬가지이다. 지어냄 또는 꾸며낸 이야기라는 이 말의 함의에 대한 사전적인 지시로부터 암시받을 수 있듯이, 픽션은 소설이 허구에 근거해서 성립하는 문학적 형식이라는 인식이 소산시킨 개념이다.

두말할 필요도 없이 허구는 소설의 고유한 변별성이면서 핵심적인 특수성이다. 그런 점에서 픽션은 소설의 현실적인 존재 방식, 소설이라는 특수한 문학적 현상을 온전히 감싸 안을 수 있는 가장 적절한 명칭이라고 판단해도 좋겠다. 뿐만 아니라 장르명으로서 픽션은 서사 전통의 중심 줄기를 잇고 있는 소설과 그렇지 않은 소설을 분별하는 데서도 매우 유효한 개념이다. 소설이 오늘날 다양한 이야기의 현상을 포괄하는 매우 폭넓고 신축성 있는 명칭이 되었다는 것은 주지의 사실이다. 소설은 꾸며낸 사건-허구에 충실하게 기초하고 있는 이야기와 전기, 의사(疑似) 전기, 심지어 보고서까지를 포괄한다. 현대에 들어 소설이 허구에 의존해온 전통으로부터 이탈하고 있다는 징후는 점차 두드러지고 있다. 작가들은 이야기를 꾸미는 대신 자신을 이야기화하고자 하며, 사건을 만들어내는 일에서보다는 사건을 증언하고 보고하는 일에 더욱 매력을 느끼며, 이것도 저것도 신통치 않을 때는 과거의 사실(작품)을 패러디한다. 순수한 허구 이야기와 비허구 이야기를 구별하기 위해 논픽션(non-fiction)이라는 용어를 창안해내기는 했지만 허구와 비허구의 경계는 십중팔구 애매모호하기 일쑤이다. 무엇보다도 허구에 근거하지 않고 있다는 사실이 소설의 결정적인 과오나 결함으로 간주되는 것도 아니다.

이런 현실에서 픽션은 순수한 허구적 산문 이야기를 분별하는 유력한 개념이 되어준다. 픽션은 전통적으로 소설이라고 인식되어왔던 이야기의 현상을 환기시켜주는 용어이고 문학적 이야기에 제한적으로 적용되는 개념이다.

황석영의 「돼지꿈」이나 「섬섬옥수」는 동일한 작가의 『어둠의 자식들』보다 훨씬 픽션에 부합되는 소설이고, 트루먼 카포티의 『풀잎 하프 *Grass Harp*』와 『냉혈한 *In Cold Blood*』 중에서는 앞의 소설이 그러하다. 소설을 지칭하는 장르명으로 우리에게 보편화된 창작은 픽션에 대응될 만한 개념이다.

핍진성(verisimilitude)

제라르 주네트의 용어인 vraisemblance와 동일한 의미를 지닌 용어로서, 박진감이라는 말로도 번역된다. 이 용어는 문학에서 실제적인 것보다는 **그럴듯함**(plausibility)에 호소하는 오랜 전통, 혹은 서사물들에 사실적인 신빙성을 부여하는 오랜 관습과 관련되어 있는데, 관습(convention)이나 자연화(naturalization)에 관한 논의와 더불어, 이 용어의 개념은 주네트, 조너선 컬러 등의 구조주의 이론가들에 의해 보다 정교하게 다듬어진 바 있다.

구조주의 비평가들에게 문학에 있어서의 핍진성과 자연화는 동일한 맥락을 지니는 개념이다. 자연화의 개념은 서사물의 생산이나 수용이 이루어지는 관습적 토대와 밀접한 관련을 맺고 있는 것으로서,

서사적 관습을 자연화한다는 것은 곧 그것이 지닌 관습적 성격 자체가 의식되지 않은 채로 서사물의 생산자나 수용자의 의식 속에 받아들여진다는 것을 의미한다. 우리가 어떤 서사물을 인위적으로 가능한 것, 혹은 있을 법한 것으로 인식하는 것은 특정한 문화적 관습을 자연화함으로써 가능해지는 것이다. 어떤 서사적 허구가 그 생산자에 의해 '자연스러운 것'으로 만들어질지라도 그 자연스러움 혹은 그럴듯함의 바탕을 이루고 있는 것은 엄격한 문화적인 현상이다. 따라서 어떤 서사물을 자연스러운 것으로 인식하게 하는 관습의 토대는 사회에 따라, 또 같은 사회 내에서도 시대의 흐름에 따라 변화한다.

서사적 허구에 사실적인 개연성을 부여함으로써 그것을 수용하는 관습화된 이해의 수준을 충족시키는 핍진성의 주요한 소설적 장치로는 동기부여(motivation)나 세부 묘사 등을 들 수 있다. 특히 현대소설에서 세부 묘사는, 주인공에 대한 정보의 제공 및 플롯의 전개에 필요한 것 이외에는 세부 묘사를 기피하거나 간단한 요약적 설명으로 대신했던 이전의 소설들에 비해, 이야기의 전개에 불요불급한 나날의 삶의 무의미하고 비본질적인 세부들을 포함함으로써 이야기에 보다 사실적인 실감을 부여하는 역할을 담당하고 있다. 그러나 사실주의적인 동기부여나 비본질적인 세부 묘사는 서사물에 신빙성을 부여하는 관습들 가운데 단지 일부분에 지나지 않는다.

『구조주의 시학』에서 컬러는 핍진성을 이루는 관습적 요소들의 단계를 다음과 같이 분류해놓고 있다.

그 첫째는 허구를 믿을 만한 것으로 만드는 가장 기본적인 물리적 조건으로서, '현실적인 것' 그 자체, 즉 삶으로부터 직접적으로 취해진 것이다. 이를테면 인간이 정신과 육체를 가지고 있으며, 생각하고 상상하고 기억하고 고통을 느낀다는 사실은 너무나 자명한 것이기 때문에, 그것을 따로이 자연화할 필요가 없다.

두 번째 범주는 문화적 핍진성으로서, 컬러는 그것을 '상투화된 문화적 관습이나 지식들…… 첫 번째 유형과 같이 특권적인 지위를 누리지는 못하지만 문화적 관습에 의해 보편적인 것으로 받아들여지는 영역'으로 정의한다. 문화적 핍진성은 한 사회에서 보편적으로 받아들여지는 관습, 혹은 인과적인 필연성을 갖춘 행위나 지식을 이루는 것으로서, 작가는 그에 대해 다만 한두 마디 언급하는 것으로도 독자에게 작품의 사실적인 실감을 전달해주는 핍진성의 효과에 이를 수 있다.

세 번째 범주는 문학적 관습들과 관련된 것이다. 이를테면 사실주의적 서사물의 경우 그것이 허구임에도 불구하고 독자에게 사실적인 것으로 받아들여지는 것은, 독자가 그러한 서사 유형에 관습적으로 익숙해져 있기 때문이다. 비록 작가가 작품 속에서 이야기가 허구라는 것을 밝힌다고 해도 그 때문에 작품의 핍진성이 손상받지는 않는다. 왜냐하면 문학의 핍진성은 그 이야기가 허구인가 아닌가라는 명시적인 확인에 의해서가 아니라, 그 이야기를 자연화해서 우리에게 믿을 만한 것으로 받아들이게 하는 관습화된 문화적 장치들에 의해서 이루어지는 것이기 때문이다.

네 번째 단계는 작가가 어떤 서사물에서 사용되는 장치들의 인위성을 드러냄으로써 관습으로부터의 이탈을 통해 진정성에 이르는 공간을 마련하는 것이다. 이 단계에서 자연화의 전형적인 과정은 서사물의 규범적인 장치들을 거스르는 형태로 이루어지거나('여러분은 다음에 X라는 사건이 일어나리라고 생각하겠지만 그렇지 않다. 그러한 일은 단지 책에서나 일어나는 일이다'라는 식의), 혹은 인물 묘사 등을 통해서 어떤 사건을 의심스러운 것으로 보이게 하는 방식으로 행해진다. 일반적으로 이러한 과정을 통해서 생겨나는 효과는 문학적 관습들에 대한 패러디이다. 작가는 기존의 문학적 관습들을 폭로함으로써 개인 혹은 집단의 행위를 지배하는 관습화된 규약이나 믿음들을 의심스럽게 보이게 한다. 그러나 핍진성의 관습적 토대를 풍자하거나 무너뜨리려는 이러한 문학적 행위 역시 또 다른 관습의 토대 위에서 이루어지는 것이다. 이러한 서사적 행위는 어떤 삶이나 문학이 의미 있는 것은, 다만 그것이 의미 있는 것으로 받아들여지는 동안일 뿐이라는 매우 중요한 사실을 환기시켜준다. 따라서 삶과 문학에 있어서의 선택의 영역은 관습과 관습 밖의 진실 사이에 있는 것이 아니라 관습과 관습 사이에 있는 것이다.

하드보일드 문체(hard-boiled style)

현대의 작가들이 즐겨 구사하는 문체 양상의 한 가지이다. 흔히 헤밍웨이에 의해 확립되었다고 말하여지는 이 문체는, 사건을 냉정하고 극적으로 부각시키는 데 유효하다. 이런 문체에 의존하는 이야기에서, 화자의 개입은 철저하게 배제되고 행동과 사건들은 주로 대화와 묘사에 의해서만 제시된다. 하드보일드 문체를 구사하는 작가는 자신의 역할을 피사체를 포착하는 **카메라의 눈**으로 제한시킨다는 원칙을 따른다.

헤밍웨이의 「살인자들」은 이러한 원칙이 극단적으로 추구된 좋은 사례이다. 이 소설에서 서사의 전통적인 관례들—논평 · 설명 등은 철저하게 소거되어 있으며 심지어 형용사의 사용까지 배제되어 있다. 당연하겠지만 이러한 문체의 사용은 사건과 행동의 장면화를 결과시킨다. 따라서 독자는 서사의 추이를 오로지 바라볼 수밖에 없게 되고, 사건과 행동의 숨겨진 의미와 특징을 발견하고 해석해내는 역할을 전적으로 떠맡지 않을 수 없게 된다. 다시 말하자면 이러한 문체에 의해 담론화된 이야기는 독자의 풍부한 상상력을 효과적으로 자극할 수 있고 스토리를 생동감 있게 수용할 수 있게 한다는 이점은 있지만, 독자에게 해석적 부담을 떠안긴다는 단점도 지닌다.

후에 이 문체를 이용한 작품들은 20세기 미국 문학에서 하드보일드 픽션(hard-boiled fiction)이라는 하나의 장르를 형성했으며, 주로 탐정 소설이나 범죄소설이 이에 속한다. 이러한 유형의 작품들은 간결하고 속된 대화와 냉정한 묘사에 의해, 잔인하고 유혈에 찬 장면을 냉혹하게 객관적으로 묘사한다. 처음에 이 장르는 헤밍웨이나 존 더스 패서스와 같은 작가들의 작품으로부터 영향을 받은 것이었지만, 점차 대중화되어 충격적이고 감각화된 가학 취미의 차원으로 떨어지는 경향을 보였다.

해체(deconstruction)

모든 중심적이었던 것들을 전복하고 권위화된 것들의 배후에 도사리고 있는 허위와 억압의 근원을 드러내고자 하는 해체주의는 20세기 철학의 가장 도전적이고 야심찬 기획으로 평가됨직하다.

빈센트 B. 라이치가 말하고 있듯이 해체론에 대한 역사적 탐구는 필연적으로 많은 선구자들을 떠올리게 만든다(Vincent B. Leitch, *American Literary Criticism*, Columbia University Press). 프로이트, 하이데거, 후설, 라캉, 레비스트로스 등이 그들이다. 그러나 현대 해체론은 자크 데리다의『그라마톨로지』(1967)와 더불어 시작된다고 보아야 옳다. 데리다는 그 책에서 루소의 저작물 중 거의 주목받지 못했던『인간 언어 기원론』을 분석하는 과정을 통해 그 텍스트의 확장된 의미 체계를 풍요롭게 복원해내고는, 곧이어 그것을 전복해버린다. 그러고는 의미가 전복된 자리에다 자신의 이론을 채워 넣는다. 간단히 말하자면 이것이 해체의 전략이다.

『그라마톨로지』의 서두에서 데리다는 소쉬르를 비판의 대상으로 삼고 있다. 소쉬르의 구조언어학에 대한 비판을 토대로 삼는 그의 탈구조주의적 기획은 보다 원대하다. 데리다는 우선 플라톤 이래 전개되어 온 서구 철학의 이성 중심주의를 해체한다. 이때 이성과 주체 중심적인 모든 태도들은 의문시된다. 그에 따르면 서구의 모든 문화는 로고스(이법, 논리) 중심적으로 발전해왔는데, 그것은 문자언어보다는 음성언어에, 기표보다는 기의에 중심을 두고서 절대적 근원을 찾았기 때문에 오히려 본질적인 것과는 멀어지고 말았다고 말한다. 그는 기의의 초월적 현존(presence)을 믿는 모든 시도를 거부한다. 그러면서 이성을 통해 진리를 추구하는 모든 방법들을 환상에 불과하다고 말한다.

그의 견해에 의하면, 그러한 것들은 모두 음성언어를 문자언어보다 우위에 두었을 때부터 일어났는데, 그로 인해 음성언어/문자언어, 기의/기표, 선/악, 이성/감성, 주체/타자 등의 이항 대립이 생겨나고, 전자를 우위에 두는 로고스 중심주의가 후자의 요소들을 억압하게 되었다는 것이다. 그래서 그는 이분법을 해체하고, 전자 못지않게 후자의 측면에서 펼쳐질 수 있는 다양한 논의들을 계발해낸다.

그는 원문자(archi–ecriture)를 전제하여 음성언어가 문자언어의 파생물일 수도 있다는 것을 밝혀내고, 기의가 기표에 우선한다는 소쉬르의 견해를 넘어서 그 관계들이 역전될 수도 있다는 견해로 '기호들의 놀이'를 강조하게 된다. 그렇게 해서 기의란 고정된 것이 아니라 때로는 기표가 될 수도 있는 순환적인 것이 된다. 즉 기의와 기표는 '관계의 조직망'에 놓여 서로 영향을 미치는 것이지 전자가 후자를 지배하거나 후자가 전자에게 종속되는 것이 아니라는 것이다.

다시 말해서 음성언어라는 것도 원문자의 기표가 될 수 있고, 문자언어라는 것도 영상언어의 기의가 될 수 있다는 것이 그의 견해이다. 그렇게 해서 기의가 고정되지 못하면 어떤 확정된 '의미'는 존재할 수 없게 되고 '차이' 만이 존재하게 된다. 차이의 '흔적(trace)' 만이 텍스트에 남게 되는 것이다. 거기에서 우리는 '차연(differance)의 힘'을 발견할 수 있게 된다. 따라서 텍스트의 기호들은 확정적으로 현존하는 의미를 지시하지 못하고, 거기에는 의미에 대한 효과만이 남게 된다. '차연' 은 차이(differance)와 발음이 같은 프랑스어로서 '차이' 와 '지연' 을 합한 개념이다. 데리다의 개념 중에서 가장 중요하다고 할 수 있는 이 개념은 같은 음성언어일지라도 문자의 차이에 의해 얼마든지 다른 의미로 쓰일 수 있다는 것을 보여준다. '파르마콘(pharmakon)' 은 '치료약' 과 '독약' 이라는 의미가 동시에 쓰이고 '이멘(l'hymen)' 은 '처녀막' 과 '결혼(성교)' 이라는 의미가 동시에 쓰인다. 그렇다면 그 의미들은 관계에 의해서 규정되는 것이지 발화 자체만으로는 결정되는 것이 아니다. 기표 사이에는 부재의 공간이 있어, 그 공간에서 차연의 힘이 발생하게 된다. 이러한 것을 언뜻 볼 때 구조가 해체되는 것으로 보이지만, 그것은 실제로 구조에서 힘을 발생시킨다. 즉 구조는 해체를 통해서 살아나기도 하는 것이다. 따라서 지시된 의미들은 절대적 현존에 이르지 못하고, '관계들의 조직망' 속에서 지연되며, 또한 어떤 의미가 죽을 때만이 진정한 의미들이 생산되기도 한다. 차연의 끊임없는 유희는 의미가 흩뿌려진다는 뜻의 '산종(散種, dissemination)' 으로 나아가고, 그것은 의미의 영역을 무한히 확대시키게 된다.

어떤 텍스트라도 그것이 텍스트로 가정되는 순간 의미는 지연된다. 얼마든지 '이중 해석(double reading)'이 가능해진다. 그것은 텍스트 자체가 자신의 토대와 통일성을 뒤집어엎고 의미를 흘러가게 한다. 그것은 겉으로 볼 때, 의미들을 불확정의 공간 속으로 밀어 넣는 것으로 보인다. 모든 의미들을 무화시키는 것으로도 보인다. 하지만 주체의 중심이 무너졌다고 해서, 또는 이중의 중심이 생겨났다고 해서, 텍스트의 묘미가 사라지는 것은 아니다. 해체의 주요한 기획은 무수한 의미들을 생산해내는 '힘'을 붙잡으려는 데 있는 것이지, 기존의 의미를 전적으로 파괴하려는 데 있지 않다. 해체란 의미를 무너뜨리기보다는 '보충'하고 '대리'하면서 새로운 것을 산출하는 데에 목적이 있다고 말할 수 있다. 그것은 '오독'을 조장하기보다는, 데리다가 루소를 복원하듯, 텍스트의 구조를 면밀히 파악한 뒤 거기에서 분출하는 생산적인 힘을 붙잡는 방법인 것이다. 따라서 해체는 텍스트의 구조를 해체하는 것이 아니라 텍스트가 이미 해체되었다는 것을 증명하고서, 그 텍스트의 틈새에서 즐거운 유희를 벌이는 것이라고 말할 수도 있다.

문학 텍스트에 해체론을 적용하는 것은 예일 학파라 불리는 폴 드만(Paul de Man), 힐리스 밀러(J. Hillis Miller) 등에 의해 수행된다. 폴 드만은 『맹목과 통찰 *Blindness and Insight*』에서, 해석에 있어서 가장 훌륭한 통찰을 하는 순간에도 맹목이 존재한다고 말한다. 어떤 훌륭한 형식주의자가 해석하는 순간에도 그가 미처 깨닫지 못하는 '왜곡'이 발생한다는 것이다. 힐리스 밀러는 『숙주로서의 비평가 *The Clitic as Host*』에서, 비평가와 텍스트는 이미 존재하는 언어로 된 숙주 안에 살고 있기 때문에, 비평가의 자발성이 없으면 기생적인 특성을 벗어날 수 없다고 말한다. 즉 비평가는 창조적 텍스트의 하녀가 아니라 스스로 창조자가 되어야 한다는 것이다. 조프리 하트만도 자신의 글쓰기를 자신이 해석하는 텍스트의 창의적인 수준까지 높이고자 시도한다.

해체론에 대한 반대와 비난의 목소리도 만만치 않다. 가장 강력하고 일견 근거가 없지 않아 보이는 것은 해체론이 해석에서의 무정부 상태를 조장하고 만연시킨다는 비판이다. 신역사주의자들은, 그중에서도 E. D. 허쉬 같은 비평가는 그래서 해체론자들의 견해를 단지 지식의 잡동사니에 지나지 않는다고 일소에 부친다(E. D. Hirsch, Jr. *The Aims of Interpretation*). 그러나 해체론이 텍스트에 활력을 불어넣는 생산적이며 창의적인 비평이라는 사실을 굳이 부정만 하는 것도 비평적 억지이거나 편견이다. 고정된 의미 체계를 역동적인 의미 체계로 전환시키고자 하는 이 야심 찬 해체의 과정을 통해 비로소 주체에 의해 배제되었던 타자가 복위되고 주체와 타자는 '관계들의 조직망'으로 상호작용을 하기도 한다. 그 같은 힘은 데리다의 말마따나 '차연'일 수 있고, 들뢰즈의 말처럼 '기관 없는 신체'일 수도 있다. 그렇기 때문에 일원론적 해석을 거부하는 해체의 이념은 충분한 변호의 논리를 얻고도 남는다.

해피엔딩

서사문학에서 이야기가 우여곡절과 반전을 거듭하면서 마침내 행복하게 끝맺음하는 것을 뜻한다. 보통 전근대적인 서사 양식에서 흔히 볼 수 있으나, 현대소설에서는 통속소설을 제외하고는 찾아보기 힘들다. 옛날 민담이나 이야기책에서 '호의호식하며 잘살았더라'로 끝맺음할 때, 청자나 독자들은 손뼉을 치며 즐거워했다. 선악에 대한 본능적인 보상 심리를 충족시킨 결과이다. 따라서 해피엔딩, 즉 행복한 결말은 사필귀정, 논공행상, 권선징악의 효과를 기대하는 작가의 의도된 결말 처리 방식이다.

17세기 후반 영국의 비평가 T. 라이머는 등장인물의 선악에 비례하는 세속적인 상벌의 배분을 '시적 진실(poetic justice)'이라는 개념으로 설명했다. 즉 문학작품은 도덕이라는 높은 원칙에 의해 다스려져야 한다는 것이다. 우리는 당연하게도 착한 사람이 보상받고 악한 사람이 징벌되어야 한다고 믿고 있다. 그러나 우리의 냉엄한 현실은 그렇지가 못하다. 오히려 그 반대일 경우가 실제로 허다하다.

19세기 이후 인간의 객관적 삶을 여실히 재현시키고자 한 리얼리즘 소설의 비약적인 발전은 해피엔딩이라는 결말 구조를 파괴해버렸다. 『적과 흑』『테스』『여자의 일생』『죄와 벌』 등 사실주의의 기념비적 작품들은 예외 없이 행복한 결말을 배제하고 있다. 우리 작품에서는 특히 김동인, 전영택, 염상섭 등의 소설이 그러한 결말 처리를 보이며 나도향과 김동리 등의 작품 일부에도 낭만적 파국(romantic catastrophe)이 나타난다.

핵사건(kernels)

롤랑 바르트의 핵(noyau)이라는 용어를 번역한 채트먼의 용어로서, 서사물에서의 이야기의 주요한 흐름을 이끌어가는 서사적 계기들을 일컫는다. 핵사건들은 한두 가지, 혹은 여러 가지의 가능한 방향 가운데 어느 한쪽으로 서사적 흐름을 이끌어 나가는 분기점으로 서사적 구조 안의 마디나 관절과도 같은 역할을 한다. **주변사건**(satellites)과는 달리 핵사건들은 그것이 제거될 경우 서사적 흐름에 치명적인 손상—서사의 일관성을 깨뜨리거나 사건들의 전체적 인과성을 혼란시키는 손상—을 입히게 되는 것으로, 특히 고전적인 서사 텍스트에서는 뒤에 나타나는 핵사건들이 앞의 핵사건들의 결과로서 계속적인 인과관계를 맺어 나가게 된다. 그러나 완벽하게 핵사건들로만 짜여진 플롯의 사례를 찾는 일이란 불가능하다. 그렇게 되면 플롯 자체가 건조하고 딱딱해지기 십상이기 때문이다. 때문에 사건의 각 마디마디에 적절하게 살도 붙이고 기름도 쳐서 플롯의 기능을 보완할 필요가 있다.

주요한 사건이나 행위들은 보다 덜 중요한 무수한 부분들로, 그리고 그 부분들은 더 작은 부분들로 하위 분할될 수 있다. 이 작은 부분들을 일러 **주변사건**이라 한다. 핵사건과 주변사건의 관계는 다음의 도표에서 편리하게 예시된다.

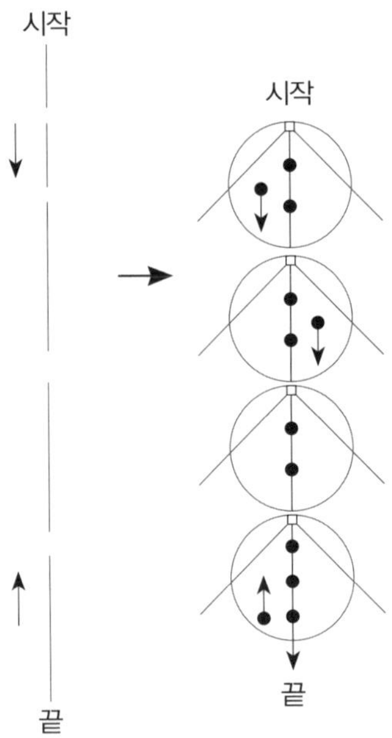

시작
끝
시작
끝

핵사건은 각 원의 꼭대기에 있는 사각형이다. 원은 완결된 서사 덩어리이다. 핵사건은 이야기-논리의 주요 방향을 지시하는 수직선에 의해 연결된다. 사선들은 가능하지만 실현되지 않는 서사적 진로를 가리킨다. 점은 주변사건들이다. 수직선 위에 있는 점들은 이야기의 정상적인 연속을 따른다. 화살표가 붙은 채로 선 밖에 있는 점들은 (화살표가 가리키는 방향에 따라) 이후 혹은 이전의 핵사건들을 예시하거나 회상한다.

구조주의 서사 이론에서 행하는 핵사건이나 주변사건에 대한 구분이 단지 술어상의 기계적인 것일 뿐이라는 비판도 가능하다. 실제로 이 같은 구분은 기껏해야 "다만 우리가 무의식적인 행복감을 가지고 정상적인 독서 행위에서 행하는 모든 것을 설명하는 성가신 방법만을 제공할 뿐"이라고 프랭크 커모드는 주장하기도 한다(Literature and Linguistics, *The Listener*, 1971.1.12, pp.769~770). 그러나 이러한 특정한 용어들이 성가신 것인지 아닌지의 여부가 중요한 것이 아니라,

이와 같은 서사적 요인들이 반드시 존재하며, 실제로 서사 이론에서 중요한 위치를 차지하고 있다는 사실에 유념할 필요가 있다.

행위 · 행위항(action · actant)

행위(action)는 대개 ① 행위자(acteur)의 동작, ② 플롯을 형성하면서 인물의 기능을 하는 사건들의 연속을 의미한다. ①의 의미에서 행위는 행위 주체에 의해 야기된, 혹은 행위 객체에게 초래된 상태의 변화를 가리킨다. 인물 혹은 존재들이 수행하는 행위의 주요 유형들에는 비언어적인 물리적 행위, 언술 행위, 사고 행위, 그리고 느낌이나 인지, 감각 등이 있다. ①의 의미에서의 행위는 행동(act)과 다른 개념으로 파악되기도 하는데 후자가 시간적인 제한을 내포하는 것이라면, 전자는 지속적인 시간성을 갖는 것이다. 또한 구조주의 서사학에서 행위는 사건(event)의 하위 개념으로 간주되기도 한다.

일반적으로 희곡이나 소설에서는 발단부터 결말에 이르기까지 행위들이 한 가지 주요 노선을 따라 결합되고 발전되어야 한다고 인식된다. 그러나 누보로망(nouveau roman)이나 반드라마(anti-drama)와 같은 근래의 전위적 경향의 문학에서는 이러한 통념이 부정되어 사건들 상호간의 아무런 연결 고리가 없는 단지 단속적이고 우연적일 뿐인 행위들이 펼쳐진다. 보다 넓은 의미에서 행위는 이야기의 진행, 즉 사건의 전개를 함축한다. 따라서 그것은 플롯 내에서 '무슨 일이 일어났는가'라는 독자들의 계속되는 물음에 답하는 모든 것이다. 그러므로 행위의 본질적인 영역은 인물이나 플롯의 전개 그 자체라고 할 수 있다.

행위항(actant)은 이러한 행위를 추상적 · 논리적으로 인격화한 형상을 말한다. 예컨대 주체와 객체, 발신자와 수신자, 조력자와 적대자 등의 경우가 그것이다. 그러나 이러한 용어들은 행위를 수행하는 행위자의 의미와 다르다. 그레마스에 의하면, 표면적으로 다른 이야기들은 일반적 '문법' 혹은 '발화 장치(ennunciation spectacle)'로부터 파생된 것이며, 그 발화 장치를 체현하는 것이 바로 행위항이라는 것이다. 그러므로 행위자가 특정 인물로서 표면적인 구조를 이루는 데 기여함에 비해, 행위항은 기능의 차원에서 작용하게 된다. 즉 여러 행위자에 대응되는 하나의 행위항이 존재할 수 있고, 하나의 행위자에 대응되는 여러 행위항이 존재할 수도 있다.

우리의 서사문학에서 구체적인 사례를 들어보자. 『삼국유사』의 수로부인 설화는 다음과 같은 구조로 짜여져 있다.

> 신라 성덕왕 때 강릉 태수로 부임해 가는 순정공 일행이 바닷가에서 잠시 쉬며 천지신명께 제를 올리는데, 순정공의 부인인 수로가 높은 절벽 위의 철쭉꽃을 꺾어달라고 했다. 주위의 사람들이 모두 불가하다고 대답하는데 갑자기 한 노인이 나타나 꽃을 꺾어 바치고 노래를 지어 불렀다. 이틀 뒤에 다시 임해정이라는 곳에 이르러 제를 지내는데 이번에는 용이 나타나 부인을 납치해 가버렸다. 순정공이 어찌할 바를 몰라 당황하고 있는데 홀연히 한 노인이 나타나 이렇게 말했다. "옛말에 이르기를 여러 사람의 입을 모으면 쇠도 녹인다 하지 않았는가." 그리하여 마을 사람들을 불러 모아 바닷가 언덕에서 지팡이를 두드리며 노래를 지어 부르니 용이 부인을 내놓았다. 순정공이 수로에게 바닷속의 일을 물으니, 칠보 궁전에 인간 세상에는 맛볼 수 없는 맛난 음식이 많더라고 말하는데 수로의 옷에서는 기이한 향내가 났다.

설화의 이 부분까지는 두 개의 작은 이야기로 꾸며져 있다. 이야기의 주체는 물론 수로부인이지만, 사건을 해결하는 주요한 인물은 노인이다. 텍스트 속에 '나타나고, 꽃을 꺾어 바치고, 노래를 지어 부르게 하는 것'은 노인의 행위(action)이면서 그 행위는 사건을 구성한다. 이러한 행위를 수행하는 주체를 보통은 행위자라고 하며, 두 개의 이야기에서 사건을 해결하는 주동 인물은 바로 노인이다. 따라서 노인은 행위자가 된다. 그러나 이 같은 분석은 이야기의 표면적 차원에 한정되는 경우이다. 앞의 노인과 뒤의 노인은 같은 행위자이면서도 동일 인물이라는 설명을 어디에서도 찾아볼 수 없다. 즉 그 인물은 서로 다르지만 어딘지 모르게 유사성이 있다. 그 공통적인 기능이 이야기의 심층 구조에서는 주요하게 작용한다. 다시 말하면 수로 이야기의 심층적 단계는 조력자라는 행위항의 개념을 가지고 있다는 뜻이다. 따라서 수로 이야기가 보다 심층적으로 분석되기 위해서는, 행위의 기능에 따른 분류—주체(수로), 조력자(노인), 적대자(용)—인 행위항의 유형을 판별해내는 것이 중요하다.

행위항은 대체로 양항 대립적 결합의 양식을 많이 취한다. 주체와 객체, 발신자와 수신자, 조력자와 적대자 하는 식이다. 이러한 대립항들의 일차적 전제는 동일한 행위 수준(층위)(level of action)에 있다. 그러나 모든 이야기가 양항적 양식으로 분석되는 것은 아니다. 불교 설화와 같이 내면의 심리 정황에 따라 행위 수준이 달라지거나 변신하는 경우도 있기 때문이다. 예컨대 객체(성불=각자(覺者))와 주체(무명의 자아)의 일치를 희구하는 불교 설화에서는 발신자와 수신자 그리고 조력자와 적대자를 모두 내면의 그림자라고 말함으로써 양항적 대립의 양식을 아예 무시해버린다. 그러므로 이러한 방법론적 한계를 고려하지 않고 현대소설에서 무턱대고 행위항을 찾는 일은 심미적 평가가 아닌 무의미한 해체 작업 또는 환원론적 오류를 범하는 일이 될 수 있다.

현대소설

현대소설이라는 말이 구체적으로 어떠한 소설들을 한정적으로 가리키는 용어인지 엄밀하게 설명하기는 어려워 보인다. 그것이 현대에 들어 생산된 소설 일반을 지칭한다는 사실만은 분명하지만 역사적인 시간 연속의 어느 부분을 잘라내어 현대로 볼 것이냐 하는 것부터가 쉬운 문제가 아니다. 임의적인 기준을 설정하고 역사적인 진화의 여러 상황들을 두루 고려한 끝에 그 문제를 해결한다 하더라도 어려움은 여전히 어려움인 채로 남는다. 가령 다음과 같이 질문해본다면 어려움이 야기되는 연유들이 좀 더 확연히 드러난다. 한 시대의 문학과 다른 시대의 문학이 가지는 변별성은 그 문학들이 생산된 시간차를 밝히는 일만으로 확립될 수 있는가? 그 문학들이 씌어진 시기를 유일한 근거로 삼아 규정되는 개념이 문학의 현상을 분별하는 데 무슨 쓸모가 있는가? 전 · 근대에 씌어진 문학 중에 현대적인 문학이 있듯이 현대에 씌어지기는 했지만 전 · 근대의 소설과 별 다름없는 소설조차도 현대소설이라는 개념은 포괄하는가? 이것들은 매우 소박해 보이는 질문이기는 하지만 적어도 현대소설을 단순히 현대에 씌어진 소설이라고 설명하는 것만으로는 불충분하다는 사실을 확인케 하는 데는 도움이 되는 질문들이다. 이런저런 사정을 감안한다면 다음과 같은 개념의 모델, 즉 '현대소설이란 현대에 씌어진, 현대소설들의 중요한 특성을 공유한 소설들' 이라는 개념의 모델이 받아들여질 법하다. 그리고 현대소설의 '주요한 특성' 이란 이른바 모더니즘 소설이라고 불리는 소설들이 공통적으로 가지는 특성들을 가리킬 것은 물론이다.

19세기의 소설들이 산업혁명 후의 물질적 풍요 속에서 성장하면서 사실주의 소설과 자연주의 소설의 비약적인 발전을 이룬 것은 주지하는 바의 사실이다. 19세기의 작가들은 그들의 세계 경험을 조리 있게 해석해냈고 무엇보다도 삶의 절대적 상황으로서의 사회를 생생하게 재현해내는 데 성공했다. 그러나 20세기의 소설들은 19세기의 소설들이 신봉했던 과학주의와 실증주의적 세계관에 도전함으로써 그 존재 기반을 마련한다. 20세기의 작가들이란 어떤 사람들인가. 그들은 더 이상 그들이 정연한 논리로 해석될 수 있는 단아하게 질서 잡힌 세계 속에 살고 있지 않다는 자각에 도달한 사람들이며, 도리어 이 세계를 지배하고 있는 것은 비논리와 불합리라는 사실에 소스라치게 놀라게 된 사람들이라고 할 수 있다. 20세기 작가들이 이러한 자각과 인식에 도달하게 되는 데에 다윈, 프로이트, 융 등의 영향이 결정적으로 작용했다는 사실은 두말할 필요도 없다.

20세기의 작가들은 19세기의 작가들이 근거하던 삶의 공동체적 장소 대신 지극히 개인적이고 폐쇄된 그들의 내밀한 공간에서 작업의 장소를 찾는다. 말하자면 20세기의 작가들은 사회로부터 격리되고 소외된 그들의 주인공과 더불어 스스로 자기 유배의 길에 오른 셈이다. 이리하여 개인적 삶에 대한 자기 응시, 개인 의식의 극단적인 추구, 장르의 파괴, 탈사회화된 언어라는 현대소설의 두드러진 특성들이 서서히 형성되기 시작한다. 당연한 결과이겠지만 이러한 경향들이 심화된 끝에 20세기의 소설들은 종내에는 독자와의 소통에서조차도 소외되고 만다. 조이스는 특히 좋은 예인데, 그의 『젊은 예술가의 초상』의 주인물이 보여주는 에피퍼니(epiphany)라는 심리 양상은 외계와는 완벽하게 차단된 의식 현상이고 『피네간의 경야』가 해독 불능한 문서라는 사실은 널리 동의되는 바와 같다. 어떻게 보면 독자와의 완벽한 소통이 불가능하다는 사실은 20세기 모더니즘 소설들이 공통적으로 가지는 특징인지도 모르겠다.

프루스트의 『잃어버린 시간을 찾아서』, 포크너의 『음향과 분노』, 카프카의 소설들, 카뮈의 『이방인』 등은 모두 예외가 아니다. 그럼에도 불구하고 흔히 심리주의적 사실주의라는 명칭으로도 불리는 이들 모더니즘 소설들이 20세기 소설의 커다란 흐름을 형성한다는 사실이 부정되기는 어려우며, '내적 독백', '자동기술법', '의식의 흐름'이라는 새로운 문체의 개발을 통해 이들 소설들은 개인의 내면적 심리 현상에 대한 탐구를 그 극단에까지 추구해 보이고 있다.

20세기 소설의 주요한 또 하나의 특성과 경향은 말로, 생텍쥐페리, 사르트르, 카뮈 등의 프랑스 작가들의 소설을 통해서 이끌어낼 수 있다. 이들의 소설들은 예외 없이 실존의 문제들, 예컨대 '어떻게 살아야 될 것인가?'라는 반성적인 질문으로부터 출발하고 있다는 점에서 '어떻게 살고 있는가?'라는 문제, 즉 풍속의 재현이라는 문제에 부심했던 19세기의 소설들과 결정적으로 구분된다. 20세기 소설은 '반소설', '분노하는 젊은이들', '비트 세대' 등의 명칭으로 묶이는 소설의 경향은 물론이고 가장 최근에 논의되기 시작한 '메타소설', '포스트모더니즘 소설', '해체소설'이라는 소설의 경향까지를 아울러 포괄한다. 이런 것들이 20세기 소설의 중심 줄기에 편입된 소설의 경향이냐 아니냐를 판단하는 것은 별개의 일이지만 20세기 소설 곧 현대소설의 변별적인 특성들이라는 사실만은 분명하다. 20세기 소설의 이처럼 다양한 현상들을 고려한다면 '현대에 씌어진 현대소설의 특성들을 공유한 소설'이라는 현대소설의 개념 정의는 해석과 적용의 과정에서 신축성과 융통성을 가질 수밖에 없는 것처럼 보인다.

현상 소설

신문이나 잡지와 같은 언론 매체, 혹은 사회적 기관 및 단체가 주관한 문예 작품 공모에 당선된 소설을 가리킨다. 신춘문예나 문예지의 신인상과 같이 정기적인 것으로부터 '창사 30주년 기념'이나 '문화재단 설립 기념'으로 문예 작품을 공모하는 비정기적인 것에 이르기까지 그 형태는 매우 다양하다. 넓은 의미에서 이 용어는 '상'을 받은 모든 작품을 지칭한다고 볼 수도 있지만, 일단 독자들에게 작품이 공개되는 과정을 거친 후 그 문학적 가치를 기준으로 수여되는 보통의 '문학상'의 수상 작품과는 구별된다. 현상 공모에 당선된 작품이 특별한 '문학적' 의미를 가지는 것은 아니며 어떤 공통의 특질을 보유하는 것도 아니므로 이 용어 자체는 무의미한 것일 수도 있다. 그러나 '상을 내걸고 문학작품을 모집한다'는 그 제도는 한국 현대소설의 발달 및 전개 과정과 깊은 함수 관계를 맺고 있다. 주지되는 바와 같이 현대 문학사에 수록된 많은 소설 작품 및 작가가 '현상 문예'라는 관문을 통해 그 가치를 인정받거나 문학적 경력의 발판을 마련하고 있기 때문이다. '현상'이라는 제도는 문학적 가치가 있는 작품을 발굴하고 유능한 능력을 가지고 있다고 인정되는 한 사람의 작가를 발굴해내는 데 기여해왔다.

이런 작품 발굴, 작가 선발의 제도가 정착된 데에는 우리만이 지닌 독특한 사회적 · 문화적 요인들이 관련되어 있다. 요컨대 이 제도가 정착되는 배경에는 장구한 세월 동안 과거 제도를 통해 인재를 발굴해온 유교적 전통의 잔존, 무명 작가의 작품을 자신 있게 문학 시장에 내놓을 만한 안목과 경제적 능력을 갖추지 못했던 우리 출판사들의 특수한 사정, '상'이라는 관문을 통과해 작가적 능력을 인정받지 않으면 안 되었던 잠재적 작가들의 정황 등의 요소들이 서로 어우러졌다. 1960년대와 1970년대의 『학원』지 선풍이나 신춘문예 열풍도 이런 사회적 의식의 연장선상에서 이해될 수 있을 것이다.

현상 문예는 일단 문학이라는 문화의 한 분야를 고무하고 그것에 대한 대중의 관심을 촉발시킨다는 긍정적 일면을 지니고 있다. 그러나 예술작품을 평가의 대상으로 삼는 것은 항상 어느 정도의 위험성을 내포하고 있다. 구체적으로 말해, 당선작을 가려낸다는 것은 대상이 된 작품들에 대한 가치 평가를 전제로 한 것이므로 '평가 과정'을 염두에 둔 작품을 양산해낸다는 부작용을 초래하는 것이다. 견실하고 개성적인 문학적 세계의 구축보다 응모에 당선될 만한, 좀 더 집요하게 말하자면 심사위원의 눈에 들 만한 수준 있는 단편 하나를 쓰기 위해 많은 시간을 허비하는 것은 결코 바람직스러운 일이 되지 못한다. 한국의 소설 장르가, 광범위하고 깊이 있는 세계 체험과 인식을 보여주는 장편이 부재한 채, 단편에 의존하여 지탱해온 것도 현상 문학의 범람과 불가분의 관계에 있다.

근래에 들어와서는 이런 현상에 대한 반성이 제기되고 있으며, 장편을 연재하는 문예지나 스스로 작가를 발굴하여 발표하는 출판사들이 늘어나고 있고, 이런 추세에 따라 신춘문예를 비롯한 기존의 현상 문예들은 문학작품의 발굴 및 유통과 관련하여 그 역할이 현저히 감소되고 있는 것으로 보인다.

형상화

문학과 관련되어 사용될 때 이 용어는 두 가지 의미를 지닌다. 첫째는 일정한 작가적 의도의 전달이나 문학적 목적의 수행을 위해 작가가 선택하는 스토리 재료 및 그 재료에 예술적 형태를 부여하는 모든 과정을 지칭한다. '불교 사상이 형상화된 작품', '자본주의 사회에 대한 비극적 인식이 형상화된 작품' 등의 발언은 이런 개념의 범주 안에서 행해지는 것이다. 좀 더 좁은 의미로 이 용어는 텍스트 내의 요소들이 획득하는 구체적이고 실감 있는 표현, 특히 그것들이 묘사나 대화 등의 극적 기법을 통해 제시되는 것을 지칭한다. '노동자 계급의 인물이 잘 형상화되었다', '1960년대의 종로 뒷골목과 다방이 형상화되어 있다'는 발언은 상기한 사물적 요소들이 선명하고 생생하게, '실제로 존재하는 것'처럼 표현되었다는 것을 의미한다.

어떤 의미로 사용되든지 간에 이 용어는 작품 외적 요소들이 작품 내에 표현되어 있다는, 즉 텍스트 내에 실현된 서술은 그것이 작가의 머릿속에 들어 있는 관념, 인물이나 배경과 같은 사물적 요소가 되었든, 꽃병이나 책상과 같은 평범한 물건이든 텍스트 밖에 존재하는 어떤 세계의 반영이라는 모방론적 문학관에서 발생한 것이다.

역사적으로 보면 형상화라는 용어는 사물의 형상(form)이 이데아의 모방이라는 플라톤의 철학에서부터 유래되었다. 그러나 사물의 형상을 이데아의 그림자로 보고 이데아 자체에만 관심을 기울였던 그의 철학보다는, 좀 더 적극적으로 사물의 언어적 재현에 관심을 가졌던 그의 제자 아리스토텔레스에 와서 이 용어는 그 의미를 부여받기 시작했다.

모든 문학작품과 문학적 표현물은 그것이 추구하는 의미의 전달을 위해 구체적인 표현을 획득해가는 과정, 즉 '형상화' 의 과정이 소산시킨 결과에 다름 아니다. 『심청전』은 단순히 '부모에게 효도해야 한다' 는 이야기가 아니고 『폭풍의 언덕』은 '사랑은 위대하고 숭고하지만 비극적인 결말을 맞이할 때가 많다' 는 주장이 아니다. 부모에게 효도해야 한다는 것은 삼강오륜이나 『소학언해』 등에서도 반복되는 명제이며 사랑의 위대함과 비극성은 '사랑은 눈물의 씨앗' 이라거나 '당신 없이는 못 살아' 같은 유행가 구절에도 나타나 있다. '사친이효(事親以孝)' 와 『심청전』의 차이점, '눈물의 씨앗' 과 『폭풍의 언덕』의 차이점은 어디에서 발생하는 것인가? 그것은 이 작품들이 담고 있는 구체적인 스토리, 그 스토리의 배열, 효과적으로 스토리를 전달하기 위해 동원된 기교 등 모든 '형상화의 과정' 에 내포되어 있다. '사친이효' 라는 명제 속에는 아버지의 눈을 뜨게 하기 위해 자신의 몸을 팔고 혼자 그 슬픔을 견뎌내거나 죽음을 몇 시간 앞둔 밥상머리에서 아버지의 수저에 고기 반찬을 발라 얹어놓는 소녀의 심정이 개입되어 있지 않기 때문이다. 이것은 서로 다른 효도, 혹은 같은 효도라 하더라도 추상적이고 관념적인 효도와 '문학적 표현의 효도' 라는 차이점을 지닌다고 할 수 있다.

그것이 재미이든 감동이든 손에 땀을 쥐게 하는 스릴이든 문학은 단순한 주장이나 논설문이나 철학과는 다른 '문학적인' 어떤 요소를 내포하고 있다는 면에서, 그 문학적 요소의 구체적 실현을 지칭하는 '형상화'라는 용어는 문학의 본질을 밝히는 핵심적 위치를 차지하고 있는 것으로 보인다.

화자(narrator)

모든 이야기 문학에는 이야기가 있고 이야기하는 사람이 있다. 이야기하는 사람이 존재하지 않는다면 이야기는 성립할 수도 전달될 수도 없다. 그런 점에서 화자는 이야기의 필수적인 요건이다. 화자는 단순히 이야기가 성립하기 위한 요건만은 아니다. 화자는 이야기의 양상과 이야기의 본질이 결정되는 데 직접적인 영향을 행사하는 원천이기도 하다. 즉 화자나 화자의 이야기 방식이 이야기의 심미적 양상을 좌우한다.

20세기의 비평, 특히 뉴크리티시즘이 '화자–시점'의 문제를 서술 전략의 핵심적 문제와 동일시한 이유가 여기에 있다. 화자는 이야기의 안에 자리 잡을 수도 있고 이야기의 밖에 자리 잡을 수도 있다. 또한 화자는 이야기에 직접적으로 관련될 수도 있고 이야기와는 무관한 채 단지 관찰하고 보고하는 역할만으로 머물 수도 있다. 즉 화자는 이야기 구조와 서술 구조의 양편에 함께 속할 수도 있고 서술 구조에만 속할 수도 있다.

전통 시학은 이런 문제들을 세밀하게 분별해냄으로써 이야기가 작동하는 원리를 밝히고자 했다. 그러나 전통 시학의 화자–시점 이론은 이야기하는 역할과 보는 역할을 구분하지 못했다는 점에서 구조시학의 비판의 대상이 된다. 하나의 이야기 속에서 이야기하는 역할과 이야기를 바라보는 역할이 언제나 일치하지 않는다는 것은 재론할 여지도 없는 사실이다. 제라르 주네트는 이야기를 바라보는 인격적인 주체를 초점화자라고 부른다. 그러나 초점화자의 개념이 화자의 개념을 수정하게 하거나 변질시키는 것은 아니다. 화자와 초점화자가 분리되는 경우에도 여전히 이야기하는 사람은 화자이기 때문이다. 실제에 있어서 이야기를 하는 사람은 화자가 아니다. 화자라는 개념은 작가가 좀 더 이야기를 효과적으로 전달하기 위해 고안해내는 장치에 불과하다. 작가들은 자신을 숨기기 위한 온갖 수단을 강구하지만 1인칭 시점에서는 물론, 3인칭 관찰자 시점의 서술에서조차도 그렇게 하기는 불가능하다. 화자의 뒤에 숨어 있는 이 진짜 이야기꾼의 존재를 현대 비평은 **목소리**라고 부른다. 뉴크리티시즘, 특히 웨인 부스에게 이 목소리는 '내포된 작가'라고 지칭된다.

환상문학(the fantastic literature)

초자연적인 혹은 비현실적인 사건이나 제재를 다루고 있는 다양한 허구적 작품들을 가리키는 명칭. 환상문학의 예들은 영국의 고딕 소설과 유령 이야기, 독일 낭만파의 몽환적 경향의 작품, 루이스 캐럴의 꿈나라 이야기, 그리고 카프카나 보르헤스가 취급하는 현실과는 전혀 무관해 보이는 세계와 사건들 속에서 풍부하게 발견된다.

환상문학은 문학 장르들 가운데 유독 문학은 인간의 현실적 경험을 재현해야 한다는 원칙을 무시하고 있는 것처럼 보인다. 그러나 아리스토텔레스식으로 말해서, 문학이 어차피 실제의 세계가 아니라 개연성의 세계를 취급하는 것이라면, '개연성 있는 불가능성(probable impossibility)'은 문학이 개척할 만한 영역이며, 그런 점에서 환상문학의 존재 명분은 성립된다고 할 수 있다.

그러나 환상문학이 그 나름대로 개연성의 세계를 창출하기 위해서는 몇 가지의 묵계가 작가와 독자 사이에 전제되어야 한다. 우선 작품에 등장하는 환상(fantasy)의 요소들은 지각 있는 성인이 판단해서 작가의 순수한 상상의 발현으로 인정되는 것이어야 한다. 만일 기괴하고 초자연적인 양상들이 종교적 신념에서 유래한 것이거나 정신이상에서 비롯된 것이라면 그것들은 환상과 구별되어야 한다. 그리고 독자들은 작중의 초자연적 요소들에 대한 불신을 기꺼이 보류할 태세가 되어 있어야 한다. 독자들이 환상과 현실 사이의 칸막이를 잠시라도 치우지 않는다면, 환상이 개연성 있는 세계의 역상(逆像)이나 우의(寓意)로 받아들여질 여지가 없게 된다. 이러한 조건들은 환상문학이 그 어떤 장르보다도 작가와 독자 사이의 공모(共謀)에 크게 의존한다는 것을 말해준다.

환상문학의 작가들은 미학적 효과를 높이기 위해서 몇 가지 특징적인 기법들을 구사한다. 그중에서 특히 두드러지는 것은 일상사의 디테일을 텍스트 속에 도입하는 것이다. 친숙한 일상적 활동이 비현실적인 경험과 더불어 제시됨으로써 환상적인 세계는 보다 개연성 있고 이해 가능한 것으로 느껴지게 된다. 더욱이 일상사의 디테일은 또 다른 세계 속으로 통합되어 그 세계가 관계하는 범위를 확장시킨다. '현실'과 '초자연'의 결합은 현실을 풍부하게 만드는 것이다. 그런가 하면, C. S. 루이스의 작품에서처럼 현실 세계가 별도로 제시되는 경우도 있다. 그런 경우 작중인물이 항상 이쪽 아니면 저쪽 어느 한 세계에 존재하도록 하기 위해 두 세계 사이의 교섭은 텍스트 내의 특정한 지점에서만 발생한다.

그러나 환상문학의 텍스트를 읽는 독자들에게 당혹감은 피할 수 없는 것이다. 토도로프가 지적하고 있듯이, 환상적 텍스트의 특징은 서술된 사건에 어떻게 반응해야 좋을지 알 수 없는 상태 속에 독자들을 빠뜨린다는 데에 있기 때문이다. 환상문학은 자연의 법칙에 따르는 가능한 상태와 초자연적이고 불가능한 상태 사이에는 명확한 구별이 있다는 생각을 전제로 하여 존립하는 장르이지만, 텍스트의 실제에서는 그 구별을 위반해버린다. 이런 맥락에서 어떤 비평가들은 환상문학의 성격을 결정하는 것이 "실제 생활 속으로 잔인하게 파고드는 신비의 침입"이라고 보기도 한다. 그러나 독자들의 당혹감은 그러한 충격에만 국한되지 않는다. 독자들을 진실로 난감케 하는 것은 환상적 이야기의 초자연적 요소들이 단일한 고정된 해석을 허락하지 않는다는 점이다. 헨리 제임스의 「나사의 회전」에 나오는 유령들은 여자 주인공의 억압된 감정이 만들어낸 환각인가, 아니면 실재의 현상인가? 우리는 카프카의 「변신」을 정신병적 징후에 대한 묘사로 읽을 것인가, 소외를 나타내는 일종의 비유로 읽을 것인가, 아니면 문자 그대로 진짜 있었던 이야기로 읽을 것인가? 당연한 얘기겠지만 이러한 질문들에 응답하지 않고서는 그 당혹감은 수습되지 않을 것이다.

경험적 · 일상적 현실의 재현에 역점을 두고 근대소설의 역사를 파악하는 사람들에게 환상문학은 확실히 변두리 장르에 속한다. 그러나 그것은 사회적 금제에 의해 억류된 욕망에 대한 보상으로서, 억압적인 사회에 대한 회의의 표현으로서 무수한 실례들을 남겨왔으며, 동시에 삶의 세계가 특정한 현실 개념에 의해 고정화되는 것을 저지하는 항체의 역할을 해왔다. 특히 현실이라는 것이 단순하게 '저기 바깥에' 있는 것, 자명하게 주어지는 것이 아니라는 사실이 분명해짐에 따라서 환상의 세계를 천착하는 일은 허구적 서사물이 떠맡아야 마땅한 과제로 인식되는 현상도 나타나고 있다. 보르헤스, 코르타사르, 존 파울즈 등 최근 작가들의 작품에서 일상적 현실에 대한 하나의 대안으로서 환상이 강조되는 것은 그 단적인 예이다. 그런 점에서 환상문학은 여전히 개척할 여지가 많은 비옥한 토양이라고 할 수 있다.

후일담(epilogue)

원래는 연극의 폐막사(閉幕辭)에 해당하던 에필로그는 넓게는 내력들이 중첩되고 뒤엉킨 끝에 드디어는 도달하게 되는 서사물 일반의 종결 부분을 가리킨다. 그러나 이 말이 후일담이라고 옮겨지는 사실이 암시하듯이 에필로그는 소설에서 이야기의 말미에 덧붙여지는 좀 더 특수한 결말의 단계를 지칭하는 제한적인 개념으로 정착되었다.

작가들이란 대개는 유별난 취미 — 기구하고 파란 많은 사람살이에 특별한 관심과 흥미를 느끼는 유별난 취미를 가진 사람들인 모양이다. 소설에는 예외 없이 평범하고 순탄한 이야기 대신 우여곡절로 점철된 사람살이의 특수한 내력이 그려지고 있다는 사실이 그러한 생각을 뒷받침해준다.

20세기에 들어오면서 그러한 취미는 현저하게 위축된 것처럼 보이기는 하지만, 전통적으로 작가들은 파란만장한 생애를 둘러싸고 전개되는 기구한 사연들을 차근차근 들려줌으로써 독자들을 애태우게 하고 가슴 죄게 만드는 일에서 만족감을 느꼈다. 스탕달, 토머스 하디, 호손, 샬럿 브론테 등 누구도 예외가 아니다. 이들 사연의 주인공들은 비범한 신분은 아니지만 한결같이 비범한 운명을 타고난 인물이거나 비범한 성격의 소유자들이다.

그들에 관한 이야기가 파란으로 중첩되고 우여곡절로 점철되는 것은 따라서 너무나 당연스러운 일이라 하겠다. 그들의 행로에는 시련이 닥쳐오고 하나의 시련이 끝나기가 무섭게 또 다른 시련이 밀려든다. 그때마다 독자들은 가슴을 죄게 되고 이처럼 불운한 운명들이 끝끝내 시련을 이겨내고 행복에 도달하는 모습을 애태우며 보고 싶어한다. 독자들이 그들의 행복을 고대하는 심정은 이해되고도 남는다. 소설의 주인공들은 예외 없이 독자들의 동정심을 사로잡은 인물들 — 궁극적으로 순결한 인물들이거나 고결한 도덕적 이상을 지닌 인물들이기 때문이다. 그들이 간혹 과오와 죄를 범한 인물들일지라도 독자들은 연민과 애정을 철회하려 하지 않는다. 독자들은 그들의 동기와 그들이 직면한 삶의 불가피한 정황을 납득하고도 남기 때문이다. 다시 말하자면 독자들은 선량한 인물의 경우에서는 더 말할 것도 없고, 설령 부도덕한 인물이거나 범죄자일 경우에서조차도 그들의 운명의 귀추에 대해 비상한 관심을 가진다. 작가들은 독자들의 고조되었던 기대와 호기심이 충족되고 해소되었다고 판단하면 그들이 펼쳐 보였던 기구하고 파란 많은 이야기를 끝맺는다.

그러나 작가들이 만족스럽게 이야기를 마쳤음에도 불구하고 독자들에겐 여전히 궁금한 일이 남을 수 있다. 기구한 운명의 주인공들의 그 후의 삶은 어떻게 되었을까? 그들은 진정한 의미의 평화와 행복에 도달했을까? 또 다른 시련이 그들에게 닥친 것은 아닐까? 이런 점들에 대해 궁금해하지 않는다면 도리어 이상할 것이다. 작가들은 독자들의 그 같은 물음에 답하기 위해 소설의 결말 부분에 몇 페이지의 서술을 첨부하는데, 그것이 바로 사건의 뒷이야기—후일담(epilogue)인 셈이다. 후일담이라는 사실을 명시적으로 밝히는 경우와 밝히지 않는 경우가 있지만, 독자들의 궁금증에 응답하기 위한 배려의 결과라는 점에서는 동일한 서술의 유형이다.

도스토엡스키의 『죄와 벌』은 명시적인 에필로그를 가지는 소설의 사례이다. 전당포의 노파 자매를 살해함으로써 발단하는 이 소설의 파란만장한 사건 구조는 라스콜리니코프가 온갖 우여곡절과 고뇌의 과정 끝에 스스로 경찰서의 문을 밀고 들어가 자신의 범죄 사실을 자백하는 대목에 이르러 대단원을 맞는다.

> 부주임이 무슨 소린지를 날카롭게 외쳤다. 모든 방향으로부터 사람들이 달려들었다.
>
> 라스콜리니코프는 그의 진술을 반복했다.

이것이 전 6부로 구성된 『죄와 벌』의 마지막 서술이다. 이 부분을 읽는 독자는 이로써 『죄와 벌』의 이야기 구조가 완벽하게 성취되었다는 사실을 깨닫게 된다. 독자들은 만족스럽게 생각하는 한편으로 아쉬움에도 사로잡히지만, 이야기의 심미적 구조화에 성공함으로써 힘겨운 작가의 책무를 훌륭하게 완수한 작가에게 더 이상의 노고를 요구하는 것을 미안스러워한나. 무엇보다노 이 노고는 작가가 감당할 노고도 아니다. 그것은 정보를 소유한 자가 감당할 수 있는 노고이기 때문이다. 요컨대 작가는 충족되었는데 독자는 덜 충족된 것이다. 작가는 이러한 사실을 배려했다. 그러나 이 배려는 작가로서의 배려라기보다는 인물들에 관한 정보의 독점자로서의 배려라고 보아야 옳다. 그 결과가 범죄를 고백한 후 시베리아에 유형당한 라스콜리니코프와 그와 동행한 소냐의 모습을 보여주는 에필로그이다.

『사랑』에서 이광수도 독자들의 궁금증에 응답하고 있다. 영웅적인 사랑의 이상을 실천하는『사랑』의 주인물 석순옥의 앞에는 너무나도 가혹한 시련과 역경이 닥친다. 석순옥의 험난한 운명의 시련은 남편 허영이 죽고, 한동안 요양원에 입원해 위기를 넘긴 끝에 건강을 되찾음으로써 끝난다.

작가가 이 부분에서 작업을 종결하고 말았다면 독자들은 한없이 궁금해했을 것이 틀림없다.『죄와 벌』의 경우에서와는 달리『사랑』의 독자들이 궁금하게 되었을 것은 인물들의 그 후의 생활이 아니고 생각이다. 고난과 행복을 스스로 추구한 끝에 청춘을 소모하고 만 석순옥은 세월이 흐른 후 자신의 삶을 어떻게 평가하게 될까?

이광수는 이 같은 독자들의 궁금증에 응답하기 위해서 "그로부터 열 몇 해의 세월이 흘렀다"로 시작되는 몇 페이지의 서술을 덧붙인다. 작가가 명시하고 있지는 않지만 이 부분부터가『사랑』의 에필로그인 셈이다. 그리하여 독자들은 그들의 억누를 수 없는 호기심과 궁금증을 후일담을 통해 해소할 수 있게 되는 것이다.

엄밀하게 보아 후일담은 이야기의 구조 밖에 덧붙여지는 이야기, 즉 사족이다. 그러나 최종적으로 전체 이야기를 수습하고 독자들의 충족되지 않은 욕망을 충족시켜주기 위해 붙여진다는 점에서 그것은 불가피한 사족이다.

휴지(pause)

이야기-사건 자체는 정지되나 서술하는 시간이 계속되는 경우를 말한다. 다음과 같은 경우이다.

> …(중략)… 위층 층계참에서 헤이즈 부인의 콘트랄토 목소리가 들려왔다. …(중략)… 괜찮다면 나는 지금 당장 그녀를 묘사해버리는 것이 나을 것 같다. 그 불쌍한 여인은 30대 중반으로 반들거리는 앞이마에 잡아뜯긴 듯한 눈썹을 하고 있다. 매우 소박하지만 마리네 디트리히를 엷게 풀어놓은 듯한 생김새를 가진 여자로서, 매력이 아주 없지는 않았다.
>
> — 블라디미르 나보코프, 『롤리타』

> …(중략)… 생김생김으로 보아서 얼굴이 쥐와 같고 날카로운 이빨이 있으며, 눈에는 교활함과 독한 기운이 늘 나타나 있으며, 발룩한 코에는 코털이 밖으로까지 보이도록 길게 났고 몸집은 작으나 민첩하였고, 나이는 스물다섯에서 사십까지 임의로 볼 수 있으며, 그 몸이나 얼굴 생김이 어디로 보든 남에게 미움을 사고 근접지 못할 놈이라는 느낌을 갖게 된다.
>
> — 김동인, 「붉은 산」

두 인용 작품에서처럼 이야기-사건 자체는 멈추지만 서술의 시간(담론상의 시간)은 계속되는 묘사적 문구가 휴지(pause)의 대표적인 사례라 할 수 있다(**묘사**를 보라). 이것은 속도가 0 상태에 가까운 최대의 감속 효과를 가진다. 영화의 경우로는 정지된 화면과 화면 밖의 목소리(voice-over)와의 관계이다. 〈남부군〉의 마지막 장면은 주인공의 처절한 절규가 눈 덮인 지리산을 배경으로 클로즈업되어 정지된 다음(이야기의 정지) 어느 정도 시간이 경과하고 나서 화면 밖의 목소리로 주인공 이태가 마침내 모년 모월 모시에 공비 토벌대에 의하여 체포되었다는 다큐멘터리 해설로 끝을 맺는다. 이 경우도 휴지의 좋은 예이다.

그러나 현대의 많은 서사물들, 특히 언어 서사물들은 명백히 드러나는 기술상의 휴지를 피하는 경향이 있으며 대체로 극적인 양식을 선호하는 편이다. 이를테면 필리프 아몽의 「기술이란 무엇인가 Qu'est-ce qu'une description?」라는 글이 지적하고 있는 것처럼, 졸라와 같은 작가들은 필수적인 변형(기술상의 변형)을 위해 규칙적인 형태들을 발전시켜나가는 것으로 알려져 있다.

그의 주장에 따르면 졸라는 가능한 한 화자의 입을 빌리지 않고 허구적 세계의 표면을 세부적으로 보여주기 위해 그러한 일을 등장인물에게 떠맡긴다는 것이다. 대체로 박식하거나 호기심이 많은 사람(화가, 미학자, 스파이, 기술자, 탐험가 등등)이 우연히 한가해진 시간에(산책하거나, 약속 상대를 기다릴 때, 일하다가 휴식을 취할 때) 어떤 이유로든(기분 전환, 현학 취미, 호기심, 심미적 즐거움, 수다스러움) 어떤 복합체적 대상(기관차든 정원이든)을 그것을 알지 못하는 사람에게(어리석거나 무지하기 때문에 혹은 경험 부족으로) 기술하는(가르치는, 지적하는, 증명하는) 기회를 갖는 것이 그것이다.

달리 말해 화자를 대신하여 어떤 사물들을 기술하려는 뚜렷한 목적을 위해서 대화나 등장인물들 사이의 어떤 행위들이 고안되는 것이다. 이러한 경향들은 소설 텍스트 속의 시간이 지닌 일방적이고 지루한 흐름에 변화를 주기 위하여, 또는 플롯 자체에 재미를 부가하기 위하여 고안된 서술상의 방략으로서 시간의 리듬과 교체 효과를 통한 소설적 담론의 특성을 유감없이 드러내준다.

희화화(caricature)

인물의 외모나 성격 혹은 사건 자체를 의도적으로 우스꽝스럽게 묘사함으로써 대상을 풍자하는 기법. 일반적으로 희화화는, 진지한 주제를 일부러 희극적인 만화풍으로 그려 웃음을 자아내게 하는 문학 작품이나 극적 연출을 의미하는 희작(burlesque)의 하위 개념으로 분류될 수 있다(**패러디**를 보라). 그러므로 희화화는 인물의 모습이나 성격뿐 아니라 주제까지 우습게 풍자하는 희작과 달리, 대상 자체를 풍자하고 조소하기 위하여 대상의 일부나 전체 혹은 대상의 성격을 과장 · 축소 왜곡하는 성향이 강하다.

① 두 볼은 한 자가 넘고 눈은 퉁방울 같고 코는 질병 같고 입은 메기 같고 머리털은 돼지털 같고 키는 장승만하고 소리는 이리 소리 같고 허리는 두 아름이나 되는 것이 게다가 곰배팔이요 수종다리에 쌍언청이를 겸하였고 그 주둥이가 썰어내면 열 사발은 되겠고 얽기는 콩멍석 같으니…….

② 여러 겹 주름이 잡힌 훨렁 벗겨진 이마라든지, 숱이 적어서 법대로 쪽지거나 틀어 올리지를 못하고 엉성하게 그냥 벗겨넘긴 머리꼬리가 뒤통수에 염소똥만하게 붙은 것이라든지…….

③ 술 잘 먹고, 욕 잘하고, 싸움 잘하고, 초상난 데 춤추기, 불붙는 데 부채질하기, 해산한 데 개 잡기, 장에 가면 억매 흥정, 우는 아이 똥 먹이기, 무죄한 놈 뺨 치기와 빚값에 계집 빼앗기, 늙은 영감 덜미치기, 아이 밴 계집 배 차기며, 우물 밑에 똥 누어놓기, 오려논에 물 터놓기, 자친 밥에 흙 퍼묻기, 패는 곡식 이삭 빼기, 논두렁에 구멍 뚫기, 애호박에 말뚝 박기, 곱사등 엎어놓고 밟아주기, 똥 누는 놈 주저앉히기, 앉은뱅이 탈탈 치기, 옹기장사 작대기 치기, 면례하는 데 뼈 감추

기, 남의 양주 잠자는 데 소리 지르기, 수절 과부 겁탈하기, 통혼하는 데 간혼 놀기, 만경창파 배 밑 뚫기, 목욕하는 데 흙 뿌리기, 담 붙은 놈 코침 주기, 눈 앓는 놈 고춧가루 넣기, 이 앓는 놈 뺨 치기, 어린아이 꼬집기와 다 된 흥정 파의하기, 종놈 보면 대테매기, 남의 제사에 닭 울리기, 행길에 허공 파기, 비 오는 날 장독 열기라.

①과 ②는 인물의 외양을 우스꽝스럽게 묘사한 경우이고 ③은 인물의 성격을 과장스럽게 묘사한 경우이다. 『장화홍련전』의 허씨 부인(①), 「B사감과 러브레터」의 B사감(②), 『흥부전』의 놀부(③)의 외양이나 성격을 의도적으로 우스꽝스럽게 만드는 이러한 묘사는 등장인물의 몰인정과 포악한 심성, 히스테리와 이중 성격 등을 강하게 암시하면서 결국 대상 자체를 풍자하는 데까지 나아간다. 따라서 희화화는 넓은 의미에 있어서 **풍자**에 포함된다고 할 수 있겠다.

인명

ㄱ

ㄴ

ㄷ

ㄹ

ㅁ

ㅂ

ㅅ

ㅇ

ㅈ

ㅊ

ㅋ

ㅌ

ㅍ

용어

ㅅ

ㅇ

ㅈ

ㅊ

ㅋ

ㅌ

ㅍ

ㅎ

작품 및 논저명

ㄱ

ㄴ

ㄷ

ㄹ

ㅇ

ㅊ

ㅋ

ㅌ